Berthold Auerbach

Auf der Höhe

Dritter Teil

Berthold Auerbach

Auf der Höhe
Dritter Teil

ISBN/EAN: 9783741129896

Hergestellt in Europa, USA, Kanada, Australien, Japan

Cover: Foto ©Andreas Hilbeck / pixelio.de

Manufactured and distributed by brebook publishing software
(www.brebook.com)

Berthold Auerbach

Auf der Höhe

Berthold Auerbachs

Romane.

Siebenter Band.

Auf der Höhe.

Roman in acht Büchern.

Dritter Theil.

Stuttgart.

Verlag der J. G. Cotta'schen Buchhandlung.

1871.

Fünftes Buch.

—

Erstes Kapitel.

Es war im Spätsommer, als der Hof aus dem Seebad zurückkehrte.

Als erste Regierungshandlung mußte der König jetzt den Erlaß unterzeichnen, mit welchem das Ministerium Schnabelsdorf das widerspenstige Abgeordnetenhaus auflöste und Neuwahlen anordnete.

Der König war mißmuthig, denn er mußte eine Folgehandlung vollziehen, die ihn jetzt überraschte. Er war so froh belebt aus dem Bade zurückgekehrt und nun kam der Staat mit seinen Ansprüchen, wie ein unbefriedigter Gläubiger.

Der König freute sich der Zufriedenheit und allgemeinen Zustimmung seines Volkes, aber diese Zustimmung sollte eine selbstverständliche sein; jetzt wurde eine große Frage an das Land gerichtet und es war zweifelhaft, wie die Antwort lauten würde.

Die ausgiebige Unterhaltungskunst Schnabelsdorfs, ja die geschickte Betonung des Heroischen im Grundcharakter des Königs begegnete nur hoher Mißlaune.

Im ganzen Lande war große Bewegung. Man merkte indeß am Hofe wenig davon; die Herbstmanöver hatten begonnen und auf die nächsten Tage, nachdem der Hof noch einmal auf die Sommerburg übergesiedelt, war die Jagd im Hochgebirge angesetzt.

Der König bethätigte eine ungewöhnlich lebhafte Theilnahme an den Manövern. Die Fügsamkeit der geschlossenen Massen und ihre exakte Lenkung bildete einen haltvollen Gegensatz zu einer gewissen Zerfahrenheit und Auflösung im Lande. Man war aber natürlich weit entfernt, nur an die Möglichkeit zu denken, diese Gegensätze thatsächlich einander gegenüber zu stellen.

In den Hofgesellschaften zeigte der König stets eine ausnehmend gute Laune; er hielt es für Pflicht, gerade bei innerm Mißmuth äußerlich um so zuversichtlicher und heiterer sich darzugeben und den gefälligen Schein zu wahren; die von Jugend an geübte Gewöhnung, sich immer in würdiger Haltung darzustellen, im Bewußtsein, stets beobachtet zu werden; die Rücksicht auf die Ansprüche einer vielgegliederten Umgebung und demgemäß nach allen Seiten hin angemessene Reden zu spenden; vor allem aber die Kunst des Ignorirens, die von Andern inne gehalten und daher auch selbst geübt werden muß, dazu das selbständige Kraftgefühl des Königs — Alles das ließ an ihm keine Spur des Mißmuthes erkennen. Er war immer voll heiteren Antheils, zumal wenn Irma zugegen. Sie vor Allem durfte kein Schwanken seines Naturells bemerken, denn sie hätte das anders deuten müssen. Es war Pflicht, bei jeder Begegnung jene gehobene Stimmung zu bewähren, die keinen Zwiespalt kennt und daraus Berechtigung und Sicherheit nimmt, sich über das Gesetz zu stellen. Und doch empfand der König jetzt zum Erstenmal die Unzuträglichkeit, im persönlichen Leben von einer Leidenschaft bewegt zu sein, während eine große, noch dazu mit Gegenkampf erfüllte Aufgabe die volle Manneskraft erheischt.

Auch Irma war von der Frische der Meereswellen neu belebt in die Residenz zurückgekehrt. Sie war schöner als je, wurde aber selten am Hofe gesehen, denn sie hielt sich viel bei Arabella auf.

Am Tage, nachdem Arabella eines Knaben genesen, kam Irma mit dem Leibarzt aus dem Hause Brunos.

„Diese ewige Kinderstube wird mir nachgerade zuwider," wollte Irma sagen, aber sie hielt es zurück.

Der Leibarzt ging schweigend neben ihr die teppichbelegte Treppe hinab. Seine Mienen waren ernst. Er war schon so lang in der großen Welt, aber immer noch verletzte es ihn wie eine grelle Dissonanz, daß Menschen wie Bruno, die, wie der beschönigende Ausdruck sagt, stark gelebt haben, auch noch des Vaterglückes theilhaftig werden sollen. Der Leibarzt hielt den Elfenbeingriff seines Stockes an den Mund gedrückt, als wollte er damit seinem inneren Denken verbieten, zu Worte zu kommen.

Schweigend setzte er sich mit Irma in den Wagen. Sie fuhren nach dem Schlosse.

„Meine Schwägerin Arabella hat mich mit einer schweren Aufgabe belastet," sagte Irma.

Gunther fragte nicht, worin diese Aufgabe bestehe; Irma mußte von selbst fortfahren:

„Ich habe ihr versprechen müssen, unserm Vater sogleich die Geburt des Enkelsohnes anzuzeigen. Sie wissen, er ist mit Bruno gänzlich zerfallen. Stünden Sie noch in der alten innigen Freundschaft mit meinem Vater, Sie wären der beste Vermittler."

„Ich kann nichts thun," entgegnete endlich Gunther kurzab. Er war auffällig zurückhaltend gegen Irma. Sie fühlte das und durfte doch nicht mehr die volle rückhaltlose Ehrlichkeit von Befreundeten verlangen; wollte sie nicht mit allen Menschen brechen, die sie hochachtete, so mußte sie ein äußeres höfliches Vernehmen mit ihnen erhalten.

„Ich glaube, daß Bruno nun seine edlere Natur fassen wird," sagte Irma. Sie zwang sich zum Sprechen und zitterte in dem Gedanken, daß der Mann neben ihr sie plötzlich fragen könnte: Wie hast denn du deine edlere Natur gefaßt?

Der Wagen hielt am Schlosse, Irma stieg aus, Gunther fuhr nach seinem Hause.

In ihrem Zimmer preßte Irma beide Hände auf die Brust, in ihr wogte stürmisches Denken. Muß ich bei Jedem betteln, daß er mir stillschweigend freundlich sei und mich gerecht erkenne? Wer einmal die Weltordnung verachtet und sich darüber hinausgeschwungen, der sollte nicht weiterleben . . .

Sie raffte sich gewaltsam auf und begann den Brief an den Vater. Sie klagte, daß er sie ganz ohne Nachricht lasse, erzählte von Arabella, von Brunos hausväterlicher Gesetztheit, und gab endlich die Kunde von der Geburt des Enkels. Arabella bitte um einige Worte des Großvaters, er würde sie damit glücklich machen.

Der Brief wurde Irma schwer. Sonst folgte ihre Feder so willig jedem Ausdruck ihrer Seele, heute war Alles so stockig. Sie lehnte sich im Sessel zurück und nahm einen Brief auf, den sie hier vorgefunden, es war der von Walpurga; sie lächelte, als sie ihn wieder las, sie empfand das Glück, einem Menschen-

linde Gutes gethan zu haben, und in der Ferne treu von ihm
gehegt zu werden.

Das Kammermädchen meldete den Jockey Brunos. Irma
ließ ihn hereinkommen. Er wiederholte den Wunsch seiner Herrin,
daß die gnädige Gräfin den versprochenen Brief sofort abschicke;
er sei beauftragt, ihn selber zur Post zu bringen. Irma siegelte
und übergab den Brief.

An der Ecke des Schloßplatzes wartete Bruno, auf seinem
Gig sitzend. Der Jockey kam, übergab ihm den Brief, und
Bruno steckte ihn in die Tasche. Er fuhr nach der Post und
that dort eigenhändig einen Brief in den Schalter, der aber an
eine Dame gerichtet war; den Brief an den Vater behielt er für
sich. Er wollte durchaus keine Demüthigung, auch durch die
Schwester und die Gattin nicht.

In dem Briefschalter aber, in den jetzt Bruno das feinduftige
Billet schob, lagen Briefe an den alten Eberhard, die Bruno
nicht zurückhalten konnte.

Zweites Kapitel.

Am selben Morgen, da ihm der erste Enkel geboren worden,
kam Graf Eberhard mit frohem Herzen von einem Feldgang
zurück. Man begann heute die erste Ernte auf einer weiten
muldenförmigen Landstrecke, die ehedem ein Sumpf gewesen war.
Mit großer Umsicht hatte Eberhard das wüste Land trocken gelegt und nun war hier eine Frucht ohne gleichen gediehen; schon
der Anblick der reifen Saat, die in lichten Wellen wogte, erquickte
ihn jetzt mit dem edelsten Genusse, und er dachte hinaus in
ferne Zeiten, wo für kommende Geschlechter aus einem von ihm
urbar gemachten Stück Land Nahrung sprießt.

Er hatte nicht das Verlangen, einem andern Menschen sein
Glück mitzutheilen; er hatte sich seit Jahren gewöhnt, in sich
allein zu leben. Er hatte gegen sein Kind die Schwere seines
Lebens, den einzigen Vorwurf, den er sich zu machen hatte, bekannt; vor sich selbst aber empfand er eine Ruhe, wie sie nur
die Einsamkeit bietet. Im klaren Denken glaubte er alle Leiden-
schaftlichkeit besiegt zu haben; er folgte stets dem in ihm ruhenden

Naturgesetz, und hatte Niemand, dem gegenüber er es unter=
drücken mußte. Er hatte treulich an seiner Selbstvollendung ge=
arbeitet und war aus der Sphäre der Versuchungen, aber auch
aus der der gesellschaftlichen Bethätigung ausgetreten.

Aus der Arbeit in Feld und Wald versetzte er sich stets wieder
in den Kreis abgeschiedener, in sich selbst ruhender Geister und
fühlte sich eins mit ihnen.

Jetzt kehrte er vom Feld zurück und war bereit in seiner Bi=
bliothek sich mit einem Geiste zu einen, der schon lange dem
Athem und der Nahrung entrückt war. Sein Gang war ruhig;
es drängte ihn zu nichts hastig, er konnte die Empfindung still
in sich fortsetzen oder sie ablenken lassen von einer Seele, die in
ganz anderer Sphäre lebte; das Dasein hatte für ihn einen dop=
pelten Boden, und doch war kein gewaltsamer Schritt oder Sprung
von dem einen zum andern.

Ein kleines Buch, das die Aufschrift „Selbsterlösung“ trug,
sollte von dieser Stunde ein Denkzeichen erhalten; die Worte
sprachen sich ihm schon in der Seele.

Er kam ins Herrenhaus und sah staunend, daß in dem großen
langen Hausflur, wo die Reihe der Erntekränze hing, mehrere
Männer seiner harrten und ihn begrüßten. Der Bürgermeister
des Dorfes, der bisher Landtagsabgeordneter des Bezirkes ge=
wesen, und viele angesehene Männer aus der Umgegend waren
versammelt. Der Bürgermeister erklärte im Namen Aller, daß
sie bei den angeordneten Neuwahlen den Finsterlingen das Feld
räumen müßten, wenn sie nicht einen Candidaten aufstellen
könnten, der, mit dem größten Ansehen ausgestattet, des Sieges
gewiß sei; Oberst Bronnen, den Graf Eberhard zum Abgeord=
neten vorgeschlagen, habe die Candidatur abgelehnt, und nun
sei Graf Eberhard selbst nur noch im Stande, die Feinde zu be=
siegen. Die Wähler wiederholten, daß sie wohl wüßten, welch
ein Opfer es sei, wenn er sich noch einmal in den Kampf be=
gebe, darum hätten sie auch gezögert bis heute, wo die Wahl in
der Gerichtsstadt anberaumt sei; sie bäten darum dringend, daß
Graf Eberhard sich in letzter Stunde dem Volke nicht entziehe.

„Ja,“ setzte der Bürgermeister hinzu, „Sie haben einen Sumpf
ausgetrocknet und die faulen Wasser abgeleitet, jetzt müssen Sie
auch da helfen.“

Zur freudigen Ueberraschung Aller erklärte Eberhard sich ohne weitere Einrede bereit. Ihm war es eine That der Frömmigkeit, nach gelungenem Werk auf der einen Seite sich auch dem höheren nicht zu entziehen; der Feind ist der alte; er soll auch die alten Kämpfer finden.

Die Freunde fuhren davon; Eberhard gab noch Anordnungen im Hause, und bald ritt er den Vorausgegangenen nach; er ritt ein großes starkes Pferd, wie dessen der große starke Mann bedurfte; er holte die Freunde noch vor dem Ziel ein, und mit ansehnlichem Gefolge zog er in die Gerichtsstadt.

Er trat in die Wahlversammlung. Der Saal war bereits fast ganz voll. Man staunte, den Grafen zu sehen; aber die Blicke, die sich ihm zuwendeten, glitten bald wieder ab und es gab viel flüsternde Zwiegespräche. Eberhard schritt durch die Menge nach der Rednerbühne; nur Wenige standen auf, nur Wenige grüßten ihn. Was ist das? Sonst, wenn er erschien, bildeten sich im Gedränge sofort zwei Reihen, die ihm Platz machten, heute mußte er sich hindurch kämpfen. Es wollte ihn fast verdrießen. Schnell faßte er sich wieder und — „das ist das echte Ergebniß des freien Geistes: Niemand soll eine gewohnte Huldigung empfangen, sondern sie immer neu erwerben; du bist doch innerlich noch Aristokrat, du hast den Ahnenstolz auf deine eigene Vergangenheit.“ — So sagte er sich und schaute lächelnd um, des Sieges über sich selbst froh.

Der Candidat der Schwarzen, wie das Volk kurzweg die feindliche Partei nannte, betrat zuerst die Rednerbühne; er sprach mit großer Gewandtheit, aber ohne besondere Erregung; man merkte seinem Vortrag an, daß er sorgfältig einstudirt war: dennoch wurde er an einigen kunstreich zugespitzten Punkten mit rauschendem Beifall belohnt.

Der bisherige Abgeordnete des Bezirks trat auf und erklärte, daß er auf Wiederwahl verzichte und dafür den bewährtesten Kämpfer für Freiheit und Volksrechte vorschlage, den Grafen Eberhard von Wildenort.

Die Versammlung schien überrascht; nur wenige Hände regten sich zum Beifall, nur einzelne Bravo's erschollen. Ueber diesen geringen Anklang verblüfft, schaute Graf Eberhard verwundert um sich. Der Bürgermeister flüsterte ihm zu, daß dies ein sicheres Zeichen des Sieges sei, der Feind sei verwirrt. Eberhard nickte; eine seltsame Befangenheit regte sich in ihm; er kämpfte sie nieder

und bestieg die Rednerbühne. Bei jeder Stufe die er hinan=
schritt, erhob sich sein Muth und die Ueberzeugungsmacht, daß
man sich dem Aufgebot des neuen Gedankens ohne Rücksicht auf
Selbstehre stellen müsse. Er begann seinen Vortrag mit einer
kurzen Schilderung seines vergangenen Lebens und Kämpfens,
indem er lächelnd hinzufügte, denen, die gleich ihm bereits graue
Haare hätten, brauche er nicht zu sagen, was er wolle; er freue
sich aber, daß viele jüngere Kräfte da seien.

Man hörte ihm mit mäßiger Ruhe zu; in den Gruppen der
Gegner bildeten sich Gespräche, die aber zum Schweigen gebracht
wurden. Eberhard sprach weiter.. Plötzlich erscholl ein Lachen
aus der Versammlung, man hörte das Wort „wilder Schwieger=
vater." Eberhard wußte nicht, was das bedeuten sollte; er fuhr
in seiner Darlegung fort. Immer lautere Zwiegespräche bildeten
sich, und dazwischen Scherzen und Lachen, man hörte Eberhard
kaum mehr; kalter Schweiß stand ihm auf der Stirn. Der Bürger=
meister sprang neben ihn auf die Rednerbühne und rief: „Wer
einen Mann, wie Graf Wildenort, nicht ruhig anhört, ist nicht
werth eine Stimme abzugeben."

Lautlose Stille trat ein. Eberhard schloß mit den Worten:

„Ich bin stolz genug, euch zu sagen: Ich bitte nicht, daß ihr
mir eure Stimme gebt, ich erkläre nur, daß ich die Wahl annehme."

Er verließ die Versammlung, indem er die Freunde bat,
zurück zu bleiben. Er ritt heimwärts, in den Gedanken ver=
junken, daß er den Gegensatz der Welt mehr von sich entfernt
als besiegt hatte.

Als er im Thale auf seinem heimathlichen Grunde ange=
kommen war, stieg er ab und gab einigen Feldarbeitern Anord=
nungen. Als er wieder auf die Straße zurückkehrte, begegnete
ihm der Briefträger, der ihm mehrere Briefe übergab. Eber=
hard öffnete den ersten und las:

„Deine Tochter ist in Unehre verfallen und steht in hohen
Ehren als Geliebte des Königs, ihr verdankt das Land die
Wiedereinsetzung des kirchlichen Ministeriums. Zweifelst du,
so frage den ersten Besten auf der Straße in der Residenz.
Unglücklicher Vater einer glücklichen Tochter!"

Unterzeichnet war: „Die öffentliche Stimme."

Eberhard zerriß das Blatt und gab die Fetzen dem Winde
preis, der sie weithin trug über die Felder.

„Namenlose Zuschriften sind das Niedrigste, sie stehen noch unter dem feigen Meuchelmord — und doch" — — es war, als ob der Wind, der die Fetzen davon trug, ein Wort zum Ohr Eberhards zurückbringe, das Wort, das er heute in der Versammlung gehört. Hieß es nicht „wilder Schwiegervater?"

Eberhard griff sich an den Kopf — wie ein glühender Pfeil fuhr ihm das durchs Hirn. Er öffnete den zweiten Brief und las:

„Du willst nicht glauben, wie es um deine Tochter steht. Frage den Einen, der einst dein Freund war, frage den Leibarzt auf Ehre und Gewissen; er wird dir die Wahrheit bekennen. Rette, was noch zu retten ist. Dann wird der Schreiber dieser Worte sich nennen.

Deinen in Hochachtung ergebenen **."

Diesen Brief zerriß Eberhard nicht. Das Blatt zitterte in seiner Hand. Es legte sich plötzlich wie ein Nebel vor seine Augen, immer wieder ein neuer Schleier auf den andern; er wischte mit der Hand über die Augen, es wich nicht; er wollte den Brief nochmals lesen, er erkannte keine Buchstaben. Er ballte das Papier zusammen und steckte es in die Brusttasche; es brannte ihm auf dem Herzen; er setzte sich am Wegrain nieder, in ihm wirbelte es. Was sollte er unternehmen? — Sie werden lächeln am Hofe, wenn ich komme, sie zu holen. Man wird sehr gnädig sein. Nur keine Scene! Nur kein Aufsehen! so wird's heißen; nur Alles hübsch still abgemacht, nur nichts Aufregendes, nur immer höflich sich verbeugen, wenn auch Alles in Empörung sich aufbäumt! Immer lächeln, wenn auch das Herz zerspringt! Wir leben in einer civilisirten Welt und das nennt man Bildung, feine Sitte. O, ihr habt's gut, euch ist Alles Spiel, ihr könnt immer höflich sein, immer kühl und reservirt! Pfui! daß ich dahin kam, an dieser erbärmlichen Winkelwelt meine letzte Kraft zu verbrauchen! Pfui! Aber ich hab's verschuldet. Ich habe im Wirrwarr meines Lebens mich retten wollen, und habe meine Kinder verloren. Welch ein Teufel von Sophist steckt in Jedem! Ich redete mir ein, daß die Freiheit, in der meine Kinder aufwachsen, das Beste, das Natürlichste sei, und es war eitel Beschönigung meiner Lahmheit. Weil ich nicht die unablässige Thätigkeit haben wollte, sie zu bewachen, ließ ich sie verkommen, redete mir ein, daß ihre gesunde Natur sich selbst entwickeln könne. Da stehe ich nun und soll mein Kind holen . . .

Tief erschreckt, so daß er fast rücklings stürzte, ward Eberhard, als das neben dem Baum angebundene Pferd plötzlich laut wieherte. Ein Knecht, der mit zwei Ackerpferden vom Felde heimkehrte, hielt an und fragte:

„Gnädiger Herr, was ist Ihnen?"

Der Knecht band das Pferd los, Eberhard stand rasch auf und ging, ohne ein Wort zu reden, den Berg hinan zum Herren=hause. Es umgab ihn etwas, wie unfaßbare, elektrische Wolken, die ihn rückwärts zogen; er schritt gewaltsam hindurch, immer vorwärts. Er kam nach dem Herrenhause. Am Thore faßte er die Pfosten. Es schwindelte ihm, doch er gewann Haltung. Er ging durch die Ställe und Scheunen, sah die Knechte Futter aufschütten und schaute ihnen lange zu. Dann ging er durch das ganze Haus, und betrachtete Alles wie fragend; in der großen Erker=stube stand er lange vor dem Bilde Irmas. Sie war sieben Jahre alt, als das Bild gemalt ward, ein schönes, großaugiges Kind in der ganzen natürlich unbeholfenen und dabei doch so anmuthigen Haltung; der Maler hatte dem Kind einen Blumenstrauß in die Hand geben wollen, das Kind aber hatte gesagt: „Ich will keine todten Blumen, ich will einen Topf, darin eine Blume lebt." Ach, sie hatte so süße Worte und Gedanken. Und so steht sie da im Dufte kindlicher Anmuth und hat einen Topf mit blühendem Rosenstock in der Hand — rosig ihre Wangen, rosig die Blumen in ihrer Hand. „Eine Rose geknickt, ehe der Sturm sie ent=blättert" — jenes letzte Wort der Emilia Galotti fuhr ihm durch den Sinn. Er stöhnte laut auf: „Nein, so stark bin ich nicht!"

Er klingelte. Als der Diener eintrat, wußte er nicht mehr, was er gewollt; er besann sich; wie aus dem Chaos heraus mußte er das wühlen, was doch so einfach war; er befahl, daß man anspanne.

„Den Reisewagen!" rief er noch dem Diener nach.

Als er an der Bibliothek vorüberkam, hielt er eine Weile an und betrachtete die Thür. Da drin sind so viele starke und große Geister — warum kommen sie jetzt nicht zu helfen? Es giebt keine andere Hülfe, als aus uns selbst.

Er ging die Treppe hinab und hielt sich oft am Geländer. Wie im Zorn gegen die ihn übermannende Schwäche richtete er sich straff auf. Im Hofe befahl er, seine Worte waren auffallend undeutlich, daß der Wagen nach dem Thale vorausfahre, er wollte dort einsteigen. Auf der halben Höhe des Berges setzte er sich plötzlich auf einen Steinhaufen und schaute hinaus in die Welt.

Was mochte vor seinem Auge, in seiner Seele vorgehen? Er schaute nach dem Baume um, den er hier gepflanzt, an der Stelle, wo ihm der Bote die Nachricht von der Geburt Irmas verkündigte. Da ist die Erde, die das Kind zuerst betreten, die Bäume, die es zuerst gesehen, der Himmel, die Wälder, die Berge, der See, da blühen die Blumen, fliegen und hüpfen die Vögel, weiden die Kühe — Alles, Alles ist gespenstisch, nichts grüßt dich mehr rein, du darfst keinem Geschöpf, keinem Baum, keiner Blume mehr nahen, denn du bist verworfen vor ihnen, sie sind rein und du — du bist ... Die Welt ist ein Paradies und du bist daraus verjagt und irrst umher unstät und flüchtig; du kannst dich betäuben, kannst lächeln, scherzen und heucheln — aber die Sonne heuchelt nicht, die Erde heuchelt nicht und tief innen dein Gewissen heuchelt nicht. Du hast die Welt getödtet, dich getödtet und lebst — todt in einer todten Welt. Wie ist es nur möglich? Es ist nicht! Ich bin wahnsinnig! Ich will dich nicht strafen, nicht züchtigen, du sollst nur wissen, wer du bist. Deine Erkenntniß sei deine Strafe und deine Heilung. Ich zerreiße all' die beschönigenden Worte; wissen, sehen, erkennen sollst du —

Der Straßenknecht kam zum Grafen heran und fragte, ob ihm nicht wohl sei, da er sich auf den Steinhaufen setze.

„Nicht wohl?" stöhnte Eberhard. „Nicht wohl? Mir wäre wohl, wenn ich du..."

Er stand auf und ging weiter.

Eine klagende Mutter kann weinen. Ein Vater nicht.

Der Kopf sank ihm tief auf die Brust. Er sah blühende Rosen, sie sollten ihr Haupt schmücken, er sah die Dornen, sie sollten ihre Stirn blutig reißen; Zorn und Schmerz wirrten sich in seiner Seele durcheinander; der Zorn raste, der Schmerz weinte, der Zorn wollte ihn hoch hinauftragen und ihn mit Riesenkraft ausstatten, daß er die ganze Welt zerschmettere, der Schmerz wollte ihn selbst im Innersten zermalmen.

Da richtete er sich plötzlich auf und wie vom Sturme gejagt sprang er den Weg hinab, über den Graben, über die Wiese, hin zu dem Apfelbaum.

„Das ist der Baum ... Du stehst mit rothen Früchten geschmückt, du ... und sie? ... Wehe! Das Leben ist eine Unbarmherzigkeit!"

Ein tiefer, kläglicher Schrei entwand sich seiner Brust. Der Straßenknecht oben hörte ihn, der Kutscher unten am Wagen hörte ihn. Sie liefen herbei. Sie fanden Eberhard mit dem Gesicht am Boden liegend. Schaum stand vor seinem Munde. Er konnte nicht mehr sprechen. Man trug ihn hinauf ins Schloß.

<hr>

Drittes Kapitel.

In der Residenz waren alle Schulen, Kanzleien und Werkstätten geschlossen, auf den Straßen sah man fast nur Frauen und Kinder, dazwischen manchmal eine laute Gruppe von Männern, die bald in einem großen Gebäude verschwand. Es war der Wahltag. Das ganze Leben der Stadt mit den tausenden von vereinzelten Thätigkeiten und Sinnesweisen hatte sich ins Innerste, in Einen Punkt zusammengezogen; es war, wie wenn eine große Seele mit sich selbst verkehre. Eine märchenhafte Stille lag am hellen Tage auf den öden Straßen. Der Wagen des Leibarztes kam vom Hause Brunos und hielt beim Rathhaus an, Gunther stieg aus, ging hinauf und gab seine Stimme ab. Als vielbeschäftigter Arzt durfte er außer der Reihe wählen. Er kehrte zum Wagen zurück und fuhr nach Hause. Als er in die Wohnstube trat, überreichte ihm seine Frau ein so eben angekommenes Telegramm. Gunther öffnete es.

„Was ist dir?" rief Frau Gunther, noch nie hatte sie das Antlitz ihres Mannes sich so verändern gesehen.

Er reichte ihr das Telegramm und sie las:

„Graf Eberhard Wildenort plötzlich vom Schlage gerührt, der Sprache beraubt. Nachricht Sohn und Tochter mittheilen. Sofort hieherkommen, womöglich auch Sie.

Kreisphysicus Dr. Mann."

„Du reisest," sagte Frau Gunther in bewegtem, kaum fragendem Tone. Gunther nickte.

„Ich habe eine Bitte," fuhr Frau Gunther fort. Gunther winkte nur mit der Hand, auch ihm war es, als sei ihm die Zunge gelähmt.

„Ich möchte mitreisen," sagte sie.

„Ich verstehe dich nicht."

„Setz' dich," bat die Frau, und als Gunther saß, legte sie ihre milde Hand auf seine hohe Stirne: sein Antlitz erheiterte sich und sie sagte:

„Wilhelm, ich sehe hier ein entsetzliches Geschick; laß mich Theil haben, zu mildern und zu beschwichtigen, was möglich. Ich kann mich in die Seele des verlorenen Kindes versetzen, dem diese Botschaft wird. Wer weiß, ob nicht ihr Thun das verschuldet. — Ich will der Gräfin Irma beistehen, als läge sie elend auf der Straße, obgleich sie im Wagen fährt. Und wenn mich die Arme zurückstoßen will, ich weiche nicht. Ich weiß nicht, was geschehen mag, aber es kann etwas kommen, daß sie ihr von Furien gepeitschtes Haupt an das Herz einer Frau legen möchte. Ich bitte, laß mich mit."

„Ich habe nichts dagegen; rüste vorläufig Alles zur Reise." Er fuhr zu Bruno.

„Ihre Partei ist in der Wahlschlacht geschlagen," rief dieser, als er Gunthers traurige Mienen sah.

„Noch nicht," entgegnete Gunther, und theilte in mildem Uebergange Bruno die Nachricht mit.

Bruno wendete sich ab, raffte schnell einige Briefe zusammen, die auf dem Tische lagen und verschloß sie im Pult. Er war bald bereit, mit Gunther zu Irma zu gehen. Sie theilten ihr sehr behutsam die Trauerkunde mit.

„Ich wußte es, ich wußte es!" schrie Irma. Man hörte kein Wort weiter von ihr. Sie ging in das Schlafzimmer und stürzte sich auf das Bett; aber sie hatte kaum die Kissen berührt, als sie sich wie zurückgeworfen erhob und auf dem Boden niederknicte und umsank. Bald kam sie wieder in das Empfangszimmer. Ihr Angesicht war starr. Sie gab dem Diener und der Kammerjungfer rasche Anordnungen für die Reise. Der Leibarzt entfernte sich, um Urlaub zu nehmen; er versprach auch für Irma das Nöthige zu besorgen.

„Du solltest der Königin noch Lebewohl sagen," brachte Bruno heraus.

„Nein, nein!" rief Irma heftig. „Ich kann nicht und ich will nicht!"

Es war kein Diener im Vorgemach. Es klopfte an. Irma schrak zusammen. „Kommt der König selbst?"

„Herein!" rief Bruno.

Frau Gunther trat ein.

„Sie hier? Und jetzt?" fragten die Blicke Irmas, sie konnte kein Wort hervorbringen.

Frau Gunther erklärte mit einfachen Worten, wie sie von der Unglücksbotschaft gehört und es sich von Irma als Zeichen der Freundschaft erbitte, sie begleiten zu dürfen.

„Ich danke, ich danke herzlich!" stieß Irma hervor.

„So gewähren Sie meine Bitte?"

„Ich danke. Ich will Ihnen auf den Knieen danken, aber ich bitte, lassen Sie mich jetzt nicht viel reden."

„Es ist nicht nöthig, liebe Gräfin," begann Frau Gunther, „Sie haben mich scheinbar vernachlässigt oder vergessen, der äußern Thatsache nach, aber in Ihrer eigentlichen Seele haben Sie mich weder vernachlässigt noch vergessen, und wär's auch, ich war eine Stunde in Ihrem Herzen daheim und Sie in meinem." Irma wehrte mit beiden Händen von sich, als ob die guten Worte sie wie Pfeile träfen. Frau Gunther fuhr in besänftigendem Tone fort: „Sie thun mir ein Gutes, wenn Sie mir erlauben Ihnen ein Gutes zu thun. Sie haben keine Mutter, vielleicht auch — bald keinen Vater mehr —"

Irma stöhnte auf und drückte die Hände auf die Augen.

„Liebes Kind," bat Frau Gunther und legte ihre Hand auf den Arm Irmas. Irma zuckte. — „Liebes Kind, darum sind viele Menschen auf die Erde gesetzt, damit der Eine, der mitfühlt und doch nicht selbst betroffen ist, dem Andern eine Stütze sei, wenn er brechen, ein Licht, wenn sich ihm Alles verdunkeln will. Ich bitte, seien Sie nicht stolz, lassen Sie mich bei Ihnen sein in Allem, was die nächsten Tage Ihnen bringen."

„Stolz? Stolz?" fragte Irma und faßte die Hand der Frau Gunther, ließ sie aber rasch wieder los. „Nein, verehrte, liebe Frau, ich erkenne Ihre herzliche Absicht, ich verstehe … ich weiß …. Alles …. Ich könnte Ihre gute That ruhig annehmen, ich weiß oder glaube, daß ich auch so handeln könnte, wenn …."

„Das ist der beste und einzige Dank," fiel Frau Gunther ein, aber Irma wehrte ab und fuhr fort:

„Ich bitte, quälen Sie mich nicht. Ihr Herr Gemahl und mein Bruder begleiten mich. Ich bitte, reden Sie kein Wort mehr, ich danke; ich werde an Sie denken, ich danke."

Gunther trat wieder ein und Irma sagte:

„Ist Alles bereit? Lassen Sie uns keine Minute mehr ver=
lieren."

Sie verneigte sich gegen Frau Gunther. Sie hätte sie gern
umarmt, aber sie konnte nicht.

Frau Gunther, die nie das Schloß betreten hatte, war jetzt
gekommen, einer Verlorenen Beistand zu leisten. Noch nie hatte
Irma sich so von allen Schauern und Schrecken ergriffen gefühlt,
als jetzt, da sich ihr die reine Güte zuwendete und ihr die Hand
reichte.

Als wäre sie von Dämonen zerrissen, fühlte sie den Schmerz,
daß sie dem Reinen nicht mehr nahe sein dürfe. Sie wollte vor
Frau Gunther niedersinken, aber sie stand aufrecht, sah sie starren
Auges an und ging an ihr vorüber.

Im Vorzimmer schrie der Papagei und spreizte die Flügel,
als wolle er auch mit, und rief sein: „Pfüt' di Gott, Irma!"

Wie in eine Wolke gehüllt ging Irma den Corridor entlang.
Unter dem Hofthore begegnete ihr der König, der mit Schnabels=
dorf aus dem Parke kam, Schnabelsdorf hatte mehrere Depeschen
in der Hand; sein Antlitz war heiter, er hatte Siegesnachrichten.

Der König und Schnabelsdorf erschienen Irma wie Nebel=
gestalten. Sie hatte einen doppelten schwarzen Schleier vor dem
Gesicht, sie wollte ihr von Schmerz durchwühltes Antlitz nicht
der Neugier des Hofes zur Schau stellen.

Der König kam näher, sie konnte den Schleier nicht zurück=
schlagen, und der vor ihr Stehende erschien ihr weit, weit weg;
sie hörte seine freundlichen und gewiß guten Worte, aber sie
wußte nicht was er sagte.

Der König reichte dem Leibarzt die Hand, er reichte sie auch
Bruno und zuletzt auch Irma. Er drückte ihre Hand, sie er=
wiberte den Druck nicht.

Man stieg ein. Frau Gunther hatte noch ihre Hand auf den
Wagenschlag gelegt; Irma beugte sich nieder und küßte sie. Der
Wagen fuhr davon.

Geraume Zeit wurde kein Wort gesprochen. Jenseits des ersten
Dorfes nahm Bruno eine Cigarre heraus, indem er zu seiner
Schwester ihm gegenüber sagte: „Ich bin ein Mann, ein Mann
muß das Unvermeidliche mit Ruhe und Besonnenheit aufnehmen.
Zeige auch du jetzt, daß du die starke Seele bist."

Irma antwortete nicht. Sie schlug den Schleier zurück und

schaute zum Wagenfenster hinaus. Die Abreise war so rasch vor sich gegangen, jetzt erst kam sie zu sich und athmete frei auf.

„Du hättest der Königin doch noch persönlich Lebewohl sagen sollen,“ nahm Bruno in gefaßtem Tone wieder auf. Dieses lange Stillsein war ihm peinlich; man muß sich die bösen Stunden möglichst gut vertreiben. Als Irma noch immer schwieg, setzte er hinzu: „Du weißt ja, das zarte Wesen der Königin ist so leicht verletzt und beleidigt.“

Irma gab noch immer keine Antwort. Gunther aber sagte:

„Ja, die Königin beleidigen, wäre Tempelschändung. Ihren Glauben an die Güte und Wahrhaftigkeit der Menschen schwankend machen, vermöchte nur eine barbarische Seele.“

Gunther sprach das mit einer Energie und Hast, die man sonst nicht an ihm gewohnt war. Irma fühlte sich ins Herz getroffen. Ist sie die Tempelschänderin: Ganz leise stieg der Gedanke in ihrer Seele auf: die Königin ist sein Ideal und das meine der König. Wer weiß, ob sie nicht unter der Maske der Geistesverwandtschaft... Irma ließ schnell den Schleier wieder über das Gesicht fallen; ihr Athem ging hastig, ihre Wangen glühten. Wer selber weiß, daß er.... muß auch Andere.... nichts ist ganz.... Niemand.... Sie hatte das Gefühl, daß sie etwas sagen müsse und brachte endlich die Worte hervor:

„Die Königin verdient es, einen Freund wie Sie zu haben.“

„Ich stelle mich zu Ihnen,“ erwiderte Gunther ruhig; „ich glaube, wir sind Beide der Freundschaft dieser echten Seele würdig.“

„Sie glauben also an Freundschaft unter verheiratheten Personen verschiedenen Geschlechts?“ fragte Bruno.

„Ich kenne sie,“ erwiderte Gunther.

„Sie llein oder groß geschrieben?“ fragte Bruno und lachte; schnell aber sich der traurigen Veranlassung zur Reise erinnernd, wurde sein Gesicht wieder ernst.

Der Arzt erwiderte nichts.

An der ersten Poststation traf man lärmende Gruppen. Der Postmeister berichtete den Reisenden, daß eben der Wahlkampf vor sich gehe, er sei heiß, aber die Schwarzen würden hier unterliegen.

Bruno war ausgestiegen und sagte zum Postillon:

„Edler Mitbürger, hast du auch schon dein souveränes Wahlrecht heute geübt?“

„Ja wol, und gegen die Schwarzen."

Man fuhr weiter.

An den folgenden Stationen stieg Bruno nicht wieder aus. Man näherte sich dem Bezirke Eberhards. Als in der Gerichtsstadt die Pferde gewechselt wurden, hörte man laut rufen: „Graf Wildenort lebe hoch! Triumph!"

„Was ist das?" fragte Gunther zum Wagenschlag hinaus.

Es wurde ihm erklärt, daß trotz aller Mühen der Schwarzen doch Graf Eberhard den Sieg erringen werde, die Gegner hätten ein niederträchtiges Gerücht ausgesprengt, das den alten Grafen verunehren sollte, aber was sie als Hinderniß hingeworfen hätten, darüber seien sie selbst gestolpert; allgemein habe es geheißen: ein Vater kann nichts für ein Kind, ja um so eher muß man ihm jetzt die höchste Ehre zuwenden. Irma drückte sich zurück in die dunkle Wagenecke, sie hielt den Athem an.

Man fuhr davon, lautlos.

Bruno sagte, daß es ihm zu heiß sei im Wagen und auch, daß er es nicht wohl ertrage, rücklings zu fahren; er wollte aber durchaus nicht dulden, daß der Leibarzt den Platz mit ihm wechsle; er ließ anhalten und setzte sich auf den Hintersitz zur Kammerjungfer, der Lakai mußte sich auf den Bock zum Kutscher setzen. Irma that den Hut ab und legte den Kopf zurück; der Kopf war ihr so schwer. Mehrmals, als man einen steilen Weg hinanfuhr und drunten der Abgrund sich zeigte, richtete sie sich rasch auf; sie wollte sich aus dem Wagen in die Tiefe hinabstürzen, aber immer wieder legte sie sich matt zurück. Auch Gunther blieb stille, und so fuhr man lautlos durch die Nacht dahin.

Die Kammerjungfer wollte einmal laut lachen, aber Bruno hielt ihr den Mund zu.

<hr>

Viertes Kapitel.

Mitternacht war nahe, als die Reisenden auf Schloß Wildenort ankamen.

Der Diener sagte, der Graf schliefe, der Arzt aus dem Thale sei bei ihm.

Als die Ankömmlinge in das Vorzimmer traten, kam der

Landarzt aus dem Krankenzimmer ihnen entgegen; er wollte Gunther den Fall mittheilen. Gunther bat, erst dann, wenn er selbst den Kranken gesehen, ihm Bericht zu erstatten. Leise ging er mit Irma und Bruno in das Krankenzimmer.

Eberhard lag, den Kopf von hochaufgeschichteten Kissen gehalten, im Bett, seine Augen standen offen; er starrte die Ankommenden an, regungslos, als wären es Traumgestalten.

„Eberhard! Von Herzen grüße ich dich," sagte Gunther. In den Mienen des Kranken zuckte es; er bewegte rasch die Augenlider auf und ab und streckte tastend dem alten Freund die Hand entgegen, aber die Hand sank auf die Bettdecke; Gunther ergriff sie und hielt sie fest.

Irma stand regungslos, sie konnte kein Wort hervorbringen, kein Glied bewegen.

„Wie geht's Ihnen, Papa?" fragte Bruno.

Als wäre ein Schuß an seinem Ohr vorbeigesaust, so rasch wendete sich Eberhard und winkte, daß Bruno das Zimmer verlasse.

Irma kniete am Bett nieder, Eberhard tastete ihr mit zitternder Hand über das Gesicht, seine Hand wurde naß von ihren Thränen, aber plötzlich zog Eberhard die Hand zurück, als hätte er ein giftiges Thier berührt, er wendete das Gesicht ab und preßte die Stirn an die Wand. So lag er lange.

Weder Gunther noch Irma sprachen ein Wort; die Stimme versagte ihnen vor dem, dem das Wort versagt war. Jetzt wendete sich Eberhard wieder um und winkte der Tochter mit sanfter Bewegung, daß auch sie das Zimmer verlasse. Sie ging.

Gunther blieb allein bei Eberhard. Seit dreißig Jahren hielten die Freunde zum Erstenmal wieder einander. Eberhard führte die Hand Gunthers über seine Augen und schüttelte dann den Kopf.

Gunther sagte: „Ich verstehe, du möchtest weinen und kannst nicht. Verstehst du alles, was ich spreche?"

Der Kranke nickte bejahend.

„So laß dich dünken," fuhr Gunther fort, und seine Stimme hatte einen tief erquickenden Ton, „so laß uns dünken, die Jahre, die wir getrennt gelebt, seien eine Stunde. Unser Zeitmaß ist ein anderes. Erinnerst du dich noch, wie du oft in gehobenen Momenten ausriefst: Nun haben wir wieder Jahrtausende gelebt?"

— Ein Zucken ging durch das Antlitz des Kranken, ein unter-

brochenes, wie wenn ein Weinender plötzlich, von einem freund=
lichen Gedanken angemuthet, lächeln sollte und doch nicht kann.

Eberhard versuchte, auf der Bettdecke Schriftzeichen zu machen,
Gunther verstand sie nur schwer zu entziffern.

Der Kranke winkte nach einem Tische, auf welchem Bücher
und Schriften lagen. Gunther brachte mehrere herbei. Der Kranke
winkte von neuem, keines war das rechte; endlich brachte Gunther
ein kleines geschriebenes Heft. Auf dem Deckel stand das Wort
„Selbsterlösung." Der Kranke nickte froh, als grüßte er ein
glückliches Begegniß.

„Das hast du selbst geschrieben. Soll ich dir daraus vorlesen?"

Der Kranke nickte rasch. Gunther setzte sich an das Bett und las:

„Für den Tag und die Stunde, da sich mein Denken
verdunkeln will, sei mir dies zur Erleuchtung.

Ich habe immer in mich hineingedacht. Ich wollte mein
eigen Selbst erfassen, wie es nicht ist in der Zeit, nicht bestimmt
von einem Standorte, nicht von einer That. Ich sehe es, aber
ich kann es doch nicht festhalten. Ein Tropfen Thau, einge=
schlossen ins Herz eines Felsens.

Es giebt Stunden, wo ich das Ideal, noch mehr Stunden
aber, wo ich die Caricatur meiner selbst bin. Wie fasse ich die
wirkliche Wesenheit? Was bin ich?

Ich erkenne mich als etwas, das dem All und der Ewigkeit
angehört.

Wenn ich das fasse, — es sind selige Minuten, die auch zu
Stunden werden, — dann giebt es nur Leben, keinen Tod, weder
für mich noch überhaupt in der Welt.

In meiner Sterbestunde möchte ich so klar und hell wie jetzt
mir bewußt sein, daß ich in Gott bin und Gott in mir.

Mag die Religion die Wärme des Gefühls, den Glanz der
Phantasie für sich in Anspruch nehmen — dafür stehen wir in
der Klarheit, die Gefühl und Phantasie in sich schließt.

Oft in ruhelosen Tagen, da ich das Unendliche zwingen wollte,
mir Stand zu halten, war mir's, als löse ich mich auf und ver=
schwimme und verschwinde. Ich wollte wissen: wie ist Gott?

Jetzt habe ich die Antwort unsres Meisters: wir haben keine
bildliche Sinnesvorstellung von Gott, aber wir haben einen klaren
Gedanken oder Begriff von ihm.

Das alte Wort: Du sollst dir kein Bild machen von Gott

— heißt für uns: Du kannst dir kein Bild von Gott machen. Jedes Bild ist ein begrenztes, der Gottesgedanke der Begriff der Unbegrenztheit.

Wir müssen uns als einen Theil Gottes denken — lehrt Spinoza.

Indem mein Geist das Ganze zu erfassen strebte, habe ich erkannt, was es heißt: Der Menschengeist ist ein Theil des Gottesgeistes.

Aus dem ewig bewegten Meer taucht ein Tropfen auf, ist eine Sekunde — man nennt sie siebzig Jahre — sonnenhaft leuchtend und durchleuchtet, dann taucht der Tropfen wieder unter.

Der einzelne Mensch als solcher, wie er geboren und gebildet wird, ist gleichsam ein Gedanke, der auf die Schwelle des Bewußtseins Gottes tritt; stirbt er, so taucht er wieder unter die Schwelle des Bewußtseins. Er geht aber nicht zu Grunde, er bleibt in Ewigkeit, wie jeder Gedanke in seiner Nachwirkung bleibt.

Fasse ich nun eine Verkettung, eine Vielfältigkeit solcher Gottes=gedanken und nenne ich sie Volk, so tritt der ganze Volksgenius auf die Schwelle des Bewußtseins, sobald das Volk auf die Höhe der Geschichte tritt.

Faßt man aber wieder die Völker in Eins zusammen, so ist dies eben die Menschheit, oder die Gesammtheit der Gedanken, das Bewußtsein Gottes und der Welt.

Oft wollte mich Schwindel fassen, wenn ich mich da hinan dachte, jetzt stehe ich fest auf der schroffen Spitze.

Wenn du kommst, du Stunde, die man die letzte nennt, dann ist mein letzter Wunsch, daß diese Gedanken mich noch ein=mal ganz durchglühen, auflösen und erlösen. Da giebt es ge=trennt kein endliches und kein unendliches Leben, sie fließen in einander und sind eins.

Das klare Erkennen und das Bewußtsein, daß wir eins sind mit Gott und dem Ganzen, ist höchste Seligkeit. Wer dies Be=wußtsein hat, der stirbt nicht, er lebt das ewige Leben.

Komm' noch einmal zu mir, du Geist der Klarheit, in der Stunde, da ich untertauche . . .

Es hängt Staub an meinen Flügeln, wie an den Flügeln der Lerche, die ich dort sich aufschwingen sehe aus der Ackerfurche in den Aether. Die Ackerfurche ist so rein wie der Aether, der Wurm wie die Lerche — im Verlorenen und scheinbar Versunkenen ist doch noch Gott. Und bricht mein Auge — ich habe das Ewige gesehen — mein Blick ist ewig. Frei über alle Verzerrung und Selbstverwüstung hinüber rauscht der ewige Geist." — —

Gunther hatte gelesen, Eberhard legte ihm jetzt die Hand auf den Mund, dann schaute er ihm tief in die Augen.

„Du hast ehrlich mit dir und den höchsten Ideen gerungen," sagte Gunther, aber in seiner Stimme zitterte noch ein anderer Schmerz als der über den Tod.

Eberhard schloß die Augen. Als Gunther sah, daß der Kranke fest schlief, erhob er sich.

Jetzt sah er, daß Irma hinter dem Bettschirm gesessen. Er winkte ihr, sie verließ mit ihm das Gemach.

„Sie haben Alles gehört?" fragte Gunther.

„Ich kam erst vor wenigen Minuten."

Irma verlangte volle Wahrheit über den Zustand ihres Vaters. Gunther gestand, daß keine Hoffnung auf Wiedergenesung vorhanden, nur die Stunde des Todes lasse sich nicht bestimmen. Irma bedeckte mit beiden Händen das Gesicht, dann kehrte sie wieder ins Krankenzimmer zurück. Dort saß sie hinter dem Bettschirm.

Im großen Saale saß Bruno, dem Landarzt gegenüber. Bei Gunthers Eintritt stand Bruno rasch auf, kam ihm entgegen und sagte hastig: „Unser Freund hier hat mir bereits Beruhigung gegeben; die Sache hat, gottlob" — die Zunge stolperte ihm bei dem Worte gottlob — „keine nahe Gefahr; beruhigen Sie nur auch meine Schwester."

Gunther antwortete nichts. Er erkannte, wie Bruno sich den Anschein geben wollte, daß er von keiner nahen Gefahr wisse, und Gunther war Hofmann genug, um dem die Wahrheit nicht aufzudrängen, der sie nicht hören wollte. Er kehrte zu Irma zurück, Bruno folgte ihm und redete der Schwester Muth zu. Sie schüttelte den Kopf, er achtete nicht darauf und sagte, er wolle für die schwere Zeit, die bevorstehe, sich Kraft und Ausdauer holen; in der That aber wollte er ausreiten, um das Entsetzliche zu versäumen. Wozu sich Erschütterungen aussetzen, bei denen man nichts helfen kann?

Der Morgen begann zu dämmern. Der Kranke lag noch immer still.

„Er athmet leichter," sagte Irma, die Worte kaum hinhauchend.

Der Arzt nickte beruhigend.

———

Fünftes Kapitel.

Mit festem Schritt ging Bruno die Treppe hinab. Er hatte das Pferd eine Strecke vom Schloffe wegführen lassen.

Wenn nur das dumme Sterben nicht wäre, sprach es in ihm, während er mit einem Fuß in den Steigbügel stieg. Da zerrte etwas hinter ihm an seinem Rock. Ist's die Hand des Vaters? Eine Geisterhand, die ihn zu Boden reißt? Er strauchelte zurück. Sein Rock hatte sich in eine Schnalle verfangen. Er machte sich los und war eben daran, die Reitpeitsche gegen den unachtsamen Jockey zu schwingen, da fiel ihm ein, wie das jetzt nicht am Orte sei. Der Vater ist krank, schwer krank, ja vielleicht, es kann doch sein, obgleich der Hausarzt solche Beruhigung gegeben — nein, jetzt darf man keinen Untergebenen strafen; es soll nicht heißen, daß Bruno in dieser Stunde einen Reitknecht gezüchtigt. Fitz, der die Schnalle in Ordnung brachte, duckte nieder, als ob er bereits den Peitschenstiel im Nacken spüre; erstaunt sah er auf, als sein Herr im milbesten Tone sagte:

„Ja, lieber Fitz, du hast auch nicht geschlafen und bist voll Unruhe, ich seh' dir's an. Leg' dich jetzt noch eine Stunde zur Ruhe, du brauchst nicht mit mir zu reiten. Laß dein Pferd gesattelt. Wenn etwas hier im Hause passirt, so reitest du oder Anton mir nach und holst mich, immer den geraden Weg durch die Waldlichtung dort; oben beim Gamsbühel, beim Reitweg, bevor es in die Höhe geht, kehre ich um und reite durch das Thal zurück. Hörst du? Merk' dir's! So, jetzt leg' dich schlafen, sattle aber dein Pferd nicht ab, merk' dir's, hörst du?"

Fitz sah staunend zu seinem Herrn auf, der nun davon ritt.

In kurzem Trab ritt Bruno dem Walde zu nach einer Lichtung, die zur Weide hergerichtet war; es ritt sich sanft hier auf dem Grasweg, und es war so erfrischend in der Morgenkühle.

Der goldene Morgenschimmer zitterte durch den Wald und glänzte auf den Thautropfen an Gras und Baum. Der Waldbestand rechts und links war prächtig, Bruno nickte: er hat das Forstwesen trefflich verstanden. Nein, das thu' ich ihm nicht an, ich lasse den Wald gut forsten, ich holze ihn nicht ab.

Jetzt ging's über eine ebene Strecke. Bruno gab dem Pferde die Sporen und setzte im frischen Galopp dahin. Plötzlich hielt er an; er war in einer Gegend, die er nicht kannte. Hier war doch vordem ein Sumpf, und nun weites Ackerland, darauf die gemähten Schwaden dicht beisammen liegen.

Bruno lenkte abseits zu den Knechten, die hier die Garben banden. Der Oberknecht berichtete dem jungen Herrn, daß der Vater den Sumpf trocken gelegt und dies nun zum besten Land des ganzen Gutes gehöre. Er reichte Bruno eine Handvoll Aehren und sagte: „Bringen Sie das Ihrem Herrn Vater. Er denkt auf seinem Krankenbett gewiß zu uns heraus."

Bruno lehnte das ab und schenkte dem Oberknecht ein gutes Trinkgeld, dann ritt er weiter, rief aber dem Oberknecht nochmals zu, wenn der Reitknecht ihm nachkomme, solle er ihm sagen, sein Herr reite nach dem Gamsbühel.

Es war still und einsam im Walde, nur hinter sich hörte Bruno Peitschenknallen; die Knechte führten die erste Ernte vom neueroberten Felde ein. Er ließ das Pferd im Schritte gehen, hier sah ihn Niemand, er steckte sich eine Cigarre an. Als er die Hochebene erreicht, ging's wieder im scharfen Trabe vorwärts. Hier weideten die Schafe. Auch auf den Schäfer ritt Bruno zu und gab auch ihm Auftrag wegen des nachfolgenden Reitknechts; es war ihm eine Beruhigung, daß er so viel Sorgfalt anwandte, damit man ihn sicher finde. Hinter ihm drein blökten die Schafe. Er schaute unwillkürlich um, das klang so jämmerlich; aber als ob er sich damit selbst beruhige, klatschte er den Hals des Pferdes, und indem er es dann scharf in die Zügel nahm, richtete er sich selbst wieder stramm auf. Der Weg führte wieder über einen Durchschlag. Drunten lag das Thal im hellen Sonnenglanz. Der Gedanke durchzuckte ihn: Da sind so viel armselige Menschen, die nichts haben und ihre Tage mit der Sorge verbringen, wie sie nur leben sollen — warum kann man ihnen nicht ihre Lebenskraft ablaufen, ihre Jahre zu den seinen nehmen und immer weiter leben? Das dumme Volk hat Recht, wenn es uns für nichts mehr hält, wie sie, da wir ja auch sterben müssen, an denselben Krankheiten wie sie... Hier lebt Alles fort, Baum und Thier und Mensch, und dort oben im Schlosse liegt ein Mann, wie sie meinen, im Sterben, vielleicht stirbt er jetzt in diesem Augenblick. Diese Luft trägt seinen letzten Hauch, wo ist er? Warum fährt nicht ein Todesschauer durch all sein Besitzthum, durch Baum und Mensch und Thier? Alles müßte mit ihm leben, mit ihm sterben! Es ist sein. Diese Armseligkeit...

„Ich bin ein armes Weib, schenken Sie mir was!" sprach den Reiter plötzlich eine Gestalt an, die aus dem Dickicht hervorhuschte. Es war die alte Zenza.

Bruno schrak zusammen, als wäre ihm ein Gespenst erschienen. Er gab seinem Pferde die Sporen und jagte davon, die Haare sträubten sich ihm empor, er kam lange nicht zur Ruhe.

Wie von selbst setzte sich die abgebrochene Gedankenreihe fort, und der Anruf der Alten verknüpfte sich darein: Schenk' mir was... Wenn Alles stürbe mit dem Besitzer, wer würde erben? Was ist dem Menschen mehr zu eigen, als seine Gedanken? Und sie sterben doch mit ihm...

„Ich will nicht denken," sagte Bruno plötzlich laut. „Ich will nicht! Morgen, übermorgen, später, nur jetzt nicht; jetzt will ich euch Gedanken nicht!"

Er lüftete den Hut, als müßten dadurch alle Gedanken davonfliegen, dann schlug und spornte er das Pferd, daß es sich hoch aufbäumte und wild davon rannte. Die Sorgfalt, fest im Sattel zu sitzen, erlöste ihn von aller übernächtigen Grübelei, denn als solche erschien ihm das Sinnen und Denken. Er saß fest, preßte dem Pferd die Schenkel in die Rippen und die körperliche Anstrengung that ihm wohl. Dennoch mußte er plötzlich wieder an den Vater denken. Er spürte ein Zucken in der Brust... in diesem Augenblick mußte es sein... jetzt entfuhr der Brust des Vaters der letzte Athem... Die Hand Bruno's zuckte unwillkürlich. Das Pferd hielt an. Wieder gab er ihm die Sporen und jagte davon, er jagte seine Gedanken davon. Da rief eine Stimme:

„Bruno, halt ein!"

Es durchschauerte ihn. Was ist das für eine Stimme? Wer ruft ihn hier bei seinem Namen? Kalter Todesschweiß trat ihm auf die Stirne.

„Wer ruft mich?" fragte er mit blasser, bebender Lippe.

„Du kannst nicht zu mir!"

„Wer bist du? Wo bist du?" rief Bruno. Es überschauerte ihn kalt, und das Pferd schnaubte. Ist es denn wahr, daß Hexen im Felsen wohnen? Dort aus dem Felsen kommt die Stimme.

„Wer bist du?" wiederholte Bruno. „Deine Stimme klingt mir —"

„Kennst du sie noch? Die schwarze Esther? Kehr' um, du bist des Todes!"

Es raschelte etwas den Berghang hinab, Bruno saß erstarrt auf dem Pferde. Endlich ließ er die Hand vom Zügel, betrachtete seine Hand, zog den Handschuh aus, wie um sich zu vergewissern, daß er noch lebe, daß noch Tag ist, nicht Alles ein Traum, wilde Ausgeburt ruheloser Phantasie . . .

Das Pferd ging ruhig weiter. Plötzlich sprang es mit einem mächtigen Satz seitwärts — ein Schuß knallte.

Wer jagt jetzt hier?

Bruno war bereits aus dem Bereich seines Besitzthums. Wer jagt im königlichen Forst, wo erst im nächsten Monat die Jagd aufgeht?

Mit einem gewissen Behagen faßte Bruno seinen Schnurrbart. Er hatte wieder ein klares Selbstgefühl, er kannte die Dinge der Welt. Er griff nach dem Revolver in der Satteltasche und sah ruhig nach, ob Alles schußbereit. Das Pferd ging weiter. Da sah er an einem Baume einen Flintenlauf auf sich gerichtet und hinter dem Baume hervor rief eine Stimme:

„Kehr' um, oder ich schieß' dich nieder! Eins! Zwei! Drei —"

Bruno wandte sein Pferd, aber vom Wirbel bis zur Zehe erzitterte er, hinter ihm war ein geladener Flintenlauf, jede Minute konnte ihn die Kugel durchbohren — der kalte Schweiß rannte ihm vom Gesicht, die Augen brannten ihm, er wagte nicht die Hand zu bewegen; der Wilderer hinter ihm kann diese Bewegung mißverstehen und ihn rücklings niederschießen.

Erst als er an der Felsenecke ankam, wo die schwarze Esther ihn vorhin angerufen und so geheimnißvoll verschwunden war — sie hat ihn gewarnt, sie hat seiner Liebe nicht vergessen und er will fortan für sie sorgen — erst dort wagte er, wieder aufzu- athmen. Er gab dem Pferde die Sporen und jagte dahin, er wußte nicht mehr wohin, und erst als er bebautes Feld vor sich sah, darauf Landleute arbeiteten, stieg er ab und setzte sich auf den Boden.

Im ersten Gefühl der Rettung stieg ein guter Vorsatz in ihm auf. Er wollte zurückkehren, sich reuevoll vor dem Vater nieder- werfen und seine letzte Vergebung erbitten; er wollte ihm sagen, daß er nun für die schwarze Esther, die die erste Ursache des Zerfalls zwischen ihnen beiden gewesen, sorgen wolle. Aber er fühlte sich so matt, daß er sich nicht erheben konnte, und in ihm sprach's: Du kannst nicht! Zwei solche Erschütterungen an Einem

Tag kannst du nicht ertragen, und gewiß nicht heute, erst morgen, vielleicht später, wird das Unvermeidliche eintreten.

Wie zerschlagen in allen Gliedern richtete er sich endlich auf und fragte die Leute auf dem Feld, wo er denn sei; er erfuhr, daß er weit ab vom Weg.

Wenn jetzt der Jockey ihm nachreitet und ihn nicht findet?

Bruno fühlte sich in seinem Gewissen beruhigt, er hat das ja nicht gewollt — ein böses Schicksal, eine unbegreifliche Verkettung aller Schrecken hatte ihn vom Wege abgeleitet.

Niemand hier kannte ihn. Da hörte er plötzlich Musik. Viele Wagen, mit grünen Zweigen bekränzt, fuhren die Straße dahin.

„Was ist das? Ist das eine Hochzeit?" fragte er den Bauer, der ihm Bescheid um den Weg gegeben hatte.

„Ich weiß nicht, ich glaube, es sind die Leute aus der Stadt, die können in der Ernte spazieren fahren; es sind vielleicht die von der Abgeordnetenwahl."

Bruno stieg wieder auf. Der Bauer sah ihn seltsam an, da er um den nächsten Weg nach Wildenort fragte; er bezeichnete ihm einen Reitweg, der sich nicht fehlen ließ. Aber Bruno wollte heute lieber auf der Landstraße bleiben, er hatte keine Freude mehr am Wald, er ritt die Straße entlang; er kam an einer großen Wagenreihe vorbei, der eine Musikbande mit schwarz-roth-goldener Fahne voraufzog. Er ritt rasch vorbei, abseits. Er wollte keine Musik hören.

***

Sechstes Kapitel.

Schon bevor der Leibarzt angekommen, hatte man dem Kranken zur Ader gelassen; Gunther, der eine kleine Apotheke mitgebracht, hatte rasch einige Mittel bereitet, die Eberhard Beruhigung gaben. Er schlief jetzt. Große Schweißtropfen perlten auf seiner Stirne. Gunther ging ab und zu. Irma saß verborgen, sie sah den Vater und konnte von ihm nicht gesehen werden. Jetzt athmete er lang auf, er war erwacht und schaute um sich.

Irma eilte zu ihm. Er sah sie starr an, dann winkte er, daß sie ein Fenster öffne.

Der Tag war sonnenhell, ein Luftstrom voll Waldesduft und

Wasserkühle drang ins Zimmer; Eberhard nickte. Man vernahm Peitschenknallen. In die Mienen des Kranken trat eine frohe Spannung, er wußte, daß man jetzt die ersten Garben heimbringe von dem Sumpfgrunde, den er trocken gelegt.

Man hörte Schritte im Vorzimmer. Gunther kam in Begleitung des Oberknechts.

„Tritt nur ein," sagte er unter der Thüre, „es wird deinen Herrn freuen." Mit schwerem Schritt trat der Oberknecht an das Bett des Kranken und sagte, in der Rechten eine Handvoll Aehren haltend, mit der Linken auf der Brust klopfend, als müßte er die Worte heraus hämmern:

„Hier, Herr, bringe ich Ihnen die ersten Aehren von unserm neuen Adergrund und wünsche, daß Sie noch viele Jahre in Gesundheit Brod davon essen."

Eberhard ergriff die Aehren und drückte mit der andern Hand die des Knechtes, der nun davon ging und drunten in der Scheune sich auf eine Garbe setzte und weinte.

„Soll ich bei dir bleiben oder dein Kind allein?" fragte Gunther.

Eberhard ließ die Aehren los, sie lagen auf seiner Bettdecke. Er faßte nach Irmas Hand. Gunther ging hinaus.

Jetzt ließ Eberhard auch die Hand der Tochter los, deutete auf ihr Herz und dann auf die Aehren.

Sie schüttelte den Kopf und sagte:

„Vater, ich verstehe dich nicht."

Schmerz zog durch das ganze Angesicht Eberhards, und er legte die Finger an den Mund, wie klagend, daß er nicht sprechen könne; wer weiß, ob er nicht sagen wollte: auch aus dem Sumpfe sprießt die gute Saat, wenn wir ihn richtig bebauen — so auch aus deinem Herzen, mein Kind, aus dem verlorenen, verwüsteten...

„Ich will Gunther rufen," sagte Irma, „vielleicht versteht er, was du meinst."

Eberhard winkte abwehrend; in seinen Mienen war etwas wie Zorn, daß Irma ihn nicht versteht.

Er biß auf die des Wortes beraubten Lippen und wollte sich aufrichten. Irma half ihm, und nun saß er an die Kissen gelehnt.

Sein Antlitz war verändert. Es war plötzlich eine fremde Farbe, ein fremder Ausdruck darin.

Irma sah schaudernd, was vorging. Sie kniete am Bett nieder

und legte ihre Wange auf des Vaters Hand. Er zog die Hand zurück.

Sie schaute ihn an. Mit aller Anstrengung erhebt er die Hand — sie ist von Todesschweiß übergossen — mit ausgestrecktem Finger schreibt er ihr ein Wort auf die Stirn, ein kurzes — sie sieht, sie hört, sie liest es, es steht in der Luft, auf ihrer Stirn, in ihrem Hirn, in ihrer Seele, überall — sie schreit laut auf und stürzt zu Boden.

Gunther kommt rasch herein. Er schreitet über Irma weg, hebt die herabgesunkene Hand Eberhards auf, fühlt nach seinem Herzschlag, zuckt zusammen und drückt dem Freunde die Augen zu.

Es war todtenstill in dem Gemach.

Da plötzlich tönt Musik vor dem Hause, die Melodie des fragenden Vaterlandsliedes — und Hunderte von Stimmen rufen: Hoch lebe unser Abgeordneter, der edle Graf Eberhard!

Irma am Boden regt sich, Gunther schreitet an ihr vorüber, geht auf den Hof, jäh verstummt die Musik und schweigen die Stimmen.

Rossestritte nahen; Bruno reitet in den Hof. Er steigt ab, er liest in den Mienen Gunthers und der Versammelten, was geschehen. Er bedeckt sich das Gesicht und lehnt sich auf Gunther, der ihn ins Haus zurückführt . . .

Als Gunther und Bruno in das Zimmer des Todten kamen, lag er allein; Irma war verschwunden, sie hatte sich in ihr Zimmer eingeschlossen.

Siebentes Kapitel.

Wer sein Leben zerstört, zerstört nicht sein eigenes Leben allein.

Dem Kinde, das den Vater gekränkt, wächst die Hand zum Grabe heraus.

Auf deiner Stirn steht ein unauslöschliches Mal, ein Kainszeichen von der Hand des Vaters.

Du kannst dein Antlitz nicht selbst mehr schauen und von keinem fremden Auge mehr schauen lassen.

Kannst du vor dir fliehen? Ueberall hin folgst du dir selbst.

Du bist verworfen, verloren, versunken in dir . . .

So sprach es eintönig und immer wieder aufs Neue in der Seele Irmas.

Sie lag im dunklen Gemach, kein Sonnenstrahl durfte ein=
bringen, kein Licht durfte gebracht werden; sie war allein mit sich
und der Nacht. Ihre Gedanken riefen sie wie Stimmen, zur
Rechten, zur Linken, von oben, von unten, überall — und oft
war's ihr, als schwebte die Hand des Vaters mit ausgestrecktem
Finger glühend durch die Dunkelheit.

Sie hörte draußen die Stimme Brunos, die Stimme des
Leibarztes; Bruno wollte sie mancherlei fragen, Gunther wollte
nach der Stadt zurückkehren. Irma antwortete, daß sie Niemand
sehen könne; sie trug Gunther tausend Grüße auf für Alle, die
sie liebten.

Gunther gab dem Hausarzt und der Kammerjungfer den Auf=
trag, sorgfältig über Irma zu wachen; er schickte einen Boten an
Emmy in das Kloster.

Irma blieb in Dunkelheit und Einsamkeit.

Der Versucher trat zu ihr und sprach:

Was härmst du dein junges Leben ab? Die ganze Welt liegt
vor dir mit ihrem Glanz und ihrer Schönheit. Wo ist eine Spur
auf deiner Stirn? Die Hand ist starr und vermodert. Raff'
dich auf! Die Welt ist dein! Warum verschmachten? Warum
kasteien? Jedes lebt für sich, Jedes lebt sich aus. Dein Vater
hat sein Leben vollbracht, vollbringe du das deine! Was ist
Sünde? — — — Der Tod hat kein Recht an das Leben, das
Leben allein hat Recht ...

Hin und her zerrte es an ihr und plötzlich sah sie in der
Dunkelheit jenes Gesicht aus dem Evangelium, da Satan und
der Engel sich streiten um die Leiche Mosis.

Ich bin keine Leiche! rief sie plötzlich. Und Engel giebt's
nicht und Teufel giebt's nicht! Alles ist Lüge! Von Geschlecht
zu Geschlecht singen und sagen sie uns wie Kindern in der Dunkel=
heit allerlei Märchen vor.

Der Tag ist da. Ich reiße den Vorhang auf und die ganze
lichte Welt ist mein. Haben nicht Tausende gefehlt gleich mir
und leben glücklich?

Sie stürzte nach dem Fenster. Es war ihr, als läge sie
lebendig begraben in der Erde, ihre Phantasie wühlte sie hinein
dort in jenes Grab ...

Licht, Licht muß ich haben!

Sie hob den Vorhang. Ein breiter Strahl drang herein. Sie prallte zurück. Der Vorhang fiel nieder. Sie lag wieder im Dunkeln.

Da hörte sie eine Stimme, die ihr tief zu Herzen ging. Oberst Bronnen war aus der Residenz gekommen, um Eberhard die letzte Ehre zu erweisen; er bat Irma — seine kräftige Stimme war halb verschleiert — ihm die Gunst zu gewähren, mit ihr um den Todten zu klagen.

Alles Blut preßte sich im Herzen Irmas zusammen; sie öffnete die Thür, sie reichte dem Freund im Dunkel die Hand; er preßte sie und sie hörte ihn, den starken Mann, laut weinen. Wie im Sturm zogen ihr die Gedanken durch die Seele: Da steht ein Mann, der dich erlösen könnte, und du könntest ihm dienen und unterthan sein wie eine Magd — aber wie dürftest du? ...

„Ich danke Ihnen" — sprach sie endlich. „Mögen Sie ewig das Glück empfinden, daß Sie dem Erlösten und mir Gutes ge= wesen sind ..."

Die Stimme stockte, sie konnte nicht weitersprechen.

Bronnen ging. Im Dunkel verließ er sie.

Irma war wieder allein.

Die letzte Handhabe, die sie noch im Leben hätte fassen können, war gebrochen. Hätte sie geahnt, welche Zeilen von einem zer= rissenen und auf der Straße gefundenen Briefe Bronnen in der Tasche trug, sie hätte laut aufgeschrien.

Ein einziger Gedanke war wach in ihr. Was soll mir's, noch so viel tausendmal die Sonne aufgehen sehen und jeder Sonnen= strahl, jedes Auge macht die Schrift leuchten, und Worte sind mir ewige Schrecken. Vater — Tochter — wer nimmt mir diese Worte heraus aus der Sprache, daß ich sie nie wieder höre, nie wieder lese?

Wie eine unergründliche Leere war's in ihrem Denken. Da ist der eine und einzige Gedanke immer wieder, nie auszudenken und doch schon von allen Seiten ausgedacht, und Sinnen und Brüten dreht sich mit zermalmender Gewalt, unermüdlich und ab= gemattet zugleich, im tausendmal abgemessenen Kreise um und um.

Es trat jene Dumpfheit der Seele ein, die völlige Gedanken= losigkeit ist. Nichts denken, nichts wollen, nichts thun. Das Chaos ist über den Einzelmenschen gekommen, und drüber schwebt Unfaß=

bares. Laß es herankommen, halte still wie ein Opferthier, gegen dessen Stirn das Beil des Opferpriesters geschwungen ist. Das Schicksal muß vollenden; du kannst nichts thun, nur still-halten, nicht zucken.

Stunden um Stunden lag Irma.

Draußen ging der Pendelschlag der großen Standuhr, und der Ton sprach immer: Vater — Tochter, Tochter — Vater! Stundenlang hörte sie nichts als den Pendelschlag, und immer die Worte: Vater — Tochter, Tochter — Vater! Sie wollte rufen, daß man die Uhr zur Ruhe stelle, aber sie unterließ es. Sie wollte sich zwingen, im Pendelschlag nicht diese Worte zu vernehmen. Es gelang ihr nicht. Vater — Tochter, Tochter — Vater! klang der Pendelschlag fort und fort.

Was einst freies Spiel ihrer Laune gewesen, das spielte nun mit ihr. Was hast du von der Welt gesehen? Einen kleinen Ausschnitt. Du mußt eine Reise um die ganze Erde machen, das soll deine Wallfahrt sein, da wirst du dich verlieren. Du mußt den ganzen Planeten kennen lernen, auf dem diese Geschöpfe herumkriechen, die sich Menschen nennen und sich mit Graben und Pflanzen, mit Predigen und Singen, mit Meißeln und Malen den Jammer betäuben, daß sie sterben müssen. Betäubung ist Alles . . .

Vor ihrem Geiste bauten sich Bilder auf, wie sie in ungemessene Fernen zieht, der treue Diener schlägt das Zelt in der Wüste auf, und wenn ein wilder Stamm kommt . . .

Im Halbschlaf hörte sie den Tamtam und sah sich hinweg-tragen, mit Pfauenfedern geschmückt, und um sie her tanzten dunkle wilde Gestalten.

Was ihre Phantasie einst keck sich vorgespiegelt und was jetzt von selbst aus ihr auftauchte, das umtollte sie und schlang den sinnverwirrenden Reigen . . . .

Achtes Kapitel.

Es war tief in der Nacht. Alles schlief.
Irma öffnete leise und schlich hinaus.
Sie ging nach der Todtenkammer. Ein einsames Licht brannte

zu Häupten des Todten; er lag im offenen Sarg, ein Büschel Aehren zwischen den Händen. Der Diener, der bei der Leiche wachte, sah Irma groß an; er nickte nur und sprach kein Wort.

Irma faßte die Hand des Vaters. Wenn diese Hand segnend auf ihrem Haupte geruht hätte, statt daß sie . . .

Sie kniete nieder und küßte mit heißer Lippe die eisig kalte Hand. Ein Gedanke, ein Blitz, ein sinnverwirrender, zuckte durch ihre Seele: Das ist der Kuß der Ewigkeit! Flammende Lohe und Eisesstarren drängten sich zusammen. Das ist der Kuß der Ewigkeit . . .

Als sie in ihrem Zimmer erwachte, wußte sie nicht mehr, hatte sie geträumt oder war es in Wirklichkeit geschehen — sie hatte die todte Hand des Vaters geküßt; aber das spürte sie: tief in ihrem Innersten ruht etwas wie ein eisiger Tropfen, unbeweglich, un= vertilgbar.

Der Kuß der Ewigkeit — du wirst keine warmen Lippen mehr küssen — du bist dem Tode vermählt.

Sie hörte die Glocken läuten, man trug ihren Vater zu Grabe; sie verließ das Gemach nicht, kein Ton kam von ihren Lippen, keine Thräne aus ihrem Auge; Alles in ihr war stumm, dumpf und zerbrochen.

Sie lag im Dunkel. Wenn die Tauben auf dem Fenster= sims draußen girrten und davonflogen, dann wußte sie, daß es Tag war.

Bruno war im höchsten Grade ärgerlich über das excentrische Wesen seiner Schwester. Er wollte abreisen, sie sollte ihn be= gleiten oder doch sagen, was sie vorhabe. Sie gab keine Ant= wort. Endlich trat er zur Reise gerüstet in das Vorzimmer Irmas; hier saß das Kammermädchen und las in einem Buche.

Bruno hatte die Hand ausgestreckt, um ihr unter das Kinn zu fassen, aber schnell erinnerte er sich, daß er ja in Trauer war; er zog auf halbem Wege die Hand wieder zurück.

Er übergab dem Kammermädchen seinen Hut, daß sie einen Trauerflor darum nähe, und streichelte dabei zufällig ihre Hand. Dann ging er nochmals an die Thür seiner Schwester.

„Irma," bat er, „Irma, sei doch vernünftig, gieb doch endlich eine Antwort!"

„Was soll ich?" fragte es drinnen.

„So öffne doch!"

„Ich höre," antwortete sie und öffnete nicht.

„So laß dir sagen: Es hat sich kein Testament des seligen Papa vorgefunden. Ich werde Alles mit dir brüderlich ordnen. Willst du nicht mit zu meiner Familie reisen?"

„Nein."

„So reise ich allein. Adieu!"

Er erhielt keine Antwort, er hörte, wie sich Schritte von der Thür entfernten, und wendete sich um. Das Kammermädchen hatte den Flor um den Hut genäht, Bruno küßte ihr die Hand und gab ihr ein reichliches Geschenk.

Dann reiste er ab.

Es war ihm ganz recht, daß er ohne Irma reisen konnte; er kann sich eher gehen lassen und ist von Niemand genirt, und seine Philosophie befiehlt: nur keine unnöthige Trauer! Das hilft zu nichts und man verdirbt sich nur damit die Tage.

Er war unterwegs sehr zufrieden mit sich. Das Gut Wilden-ort behält er des Namens wegen für sich; es ist nur klein und man könnte ohne eine Stellung im Staat nicht standesgemäß davon leben. Er will Irma, wenn sie sich, was hoffentlich bald geschieht, verheirathet, den ganzen Schätzungswerth des Stamm-gutes als Mitgift geben.

Bruno reiste nach der Residenz, und sein erster Ausgang, nachdem er seine Familie besucht, war in den Jockeyclub, der jetzt in Permanenz versammelt war. Mit einem mäßigen Reue-gelde wollte er seine Pferde vom Wettrennen zurückziehen, das in den nächsten Tagen stattfinden sollte; er ist in Trauer, man wird Rücksicht darauf nehmen. — Auf dem Wege begegnete ihm der Leibarzt, Bruno kehrte um. Der Leibarzt ging nach dem Schlosse.

Noch nie hatte man den Mann, der als der Unerschütterliche bei Hofe galt, so bewegt gesehen, als da er die Nachricht vom Tode des alten Grafen Wildenort brachte.

Er erzählte der Königin von den Erweckungen aus besten Tagen, die sich Eberhard in der letzten Stunde wieder wach ge-rufen, aber er konnte doch nicht unterlassen, hinzuzufügen, daß der dahingegangene Freund den Hochpunkt nicht erreicht, nach dem er so redlich gestrebt; denn er hatte noch in der letzten Stunde nach äußeren Handhaben getastet und mußte sich das Errungene neu einprägen. Die Königin sah verwundert auf den

Mann, der in seiner tiefsten Ergriffenheit noch so streng urtheilen konnte.

„Wie trägt es unsere Irma?" fragte sie.

„Schwer und still, Majestät," erwiderte der Leibarzt.

„Ich meine," sagte der König zur Königin, „wir sollten unserer Freundin schreiben und ihr einen Boten schicken."

Die Königin stimmte bei, und der König sagte laut zum Schloßhauptmann:

„Die Königin will sofort einen Courier an die Gräfin Irma schicken, wollen Sie das Nöthige veranlassen. Schicken Sie den Lakaien Baum."

Die Königin stutzte. Warum sagt der König, daß sie einen Boten schicken wolle, während er doch dazu angeregt hatte und sie nur beistimmte? Ein Schreck durchzuckte sie, aber sie bezwang ihn schnell und machte sich Vorwürfe, daß der böse Blutstropfen, der sich einst in ihr geregt, noch nicht ganz verschwunden sei. Sie ging in ihr Cabinet und schrieb an Irma. Auch der König schrieb.

Baum machte ein sehr bescheidenes, sehr untergebenes Ge= sicht, als ihm der Schloßhauptmann den Befehl gab, sich sofort bereit zu machen, um als Courier zur Gräfin von Wildenort zu reisen; er solle bei der Gräfin bleiben, sie nie verlassen, und wenn sie auf Reisen gehen wolle, so werde er sie begleiten bis zu ihrer Rückkehr an den Hof.

Als Baum mit den Briefen abreiste, hatte er ein ganz an= deres Gesicht, es war triumphirend; jetzt ist er auf dem Punkt, das große Loos zu gewinnen, man hat ihm den delicaten Auf= trag gegeben, er weiß, woran er ist, man versteht ihn und er versteht die Anderen. Er wendete sich zum Schlosse zurück und seine Mienen waren jetzt gar nicht mehr unterthänig; unter der vorgehaltenen linken Hand sagte er fast laut zu sich, indem er mit der Rechten die Brust streichelte: „Als gemachter Mann kehre ich zurück, und mindestens Oberkämmerer muß ich sein."

Baum kam auf dem Herrenhause an. Die Kammerjungfer sagte, daß Irma Niemand spreche und Niemand sehe.

„Wenn sie nur aufschreien möchte, der stille Schmerz tödtet sie," klagte die Kammerjungfer.

Es wurde an die verschlossene Thüre Irmas geklopft; man mußte lange auf Antwort warten. Endlich fragte Irma, was es gebe? Sie mußte sich an der Thürklinke festhalten, da sie die Stimme Baums erkannte. Ist vielleicht der König selbst ge= kommen?

Baum sagte, daß er als Courier Ihrer Majestäten geschickt sei, um einen Brief abzugeben. Irma öffnete nur so weit, daß sie ihre Hand herausreichte, nahm den großen Brief herein, legte ihn auf den Tisch; — sie hatte nichts von der Welt draußen zu erfahren, die Welt draußen kann ihr keinen Trost geben, Niemand.

Endlich gegen Abend schlug sie die Vorhänge zurück und ent= siegelte das große Couvert. Es lagen zwei Briefe darin; der eine trug die Ueberschrift von der Hand der Königin, der andere von der des Königs. Sie entfaltete den Brief der Königin zu= erst und las:

„Du liebe, gute Irma!

(Die Königin nannte sie zum Erstenmal „Du." Irma wischte sich mit einem Tuche über das Gesicht und las weiter.)

Du hast den schwersten Schmerz des Lebens erfahren. Ich möchte bei Dir sein, Dein schwerpochendes Herz an das meine drücken und die Thränen Dir von den Augen küssen. Ich will Dich nicht trösten, nur Dir sagen, daß ich mit Dir fühle, so= weit man fühlen kann, was man nicht selbst erfahren. Du bist stark, edel und harmonisch, ich muß Dir's zurufen,

(Die Hand Irmas zitterte, als sie dies las.)

„damit Du Dich Deiner selbst erinnerst und Deinen Schmerz schön und rein trägst. Du bist verwaist, aber die Welt darf Dir nicht öde und leer sein. Dir leben befreundete Herzen. Ich freue mich, oder vielmehr ich danke dem Schicksal, daß ich im Leid Dir etwas sein kann. Ich brauche Dir nicht zu sagen, daß ich Deine Freundin bin, aber es thut in solchen Stunden gut, wenn man sich das sagt. Ich möchte keine Stunde vergnügt leben, während Du in Trauer bist. Alles ist uns gemeinsam.

(Irma bedeckte sich das Gesicht mit der Hand. Sie faßte sich und las weiter.)

„— Laß mich bald wissen, was ich Dir sein kann. Komme zu mir oder bleibe in Einsamkeit, wie es Deine Natur erheischt. Könnte ich nur Dir den Genuß Deiner selbst geben, wie wir ihn empfinden! Du weißt gar nicht, wie Großes Du geleistet.

Du hast das Reich unserer Empfindungen vermehrt. Das ist
die schönste Eroberung. Sei stark in Dir und wisse, daß Du
einen Halt hast

>   an Deiner Dich innig liebenden

>   Mathilde."

Irma legte den Brief auf den Tisch, aber sie schob ihn un=
willkürlich weit weg von dem des Königs, der noch unentfaltet
hier lag. Jahre mußten vergehen, Meere dazwischen liegen, bevor
man nach diesen Worten die des Königs vernehme. Und doch
— wie oft hat sie mit Einem Athem und Einem Blick ihn und
sie gehört und gesehen.

Mit einer heftigen Bewegung wie im Zorn erbrach sie den
Brief des Königs und las:

„Es ist mir tief schmerzlich, daß auch Sie, meine holde
Freundin, erfahren müssen, daß Sie das Kind eines Sterb=
lichen sind. Ich bejammere, daß Ihre schönen Augen weinen.
Wenn auch das Erhabenste noch der Läuterung fähig — und
welches sterbliche Wesen wäre dessen nicht? — so wird dieser
Schmerz Ihren Hochsinn noch erhöhen. Aber bitte, steigen Sie
nicht zu hoch, um uns so nieder und tief zu finden. Nehmen
Sie uns mit auf Ihre Höhe."

Die Mienen Irmas nahmen einen bitteren, versteinerten Aus=
druck an. Sie las weiter:

„Wenn Sie länger als sieben Tage Ihr schönes Auge mit
Thränen und Ihr hohes Herz mit Seufzern quälen und allein
leben wollen, so lassen Sie mich das durch ein Wort wissen.
Wollen Sie Ihre Trauer verlängern, auf einer Reise sich selbst
und ein anderes Selbst wiederfinden, so bestimmen Sie, wohin
Sie zu reisen gedenken; nur nicht zu weit weg, nicht zu weit
in das Land der Schmerzen, in ein Ihnen fremdes Land.
Sie sollen froh sein, heiter und schnell überwinden.

>   Ihr wohlgeneigter K."

In dem Brief lag noch ein Zettel mit der Ueberschrift: „So=
fort zu verbrennen."

„Ich kann nicht leben ohne Dich, ich verliere mich selbst, wenn
ich Dich verliere. Gegenwart allein ist Leben. Ich kann nur
im Lichte Deiner Augen athmen, ich will keine Wolken, ich ver=
lange Sonne. Erinnere Dich, welch eine Welt von Gedanken
Du unter Deinem geflügelten Hut beherbergst. Laß diese Welt

herrschen! Du darfst nicht traurig sein, Du darfst nicht! Um meinetwillen. Du mußt des Schmerzes Herrin werden, wie Du Herrin bist über mich! Sei stark, schwing Dich hinweg über Alles! Komm zu

Deinem Kurt.

Der Kuß der Ewigkeit! Ich allein kann die Wolken, alles Trübe von Deiner Stirn wegküssen, ich kann und ich will."

Irma schrie laut auf, ein krampfhaftes Lachen bewältigte sie.

Kann ein Mund diese Stirne küssen? Wie schmeckt der Todesschweiß, der sich hier eingeätzt? Wie schmeckt das entsetzliche Wort auf den Lippen? Küsse es weg! Küsse es weg! Es brennt, es friert. —

Diese letzten Worte allein hörte die Kammerjungfer; sie wollte zu Irma eilen; die Thür war verschlossen.

Nach geraumer Zeit erhob Irma das Haupt und war verwundert, sich am Boden zu finden; sie stand auf und ließ sich Schreibzeug und Licht bringen. Sie verbrannte beide Briefe des Königs, hielt eine Weile das schwere Haupt in beiden Händen, dann faßte sie die Feder und schrieb:

"Königin!

Ich büße meine Schuld mit dem Tode. Vergieb und vergiß.

Irma."

Sie schrieb auf den Umschlag: "Durch die Hand Gunthers. An die Königin selbst."

Dann nahm sie ein neues Blatt und schrieb:

"Dem Freunde!

Zum letztenmal spreche ich zu Dir. Wir sind auf dem Irrwege, auf dem entsetzlichen. Ich büße. Du gehörst nicht Dir. Du gehörst ihr und der Gesammtheit. Du mußt im Leben büßen, ich mit dem Tode. Fasse Dich, sei Eins mit dem Gesetz, das Dich an sie und an die Gesammtheit bindet. Du hast beide verleugnet, und ich, ich habe dazu verholfen. Unser Leben, unsere Liebe hat das Entsetzlichste über Dich gebracht. Du konntest nicht mehr wahr sein vor Dir selbst. Du sollst es wieder und ganz werden. Das rufe ich Dir sterbend zu und ich sterbe gern, wenn Du mich und Dich erhörst. Die ewige Natur weiß, daß wir nicht sündigen wollten, aber es ist geschehen. Mir ist mein Urtheil auf die Stirn geschrieben, fasse Du das Deine im Herzen und lebe neu. Dein ist noch Alles. Ich empfange den Kuß der Ewigkeit vom Tode. Höre diese Stimme und vergiß sie nicht! Vergiß aber die, die sie Dir zuruft. Ich will kein Gedenken."

Sie versiegelte die Briefe und versteckte sie schnell in der Mappe, denn sie wurde unterbrochen. Man meldete Emmy, oder vielmehr Schwester Euphrosyne.

Neuntes Kapitel.

Der Leibarzt hatte an Emmy einen Boten geschickt mit der Nachricht vom Tode Graf Eberhards und der Verzweiflung Irmas. Die Priorin hatte Emmy ermahnt, zu der jungen Freundin zu eilen, der man so viel Dank schuldig war; da keine Nonne allein reisen durfte, gab sie ihr als Begleiterin eine Schwester mit, die eine bewährte Krankenpflegerin war.

Als die Kammerjungfer die Ankömmlinge meldete, sprang Irma unwillkürlich auf. „Das ist die Erlösung! Im Kloster, abgeschieden von der Welt, lebendtodt — dort wartest du, bis man dich ins Grab legt."

Ein Leben, in dem nichts vorgeht . . . sprach es plötzlich, als stände der alte Schiffer hinter ihr, der die Worte gesprochen.

Ein trotziger Gedanke schwellte ihre Lippen: Ich warte nicht, bis mein Leben zu Ende, ich zwinge das Ende — —

Es dauerte lange, bis sie der Kammerjungfer die Antwort gab:

„Ich danke von ganzem Herzen, aber ich will Niemand sehen, Niemand hören."

Irma fühlte sich stark, als sie diese Worte gesprochen. Nun ist auch das vorbei, muß vorbei sein.

Und wieder war es still und dunkel, und wieder sprach draußen der Pendelschlag: Vater — Tochter, Tochter — Vater.

Es läutete vom Thal herauf, das ist die Abendglocke.

Es muß sein! sprach Irma zu sich. Sie schlug die Vorhänge zurück und schaute hinab ins Thal, dort gingen die Nonnen in den langen schwarzen Gewändern durch die Wiesen. Sie eilte in Gedanken ihnen nach und sprach in die leere Luft hinaus: Leb' wohl, Emmy! Dann rief sie der Kammerjungfer, sie solle Befehl geben, daß man ein Pferd sattle, sie wolle ausreiten. Sie zeigte der Kammerjungfer ihr Antlitz nicht. Niemand soll diese

Stirn je sehen. Die Kammerjungfer zog ihr das Reitkleid an, setzte ihr den Reithut auf, der noch mit dem Stück des Adler= flügels geschmückt war; Irma schauderte, als sie, auf den Hut greifend, den Flügel berührte; den Vogel hatte der König ge= schossen und ihr den Flügel gegeben damals ... es ist wie eine letzte geisterhafte Berührung.

Sie befahl, über dem Schleier am Hut noch einen zweiten Schleier zu heften, und erst als sie ganz verhüllt war, ging sie hinaus. Sie sah nicht auf, sie nahm von nichts Abschied, sie heftete den Blick auf den Boden.

Im Hofe stand das Reitpferd Irmas; es scharrte lebhaft und blies die Nüstern auf, als es Irma sah. Sie fragte nicht, wer ihr Reitpferd aus der Residenz hergebracht; sie streichelte ihm den Hals und nannte es mit seinem Namen: Pluto. Sie war in Gedanken schon so aus der Welt, daß sie das Thier wie ein Wunder, wie etwas noch nie Gesehenes betrachtete. Sie stieg auf.

Auch der große Lieblingshund ihres Vaters war da und bellte ihr zu. Sie befahl, daß man den Hund ins Haus zurücktreibe.

Im ruhigen Schritt ritt sie davon. Sie schaute nicht auf, nicht rechts, nicht links. Die Sonne stand gerade hinter den Wipfeln der Bäume und das Licht brach in zersplitterten Strahlen durch das Gezweige wie dünne Sonnenfäden, zwischen den Stäm= men hindurch glänzte der Himmel im Goldgrund.

Irma hielt an und winkte dem hinter ihr reitenden Baum; er ritt an ihre Seite.

„Wie viel Geld haben Sie bei sich?"

„Nur wenige Gulden."

„Ich muß hundert Gulden haben. Reiten Sie zurück und holen Sie."

Baum zögerte; er wollte sagen, daß ihm nicht gestattet sei, die Gräfin zu verlassen, aber er wußte das nicht vorzubringen.

„Warum zögern Sie? Haben Sie nicht verstanden?" sprach Irma, es lag ein herber Ton in ihrer Stimme. „Reiten Sie augenblicklich zurück."

Baum wendete sein Pferd.

Kaum war er aus ihrem Gesichtskreis, als Irma ihrem Pferd die Peitsche gab, über den Graben zur Seite sprengte, eine Berg= wiese hinan und hinein in den Wald. Im gestreckten Galopp folgte sie demselben Wege, den Bruno vor wenig Tagen geritten. Das Pferd war muthig und lebhaft, es freute sich seiner schönen Reiterin, sie kannten einander; lustig, als ginge es zur hellen Jagd, rannte es dahin. Und es geht zur Jagd, dort knallt ein Schuß; aber Pluto ist schußfest, er schrickt nicht zusammen. Immer lustiger geht's im Galopp dahin. Das Abendroth blinkt durch die Waldbäume und spielt in funkelnden Lichtern auf Stämmen und Moos. Und weiter geht der flüchtige Ritt, weiter, immer weiter!

Jetzt ist sie oben auf dem Bergkamm, der breite See drunten glänzt wie Purpur.

„Dort!" ruft Irma, „dort bist du, kühler Tod!"

Pluto hält an, er glaubt, seine Herrin habe es befohlen.

„Du hast Recht," sagte sie, ihm den Hals streichelnd, „es ist weit genug."

Sie steigt ab und wendet das Pferd; es sieht sie noch einmal an mit seinen großen treuen Augen, sie hat den Schleier zurück= geschlagen.

„Zieh' heim, du sollst leben. Zieh' heim!"

Das Pferd steht still. Da hebt sie die Peitsche und giebt dem Pferde einen Schlag, daß es davonrennt; Mähnen und Schweif im Abendwind flatternd, rennt es dahin über den Bergkamm.

Irma steht und sieht ihm nach. Dann setzt sie sich an den Rand eines vorspringenden Felsens und schaut hinein in die weite Landschaft und in die untergehende Sonne.

„Zum letztenmal, du schönes Licht, ihr Farben am Himmel, zum letztenmal, bevor ich in die Nacht des Todes sinke ..."

Einen Augenblick saß sie ganz hingenommen von dem An= blick, der sich ihr aufthat; sie wußte nicht mehr, von wannen sie kam, wohin sie wollte. Da standen in weiter Reihe die hoch= aufragenden Berge, vielgezackt, Gipfel an Gipfel, und immer tiefer hinein ragte ein Berghaupt empor. Die bewaldeten Berge umschwebte ein violetter Duft, an den scharfkantigen nackten Schrofen zitterte der Abendstrahl, und hoch auf die schneebedeckten Firnen breitete sich still der Hauch des Abendroths, immer höher sich färbend, während es drunten immer mehr nachtete. Wie durchglüht stand die eine große Schneekuppe, und jetzt zog mälig eine Wolke drüber hin und nahm den rothen Schimmer vom Berge mit sich fort, als wär's ein Schleier, den sie hob; die

Wolke verschwebte erglühend, und todtenfahl starrten die Schnee=
höhen. Es war der Anblick eines Gestorbenen.

Der große Tod zog über die Höhen.

Wer so mit ihm verschwinden könnte im Aether!

Irma schauerte, ein fröstelnder Luftstrom strich über die Höhe.
Sie fuhr sich mit der Hand über das Antlitz. Sie fühlte, wie
auch sie erblaßt war. Sie stand auf, stieg höher, um noch ein=
mal den Feuerball zu schauen. Sie kam zu spät, und laut sprach sie:

„Was nützt es, die Sonne zu schauen, ob tausend=, ob aber=
tausendmal, wenn sie uns doch einmal untergeht? Und sie ist
auf ewig untergegangen dem dort unter dem Boden, an dessen
Hand nun die Verwesung . . .“

Ihr schwindelte — sie sank nieder ins Moos.

Als sie sich wieder aufrichtete, war es Nacht.

Sie erhob sich und schritt mit hoch aufgeschürztem Gewand
hinab in den nächtigen Waldesgrund.

***

Zehntes Kapitel.

Irma war auf einem Fußweg, der sich durch hohe Wald=
bäume hinzog. Fest und sicher förderte sie die Schritte. Bald
ging der Fußweg in eine breite Waldstraße über.

In der Ferne zuckte Wetterleuchten am Himmel, es zerreißt
die Nacht und da thut sich ein Himmel auf, der noch hinter der
Nacht liegt.

Irma schaute kaum auf, sie dachte nichts mehr, nichts als den
Weg zu finden. Es war still im Wald; nur manchmal krächzte
etwas, wie das Aechzen eines Menschen, so klagend. Es kommt
von einem Baume, der herzspältig ist. Aber das Krächzen geht
immer mit ihr, immer ihr voraus. Sie sucht den Baum, der
so im Herzen krank; sie findet ihn nicht; es geht immer weiter
hinauf, immer tiefer hinein in den Wald. Da rennt sie den
Berg hinab. Nun ist es still. Der Weg verlor sich, aber von
ferne her leuchtete das Ziel, ein Blinken des mondbeglänzten
Sees. Sie ging weiter und weiter pfadlos durch den Wald auf
weichem Moos. Oftmals war Wimmern von Vogelstimmen in
den Baumkronen, ein Marder oder ein Wiesel würgte die Sorg=

losen in ihren Nestern. — In der Welt ist ewiges Morden, Ver=
zehren des Einen durch den Andern. Die Menschen verderben
und morden einander, nur verzehren sie einander nicht — das
allein unterscheidet sie von den Thieren. Und noch Eins — ja,
noch Eins! Das ist's! Der Mensch allein kann sich selbst morden.
Irma schwindelte bei dem Gedanken. Sie hielt sich an einem
Baum, dann schritt sie weiter. Nur keine Weichlichkeit! Fest und
entschlossen muß das Unabänderliche vollbracht werden. Weiter
ging's durch den dichten Wald. Heiß glühten ihre Wangen, der
Schweiß troff von ihrer Stirn, aber innerlich war's ihr, als ob
sie friere.

Da rauschte es durch das Dickicht vor ihr, es war ein Hirsch,
den sie aus seinem Lager aufgescheucht. Das Thier fürchtete sich
vor ihr und sie fürchtete sich vor dem Thier, sie glaubte schon
sein Geweih zu spüren, wie es sie aufspießt; sie flog mit behendem
Sprunge den Bergrand hinab; fern noch knackte es im Gebüsch,
dann war Alles still. Hoch in den Wipfeln saust es; es rauschen
Wasser, bald nah', bald fern, und jetzt hört sie das Brausen
eines Waldbachs, der von Felsen niederstürzt; sie sieht den mond=
beglänzten Schaum, sie weiß nicht mehr, wo sie ist, sie weiß
nicht, geht sie nach dem See oder rückwärts. Wenn sie sich im
Walde verirrt, wenn sie hier niedersinken muß und gefunden und
zurückgebracht wird in das Leben, in das Elend? .. Sie rafft
alle Kraft zusammen und schreitet weiter. Die Nacht wehte sie
kühl an, aber von ihren Wangen fielen heiße Tropfen; sie griff
sich an die Stirn — da ist ein heißer Quell, als ob es aus
der getroffenen Stelle rinne. Sie sieht auf zu den Sternen, sie
sieht bekannte Sternbilder, sie weiß ihren Standort, aber die
großen Wegweiser in der Unendlichkeit führen nicht auf den Irr=
wegen im Waldesdickicht ein einsam verirrtes Menschenkind. Irma
gedenkt der Nächte, wo der Leibarzt ihren Blick in die Weite ge=
lenkt — wie ist ihr nun Alles vernichtet, alles Große gefallen,
selbst der Blick zu den Sternen ist ihr verschränkt. Sie sinnt
darüber nach, ob sie die Briefe verbrannt, oder zurückgelassen;
den an den König hat sie verbrannt, dessen glaubt sie sich zu
erinnern; aber nicht auch den an die Königin? Sie sinnt hin und
her, es wirrt sich ihr zusammen. Vielleicht werden beide Briefe
gefunden. — Sei es!

Und dann zieht ihr das Lied Walpurgas durch die Seele.

Wenn die gute Bauernfrau am See wüßte, wie ihre Freundin jetzt einsam in dunkler Nacht durch den Wald rast, und mit welchen Gedanken — sie käme herbei und risse dich an sich und ließe dich nicht; wer weiß, ob sie nicht jetzt in der Ferne dein gedenkt, von dir träumt und dir durch die Nacht unfaßbar ihr Lied durch die Lüfte daher schickt? Wie wird die Arme trauern, wenn sie deinen Tod erfährt; vielleicht ist sie die einzige, die dich wahrhaft betrauert.

Alle Erinnerungsmelodien spielten durch ihre Seele. Nach Jahren erzählt ein Schiffer, wie der dort am Inselkloster, vom ertrunkenen Hoffräulein. Wie wird die Todesnachricht auf die Menschen wirken? Niemand von euch kann mir helfen, ich kann euch auch nicht helfen, und übermorgen spielt ihr wieder Karten und tanzt und singt. Keiner kann den Andern in Gedanken behalten; wer nicht da ist, hat kein Recht, in Gedanken da zu sein. Unbarmherzig ist das Leben wie der Tod...

Weiter ging's durch das Dickicht, an wilden Schluchten vorbei; die Steine, die sich unter ihren Tritten lösten, polterten in den Abgrund hinab, aus dem sie dumpf auftönten und ahnen ließen, wie tief sie gefallen waren. Die Felsen rücken näher zusammen, der Waldbach stürzt sich über sie herab, und jetzt auf einmal da sind die Felsenschrofen, da geht's nicht weiter — stürze dich hinab und zerschmettere! Wenn du aber tagelang halbtodt und gelähmt liegen und verschmachten mußt? Nein!

Sie sucht sich einen Weg. Da schlägt ihr ein Baumzweig ins Gesicht, gerade dahin, wo des Vaters todeskalter Finger sie berührt.

„Nein, diese Stirn soll das Tageslicht nicht mehr schauen," ruft sie und sucht einen Weg am Felsenhang und hält sich fest mit eingeklammerten Händen. Jetzt erschallt helles Jodeln einer Frauenstimme durch den Wald. — Irma athmet auf, es ist eine Menschenstimme, eine Frauenstimme, vielleicht ein Mädchen, ein holdes frisches Kind, das dem Geliebten ein Zeichen giebt durch die Nacht. Die Jodeltöne wiederholen sich fort und fort und werden immer dringender, und Irma sitzt in Angst und Zittern am Felsenhang; sie antwortet, sie schreit grell auf. Sie erschrickt vor ihrer eigenen Stimme, aber sie schreit wieder und wieder. Nun kommt es antwortend heran, die Stimme nähert sich, Hunde springen voraus, sie sind schon bei Irma, sie bellen, zum Zeichen, daß sie die Beute gefunden; die Frauenstimme kommt näher und näher.

„Wo bist du?" fragt es.

„Da," antwortet Irma.

„Wo?"

„Hier."

„Da oben?"

„Ja."

„Wie bist du da hinauf gekommen?"

„Ich weiß nicht."

„Halt' dich ruhig, rück' nicht von der Stelle! Ich komme."

„Ja."

Es dauerte lange, da tauchte endlich etwas unter Irma auf.

„So, da bist du?" sagte die Gestalt. Sie warf Irma einen Strick zu und befahl ihr, sich solchen um den Leib zu binden, das andere Ende an einen Felsen oder einen Baum zu heften und dann ruhig herabzugleiten.

Irma that, wie ihr befohlen. Sie schwebte zwischen Himmel und Erde, in diesem kurzen Augenblicke durchschauerte sie Unfaßbares. Sie kam glücklich bei der Frauengestalt an. Diese packte sie sofort mächtig an der Hand und führte sie. Irma folgte willenlos. Sie riß sich blutig, bis sie auf einen schmalen Felsweg kamen. Drunten brauste der Bach, aber die mächtige Frauengestalt hielt Irma fest an der Hand, diese Hand packte wie eine eiserne Zange.

„Wo du gewesen bist, da kommt ja nicht einmal ein Gemsjäger hin. So, jetzt sind wir oben, dort ist unsere Hütte," sagte endlich die dunkle Gestalt. „Es ist ein Wunder, daß du nicht gestürzt bist und hast so ein langes Kleid dazu."

„Wer bist du?" fragte Irma.

„Sag' mir zuerst, wer du bist und wie du daher kommst."

„Das kann ich dir nicht sagen."

„Meinetwegen. Mich heißen sie die schwarze Esther."

„Wen bringst du?" rief eine grausig erscheinende Frau in der Hüttenthür; hinter ihr brannte das Herdfeuer.

„Ich weiß nicht. Ein Weibsbild."

Irma ging mit der schwarzen Esther nach der Hütte. Die Alte bekreuzte sich und rief:

„Alle guten Geister loben Gott den Herrn — das ist die See=
jungfrau!"

„Ich bin kein Geist," sagte Irma, „ich bin ein müdes Men=
schenkind. Lasset mich eine Weile ruhen und dann gebt mir Eure
Tochter mit, daß sie mir den Weg nach dem See zeige. Jetzt
nur einen Tropfen Wasser!"

„Nein, das wäre dein Tod, du darfst jetzt kein Wasser trinken;
ich koch' da eine warme Suppe, ich bringe dir gleich."

Sie führte Irma hinein in die Kammer, und als sie ihre
Hand sah und daran einen Diamantring, grinste sie vergnüglich:

„Ei das schöne Ringlein, das ist wol vom Herzallerliebsten?"

„Nehmt, nehmt den Ring! Behaltet ihn!" sagte Irma und
hielt ihr die Hand hin.

Die Alte streifte den Ring mit großer Geschicklichkeit von dem
Finger.

„Herr Gott!" rief die Alte plötzlich. „Dich hab ich schon ein=
mal gesehen — ja, ja, Sie sind's ... haben Sie nicht einmal
ein goldenes Herzchen getragen und es einem Kinde geschickt?
Haben Sie nicht einmal einer alten Frau im Schloß zu essen
geben lassen und ihren Sohn frei gemacht und ihr noch Geld
dazu geschenkt? Herr Gott, ja Sie sind die —"

„Nenne meinen Namen nicht! Laß mich nur eine Minute
ruhen, frage nichts und sage nichts mehr!"

„Nein, wie Sie befehlen, gewiß nicht; ich will jetzt nur schnell
die Suppe fertig machen."

Sie ging hinaus und ließ Irma allein.

Irma lag auf dem Bett, das nichts als ein Blättersack war;
das knisterte so wunderlich, wenn sie den Kopf wendete und die
Blätter sprachen: ja, damals, als wir noch grünten, da war's
anders .... Durch das Fenster blinzelte der Mond herein. Die
ganze Welt ging mit Irma herum, sie war wie auf hoher See,
aber bald war sie entschlummert.

Sie wachte auf, sie hörte eine laute Männerstimme.

———————

Elftes Kapitel.

Draußen im Hausflur, der zugleich Küche war, stand Thomas bei seiner Mutter; er reinigte sich das geschwärzte Gesicht, that den falschen Bart ab und sagte nun:

„Mutter, wisset Ihr, was mir leid thut?"

„Was denn?"

„Daß ich nicht vor drei Tagen den jungen Grafen erschossen hab'. So geschickt kommt der mir nicht wieder. Ich hab' ihn schußgerecht aufs Genick gehabt und er wär' zusammengebrochen und hätt' nicht mehr gemuckst; ich hätt' ihm die Kugel durch den Leib geschossen, daß die Sonne durchscheint."

„Du bist mir ein schöner Kerl mit deiner Reue!"

„Ja und ich hätt' was Gutes gethan, wenn ich den Kerl erschossen hätte. Denket nur, Mutter, so sind die vornehmen Leute, so sind die, denen der Wald gehört und das Wild drin. Denket nur, Mutter, ich bin doch ein braver Kerl."

„Wie so?"

„Denket nur, Mutter, wisset Ihr, warum der Graf im Wald gewesen ist? Er hat nicht dabei sein wollen, wie sein Vater stirbt, drum reitet er fort und läßt den Alten allein verenden. Ich versprech' Euch, wenn Ihr sterben wollet und ich bin da, so bleib' ich bei Euch. Ich hätt' mir den Himmel verdient, wenn ich den Burschen weggeputzt hätte. Wenn ich's damals schon gewußt hätte, ich hätt's gethan; ich hab's thun wollen, aus Spaß. Meine Freud' ist nur, wie der Bursch gezittert haben muß; so vor mir herreiten müssen, und ich hab' die Kugel hinter ihm im Lauf und kann ihn jede Minute — o, du Wildenort!"

Bei der Nennung ihres Familiennamens sank Irma wie von einem Schuß getroffen zusammen. Sie richtete sich rasch wieder auf und hörte mit angehaltenem Athem, wie Thomas draußen fortfuhr: „Seitdem bin ich wie verhext, es kommt mir nichts mehr in Schuß, und ich bin so einfältig! Da ist mir heute in der Dämmerung etwas passirt — der Teufel soll's holen, daß man an Geister glaubt. Mutter! mir ist ein Pferd begegnet, ein wunderschönes, und Niemand drauf. Wenn's ein wirkliches Pferd gewesen, für das man Geld kriegt? Bin doch ein Narr, daß ich mich so hab' erschrecken lassen, wie es dahinrennt mit fliegender Mähne, und die Hufeisen haben aufgeschlagen. Bis ich mich aber besonnen hab', daß es ein wirkliches Pferd ist und alle Geistergeschichten nur dummes Zeug — heidi! fort ist's!"

„Nein, Thomas! Nimm dich in Acht! Es ist was dran mit den Geistern. Komm', stell dich her, halt' die Hand über's Feuer und schwör' mir, daß du dich ruhig halten willst, dann sage ich dir was."

„Was werdet Ihr wissen?"

„Mehr als in deinen Stierkopf hineingeht. Ich sag' dir, es giebt Geister, drin auf dem Bett liegt die Seejungfrau."

„Mutter, Ihr seid närrisch geworden."

„Gieb Acht! Sie hat mir befohlen, daß ich ihr eine Suppe kochen soll."

„So? Die Seejungfrauen fressen auch Supp'? Ich fürcht' kein Geschöpf, das Gekochtes frißt. Ich möcht' einmal die Seejungfrau schauen!"

Die Alte wollte ihn halten. Er drang in die Stube und stand wie gebannt, als er Irma erblickte; aber plötzlich rief er:

„Das ist ein Weib wie Ihr, nur viel schöner. Wenn's die Seejungfrau wär', müßt' sie einen Schwanenfuß haben, so viel ich weiß. Wer ist's, Mutter?"

„Ich weiß es nicht."

„So will ich sie fragen."

Die Alte suchte ihn abzuhalten. Aber schon hatte sich Irma aufgerichtet, sie schaute starr drein, sie hatte den Mund geöffnet und konnte nicht sprechen.

„Du bist's," rief Thomas plötzlich. „Das ist ja prächtig!" Er wollte sie erfassen, aber Zenza wehrte ihn ab.

„Du bist's?" rief er wieder. „Hast dich verirrt und bist da? Das ist prächtig!"

„Kennst du mich?"

„Wer wird dich nicht kennen? Du bist die Geliebte des Königs! Und jetzt bist du ..."

Ein lauter Verzweiflungsschrei Irmas übertönte ein Wort des wilden Gesellen.

„Juchhe!" jauchzte Thomas, „'naus Mutter, 'naus Esther! Ich brauch' euch nicht!"

„Laß sie! Du darfst ihr nichts thun!" rief die Mutter.

„Ich darf nicht? Wer will mir's wehren?"

Die Mutter rang mit ihm, er schleuderte sie zurück. Da, sie wußte sich nicht mehr zu helfen, faßte sie die kochende Suppe und schwor, daß sie sie ihm über's Gesicht schütte; er wehrte ab, taumelte zurück und brüllte wie ein Stier.

Esther eilte auf Irma zu und flüsterte eilig:

„Komm', komm'! Um beines Vaters willen rette ich dich. Komm'! Fort!“

Sie riß sie mit sich fort, sie eilte den Berg hinab, ohne Aufenthalt, athemlos. Irma konnte nicht weiter, sie wollte ruhen; Esther aber schleppte sie noch eine Strecke mit sich davon, bis sie an eine Quelle kamen, dort setzten sie sich nieder. Esther machte sich die Hände naß und wusch sich und Irma die Stirne.

Lange redeten die Beiden kein Wort. Endlich fragte Irma:

„Weißt du den Weg nach dem See?“

„O wohl! Das ist auch mein Weg, mein Ausweg, ich hab' keinen andern mehr.“

„Wie? Was meinst du?“

„Was du willst, will ich auch, werd' ich auch noch müssen.“

„Was will ich denn?“

„Dich ertränken.“

Irma zuckte zusammen, da ihr das Vorhaben so ins Ohr gesagt wurde.

„Ich weiß nicht,“ fuhr Esther fort, „kann mir's aber schon denken, was dich dazu treibt. Mein Bruder hat ein böses Wort gesprochen. Aber ich bitte dich, thu's nicht! Schau', du bist noch so schön, so jung und reich; du kannst schon noch leben und es kann dir wieder anders gehen auf der Welt. Thu's nicht — Still!“ unterbrach sie sich plötzlich — „hast du nichts gehört? Wir wollen jetzt nicht reden, damit wir Alles hören. Er kommt uns nach. Er läßt uns nicht. Steh' jetzt nur auf, wir müssen fort.“

Sie standen auf und schritten weiter durch den nächtigen Wald.

Ein Bild aus der Hölle trat Irma vor die Seele: Dort in der Ewigkeit werden Vornehme und Geringe, denn die Sünde macht gleich wie die Tugend gleich macht, an einander gefesselt und geschmiedet und müssen das Gleiche dulden...

Sie schritten wieder an einem wildrauschenden Bache dahin, da fragte Esther:

„Du bist also die Schwester von ihm?“

„Von wem?“

„Von meinem Bruno. Wie geht's ihm? Ich hab' ihn vor einigen Tagen gesehen, wie ich Ameiseneier gesucht habe; er hat mich aber nicht gesehen. Ist es wahr, daß er glücklich verheirathet ist?“

„Ja; aber warum nennst du ihn Deinen Bruno?“

„Gut, dir will ich's sagen, du bist die Erste, die seinen Namen aus meinem Mund hört seit jenem Tag. Hat er selber dir nie davon gesprochen?“

„Nie.“

„Er kann's aber doch nicht vergessen haben. Komm', hier könnte der Thomas uns doch finden, fasse meine Hand, geh' rückwärts, dann verlieren die Hunde die Spur.“

Esther faßte Irma an der Hand und führte sie unter einen Felsenvorsprung; sie setzten sich nieder und die schwarze Esther erzählte:

„Meine Mutter weiß nichts davon und mein Bruder auch nicht. Das Rechte weiß Keiner. Dir kann ich's berichten. Wir sind eigentlich hier nicht daheim, aber im Sommer sind wir oft hier und suchen Enzian und Apothekerkräuter und Ameiseneier. Ich war fünfzehn Jahre alt, ein lustiger Teufel von einem Mädchen, ich hätte mit einem Hirsch um die Wette rennen können, da hat mich dein Bruder im Wald gefunden. Er war schön, gar schön, so schön giebt's Keinen mehr auf der Welt, und fein und gut ist er auch gewesen, und wir haben einander so lieb gehabt und ich hab' allemal geweint, wenn ich wieder hab' heim müssen zu meiner Mutter. Ich wär' gern ewig draußen geblieben im Wald wie die Rehe, und es hat mir fast wohl gethan, wenn ich heimgekommen bin und meine Mutter hat mich geschlagen; ich hab' weinen können und hab' doch nicht sagen müssen, warum ich weine. Ich hab' jede Minute nach ihm verlangt und hab' gar nicht mehr von ihm fortgewollt. Er hat mir einmal gesagt, wer er sei, und daß sein Vater gar ein strenger Mann sei; wenn das nicht wäre, thät' er mich heimführen in sein Schloß und ich müßte Gräfin werden. Und da — ich hab' tausendmal seitdem daran gedacht, was ich für ein einfältiges Kind gewesen bin, aber ich hab' gewiß nichts Böses gewollt — weißt du, was ich gethan hab'? Weil mein Bruno gar so arg geklagt hat, hab' ich gedacht, den bösen Vater wird man doch 'rumkriegen können, und bin aufs Schloß und geraden Wegs zu deinem Vater und hab' ihm gesagt, er soll doch nicht so schlecht sein und so hartherzig und soll's zugeben, daß der Bruno mich heirathet, ich will gewiß eine gute Schwiegertochter sein, und wir haben ja einander so lieb, wie, so lang die Welt steht, nicht Zwei einander mehr lieb gehabt haben. Da hat mich dein Vater angesehen — die Augen vergeß' ich nie, ich seh' sie jetzt vor mir, so groß, und geglänzt haben sie, und vorhin, wie der Thomas auf dich losgewollt hat, da hast du auch solche Augen gehabt, ganz seine Augen, und da hast du mich erbarmt und darum hab' ich dir fortgeholfen."

„Und weiter?" fragte Irma nach langer Pause.

„Ja weiter," versetzte Esther sich fassend. „Und da ist dein Vater auf mich zugegangen und ich hab' mich geduckt und hab' gemeint, er schlägt mich nieder. Er hat mir aber seine Hand auf den Kopf gelegt und hat gesagt: Du bist ein braves Kind, wenn du dich auch vergangen hast, und an mir soll's nicht fehlen, daß du brav bleibst. — Und da hat er einen Bedienten gerufen, Bruno soll kommen. Und da ist er gekommen und wie er mich sieht, ist er erschrocken, ich hab' aber gesagt: Fürcht' dich nicht, dein Vater ist ein herzguter Mensch und er giebt dich mir zum Mann. Bruno hat sich aber nicht vom Platz gerührt und dein Vater hat gerufen: Komm' her! Komm' her! Er ist aber doch nicht vom Fleck gegangen und ist so weiß geworden, wie das Tuch auf dem Tisch, an den er sich hält, und da sagt dein Vater noch einmal zu ihm: Gut, ich komme zu dir. Du hast nicht brav gehandelt, aber du sollst noch brav sein können. Hier dies Kind aus dem Wald — ja, so hat er gesagt — ich erlaube dir, ja ich befehle dir, daß du sie zur Frau nimmst. — Da hat der Bruno gelacht — der Teufel hat aus ihm gelacht, das Lachen vergeß' ich auch nie — und dein Vater hat wieder gesagt: So sprich doch! Und da hat er gesagt: Papa, machen Sie sich nicht lächerlich! Da hat dein Vater ein Gesicht bekommen, wie wenn er auf einmal um dreißig Jahre älter wär', und er ist nur so gewankt und hat sich auf einen Stuhl niedergesetzt. Was sagst du? hat er gefragt. Wiederhole es noch einmal! Sprich! Und der Bruno hat das Wort noch einmal gesagt und hat sich dabei den Schnurrbart gedreht. Dein Vater hat ihm gut zugeredet und

ihm gesagt, wie er mich in Allem unterrichten will, daß ich gut
soll lesen und schreiben können, und Alles so gut, wie eine Gräfin,
und daß Bruno das nicht auf sich laden soll, er würde die Last
sein Leben lang nicht los werden. Und da hat Bruno gesagt:
Ich verlasse das Zimmer, wenn Sie nicht das Mädchen fort=
schicken. Geh', Esther, geh' aus dem Zimmer und komm' erst
wieder, wenn ich dich rufe! — Er hat deinem Vater etwas auf
Wälsch gesagt, und dein Vater ist blaß geworden und ist auf
mich zugegangen und hat mir die Hand gegeben und hat gesagt:
Esther, geh'! Weiter hat er kein Wort gesagt, aber er hat's
gut gesagt, ganz herzlich. Und da bin ich fort. Das war das
letztemal, wo ich den Bruno gesehen hab', und ich hab' nachmals
gehört, es soll grausig hergegangen sein zwischen deinem Vater
und ihm. Ich hab' mich aber nicht mehr sehen lassen, ich hab'
nicht wollen die Ursache sein von der Feindschaft zwischen Vater
und Sohn, und ich hab' eingesehen, daß es doch nicht gegangen
wär', und unser Kind hat's gut gemeint und ist todt auf die
Welt gekommen; das ist besser, als so auf der Welt herumlaufen,
im Elend und dann erst sterben. Meinst nicht auch?"

Irma antwortete nicht, sie tastete nach der Hand der Sprechenden.

Esther fuhr fort:

„Und meine Mutter und mein Thomas wissen nicht, daß ich
deinen Bruder je gekannt habe; aber der Thomas ist gar ein
grausiger Mensch, und er hat einen Haß auf deinen Bruder,
wie wenn er's ahnte. Aber ich sag' nichts. Ich bin verloren
— was ist daran gelegen? Er soll nicht auch noch zu Grunde
gehen, und ich hab' ihn doch gar so lieb gehabt, ich kann's noch
jetzt nicht los werden."

Aus dem ruhigen Erzählen heraus schrie Esther plötzlich laut auf:

„Er hat eine schöne, feine, reiche, vornehme Frau. Ja,
dazu sind wir da, damit euch draußen, da droben in euren sei=
denen Betten nichts geschieht! Ha ha ha! Und wenn sie dann
eheliche Kinder kriegen, saugen sie eine arme Frau aus. Die
Walpurga, die hat's gut — die hat's gut, der wird die Milch
zu Gold! O, wenn ich nur nicht mehr denken müßte!"

Sie raufte sich die Haare und schrie knirschend:

„Die Haare da, die dummen schwarzen Haare, die müßten
schon lange abgefault sein, verbrannt von all dem schweren heißen
Denken, das drunter durch den Kopf gegangen ist. O, mein

Kopf ist so heiß, und ich krieg' alle Tag' noch Schläge drauf; aber er ist hart, klopf' einmal an, hart wie Stahl!"

Irma stand wie angewurzelt.

„Still!" sagte Esther. „Still, ich höre die Hunde; ich hab's gesagt, er jagt uns nach. Flieh, flieh! Da rechts, da geht der Weg. Aber ich bitt' dich um Alles in der Welt, thu's nicht, thu's nicht! Du bist noch nicht so weit, daß du das mußt. Jetzt flieh, dort unten kommst du an einen Steg, da drüber geh'. Mach fort! Ich bleibe. Die Hunde kommen zu mir. Ich halte ihn auf. Du bist gerettet. Fort, flieh!"

Sie trieb Irma fort und blieb zurück.

Irma eilte allein von dannen. Sie mußte sich oft an die Stirne greifen. Ein dankbares Andenken an ihren Vater hatte sie gerettet aus dem unfaßbaren Entsetzen. Er hat die Hand ver= zeihend auf das Haupt der Verlorenen gelegt, aber ihr selbst hat er die Verwerfung in die Stirn gegraben. Den Brand auf meiner Stirn kühlt nur der tiefe See, sagte sie immer vor sich hin und eilte über den Steg, dann über eine Anhöhe, bis der dunkle Wald sie wieder verschlang . . .

Die schwarze Esther stand ruhig und ließ die Hunde an sich herankommen; sie lockte sie, und die Hunde sprangen an ihr empor. Sie hörte Thomas pfeifen, und die Hunde antworteten; er war noch weit, aber er war auf der Spur. Sie zählte jeden Herzschlag, denn mit jedem Herzschlag kam Irma einen Schritt aus dem Bereich der Verfolgung. Ueber sich wollte sie Alles er= gehen lassen — was liegt daran?

„Ja, ja, ich weiß, daß du mich gerne hast," sagte sie zu dem grauen Wolfshund, der sich an sie schmiegte, „ja, du bist das einzige Geschöpf auf der Welt, das mich noch mag. Ich wollt', ich wär' auch ein Hund geworden. Warum bin ich nicht ein Hund geworden? Wenn's nur wahr wäre, was die Mutter erzählt, daß es einmal Zeiten gegeben hat, wo man verwandelt worden ist."

Sie hörte wieder Pfeifen und Schreien des Thomas, die Hunde antworteten, er kam näher, bald stand er bei ihr.

„So, du bist's? Hab' mir's gedacht! Wo ist die Andere?"

„Da, wo du sie nicht mehr kriegst."

Im Walde hörte man einen jammervollen Schrei.

„Schlag' mich nur gleich todt," schrie Esther.

Die Hunde heulten dazwischen, sie wußten nicht, wem sie helfen sollten.

Thomas ging davon und ließ Esther liegen, wo sie nieder=gefallen war.

Zwölftes Kapitel.

Die Sonne steht in Pracht am Himmel, unter den Bäumen am Waldesrand, auf weichem Moos ausgestreckt liegt eine schöne Frauengestalt in blauem Gewand. Jetzt zittern die Sonnenstrahlen in ihr Antlitz, sie erwacht und stemmt das Haupt mit den reichen braunen Locken auf die Hand und schaut wie verloren drein.

Die Luft war voll Harzduft und frischer Seekühle, an den Bergen läuteten die Schellen der weidenden Kühe, der Thau glitzerte, Alles leuchtete — nur für sie ist Nacht um und um. Es dauerte lange, bis sie glaubte, daß sie wache, bis sie sich besann, wo sie war. Endlich wurde sie ihrer selbst inne, aber sie bewegte sich nicht. Dumpf und schwer zog es durch ihre Seele: Warum wieder erwachen? O du unbarmherzige Natur! Warum kann nicht ein tiefer Seelenschmerz dich brechen? Warum verlangst du wieder eine Naturmacht gegen dich? Feuer, Wasser, Stahl, Gift? Warum kann die Seele den Leib verderben und nicht auch tödten? Sonne, was willst du von mir? Ich will dich nicht mehr — hier meine Stirn, darauf brennt die todte Hand meines Vaters und in mir hämmert das Gewissen mit tau=send Fäusten und zerschlägt mich nicht. — Warum? — Warum?

Sie schloß die Augen und wendete sich ab von der Sonne. Es flüsterte ihr zu: Noch ist es Zeit, noch kann Alles nur ein höllisches Abenteuer gewesen sein, ein Traum mit wachen Sinnen. Kehr' um! du kannst, du darfst es ... du hast genug gebüßt ...

Wie mit unsichtbarer Gewalt riß es sie wieder herum nach der Sonne hin. Dort unten blinkt der See und seine Wellen murmeln: Tief in meinem Grunde ist alles Denken, alles Grü=beln, Zagen und Zweifeln zu Ende!

Sie stand auf, und als sie im Moos die Abzeichnung ihrer Figur sah, wie sie dagelegen, starrte sie lange darauf. So schaut der Hirsch mit dem Todesschuß im Herzen auf sein nächtliches Lager. Was sind wir mehr als die gejagten Thiere im Wald? ...

Es ist Alles eitel ... Was nützt es, sich die Seele zermartern? Mit Einem kühnen Sprung Allem ein Ende machen — das ist's ...

Sie setzte den Hut auf und schritt weiter, allein in der Welt mit dem einzigen Gedanken; nichts rief sie an, sie ist Herrin über Leben und Tod.

Brombeerstauden faßten ihr Gewand und hielten sie fest; sie machte sich los und Dornen ritzten ihr Hände und Füße. Ein unbezwinglicher Hunger nagte an ihr. Sie weinte wie ein verlornes Kind.

Die Thränen erleichterten sie.

Da winken frische Beeren, sie pflückt sie und ißt sie mit Gier. Aus dem Brombeerstrauch fliegt ein Vogelpaar auf, hier ist das Nest, es ist leer, Alles in der Welt hat seine Heimath ... Selbstvergessen steht Irma lange. Sie wendet den Blick — sieh' da, neben den Brombeeren stehen auch Giftbeeren, Belladonna ... wen nach dem Tode hungert, der speist sie ... Irma pflückt die Giftbeeren nicht, sie will nicht in langen Qualen sterben, vielleicht nur halb sich tödten, umsinken und wieder in die Hände der Menschen fallen. Nein, in den unergründlichen See!

Irma machte sich los, hastig, wie wenn sie sich auf dem Wege versäumt, und schritt weiter. Der Thau netzte ihre wunden Füße, sie fror und zitterte.

Da kam durch die Lüfte heller Musikklang, schmetternde Trompetenfanfaren. Irma faßte sich an die Stirn. Das ist keine Musik, es sind Träume deiner Einbildung, die Weltfreuden locken, sie rufen mit Geigen, Clarinetten und Trompeten: Komm, wiege dich auf unseren Tönen, sei lustig und genieße die Tage, die dir beschieden ... Aber horch! Noch einmal der Klang und jetzt noch einmal und jetzt Böllerschüsse, daß das Echo in vielfältigem Rollen von den Bergen widerhallt. Sie feiern wohl heut eine Hochzeit drüben in einem stillen Dörfchen. Ein Mädchen und ein Jüngling, die sich liebten und treu zu einander hielten, gewinnen heut einander, und Musik und Böller rufen den Bergen zu: Freuet euch mit uns! Das Glück der Liebe ist ewig wie ihr ...

Irma wandelte hin in sich versunken und schaute nieder auf die Erde — ihr Geist ging mit den Glückseligen; sie sah die frohen Blicke der Eltern, der Kameraden und Gespielen, sie hörte den Segen des Priesters — und dabei ging ihr Fuß weiter durch das thaufeuchte Gras und Gesträuppe. Sie hielt die Hand fest geballt, als müßte sie den Vorsaß, der sie den Weg dahin führte, leibhaftig festhalten. Sie ging am See entlang. Hier überall seichtes Ufer, sumpfiges Röhricht — da giebt es keinen jähen Tod, nur langsames martervolles Versinken; sie geht um und um, rennt hin und her, schleunigen Schrittes, hastigen Athems. Dort endlich ist ein Felsenvorsprung am Ufer, senkrecht geht die scharfe Klippe hinab. Sie klettert hinan, sie hebt die Hände empor und beugt sich über — da ... es ruft ... wer ruft hier? Sie hört einen Jammerschrei aus dem Wasser, einen Hülferuf, ein Plätschern; ihr Hut rollt vom Felsen hinab ins Wasser — sie sieht eine Menschengestalt mit dem Wasser ringen — sie taucht auf — es ist die schwarze Esther — sie taucht auf und unter und schwimmt weiter. — —

Mit schrillem Schrei stürzt Irma am Felsen nieder, sie hat ihre eigene That vor sich gesehen, alle Glieder sind ihr gelähmt, sie liegt da wie im tiefen Wassergrunde, sie fühlt sich und kann doch nicht empor, es ruft aus ihr, aber kein Schrei bringt durch die Luft.

Da — wie sie so liegt, hört sie singen:

> Wir beide sein verbunden
> Und fest geknüpfet ein,
> Glückselig sein die Stunden
> Wann wir beisammen sein.

Irma springt auf. Was ist das?

Sie springt hinab vom Felsen, als stürzte sie eine fremde Gewalt. Sie wischt sich die Thränen aus den Augen, es rinnt ihr über das Antliß, Blut — Hat sie blutige Thränen geweint?

Dort kommt ein großer Kahn näher und näher ... es ist die Stimme der Walpurga, die ruft, sie kommt, sie erkennt die Freundin, Irma entflieht. — Walpurga springt ans Land, kommt ihr nach, sie flieht weiter, Walpurga erreicht, umfaßt sie und sie sinkt an ihr nieder.

Dreizehntes Kapitel.

Walpurga kniete bei der Ohnmächtigen, der Blut aus einer Stirnwunde quoll. Schnell knüpfte Walpurga ihr Halstuch los,

band es um die blutende Stirn, raufte nasses Gras aus und
schüttelte den Thau in das Antlitz. Verzweifelnd rief sie:

„Liebste Gräfin, gute, herzige, liebe gute Gräfin, wachen Sie
doch auf! Um Gotteswillen! was ist denn das! Um Gotteswillen,
wachen Sie doch auf! Irma, Irma!"

Irma schlug die Augen auf.

Man hörte die Stimme Hanseis; er rief:

„Walpurga! Wo bist denn? Walpurga!"

„Ist das dein Mann? Laß ihn nicht herankommen, er darf
mich nicht sehen!" brachte Irma hervor.

„Bleib' dort!" rief Walpurga, sich im Gebüsch aufrichtend.
„Schick' die Mutter her, sie soll Wein mitbringen, von dem, den
ich mitgebracht hab', er ist im blauen Kistchen bei den Kinder-
sachen. Geh' schnell! Tapfer!"

Mit kurzen hastigen Worten berichtete Irma, daß ihr Vater
gestorben, und daß sie selber den Tod gesucht im See. Sie griff
sich an die Stirn und fuhr erschreckt zurück:

„Wehe! Was ist das?"

„Du hast geblutet. Du mußt auf einen Stein gefallen sein.
Schau' einmal an," fuhr sie gewaltsam sich zu heiterem Ton er-
weckend, fort: „Das ist das grüne Tüchlein, das du meinem Kinde
geschickt."

Irma riß die Binde los und betrachtete still das Tuch mit
dem Blute.

„Das löscht. Laß es rinnen," sagte sie vor sich hin. Dann
fuhr sie auf:

„O Walpurga, ich kann nicht sterben, ich kann mir den Tod
nicht geben — und ich kann nicht leben! — Ich bin — ich bin
— schlecht gewesen — —"

Sie verbarg ihr Antlitz am Herzen Walpurgas, das laut und
heftig schlug.

„Komm, schnell, sag' mir, hilf mir, sag' mir, was ich thun
soll, ehe deine Mutter kommt."

„Ich weiß nicht — ich weiß gar nichts. Meine Mutter wird
Alles wissen, die weiß Hülfe für Alles. So, sieh', das Blut auf
deiner Stirn hat sich gestillt. Sei nur ruhig!"

Die Mutter kam. Irma blickte sie an wie einen rettenden Engel,
und die Mutter sagte mit einer Bestimmtheit, in der kein Schwanken
und Fragen war:

„Walpurga, das ist deine Gräfin."

„Ja, Mutter."

„So sei mir tausendmal willkommen," sagte die Alte, „da hast du meine beiden Hände. Dir muß Arges geschehen sein. Du bist gefallen, oder hat dich wer auf die Stirne geschlagen?"

Irma antwortete nicht. Sie saß zwischen den beiden Frauen, die sie aufrecht hielten und starrte wie leblos drein.

„Mutter, helfet ihr, saget ihr etwas," flüsterte Walpurga.

„Nein, laß sie nur ruhig zu sich kommen, jede Wunde muß ausbluten," beschwichtigte die Mutter.

Irma faßte ihre Hände, küßte sie und rief:

„Mutter! Du bist meine Rettung. Mutter! Ich bleibe bei dir. Nimm mich mit."

„Ja, das thu' ich. Wirst sehen, droben in meiner Heimath, da ist es gar so viel gesund, eine Luft und ein Wasser, wie sonst nirgends auf der Welt; da wirst du wieder gesund und geht Alles von dir ab. Weiß dein Vater, daß du so davon gelaufen bist in die wilde Welt hinein, und weiß er, warum?"

„Er hat es gewußt. Er ist todt. Walpurga, erzähl' du ihr, wie's mit mir ist."

„Dazu hat's gute Zeit, wir sind, will's Gott, noch gute Zeit bei einander; da kannst du mir Alles in guter Ruh berichten. Jetzt komm, trink' einmal."

Mit schwerer Mühe gelang es den beiden Frauen, den silber= plattirten Kork auszuziehen; Walpurga zog ihn endlich mit den Zähnen aus. Irma trank.

„Trink' nur, den Wein hat mir der Leibarzt für meine Mutter mitgegeben, der ist gewiß gesund," sagte Walpurga, „sie trinkt ihn aber nicht, sie sagt, sie will warten, bis sie einmal alt ist und vom Wein Kraft braucht."

Ein wehmüthiges Lächeln trat auf das Gesicht Irmas; die Greisin vor ihr will warten, bis sie einmal alt ist.

Irma mußte noch einige Schluck von dem Weine trinken. Als sie über Schmerzen im Fuße klagte, verstand die Mutter ihr mit geschickter Hand einen Dorn herauszuziehen. Wie wenn ein linder Engel sie berührte, so schaute Irma auf die Alte nieder und wollte ihr wieder die Hände küssen.

„Meine Hände sind, so lang sie auf der Welt sind, noch nicht geküßt worden, als von dir," sagte die Alte abwehrend, „aber ich verstehe schon, wie du's meinst. Ich hab' in meinem Leben noch keine Gräfin angerührt, aber sie sind doch auch Menschen wie wir."

Irma seufzte tief auf. Sie erklärte dann, daß sie mit ihren Rettern gehen wolle, aber nur unter der Bedingung, daß Niemand außer ihnen Beiden wüßte, wer sie wäre; sie wolle verborgen und unbekannt leben, und wenn sie entdeckt würde, gäbe sie sich den Tod.

„Das thu' nicht mehr," fiel die Alte streng ein. „Sag' das nicht mehr! Damit darf man nicht spielen. Das ist keine Drohung. Aber da hast du meine Hand, über meine Lippen kommt kein Wort."

„Und über die meinigen auch nicht," rief Walpurga, und legte ihre Hand zu der ihrer Mutter in Irmas Hand.

„Sag' mir noch eins," fragte die Mutter. „Warum gehst du nicht in ein Kloster? Man darf ja jetzt wieder."

„Ich will frei büßen."

„Ich verstehe dich, du hast Recht."

Weiter wurde kein Wort gesprochen. Die Mutter hielt ihre Hand auf die Stirn Irmas, um die sie nun ein weißes Tuch band.

„In acht Tagen ist das ausgeheilt, und man sieht nichts mehr davon," tröstete sie.

„Das weiße Tuch bleibt, so lange ich noch leben muß," entgegnete Irma. Sie verlangte nun andere Kleider, bevor sie sich vor Hansei zeige.

Walpurga eilte zurück ins Wirthshaus an der Anlände. Hier traf sie Hansei sehr unwillig; er wetterte arg, jeder Zwischenfall war ihm schwer, es lag genug auf ihm, er war schärfer angespannt als die Rosse am Wagen; er war in jener erregten Reise- und Umzugsstimmung, wo auch das innere Leben verscheucht und heimathlos ist und leicht in Zornmüthigkeit umschlägt. Dazu hatte das Füllen, so schön es war, schon viel Ungelegenheiten gemacht; es war ausgerissen und fast einem Wagen unter die Räder gekommen.

Hansei war sehr bös. Es gelang Walpurga nur schwer, ihn zu besänftigen, und sie sagte endlich weinend: „Lieber als daß wir in Zorn und Häßligkeit in unsere neue Heimath einziehen, lieber möcht' ich, daß wir Alle mit dem Schiff untergesunken wären."

„Ja, ja, bin schon ruhig, sei du's nur jetzt auch," lenkte Hansei wieder ein und schaute nach dem See, als ob dort wieder der Kopf der schwarzen Esther auftauchte; dann fuhr er fort: „Aber wir müssen weiter, wir kommen in die stichdunkle Nacht hinein, wenn wir nicht fortmachen. Es ist noch weit und die Rosse haben schwer. Was habt ihr denn vor? Wen habt ihr da drüben in den Weiden?"

„Sollst's nachher gleich erfahren. Jetzt glaub' mir, daß die Mutter und ich was thun, das uns lebenslang zugutkommt. Ich bin froh, daß mir Gott was zu thun giebt in dieser Stunde. Ich hätt' ihn gern gefragt, was ich thun soll, um ihm meinen Dank zu bezeigen. Es ist ein braves gutes Wesen, und du wirst schon zufrieden sein."

Walpurga sprach so beweglich und eindringlich, daß Hansei sagte:

„Ich will die Wagen mit dem Hausrath vorausfahren, kommet Ihr dann nach in dem Wagen mit der Blahe, wann's Euch paßt, aber bald. Der Ohm ist da und fährt Euch."

Walpurga ging nach ihrer Kiste, nahm einen ganzen Anzug heraus und winkte Hansei zu, der mit den bepackten Wagen voranschritt den Berg hinan. Sie brachte die Kleider in das Dickicht am See; dort fand sie Irma neben der Mutter sitzend; die Mutter hielt sie im Arm, das Haupt Irmas ruhte an ihrer Brust.

„Unserer Irmgard wird's ganz wohl sein bei uns. Wir kennen jetzt schon einander," sagte die Mutter.

Niemand auf der Welt hat gehört, was Irma der alten Beate allein unter den Weiden am See gebeichtet hat. Die Alte hauchte ihr dreimal auf die Stirn mit warmem erlösendem Athem.

„So, jetzt zieh' unsere Kleider an," sagte Beate.

Tief im Dickicht zog Irma die Bauerntracht an.

Sie schaute immer auf den Boden, als sie aus dem Dickicht wieder auf den Weg kam. Das war eine neue Erde, ein fremdes Dasein, das sie jetzt betrat.

In der Wirthsstube sah sie Menschen und Dinge wie träumend an. Sie war aus der Tiefe des Sees wieder in die Welt gekommen. Da sind noch Menschen, da lebt Alles fort, da wird gegessen und getrunken, gelacht und geplaudert, gesungen, gefahren, geritten — und Alles das hatte sie schon weit, weiter hinter sich gelassen.

Sie war eine vom Tode Erstandene. Stumm, mit ineinander=
gelegten Händen saß sie auf der Bank, sie wollte nichts wissen
von der Welt umher, nach Einsamkeit, nach tiefer Einsamkeit sehnte
sie sich; und doch war ihr Gehör so geschärft, sie hörte, wie die
Wirthin leise zu Walpurga sagte: „Das ist wohl eine Anver=
wandte? Die scheint nicht recht bei Trost." Sie deutete dabei
auf die Stirn.

„Ihr könnt Recht haben," erwiderte Walpurga.

Ein schmerzliches Lächeln zuckte über die schönen Lippen Irmas.
Es giebt eine Verhüllung, die schützt; es ist der Wahnsinn.

Sie fühlte es, wie wenn ein stachliges Netz sich ihr über das
Haupt legte; denn der Wahnwitz ist wohl eine Tarnkappe, unter
der man verborgen leben kann, aber nur in tiefen Schmerzen.

<hr>

Vierzehntes Kapitel.

Die Großmutter machte draußen in dem mit einer Blahe
überspannten Wagen ein Bett zurecht und sagte zu ihrem Bruder,
der den Wagen führte, er solle nur recht stät fahren und nicht
so viel knallen; denn der Ohm Peter, genannt das Pechmännlein,
stand da und knallte immerwährend vor Freude, daß ihm einmal
eine Peitsche und zwei Pferde zu regieren gegeben waren.

„Wer ist denn die Fremde, die so zimpfer thut?" fragte das
Pechmännlein, und nahm die Peitschenschnur in den Mund, wie
wenn er darauf beißen müßte, um sie nicht laut knallen zu lassen.

„Eine arme Kranke," sagte Beate. Es wurde ihr schwer, das
zu sagen, und doch log sie eigentlich nicht.

Hansei war mit der großen Fuhre schon voran. Endlich hieß
es auch bei den Frauen, es sei Zeit zum Aufsteigen. Irma sah
jetzt zum Erstenmal das Kind Walpurgas, und wie ihr Blick und
der des Kindes einander begegneten, jauchzte das Kind hell auf
und wollte zu ihr.

„Ei, das ist schön!" riefen Walpurga und die Mutter zugleich.
„Sie ist sonst so scheu."

Irma nahm das Kind auf den Arm und herzte und küßte es.
Es war, als ob sie in dem unschuldigen Kinde die eigene Kind=
schaft, die in ihr gestorben und verdorben war, wieder umfaßte;

ihr Blick wechselte zwischen Freude und Trauer, und die Groß=
mutter sagte:

„In dir ist ein gutes, ehrliches Herz, das spüren die Kinder,
die wissen das noch. So, jetzt gieb aber das Kind der Walpurga
und steig auf."

Für Irma wurde die Lagerstätte auf dem Bett zurecht gemacht,
und als die Großmutter aufgestiegen war, nahm sie das Kind zu
sich und setzte sich mit ihm in das Innere des Wagens neben
Irma. Walpurga und die Gundel saßen vorn und schauten ins
Freie, der Ohm ging neben den Pferden her und betrachtete mit
Wehmuth die Peitsche, mit der er nicht knallen durfte. Niemand
sprach ein Wort, nur das Kind lachte und plauderte und wollte
immer mit Irma spielen.

„Du mußt jetzt auch schlafen," sagte die Großmutter und leise
ein Lied singend, sang sie das Kind und auch Irma in Schlaf.

„Wer kommt vom Berg herunter?" sagte Walpurga plötzlich
zum Ohm.

„Der Eine ist ein Landjäger und der Andere muß ein herr=
schaftlicher Bedienter sein."

Walpurga erschrak, als die beiden Reiter näher und näher
kamen, sie erkannte Baum; sie schlüpfte schnell in den Wagen
und ließ Gundel allein vorne sitzen.

Die Reiter kamen näher, jetzt hielten sie beim Wagen an;
das Kind wachte auf und schrie, auch Irma erwachte. Sie schaute
durch die Blahe und erkannte Baum. Nur eine dünne Leinwand
trennte sie von ihm. Das Pferd, auf dem Baum saß, blies die
Nüstern auf, warf den Kopf hoch und schüttelte und bäumte sich,
es war nur schwer im Zügel zu halten. Irma erkannte es, es
war Pluto, ihr eigenes Pferd; es ist also eingefangen und zurück=
gebracht worden. Wenn das Pferd reden könnte, es würde sagen:
Hier ist meine Herrin, hier ist sie, die ihr sucht.

Irma hörte, wie Baum den Ohm fragte:

„Ist Euch nicht ein Fräulein in einem blauen Reitgewand
begegnet?"

„Nein."

„Habt Ihr vielleicht durch einen Andern von ihr gehört?"

„Kein Sterbenswörtchen."

„Wen habt Ihr da im Wagen?"

Irma zitterte; Walpurga faßte ihre Hand, sie war kalt. Das Kind schrie laut.

„Sie hören's ja, da ist ein kleines Kind drin," sagte der Landjäger zu Baum. „Wir wollen weiter."

Die Reiter ritten davon und Irma sah noch, wie Baum ihren Hut mit der Feder an den Sattelknopf gebunden hatte.

Der Wagen ging langsam bergan; die Reiter sprengten bergab.

Irma küßte das Kind und sagte:

„Du Herzenskind, du hast mich zum zweitenmal gerettet. Ich will auch heraus, ich will gehen."

Die Mutter wehrte ab und bat, daß sie bei ihr bleibe. Irma willfahrte, und kaum hatte sie sich wieder nieder gelegt, als sie einschlief und nichts mehr davon wußte, daß ein Bauernwagen sie über die Berge trug.

Mittag war schon vorüber, als hoch im Gebirge bei einer Ausspanne die Frauen auf Hansei trafen.

„Wir wollen jetzt beisammen bleiben," sagte er. Sein ganzer Zorn von früher war verflogen und er war doppelt freundlich. „Ich mein', wir dürfen nicht so verzettelt in unserer neuen Heimath ankommen. Ich hab' den Knechten genaue Anweisung gegeben, sie fahren langsam, wir holen sie mit unserm leichten Fuhrwerk immer noch ein und sind dann Alle beisammen. Ich komm' mit Frau und Kind und Mutter zugleich auf unserm Hof an."

„Das ist recht, freut mich, daß du jetzt wieder so aufgeräumt bist. O, ich kenn' dich. Man muß dich, wenn du aufgereizt bist, nur ein wenig allein lassen, da kriegst du bald wieder Heimweh nach den Deinen und nach dem guten Hansei in dir selber, und bist wieder gut. Jetzt komm' aber her, ich will dir etwas sagen: heut' mußt du die Probe machen, ob du ein wirklicher starker Mann bist; dann will ich mein Lebtag nicht mehr anders denken, als: es ist wahr, die Männer sind stärker als wir."

„So sag', was ist's denn?"

Sie führte ihn in den Garten am Wirthshause und sagte:

„Du hast gewiß auch oft gehört, es hat in alten Zeiten Wichtel-weibl und salige Fräulein gegeben, gute, segenbringende, stille Geister, die haben einem Haus immer nur Glück und Wohlstand gebracht, aber da war eine Bedingniß dabei, wenn sie bleiben sollen: man hat sie nie fragen dürfen, wie sie heißen, woher und wer sie sind."

„Ja, ja, das hab' ich Alles gar oft gehört, aber jetzt glaubt Niemand mehr dran."

„Du sollst auch nicht dran glauben, das verlang' ich nicht; aber eine Probe sollst du machen. Schau', die Mutter und ich, wir bringen da drin im Wagen gar ein feines und zartes Ge= schöpf, sie ist wohl stark und mächtig, aber eben doch besonders, und die wird bei uns bleiben; sie wird uns aber keine Last sein. Jetzt, Hansei, sag', bist du stark genug, daß du nie danach fragst, wer und woher sie sei, und sie überhaupt nie was fragen wirst? Du mußt mir einfach glauben, daß ich sie kenne und weiß, was ich thue, wenn ich sie bei uns behalte. Willst du nun auf das hin gut und getreu und brav gegen sie sein? Sag', kannst du das und willst du das?"

„Soll das die Sach' sein, wo ich die schwere Prob' machen soll, ob ich ein starker Mann bin?"

„Ja, das ist's, weiter nichts."

„Das kann ich, da hast du meine Hand drauf."

„Gieb sie her!"

„Du wirst sehen, daß ich halt', was ich versprech'. Das ist leicht."

„Hansei, es ist nicht so leicht, wie du denkst."

„Um den Preis," entgegnete Hansei, „daß du dein Leben lang sagen willst, ein Mann ist stärker als eine Frau und kann sich eher etwas auferlegen und festhalten, um den Preis sollst du sehen, was ich vermag. Deine gute Freundin soll auch meine gute Freundin sein. Sie ist doch aber nicht verrückt und beißt nicht?"

„Nein, da kannst du ruhig sein."

„Gut, abgemacht, kein Wort mehr."

Walpurga ging mit Hansei an den Wagen, schlug die Blahe zurück und sagte:

„Irmgard! Mein Mann will dir auch Willkommen sagen."

„Willkommen!" sagte Irma und streckte Hansei die Hand entgegen.

Erst als Walpurga ihm die Hand emporhob, reichte er sie Irma dar; er war ganz starr vor Staunen.

Als man nun weiterfuhr und Hansei mit seiner Frau dem Wagen voraus bergan ging, sagte er:

„Weib, wenn's nicht Tag wär' und du und die Mutter und unser Kind da ... wenn ich nicht wüßte, daß ich bei Verstand bin und alles das wahr ist — ich thät' glauben, du hättest leib=

haftig ein saliges Fräulein da drin im Wagen. Ist sie denn lahm? Kann sie denn nicht gehen?"

„Ganz gut kann sie gehen."

Walpurga kehrte an den Wagen zurück und rief hinein:

„Irmgard, willst du nicht auch ein wenig aussteigen und mit uns den Berg hinan gehen? Es ist gar so viel schön."

„Ja, gern!" antwortete es drin.

Irma stieg aus und ging eine Weile mit den Beiden. Hansei schielte immer zaghaft nach ihr hin. Die Fremde hinkte, es ist vielleicht doch wahr, die Seejungfrau hat einen Schwanenfuß und kann nicht gut gehen. Er schielte nach ihren Füßen, die waren aber ganz wie die anderer Menschen. Nun wagte er's, sie immer weiter herauf zu betrachten. Sie hat die Kleider seiner Frau an, und schön ist sie, mächtig schön. Er lüftete mehrmals den Hut, der Kopf ward ihm so heiß. Was ist denn wahr auf der Welt und was nicht? Ist denn seine Frau doppelt auf der Welt und hat noch eine andere Gestalt?

Walpurga blieb zurück und ließ die Beiden allein mit einander gehen. Irma überlegte, was sie zuerst zu Hansei sagen könne; sie wollte mancherlei beginnen, aber verwarf es wieder. Sie war zum Erstenmal in ihrem Leben in demüthiger Lage. Wie spricht man da zu einem Niederstehenden? Endlich sagte sie:

„Du bist ein glücklicher Mann, du hast Frau und Kind und Schwiegermutter, wie man sich Alles nicht besser auf der Welt wünschen kann."

„Ja, ja, sie sind schon ordentlich," sagte Hansei. Er spürte doch etwas von dem gönnerischen Ton, der im Lobe Irmas lag, obgleich sie ihn gar nicht gewollt hatte. Er hatte bestätigend geantwortet und hätte doch eigentlich gern gefragt: kennst du sie denn schon lang? Aber er besann sich, daß er versprochen hatte, nicht zu fragen. Walpurga hat doch Recht, das ist eine harte Nuß. Er bewegte die Zunge im Mund hin und her, es war ihm, als ob die Hälfte davon gebunden wäre.

„Hier ist die Gegend rauh; droben, wenn wir in unsere neue Heimath kommen, ist sie wieder linder," sagte er endlich. Es hatte lang gedauert, bis er das so sagen konnte, denn er hatte fragen wollen, ob die Fremde schon einmal hier in der Gegend gewesen; aber er darf ja nicht fragen, und das Umsetzen dessen, was man fragen will, ist ein schwer Stück Arbeit.

Irma fühlte, daß sie dem Mann etwas Beruhigendes sagen müsse, und sie begann:

„Hansei," sein Gesicht wurde ganz hell, da sie ihn beim Namen nannte. „Hansei, laß dich dünken, du kennst mich schon lang. Sieh mich nicht als eine Fremde an. Ich bitte sonst nicht gern, aber dich bitt' ich. Ich weiß, du thust's, du hast ein braves Gesicht, und es kann auch nicht anders sein, der Mann von der Walpurga, mit dem sie so glücklich ist, muß ein guter Mann sein. Ich bitt' dich also, hab' keine Sorge, ich will dir nicht zur Ueberlast sein."

„O, davon ist kein' Red', wir haben's ja, Gott Lob. Eine Kuh mehr im Stall und ein Mensch mehr im Haus, das verträgt's schon, da sei du," er stotterte doch bei diesem Worte, „da sei du ganz ohne Sorge und ... wir haben auch einen Auszügler übernommen und ... was du nicht sagen willst, das will ich nicht wissen, und wenn dir Jemand auf der Welt was anthun will, ruf' nur mich, ich bin dein Annehmer und steh mit Leib und Leben für dich ein. Du bist aber allem Anschein nach noch nicht viel in den Bergen gegangen. Ich will dir einen Rath geben. Beim Bergsteigen heißt es: immer stat vorwärts und nie stehen bleiben."

Die Beiden warteten auf den Wagen. Hansei verschnaufte nach seiner langen Rede; er war mit sich zufrieden und schaute froh drein.

Irma setzte sich an den Wegrain. Sie war jetzt auf den Höhen, die sie gestern im Abendroth erglühen und im weißlichen Nebelhauch hatte sterben sehen. Die Riesenhäupter der Berge, die sie aus der Ferne geschaut, traten ihr jetzt nahe und erschienen noch gewaltiger. Zwischen den Wäldern war da und dort ein heller Ausschnitt von Wiese und Feld, und manchmal zeigte sich ein Haus. Drunten schäumte der Waldbach und da und dort sah man Wasser aufblinken, aber man hörte kaum sein Brausen, so tief und weit ab war es.

Hansei stand bei Irma und redete kein Wort.

Der Wagen kam heran, Irma stieg wieder ein, Hansei half ihr sehr manierlich dabei; er war fast daran, seinen Hut abzuziehen, als sie ihm mit freundlichem Blick und Wort dankte.

„Das ist eine ganz anständige Person," sagte Hansei zu seiner Frau. „Und ein schön Stüble für sie haben wir auch, wenn sie sich nicht vor dem alten Auszügler fürchtet."

Walpurga war glücklich, daß das Schwerste gelungen war.

Da Hansei mit der Fremden gesprochen hatte, glaubte auch das Pechmännlein sich berechtigt, laut zu geben; als erstes Zeichen seines Willensentschlusses knallte er mit der Peitsche, daß es im Thal und von den Höhen wiederhallte.

„Ich hab' dir ja gesagt, du sollst ruhig sein," rief die Großmutter.

„Die — die — ist ja wieder gesund," erwiederte das Pechmännlein. „Nicht wahr," wendete er sich an Irma, „nicht wahr, das Knallen thut nicht weh?"

Irma sagte, er solle sich keinen Zwang anthun, und keck gemacht, fragte das Pechmännlein:

„Wie heißt man dich denn?"

„Irmgard."

„So? So hat meine Frau auch geheißen, und wenn dir's recht ist, heirath' ich noch einmal eine Irmgard! Ich hab' ein halbes Häuschen und eine ganze Ziege; aufs Häuschen bin ich noch schuldig, aber die Ziege ist bezahlt. Sag', willst du mich?"

„Mach keine solche Possen, Peter!" rief Beate; es war ihr aber doch lieb, daß etwas Scherzhaftes gesprochen wurde.

Das Pechmännlein lachte laut und war sehr zufrieden mit sich. Ja, der Hansei, der ist freilich jetzt der Freihofbauer, aber so mit den Menschen reden kann er doch nicht. Das Pechmännlein war gar unterhaltsam, und als er nichts mehr zu reden wußte, brach er Erdbeeren, die am Wege standen und hier oben erst so spät reif wurden, und brachte sie auf ein Haselnußblatt gelegt Irma dar. Ja, gute Lebensart hat der Peter, das sieht er an den Mienen seiner Schwester ab, die ihm jetzt zulächelt.

Die Reise zur neuen Heimath ging ohne weitere Fährlichkeiten vor sich. Als man des Heimathortes ansichtig wurde, vor der Gemarkung, bat die Großmutter, daß man anhalte. Sie stieg ab, ging in den Wald hinein, kniete nieder, legte das Antlitz auf den Boden und rief:

„Gott Lob, daß ich dich wieder habe! Trag' mich noch lange gut und laß' mich und die Meinen gesunde Tage leben auf dir, und nimm mich gut auf, wenn meine Stunde kommt!"

Sie ging wieder zum Wagen zurück und sagte: „Grüß' Gott mit einander! Jetzt sind wir daheim. Schau' dort oben das Haus mit der großen Linde, das ist der Freihof, dort bleiben wir."

Auch Gundel mit dem Kind stieg ab, nur Irma blieb im Wagen, die Andern alle wanderten zu Fuß dahin.

Man kam durch das Dorf im Thal, von dem der Freihof fast noch eine Stunde entfernt war. Bei der Einfahrt ins Dorf knallte das Pechmännlein laut; alle Leute sollen sehen, mit welcher Verwandtschaft und mit wie vielem Besitzthum er nun einzieht. Man kam an einem kleinen Häuschen vorüber.

„Da bin ich geboren," sagte die Großmutter zu Hansei.

Vor dem Haus zieh' ich den Hut ab," erwiderte Hansei, und that, wie er sagte.

Am Wirthshaus, nicht weit vom Rathhaus und der Kirche, hielten die Wagen, die vorausgefahren waren; die Leute hatten sich versammelt, um den neuen Freihofbauer und die Seinen zu sehen. Das Pechmännlein als Oberceremonienmeister zeigte Walpurga die Bürgermeisterin. Walpurga ging auf sie zu und auch Beate war glücklich, denn die Mutter der Bürgermeisterin war auch da, in deren Hause sie damals, als sie noch in die Schule ging, bereits als Kindermagd gedient hatte; sie fragte nach dem Knaben, den sie damals gewartet. „Der ist gestorben," hieß es, „aber da steht sein Sohn." Ein baumstarker Bursche ward herbeigerufen, aber er wußte kein Wort zu sagen, als Beate erzählte, sie habe dessen Vater, als er noch ein kleines Kind war, gehütet.

Das halbe Dorf umstand die Ankömmlinge, man plauderte lange.

Irma lag im Wagen, hier auf offenem Markt, und die Menschen, denen sie sich angeschlossen, vergaßen ihrer. Die Großmutter war die Erste, die sich ihrer wieder erinnerte; sie kam zu ihr und sagte:

„Verzeih', daß wir so dein vergessen, aber es geht jetzt bald weiter und heim."

Irma entgegnete, daß man sich nicht um sie kümmern solle. Die Großmutter verstand nicht ganz, was im Tone Irmas lag.

Hier auf offener Straße in dem bedeckten Bauernwagen beim lauten Gerede der vielen Menschen hatte eine Wehmuth sie durchzuckt, daß sie der Mildthätigkeit anheim gegeben, sie der einst Alles gehuldigt, so vergessen war; aber schnell gewann sie die Kraft ihres Wesens wieder. Besser so, dann bist du allein.

Man fuhr endlich davon. Wieder ging es bergauf. Die Großmutter war ganz glückselig und grüßte Alles. Die Pflaumenbäume standen so voll und die Aepfelbäume an der neuen Straße, die sie hier in ihrer Jugend hatte pflanzen sehen, waren jetzt so groß und breit und beugten sich unter der Last ihrer rothwangigen Früchte. Die Großmutter sagte oft:

„Ich hab' mir's gar nicht mehr so weit gedacht. Nein, ich hab' sagen wollen, ich hab' mir's weiter gedacht — o Gott, wie red' ich denn? Ich mein', die Welt wär' zusammengeschnurrt. Kinder, ich sag' euch, ihr werdet Großes erleben, Gutes, Schönes. Komm, gieb mir das Kind," rief sie zu Gundel und nahm Burgei auf den Arm; ihr Antlitz strahlte.

„Burgei, da wirst du singen und da hab' ich gesungen, und da hab' ich deine Mutter auf dem Arm getragen, wie jetzt dich. Da! So! Gieb das dem Vogel."

Sie hatte Brod aus der Tasche geholt und gab dem Kinde Brosamen, sie den Vögeln am Weg zu streuen, und sie selbst warf immer kleine Brodstücke nach rechts und links.

Sie sprach kein Wort mehr, aber ihre Lippen bewegten sich leise.

Fünfzehntes Kapitel.

Als man gegen das Haus kam, wieherte das weiße Füllen den Ankommenden entgegen.

„Das ist ein guter Angang!" rief Hansei.

Die Mutter setzte das Kind auf den Boden, nahm ihr Gesangbuch aus der Kiste, und das Gesangbuch mit beiden Händen fest auf die Brust gedrückt, so ging sie hinein in das Haus, den Andern voran. Hansei stand an der Stallthür, nahm sein Stück Kreide aus der Tasche und schrieb C. M. B. und die Jahreszahl auf die Stallthür; dann ging er auch in das Haus, seine Frau mit dem Kind und Irma folgten ihm.

Die Großmutter klopfte dreimal an die Stubenthür, dann trat sie ein und drinnen legte sie das Gesangbuch offen, daß die Sonne darin lesen kann, auf das Fenstersims. Es war kein Tisch, kein Stuhl da.

Hansei reichte in der Stube seiner Frau die Hand und sagte: „Grüß' Gott, Bäuerin!"

Von diesem Augenblicke an hieß Walpurga „Bäuerin" und nie mehr anders.

Nun wurde Irma ihr Stübchen gezeigt. Es hatte die Aussicht über Wiese und Bach und den nahen Wald. Irma schaute sich um im Zimmer. Da war nichts als ein grüner Kachelofen, die Wände kahl, und sie hatte nichts bei sich. Im Vaterhaus und im Schloß waren Stüble und Tische, Pferde und Wagen — und hier?

Dem Todten folgt nichts nach.

Irma kniete im Fenster und schaute hinaus über Wiese und Wald, wo jetzt die Sonne unterging.

Wie war's gestern — war's erst gestern? — als du die Sonne untergehen sahst?

Nichts Festes stand vor ihrer Seele. Wirr schwamm Alles durcheinander. Sie hielt die Hand an die Stirn, die das weiße Tuch umschloß. Ein Vogel schaute zu ihr auf von der Wiese, und als ihr Blick ihn traf, flog er auf, waldeinwärts.

Der Vogel hat sein Nest, sprach es in ihr, und du?

Sie richtete sich plötzlich stramm auf. Hansei kam in den Grasgarten vor Irmas Fenster, nahm den Kirschbaumsetzling vom Hut und pflanzte ihn in den Boden.

Die Großmutter stand dabei und sagte:

„Ich wünsche, du mögest mit gesunden Gliedern auf den Baum steigen und Kirschen brechen, und deine Kinder und Enkel auch."

Es gab viel zu thun und zu ordnen im Haus und es kommt leicht in solcher Unruhe, daß die liebsten zusammengehörigen Menschen einander im Weg sind wie die Schränke und Tische, die noch nicht am gehörigen Platze stehen; der beste Beweis von der Friedfertigkeit dieser Menschen hier war, daß Jedes dem Andern mit Freude und Willigkeit, ja mit Scherz und Gesang in die Hände arbeitete.

Walpurga brachte das Beste von ihrem Hausrath ins Zimmer Irmas. Hansei redete kein Wort drein.

„Ist dir's nicht zu einsam hier?" fragte Walpurga, als sie Alles, soweit es die Eile zuließ, hergerichtet hatte.

„Gar nicht. Es kann mir nirgends auf der Welt einsam genug sein. Du hast jetzt viel zu thun, kümmere dich nicht um mich, ich muß mich auch jetzt erst in mir einrichten. Ich sehe, wie gut du und die Deinigen. Das Schicksal hat mich gut geführt."

„O, sag' doch nicht so was! Wenn du mir nicht das Gold gegeben hättest, hätten wir den Hof nicht kaufen können. Du bist eigentlich auf deinem Eigenen."

„Sprich nicht mehr davon!" fuhr Irma auf. „Nie mehr! Ich will nichts hören von jenem Gold."

Walpurga versprach's und sagte nur noch, daß Irma keine Furcht haben solle, wenn der Alte, der über ihr wohne, manchmal mit sich allein laut spräche und Lärm mache; es sei ein alter blinder Mann, dem die Kinder arg mitgespielt, aber er sei nicht bösartig und thue Niemand was zu Leide. Walpurga wollte wenigstens die erste Nacht Gundel bei Irma lassen, aber diese wünschte allein zu sein.

„Und du bleibst bei uns," sagte Walpurga zaghaft, „und nicht wahr, du kriegst so einen bösen Gedanken nie mehr?"

„Nein! Nie mehr! Aber sprich nicht. Mir thut die Stimme weh, auch die deinige. Gute Nacht! Laß mich allein."

Irma saß am Fenster und starrte hinein in die dunkle Nacht.

Ist das erst ein einziger Tag, seitdem sie so Ungeheures erlebt? Plötzlich sprang sie schaudernd auf, sie sah aus der Nacht empor das Haupt der schwarzen Esther tauchen, sie hörte ihren letzten Schrei, sah das verzerrte Gesicht und die wilden schwarzen Strähnen ... das Haar auf ihrem eigenen Haupte sträubte sich empor ... sie dachte sich hin in den tiefen Grund des Sees, wo sie jetzt todt läge ...

Sie öffnete das Fenster, eine würzig milde Luft drang zu ihr ein, sie athmete Frische. Sie saß lange am offenen Fenster, da hörte sie plötzlich über sich lachen.

„Oho! Ich thu' euch den Gefallen nicht! Ich sterbe nicht! Ich sterbe nicht! Etsch! Etsch! Hundert Jahre will ich leben, und dann laß ich mir noch einmal Urlaub geben."

Es war der alte Auszügler, der über ihr sprach. Nach einer Weile fuhr er fort:

„Ich bin nicht so dumm, ich weiß, daß jetzt Nacht ist. Und der neue Bauer und die Bäuerin, die sollen mir zappeln! Ich bin der Jochem, Jochem heiß ich, und was die Leut verdreißt, das thu' ich mit Fleiß. Hahaha! Sie müssen mir eine Entschädigung dafür geben, daß ich kein Licht brauche. Davon laß ich nicht und wenn ich bis zum König gehen muß."

Irma durchzuckte es, als der König über ihr angerufen wurde.

„Ja, ich geh' zum König, zum König, zum König!" rief der Alte oben, als wüßte er, daß dies Wort Irma wie eine Flamme ins Antlitz schlug.

Das Fenster über ihr wurde zugeschlagen, ein Stuhl wurde gerückt, der Alte legte sich zu Bette.

Irma sah noch immer hinein in die dunkle Nacht. Kein Stern stand am Himmel, nirgends ein Licht und man hörte nichts, als das Rauschen des Baches und das Rauschen des Waldes. Die schwarze Nacht war wie ein tiefer Abgrund.

„Bist du noch wach?" fragte eine linde Stimme draußen. Die Großmutter war herbeigekommen.

„Ich hab' da auf dem Hof als Magd gedient," sagte sie, „jetzt vor vierzig Jahren, und da soll ich nun die Mutter von der Bäuerin sein und fast gar die Erste auf dem Hof. Aber du liegst mir immer im Sinn. Ich muß mir immer ausdenken, wie es dir im Herzen ist. Jetzt will ich dir was sagen: Komm noch einmal heraus, ich führ' dich wohin, wo dir's gut thut. Komm!"

Irma ging mit der Alten in der dunklen Nacht. Das war eine andere Führerin als gestern.

Die Alte führte sie an den Röhrbrunnen; sie hatte ein Gefäß mitgebracht und gab's ihr.

„Komm, trink'. Gutes kaltes Wasser ist das Beste. Wasser ist ein Tröster für den Körper, macht kühl und ruhig, da badet man sich inwendig. Ich weiß auch, wie's ist, wenn man Kummer hat; da brennen die Eingeweide, wie wenn Feuer darin wäre."

Irma trank vom Gebirgswasser. Es war wie lindernder Thau, der sich durch ihr ganzes Wesen ergoß.

Die Mutter geleitete sie wieder in ihr Zimmer und sagte:

„Du hast noch das Hemd an, das du im Schloß getragen. Du wirst sehen, du wirst die Gedanken an dort nicht eher los, als bis du das Hemd verbrannt hast."

Die Alte that es nicht anders, und Irma war folgsam wie ein kleines Kind; sie mußte ein grobes Hemd anziehen, das die Mutter schnell herbeigeholt, und jetzt brachte sie Licht und Holz herbei und verbrannte das Hemd am offenen Feuer. Irma mußte sich die langen Nägel abschneiden und sie ins Feuer werfen. Dann entfernte sich Beate wieder schnell und kam zurück mit dem Reitkleide Irmas.

„Du mußt einmal einen Schuß bekommen haben, da sind ja Kugeln drin," sagte sie, das lange blaue Gewand ausbreitend.

Ein Lächeln zog über das Antlitz Irmas; sie fühlte die am Langtheil des Reitrocks eingenähten Bleikugeln, vermittelst deren das langflatternde Gewand besser in Falten lag.

Beate hatte aber noch etwas Gutes gebracht; es war ein Rehfell.

„Das schickt dir mein Hansei," sagte sie. „Er meint, du seist vielleicht gewöhnt, deine Füße weich zu stellen. Er hat das Reh selber geschossen."

Irma erkannte die Gutherzigkeit des Mannes, der ihr, einer Unbekannten und Räthselhaften, solche Liebe erwies.

Die Großmutter saß am Bette Irmas, bis sie einschlief; dann hauchte sie die Schlafende dreimal an und verließ die Stube.

Tief in der Nacht erwachte Irma.

„Zum König! Zum König! Zum König!" hatte es dreimal laut gerufen. Hatte sie selbst gerufen oder der Mann über ihr? Irma griff sich an die Stirn, sie faßte die Binde. Ist das Seegras, das sich um sie gelegt? Liegt sie lebendig tief im Wasser? Erst allmälig wurde ihr deutlich, was Alles geschehen.

Zum Erstenmal seit den grausenhaften Erlebnissen weinte sie, still und einsam in der Nacht.

Es war Abend, als Irma erwachte. Sie fühlte nach ihrer Stirne, ein nasses Tuch war um dieselbe geschlungen. Fast eine ganze Nacht und einen ganzen Tag hatte Irma geschlafen. Die Großmutter saß vor ihrem Bett.

„Du hast eine starke Natur," sagte die Alte, „die hat dir geholfen. Jetzt ist's vorbei."

Irma stand auf; sie fühlte sich stark. Von der Großmutter geleitet, ging sie nach dem Wohnhause.

„Gottlob, daß du wieder wohl bist," sagte Walpurga, die mit ihrem Manne hier stand, und auch Hansei sagte: „Ja, das ist brav."

Irma dankte und schaute auf nach dem Giebel des Hauses. Was sprach da zu ihr?

„Nicht wahr —" sagte Hansei, „dem Haus ist ein gutes Wort auf die Stirne geschrieben?"

Irma zuckte. Sie las auf dem Giebel des Hauses die Inschrift:

Trink' und iß,
Gott nit vergiß,
Bewahr' dein Ehr',
Dir wird nit mehr
Von all' deiner Hab',
Denn ein Tuch ins Grab.

Sechstes Buch.

Erstes Kapitel.

Durch die Flucht Irmas war das Leben des Lakaien Baum plötzlich leer. Er kam an die Stelle zurück, wo Irma seiner warten sollte und nun verschwunden war, er starrte ins Weite und sah nichts. Ein Hund, der der Spur seines Herrn folgen muß, ist besser dran, ihm zeigt der Naturtrieb die Fährte, der Mensch aber muß sich besinnen.

Ist das eine Flucht? Wohin? Warum? Was ist da die Pflicht des Untergebenen? Darf er diejenige verfolgen, die ihn zurück=gejagt. Den Hund hat sie noch ehrlich und offen zurückgejagt, der Diener aber wird betrogen, dafür ist er ein Mensch.

„Schämen Sie sich, Gräfin! Einen armen Bedienten, der ge=horchen muß, so zum Narren zu haben.“ So sprach Baum vor sich hin. Er fühlte, daß er zum Erstenmal die große Probe machen muß, ein denkender Diener zu sein. Vielleicht stand in den Briefen, die er mitgebracht, eine Bestellung auf heut Abend. Man ist zur Jagd. Man trifft sich im Wald. Man kann doch nicht offen nach Wildenort kommen. Man ist doch erst so kurz in Trauer. Man will auch den Diener nicht wissen lassen. Aber warum nicht? Er ist ja so gern verschwiegen.

Vielleicht aber ist die Gräfin entflohen.

Warum? Wohin?

Man hat ihm so viel Zutrauen geschenkt — der Oberkämmerer hat ihm noch gesagt: Sie sollen immer um die Gräfin bleiben, immer — verstehen Sie? — und sollen sie zurückgeleiten an den Hof. Hatte man denn dort eine Ahnung, daß sie entfliehen will? Warum gab man ihm nur halbes Zutrauen?

„Ich bin unschuldig!" rief Baum in die Luft hinein. Aber was nützt unschuldig? Gescheidt muß man sein.

Baum hatte gute Lehren von seinem Meister, dem ersten Kämmerer der Baronin Steigeneck. Ein guter Bedienter, hatte dieser ihm gesagt, muß immer zwei Dinge bei sich haben: ein scharfes Messer und eine richtig gehende Uhr. Wenn dir was passirt, das dich aus der Fassung bringt, nimm deine Uhr heraus, zähle zehn Secunden ab, dann überlege, was du zu thun hast.

Das ist eine gute Lehre, sie hat nur wie viele andere gute Lehren das Schlimme, daß man inmitten der Verwirrung sich ihrer nicht erinnert.

Baum ritt zurück ins Schloß; vielleicht ist die Gräfin auf der andern Seite wieder heimgeritten, vielleicht weiß das Kammermädchen, wohin sie reiten wollte. Er kam zum Kammermädchen.

„Ist Ihre Herrin da?"

„Nein, sie ist ja mit Ihnen weggeritten."

„Wissen Sie nicht, wohin sie wollte?"

„Sie ist von Ihnen fort? Ach Gott, nun führt sie's aus!"

„Was denn?"

„Ich habe schon dem Herrn Flügeladjutanten gesagt, ich fürchte, sie tödtet sich. Ich glaube, sie hat Gift bei sich oder einen Dolch. Sie tödtet sich!"

„Wenn sie sich mit Gift oder Dolch tödten wollte, hätte sie das ja in ihrem Zimmer thun können," erwiderte Baum.

„Ja, ja. Noch in der letzten Nacht hat sie aus dem Traum gerufen: tief in den See! Ach, du lieber Himmel, meine schöne gute Gräfin ist todt! O ich unglückseliges Geschöpf, was wird aus mir?"

Baum suchte die Klagende zu beruhigen und fragte, ob die Gräfin nicht irgendwo ein Schreiben hinterlassen.

Der Schreibtisch stand offen, es lagen zerstreute Papiere darauf; man fand den an die Königin überschriebenen Brief. Baum wollte ihn zu sich nehmen, aber die Kammerjungfer hielt ihn fest; sie duldete nicht, daß ein Fremder die Geheimnisse ihrer Herrin durchforschte.

Plötzlich, inmitten des Streites, zog Baum seine Uhr heraus. Jetzt hatte er sich der Abzählung der zehn Secunden erinnert; er sah starr auf das Zifferblatt, und als er Zehn gezählt hatte, nickte er, er hat Ruhe und Besonnenheit gefunden.

Gut, die Kammerjungfer soll den Brief überbringen, damit ist nichts gewonnen und nichts verloren, er selber aber will zeigen, daß er das höhere Zutrauen verdient. Seine Aufgabe ist, nun Nachforschungen anzustellen, vielleicht rettet er doch noch.

Während sich die Kammerjungfer abwendete und schnell den Brief zu sich steckte, sah er einen andern Brief, überschrieben: „Dem Freunde." Schnell erkannte er, daß dieser viel mehr werth, und steckte ihn zu sich. Der Freund kann nur Einer sein, er weiß, wer es ist. Die Kammerjungfer hatte das Knittern des Papiers gehört und verlangte die Schrift zurück. Baum verließ schnell das Zimmer und berief die Diener des Hauses. Die Kammerjungfer folgte ihm; er verwandelte sich nun schnell aus dem Angegriffenen in den Angreifer, er verlangte den Brief an die Königin, um ihn zu entsiegeln und daraus die Spur zu entnehmen, wohin die Gräfin entflohen, er machte die Dienerin verantwortlich für alle Folgen. Sie flüchtete vor ihm und er verfolgte den Plan nicht, denn er wußte nicht, ob er den Brief entsiegeln durfte, und jedenfalls hat er nun den wichtigeren an den König unbestritten. Er befahl dem Reitknecht, daß er noch ein Pferd sattle und mit ihm reite.

Das Abendroth glänzte bereits auf den Fenstern des Schlosses, als die Beiden hinausritten. Aber wohin?

Der Wegknecht wurde ausgefragt — er hatte nichts von der Gräfin gesehen. Dort trieb der Schäfer heim — die Beiden ritten auf ihn zu, der Schäfer nickte auf die Frage, ob er die Gräfin gesehen, aber man konnte ihn nicht hören vor dem lauten Blöken der Schafe; Baum stieg ab und vernahm, daß die Gräfin in gestrecktem Galopp den Weg nach dem Gamsbühel geritten sei.

„Die sitzt fest, die kann gut reiten," lobte der Schäfer.

Nun war doch eine Spur da. Die Beiden jagten den Weg dahin. Als sie bei der Bergmulde am ausgetrockneten Sumpf anlangten, hörten sie ein Pferd wiehern. Sie ritten darauf zu. Da stand das Reitpferd Irmas und graste ruhig, aber dicker Schaum lag auf Zaum und Gurt.

„Die Gräfin ist gestürzt, wer weiß, wo sie verschmachtend liegt," sagte Baum. — Er wollte noch behutsam sein und dem Reitknecht nicht voreilig Alles mittheilen.

Sie suchten nun rings umher und riefen; sie fanden nichts und erhielten keine Antwort. Baum entdeckte Doppelspuren des

Pferdes, vor= und rückwärts. Sie nahmen das Pferd Irmas mit, stiegen aber nicht\mehr auf, sie mußten genau darauf achten, wo die Spur der Pferdehufe hinführt. Nur dem scharfen Auge Baums gelang es, die Huftritte in dem Halbdunkel noch zu erkennen.

„Hätten wir nur den Hund bei uns, der kennt sie. Warum hast du nicht den Hund mitgenommen?" fragte er ärgerlich.

„Sie haben mir ja nichts gesagt."

„Reite zurück und hol' ihn! Nein, bleib', ich kann nicht allein sein."

Sie kamen bis zum Gamsbühel.

„Geh abseits, in den Wald," rief Baum.

Sein gutes Messer war jetzt am Platze; er holte Reisig, band es zu einer Fackel zusammen, zündete es an und leuchtete damit umher. Er fand die Spuren. Hier hatte das Pferd umgewendet, hier waren noch die Tritte von einem Damenfuß, mehrere Schritte rückwärts, dann verlor sich die Spur.

„Hier muß sie sein," rief Baum, „hier ist sie in den Wald hinab. Ich kenne Weg und Steg. Du gehst links mit den beiden Pferden, ich gehe mit dem einen rechts. Du entfernst dich aber nicht weiter, als du meine Stimme hören kannst."

Sie suchten und riefen durch den nächtigen Wald, sie fanden nichts. Endlich kamen sie wieder zusammen. Ein Hirsch schoß an ihnen vorbei. Wenn der hätte reden können, er hätte ihnen gesagt, wo Irma ihn aufgescheucht, es war wohl eine Stunde weit abseits.

„Wenn du sie findest, bekommst du einen guten Lohn," sagte Baum zu dem Reitknecht. Er sprach zu einem Andern, was er sich dachte, daß sein oberster Herr zu ihm sprechen würde.

Fast die ganze Nacht irrten sie mühsam durch den Wald, und endlich mußten sie sich niederlegen und den Tag abwarten; es war nirgends ein Weg mehr, um die Pferde zu führen.

Der Tag war schon lange erwacht, als die beiden Suchenden die Augen aufschlugen. Von ferne blinkte der See und auch hier herauf klang ein Ton von der Musik, und wo die Beiden standen, warfen die Felsen das stärkste Echo von den Böllerschüssen zurück.

Baum nahm die Pistolen aus den Satteltaschen und feuerte sie nach einander ab, dann lauschte er mit angehaltenem Athem; vielleicht ist Irma hier irgendwo, sie hört die Schüsse und giebt ein Zeichen. Man vernahm keinen Laut.

Die Beiden fanden einen Holzweg, der abwärts nach dem See führte. Sie kamen ans Ufer. Da lag der spiegelglatte See, stundenweit sich hinstreckend; wer weiß, was er in seinem Grunde birgt. Dort in der Ferne schwimmt ein Kahn, Menschen und Thiere sind darin. Jetzt landet der Kahn. Baum und sein Gefährte wendeten sich nach der andern Seite, wo zerstreute Bauernhäuser und Fischerhütten lagen; Mann und Pferd waren abgemattet, sie mußten sich erfrischen. Baum fragte jeden Begegnenden, ob man nicht eine vornehme Frau in blauem Reitgewand mit einem Federhut gesehen habe. Nirgends eine Spur.

„Doch ja," sagte endlich ein altes Männlein, das Weiden schnitt am See.

„Wo? Wann?"

„Da drüben im Wirthshaus. Es ist jetzt bald ein Jahr, da hat sie viele Wochen dort gewohnt."

Baum fluchte auf das einfältige Bauernvolk.

Glücklicherweise traf er hier einen Landjäger. Er sagte ihm, wer er sei und was er suche, schickte den Reitknecht mit dem Damensattel zurück nach Wildenort, legte seinen Sattel dem Pluto auf und ritt nun mit dem Landjäger am See entlang. Da sahen sie auf einem Felsen am Ufer eine Gestalt, die einen Federhut hochhielt. Sie ritten rasch darauf los. Baum erschrack so sehr, daß er die Steigbügel verlor; er erkannte seinen Bruder Thomas.

Wenn der die Gräfin beraubt und ermordet hat?

Der Landjäger kannte den wilden Gesellen. Thomas starrte die Beiden grinsend an, sein Haar war naß und seine Kleider troffen.

„Was machst du da?" rief der Landjäger. „Was hast du da für einen Hut?"

„Der wird dich nichts angehen?" antwortete Thomas, und seine Zähne klapperten.

Baum nahm eine Flasche mit Branntwein heraus und reichte sie dem von Frost Geschüttelten, Thomas trank mit mächtigem Zuge; dann erzählte er mit einer Mischung von Wuth und Jammer, die Geliebte des Königs sei gestern Nachts zu ihnen auf die Wurzhütte verirrt und habe seine Schwester verleitet, daß sie mit ihr sich in den See stürze: er sei zu spät gekommen, im Wasser habe er etwas schwimmen gesehen, er sei hineingesprungen, um sie zu retten, habe aber nichts gefunden als den Hut.

Der Landjäger wollte diese Erzählung nicht glauben und Thomas sofort verhaften. Baum sagte ihm leise ins Ohr, es sei wol sicher, daß die Dame sich ertränkt habe und hier kein Mord vorliege. Er wollte doch seinen Bruder nicht verhaften lassen, es regte sich etwas wie Mitleid in ihm, und er sagte zu Thomas:

„Komm her, wir wollen einen Tausch machen. Da, ich geb' dir meine Flasche, es ist noch viel darin, gieb du mir den Hut."

„O nein, ich weiß wem der Hut gehört; der ist viel werth, den bring' ich dem König!"

> Hat er seinen Schatz nicht mehr,
> Hat er doch den Hut.
> Und wenn die alt' versoffen ist,
> Da schmeckt eine neue gut. Juchhe!"

sang Thomas mit lallender Zunge, warf den Hut in die Höhe und fing ihn wieder auf.

Der Landjäger wollte Thomas ins Gesicht schlagen, aber Baum hielt ihn ab; er ging auf Thomas zu und legte ihm die Hand auf die Schulter. Thomas zuckte zusammen, er ward plötzlich ruhig und schaute Baum ängstlich an. Baum sprach sehr herablassend mit Thomas und dieser schaute ihn immer mit offenem Munde an, als müsse er sich auf etwas besinnen, was er nicht sagen konnte; diese Stimme, die Hand auf seiner Schulter machten einen ganz andern Menschen aus ihm; der wilde, mordsüchtige Bursche weinte.

„Willst du mir den Hut für ein Goldstück geben oder willst du dir ihn mit Gewalt nehmen lassen? Du siehst, wir sind Zwei und sind Meister über dich," schloß Baum.

Ohne ein Wort zu erwidern, reichte Thomas den Federhut hin, und als ihm Baum das Goldstück reichte, konnte Thomas die Hand nicht schließen, er schaute verwirrt bald auf das Goldstück, bald auf den Geber.

Baum redete ihm nachdrücklich zu und sagte, er solle, wenn er noch eine Mutter habe, ihr auch etwas von dem Gelde geben.

„Eine Mutter?" lallte Thomas, und sah Baum gläsernen Blickes an. „Eine Mutter?" wiederholte er, es schien eine Erinnerung in ihm zu erwachen.

Der Landjäger bewunderte den Edelsinn des Hoflakaien; das ist doch gar ein feiner Mensch.

Nun berichtete Thomas von Neuem, daß Irma gestern Nacht bei ihnen in der Hütte gewesen, und die Mutter wisse noch mehr von ihr, mit der sei sie allein gewesen. Die Beiden verlangten die Mutter zu sprechen. Thomas geleitete sie bergauf nach der Hütte.

Unterwegs erzählte der Landjäger dem Lakaien die Familienverhältnisse des Thomas und schloß: „Sehen Sie, der Mensch da ist ein Raufbold und vielfach bestrafter Wilderer; ich hab' ihm schon oft gerathen, er soll nach Amerika auswandern, da kann er jagen genug. Und er hat einen Bruder in Amerika, einen Zwillingsbruder, das muß aber ein grundschlechter Mensch sein, wenn er nicht gestorben ist, er hat seiner Mutter und seinem Bruder noch nicht ein Wort geschrieben und nie so viel geschickt, als man in einem Auge leiden kann; aber freilich, so werden die Menschen in Amerika; aus meinem Ort sind Viele drüben, sie sind Alle nichts nutz, sie denken Alle nur an sich."

Baum lächelte dem Erzähler zu, er bedurfte seiner ganzen Haltung und redete kaum ein Wort; er mußte sich vorbereiten, wie er nun wiederum seiner Mutter begegne, und es war ärgerlich, daß sie jetzt in diese Sache verwickelt war; er brauchte jetzt seine Gedanken anderswohin.

Der Landjäger suchte den Weg kurzweilig zu machen und wußte viele Verbrechergeschichten zu erzählen, er war ja thätig darin; nur haben diese Geschichten das Unangenehme, daß man selbst sauber sein muß, wenn man sie hört. Baum winkte ihn immer gnädig zu; er darf ja mit keiner Miene verrathen, daß der verlorene Mensch, der da vorausschreitet, ihn etwas angeht. Der Landjäger erzählte, wie ihn einmal ein Mörder, den er hatte einfangen helfen, in den Finger gebissen hatte, und er zeigte die Narbe.

Endlich befreite sich Baum von diesen entsetzlichen Dingen. Er fragte den Landjäger, bei welchem Regiment er gestanden; er fragte das so gnädig, als ob er in der nächsten Minute einen Orden aus der Tasche ziehen und den Landjäger decoriren wolle. Nun giebt es nichts Besseres, als vom ehemaligen Soldatenleben erzählen. Der Landjäger berichtete Geschichten und lachte, auch Baum lachte mit, er mußte mitlachen; der vorausgehende Thomas schaute sich grinsend um, schritt aber weiter.

Man kam bei der Hütte an. Es war Niemand da, die alte Zenza war verschwunden.

„Die sucht gewiß auch die Esther," sagte Thomas.

„Was ist's denn mit der schwarzen Esther?" fragte der Landjäger.

„Schwarze Esther" — wiederholte Thomas. — „Ha, ha! Jetzt wird sie aber der See weiß waschen. Wenn mir Einer ein gutes Trinkgeld giebt, spring' ich auch noch in den See."

Er warf sich auf den Laubsack und betrachtete still seine Hände, mit denen er noch in der Nacht im Wald Esther mißhandelt hatte; dann legte er den Kopf zurück und verfiel in dumpfen Schlaf. Es war nicht möglich, ein Wort aus ihm herauszubringen. Baum und der Landjäger ritten davon, sie wollten nochmals an den See, um weitere Spuren zu finden, und überall Auftrag zu geben. Sie kamen aus dem Wald auf die Landstraße, und hier war es, wo sie dem Fuhrwerk mit der Blahe begegneten.

Im ruhigen Schritt ritten sie wieder am See entlang. Eine große rothbraune Kuh ging vor den beiden Reitern dahin, fraß manchmal und schaute über den See; plötzlich, als sie an eine Hecke kam, stutzte sie, wendete sich rasch und rannte so schnell zurück, daß sie fast das Pferd Baums auflief.

„Die Kuh ist an etwas gescheut, da liegt etwas," sagte Baum und stieg rasch ab. Seine gefärbten Haare stiegen ihm zu Berge, da er darauf gefaßt war in der nächsten Secunde die Leiche Irmas zu sehen. Und richtig, er fand etwas. Hier standen die zerrissenen Schuhe Irmas, er kannte sie, hier war eine Blut= spur, das Gras war niedergebrückt, hier hatte ein Mensch gelegen und sich gewälzt.

Die Hand Baums zitterte doch, als er die Schuhe aufnahm, und sie zitterte stärker, als er ein Pflänzchen abpflückte — es war ein einfacher Blattkelch, sogenannter Frauenmantel, das beste Bergfutter — und in diesem Blattkelch waren Blutstropfen, sie waren fast noch naß.

Wenn sie sich ertränkt hätte — woher das Blut? Woher die Schuhe? Und die Schuhe so entfernt von dem Orte, wo Thomas den Hut gefunden hatte? Und hier sind viele Fußstapfen von großen Schuhen? Wenn Irma doch ermordet wäre? Wenn sein Bruder . . .

Sie ist todt — das ist die Hauptsache, tröstete sich Baum, und ich hab' die Zeichen. Was braucht man da noch einen Menschen ins Unglück zu bringen?

Er legte das Pflänzchen mit dem Blut zu dem Brief, der „Dem Freunde" überschrieben war.

Er ging mit dem Landjäger in das Wirthshaus an der Anlände, wo heute früh die Auswandernden eingekehrt waren.

Hier fragte der Landjäger wiederum nach der vornehmen Dame im blauen Reitkleid.

In den Mienen der Wirthin zuckte es. War das vielleicht die Wahnsinnige, die heut' bei den Auswanderern gewesen? Sie waren so hin- und hergelaufen, hatten Kleiderbündel getragen und die Fremde hatte so wunderlich dreingeschaut.

„Du weißt etwas!" sagte der Landjäger, der Wirthin ins Angesicht starrend. „Sag's!"

„Ich weiß nichts!" sagte die Wirthin. „Hab' ich denn ein Wort gesagt? Was willst du von mir?"

Die ganze Furcht des Landvolkes, vor Gericht stehen zu müssen, um Zeugniß abzulegen, ward in der Wirthin lebendig, und sie hielt sich streng zurück, irgend ein Wort laut werden zu lassen.

Baum merkte, daß er nicht wohlgethan, den Landjäger mitzunehmen, seine Anwesenheit schreckte die Menschen, wenn sie auch etwas mitzutheilen hatten; er schickte ihn daher fort, um selbständig weitere Nachforschungen zu halten.

Baum kämmte und bürstete vor einem Spiegel seine gefärbten Haare, die heute gar widerspenstig waren. Zum Erstenmal in seinem Leben war er tief bescheiden; er ist noch nicht recht der Mann dazu, um solch' eine Sache auszukundschaften, und er hat sich auch schon zu lange verzögert. Andere werden ihm den Vortheil wegnehmen, der aus dem Tode Irmas zu ziehen ist; er muß zurück ins Schloß, dort sind Leute genug, die das besser zu Ende führen können.

Er suchte die Wirthin, die ihm doch etwas zu wissen schien, allein auszuforschen; aber die Wirthin war auch gegen ihn zurückhaltend, sie kannte ja seine Kameradschaft mit dem Landjäger, und es nützte ihm nichts, daß er auf die Wappenknöpfe deutend, sich als königlichen Lakaien bekundete.

Plötzlich erinnerte er sich, daß hier am See ja Walpurga wohnte; es war kaum ein Jahr her, seit er hier mit Hofrath Sixtus gereist. Irma war immer die Freundin Walpurgas gewesen, vielleicht hält sie sich bei ihr verborgen — solche überspannte Menschen sind zu Allem fähig.

Vor dem Wirthshaus lag noch der große Kahn. Baum ging mit seinem Pferd an Bord und befahl, daß man sofort abfahre; er gab aber doch zu, daß ein Wildheuer, der mit einem großen Handkarren voll Heu ankam, das er auf den gefährlichsten Spitzen eingesammelt, im Kahn mit überfahre. Man stieß ab. Baum legte sich auf das Wildheu, er fühlte sich in allen Gliedern wie zerschlagen.

Nun fragte er die Schiffer aus, ob sie nichts von einem Ertrunkenen bemerkt hätten. Er erfuhr, daß man am Morgen einen Menschenkopf mit langen Haaren aus dem Wasser hatte auftauchen sehen, es sei wahrscheinlich ein Frauenzimmer gewesen.

Baum richtete sich plötzlich auf und schaute wirr über den blitzenden Spiegel des Sees hin.

„Wenn der Herr warten will," sagte der ältere Schiffer zu Baum, „nach drei Tagen speit der See die Leiche aus."

Baum wollte nichts mehr hören; er tastete nur nach dem Papier in seiner Tasche mit der blutbefleckten Pflanze, streckte sich noch gemächlicher auf dem Heu und schlief ein; er erwachte erst wieder, als der große Kahn ans Land stieß.

Es war eigentlich nicht mehr nöthig, Walpurga aufzusuchen; dennoch ging er, er wollte zeigen, daß er alle Mittel und Wege versucht. Er kam nach der Gstadelhütte und klopfte an die Thür; Niemand antwortete. Er schaute durch das Fenster; zwei große Katzenaugen starrten ihn an, die Katze saß auf dem Sims, sie allein war da verblieben; die Stube war wie ausgeraubt, nir= gends ein Tisch, ein Stuhl. Als wenn er verzaubert wäre oder träume, ging er wieder durch den Garten zurück.

Die Elster auf dem sich entblätternden Kirschbaum schnatterte, kein Mensch war zu schauen. Endlich ging ein Mann vorüber, Baum erkannte ihn, es war der Schneider Schneck.

„He Mann," rief er, „wo ist der Hansei und die Walpurga?"

„Die sind über die Berge, sind ausgewandert und haben einen großen Hof gekauft, man heißt ihn den Freihof, weit drin an der Landesgrenze."

Der Schneider Schneck war sehr gesprächig und wollte wissen, ob der Herr noch etwas bringe vom König und von der Königin.

Aber Baum war wortkarg; er stieg zu Pferde und ritt davon, geradeswegs nach der Sommerburg.

Es war ein langer mühsamer Ritt; er griff oft nach dem Hut und den Schuhen der Gräfin, um sich zu überzeugen, daß er diese Kleinodien noch bei sich habe.

Inmitten aller Erschütterung und Eile hatte er noch Fassung und Ruhe genug, sich auszudenken, wie er mit diesem Ereigniß ein Schwungbrett betreten habe, auf dem er sich höher schwingen werde. Er war fortan der Vertraute des Königs, er allein konnte sagen, was und wie Alles geschehen ist. Er betrachtete seine Hand, die der König ihm dankend drücken wird, ja er meinte, der König habe ihm schon die Hand gedrückt. Es kann ihm nicht fehlen, der Oberkämmerer ist altersschwach, er tritt in dessen Stelle. Freilich wär's am besten, wenn er sagen könnte, Irma sei gewaltsam ermordet worden — der Landjäger hat wie ein Spürhund da eine Fährte gefunden — aber nein, das geht nicht, er ist doch dein Bruder — wenn's ihm auch besser wäre, daß man ihn hinter Schloß und Riegel füttert, bis er stirbt. Nein, so hart will Baum nicht sein. Er faßte den guten Vorsatz, wenn er Oberkämmerer geworden, dann will er Gutes thun, ja, an seiner Mutter und seinem Bruder, die Schwester ist todt und das ist doch traurig; ganz gewiß will er es thun, wenn er noch weiter kommt und ihm der König ein groß Stück Geld und eine schöne Lebensrente giebt. Baum war so teck, Gott zu sagen, er müsse ihm dazu verhelfen, er wolle ja Gutes thun.

Und wie er so durch die Nacht dahinritt und manchmal ein= nickte — denn es war die zweite Nacht, die er in solcher Unruhe zubrachte — schwirrte ihm Alles durcheinander.

An der letzten Station ließ er sein Pferd zurück und nahm Extrapost.

Es war früh am Tage, als Baum vor dem Sommerschloß ankam. Nur mühselig wurde er erweckt, und es dauerte lange, bis er sicher auf dem Boden stand und sich besann, wo er war und was er bei sich hatte.

Große Hofwagen wurden angespannt, aus dem Reitstall wurden die schönsten Reitpferde vorgeführt. Baum hörte kaum den Will= komm seiner Kameraden und der Berciter.

Er ging hinein ins Schloß, die Treppe hinauf; die Kniee wollten ihm brechen, so abgemattet war er. Er trat in das

Vorzimmer des Königs. Der alte Oberkämmerer schnupfte schnell die Prise, die er zwischen den Fingern hielt, und reichte Baum die Hand. Baum sank auf einen Stuhl und sprach seinen Wunsch aus, sofort bei Seiner Majestät gemeldet zu werden.

„Kann noch nicht, muß warten," antwortete der Oberkämmerer.

Baum hielt sich nur gewaltsam wach und auf dem Stuhl aufrecht.

***

Zweites Kapitel.

Der König war schon in der Frühe in seinem Cabinet. Er verweichlichte sich nie, und in Ueberwindung von Strapazen übertraf ihn keiner am Hofe. Jahraus jahrein begab er sich des Morgens in ein kaltes Bad und kam dann neu belebt zur Arbeit und zur Gesellschaft. Eine bequeme Kleidung kannte er nicht, vom Bad aus ließ er sich stets sofort vollgerüstet kleiden.

Heute trat er im Jagdcostüm in sein Cabinet, es war noch Mehreres zu erledigen.

Dieses Arbeitscabinet befand sich im Mittelbau, im sogenannten Kurfürstenthurm. Es war ein großes hohes und dabei doch behagliches Gemach. Ringsum die Handbibliothek, militärische Karten und besondere Lieblingsstücke der Plastik, theils Antiken, die er als Prinz sich auf seinen Reisen erworben, theils schöne Nachbildungen. Ein Briefbeschwerer bestand aus einer Pyramide zusammen gelötheter Flintenkugeln vom Leipziger Schlachtfelde. Die eichenen Möbel waren im Styl der Renaissance. In der Mitte stand der große Schreibtisch, darauf alles Nöthige wohlgeordnet; ein einziges Aquarellbild, die Königin als Braut darstellend, befand sich zur Rechten des Stuhls.

Der König trat ein, er drückte auf eine Klingel, die auf dem Schreibtische stand, der geheime Cabinetsrath betrat das Gemach.

Er reichte nacheinander mehrere Papiere hin, der König durchflog sie und unterzeichnete mit rascher Hand. Der vortragende Rath erstattete Bericht über Angelegenheiten des Hausministeriums. Der König ging dabei im Cabinet auf und ab. Plötzlich rief er:

„Was ist das?"

Er hörte im anstoßenden Gemach ein Rücken und Heben und scharrende Menschenschritte, wie wenn man einen Sarg trägt. Er drückte auf die Klingel, und wie vom Druck berührt ging die Thür auf und der Oberkämmerer erschien.

„Was ist das für ein unleiblicher Lärm in der Gallerie?“

„Majestät haben befohlen, das große Bild wegzuschaffen.“

Der König erinnerte sich, er hatte gestern den Befehl gegeben. Schon lange an das Bild gewöhnt, war es ihm gestern auf einmal zuwider geworden; es stellte in lebensgroßen Figuren die Scene dar, wie König Belsazar auf dem Thron sitzt, um ihn her die Hofleute, eine Hand aus den Wolken schreibt das Mene tekel an die Wand. Der König hatte befohlen, daß das Bild fortgeschafft und der öffentlichen Gallerie übergeben werde.

„Ich bin ungeschickt bedient,“ sagte der König unwillig; „es war Zeit, das zu thun, wenn ich zur Jagd bin.“

Der Oberkämmerer, der stramm dagestanden hatte, erzitterte am ganzen Leibe, als er das hörte, seine Hände sanken schlaff nieder, sein Kopf beugte sich. Mühsam schleppte er sich zur entgegengesetzten Thür hinaus. Sofort trat Stille ein; das Bild wurde lautlos auf den Boden gestellt, die Diener entfernten sich.

Der Oberkämmerer ging von der andern Seite in das Vorgemach, setzte sich in seinen Lehnstuhl, nahm eine Prise, vergaß aber, sie zu schnupfen; erst als Baum eintrat, schnupfte er sie.

Nun saß er still Baum gegenüber; er schüttelte mehrmals mit dem Kopf und betrachtete seinen großen Lehnstuhl. Ja, da sitzt bald der dort und du bist abgedankt.

Der geheime Cabinetsrath ging durch das Vorgemach; der alte Oberkämmerer vergaß, ihm schnell den Hut zu bringen. Baum that es an seiner Statt. Baum war wieder frisch, jetzt war keine Zeit, müde zu sein; der große Trumpf muß ausgespielt werden.

Die Klingel aus dem Cabinet ertönte wieder. „Ist noch Jemand im Vorzimmer?“ fragte der König den Oberkämmerer.

„Ja, Majestät, der Lakai Baum.“

„Soll eintreten.“

Baum war sich jetzt seiner ganzen hohen Stellung bewußt. Der König hat nicht gesagt, daß er dem dienstthuenden Kammerherrn berichten soll, er hat gerufen: „Soll eintreten“ — unmittelbar will er mit ihm verhandeln, jetzt ist die hohe Vertrauensstellung gewonnen.

Die alte feierlich unterwürfige Art Baums hatte heute noch eine besondere Weihe.

„Haben Sie einen Auftrag?" fragte der König.

„Nein, Majestät."

„Was bringen Sie da?"

„Majestät," erwiderte Baum und legte das in ein Tuch Gebundene auf den Stuhl, löste die Knoten und fuhr fort: „Majestät — diesen Hut der Gräfin von Wildenort habe ich im See, diese Schuhe am Ufer zwischen den Weiden gefunden."

Die Hand des Königs streckte sich nach den mitgebrachten Zeichen aus, aber er zog die Hand wieder zurück und legte sie aufs Herz. Er sah Baum starr und groß an.

„Und was soll das?" fragte er und fuhr mit der Hand nach dem Kopfe, die Haare schlichtend, die ihm zu Berge standen.

„Majestät," fuhr Baum fort, er selbst zitterte, da er den König so ergriffen sah, „Majestät, die gnädige Gräfin haben diese Kleidungsstücke getragen, als sie mit mir ausritten und entflohen —"

„Entflohen? Und —"

Baum legte die eine Hand auf seine Uhr; er konnte die Secunden nicht sehen, aber er konnte sie doch in Gedanken abzählen, und leise sagte er:

„Die gnädige Gräfin haben sich in der vergangenen Nacht — nein, in der vorletzten, im See ertränkt. Schiffer haben eine Frauenleiche auf- und untertauchen sehen, morgen, als am dritten Tag, speit sie der See aus —"

Der König winkte mit der Hand — es ist genug — und die winkende Hand zitterte; er griff nach der Stuhllehne, und sein Blick starrte auf Hut und Schuhe.

Baum schlug die Augen nieder, er spürte, wie der König nun den Blick auf ihn heftete, er schaute nicht auf; er betrachtete den Boden, der hebt sich jetzt und hebt den Lakai hinauf an den Thron, neben den König, als seinen Vertrauten. Bescheiden neigte Baum den Kopf tiefer; er hört, wie der König das Zimmer auf und ab schreitet, er schaut nicht auf; im niedergeschlagenen Blick liegt das Zeichen vollen Gehorsams und unbedingter Ergebenheit. Jetzt steht der König vor ihm still.

„Woher weißt du, daß ein Selbstmord?" . . .

„Ich weiß es nicht. Wenn Eure Majestät befehlen, daß die Gräfin ertränkt worden —"

„Ich? Wie?"

„Majeſtät, bitte unterthänigſt — darf ich Alles erzählen?"

„Du ſollſt —"

Der König nannte ihn du — das geſchieht nur den Vertrau=
teſten. Mit geſammelter Kraft ſagte nun Baum:

„Majeſtät, die Schuhe habe ich ſelbſt gefunden, aber den Hut
habe ich von einem Menſchen, dem Alles zuzutrauen iſt . . . der
Landjäger meint . . . und es wäre vielleicht für den Menſchen
gut . . . man könnte ihn nach einem Jahr begnadigen und nach
Amerika ſchicken . . . ein Bruder von ihm . . . ſoll . . . dort . . ."

„Du ſprichſt wirr!"

Baum gewann ſeine Kraft wieder.

„Ein Wilddieb kann ſie ermordet haben. Das Schlimme iſt
nur, daß ſie einen Brief an Ihre Majeſtät die Königin geſchickt —"

„An die Königin? Wo iſt er? Gieb her!"

„Ich habe ihn nicht. Die Kammerjungfer hat ihn mir entriſſen."

Der König ſetzte ſich.

Man hörte lange nichts, als das ſchnelle Ticken der Uhr, die
auf dem Schreibtiſche ſtand.

Jetzt richtet ſich der König auf, geht im Gemach auf und ab;
er wendet ſich um und geht auf Baum zu. So ſchreitet das
Weltgericht. Das Gericht über Leben und Tod. Baum greift ſich
in das Halstuch, es wird ihm zu eng, da — da geht das
Schwert durch.

„Weißt du, was in dem Brief an die Königin ſtand?"

„Nein, Majeſtät."

„Der Brief war verſiegelt?"

„Ja, Majeſtät."

„Und ſonſt haſt du nichts?"

„Doch, Majeſtät, hier dies. Das hab' ich der Kammerjungfer
faſt gewaltſam entriſſen. Und hier, Majeſtät, noch Eins: bei den
Schuhen war eine Blutlache und hier auf dieſem Pflänzchen ſind
Blutstropfen von ihr."

Ein herzzerreißender Schrei des Schmerzes entrang ſich der
Bruſt des Königs. Dann ging er mit Schrift und Pflanze in
ein Nebengemach.

Baum ſtand ſtill und wartete.

Im Nebengemach las der König und bald gingen ihm die
Augen über.

Sie hat mich sehr geliebt, und sie war groß und schön, sprach er vor sich hin mit bebender blasser Lippe. Der ganze Liebreiz ihrer Erscheinung, ihrer Stimme, ihres Ganges trat noch einmal vor seine Seele; und das Alles war nun todt?

Der König betrachtete seine Hand, die sie so gern, so innig geküßt. Er nahm wieder das Blatt auf, er las die Worte: „Dem Freunde" noch einmal, und er wußte nicht, wie es geschehen — als er wieder zu sich kam, lag er am Stuhl auf den Knien.

Was soll nun werden?

Er erinnerte sich, daß im Cabinet der Lakai warte. Tief erniedrigt erschien sich der König; er muß diesen Menschen zum Vertrauten haben. Waren aber nicht schon lange Menschen aller Art die Vertrauten seiner Sünde? Sie wußten davon und schwiegen nur. Tausend Augen schauten ihn an und tausend Lippen sprachen — und Alle geben Kunde von dem Entsetzlichen. Verwirrt schaute der König um, er konnte sich kaum aufrichten. Und von all den Tausenden, die ihre Hand auf ihn legten, ihre Augen auf ihn richteten, wie lastet die Hand und der Blick der Einen auf ihm und ihr Mund, was spricht er?

Wie sollte er sich nun der Königin nahen? Wüßte sie seine tief innerste Zerknirschung — sie würde ihm weinend um den Hals fallen, denn sie ist himmlisch gut und was hast du ihr gethan? . . .

Er wollte der Königin die letzten Worte der Freundin schicken; er wollte darunter schreiben, reuevoll sein ganzes Denken und Fühlen in ihre Hand legen . . .

Es ist besser, nicht im ersten Augenblick zu handeln, tröstete er sich endlich, und als er sich aufgerichtet, kam ihm wieder das Bewußtsein seiner Kraft. Man muß das Schwerste thun, auch die Reue vollziehen, ohne sich seiner Würde zu entkleiden.

Der König stand vor dem großen Spiegel, er hatte nicht mehr daran gedacht, daß er im Jagdkleid, er erschrak vor sich, wie vor einem fremden Menschen.

Sein Antlitz war blaß, seine Augen geröthet. Er hat der Freundin nachgeweint, und jetzt ist's genug. Was Anderen erst in Monaten und Jahren gegeben ist, vollziehen und vollenden große Naturen in wenigen Minuten; ihre Lebensjahre werden zu ungemessenen Zeiten — und wie durch die Luft daher trug sich das Wort „der Kuß der Ewigkeit" und die Erinnerung an den Tag dort im Atelier, dort auf dem Ball und dann . . .

„Du konntest das höchste Leben leben und dann sterben, den Tod heranzwingen — ich kann es nicht, ich lebe nicht für mich allein!" rief er der Freundin zu, und mitten in seiner Trauer war es ihm, als öffne sich eine neue Lebensquelle in seiner Brust.

Und das hast du bewirkt — dachte er der Todten nach — mit allem Besten lebst du ewig in mir fort; ohne dich — ich würde es vor Gott bekennen, wenn ich jetzt vor ihn hinträte — ohne dich hätte ich die tiefste Quelle meines Daseins nicht entdeckt. Wüßte ich nur eine That, die ein Denkmal deines Lebens würde ...

Der König erinnerte sich wieder, daß ein Lakai in seinem Cabinet wartet. Es war ihm peinlich, daß ihm nicht einmal eine Stunde gegeben ist, um still sein Empfinden abzuklären, und wie im Fluge streifte ihn zum Erstenmal der Gedanke: Wer über Viele zu befehlen hat, daß sie ihm dienen, der ist auch Vielen verpflichtet; sie leben fort, ihr eigenes Leben, jenseits der Stunde und der That ihres Dienstes.

Etwas aus den hinterlassenen Worten Irmas umschwebte noch wie ein Nebelduft seine Seele.

Er kehrte in das Cabinet zurück. Hier stand Baum noch so still und ruhig auf demselben Fleck wie Tisch und Stuhl.

„Wann bist du abgereist?" fragte der König. Baum erzählte ausführlich.

„Du wirst müde sein," schloß der König.

„Ja, Majestät."

„So ruhe dich nun aus, und was du noch zu erzählen hast, erzählst du nur mir, verstanden?"

„Sehr wohl, Majestät, ich danke unterthänigst."

Der König hatte einen Ring mit einem großen Smaragd vom Finger gezogen, ließ ihn in der Sonne spielen und blitzen und wendete ihn hin und her. Baum glaubte, der König wird ihm jetzt diesen Ring als Gnadenzeichen geben. Aber der König steckte den Ring wieder an und fragte:

„Bist du verheirathet?"

„Ich war's, Majestät."

„Hast du Kinder?"

„Einen einzigen Sohn, Majestät."

„Gut. Halte dich bereit, ich werde dir bald weitere Befehle zukommen lassen."

Baum ging hinaus. Im Vorzimmer rief er dem Oberkämmerer von fern gnädig zu: „Bleib' nur sitzen!" und ging schnell davon. Niemand braucht zu sehen, was man ihm an den Augen ablesen kann — der König hat ihn „du" genannt, hat ihn nach seiner Familie gefragt; er ist der Vertraute des Königs, das Höchste steht ihm bevor.

Er ging nach seiner Wohnung im Seitenflügel des Schlosses.

Der König war allein. Nichts war bei ihm, als Hut und Schuhe Irmas. Lange starrte er darauf. Das wäre ein Gedicht — dem Geliebten Schuhe und Hut des Liebchens bringen — das wäre ein Lied, zu singen in der Dämmerung ... So sprach es in ihm und doch wirbelte ihm der Kopf. Er nahm Hut und Schuhe — seine Hand zitterte — er verschloß die Todeszeichen im Schreibtisch.

Die Feder auf dem Hute wurde geknickt, als er das Schubfach zudrückte.

Auf dem Schreibtisch brannte ein Licht. Der König zündete sich eine Cigarre an, sein Auge zuckte, als sein Blick das hier stehende Aquarellbild der Königin traf. Er rauchte hastig.

Erst nach geraumer Zeit klingelte der König und befahl, daß der Oberhofmarschall gerufen und Niemand weiter gemeldet werde.

***

Drittes Kapitel.

Als der Oberhofmarschall eintrat, hatte sich der König gesammelt und war in der Verfahrungsweise, die er innehalten wollte, vollkommen sicher.

„Haben Sie bereits das entsetzliche Ereigniß gehört?"

„Wohl, Majestät; die Kammerjungfer der Gräfin ist angekommen; ihre Herrin ist im See ertrunken."

„Und?" fragte der König, da der Oberhofmarschall eine Pause machte.

„Und es wird hinzugesetzt, daß die Gräfin seit dem Tode ihres Vaters Niemand mehr gesehen und gesprochen. An Ihre Majestät die Königin hat sie jedoch einige Worte hinterlassen mit dem ausdrücklichen Befehl, daß der Leibarzt sie überbringe."

„Und das ist geschehen, ohne mir vorher Mittheilung zu machen?"

Der Oberhofmarschall zuckte die Achseln.

„Gut, ich weiß —" fuhr der König fort. „Ist Alles zur Jagd bereit?"

„Zu Befehl, Majestät. Das Jagdgefolge wartet seit einer Stunde."

„Ich komme," sagte der König. „Schicken Sie den Hofarzt Sixtus nach dem See. Er soll den Lakaien Baum mitnehmen, de in der Sache orientirt ist. Geben Sie ihm auch einen Justizia mit; er soll dafür sorgen, daß die Leiche, wenn sie aufgefunden wird, würdig bestattet werde. Ich weiß, daß Sie das Alles sorg= fältig anordnen und selbständig."

Der König betonte dies letzte Wort besonders. Es hat Alles discret zu geschehen, ohne seine besondere Betheiligung einzuflechten.

Der König zog die Brauen ein, wie um sich auf etwas zu besinnen, das er vergessen hatte.

„Noch Eins," sagte er hastig, „begeben Sie sich zu dem Bruder der armen Gräfin und theilen Sie ihm die Sache in schonender Weise mit, und wenn er Urlaub begehrt, so ist er ihm auf un= bestimmte Zeit gewährt."

Der König ging durch das Vorzimmer, die Treppe hinab; er hatte der Königin schon am gestrigen Abend Lebewohl gesagt, sie sollte in der Herbstfrühe Ruhe halten.

Das große Jagdgefolge im Schloßhof begrüßte den König, er dankte freundlich. Wie auf Commando wurden die Decken von den Pferden an den verschiedenen Wagen mit Einem Ruck abgezogen.

„Oberst Bronnen," rief der König, „setzen Sie sich zu mir."

Mit ehrerbietigem Dankesneigen ging Bronnen nach dem Wagen des Königs. Sämmtliche Cavaliere des Jagdgefolges schauten ver= wundert auf Bronnen, und begaben sich nach den bereitgehal= tenen Wagen.

Bronnen hatte sich ehrerbietig verneigt — er empfängt die höchste Tagesehre — aber in ihm krampfte sich das Herz zusammen. Ahnt der König, daß er sich als Rächer empfindet an der Stelle des alten Eberhard, und mit sich kämpft, ob er dieses Rache=Erbe annehmen muß? Er erschrak, als er unwillkürlich seinen Hirsch= fänger an der Seite berührte. Soll es eine Tragödie im Hof= wagen geben, wie die Geschichte noch keine kennt? Hat Irma vor dem König geprunkt mit seiner zurückgewiesenen Werbung, und erhält er nun ein Mitleids=Almosen?

Der Zug fuhr hinaus ins Freie. Lange saß der König lautlos. Endlich sagte er:

„Sie waren ihr auch ein treuer Freund, und sie hat Sie geschätzt und hochgeachtet wie Wenige, ja wie sonst Niemand, und hat immer gewünscht, daß wir einander näher ständen.“

Bronnen athmete tief auf. Er hatte nicht Veranlassung, etwas zu erwidern. Der König reichte ihm die Cigarrentasche hin.

„Ach, Sie rauchen ja nicht,“ unterbrach er sich.

Es trat wieder eine lange Pause ein, bis der König fragte:

„Seit wann kannten Sie die Gräfin Irma?“

„Schon seit ihrer Kindheit. Sie war die Freundin meiner Cousine Emmy, die mit ihr im Kloster war.“

„Es ist mir ein Trost, mit Ihnen von der Freundin zu sprechen. Sie erkannten ihr Wesen, das so groß, ja fast überlebensgroß war. Lassen Sie mich ihre Freundschaft erben.“

„Majestät“ — erwiderte Bronnen mit erzwungener Ruhe, in ihm kochte der Ingrimm über den, der eine so hohe Erscheinung verwüstet und in die Vernichtung getrieben, aber die soldatische Ordnung beherrschte ihn.

„Ach, liebster Bronnen,“ fuhr der König fort, „mich hat noch nie ein Tod so erschüttert, wie dieser. Hat sie Ihnen je vom Tod gesprochen? Sie haßte ihn. Und jetzt, wenn ich hinausschaue — da ist Alles wieder wach, Alles noch lebendig. Die ganze Welt müßte einen Augenblick still stehen, wenn ein großes Herz still steht. Was sind wir?“

„Jeder nur ein Theil der Welt, ein beschränkter, kleiner. Alles um uns her hat seine gemessene Entwicklungs= und Rechtssphäre, wir sind über nichts Herr, als über uns selbst und wie selten auch nur dies.“

Der König sah Bronnen betroffen an. Jedes hat seine Rechts= späre . . . Was soll das?

Schnell gefaßt erwiderte der König:

„Ganz so hätte sie auch sprechen können. Ich kann mir denken, daß Sie Beide sehr sympathisirten. Wenn ich Sie recht verstehe, halten Sie demnach den Selbstmord für das höchste Verbrechen?“

„Wenn man die höchste Widernatur höchstes Verbrechen nennen will — allerdings. Jedes Wesen sucht naturgemäß sein Dasein zu bewahren. Ich hatte darüber im vergangenen Winter ein un= vergeßliches Gespräch mit dem alten Grafen Eberhard.“

„Ach ja, Sie kannten ihn ja. War er in der That ein so
bedeutender Mann?“

„Er war ein Mann von der großartigsten Einseitigkeit. Viel=
leicht muß die Größe immer einseitig sein.“

„Wann sprachen Sie Gräfin Irma zum letztenmal?“

„Nach dem Tode ihres Vaters, als sie sich in undurchdring=
liche Nacht begeben hatte. Ich sprach sie, aber sah sie nicht und
sie gab mir die Hand. Ich glaube, ich bin der letzte Mensch,
dem sie die Hand gereicht.“

„So lassen Sie mich diese Hand fassen,“ rief der König.

Er hielt lange die Hand Bronnens, der nun wieder aufnahm:
„Majestät, Bekenntniß gegen Bekenntniß: ich liebte Irma.“

Nach diesen kurz und straff ausgesprochenen Worten hielt er
ein. Der König zog die Hand rasch zurück.

„Ich sehe,“ fuhr Bronnen sich mit Macht sammelnd, fort,
„ich erkenne dankbar das hohe Herz der Gräfin — sie hat nichts
von meiner Werbung erzählt. Sie hat ehrlich meine Liebe ab=
gelehnt, weil sie dieselbe nicht erwidern konnte.“

„Sie? Mein lieber Bronnen …“ rief der König in schmerz=
lich bewegtem Tone, und schnell zog durch seine Seele das Bild
des beglückten Lebens, das Irma an der Seite dieses Mannes
hätte finden können. „Armer Freund,“ wiederholte er mit innigem
Ausdrucke.

„Ja Majestät, ich habe ein Recht, mit Ihnen zu trauern,
und es ist, als hätte ihr gewaltiger, weithin wirkender Geist noch
das gethan, daß Sie, Majestät, mich jetzt an Ihre Seite riefen.“

„Ich ahnte das nicht. Hätte ich es, ich würde Ihnen nimmer=
mehr diesen Schmerz auferlegt haben.“

„Und ich danke Ihnen, Majestät, daß ich der Genosse Ihres
Schmerzes sein darf; und weil ich Genosse bin, kann ich vielleicht
Ihnen Trost geben, so weit ein Anderer das thun kann. Da
Majestät in unverhüllter Wahrhaftigkeit vor mir stehen, mußte
ich auch in Allem wahr sein.“

Der König sprach lange nicht. So klar und rein auch Bronnen
sein innerstes Herz vor ihm aufgeschlossen — die schnell folgende
nächste Empfindung, die dessen Mittheilungen im König weckten,
war eine tiefe Eifersucht, daß noch ein Anderer gewagt hatte sein
Auge zu Irma zu erheben, ja völlig um sie zu werben; sie schien

daburch nicht mehr sein Eigen allein, da ein Anderer die Hand nach ihr ausgestreckt hatte.

Bronnen wartete auf eine Erwiderung des Königs. Er konnte sich nicht erklären, was dieses Schweigen bedeute. Reute es den König, daß er so offen war, und beleidigt es ihn gar, daß ein Anderer sich ihm gleichstellt und ihm mit Offenheit erwidert? Das fürstliche Bewußtsein schädigt doch das rein menschliche, und es kommt vielleicht nie dahin, daß ein Fürst sich nur als Mensch fühlt. Auch in der Seele Bronnens regte sich ein Mißgefühl, das umsomehr anwuchs, je länger der König schwieg und zur Seite blickte. Er ertrug dies Schweigen nicht länger und durchbrach die Schranke der Etikette; die darf es jetzt und hier nicht mehr geben. — Er sagte:

„Ich glaube, daß wenig Männer so groß gesinnt wären, einen Triumph, der ihnen geworden, in sich zu verbergen."

Er war darauf gefaßt, als er diese Worte sprach, daß der König, der wol merken mußte, wie dies auch nach anderer Seite hin zielte, sich plötzlich umwenden, ein vernichtendes Wort auf ihn schleudern wird. Er faßte sich in Trotz. Derjenige, dem er sein ganzes Innerstes in die Hand gegeben, darf nicht thun, als ob nichts geschehen; er muß Rede stehen.

Der König schwieg noch immer.

Bronnen setzte mit zitternder Lippe hinzu: „Sind Sie nicht auch der Meinung, Majestät?"

Der König wendete sich um.

„Sie sind mein Freund. Ich danke Ihnen und danke ihr. Sie sollen, wenn wir in Wolfswinkel ankommen, das höchste Zeugniß meines Vertrauens empfangen."

„Ich glaube Eurer Majestät noch eine Mittheilung machen zu müssen."

„Sprechen Sie."

„Ich meine dem Zusammenhang der letzten Ereignisse auf der Spur zu sein. Bei den Abgeordnetenwahlen, die in den letzten Tagen vollzogen wurden, hatten Freunde im Gebirge auch an mich gedacht. Sie wußten, daß ich meinem constitutionellen König mit aufrichtiger Seele ergeben bin."

Ein flüchtiges Zucken ging über das Antlitz des Königs, und Bronnen fuhr in gelassener Rede fort:

„Ich habe indeß den Wählern erklärt, daß ich nie eine Wahl

annehme, die mich auf die Seite der Opposition drängen würde, und da müßte ich nun doch gegenwärtig stehen. Noch am letzten Tage wurde daher Graf Eberhard in den Wurf gebracht, und er nahm die Candidatur wider alles Erwarten an. Nun haben die Freunde des jetzigen Ministeriums es nicht verschmäht, den Vater der Gräfin Irma dadurch verdrängen zu wollen, daß sie — ich spreche von Thatsachen, Majestät, es sind nicht blos Meinungen — das Verhältniß der Tochter zu Eurer Majestät zur Ehren=entkleidung für den Vater machten."

Der König warf die Cigarre weg, die er im Munde hatte, und sagte hastig:

„Fahren Sie fort, erzählen Sie weiter!"

„Graf Eberhard wurde dennoch gewählt. Als ich zum Leichen=begängniß auf Wildenort war, wurde mir mitgetheilt, daß er bei der Wahlversammlung zum Erstenmal von der Stellung seiner Tochter erfahren habe, und auf dem Heimweg — ich habe der Sache nachgeforscht — hat er Briefe bekommen, die ihn er=schütterten. Ja noch mehr. Hier, Majestät, dieses Stück von einem zerrissenen Brief habe ich am Wege gefunden, und der Weg=knecht erzählte mir, daß der Graf damals Briefe zerrissen habe."

Bronnen reichte das Papier hin, worauf die Worte standen — „Deine Tochter in Unehre genießt der höchsten Ehren —"

„Das kann die Schrift des heiligen Hippokrates sein" — murmelte der König vor sich hin.

„Ich bitte, Majestät, wenn Sie den geringsten Verdacht gegen den Leibarzt hegen, so setze ich für ihn meine ganze Ehre ein, und der Verlauf wird zeigen, daß ich das mit Recht thue."

„Erzählen Sie weiter," sagte der König ungeduldig; es war ihm unlieb, daß Bronnen so in ihn hineinforschte, das halb Ge=murmelte verstanden hatte, und wenn er es verstanden, nicht — wie seine Pflicht war — überhörte; er darf nur hören, was man ihm ausdrücklich sagte.

„Auf jener Heimkehr aus der Wahlversammlung," fuhr Bronnen ruhiger fort, „war es nun, wo Graf Eberhard vom Schlag ge=troffen, der Sprache beraubt wurde. In der letzten Minute seines Lebens war Niemand bei ihm, als Gräfin Irma; man hörte von ihr einen gräßlichen Schrei, und als man hineinkam, lag sie am Boden und Graf Eberhard war todt. Wer weiß, was da geschehen ist. Daß aber in dieser letzten Minute etwas vor=

gegangen, daß sie zu dem gräßlichen Entschlusse gebracht, ist mir unzweifelhaft."

„Und was soll diese Combination?" fragte der König.

Bronnen sah ihn staunend an.

„Majestät, sie soll weiter nichts, als uns diese Wirrniß klären."

Nach diesen Worten trat wieder Stille ein und diese Stille gab den letzten Worten Bronnens eine besondere Bedeutung.

„Ja," begann der König wieder, „Alles klären, das hilft. Das war auch ihre Art, so naiv und klar zugleich, bewußt und naturmächtig. Gut. Es soll sein. Bronnen, was soll ich es zurückhalten? Ihnen darf ich Alles sagen. Ich liebte die Gräfin, und jetzt, es quält mich, daß ich's denke, und darum lassen Sie mich's sagen: ich bin ihr jetzt fast gram. Sie hat mir durch diesen Selbstmord ein Schweres auferlegt für mein ganzes Leben. Ich werde all meine Tage diese Beschwerniß nicht ablegen können. Sie mußte wissen, wie mich das belastet. Sagen Sie mir, un= umwunden, ich bitte Sie darum, sagen Sie mir: ist dies Gefühl nicht gerechtfertigt?"

„Ich spreche nicht zum König, ich spreche zum Manne klaren Geistes und warmen Herzens —"

Bronnen machte eine Pause; es durchzuckte den König, so sich der angebornen Würde entkleidet zu sehen. Was wird der strenge Mann sagen, dem er befohlen hat, die Würde außer Acht zu lassen.

„Sprechen Sie!" ermuthigte der König dennoch.

„So will ich offen sagen," begann Bronnen, „Mann zu Mann, Mensch zu Mensch. Es ist eine tiefe Regung der Wahrhaftigkeit in Ihnen, daß Sie sich vorwerfen, der Freundin gram zu sein, weil sie Ihnen solch ein trauriges ewiges Erbe hinterlassen. Das aber, was Sie quält, ist das Gespenst Ihrer eigenen That. Sie haben die Rechtssphäre dieses zu allem Besten berechtigten Wesens durchbrochen und verletzt, sei es auch, daß das eigene im schönen Wahnsinn aufflammende Wesen, wie ich glaube, mit Freuden sich opferte. — Damals begann das, was jetzt nur nothwendige, natur= gemäße Folge ist. Es ist das Gespenst Ihrer eigenen That, das Sie ruhelos macht und machen wird, bis Sie die Wahrheit er= kennen. Jedem Menschen, so hoch er auch gestellt sei, stehen andere in ihrer Sphäre Vollberechtigte gegenüber und bilden eine Rechtsschranke. Haben Sie das erkannt und in klarer Erkenntniß der Sünde die Sünde überwunden, dann werden Sie frei —

was auch geschehen sei. Der Aberglaube hat die Formel: „Alle guten Geister loben den Herrn," mit der man jegliches Gespenst bannt! Für uns ist der gute Geist die klare Erkenntniß, die wir in uns anrufen, oder vielmehr deren Aufruf in uns wir zu Worte kommen lassen."

Lange fuhr man still dahin. Das Angesicht Bronnens glühte, der König hüllte sich tiefer in seinen Mantel, ihn fröstelte, er hielt die Augen geschlossen. Endlich richtete er sich auf und sagte:

„Ich danke ihr. Sie hat mir einen Freund, einen wahren Menschen gegeben. Sie bleiben mir."

Die Stimme des Königs war heiser. Er hüllte sich wieder tief in den Mantel, legte sich in die Ecke und schloß die Augen. Kein Wort wurde mehr gesprochen, bis man auf dem Jagdschlosse ankam. Der König sagte dem Gefolge, daß er sich nicht wohl fühle und auf dem Jagdschlosse bleiben werde. Alle zogen in den Wald, der König blieb mit Bronnen allein.

Viertes Kapitel.

Die Königin saß nach dem Frühstück mit ihren Hofdamen im Musiksaal.

Es hatte sich heute der erste Herbstnebel über die Landschaft gelegt. Es wird ein schöner, frischer Tag.

Die Königin hatte mehrere Zeitungen vor sich. Sie schob sie mit den Worten weg:

„Entsetzlich, was sich die Presse erlaubt! Da steht in dem sonst anständigen Blatt, der Graf von Wildenort sei an einer tiefen Herzkränkung unter dem Beistand seiner unverheiratheten Tochter gestorben. Ist das erlaubt? Ist das erhört? — Ach, lieber Hofrath," rief sie ihrem Cabinetssekretär zu, „auf meinem Pulte oben liegt ein gesiegelter Brief an die Gräfin Irma. Schicken Sie doch sofort einen Boten damit an sie ab. Wenn sie nur nichts von diesem schamlosen Zeitungswesen erfährt. Ich hoffe."

Die Hofdamen stickten emsiger und schauten nicht auf.

Die Oberhofmeisterin wurde abgerufen; nach geraumer Zeit kam sie mit dem Leibarzt zurück.

„Ach, willkommen!" rief die Königin.

Die Oberhofmeisterin gab den Damen einen Wink; sie entfernten sich.

„Schön, daß Sie noch zu rechter Zeit kommen," fuhr die Königin fort, „es geht so eben ein Brief von mir an Gräfin Irma; Sie sollten ihr auch noch ein paar gute Worte schreiben."

Der Leibarzt richtete sich gewaltsam auf und erwiderte:

„Majestät, Gräfin Irma wird Ihren Trostbrief nicht lesen können."

„Warum nicht?"

„Die Gräfin ist . . . schwer krank."

„Schwer krank? Sie sagen das so — Doch nicht gefährlich?"

„Leider."

„Doctor! Ihre Stimme . . . Was ist denn? Die Gräfin ist doch nicht . . ."

„Todt" — sagte der Leibarzt und bedeckte sich das Antlitz.

Eine Weile war's in dem großen Saal so still, als ob kein Mensch darin athme, bis die Königin ausrief:

„Todt? Durch den Schmerz über den Tod des Vaters?"

Der Leibarzt nickte.

Zur Seite der Königin stand der Blumentisch, den Irma gemalt. Die Königin schaute lange darauf und Alles um sich her vergessend, rief sie in herzerschütterndem Ton, immer den Blick auf den Tisch gewendet, darauf ihre Thränen niederströmten:

„O, wie schön war sie, wie süß ihr Athem, wie strahlend ihr Auge, ihr Blick so gedankenerlösend, so klangvoll ihr Wort, voll Lerchenjubel ihr Gesang und ihre Hand so weich — und all' diese Schöne, all' diese Güte und Liebe nun dahin? Ich möchte sie sehen, wie sie todt ist! Ja, schön muß sie sein, ein Abbild des Friedens. Und gestorben in Kummer um den Vater, sagt Ihr? Am Herzschlag — sagt Ihr? Ein einzig mächtig' Gefühl, ein großes, gewaltiges, zerbrach das glühend schöne Herz. O, meine Schwester — ich liebte dich wie eine Schwester — verzeih' mir, daß je ein Schatten . . . Nein, du weißt . . . O, meine Schwester! Hier die Blumen auf dem Tisch, von deiner Hand gebannt — und du bist verwelkt, verblüht und verwesest . . . Und du warst schön, schöner als alle Blumen. Ich sehe den Blick deines Auges auf jeden Pinselstrich gerichtet. Ewige Blumen wolltest du mir geben und dein Andenken ist eine ewige Blume in meiner Seele."

Ihre Thränen fielen auf den marmornen Blumentisch. Ihr Hündchen kam zu ihr heran und sie sagte:

„Auch dich hat sie mit Blumen umkränzt, damals, an meinem Geburtstage. Alles wollte sie schmücken, Alles verschönte sie, darauf ihr Auge ruhte. Und du hattest sie auch lieb, armer Zephyr. Mensch und Thier hatten sie lieb! Und nun todt —“

Sie weinte lange still. Die Thränen flossen unaufhaltsam von ihrem Antlitz.

„Darf ich Trauer tragen um meine Freundin?“ fragte sie aufschauend die Oberhofmeisterin.

„Majestät, es ist nicht thunlich, daß die Königin allein in Trauer geht.“

„Gewiß, wir sind nicht allein, nie, nirgends. Alles trauert mit uns — Trauerlivree.“

Ihr Ton war bitter. Sie reichte der Oberhofmeisterin die Hand, wie um Entschuldigung bittend, dann fragte sie:

„Wann wird sie begraben? Wo? Ich möchte den schönsten Kranz auf ihr Grab legen. Ich will selbst zu ihr und auf ihr blasses Antlitz weinen. Ein so schönes Leben und so plötzlich dahin! Ist's denn möglich? Ich muß zu ihr!“

Sie starrte vor sich hin und fragte:

„Ist der König zur Jagd?“

„Ja, Majestät.“

„Auch er wird weinen, auch er war ihr hold, wie einer Schwester, ich weiß es.“

Die Königin hat viel Haltung, viel Reserve — sprach aus dem Blicke, den die Oberhofmeisterin dem Leibarzt zuwarf — ich hätte ihr nicht zugetraut, daß sie mit so viel Naturwahrheit uns wollte glauben machen, sie wisse und ahne nichts . . .

„Ich reise zu ihr!“ fuhr plötzlich die Königin auf. „Ich lasse mir's nicht nehmen, ich will sehen, ob ich das nicht darf! Ich reise zu ihr, ich stehe an ihrem Sarge, an ihrem Grabe!“

Die Oberhofmeisterin sah starr auf die Königin.

Der Leibarzt trat näher und sagte:

„Majestät, Sie können die Gräfin nicht sehen. Der Schmerz um den Tod ihres Vaters hat sinnverwirrend auf sie gewirkt —“

„Also nicht todt?“

„Es ist kein Zweifel, daß die Gräfin sich im See ertränkt.“

Die Königin schaute entsetzt auf den Leibarzt, sie wollte sprechen und konnte nicht. Der Leibarzt fuhr fort:

„Sie ist nicht ohne Abschied von uns gegangen. Sie hat einen Brief an Eure Majestät hinterlassen, den ich übergeben soll. Gewiß bringt der Brief eine Versöhnung für die schreckenvolle Kunde. Noch in letzter Stunde bewährte sie ihren liebevollen Sinn —"

Die Königin sah starrend auf Gunther, sie wollte aufstehen und konnte nicht, sie winkte sprachlos mehrmals mit der Hand heftig nach dem Brief. Gunther überreichte ihn.

Die Königin las und wurde leichenfahl, eine Erstarrung breitete sich über ihr Antlitz, wie gelähmt ließ sie die Hände sinken, die Augen schlossen sich und ein Zug des bittern Sterbens zog um ihren Mund. Aus der Erstarrung fing sie an wie im Frost zu zittern und endlich stieg glühende Röthe in ihr Gesicht. Sie fuhr auf und rief:

„Nein! Nein! Und das hättest du gethan? Das hättest du gethan, Irma? Du . . ."

Sie sank in den Stuhl zurück, bedeckte mit beiden Händen das Gesicht und rief:

„Und sie hat mein Kind geküßt und er hat sein Kind geküßt! O, sie küssen das Reinste und wissen doch, wie unrein ihre Lippen. Sie sprechen das Erhabenste, und die Worte zerschneiden ihnen nicht die Zunge wie scharfe Messer! O, wie ekelhaft! Wie ekelhaft! Wie beschmutzt ist Alles! Wie bin ich mir selbst so ekelhaft! Und er wagte es damals, mir zu sagen: ein Fürst thut keine Privathandlung, sein Thun und Lassen ist beispielgebend? Pfui! Alles ist beschmutzt, Alles ist ekelhaft! Alles!"

Sie schaute verwirrt um. So schön sie war im Schmerz um die Schwester, die gestorben, so grauenhaft war sie jetzt in der Raserei um die Selbstmörderin.

Sie betrachtete starren Auges Alles, was einst auch Irma gesehen, und als ihr Blick wieder auf den Blumentisch fiel, wendete sie sich zuckend ab, wie wenn Schlangen aus den Blumen hervorgesprungen wären und wieder schrie sie auf:

„O, wie ekelhaft! O, wie beschmutzt! Alles ist ekelhaft! Ich bitte, laßt mich allein! Darf ich nicht allein sein?"

„Lassen Sie mich bei Ihnen bleiben, Majestät," sagte der Leibarzt, und faßte ihre Hand, die schlaff herabhing, wie die einer Todten.

Die Oberhofmeisterin zog sich zurück.

Lange sprach die Königin kein Wort. Sie sah starr vor sich hin, athmete nur schwer und zuckte zusammen. Plötzlich ward sie von Fieberfrost geschüttelt, bewußtlos sank sie zurück.

Der Leibarzt träufelte ihr eine Essenz auf Stirn und Pulse, dann rief er die Kammerfrau, geleitete gemeinschaftlich mit ihr die Königin in ihre Gemächer und befahl, sie zu Bett zu bringen.

„Ich werde den Tag nicht mehr schauen und keines Menschen Antlitz! Und er — und er," rief sie. Dann steckte sie ihr Spitzentuch in den Mund und zerbiß es.

So lag sie geraume Weile, und der Arzt saß still an ihrem Bett.

Endlich athmete sie tief, schlug die Augen auf und sagte:

„Ich danke Ihnen, aber ich will schlafen!"

„Ja, schlafen Sie," sagte der Leibarzt. Er wollte gehen. Die Königin rief:

„Nur noch ein Wort! Weiß der König...?"

„Ja, Majestät!"

„Und er fuhr zur Jagd?"

„Er ist König, Majestät."

„Ich weiß, ich weiß — nur kein Aufsehen! Ja, ja!"

„Ich bitte, Majestät, denken Sie jetzt nicht, grübeln Sie jetzt über Nichts, suchen Sie zu schlafen."

„Man kann sich den ewigen Schlaf geben, aber nicht den zeitlichen," fuhr die Königin auf.

„Bitte, Majestät, bitte dringend, nicht diese gewaltsame Aufregung! Schlafen Sie!"

„Ich will, ich will! Gute Nacht. Geben Sie mir einen Schlaftrunk, einen Tropfen Vergessenheit. Gift wäre besser. Gute Nacht."

Der Leibarzt zog sich zurück, gab aber der Kammerfrau Leoni einen Wink, daß er im Nebenzimmer verharre.

Fünftes Kapitel.

Im Jagdschloß des Hochgebirges war es still und einsam. Im großen Gemach, wo ringsum an den Wänden Hirschgeweihe ragten und über der Eingangsthüre ein ausgestopfter Bärenkopf hereinstarrte, brannte im großen Kamine ein helles Feuer. Es war schon kalt hier in den Bergen. Vor dem Kamin saß der König und starrte in das lodernde Feuer. Wie das züngelt, wie das sich in einander schlingt! Er stand mehrmals auf und setzte sich wieder.

Unter den Hirschgeweihen waren Tafeln angebracht, die den Tag und den glücklichen Jäger bezeichneten. Eine lange Ahnenreihe hatte diese Siegeszeichen gemehrt. Wenn plötzlich das Knallen der Büchsen, das Blasen der Hörner, das Bellen der Hunde durcheinander laut geworden wäre, alle die Stimmen, die bei Erlegung der Thiere erschollen waren, der Lärm hätte nicht sinnverwirrender sein können, als jetzt ein Wirrwarr von Gedanken um das Haupt schwirrte, das der König auf die Hand stützte.

Er stand auf, las bald da bald dort eine Inschrift. Er konnte sich gewaltiger Ahnen rühmen: sie waren voll gedrungener Kraft und hätten beim Waidwerk und beim Becher solch ein Abenteuer vergessen und verwunden, das dich jetzt ganz darniederwirft und dir deine Mannheit und Königswürde raubt.

Sind wir schwächlicher, kleinlicher und zaghafter geworden?

Der König setzte sich wieder und starrte in das Feuer. Er war voll Zorn gegen sich, und doch konnte er seiner nicht Herr werden.

Wir sind die alten, einfach derben, kühn über das Geschehene sich hinwegsetzenden Männer nicht mehr. Warum geben uns die Ahnen nur den Stolz auf ihre Kraft und nicht auch diese einfache Kraft dazu?

Was ist geschehen?

Die Untreue ist nicht mehr zu tilgen, so wenig die Todte ins Leben zurückzurufen ist.

Die Erinnerung an das ganze glückselig berauschte Leben erhob sich, wie wenn es sagen wollte: es darf nicht sein, es kann nicht sein.

Darf sie mit ihrem Leben so das meinige zerstören? Und sie hat es zerstört. Es weicht ein Tod nicht aus meinem Leben. Ich trage eine Leiche, einen Mord im Gemüth.

Er streckte die Hände plötzlich nach dem Feuer, sie waren kalt. Das Feuer brannte heiß und erwärmte ihm die Hände nicht, und das Herz fror ihm.

Hat Bronnen Recht, da er in dem Gräßlichen nur eine Folgethat, meine That sehen will?

Er lachte plötzlich auf, denn durch die Gedanken zuckte ihm die Vorstellung, welch ein Chaos von Blut und Mord die ganze Welt wäre, wenn jeder derartige Fehltritt solche Folgethat herbeiführte. Wie viel Tausende …

Aus einem schönen Morgen, aus einer heiter beglückten Zeit zog ihm ein Wort durch den Sinn, wie eine Melodie, die sich plötzlich in der Erinnerung singt; damals — es ist kaum mehr als ein Jahr — hatte die Königin unter der Hänge-Esche gesagt: „Wer ein Unrecht begeht, thut es allein für sich und thut es zum Erstenmal auf der Welt.“

Ach, warum empfinden wir das Höchste so tief und ganz und unsere Handlungen sind doch so halb und schlimmer noch?

Vor dem in das Feuer starrenden Blick versank das Bild der Gattin, und die Freundin stieg auf, und mit ihr wühlte sich die Phantasie des Einsamen hinab und tauchte in den tiefen Grund des Sees.

Der König stand rasch auf, öffnete das Fenster, athmete voll die frische Bergluft und schaute hinaus in die dunkle Nacht.

Da draußen lebt die Welt in sich verhüllt, dort ist das Schloß mit dem reichen Leben, dort die Gattin, das Kind, und weit umher ein reiches Land, darüber du herrschest. Da sind Millionen Leben und Alle rufen dich an in ihrer Noth, und nun soll ein einziges dich hinabziehen?

Der König wendete sich um. Er wollte Bronnen rufen lassen.

Es ist nicht wohlgethan, sich der Einsamkeit und der bösen Gesellschaft von Dämonen hinzugeben.

Dennoch blieb er wieder stehen. Aus der Nacht herauf stieg ein Dämon mit tausend glänzenden klugen Augen; er hat ihn von Kindheit an gesehen, überall, und sein Name ist: Mißtrauen. — Wer weiß, ob dieser Ehrenmann mit den großen Worten, den Kleinmuth und die weiche Stimmung, in der du unter dich selbst herabgesunken, nicht klug ausnützt, um seine Selbstsucht zu sättigen? Denn selbstsüchtig sind alle Menschen, zumal vor einem König. Er will dich beherrschen und durch dich das ganze Land. Wer weiß, ob es Wahrheit, daß er sie geliebt, ihr seine Liebe bekannt? Sie hätte dir das nicht verhehlt, hätte dir's nicht verhehlen dürfen! Er hat sich das Mährchen schnell erfunden um als Genosse zu erscheinen. Aber ich kenne keinen Genossen, ich will keinen. Wenn ich nicht allein für mich Alles vollbringe, bin ich nicht König. Und bin ich nicht König, was bin ich dann? Nein, sehr edelmüthiger und sehr weiser Ehrenmann —

Es widersprach etwas in seinem Herzen, während er die von je her gewohnte niedere Schätzung der Menschen auch auf Bronnen ausdehnen wollte; aber er mochte nicht darauf hören. Er richtete sich straff auf in Kraft und Würde. Da traf ein Ton aus dem Bergwald sein Ohr. Das ist der Hirsch. Das ist sein erster Ruf, klagend und wild. Der Jäger im König erwachte; er griff nach der Seite, als müsse er die Waffe fassen. Aber schneller als der Hirsch durch den Wald rennt, zog der Gedanke dahin und ein anderer kam herbei und machte das Antlitz des verstörten Mannes lächeln. Der Hirsch da draußen ruft: die Natur kennt solche Untreue nicht, um derentwillen du dich jetzt abmarterst. Das Naturgesetz kennt die Untreue nicht, sie ist gewaltsame, willkürliche Menschensatzung. Das Naturgesetz kennt aber auch keinen König, kein Geschöpf, das über Geschöpfe gleicher Gattung herrscht. Nicht die Natur allein leitet das Menschenleben, in ihm waltet noch ein anderes Gesetz. Mit jedem Thier wird alle Norm seines Lebens neu geboren, der Mensch aber ist ein Erbe, hat eine Geschichte. Und nun gar ein König . . .

Lange stand der König still. Er spürte aufs Neue ein Frösteln; er schloß das Fenster und setzte sich wieder vor den Kamin, darin nur noch glühende Kohlen lagen. Es war ihm peinvoll, allein zu sein, aber er zwang sich dazu.

Das Feuer im Kamin kämpfte unsicher mit sich selbst und manchmal zuckte ein scharfgezüngeltes Flämmchen auf. Der König hielt den silbernen Griff der Feuerzange noch in der Hand, als die Kohlen längst verglüht waren. Zum Erstenmal in seinem Leben erkannte der König klar eine unausfüllbare leere Stelle in seinem Wesen. Da ist etwas, das immer hohl, immer ungesättigt und unbefriedigt bleibt. Was ist das? Jagen und Exerciren, Scherzen und Befehlen, Lieben und Herrschen — immer ist etwas in ihm so leer, so nichtig. Was ist das? Diese ewige Unruhe, dieses Sehnen nach etwas Anderem, das erst kommen, erst werden und voll befriedigen soll?

Er hatte eine glückliche Jugend verlebt; der freie Ton am Hofe des Vaters hatte ihn nicht berührt, er lebte in Idealen; er war auf Reisen gegangen und plötzlich in der Ferne rief ihn die Nachricht vom Tod des Vaters heim und auf den Thron,

als er kaum in die ersten Mannesjahre getreten war. Er hatte
die Gattin gefunden; es war kein Werben, Alles ist ihm gegeben, ein Thron, ein Land, eine Gattin. Andere dürfen ihr
Herz prüfen, dürfen wählen. — Hold und schön ist die Gattin;
er liebte sie und sie liebte ihn unsäglich. Da trat Irma in seinen
Kreis, und der Gatte, der Vater, der König wurde von brennender Liebe erfaßt. Und nun todt, ein jäher Selbstmord.

Wird es nun noch möglich sein, daß du dich einlebst in das
Gegebene, in das Gesetz?

In das Gesetz! Du hast es widerwillig getragen, wie eine
Fessel empfunden, aber ist nicht Hingebung an das Gesetz die
einzig unzerstörbare, die höchste Kraft? Ja, es giebt ein ewiges
Gesetz. Es ist das Gesetz, das dich der Gattin eint und deinem
Volke. Hier allein ist ewiges Leben . . .

Wie eine Erlösung, wie ein erstes freies Aufathmen des Ge-
nesenden erfaßte es den Einsamen; er konnte es noch nicht fassen,
und doch war's ihm, als müßte er laut ausrufen: Ich bin frei!
Frei und Eins mit dem Gesetz!

Er stand rasch auf. Er wollte Bronnen rufen lassen. Aber
er hielt an sich. Du hast allein gerungen, du mußt es selbst in
dir tragen.

Er spürte es, als ob plötzlich jener leere Punkt, jene unausfüllbare Oede, jene drängende Ruhelosigkeit nach etwas Anderem,
hinüber über jeden gegenwärtigen Moment, sich in ihm voll erfüllte. Er legte die Hand auf das laut pochende Herz.

Er klingelte und ließ Bronnen sagen, er möge sich zur Ruhe
begeben, schickte den Kammerlakaien fort, der ihn sonst immer
entkleidete und begab sich allein zur Ruhe. —

Bronnen hatte von Minute zu Minute, von Stunde zu Stunde
gewartet, daß der König ihn zu sich rufen ließe. Er sann hin
und her.

Wäre es möglich, daß der Tod Irmas mehr als eine bloß
vorübergehende Wirkung übte, und der König endlich sich und
das Gesetz des Lebens in Frieden fassen lernte? Welch ein Zeugniß seines Vertrauens will der König ihm noch geben? Was
mag das sein?

Als nun Stunde auf Stunde verging und keine Botschaft vom
König kam, konnte Bronnen einer Bitterkeit sich nicht erwehren.
Wer weiß, ob der König gar noch seiner gedenkt? Er hatte

eine Weile ein Klage=Duett mit ihm gesprochen, nun ist's vor=
bei, die Nummer ist abgespielt, wie auf einem Concert=Programm,
es kommt eine neue.

Ein Wort, das der alte Eberhard zu ihm gesprochen, stieg
in der Seele Bronnens auf: Wenn ihr nicht da seid, nicht vor
Augen steht — hatte der Alte gesagt — seid ihr für die höchsten
Herrschaften doch weiter nichts als Bediente, die draußen im
Vorsaal und auf der Treppe mit warmen Mänteln warten. Man
spielt, man tanzt, man lacht und scherzt; wer wird daran denken,
daß denen draußen die Kniee brechen und der Schlaf sie über=
mannt? Aber da sein müßt ihr, und ja nicht murren . . .

Etwas von dem tiefen Ingrimm Eberhards kam über Bronnen.
Er ist ein vergessener Diener im Vorsaal.

Als nun spät in der Nacht der König durch den Kammer=
diener ihm sagen ließ, er möge sich zur Ruhe begeben, nickte
er; in ihm aber sprach's: So hat er doch noch deiner gedacht.
Ich danke. Freilich, eines Lastergenossen schämen sie sich weit
weniger . . .

<hr>

Sechstes Kapitel.

Die Berge waren noch in Morgennebel gehüllt, als der König
den Oberst Bronnen zu sich entbieten ließ.

Dieser trat ein und stand in ehrerbietiger Haltung. Der König
ging ihm entgegen und sagte:

„Guten Morgen, lieber Bronnen!" seine Stimme war heiser,
er sah bleich und übernächtig aus. Er nahm ein Blatt vom
Tisch und sagte:

„Hier das Zeugniß, das ich Ihnen versprochen. Lesen Sie."

Bronnen las und blickte dann verwundert auf den König.

„Sie kennen die Handschrift?" fragte der König.

„Die Handschrift nicht, aber die großen Geisteszüge, glaube
ich —"

„Allerdings — es sind die letzten Worte, die die verlorne
Freundin für mich zurückgelassen."

Bronnen legte mit einer gewissen Feierlichkeit das Blatt wieder
auf den Tisch vor den König. Er wagte nicht, ein Wort zu sagen.

„Setzen Sie sich, ich sehe Ihnen die Erschütterung an."

„Gewiß, Majestät — und über Alles hinüber spricht mir aus diesen Worten eine Bestätigung meiner Ahnung."

„Ihrer Ahnung?"

„In mir ist eine Ahnung, die mir sagt: Gräfin Irma ist nicht todt."

„Nicht todt? Und warum?"

„Ich weiß das nicht zu sagen, aber die Zeichen, die man im See und am Ufer gefunden, bestätigen eher meine Ahnung — diese Zeichen sind zu combinirt."

„Sie haben die Freundin geliebt, ich glaube es —" sagte der König. „Aber Sie haben sie doch nicht voll erkannt. Einer Täuschung war Gräfin Irma nicht fähig. Und habe ich Ihnen nicht erzählt, daß Schiffer eine Frauenleiche im See schwimmen sahen!"

„Wer weiß, was die Schiffer gesehen! Noch ist nichts gefunden."

„Worauf stützen Sie aber Ihre Ahnung?"

„Ich kann mir's als eine dieses großen Weibes würdige That denken, daß sie sich in ein Kloster, in die Verborgenheit zurückgezogen, um Eure Majestät frei und in der Freiheit treu zu machen."

„Frei und treu," wiederholte der König halblaut. „Sie sprechen da Worte aus, die sich nicht vereinbaren wollen und sich doch einen müssen. Bronnen, Sie wollen mir einen neuen Lebensweg zeigen und mir die Leiche aus dem Weg räumen; ich soll unbeschwert dahingehen. Aber ich bin stark genug, die volle Wahrheit zu erkennen und jede beschwichtigende Täuschung abzulehnen."

„Majestät, was ich sprach, sprach ich in voller, rücksichtsloser Wahrhaftigkeit."

Der König nickte und Bronnen fuhr fort:

„Wie es aber auch sei, diese Zeilen sind der Aushauch einer großen Seele und um diese Gedanken verwirklicht zu wissen, ist es wohl werth, zu sterben. Jetzt, Majestät, muß sich die Schwere von Ihrer Seele heben. Die Freundin hat Ihnen nicht eine Last auferlegt mit ihrem Tode oder mit ihrem Verschwinden, sie hat Sie befreit und ist dahingegangen für das Vaterland und die Verwirklichung der höchsten Gesetze."

„Frei und treu," wiederholte der König nochmals leise. „Ich möchte von heute an meinen Wappenspruch ändern und diese

Worte darauf ſetzen. Aber ich will zeigen — Ihnen allein be=
kenne ich's — ich will zeigen, daß ſie in mir ſind. Ja, mein
Freund, ich habe in dieſer Nacht wie oft dieſe Worte geleſen.
Geſtern im erſten Anruf faßte ich ſie nicht; jetzt verſtehe ich ſie.
So lange wir Beide noch leben, wollen wir dieſen Tag feiern,
ſtill für uns. Sie haben geſtern ein Wort geſagt, das mich er=
ſchreckte, ja verletzte."

„Majeſtät!"

„Beruhigen Sie ſich. Sie ſehen, wir ſind Freunde. Ich
verſpreche Ihnen, keine Verſtimmung mehr über Nacht dauern
zu laſſen."

„Welches Wort?"

„Conſtitutioneller König hieß es. Und als ich heute Nacht
dieſe Zeilen wieder und wieder las, ſprang mir das Wort immer
zwiſchen den Zeilen umher. Kann man ſouverain ſein und von
einem Geſetz gebunden? Sehen Sie, Bronnen, wenn ich jetzt
vor den ewigen Geiſt treten müßte, ich könnte nicht mehr meine
Seele öffnen. Dies Ihr Wort und die Anrufung der Freundin
haben mich geweckt. Kann ich ein Souverain ſein, ein voller
ganzer Menſch und König, und dabei doch gebunden? Und jetzt
verſtand ich's. Sie ſagt: „Sei Eins mit dem Geſetz, Eins mit
beiner Gattin und deinem Volke." Iſt in der Ehe noch freie
Liebe? Im Verfaſſungsſtaat noch ein freier König? Hier liegt's.
Ich habe überwunden. Die Treue iſt die ſelbſterweckte Liebe.
Was eine Thatſache des unbewußten Gefühls und Naturdranges
war, das über alle Verſtimmung feſtzuhalten, neu zu beleben,
ſich Eins damit fühlen — ich habe das Leben, die Krone, die
Gattin, Alles bekommen, geerbt — heute in der Nacht habe ich's
errungen. Sie können nicht ahnen, mit welchen Geiſtern ich ge=
kämpft habe. Ich habe geſiegt. „Frei und treu" iſt mein innerer
Wahlſpruch."

Bronnen eilte erſchüttert auf den König zu.

„Ich habe nie in meinem Leben vor einem Menſchen gekniet,"
rief er, „jetzt möchte ich —"

„Nein, nicht ſo, mein Freund!" rief der König. „An mein
Herz! Wir wollen, uns aneinander haltend, ſchaffen und wirken.
Es ſoll nicht ſein, daß es bloß ein Märchenideal iſt, wie ein
König frei wirkt und Freundſchaft hegt — ich will es bewähren.
Ich ſtand geſtern vor Ihnen wie ein Beichtender. Es thut mir

wohl, das letzte zu sagen. Kein Mensch — das habe ich erkennen
gelernt — ist würdig zu wirken für das Höchste und Reinste,
deſſen Hand und Herz nicht rein iſt. Es giebt keine Größe, die
nicht auf wahrer Sittlichkeit ſteht. Ich ſpreche damit das Urtheil
über meine Vergangenheit. Ich ſchäme mich nicht, was ich mir
ſagte, hier laut zu bekennen. Und jetzt wollen wir als Männer
überlegen, was zu thun."

Ein Strahl des reinſten Glückes verklärte das Angeſicht Bronnens und endlich ſagte er:

„Es ſteht ein Geiſt zwiſchen uns, ein verklärter —"

„Ihr Andenken ſoll in Ehren ſtehen."

„Ich meine nicht ſie," ſagte Bronnen. „Als ich den Grafen
Eberhard ſprach, ſagte er: die Ehre verpflichtet zur Sittlichkeit,
der Ruhm noch mehr, die Macht am höchſten."

Der König und Bronnen beſprachen noch vielerlei mit einander. Vor dem Freunde konnte der König ſeine Umkehr feſt
und einfach bezeigen, vor der Welt, vor dem Hof und dem Land
mußte dieſe allmälig und ſtill übergeleitet werden. Ein König
darf nicht öffentlich bereuen.

Bronnen war im Stillen ernannter Miniſterpräſident.

Man blieb noch auf dem Jagdſchloß. Man ging zur Jagd.
Es ſollte ſich erſt Vieles am Hofe beruhigen, ehe man dahin
zurückkehrte.

Siebentes Kapitel.

„Und Seine Majeſtät der König läßt Ihnen mit innigem
Beileid ſagen, wenn Sie zur Ordnung der Familienangelegen-
heiten, zu Nachforſchungen und Ermittlungen am See oder zu
einer weiteren Reiſe für Ihre Zerſtreuung Urlaub wünſchen, ſoll
dieſer Ihnen nachgeſchickt werden auf unbeſtimmte Zeit."

Das waren die letzten Worte, mit denen der Oberhofmarſchall
in der Reſidenz dem Flügeladjutanten Bruno Graf von Wildenort die Nachricht vom Tod ſeiner Schweſter mitgetheilt hatte. Er
drückte ihm die Hand, küßte ihn rechts und links auf die Wangen
und verließ ihn.

Draußen fächelte ſich der Oberhofmarſchall mit dem Taſchen-
tuche Kühlung zu. Er hatte ſich bei der ſchweren Aufgabe, die

ihm geworden, doch echauffirt, aber das muß er sagen: Bruno hat die entsetzliche Kunde mit sehr viel Haltung aufgenommen.

Bruno hatte, so lange der Oberhofmarschall da war, in der Ecke des Sophas gesessen und das Angesicht mit dem Taschentuch verhüllend, Alles geduldig und ruhig angehört, als wäre es eine Kunde von einem fernen, fremden, ihn gar nicht berührenden Ereigniß.

Jetzt war Bruno allein. Er saß lange stumm und spielte, ohne es zu wissen, mit einem duftigen Briefchen, das er vorher erhalten.

Plötzlich raste er auf, faßte einen Stuhl und zerknickte ihn — das Krachen that ihm wohl; dann, wie von einem Dämon gefaßt, warf er sich auf den Boden und raste und zuckte und schlug mit Händen und Füßen um sich und schrie entsetzlich.

Der Diener kam herein und fand seinen Herrn am Boden; er richtete ihn auf.

„Ich bin krank," rief er, „ich bin krank! Nein, ich bin nicht krank, ich will nicht! Geh sofort zum Kammerherrn v. Roß oder zum Intendanten v. Schöning, es soll einer der Herren sogleich zu mir kommen. Wenn meine Frau nach mir fragt, so sage, ich sei ausgegangen mit dem Hofmarschall."

Der Diener ging und Bruno stand am Fenster und schaute hinaus ins Tageslicht; der Nebel verzog sich und hell glänzte der Park. Der Gärtner stellte welke Blumentöpfe weg und ersetzte sie durch blühende; das mausfarbene Windspiel, der Liebling Arabellas, saß auf dem Kiesweg, kratzte sich mit der Hinterpfote den schlanken Kopf, schaute nach seinem Herrn auf und zum Zeichen seiner Freude sprang es lustig um das Rondell.

Bruno sah das Alles und dachte doch ganz Anderes.

„Ha ha," lachte er, „ich habe nie geglaubt, daß diese Welt etwas anderes sei, als ein Possenspiel, eitel Possenspiel. Ein Narr ist, wer sich eine Stunde vergrämt. Ich will nicht. Nun bin ich ganz frei," rief er, sich erhebend, „ganz frei! Jetzt ist Niemand mehr auf der Welt, auf den ich Rücksicht zu nehmen habe. Welt, ich bin frei, allein! Nun gieb her, was du noch hast von Genüssen, siebzig Jahre lang — du kannst mir kein Leid anthun! Ich trete Alles unter die Füße!"

Er horchte hinaus — es kam Niemand.

Bruno hatte immer in Gesellschaft gelebt, aber nie in Gesellschaft seiner Gedanken. Jetzt in der Einsamkeit und Trauer, kamen sie zu ihm — verwahrloste Gesellen mit gierigem Blick und lustigem Augenzwinkern — und riefen: Laß Alles! Komm mit! Lustig sein! Was hilft dein Grämen? Du wirst vor der Zeit alt!

Er stand vor dem Spiegel und sie riefen: Sieh' in den Spiegel, welch entsetzliche Mienen du hast!

Er konnte die Gesellen nicht abhalten, sie spielten lustige Tänze auf, sie klimperten mit dem Gold und riefen va banque! Sie klirrten mit den Gläsern und zeigten ihm verführerische Gestalten, er hörte unzüchtiges Lachen; sie waren überall in der ganzen Stube, und faßten ihn und wollten mit ihm herumtanzen — er aber stand und ballte die Fäuste und konnte nicht mit und sie riefen wieder: Wir kennen dich, du schämst dich nur, bist ein blöder Knabe, fragst, was die Welt denkt. Du hast keinen Muth! Frisch auf! Laß sie spötteln und sei lustig! Hast du dir einen Tag vergrämt, es giebt dir ihn Niemand zurück. Pfui über den Mitleidsbettel! Geh' umher, sag': Ich bin ein armer Mensch, mein Vater ist todt, meine Schwester hat sich ertränkt; laß dir ein Lied machen und eine Tafel dazu malen und zieh' umher auf den Märkten und laß dir Pfennige schenken! Pfui, pfui! Du hast nur eine Wahl: die Welt verachten oder dich bemitleiden lassen — was ist dir lieber? Wie viel tausendmal hast du gesagt: ich verachte die Welt — und jetzt bist du feig? Du sitzest da und möchtest doch gern hinaus — wer hält dir die Thür zu? Wer hat deinen Pferden die Füße zusammengebunden? Du, du allein. Ach, die lieben Freunde, die herzigen Menschen, die mitfühlenden Seelen — schau', sie werden kommen, Einer nach dem Andern, und sagen: sei stark, sei ein Mann, überwinde es! Und was thun sie, die guten Seelen? Sie haben dir ein Wort=Almosen gegeben und dann gehen sie ihren Lustbarkeiten nach und lassen dich einsam. Mit dir spielen, tanzen, zechen — da halten sie aus, da sind sie treue Genossen, aber jetzt? Keine Festlichkeit wird abbestellt um deinetwillen, nichts, gar nichts. Willst du die Welt genießen, mußt du die Menschen verachten. Sie sagen dir nur: sei Mann — du aber sei es!

Bis zum Wahnsinn verfolgten diese Gedanken Bruno und die nächsten Tage standen vor ihm wie ein gähnender unermeßlicher Abgrund ... Alles leer, nichtig, hohl, freudlos, verzehrende Einsamkeit.

Endlich erlöste ihn die Meldung, daß der Intendant da sei.

Die beiden waren sonst nicht die besten Freunde, aber jetzt umarmte Bruno den Intendanten, als wäre er sein einziger Freund auf der Welt, und er lag an seinem Halse und schluchzte und bat, er solle ihn ja nicht verlassen und nicht dem Alleinsein preis= geben. Er raste und wüthete, lästerte und spottete durcheinander, daß ihm, gerade ihm, das Jammervolle widerfahren müsse. „O, diese Wochen, diese Monate, diese entsetzlichen Zeiten, die mir nun bevorstehen!" rief er heftig.

„Die Zeit heilt Alles!" tröstete ihn der Intendant.

„Diese Zeit, Wochen, Monate Trauer!" rief Bruno wieder.

Der Intendant stutzte. Er hatte einen Blick in diesen Men= schen gethan: daß eine lange Zeit kommen soll, wo er stets Trauermiene haben muß — das war das Harte.

In eine ungünstigere Zeit hätte diese Trauer aber auch nicht fallen können.

Bruno war bei dem Wettrennen, das in den nächsten Tagen beginnt, mit zweien seiner besten Renner engagirt; die Zuleika hatte er im Trabrennen selbst reiten wollen, und für das große Hurdlerennen hatte er seinen Jockey Fitz, er hieß eigentlich Fritz, aber Fitz ist besser, vortrefflich eingeübt und seit Wochen leicht gemacht. Fitz war der Sohn des Lakaien Baum, ein durchtrie= bener Schelm, auf den der Vater stolz war; denn seine Zukunft war gesichert, es war keine Frage, wenn Fitz seine gesunden Glieder behält, wird er erster Bereiter im Marstall, er sitzt auf dem Pferde wie eine Katze und ist gar nicht abzuwerfen.

Das Wetter läßt sich prächtig an, angenehm bedeckter Himmel, heut Nacht hat es ein wenig geregnet, das macht die Bahn be= quem, Fitz in seiner grün=weißen Livree wird gewiß den ersten Preis gewinnen. Auf diese Livree bildete sich Bruno nicht wenig ein: er hatte Fitz halbirt, wie durchgeschnitten von der Mütze bis zum Stiefel, rechts grasgrün und links schneeweiß kleiden lassen. Nur schade, daß die Natur bloß sieben Farben hat, die Variation, die man anbringen kann, ist gar zu beschränkt; aber mit Consequenz kann man viel machen, und Bruno lächelte unter dem vorgehaltenen Tuch, als er an den einen grünen Stiefel und an den anderen weißen dachte.

„Ich werde natürlich nicht selbst mitreiten," sagte er zum Intendanten. „Halten Sie es für schicklich, daß ich meinen Jockey reiten lasse? Nicht wahr, das darf ich?" setzte er schnell hinzu, als fürchte er eine verneinende Antwort. „Man würde es mir als Geiz auslegen — ich habe hohe Wetten eingegangen. Ich werde meinen Fitz reiten lassen; ja, das muß ich, das darf ich!"

Kaum hatte er dies gesprochen, als Fitz in die Stube trat. Bruno hieß ihn barsch fortgehen. Er war entschlossen, zu thun, als ob er das Wettrennen ganz vergessen habe. Das zeigt weit mehr seinen Schmerz, als wenn er sein Engagement zurückzieht. Er wird sich strafen lassen wegen Nichterscheinens. Daran wird die Welt erkennen, wie tief und Alles vergessend seine Trauer.

<hr>

Achtes Kapitel.

Der Intendant saß auf dem Sopha neben Bruno und hielt dessen Hand; sie fieberte.

Nun, da er den Schlüssel für Charakter und Stimmung Brunos gefunden, verstand er, was es hieß, als der Trauernde ausrief:

„Ich weiß, wie's in der Welt ist. Heute und morgen Jagd in Wolfswinkel, übermorgen Wettrennen. Ich wundere mich nur, daß ich nicht Alles in einer Stunde vergessen habe. Die Excellenz v. Schnabelsdorf geistreichisirt jetzt mit der schönen Gesandtin von N., dann zieht die Wachtparade auf, heute Abend wird Bank gelegt beim Prinzen Arnold — o, die ganze Welt lebt fort im alten Geleise. Wenn ich nur die Welt vergessen könnte! Die Welt vergißt mich — wer denkt des einsamen Trauernden? O, verzeihen Sie, inniggeliebter, einziger Freund auf der Welt! Sie bleiben bei mir, verlassen mich nicht, nie. Ich bin die Beute des Wahnsinns, lassen Sie mich nicht allein."

Der Intendant hatte aufrichtiges Mitleid mit dem armen Menschen. Er war zu Tisch geladen beim Oberstallmeister und wollte sich nur einen Augenblick entfernen, um sich persönlich zu entschuldigen; aber Bruno ließ ihn nicht fort, er mußte seine Entschuldigung schreiben.

„Ja wol, ich will bei Ihnen bleiben," tröstete der Intendant. „Ein Freund, der in der Trauer bei uns, ist wie ein Licht in der Nacht, es zwingt uns doch oder giebt uns wenigstens

Gelegenheit, die Gegenstände um uns her zu sehen, zu wissen, daß noch eine Welt da ist und wir uns nicht ganz in die Nacht der Einsamkeit vergraben."

„O, Sie verstehen. Sagen Sie, was ich thun, was ich beginnen soll; ich weiß gar nichts mehr, ich bin wie ein verirrtes Kind Nachts im Walde."

„Ja, das sind Sie."

Bruno schaute hastig auf; daß der Intendant so ganz das anerkannte, schien ihm doch nicht recht.

„Ich bin nur jetzt so schwach," sagte er. „Bedenken Sie, was die letzten Tage mir brachten!"

Es lag eine seltsame Mischung von Milde und Herbheit in seinem Ton.

„Darf ich rauchen," fragte er wieder.

„Gewiß, thun Sie das; thun Sie Alles, was Ihnen gut ist."

„Ach nein, es ist mir nichts gut. Aber ich möchte doch rauchen."

Er zündete sich eine Cigarre an . . .

Die Welt hat ihn doch nicht ganz vergessen, wie er gezürnt. Es wurde ein Besuch gemeldet. Er that schnell die Cigarre weg — die fremde Welt darf nicht sehen, daß er raucht, sie soll nicht glauben, daß er gefühllos sei, nicht trauert um Vater und Schwester.

Es kamen viele Besuche, und Bruno mußte immer wieder seinen Schmerz kundgeben und sich bemitleiden lassen. Er sah jetzt, wie die Welle des Gerüchtes vom Tod Irmas hinausgefluthet war in die Stadt, von der Höhe des Schlosses in die Niederung. Menschen, denen er sonst gar nicht freundschaftlich nahe stand, besuchten ihn jetzt; sogar entschieden Mißwollende kamen und er mußte Alle freundlich empfangen, Allen danken und ihre innige Theilnahme erkennen, während er doch in manchem Auge Schadenfreude zu lesen glaubte; aber er durfte sie nicht gesehen haben; seine Mienen blieben wehmüthig, nur manchmal zuckte es fremd darin.

Auch seine Lustgesellen besuchten ihn, und es war höchst seltsam, wie die jungen Cavaliere so ernste Mienen machten; mancher Blick streifte dabei den großen Spiegel — die ernste Miene stand ihnen recht gut. Fast komisch erschien es ihnen, daß derjenige, der immer so lustig war und die besten und unzwei-

deutigsten Witze machen konnte, jetzt so ernst dreinschaute. Sie
setzten sich, sie saßen rittlings auf den Stühlen und hatten die
Arme auf die Lehne gelegt, sie steckten sich Cigarren an, und es
wurde viel vom „Papa" gesprochen.

„Mein Papa ist schon seit zwei Jahren todt."

„Mein Papa ist krank."

„Mein Papa will sich pensioniren lassen."

„Wie alt ist dein seliger Papa geworden?" wurde Bruno
gefragt. Er wußte es nicht, er sagte auf gut Glück:

„Dreiundsechzig Jahr."

Auch vom Wettrennen wurde gesprochen, zuerst nur behutsam
und leise, dann aber lärmend. Man sprach von dem großen
Verlust des Baron Wolfsbuchen.

„Was ist ihm geschehen?"

„Er hat der Fatime, der prachtvollen schwarzen Stute, als
sie nicht pariren wollte, mit dem Säbel aufs Maul geschlagen;
er hatte vergessen, daß der Säbel geschliffen war."

Man sprach von dem Verlust seiner Einsätze und an dem
Pferde, von einem Tadel über Rohheit war keine Rede.

Endlich gingen die Kameraden davon; draußen vor der Thür
reckten sie sich — Puh! So ist auch dies abgemacht! Solch eine
Condolenz-Visite ist ein Stück Leichenparade, und die Worte sind
wie gedämpfte Trommeln. Noch auf der teppichbelegten Treppe
begann man leise zu medisiren: Bruno hatte seiner Schwiegermutter verboten, nach der Stadt zu kommen, da die Majestäten
die Gnade haben wollten, bei dem jungen Sprößling Gevatter
zu stehen. Da man einmal beisammen war, so war es natürlich,
gemeinsam ein gutes Frühstück einzunehmen und etwas Sekt zu
trinken. Es ging bald laut her beim französischen Restaurant und
dabei wurde auch von Bruno gesprochen.

„Der wird jetzt fabelhaft reich, er hat nun ein doppeltes
Erbtheil."

„Wenn er das vor einem Jahr gewußt, wer weiß, ob er die
Steigeneck geheirathet hätte; seine Schulden waren wol noch hinzu-
halten."

„Er erbt auch die Schmucksachen seiner Schwester, die sind
enorm werthvoll."

Wie wenn er zwei Menschen wäre, einer hier und einer dort,
so konnte Bruno den Kameraden folgen, als sie ihn verlassen

hatten; er ahnte, was sie sprechen, und einmal schaute er sich plötzlich um, als hätte er lachen gehört; es war aber nichts, der Papagei seiner Schwester, den er in sein Vorzimmer bringen lassen, hatte einen seltsamen Ton ausgestoßen; er ließ ihn wieder in die Zimmer Irmas zurückbringen, da er nicht wisse, ob er ihr zu eigen gehöre, und das ewige „Pfüt di, Gott" war ihm auch zuwider.

Er ging lange in der Stube umher, den Daumen in den zugeknöpften Rock gesteckt, und spielte mit den vier Fingern eine unhörbare lustige Melodie auf der Brust. Tief innerlich ärgerte er sich über jeden Beileidsbesuch; das ist so peinlich, man muß eine traurige Miene machen, muß Trost annehmen, Dank für Theilnahme aussprechen, und Alles ist nur Lüge, höchstens Convenienz — man ist ja schuldig, einem Betroffenen Theilnahme zu bezeigen. Vielleicht bedauern es die Menschen, daß man nicht auch da, wie beim Leichenbegängniß, seinen leeren Wagen schicken kann — es ist ja genug, um anzuzeigen, daß die Trauer eine große, allgemeine, der Leichenzug ein stattlicher war. — Das Alles empfand Bruno jetzt im grimmigen Mißmuth. Da gehen sie dann hin, die schönen Männer die alten und die jungen, in Uniform und im Bürgerkleid, und zwirbeln unterwegs den Schnurrbart und streicheln sich das Kinn im Wohlgefühl: Du hast etwas Gutes gethan, bist ein exacter, gefühlvoller Mensch — und daheim erzählen sie der Frau und den Töchtern: der Flügeladjutant ist so und so — und dann essen sie und trinken und fahren spazieren, und auf der Anhöhe sagen sie: Gottlob, man muß zufrieden sein, wenn Alles in Ordnung und man kein Unglück in seiner Familie erlebt. Aus fremdem Unglück bauen sie sich eine Stufe, von der sie ihr eigenes Wohlbehagen überschauen können. — Brunos spielende Finger gingen immer rascher auf der Brust. — Sterben, Trauer haben, krank sein — das ist etwas für gemeine Menschen, nicht für vornehme! Die Welt ist erbärmlich eingerichtet, daß es dafür kein Präservativ giebt, daß man es nicht abkaufen kann.

Auch die Excellenz v. Schnabelsdorf kam. Bruno war ihm im tiefsten Herzen feind, denn von diesem Allwisser stammte das Witzwort, mit dem man die alte Tänzerin, Baronin Steigeneck, als „Fräulein Schwiegermutter" bezeichnete. Bruno mußte aber doch thun, als ob er es nicht wisse; er mußte jetzt freundlich und dankbar die Hand der Excellenz fassen, er mußte den Kuß dulden von dem Munde, der seiner Familie einen Schmachtitel angehängt; denn Schnabelsdorf steht jetzt am höchsten in der Hofgunst, Bruno kann seine Freundschaft nicht missen, jetzt doppelt nicht, weil ihm seine Hauptstütze, die Schwester, genommen.

So ärgerte sich Bruno über jeden Beileidsbesuch, der kam, und doch auch über jeden, der nicht kam. Die Welt war so rücksichts=voll, immer nur von dem Unglück, von dem plötzlichen unver=sehenen Tod Irmas zu sprechen, wie sie vom Pferde geschleudert worden und in den See gestürzt sei. Ja der Vice=Oberstallmeister behauptet steif und fest, daß der Pluto nie correct zugeritten gewesen sei. Bruno selbst that, als ob er wirklich glaube, daß Irma nur verunglückt.

Für sich allein aber fühlte er eine eigene Wolluft darin, sich die Scene des Selbstmordes ganz genau auszudenken, und wie drunten tief im See Irma an ihren langen Haaren von den Felsenklippen festgehalten wird — er konnte seine Phantasie gar nicht zurückwenden von den Schauerbildern und mußte zuletzt das Fenster aufreißen, um Gegenstände draußen zu sehen.

Bruno wollte nichts genießen; der Intendant brachte es nur dadurch zu wege, daß Bruno Speise annahm, indem er für sich selbst Essen kommen ließ. Bruno mußte sich zu ihm setzen. Bei jedem Bissen und jedem Trunk aber sagte er: „Ich kann nicht.“ Zuletzt befahl er doch Champagner.

„Ich muß meine Lokomotive heizen,“ knirschte er, die Flasche in den Eiskübel stampfend — „ich habe so wenig Genuß davon, wie die Locomotive von den Kohlen.“

Er stürzte hastig den Wein hinab und aß mit der traurigsten Miene, als ob er jede Minute weinen müsse.

Er ließ mehr Champagner bringen.

„Sehen Sie,“ rief er, zum Fenster hinausschauend, seine Augen waren roth, „da reitet der Kaufmann Kreuter den Fuchswallach des Grafen Klettenheim. Es muß in der vergangenen Nacht scharf gespielt worden sein, da der Graf seinen Fuchswallach hergab, er ist ja sein Stolz, seine Manneswürde, was ist Klettenheim ohne seinen Fuchswallach? Eine Null, Doppel=Zero! Ach, lieber Freund, entschuldigen Sie — ich rede im Fieber, ich bin krank. Aber ich will nicht krank sein! Ich will nichts mehr reden! Reden Sie nur, was Sie wollen.“

Der Intendant wußte nichts vorzubringen; ihm war so bang, als wäre er mit einem Wahnsinnigen in einem Kerker eingesperrt.

„Ich will den Lakaien Baum sprechen!" rief Bruno plötzlich. Der Intendant mußte ein Telegramm nach dem Sommerschloß absenden, daß man den Lakaien Baum zum Flügeladjutanten hereinschicke.

Bruno ließ die Vorhänge herab, ließ Licht bringen, frische Flaschen aufsetzen und gab Befehl, daß Niemand vorgelassen werde.

Der Intendant war in Verzweiflung, aber Bruno rief:

„Freund! Alles auf der Welt ist Selbstmord, nur mit dem Unterschied, daß man nachher noch einmal leben kann. Die Stunde, die man tödtet, die ist richtig gelebt!"

Der Intendant fürchtete einen Ausbruch des Wahnwitzes, aber Bruno war kein Cavalier, der nur so viel Geist hat, als der eben genossene Champagner hergiebt und höchstens noch', um ein galantes Billet zu schreiben und eine witzige Unanständigkeit zu formuliren. Bruno hätte den ausgelacht, der ihm ein System zumuthen wollte und doch behauptete er jetzt, ein solches zu haben. und rief, indem er sich neu einschänkte: „Ja, Freund, es giebt nur zwei Gattungen Menschen auf der Welt."

„Männer und Frauen?" sagte der Intendant — er glaubte in den Ton eingehen zu müssen, um ihn überzuleiten.

„Pah!" fiel Bruno ein. „Wer spricht davon? Höre, Freund, höre, die zwei Gattungen heißen: Genießende und Märtyrer. Wer für die sogenannten Ideen lebt — gut, schön, erhaben! Der ideale Mensch möge sich aber auch hinschlachten, verbrennen lassen, ist seine Schuldigkeit — er lebt für sich kurz und wenig, aber dafür viel und ewig im Andenken der Menschen. Die Rech- nung stimmt. Nicht so?"

Der Intendant mußte beistimmen, was sollte er machen?

„Und die zweite Gattung," fuhr Bruno fort, „das sind wir, die Genießenden. Das Beste auf der Welt ist der folgenlose Genuß. Wenn ich geraucht, Musik gemacht oder gehört habe, kann ich Alles thun, es stört mich nichts. Alle andern Genüsse haben leider Folgen — Folgen. — Man sollte keine Familie haben! Keine Familie — nur keine Familie — —"

Plötzlich fing Bruno an, laut zu weinen. Der Intendant wußte sich nicht zu helfen. Er schalt sich, daß er Bruno nicht mehr vom Trinken und vom Sprechen zurückgehalten habe. Bruno legte den Kopf zurück, und der Intendant hüllte schnell ein Stück Eis vom Tische in ein Tuch und legte es ihm auf.

„Ich danke!" sagte Bruno und schloß die Augen. „Ich danke!" Bald schlief er.

Der Diener trat ein. Bruno erwachte. Der Intendant öffnete die Vorhänge und die Fenster; es war noch hoher Mittag.

Es kam die Nachricht, daß der Lakai Baum bereits mit dem Hofarzt Sixtus verreist sei.

„So reisen wir allein!" rief Bruno, der wieder alle Fassung gewonnen hatte.

„Wohin?"

„Sehen Sie, das macht der Gram, ich meine, ich habe Ihnen Alles schon gesagt: wir müssen nach dem See, um die Spuren der Unglücklichen aufzusuchen. Habe ich Ihnen das in der That noch nicht gesagt?"

„Nein — aber ich stehe zu Ihrer Disposition. Ich werde mir Urlaub erbitten und auch für Sie."

„Ist nicht nöthig. Seine Majestät haben mir ihn bereits anbieten lassen, Seine Majestät sind sehr gnädig, sehr. Du glaubst, daß wir dienen, weil wir dich lieben und dir unterthänig sind? Haha! Wir dienen dir nur, weil wir in Gemeinschaft an deinem Hofe besser genießen können, mannigfaltiger. Du bist unser Gastwirth und du naschest selbst gern hinterm Schänktisch. — Bitte, lieber Freund, was habe ich gesagt? Sie haben nichts gehört — nicht wahr? Es war Wahnwitz, ich werde wahnsinnig! Ich muß hinaus! Reisen wir noch heute ab!"

Der Intendant willfahrte. Nur mußte er noch einige nothwendige Anordnungen für seine Abwesenheit treffen; er entfernte sich auf eine Stunde.

Bruno ließ packen und befahl, daß sofort zwei Reitpferde nach dem See vorausgehen.

Neuntes Kapitel.

Bruno stand, von allerlei Gepäck umgeben, im Zimmer, da meldete ein Diener die gnädige Frau Schwiegermutter.

„Die jetzt? und trotz des Verbots?" fuhr es ihm durch den

Sinn. „Ist willkommen!" erwiderte er dem Diener, der schnell die Flügelthüren öffnete und hinter der Eintretenden wieder schloß.

„O meine gute Mutter!" wollte Bruno auf sie zueilen und sie umarmen; sie aber reichte ihm nur die Hand und sagte:

„Bitte, bitte!" Dann setzte sie sich auf das Sopha und fuhr fort:

„Kommen Sie näher, setzen Sie sich!"

„Wissen Sie —" fragte Bruno.

„Alles. Sie haben mir nichts zu erzählen."

„Ich danke, daß Sie kommen, mich zu trösten."

„Ich freue mich — will sagen, es ist mir eine Beruhigung, Sie so gefaßt zu finden. Arabella weiß noch nichts?"

„Nein."

„Sie darf auch nichts erfahren.... Was bedeuten diese Koffer?"

Bruno sah die Fragende staunend an. Wer hat hier zu fragen? Und in solchem Tone?

„Ich verreise," erwiderte er schroff; um es aber zu keiner Scene kommen zu lassen, setzte er in mildem Tone hinzu: „Ich muß als Bruder Nachforschungen nach der Verunglückten anstellen."

„Ich billige das. Ist schicklich," sagte die Baronin. „Haben Sie mit ihm bereits eine Auseinandersetzung gehabt?.... Sie verstehen mich wol nicht, da Sie nicht antworten? Ich meine diesen König."

„Ja," erwiederte Bruno keck, „aber ich bin auf mein Wort verpflichtet, keine weitere Mittheilung zu machen."

„Gut. Ich achte die Discretion. Nun aber ein offenes Wort an Sie. Bitte, schließen Sie die Portièren."

Bruno that, wie ihm befohlen. Er knirschte die Zähne, während er nach der Thür ging, aber als er sich umwendete, waren seine Mienen wieder freundlich, aufmerksam.

„Sprechen Sie. Es hört uns Niemand. Ein Trauernder hört geduldig," sagte er.

„Trauernder? Wir haben noch andern Grund zu trauern, als Sie. Wir glaubten uns mit einer der angesehensten Familien des Landes zu verbinden —"

Bruno wollte auffahren.

„Bitte, spielen Sie nicht mit mir —" fuhr die Baronin fort, und sie hatte eine andere Stimme, eine andere Gestalt, „wir sind allein, demaskirt. Sie, Herr Schwiegersohn, haben mich immer, wenn auch mit äußerem Anstand, doch nicht ganz mit dem Respect angesehen, den ich verlangen muß — bitte gehorsamst, widersprechen Sie mir nicht; lassen Sie mich ausreden! — Ich war Ihnen, wenn ich's kaltblütig überlegte, darüber nicht gram, Ich kenne meine Stellung. Nun aber, Herr Schwiegersohn, ist das anders. Ich war, was Ihre Schwester ... und habe nie Tugend geheuchelt. Ich galt vor der Welt, was ich in Wahrheit war ..."

Bruno seufzte tief auf; die Baronin fuhr in knirschendem Tone fort:

„Ich hätte in Demuth vor Ihrer Schwester niederknien mögen, damals, als sie so innig zu uns war. Sie muß mir aus der Hölle meine Demuth wieder herausgeben. Nicht sie war die Bessere, ich war's — Doch, lassen wir die Todten ruhen! Nun aber, mein Herr Schwiegersohn, mit Ihrem Stolz gegen mich hat es ein Ende. Das sage ich Ihnen: Sie müssen glücklich sein, daß wir uns mit Ihnen verbunden. Wir werden Sie das nie fühlen lassen, wenn Sie sich anständig benehmen."

„Thue ich das nicht?" fragte Bruno, der diesem Schlage gegenüber alle Haltung verloren hatte.

„Wir wollen sehen. Vorerst Eines: ich wohne künftig bei Arabella, so oft ich will und so lange ich will. Diese langweilige Moralkönigin hat nun auch ihre Lection. Ich verlange indeß nicht nach Hofe, aber die Gesellschaftskreise sind mir offen — ich trete an Ihrem Arme ein, mein galanter und liebenswürdiger Herr Sohn."

Die Alte stand auf und verbeugte sich sehr zierlich, Bruno ihren Arm bietend. Dieser faßte die Hand seiner Schwiegermutter und führte sie an die Lippen.

„Pfui! Sie haben Wein getrunken in Ihrem Schmerz?" rief plötzlich die alte Tänzerin und hielt sich das feine, stark parfümirte Tuch vor den Mund.

„Fräulein Schwiegermutter" — hatte Bruno auf den Lippen, er wollte ihr das ins Gesicht schleudern. Da näherten sich draußen Schritte. Der Intendant trat wie ein Erlöser in die Stube.

„Bitte, ich will nicht stören," rief er, da er die Schwieger=mutter bei Bruno sah.

„Sie stören nicht!" erwiderte Bruno rasch. „Meine gute Frau

Schwiegermutter" — er sagte „Frau" mit etwas scharfer Betonung — „unsere gute Mutter, jetzt Großmutter, ist trotz eines heftigen Fiebers zu uns geeilt, um uns zu trösten. Ich bin glücklich, noch treu Zugehörige auf der Welt zu haben und einen Freund wie Sie. Ich will ganz der Familie leben, die mir noch geblieben."

Die Baronin Tänzerin nickte. Bruno besteht die erste Probe in seiner neuen Rolle zu ihrer Zufriedenheit.

Wir reisen nun wol heute nicht mehr?" fragte der Intendant.

„Doch, doch, wir wollen keine Minute mehr zögern."

Die Frau Schwiegermutter übernahm es, Arabella von einer nothwendigen Reise Brunos, die als Dienstreise bezeichnet wurde, zu unterrichten.

Bruno dankte ihr, während er mit einer Art beflissener Langsamkeit seine schwarzen Handschuhe anzog, und er dankte ihr aufrichtig, denn mitten in den Gedanken, daß er nun in eine Abhängigkeit gerathen wird, die schwer auf ihm lastet, schimmerte die Hoffnung auf ein Stück Erlösung: es ist doch gar zu mißlich, daß man sich als Ehemann so viel der Frau widmen muß; sie will immer unterhalten, immer mit Huldigungen umgeben sein. Wenn die Schwiegermutter im Haus ist — es wird zwar mit vielen Unzuträglichkeiten verbunden sein — aber Arabella hat doch für viele Stunden eine natürliche Gesellschaft, in denen er dann frei wird.

Der Abschied war kurz, aber innig; Bruno durfte seiner Schwiegermutter die Wange küssen. Noch als er im Wagen saß, wischte er sich die Schminke von den Lippen; er rieb sich die Lippen fast wund.

Es war schon Abend, als die Beiden abfuhren, und sie übernachteten auf der ersten Station. Bruno legte sich aufs Bett, nur um ein wenig auszuruhen, er erwachte aber erst spät am andern Morgen.

———

Zehntes Kapitel.

Die Königin schlief, vom Schmerz überwältigt, in ihrem Gemach.

Die Hofdamen saßen bei einander auf der Terrasse unter der Hänge-Esche; sie wollten sich heute gar nicht von einander trennen, etwas wie Gespensterfurcht war in allen; hier mitten unter ihnen war vor wenig Tagen noch Irma, dort saß sie auf dem Stuhl ohne Rückenlehne — sie lehnte sich nie an — der Platz, wo sie sonst gesessen, blieb leer; würden nicht die Wege jeden Morgen frisch geharkt, die Spuren ihres Fußes wären noch da. Und jetzt verschwunden aus der Welt, ausgelöscht, und in so entsetzlicher Weise und wer kann sagen, wie lange dies Gespenst noch im Schlosse umgehen, welche Verheerungen es noch anrichten wird? Die Welt weiß jetzt, was vorgegangen.

Die Damen stickten emsig. Sonst las man abwechselnd vor, natürlich einen französischen Roman, heute lag das Buch ruhig auf dem Tisch; man war sehr gespannt auf den weitern Fortgang der Erzählung, aber Niemand wagte auch nur den Gedanken, daß man heute weiter lesen könnte. Auch ein zusammenhängendes Gespräch wollte sich nicht fügen, nur manchmal hörte man: „Liebe Clotilde, liebste Anna, wollen Sie mir etwas Pensée, etwas Blaßgrün borgen?“ „Ach, ich kann keine Nadel einfädeln, ich zittere. Haben Sie eine Einfädelmaschine?“ Sie war glücklicherweise da, Niemand wollte so unerschüttert sein, um eine Nadel einfädeln zu können.

Man beklagte Irma und es that Allen wohl, jetzt so gut und barmherzig sein zu können; sie sind glücklich, der Unglücklichen fromm zu vergeben, und weil man so mild und verzeihend ist, kann man das Vergehen um so schärfer bezeichnen. Sie nahmen damit Rache für die eigene Selbsterniedrigung, denn sie hatten, als Irma in höchster Gunst stand, ihr gehuldigt, mehr als der Königin.

Sie sprachen gegen einander nur mit Verehrung von den Fürstlichkeiten — man traut einander bei aller Vertraulichkeit doch nicht — man fühlt und weiß, daß ein Zerfall im Anzug, man darf aber nicht thun, als ob man davon wisse.

Die Oberhofmeisterin allein hielt Irma eine gute Nachrede.

„Ihr Vater ist viel schuld,“ sagte sie, „er hat ihr diesen Unglauben eingepflanzt.“

„Er hat sie doch im Kloster erziehen lassen.“

„Sie hat aber von ihm eine fast gehässige Verachtung aller Formen und Traditionen geerbt. Darin lag ihr Unglück. Sie war eine schöne reichbegabte Natur und nicht eine Spur von Neid und Mißgunst war in ihrer Seele.“

Man widersprach der Oberhofmeisterin nicht. Es gehört vielleicht jetzt zum Gesetz, nur gut von Irma zu sprechen und ihre grauenvolle That ganz zu vergessen.

„Wenn ihr Bruder gewußt hätte, daß er Alleinerbe wird, wer weiß, ob er die Steigeneck geheirathet hätte," sagte leise eine kleine schmächtige Dame ihrer Nachbarin in den Korb, während sie nach Wolle darin suchte.

Die Angeredete sah sie traurig dankbar an, sie hatte vordem den Grafen Bruno geliebt, sie liebte ihn noch.

„Ich habe noch ein Buch von ihr."

„Ich noch eine Zeichnung."

„Ich noch Noten," hieß es von da und dort her. Man hatte ein gewisses Grauen vor Allem, was Irma besessen; man kam überein, Alles dem Bruder zu schicken.

„Ich ging heute früh an ihren Zimmern vorüber," sagte die immer frierende Hofdame der Prinzessin Angelique, die sich oft die Hände rieb und die Fingerspitzen anhauchte; „die Fenster standen offen, ich sah den einsamen Papagei in seinem Gitter, und er rief immer: Pfüt di Gott, Irma! ... Es war schauerlich."

Alles schauerte, und doch hatte man eine geheime Lust an diesem Gruseln. Die fromme Palastdame kam zu dem Kreise und erzählte, daß sich so eben Hofrath Sixtus bei ihr verabschiedet habe; er reise mit dem Justizrath Fein nach dem Gebirge, er nehme auch den Lakaien Baum mit, um die Leiche der Gräfin Irma aufzusuchen.

„Wird er sie hieher bringen, oder auf ihr väterliches Schloß?"

„Schrecklich, im Tode von gemeinen Menschen begafft zu werden!"

„Entsetzlich! Mich schaudert!"

„Bitte, geben Sie mir auch Ihren Flacon!"

Ein Flacon mit englischem Riechsalz ging von Nase zu Nase im Kreise herum.

„Und von Jedermann und jeder Frau eine freiwillige Leichenrede zu bekommen."

„Dieser öffentliche Selbstmord ist doch sehr indiscret."

„Wenn nur die entsetzlichen Zeitungen nicht wären," klagte die frierende Hofdame.

Bald ging indessen das Gespräch wieder in einen mäßig heiteren Ton über.

„Ach Gott," klagte eine Hofdame, sie war hübsch und schnippisch, „ach Gott, was hat man zu Leb= und Herrschzeiten der Gräfin Irma für die schöne Natur und das gemüthliche Volk schwärmen müssen. Jetzt darf man doch hoffentlich wieder sagen, ohne eine Ketzerin zu sein: die Natur ist langweilig und das Volk ist abscheulich."

Alle fanden die Bemerkung der schönen und schnippischen Hofdame zwar boshaft, aber doch äußerst treffend. Es gab helles Durcheinander=Sprechen und Lachen, wie in den fröhlichsten Tagen.

Ein muthwilliger Knabe hat einen Sperling vom Dach geschossen. Die Sperlingschaar piepst und beschwatzt das eine Weile und ist auch traurig, dann aber hüpft und zwitschert es wieder durcheinander wie vorher.

Zur Steuer der Wahrheit muß indeß gesagt werden, daß manche der versammelten Damen auch gern Gutes und Rühmliches von Irma gesprochen hätten; das blieb aber im Hintergrund der Seele — man wollte um Alles in der Welt nicht sentimental sein.

Erst als die Oberhofmeisterin wieder das Wort nahm, wurde man auch gemessener.

Die Oberhofmeisterin sprach durch Haltung und Miene aus: ich bin leider diejenige, die das prophezeit hat; nun ist's eingetroffen; aber ich bin nicht stolz darauf. Sie hatte das Recht und die Pflicht, versöhnend und mild abschließend über Irma zu sprechen.

„Die Excentrischen, ja die Excentrischen," sagte sie. „Die arme Gräfin Wildenort! Das Demonstrative ihrer That ist ein schweres Vergehen. Vergessen wir aber bei dem Entsetzlichen nicht, daß sie auch unbestreitbar Gutes hatte. Sie war schön, gefiel gern, und hatte doch keine Spur von Koketterie; sie hatte Geist und Witz, mißbrauchte ihn aber nie zur Medisance. Die arme Excentrische!"

Mit dieser Bezeichnung als Excentrische war Irma bestattet und die andern Hofdamen hatten dabei ihre Lehre.

Der Blick der Versammelten wurde nach dem Thale gelenkt.

„Dort fährt der Wagen," hieß es. Der Hofarzt Sixtus grüßte von der Straße herauf; neben ihm saß der Justizrath und ihnen gegenüber — er war heute zu müde, um auf dem Bock zu sitzen — der Lakai Baum.

„Es ist kaum ein Jahr, daß wir denselben Weg miteinander gemacht,“ sagte dort Sixtus zu Baum.

Baum war gar nicht gesprächsam, er war müde; er hatte nach schweren Vorbereitungen heute das große Examen gemacht und durfte sich bekennen, daß er es nicht schlecht bestanden; außerdem wußte er sich noch nicht recht darein zu finden, daß er im Wagen saß, und doch durfte er annehmen, daß da nunmehr sein Platz; er stand auf dem Punkt, ein Anderer zu werden, ein Höherer, er war es schon geworden, nur fehlte noch das äußere Kennzeichen; er ließ sich's auch gefallen, einfach Lakai zu bleiben, vielleicht wünschte der König das, um sich nicht zu ver= rathen, und er war bereit auch dies gewähren zu lassen; er und der König wissen doch, wie sie zu einander stehen. Er lächelte in sich hinein, ihm war zu Muthe wie einem Mädchen, das das Liebesbekenntniß des Geliebten hat, seine feurigsten Schwüre; das förmliche Freiwerben kann jede Stunde vor sich gehen.

Als der Hofarzt eine Cigarre herausthat, war Baum schnell bei der Hand, ihm Feuer zu geben. Dies war aber für jetzt seine letzte dienende Handlung. Baum war so unhöflich — die Natur läßt sich nicht zwingen — im Angesicht der Herren einzu= schlafen; aber noch im Schlaf war er gut geschult, er saß stramm aufrecht und jede Minute bereit, einer Anrufung zu folgen.

Baum wachte erst auf, als man Halt machte. Die scharfen Fragen des Justiziars zerstörten zuerst wieder sein Wohlgefühl. Was liegt am Tod einer Gräfin, wenn man dadurch steigt? Tief ärgerlich war er, daß sich seine Familie, Mutter und Bruder und Schwester, in diese Sache eingemischt, und hat nicht Thomas etwas vom Tod der Esther gesagt? Oder hat er das nur ge= träumt? Man wird ganz wirr von so vielen Erlebnissen.

Der Hofarzt entschuldigte vor dem Juristen die unordentliche Auskunft Baums.

Baum sah ihn groß an. Merkt der schon deine Erhebung und will sich bei dir in Gunst setzen? Klug genug ist er dazu.

Baum nahm sich vor, einstweilen nur die Spuren zu zeigen, wo er Hut und Schuhe gefunden, und Mutter und Bruder ganz aus dem Spiele zu lassen, wenigstens wollte er nicht selbst sie hereinziehen und berief sich auf den Landjäger, den man mit= nehmen müsse. Der Landjäger mußte im Städtchen aufgesucht

und mitgenommen werden, dann ging der Weg nach der Gerichts=
stadt, wo der Physikus Doctor Kumpan wohnte.

Sixtus ließ diesen in den Gasthof rufen und der allezeit
Muntere war voll Lob über die Gräfin Irma. Er fand es sehr
schön, daß sie den Muth hatte, zu leben wie sie wollte und zu
sterben wie sie wollte. Daneben hatte Kumpan seinen Spaß,
daß Freund Schniepel zu so großen Missionen ersehen war,
Ammensuchen und Leichenfinden. Er bat sich's aus, einmal eine
Gräfin seciren zu dürfen.

Hofarzt Sixtus waren die derben Späße seines ehemaligen
Studiengenossen gar nicht genehm. Doctor Kumpan erzählte von
den großen Veränderungen, die mit Walpurga vorgegangen
waren. Sie sei mit ihrer ganzen Familie weit in das Gebirge
hinein bis an die Landesgrenze ausgewandert. Er wußte viel
Spaßiges von Hansei zu erzählen und besonders von einer Wette
um sechs Maas Wein.

Sixtus berichtete dem Kameraden leise — aber Baum hörte
es doch — daß Walpurga fortan nicht mehr in Gunst bei Hofe
stehe, es werde sich offenbaren, daß sie die Vermittlerin war.
Sixtus bereute sofort, daß er dem Kumpan derartiges mitgetheilt,
aber eben weil er nichts Rechtes mit ihm zu reden wußte, sagte
er gerade Das, was er eigentlich vor ihm verbergen wollte; es
war indeß geschehen und er nahm dem Freund das Wort ab,
nicht weiter von dieser Sache zu reden, und Kumpan war stets
ein Mann von Wort.

Als Kumpan fort war, kam Baum nochmals zu Sixtus und
sagte ihm, daß es gut wäre, wenn man zu Walpurga reise, die
wisse vielleicht doch etwas; er erbot sich zugleich, selbst hinzureisen.
Es ward ihm immer peinlicher, mit Mutter und Geschwistern in
dieser Sache zusammenzukommen. Aber Sixtus sagte, daß diese
Reise ganz überflüssig wäre, Baum müsse bei ihm bleiben.

Elftes Kapitel.

Am Morgen wäre Bruno gern umgekehrt. Was sollte das?
Das Märchen vom Brüderlein und Schwesterlein spielen, wie
das Brüderlein das verlorne Schwesterlein suchen will? Was wird

das Ergebniß sein? Ein erschütternder Anblick, den man nicht mehr vergessen kann, der in die Träume hineintanzt, eine schauderhaft verschwommene Leiche mit offenem Munde...

Bruno sah verdrossen zu dem Freund auf, der ihm Glück wünschte, daß er so gut geschlafen und frische Kraft gesammelt habe, um alle Erschütterungen, die der Tag bringen könne, mit Festigkeit zu ertragen. Bruno sah den Intendanten bitter, ja eigentlich mißtrauisch an; es schien ihm, ja es war fast gewiß, dieser Mann betrachtet den ganzen Vorfall als eine tragische Theatergeschichte, die gehörig in Scene gesetzt werden muß; er wird Alles als Studie benützen für eine ähnliche Darstellung auf der Bühne; er wird dich in deinen Mienen und Geberden beobachten und dann dem Schauspieler sagen: so wirft man sich, so stellt man sich, so stöhnt man beim Auffinden der todten Schwester! — Bin ich die Puppe dieser Puppe? Ich will nicht!

Bruno wäre am liebsten gleich zurück und zu seiner Schwiegermutter gereist. Wenn er dort sich auch beugen mußte — er konnte ja die Demuth in Galanterie verwandeln und hatte nicht nöthig, sich solchen Schauerscenen auszusetzen. Da war aber der Freund und sprach ihm Muth zu, daß er nichts unterlasse, was die Pflicht des Bruders fordert. O, die Gemüthlichen! Das ist doch die entsetzlichste Menschenrace, sie nehmen Alles so ernst. Ist es ihnen wirklich ernst? Wer weiß! Jeder in der Welt spielt doch nur seine Rolle...

Er mußte fort und sah es vor sich: dieser entsetzliche pflichtmäßige Freund — und er ist doch sein Freund nicht — dieser Mensch, den er sich aufgehalst, wird ihn zwingen, tagelang das Schauerliche zu suchen, das er nicht finden will.

Mißmuthig fuhr man weiter. Der Intendant erklärte Bruno, der ihm beharrlich für jede Handreichung formell dankte:

„Ich bitte, danken Sie mir nicht. Ich thue nur meine Pflicht, für Sie als Freund und auch für mich selbst. Ich habe, Sie wissen es, Ihre Schwester einst geliebt, sie hat mich verschmäht.“

Er war discret genug, nicht hinzuzusetzen, daß er dann ihr Anerbieten abgelehnt; Bruno knirschte innerlich über diese schonungslose Discretion.

Der Intendant fand Bruno sehr still und verschlossen. Das ist der natürliche Umschlag gegen die gestrige Raserei, dachte er, und hielt sich ebenfalls still. Bruno schaute den Intendanten oft

an, als wäre er sein Gefangenwärter, der ihn zur Strafvoll=
streckung über Land führt.

Die Fahrt ging rasch; auf den Stationen, wo Pferde ge=
wechselt wurden, sprach der Intendant viel und sehr geläufig in
der hieländischen Mundart mit Postillonen und Wirthen; manche
kannten ihn auch.

Zu seinem Schrecken erinnerte sich Bruno, daß er ja den
Salontiroler bei sich habe; der kommt jetzt in seine Sprachgarde=
robe, hier ist er daheim, da wird er Studien machen und sich
in dem Wohlbehagen wälzen, mit den Leuten in ihrem albernen
Deutsch zu reden.

In der That konnte der Freund, denn so mußte er doch
heißen, nur schwer einen gewissen Ausdruck des Behagens zurück=
halten, daß er hier in seinem Elemente sei.

Endlich sah man vom letzten Berge die weite sonnenbeschienene
Spiegelfläche des Sees, umstanden von den riesigen Bergen.

„Sehen Sie," konnte sich der Freund nicht enthalten zu be=
merken, „sehen Sie dort den Ahorn? Da links bei dem kleinen
Felsen — das ist der Standpunkt des Bildes, das ich gemalt,
und das im Musiksaal Ihrer Majestät der Königin hängt."

Der Freund glaubte mit dieser Bemerkung auch den schweren
Sinn Brunos in eine ruhige Betrachtung zu lenken, damit nicht
gleich das Schauerliche sich aufdränge, wie dort unten seine
Schwester den Tod gesucht.

Bruno sah ihn unwillig an. Ein Jeder denkt doch nur an
sich — sprach es in ihm — dieser Geck denkt jetzt an seine
Pfuscherei! Er schwieg indeß; sein Schweigen spricht mehr Trauer
aus, als alle Worte. Er rieb sich die Augen, denn das blitzende
Rückstrahlen der Sonne von dem weiten See stach ihm in die
Augen. Der Freund faßte seine Hand und drückte sie still —
er versteht dieses Bruderherz und sein Blick sagt: Da glauben
die Menschen, du seiest eine oberflächliche frivole Natur; ich kenne
dich jetzt besser.

Die Pferde Brunos, die an der Anlände beim See standen,
wieherten den Ankommenden entgegen, und die Diener warteten
hier. Jetzt zum Erstenmal schämte sich Bruno vor den Bedienten:
sie wissen Alles, was werden sie geplaudert haben in der Trink=
stube? Er war tief zornig auf seine Schwester, die ihm alles
das gethan.

Sogleich im Wirthshaus erfuhr man, daß die alte Zenza dagewesen sei; sie hatte einen Ring verkaufen oder verpfänden wollen, den ihr das Hoffräulein, die sich ertränkt hatte, in der Nacht vorher, als sie sich zu ihrer Hütte verirrt, geschenkt habe. Man hatte ihr natürlich, da man den Ring für gestohlen hielt, nichts darauf gegeben. Nun hieß es: die Zenza muß Näheres wissen. Man nahm einen Führer und wanderte nach ihrer Hütte den Berg hinan.

Bruno war sonst als Jäger ein guter Bergsteiger, heute aber glaubte er bei jedem Schritt zusammen zu brechen; er mußte oft ausruhen.

Der Freund sprach ihm Muth zu, und man wanderte durch den sonnigen Wald, wo das Licht hell auf dem weichen Moose spielte und darüber hin nur manchmal ein Habicht sein grausam fröhliches Jauchzen ausstieß.

An einem Kreuzweg trafen sie auf eine Gruppe städtisch gekleideter Männer und Frauen, deren Hüte mit grünen Zweigen und Kränzen geschmückt waren. Bruno flüchtete schnell, ehe die fröhlichen Wanderer nahe kamen, vom Wege ab in den Wald; der Intendant ward von einem ehemaligen Berufsgenossen erkannt, und Bruno hörte, wie berichtet wurde, daß die Gäste von einem kleinen Badeaufenthalt in der Nähe einen Ausflug machten, um Ort und Stelle zu sehen, wo sich die Gräfin Wildenort ertränkt.

Die Gruppe zog vorüber und man hörte noch tief aus dem Wald lautes und heiteres Gespräch.

Endlich war man oben an der Wurzhütte. Sie war verschlossen. Man klopfte, ein Brummen antwortete, der Riegel wurde innen zurückgeschoben.

Eine verwahrloste, mächtige Gestalt, wild anzuschauen, stand vor den Beiden.

Thomas erkannte sofort Bruno und rief:

„Ah, Wildenort? Das ist recht, daß du kommst. Ich zieh' den Hut ab vor dir, du bist ein ganzer Kerl! Was da, Vater! Wenn er stirbt, reitet man davon; man kann ihm doch nicht helfen sterben. Hoho! Ein ganzer Kerl bist du! Nach dem alten Zeug fragt man Alles nichts mehr."

„Was willst du?" fragte Bruno mit zitternder Stimme.

„Ich thu' dir nichts, da hast du meine Hand darauf, ich thu' dir nichts — du thust dem König nichts wegen so einer Sach',

und ich thu' dir auch nichts wegen so einer Sach'. Du bist mein
König. Noch in der letzten Stunde hab' ich's herausgebracht,
daß du es gewesen bist, und weil du's gewesen bist, hat sie
deiner Schwester durchgeholfen. Verstehst mich schon. Ich schweige.
Die dumme Welt braucht nicht zu wissen, was wir miteinander
haben. Schwester, König, Wilderer, Graf — es ist Alles in
Ordnung.“

„Der Mensch scheint mir verrückt!“ sagte der Intendant zum
Führer. „Was willst du? Laß den Herrn los!“ rief er zu Thomas.

„Ist das dein Lakai? Wo ist denn der mit den pechschwarzen
Haaren? — Laß du uns gehen!“ wendete sich Thomas dem Intendanten zu. „Wir Zwei verstehen einander ganz gut. Gelt,
Bruder? Du bist ein Bruder und ich bin auch ein Bruder. Ha,
gescheidt ist die Welt eingerichtet! Mußt nicht glauben, daß ich
getrunken habe. Ich hab' freilich getrunken, aber das thut nichts
— ich bin katzennüchtern. Jetzt hör' meinen Plan. Alles was
recht und billig ist. Ich laß mit mir reden. Ich seh' schon, du
bist ein ordentlicher Mensch, du kommst zu mir —“

„Wir wollen dich fragen, ob du etwas weißt von der Dame
im blauen Reitkleid, die hier war,“ sagte der Intendant in regel-
rechtem Dialekt.

„Hui!“ rief Thomas, „der kann schön reden! Ich versteh' aber
auch Pfarrerdeutsch und Gerichtsdeutsch, ich hab' mit den Leuten
mein Theil zu thun gehabt. Red' du aber nicht mehr drein,“ und
zu Bruno gewendet, fuhr er fort: „Wir Zwei reden jetzt allein
miteinander. Jetzt horch, Bruder. So halten wir's. Du brauchst
mich nicht zum Grafen zu machen, du giebst mir nur auch Knechte
und Pferde, und Geld genug, und Gemsen im Walde und Hirsche;
wirst sehen, ich bin gescheidt, und gesund und stark bin ich auch;
willst einmal mit mir raufen! Komm hinaus, wirst sehen, ich
schieße besser als du! Jetzt giebst du mir das Erbtheil deiner
Schwester oder meiner Schwester, es ist eins — wirst sehen, wir
sind ein paar lustige Brüder.“

Bruno stand und wußte nicht, träumte oder wachte er; Einzelnes aus den Worten des verwegenen Gesellen war ihm klar,
Anderes nicht. Er winkte dem Intendanten, ihn zu lassen, und
sagte in mildem Tone:

„Thomas, ich kenne dich jetzt. Setz' dich!“

Thomas setzte sich auf die Bank, hob den Branntweinkrug auf,

den er sich aus dem Geld für den Hut erkauft hatte, und sagte:
„Willst einmal trinken?"

Da Bruno ablehnte, trank er selbst in gierigen Zügen.

Der Intendant sagte in französischer Sprache zu Bruno, daß hier nichts zu erforschen sei; er habe dem Führer heimlich den Auftrag gegeben, sobald sie sich umwendeten, den wilden Gesellen festzuhalten, damit sie unbehindert nach dem Thal zurückkehren könnten.

„Was wälscht da der Staarmatz?" rief Thomas und wollte auf den Intendanten los. Im selben Augenblick warf sich der Führer auf Thomas und hielt ihn fest; die Beiden verließen die Hütte und rannten eilig den Berg hinab.

Erst als der Führer kam, hielten sie still und Bruno wagte aufzuathmen. Der Führer erzählte, daß Thomas gerast habe, er habe immer nach seiner Flinte geschrieen, die er im Walde vergraben habe, er müsse seinen Schwager erschießen.

„Am besten ist's," schloß der Führer, „der Bursch sauft sich den Hals ab, sonst muß man ihm doch noch den Hals abschneiden."

Bruno wagte nach geraumer Weile dem Intendanten in halb fragendem Ton zuzuflüstern, ob es nun nicht genug der Nachforschung, und Umkehr das Angemessenste sei.

Der Intendant schwieg. Bruno sah ihn wieder mit jener bitteren Miene an, die auch für Trauer gelten konnte.

Der Intendant sah das fast zerbrochene Wesen Brunos und willigte in die Umkehr.

* * *

Zwölftes Kapitel.

Die beiden Freunde kehrten nach dem Wirthshause zurück, wo die Reitknechte mit den Pferden warteten. Der Eine kam den Suchenden eine große Strecke entgegen und brachte die Nachricht: da unten sei ein Schiffer, der habe ausgesagt, daß man dort drüben bei dem Dorfe — man sieht einzelne Häuser und den Kirchthurm von hier aus — eine weibliche Leiche aus dem See gefischt habe.

Der Intendant umfaßte Bruno, der bei dieser Nachricht schwankte, als müsse er niederstürzen; man setzte sich eine Weile auf der Stelle nieder, wo die Nachricht angekommen. Der Reit-

Knecht sagte, daß man in einer Stunde mit dem Kahn an dem bezeichneten Dorfe sei, zu Lande aber seien es mehrere Stunden Wegs.

„Ich kann nicht übers Wasser fahren," sagte Bruno, „ich kann nicht, heut' nicht. Schöning, verlangen Sie das nicht von mir, zwingen Sie mich doch nicht. Warum quälen Sie mich so?" rief er unwillig.

Der Intendant wußte, wie tiefer Schmerz leicht unbillig macht; im dunkelsten Hintergrund der Seele lauert ein Zorn, auch gegen die Theilnehmendsten, die doch nicht die Betroffenen sind.

„Ich nehme Ihnen nichts übel," sagte er, „und wenn Sie mir auch hart begegnen, ich ertrage es. Ich verstehe Sie und bin weit entfernt, Sie zur Fahrt über den See bereden zu wollen. Wir reiten."

Die Pferde wurden herbeigebracht, man ritt dem bezeichneten Dorfe zu. Sie kamen an einem Wirthshaus vorbei, wo vor der Thüre unter der Linde Fuhrleute, Schiffer und Holzknechte Bier und Branntwein tranken, lachten und scherzten. Bruno war's, als würde er wie ein Fieberkranker, der die Welt nur verschleiert und wüst sieht, über Berge und durch Thäler geschleppt, und hier am Wirthshaus lechzte seine Zunge, er wollte auch gern trinken, vielleicht gäbe ihm das neue Kraft, ja vielleicht, was das Beste wäre, ein Vergessen von Allem; aber er wagte nicht, dem Freunde sein Verlangen auszusprechen. Darf ein Mensch in seiner Lage Branntwein trinken? Das darf ein Wilderer, wie der da oben, aber ein Cavalier nicht. Innerlich fluchte Bruno auf den Freund, der ihn nicht einmal trinken ließ, während ihm doch die Zunge am Gaumen klebte, äußerlich aber dankte er ihm, daß er sich so viele Mühe machte, sich so Schwerem für ihn aussetzte, er werde ihm das nie vergessen. — Ach, wie gut ist's doch, daß die Worte so fertig sind; fast so gut als das, daß die Pferde so correct eingeritten sind und tapfer im Trabe die Füße heben, so daß man sich nicht selber zu bewegen braucht.

Die Freunde ritten scharf. Es war hoher Mittag, als man in dem Dorf ankam, von wo Hansei mit den Seinen vor zwei Tagen ausgewandert war. Der Gemswirth stand unter seiner Thür und grüßte ehrerbietig die beiden Reiter mit dem Reitknecht hinterdrein.

Man stieg ab. Bruno warf dem Reitknecht den Zügel seines schweißtriefenden Pferdes zu, der Intendant führte den Freund in den Vorgarten, wo sie sich setzten, und er that es nicht anders, Bruno mußte ein Glas Wein trinken; der Gemswirth brachte schnell eine Flasche Gesiegelten und lobte ihn als seinen besten; auch einen großen Braten brachte er und stellte ihn auf den Tisch; das stand nun da und mußte bezahlt werden, wenn es auch nicht berührt wurde.

Der Intendant nahm den Gemswirth beiseite und fragte ihn leise, ob es wahr sei, daß hier eine Frauenleiche aus dem See angelandet.

Der Gemswirth bejahte schmunzelnd. Das ist etwas Beson= deres, was im Dorfe vorgeht, davon gehört ihm das Vortheil zuerst. Der Intendant fragte weiter, wo das Haus sei, in dem die Leiche liege.

„Ich werde Sie führen," lächelte der Gemswirth.

„Lassen Sie auch den Bürgermeister rufen."

„Ist nicht nöthig, ich bin Gemeinderath," entgegnete er, ging schnell in das Haus und kam zurück in seinem langen Rock mit der Denkmünze. Die Herren sollen sehen, mit wem sie's zu thun haben, und vornehme Leute sind das, sonst hätten sie keinen Reitknecht und hätten gesagt: „Trag' deinen Braten weg, wir bezahlen ihn nicht." Den Einen glaubte er sogar zu kennen.

„Verzeihen Sie," sagte er zum Intendanten, „vor Jahren ist einmal ein Maler hier gewesen, der war Ihnen so ähnlich, wie ein Bruder dem andern."

Der Intendant wußte, daß er selbst gemeint sei, aber er war jetzt nicht geneigt, auf eine Erneuerung der Bekanntschaft einzugehen.

Der Gemswirth geleitete die Fremden nach dem Hause Hanseis.

Unterwegs sagte er: „Eine schöne Person ist's gewesen, mächtig schön, aber gar arg nichtsnutz. Und ihre Angehörigen sind auch nichtsnutz, besonders der eine Bruder."

Der Intendant winkte dem Redseligen, daß er schweige. Bruno biß sich die Lippen wund.

Beim Hause Hanseis, im Garten und am Weg stand eine große Menschenmenge, man konnte kaum durchdringen; die Weiber klagten, die Kinder schrieen, die Männer schalten.

„Platz da!" rief der Gemswirth. Er schritt den beiden Männern voran durch die Menge, und Bruno hörte hinter sich sagen: „Der schöne Mann mit dem großen Schnurrbart, das ist der König."

„Nein, das ist er nicht, aber sein Vetter," sagte ein Anderer.

Die drei kamen in den Garten. Bruno lehnte sich an den Kirschbaum und der Intendant bedeutete den Gemswirth, den Gefährten nur ein wenig ausruhen zu lassen. Bruno stand da und die ganze Welt ging im Kreise mit ihm herum. Vom Kirsch=baum fielen welke Blätter auf ihn nieder — er erschrak bis ins Herz hinein von der leisen Berührung. Endlich sagte er auf Französisch zu dem Freunde:

„Was nützt es der Todten, wenn ich sie sehe? Und mir schadet es ewig — es bleibt mir im Gehirn stecken.“

„Mein Freund, Sie müssen hinein! Bedenken Sie, diese Leute haben an der Fremden aus reiner Menschenliebe alle Wieder=belebungsversuche gemacht.“

„Dafür kann man ihnen Geld geben, aber was sollen wir uns noch mit den todten Resten abplagen?“

Bruno mußte doch hinein. Auf den Freund gestützt, trat er über die Schwelle.

Da lag im Hausflur die Leiche einer Frau. Auf demselben Fleck, wo Hansei vor zwei Tagen ihrer gedacht, lag jetzt die schwarze Esther; ihr glänzend schwarzes Haar hing in dicken Strähnen über das Gesicht, der Mund stand offen — der letzte Schrei, den Irma gehört, lag noch darauf.

„Esther!“ rief Bruno und bedeckte sich das Gesicht mit den schwarzbehandschuhten Händen.

„Das ist nicht Ihre Schwester,“ tröstete der Intendant, „kommen Sie fort, kommen Sie!“

Bruno konnte sich nicht von der Stelle bewegen.

„Ja, Schwester!“ rief eine alte Frau, die jetzt sich an der Leiche emporrichtete. „Ja, Schwester. Habe ich dir nicht gesagt, thu’ ihr nichts, weil sie dem schönen Fräulein durchgeholfen hat, sie thut sich sonst ein Leid an? Jetzt hast du’s! Und gerade in dem Haus liegst du! O das Haus, das Haus! Der See wird’s noch wegschwemmen; komm’ herauf, See, hol’ das ganze Haus! Wer seid Ihr? Was wollt Ihr?“ rief sie aufspringend und faßte Bruno am Arm. „Wer bist du, mit den schwarzen Händen? Laß dich sehen! ... Du bist’s? Du? — Du hast deinen Vater nicht sterben sehen wollen — was willst du von meiner Esther! Herr im Himmel — jetzt weiß ich’s, du bist’s gewesen, du! Sag’, du bist’s gewesen, sag’s, mach’ nicht die Augen zu, ich kratze sie dir doch aus! Du bist’s. — Ich will dir einen Nagel in dein

Hirn schlagen, in das verfluchte Hirn, das ihrer vergessen. O, warum weiß ich's jetzt erst? Aber es hat Zeit genug, mein Thomas hat dir schon einmal die Kugel aufs Genick gehabt — er wird dir noch einmal..."

Bruno sank ohnmächtig um. Der Intendant fing ihn auf, aber er konnte ihn nicht halten und legte ihn nieder auf dem Boden, auf dem Esther lag.

Der Gemswirth eilte hinaus, um Wasser zu holen, und jetzt traten durch die offene Thür mehrere Männer ein, Doktor Sixtus, der Physikus, der Justiziar und Baum.

Sixtus brachte Bruno schnell wieder zum Aufathmen. Baum übersah mit raschem Blick, was hier vorging; er hielt sich an der Thürpfoste, er klammerte sich mit den Fingern wie mit einer Zange daran, dann schlich er hinaus. Er ist hier nicht nöthig, und es kann noch Alles verloren gehen, wenn er jetzt sich verräth. Er brachte sich bis an den Kirschbaum im Garten, dort setzte er sich auf die Bank und knüpfte sich die Gamaschen auf und zu, dann nahm er seine Uhr heraus, zählte die Sekunden ab, zog die Uhr frisch auf, hielt sie ans Ohr und spielte nachlässig mit der Uhrkette. Er besann sich. Er sagte sich still, daß er das Große, das noch auszuführen ist, allein vollenden muß; er glaubt Irma auf der Spur zu sein. Sixtus will nichts davon wissen und spottet ihn aus — desto besser, dann fällt ihm das Verdienst allein zu; drum ist jetzt keine Zeit, jetzt am wenigsten, sich der Mutter anzunehmen. Die Schwester ist tobt — das ist vielleicht das Beste für sie, und keinesfalls kann er sie wieder ins Leben zurückbringen. Später kann er ja unentdeckt für die Alte sorgen.

Baum war stolz auf seine Fassung und streichelte sich das Kinn.

Drin im Hause ging von Sekunde zu Sekunde Erschütterndes vor. Die Alte schrie und heulte, sie rannte in die Stube, riß das Fenster auf und schrie: „Schlagt ihn tobt! Ersäuft ihn! Er hat sie ersäuft!"

Baum auf der Bank im Garten ließ die Uhr fallen, als er diese Worte hörte. Jetzt wurde die Alte vom Fenster weggerissen, Doctor Kumpan hielt sie.

Sie kam wieder an die Leiche ihrer Tochter.

„Schlaget uns Alle tobt!" rief sie. „Es giebt keinen König auf der Welt und keinen Gott im Himmel!"

Die Alte raßte, dann weinte sie, dann rief sie wieder ihrem Kind:

„Du haft den Mund offen, sag' nur ein einziges Wort, nur ein einziges Ja vor den Zeugen! Sag' seinen Namen, er hat dich ins Unglück gestürzt und dich im Elend verkommen laffen! Sie glauben mir's ja nicht. Sag' du," rief sie dem Intendanten zu, ihn packend — „sag' du: Hat er nicht ihren Namen gerufen und hat es bekannt? Geschieht dem nichts, der ein armes Wesen ins Elend und in den Tod gestürzt? Sag' du's" — wendete sie sich zu Bruno — „da haft du den Ring, den mir deine Schwester geschenkt, ich will nichts von euch!"

Sie stürzte sich wieder heulend und wehklagend auf die Leiche.

Bruno wurde endlich hinausgeführt. Er sah leichenblaß aus. Von den schwarzen Handschuhen waren Striemen in seinem Gesicht. Man setzte ihn unter den Kirschbaum auf die Bank; Baum stand auf, brachte Waffer herbei und Bruno wusch sich das Gesicht; er sah verwundert auf das weiße Tuch, das schwarze Flecke von seinem Gesicht abnahm.

Man kehrte nach dem Wirthshaus zurück. Bruno ließ die Hand des Intendanten nicht mehr los; er war wie ein furcht= sames Kind, bei jedem Geräusch glaubte er, die Alte komme und kratze ihm die Augen aus und reiße ihm das Herz aus dem Leibe. Endlich faßte er sich und fragte den Intendanten, was er denn an der Leiche gerufen habe. Der Intendant erwiderte, er habe „Schwester!" gerufen und die Alte habe „Esther" verstanden und sei darauf ganz rasend geworden.

Bruno hörte zu seiner Beruhigung, daß er sich nicht ver= rathen. Er bestimmte indeß eine namhafte Summe zur lebens= länglichen Unterstützung der Alten, bei der Irma ihre letzte Herberge gefunden..

„O Freund," klagte er dem Intendanten, „ich werde das Bild der Ertrunkenen mein Lebenlang nicht vergessen."

Bruno war so matt, daß er nicht mehr zurückreiten konnte. Der Wagen des Doktor Sixtus stand bereit, er setzte sich mit ihm ein, um nach der Residenz zurückzufahren. Der Hofarzt gab Bruno den traurigen Trost, daß man die Leiche Irmas nicht finden werde; die des verlorenen Wesens sei an die Oberfläche geschwemmt. Irma aber — das habe er vorausgesagt — sei von dem langen Reitkleid in die Tiefe gezogen und werde nie gefunden werden.

Beim Abschied sagte der Intendant zu Bruno:

„Ich habe Ihr tiefes Herz kennen gelernt!"

Bruno nickte still. Er ließ sich das gefallen, es mag gut sein, wenn der Intendant das so bei Hofe erzählt.

Als man zum Wagen ging, war die ganze Gegend in Regen gehüllt. Man sah nicht Berg, nicht See. Noch im letzten Augenblick der Abfahrt rief Bruno den Lakaien Baum und übergab ihm seinen rothkragigen Mantel, denn Baum sollte das Pferd Brunos besteigen und mit demselben heimkehren.

Der Intendant ritt von Baum geleitet zurück. Er rief Baum, der hinter ihm dreinreiten wollte, an seine Seite.

„Herr Intendant," sagte Baum, „das ist ein arges Theater."

„Ja, schauervoll. Ich glaube, die Mutter der Ertrunkenen ist verrückt."

„Herr Intendant," begann Baum wieder, „ich möchte Ihnen etwas sagen. Ich meine, es könnte doch sein, daß die Gräfin gar nicht ertrunken ist. Der Herr Hofarzt hat mich ausgelacht, aber ich hab' eine Spur und —"

Ein Schuß knallte. Baum stürzte vom Pferde.

„Diesmal hab' ich dich getroffen!" schrie eine Stimme.

Thomas sprang aus dem Gebüsch hervor.

„Packt mich!" rief er. „Ich hab' ihn doch —"

Er sah die Leiche Baums am Boden — da schrie er rasend auf:

„Den Bruno hab' ich erschießen wollen, und nun du? du?"

„Bruder! mein Bruder!" brachte Baum noch mit röchelnder Stimme hervor — „Ich bin Wolfgang — dein Bruder Jangerl! — Wolfgang — Zenza, meine Mutter . . ."

Thomas eilte in das Dickicht zurück und drin hörte man noch einen Schuß.

Der Intendant stand verzweifelt. Der Regen rauschte nieder. Baum zuckte noch einmal. Da kam etwas mit Scherzen und Lachen herbei, wunderliche Gestalten mit aufgeschürzten Kleidern und seltsam verhüllt; es war die Badegesellschaft, der man heute früh im Wald begegnet war. Die Damen eilten entsetzt davon. Die Männer halfen dem Intendanten. Es wurden Bauern vom Feld gerufen, um Baum ins Dorf zurückzuschaffen; Andere durchsuchten das Dickicht und brachten bald die Leiche des Thomas mit zerschmettertem Kopf heraus.

Der Intendant traf den Justiziar im Dorfe. Er legte bei

ihm alle Aussagen nieder und bald war das ganze Dorf im
Wirthshaus versammelt. Es war aber auch kein kleines Ereigniß,
drei Geschwister auf Einmal todt; und daß Baum sich zuletzt noch
als Wolfgang Rauhensteiner zu erkennen gegeben, darüber wollte
sich fast Niemand wundern, Jeder wollte ihn schon längst erkannt
haben, schon damals, als er in Begleitung des Hofarztes Walpurga abholte.

Am Abend saß der Intendant noch lange beim Gemswirth,
dem er sich nun als der Maler von ehedem zu erkennen gegeben.
Der Gemswirth erzählte viel von Hansei und Walpurga, es läßt
sich denken, in welcher Art.

Die alte Zenza nahm die Nachrichten, die ihr wurden, dumpf
dreinstarrend auf; sie schien Alles nicht recht zu fassen. Als man
ihr sagte, daß der Graf Geld dagelassen und versprochen habe,
immer für sie zu sorgen, lachte sie hell auf, und als man ihr
zu essen brachte, aß sie Alles, was man ihr vorsetzte, mit Gier.

Baum, Thomas und die schwarze Esther wurden miteinander
begraben.

Dreizehntes Kapitel.

Der König war zur Jagd, die Königin war krank. Das Hof-
gefüge hielt fest, die Herren und Damen speisten an der gemeinsamen Marschalltafel und unterhielten sich über fernliegende Gegenstände; man war heiter, denn es ist Pflicht, den gegebenen Ton
aufrecht zu erhalten.

Es war am vierten Tage nach der Schreckensnachricht. Die
Hofdamen saßen nach der Mittagstafel unter dem sogenannten
Pilz. Der Pilz war ein rebenüberwachsenes rundes Dach an der
Bergecke des Weingeländes; das Dach ruhte auf einer Säule
in der Mitte und sah von fern aus wie ein aufgespannter Schirm
oder auch wie ein riesiger Pilz. Man war so glücklich von den
Vorbereitungen zur Verlobung der Prinzessin Angelique sprechen
zu können; man pries ihre erhabenen Eigenschaften, obgleich sie
nur ein einfaches, bescheidenes und gutherziges Mädchen war.
Man hatte den Katechismus des Hofes vor sich, den genealogischen
Kalender; denn es hatte sich ein Streit darüber erhoben, in welchem
Grade der mediatisirte Fürst Arnold von großmütterlicher Seite

mit dem regierenden Hause verwandt sei. Die ganze Unterhaltung war indeß nur Nothbehelf.

Man sprach davon, daß der Intendant von der Reise zurückgekehrt sei, und man war noch nicht recht klar, welche Abenteuer er erlebt; daß es dabei Todte gegeben, Erschossene, Ertrunkene, wußte man, aber das Wer? und Wie? war noch räthselhaft.

Glücklicherweise sah man den Intendanten jetzt selbst des Weges daher kommen. Man begrüßte ihn mit halb neckischem, halb mitleidigem Zuruf. Er sah entschieden angegriffen aus. Man bot ihm den besten Stuhl in der Mitte — er sollte erzählen. Der Intendant sah sich geschmeichelt von dieser allgemeinen, wenn auch etwas neckisch vorgebrachten Huldigung, und war schnell wieder der Gefällige; er war bereit, um den Preis der Beliebtheit Alles zum Besten zu geben, und wenn's nöthig ist, auch sich selbst.

Er wollte zuerst von Brunos tiefer Trauer erzählen, aber dies war es nicht, was man wissen wollte. Gut — man will von Bruno nichts hören, übergehen wir ihn. Nun erzählte er nicht ohne geschickte Anordnung den grausigen Tod Baums, der als echter Bedienter für einen andern in den Tod gehen mußte, aber doch auch nicht unverdient; denn er hatte Mutter und Geschwister verleugnet, und fiel nun durch die Hand des Bruders, der sich dann selbst den Tod gab.

Alles war von Schauer ergriffen und man fand es höchst seltsam, daß hinter einem alltäglichen Lakaien, wie Baum war, so viel Abenteuerliches stecken sollte.

„Sie haben nun eine Tragödie erlebt, die sich selbst in Scene setzte," sagte eine der Hofdamen.

Der Intendant wußte, daß Tragödien nicht mehr beliebt sind, und gefällig wie immer, erzählte er nach den wahrheitsgetreuen Mittheilungen eines decorirten Biedermannes, des höchst ehrenwerthen Gemswirthes, einiges sehr Anziehende über Walpurga, die ehemalige Amme des Kronprinzen. Man stellte sich zwar — oder war es wirklich so? — als ob man diese Person völlig vergessen, ja kaum je gekannt habe — mein Gott, wer kann sich alle diese untergeordneten Personen merken? aber in Ermanglung eines andern unverfänglichen Unterhaltungsstoffes ließ man sich auch wieder von Walpurga erzählen, und Schöning berichtete nach den streng glaubwürdigen Mittheilungen des sehr ehrenwerthen Gemswirthes — so lautete immer seine Einleitung — überaus

Lustiges von Walpurga und ihrem tölpelhaften Gemahl. Der gute Hansei wurde in den Geschichten so bockſteif gemacht, daß er weder Hände noch Füße ſelbſt gebrauchen konnte, und wenn er einen Gulden zählen ſollte, ſo mußte der Schulmeiſter geholt werden. Beſonders ſchmackhaft, und zwar mit etwas Wildgeſchmack hergerichtet, war die Geſchichte von einer Wette und einem Kammer=fenſterchen. Die Damen kicherten in ſich hinein und ſchalten auf den Intendanten, daß er ſolch eine Geſchichte erzähle; aber der Intendant wußte recht gut, daß ſie ſolche Geſchichten um ſo lieber hörten, je mehr ſie ſchalten. Dabei hatte der Intendant mehrfach Gelegenheit, im Dialekt zu ſprechen; er kam ja eben friſch aus der Heimath des Gebirgs=Dialektes, und er hatte das Talent, verſchiedene Stimmen von Bauern und Bäuerinnen, die damals am Kammerfenſterchen geſtanden, nachzuahmen und dabei allerlei ſaftige Kraftworte anzubringen; es vergnügte ihn ſelbſt, ſolche losplaßende Fröſche und Sprühteufel unter die Damen zu werfen, daß ſie da und dort laut aufſchrieen: „O Sie entſeßlicher Menſch! Sie abſcheulicher Menſch!“ Eine Dame ſtach ihn ſogar mit ihrer Sticknadel; aber er erzählte immer ruhig weiter; er wußte wie dankbar man ihm war.

Und ſo wenig es Hansei etwas ſchadete, daß von ihm als einem Tölpel geſprochen wurde, ſo wenig ſchadet es ja Walpurga, wenn man ſie etwas bunter ausſtaffirt — auf dem Theater ſind ja die Röcke der Bäuerinnen auch kürzer als in der Wirklichkeit. Und ſo dichtete der Intendant — gewiß mit dem beſten Willen, er that es ja nur, um den Damen gefällig zu ſein — Walpurga allerlei wunderbare Eigenſchaften an, ja man wollte ſogar wiſſen, daß ſie der Pfarrer am erſten Sonntag nicht ohne Grund in die Sacriſtei hatte rufen laſſen.

Zuletzt, allerdings mit Vorbehalt und Verwahrung, berichtete der Intendant, daß Walpurga von einer gewiſſen Dame, die ihre Freundin war, Tauſende und Tauſende erhalten habe, es ließe ſich allerdings nicht ſagen, wofür, aber ein großes Bauerngut hätten ſich die Leute gekauft; freilich hätten ſie auswandern müſſen, denn derart erworbenes Gut bringe keine Ehre, ſelbſt auf dem Lande nicht. In der ganzen Gegend ſpreche man davon, und auch der Amtmann habe es beſtätigt, daß ſie das ganze Gut baar in blankem Golde ausbezahlt habe und das betrage mehr als das Sechsfache deſſen, was Walpurga nachweisbar erhalten habe.

Der Intendant wiederholte, daß er nicht entfernt die Absicht habe, eine Verleumdung weiterzutragen; aber er wollte interessant sein, und dafür gab er sich und Andere preis.

Man war glücklich, diese ewig aufgepußte Landunschuld einmal in ihrer Wirklichkeit zu sehen, und man wünschte nur, daß die Königin auch vernommen hätte, wie ihre geliebte Gestalt aus dem Volke in Wahrheit aussieht.

Es schien aber dafür gesorgt, daß sie es erfahre.

Vierzehntes Kapitel.

Der König jagte im Hochgebirge; er war in Wahrheit ein Jäger; er ließ sich das Wild nicht vor den Lauf treiben, er stieg der Gemse nach auf den steilsten Berggrat, sein abgehärteter elastischer Körper überstand mit Leichtigkeit jede Strapaze und sein ganzes Wesen gewann sehnige Spannkraft und frischen Muth im Waidwerk.

Die Hofcavaliere hatten eine Witterung davon, daß im Geiste des Königs etwas vorging; die beständige und fast ausschließliche nächste Begleitung Bronnens war räthselhaft.

Es war bekannt, daß Bronnen es verweigert hatte, als Kriegs= minister in das Ministerium Schnabelsdorf einzutreten; jetzt, hieß es, hat Schnabelsdorf den Nachtheil davon, daß er nur am grünen Tisch Meister ist und nicht mit zur Jagd gehen kann. — Bronnen hat auf mehrere Tage das Ohr des Königs.

Die Büchsen knallten auf den Höhen und manches Thier er= lag; die Büchsen knallten im Thal und ein Bruderpaar sank in den Tod, und in der Hauptstadt war ein Gerede, das wie Meeres= brausen tönte. — Die Königin vernahm von alledem keine Kunde; in ihren Gemächern war es still, nicht einen Fußtritt, nur manch= mal leises Flüstern hörte man.

Die Königin hatte die Worte über den Tod Eberhards in der Zeitung mit Bitterkeit gelesen, und doch hatte die Zeitung dem, was die öffentliche Stimme sprach, noch mit Zurückhaltung Aus= druck gegeben.

Man erzählte sich Grausenhaftes vom Hofe. Die Königin sei bei der Nachricht vom Tode der Gräfin Wildenort in Wahnsinn verfallen.

Die Menschen ahnten nicht, was in diesem Gerücht lag. So schauervoll war nicht der Weg Irmas in jener Nacht über Berg und Thal, als der Gedankengang der Königin.

Sie dachte an Irma, sie haßte und verabscheute sie und doch beneidete sie ihr den Selbstmord — eine Königin darf sich nicht selbst morden; es ist unerhört in der Geschichte. Eine Königin muß warten, bis man sie langsam, etikettengemäß tödtet, lebendig einbalsamirt, bis sie endlich todt ist, und dann noch wird sie nicht begraben, nein — beigesetzt in der Gruft ... Nur immer erhaben, nur immer droben. Nur um Alles in der Welt keine Königin, die sich selbst mordet ...

Man wollte der Königin ihr Kind bringen; sie wollte es nicht sehen — Irma hat es geküßt. Sie rieb sich oft und oft die Hand und die Wangen; sie waren unrein, sie brannten — Irma hat sie geküßt.

Alles war ihr vernichtet: Liebe, Freundschaft, Glaube, Treue, die weite Natur, wie sie dem Auge sichtbar und dem Ohr hörbar, die Kunst des Bildes, des Klanges, des Wortes — Alles war ihr verwüstet, denn Alles hatte Irma besessen, erhöht, besprochen, und es war nun Lüge, Fratze geworden.

Schaudernd sprang die Königin einmal auf! die strenge Folge der Gedanken muß den König zum Selbstmord zwingen. Er kann es nicht ertragen, daß die, die er zu Grunde gerichtet, noch so viel Muth und Geradheit hatte, nicht weiterleben zu wollen ... Er kann nicht weiterleben. Wie will er die Flinte auf ein unschuldiges Thier richten und nicht auf sich selbst?

Wer von Tausenden genannt und Tausenden verpflichtet ist, darf nicht selbst Hand an sich legen ... Wie durfte er aber sich ein Thun gestatten, das seine Erhabenheit tödtet! Wo konnte er noch irgend Wahrheit verlangen, wenn er selbst ...

Die Königin fuhr wie wahnsinnig auf bei diesen Gedanken.

Die Menschen fabelten, die Königin sei wahnsinnig — ein dunkles Gefühl sagte ihnen, an welchem Abgrund sie wandelte.

Sie gab Befehl, daß Niemand zu ihr eingelassen werde; sie schaute dabei lächelnd auf — sie kann noch befehlen, es gehorcht ihr noch etwas ...

Nach geraumer Zeit erhob sie sich und befahl, daß man den Leibarzt rufe; er erschien sogleich, er hatte im Vorgemach verweilt.

Die Königin berichtete ihm die ganze Wirrniß ihres Denkens,

es erleichterte ihr das Herz; nur das Eine konnte sie nicht sagen: daß sie doch fühle, wie der König sie liebte — so weit sein unsteter rastloser Sinn das aufkommen ließ, was Liebe zu nennen ist. Sie gestand dem Leibarzt Alles, nur dies Eine nicht — sie schämte sich, daß sie noch jetzt einen Gedanken der Liebe mit dem König verband.

„Ach Freund," — klagte sie zuletzt — „giebt es denn nicht auch ein Chloroform für die Seele, für eine Provinz in der Seele, ein Tropfen Lethe? Lehren Sie mich vergessen, stumpf sein. Ich vergehe im Denken."

Der Leibarzt wollte nach seiner Weise und wie es seine Wissenschaft erheischte, nicht von Fall zu Fall heilen und flicken, er wollte den Organismus umstimmen. Hat die Königin gelernt, anders zu denken, so ist auch der nächste gegebene Fall in die entsprechende Perspective gesetzt. Er tröstete daher nicht, er leitete ihre Gedanken nur weiter; deckte ihr die Gründe auf im Thun und Lassen der Menschen. Er behandelte sie nach dem großen Grundsatz jenes einsamen Philosophen, daß in allem Treiben der Menschen die Naturgesetze walten; hat man diese begreifen und verstehen gelernt, dann ist keine Rede mehr von Verzeihen, wenn gleich das Verzeihen mit eingeschlossen liegt in dem Erkennen der Naturnothwendigkeit.

In dieser Betrachtungsweise suchte Gunther wie nach einem Brande Schutt und rauchende Trümmer wegzuräumen; noch schlug da und dort bei der Hebung eine Flamme auf, aber sie war doch nur vereinzelt.

Die Königin klagte, wie sie nichts als das Chaos vor sich sehe; sie ging so weit, es einen Wahnwitz zu nennen, gut sein zu wollen. Gunther gab ihr keinen andern Trost als den, daß auch er den ganzen Jammer der Verzweiflung kenne; er gab sich nicht wie ein draußen in Geborgenheit Stehender, der dem in Todesangst Ringenden zuruft: Komm zu mir, hier ist gut wohnen. — Er war ein Genosse des Elends. Er erzählte von den Zeiten, da er nicht nur an seiner Kunst verzweifelte, an keine Heilung und keine Gesundheit mehr glaubte, sondern ihm auch aller Glaube an eine vernünftige Weltordnung geschwunden war. Er verfuhr nach dem Grundsatz, daß man dem Verzweifelnden nur zeigen kann: Siehe, es haben Andere gelitten wie du, und sie haben gelernt, weiterzuleben.

Ist dieses Bewußtsein in dem Bedrängten aufgegangen, so athmet er zum Erstenmale wieder im Licht und betritt die erste Stufe der Erlösung.

„Ich will Ihnen das schwerste Bekenntniß meines Lebens machen," sagte der Leibarzt.

„Sie?"

„Es gab eine Zeit, wo ich die Leichtfertigen, ja die Lasterhaften beneidete; ich neidete ihnen ihren Leichtmuth. Ich wollte auch so sein. Wozu sich die Seele belasten mit sittlichen Erwägungen, wenn sich's so gut leben läßt im Zusammenraffen alles dessen, was reizt und lockt?"

Der Leibarzt hielt inne, die Königin sah ihn groß an. Er fuhr mit Ruhe fort:

„Ich habe mich gerettet und in meiner reichen Erfahrung habe ich gefunden: Jeder Mensch, auch der zum Besten strebende, hat — wenn man so sagen kann — eine Gespensterkammer in seiner Seele; es gab eine Zeit, einen Moment, wo er in Unreinheit verfiel oder doch nahe daran streifte, eine Unthat zu begehen."

Aus langem stillem Brüten fragte die Königin:

„Sagen Sie, giebt es glückliche Menschen auf der Welt?"

„Wie meinen Sie das, Majestät?"

„Ich meine: Giebt es Menschen, in deren Leben Neigung und Bestimmung vollkommen harmonieren, und die sich dieser Harmonie bewußt sind?"

„Ich danke. Ich sehe, Sie befleißigen sich geschlossener Fassung im Ausdruck. Sie wissen, Majestät, ich beurtheile einen Menschen wesentlich nach seiner Satzbildung. Es kommt nicht darauf an, sogenanntes Geistreiches vorzubringen, sondern das, was man sagt, klar und bündig."

Die Königin merkte wohl, daß der Freund sie zur Kraft allgemeiner Betrachtung und fester Geschlossenheit führen wollte; schmerzlich lächelnd sagte sie:

„Und wissen Sie eine Antwort auf meine Frage?"

„Ich glaube. Majestät kennen die Geschichte vom Hemd des Glücklichen?"

„Nicht mehr ganz."

„Also kurz gefaßt: Ein König war krank, er konnte nur gesund werden, wenn ihm das Hemd eines Glücklichen verschafft wurde. Man sucht und sucht, und findet endlich einen unsäglich

armen und dabei unfäglich glücklichen Menschen und — er hat
kein Hemd auf dem Leibe. — Ich, nach meiner Ueberzeugung,
drehe die Geschichte um. Wäre ich ein Dichter, ich würde in
einer großen Reihe von Bildern von Haus zu Haus, von Stadt
zu Stadt, von Land zu Land das Leben der Menschen aufrollen
und zeigen: Seht her, da klagt dieser und jener, diese und jene,
und sie sind glücklich, oder vielmehr sie sind eben das, was sie
sein können. Jedem Menschen ist das Maß seines Glückes in
seiner Eigenthümlichkeit zugetheilt, er empfindet Glück oder Unglück gleich hoch oder tief, dumpf oder klar. Die Dichter sind
die Glücklichsten oder Unglücklichsten, weil sie Glück und Unglück
am höchsten empfinden. Jedem ist das Glück gegeben, das seiner
Naturnothwendigkeit entspricht, und Unglück ist nothwendig, um
das Glück zu fühlen, wie wir nur aus dem Schatten das Licht
erkennen.“

„Sie glauben also, alle Menschen seien glücklich?“

„In Wahrheit sind sie es, aber in der Wirklichkeit nicht,
weil sie sich nicht mit ihrer Naturnothwendigkeit einigen und
immer und überall ihr Glück in dem suchen, was sie nicht haben,
oder besser, nicht sind.“

„Ich fasse das noch nicht ganz, aber ich werde es zu fassen
suchen,“ erwiderte die Königin. „Aber sagen Sie mir: kann
auch der Schuldbewußte noch glücklich sein?“

„Ja, wenn er frei wirkt und schafft und das Bewußtsein
seiner Schuld ihn nur verzeihender und thätiger macht. Majestät!
Der Irrthum, die Unebenheit, oder das, was man Fehler eines
Menschen nennt, ist entweder ein Ueberstrotzendes oder ein Mangel,
was sich gewissermaßen als Hautrelief oder Basrelief seiner Natur
darstellt. Die Fehler des Ueberquellenden lassen sich durch Erziehung und Erkenntniß ausgleichen, die des Mangels nicht. Die
meisten Menschen verlangen aber von ihren Zugehörigen und
Allen, die sie schön und groß wünschen, daß sie die Mängel ihrer
Natur ausfüllen. Das geht nun und nimmer.“

Die Königin war lange still. Sie nahm offenbar die Gedanken des Freundes in die Seele.

„Auch ich habe einen solchen Basrelief-Fehler,“ sagte sie endlich, „ich weiß es. Ich sehe es als eine Strafe Gottes oder der
Natur an, daß mir mit Untreue und Abfall gelohnt werden
mußte, weil ich den Glauben meiner Väter hatte aufgeben und

einen fremden annehmen wollen. Ich war dem König dadurch schwach und haltlos erschienen, er mußte mich verlassen. Ich wollte abtrünnig werden und werde mit Abtrünnigkeit gestraft."

So rief die Königin und weinte; sie weinte über sich selbst. Gunther blieb still und ruhig.

Die Königin betrat die zweite Stufe der Erkenntniß.

„Jener Abfall in Gedanken" — begann Gunther nach ge= raumer Pause, „Majestät wissen, ich habe ihn nie gebilligt — jene Lockerung des Gewohnten war doch auch ein Symptom, daß Majestät sich Ueberzeugungen neu aufbauen müssen, die nicht nur mit Ihrer Natur stimmen, sondern auch aus Ihrer Natur heraus= tönen. Majestät! Jede klare Erkenntniß, jede Ueberwindung des Schmerzes ist eine Wandlung und Neubildung des Daseins, eine Läuterung, wie man es sonst nennt."

„Ich verstehe," erwiderte die Königin. „Ja, ich möchte die Weltordnung kennen, ich möchte die Vernunft im menschlichen Geschick verstehen. Warum muß ich das erleben? Macht es mich besser? Bringt es mich zu eblerem Thun? Wäre ich nicht viel besser, wenn mein Leben ungetrübt geblieben? Ich habe die Menschen alle so sehr geliebt. Ach, es war so schön, Niemanden auf der Welt zu wissen, der mir feind, und noch schöner, Nie= manden zu wissen, den ich hassen, verabscheuen muß. Und nun? Was soll ich noch thun? Mir ist, als wenn ich zu jedem Schritt über eine Schwelle müßte, darauf eine Leiche liegt. Ich habe keinen freien Schritt mehr in der Welt. Sie sind ein weiser Mann. Helfen Sie mir! Führen Sie mich hinweg über diese entsetzlichen Gedanken!"

„Ich bin nicht weise, und wäre ich's, ich könnte es Ihnen nicht geben. Die Alten haben die Sage, daß man die Hespe= ridenäpfel nur zeigen, aber nicht für Andere pflücken kann."

„Wohl! Wohl! Es sei. So antworten Sie mir: Wäre es nicht besser, in Tugend, im Glauben an die Menschen größer, schöner, stärker zu werden?"

„Die Kindschaft der Seele ist ein Glück, die klare Erkenntniß ein Verdienst und, wie ich glaube, ein nothwendiges und halt= volles Glück —"

„Sie lenken mich ab. Sie haben den Schlüssel auch nicht."

„Ich habe ihn nicht. Unser Leben ist nichts als harte Noth= wendigkeit. Duck' unter! heißt es — laß es auf dich herein=

hageln und stehe fest! Die Sonne kommt wieder. Wir stehen im Bannkreis unseres eigenen kleinen und des allumfassenden Naturgesetzes. Es kreist kein Stern am Firmament für sich und vollzieht selbständig seine Bahn ohne Abirrung, die Gestirne rings um ihn her ziehen an, stoßen ab; aber es gilt, in sich zu verharren. So auch die Menschen."

„Sie geben eine Medicin und hoffen doch allein auf die Heilkraft der Natur."

„Allerdings, Majestät. Das in unserer Natur gegründete Gesetz allein hilft."

Nach einer Weile fügte er hinzu:

„Man kann zu dem momentan Gebeugten nicht von erfrischenden Wanderungen auf den Höhen sprechen, ihn nicht dazu aufrufen. Wenn du können wirst, wirst du wollen; denn der Wille ist das nach außen gewendete Können. Jetzt in der Betroffenheit des ersten Schlages sind Sie, Majestät, noch eingehüllt in die allgemeine Naturmacht, die Sie trägt. Die allgemeine Naturmacht setzt das Dasein fort, bis es wieder zum Leben, zur freien That wird. Meine gute Mutter faßte das in ihrer religiösen Weise in die Worte: Wenn Gott nur so lange hilft, bis man sich selber helfen kann."

„Ich danke," sagte die Königin. „Ich danke," wiederholte sie und schloß die Augen.

––––––

Fünfzehntes Kapitel.

Am selben Morgen, an welchem der König auf dem Jagdschloß mit Bronnen saß, trat der Leibarzt, zur Königin gerufen, ein. Sie lag aufgerichtet auf dem Ruhebett, weiß gekleidet, und sah erschöpft und bleich aus; sie sprach es aus, wie sie voll Zorn sei über sich selbst, über die Eitelkeit und Einbildung, daß sie, eine junge Königin, sich für gut und klug, ja für eine höher bevorzugte Natur gehalten; sie spottete über ihre Albernheit und Eitelkeit.

„Wußten Sie von dem, was hier vorging," fragte sie den Leibarzt.

„Nein. Ich konnte es nicht glauben, und jetzt erst verstehe

ich den gräßlichen Tod meines guten Eberhard. Ein Vater in solchem Schmerze! —"

Die Königin ging nicht auf dieses ein; sie sprach fast zu sich:

„Wenn ich mir die Tage zurückrufe, die Stunden, in denen sie sang — ist es möglich, solche Lieder, solche Worte zu singen, von Liebe, Güte, Hoheit, Reinheit und dabei nichts in der Seele, ja schrecklicher als nichts, Falschheit, Heuchelei? Jedes Wort schielt! Dürfen wir Fürsten sein, uns über Andere stellen, über Andere herrschen, wenn wir uns nicht durch Reinheit und Seelengröße über sie emporheben? Ich bin eine Andere geworden seit gestern. Meine Seele lag tief unten auf dem Seegrund und über mir die Wellen des Todes, der Verzweiflung. Nun aber will ich leben. Sagen Sie mir nur, wie man es aushält. Sie sind nun schon so lange hier am Hof und verachten Alles; schütteln Sie nicht den Kopf, ich weiß, Sie verachten Alles! — Sagen Sie mir, wie hält man das aus? Wie macht man es, daß man doch bleiben, doch leben kann? Sie müssen das Geheimmittel haben. Geben Sie mir's! Das allein wird mich retten."

„Majestät!" versetzte der Arzt, „Sie sind noch in fieberischer, überreizter Stimmung."

„Wirklich? Das also ist Ihre Wissenschaft? Die Fürsten haben Recht, wenn sie die Menschen mißbrauchen, denn die Menschen, auch die besten, sind Höflichkeitsschatten! Auf Sie hatte ich Alles gesetzt, Sie hatte ich hochgehalten. Und was geben Sie mir? Einen Handschuh, wo ich eine Hand fassen will. Sie lächeln? Ich bin nicht wahnwitzig, ich bin nur aufgewacht. Ich habe die Stunde gelebt, wo mir auf Einmal die ganze schöne Welt — ach, sie war so schön! — lauter kriechendes Gewürm, fauler entsetzlicher Grabesmoder ward. O, es ist schrecklich! Ich glaubte, daß es Einen freien Menschen gäbe, Einen, dem man Alles sagen, von dem man Alles fordern könnte — Sie sind es nicht. Ach es gibt nur titeltragende Geschöpfe auf dieser Erde, es giebt keine Menschen!"

„Du sollst nicht vergebens an mir gerissen haben," murmelte Gunther halblaut und erhob sich.

„Ich wollte Sie nicht kränken!" rief die Königin. „Ach, so ist's ja, in Kummer und Schmerz verletzen wir gerade unsere Nächsten."

„Beruhigen Sie sich, Majestät!" erwiderte Gunther sich niederlaſſend. „Wenn etwas gut an mir iſt, ſo darf ich ſagen, ich verweichliche mich nicht. Ich bin hart gegen mich, und darum bin ich es auch gegen Andere.“

Die Königin ſchloß die Augen, dann aber ſchaute ſie wieder groß auf und ſagte:

„Ich fürchte nichts mehr.“

Gunther fuhr fort:

„Nun denn, ſo wiſſen Sie. Keine Phantaſie eines Menſchen kann ausdenken, wie niederträchtig und jammervoll das Gewirre des Menſchenlebens iſt, aber auch Keiner kann ergründen, wie ſchön, wie groß, heilig und erhaben troz alledem. Majeſtät! Ich bin hier im Schloſſe, das eine Welt im Kleinen iſt, eine Welt für ſich. Da iſt hingezogen Alles, was gräßlich, und Alles, was erhaben iſt, und — die Blumen blühen und die Bäume grünen und die Sterne ſchimmern darüber. Auch im Verächt= lichſten blüht noch eine Blume, glänzt noch ein Stern. Es fällt ein Tropfen aus der Himmelswolke, er fällt auf die ſtaubige Straße und Staub und Tropfen werden zu Straßenſchmuz. Aber für das Auge, das tiefer ſieht, iſt der Tropfen noch rein, wenn auch faſt bis zur Unkenntlichkeit zerſplittert und bis zur Untrenn= barkeit vereint mit dem trübenden Staub. Doch auch dieſes Bild genügt nicht ganz. Kein ſinnliches Bild, das uns das Ewige, das uns Gott veranſchaulichen ſoll, trifft ganz zu. Auch im Stäubchen iſt Gott. Nur vor unſerm Auge iſt es Staub, vor dem Auge Gottes iſt es ſo rein wie das Waſſer und gleicher= weiſe eine Stätte der Unendlichkeit. Die Menſchen alle, die Ihnen ſo verlogen erſcheinen — dieſe Menſchen alle möchten gern gut ſein, wenn es nur nicht ſo viel Mühe koſtete und ſo manche Ent= behrung auferlegte. Die meiſten Menſchen wollen Tugend ge= winnen, aber nicht erwerben; ſie möchten gern das große Loos in der Morallotterie gewinnen. „Ach, wenn ich nur ganz gut wäre,“ klagte mir einmal eine verdorbene Unſchuld. Majeſtät! Der reine Gedanke ſpricht: Haß und Verachtung ſind nicht gut, denn ſie ſchädigen die Seele. Die Kunſt des Lebens iſt: das Niedrige als niedrig zu erkennen, aber durch Leidenſchaft gegen das Gemeine ſich nicht ſelbſt zu erniedern. Sie müſſen den Haß aus dem Herzen ziehen und Frieden ſchließen mit dem Geiſte. Der Haß zertrümmert die Seele. Sie müſſen wiſſen: Laſter und Miſſethaten ſind bei Licht betrachtet gar nicht wirklich, ſie ſind nichts als Mängel! sie können tausendfache traurige Folgen haben, aber sie bestehen nicht; die Tugend allein ist eine Wirklichkeit. Stellen Sie sich hier herauf, und es sind nur noch Schatten, die Sie quälen.“

„Ich sehe die Stufe,“ sagte die Königin, „helfen Sie mir hinauf!“

„Es giebt nur Selbsthülfe. Jeder muß lernen, souverän zu werden; selbst die Königskrone verleiht das nicht. Das Gesetz lehrt: Du bist souverän, wenn du deine Seele nicht von Haß und Verachtung erfüllen und dir damit die Welt rauben lässest, die dir gegeben, sei diese Welt groß oder klein.“

„Ich glaubte zu sehr an Tugend und Güte —“

„Wohl. So lange man an die Menschen glaubt, kann man getäuscht werden und wird verzweifeln; man will und wird immer nur sehen, was die Menschen für uns sind, nicht, was sie für sich sind. So lange man an die Güte der Menschen glaubt, kann uns das Verkehrte, wo man Gutes erwartete, irre machen. Sobald man aber weiß und erkennt das Göttliche in Jedem, das der Träger selbst nicht kennt, ist man geborgen im Höchsten, und die Welt ist dir geborgen im Höchsten.“

Die Königin richtete sich rasch auf, sie reichte dem Leibarzt beide Hände und rief:

„Sie sind ein Wunderthäter!“

„Ein Wunderthäter? Nicht doch, nur ein Arzt, der schon viele fiebernde und viele todesstarre Hände in seiner Hand gehalten. Ja, meine ärztliche Kunst mag Ihnen ein Sinnbild sein. Wir helfen dem Menschen, und fragen nicht, wer er sei, wir helfen ihm zu jeder Tages-, zu jeder Nachtzeit, weil ihm geholfen werden muß — und sei es, daß er dann, wieder gesund geworden, seinen schlimmen Weg weiter wandle. Das Einzelne ist unsere That, das Ganze unser Denken. Wir selber sind Stückwerk, unser Thun ist Stückwerk, das Ganze ist Gott.“

„Ich verstehe das, ich glaube es zu fassen. Wir leben aber doch nur im Einzelnen, und wie erträgt man das einzelne schwere Schicksal? Kann man denn im Guten genommen — ich meine es im Guten — immer außer sich sein?“

„Ich weiß, Leidenschaften, Affekte, lassen sich nicht durch Ideen berichtigen; denn sie erwachsen auf verschiedenem Grunde oder vielmehr sie bewegen sich in ganz andern Sphären. Majestät!

Es sind wenige Tage her, da habe ich meinem alten Freunde Eberhard die Augen zugedrückt. Er war ein Mann, der zum Höchsten strebte und im Besten lebte, einsam, von der Welt abgewendet; aber nur selten und nie voll gelang es ihm, sein Naturell durch die Idee zu berichtigen. In seiner Sterbestunde schwang er sich hinaus über das Leid, das entsetzliche, das ihm im Herzen brannte um sein Kind: er rief sich Gedanken zu, die er aus der klaren Erkenntniß seiner besten Stunden geschöpft, und starb in ihnen frei und erhoben. Majestät, Sie sollen noch leben und wirken, sich selbst erhöhen und Andere. Ich rufe Ihnen eine Stunde in Erinnerung. Dort unter jener Hänge-Esche, wo Sie, aufgenommen vom reinen Menschenthum, sich des armen Kindes erbarmten, das zwiefach hülflos in die Welt gesetzt ist, und ihm die Mutter nicht rauben wollten — den reinen und echten Geist jener Stunde rufe ich in Ihnen an. Damals waren Sie groß und verzeihend, weil Sie noch nichts gelitten; Sie warfen keinen Stein auf Gefallene, Sie liebten und Sie verziehen."

„O Gott!" rief die Königin, „und was ist mir geworden? Das Weib, an dessen Brust mein Kind ruhte, ist der Verworfensten eine. Ich hatte sie geliebt wie die Bewohner einer andern unschuldsvollen Welt, und nun ist mir's klar geworden, sie war die Vermittlerin, eine Heuchlerin ohnegleichen unter der Maske der Naivetät. Ich hatte geglaubt, in der einfachen ländlichen Welt lebt noch die Reinheit und Wahrhaftigkeit — es ist Alles verdorben und verkehrt. Die Welt der Naivetät ist schlecht, ja noch schlechter als die der Corruption."

„Ich streite jetzt nicht um die einzelne Person; ich glaube, daß Sie sich in Walpurga irren; aber sei es auch, daß Sie Recht haben, so viel ist doch klar: das was man Bildung und was man Unbildung, Glauben oder Unglauben nennt, kann sittlich und unsittlich lassen; die wahre Erkenntniß allein ist die Reinheit, die wiedergewonnene, feste. Erweitern, erheben Sie den Blick und sehen Sie über das Einzelne hinweg und sehen Sie das Ganze; nur im Ganzen ist Versöhnung."

„Ich sehe wohl, wo Sie stehen, aber ich kann nicht hinan; ich kann nicht mit Ihrem Teleskop hinausschauen — immer nur in Ihren blauen Himmel. Ich bin zu schwach. Ich weiß wohl, wie Sie es meinen. Sie sagen: siehe hinweg über diese paar Menschen, über diese Spanne Raum, die man ein Königreich nennt, sie sind nicht mehr als einige Halme im Feld, eine Scholle im All."

Der Arzt nickte zufrieden, aber die Königin fuhr traurig fort:

„Ja, aber dieser Raum und diese Menschen — das ist meine Welt. Wenn nicht um uns her — ist die Reinheit dann bloße Phantasie? Wo ist sie?"

„In uns," erwiderte Gunther, „und wenn in uns, überall, und wenn nicht in uns, nirgends. Der steht auf der Vorstufe, der noch etwas verlangt. Das ist die rechte Liebe noch nicht; die rechte Liebe zu den Dingen der Welt und zu ihrem Urgrunde, Gott, hat man erst, wenn man keine Gegenliebe, wenn man nichts dafür verlangt. Du liebst das Göttliche in den Dingen, die sich nicht selbst in ihrer Göttlichkeit erkennen, die versunken und verschüttet sind, unerlöst, wie es die Kirche nennt; diese Liebe zur Gottheit oder zur ewigen reinen Natur ist die höchste Freude, hat mich mein Meister gelehrt und ich habe es in mir gelernt, und Sie, Majestät, sollen es auch und können es. Dieser Park gehört Ihnen; die Vögel, die in ihm wohnen, Luft und Licht, die darin strömen und schaffen, und seine Schönheit gehören nicht Ihnen, sondern mir und Jedem, so gut wie Ihnen. So lange man noch im gemeinen Besitz der Welt ist, kann man sie verlieren, sobald man aber in den reinen Besitz der Welt gekommen, kann Niemand mehr sie uns rauben. Es gilt, stark zu sein und zu wissen: Haß ist Tod, Liebe allein ist Leben, und so viel Liebe in dir, so viel Leben und Göttlichkeit ist in dir."

Gunther erhob sich und wollte sich entfernen. Es ist genug. Das innere Denken der hohen Frau darf nicht überschüttet werden. Die Königin bat ihn indeß mit einem Wink der Hand noch zu bleiben. Er setzte sich wieder. Lange war es lautlos im Gemach.

„Sie können nicht denken," begann die Königin wieder, „doch, das ist eine der Redensarten, die wir auswendig gelernt haben, ich meine das Gegentheil: Sie können sich denken, welch eine Umwälzung alles das, was Sie mir sagen, in mir machen muß."

„Ich begreife es."

„Lassen Sie mich nur noch Einiges fragen. Da, wo Sie stehen und wohin Sie mich führen wollen, ich glaube — nein, ich sehe, ich weiß, daß hier oben ewiger Friede, es ist aber auch so einsam und kalt; ich habe ein Gefühl der Bangigkeit, als würde ich in einem Luftballon in die dünne Atmosphäre hinaufgetragen und es würde immer mehr Ballast ausgeworfen. Ich weiß nicht, wie ich es sagen soll. Ich verstehe nicht, wie man den Menschen liebreich nahe sein und ihnen doch nur so von fern zusehen kann, wie einem Spiel der Naturkräfte. Hier oben verschwindet doch eigentlich jeder Klang und jedes Bild."

„Gewiß, Majestät, es giebt ein Reich des Denkens, in dem Hören und Sehen vergehen muß; da ist nur Denken und nichts Anderes mehr."

„Ist das aber nicht ein Denken aus dem Tode heraus in das Leben hinein? Ist das etwas Anderes, als klösterliche Selbsttödtung?"

„Das gerade Gegentheil. Dort liebt man den Tod oder preist ihn wenigstens, weil nach ihm das Leben erst beginnen soll. Ich gehöre nicht zu denen, die ein anderes Leben verneinen; ich sage nur mit meinem Meister: unser Wissen ist ein Wissen vom Leben und nicht vom Tode, und wo mein Wissen aufhört, hört mein Denken auf. Unsere Arbeit, unsere Liebe gehört dem gegenwärtigen Leben. Und weil Gott in dieser Welt ist, in Allem, was darin erscheint, und nur in den Dingen, darum haben wir dies Göttliche in Allem zu befreien. Das Gesetz der Liebe soll walten. Und was das Naturgesetz in den Dingen, das ist das Sittengesetz und das Recht im Menschen."

„Ich kann mich nicht darein finden, wie Sie die Gotteskraft so in Millionen Theile zersplittern. Wenn man einen Stein in Splitter zerbricht, bleibt jeder Theil noch ein Stein; aber eine Blume, die man zerreißt, da sind die Stücke keine Blume mehr."

„So nehmen Sie dies Bild, obgleich in Wahrheit kein Bild ausreicht. Die ganze Welt, das Firmament und die darauf lebenden Geschöpfe — sie alle sind nicht zertheilt, sie sind Eins, sie sind, vor dem Gedanken zusammengeschlossen, die Blume, daraus die Gottesidee duftet, und der Duft, der hinaussteigt, ist in der Blume und haftet an ihr; die Werke aller Dichter, aller Denker, aller Helden sind nur Duftströme, die durch Raum und Zeit dahinschweben. In der Blume selbst haften und sind sie ewig. Nicht im Einzelnen zertheilt ist der ewige Geist da, er ist nur als Einheit in der ganzen Welt, in jedem Wesen, jeder Zelle am Baum, an der Blume. Wer in der Unendlichkeit denkend steht, sieht als die Welt den großen Blumenkelch, daraus der Gedanke Gottes duftet."

Die Königin hielt längere Zeit das Gesicht mit beiden Händen verdeckt. Gunther verließ das Gemach.

Sechzehntes Kapitel.

Der König kam von der Jagd zurück. Das muthige Wandern über die Berge hatte ihn erfrischt und dazu trug er ein neues Gedankenleben in der Seele.

Er hatte bereits Alles erfahren, was am See vorgegangen. Das ist nun abgethan, man kann sich nicht mit Vergangenheiten schleppen.

Er erfuhr, daß die Königin seit der Schreckensnachricht ihre Gemächer nicht verlassen hatte. Er ließ den Leibarzt rufen. Dieser erstattete ihm Bericht über das Befinden der Königin, und empfahl noch große Schonung.

Der König glaubte in Wort und Ausdruck des Leibarztes eine noch strengere Zurückhaltung als sonst zu bemerken; er hätte ihn gern gefragt, was die Königin denke, wie sie sich das traurige Ereigniß zurecht gelegt und überwunden habe; aber es war ja die Pflicht des Arztes, ihm das von selbst zu berichten. Endlich entschloß sich der König zu fragen:

„Ist die Königin auch im Gemüth ruhig?"

„Schön und edel wie immer," erwiderte der Leibarzt.

„Hat sie in diesen Tagen etwas gelesen? Hat sie den Oberhofprediger rufen lassen?"

„Ich wüßte nicht, Majestät."

Zum Erstenmal war: dem König die sonst so bequeme Hofordnung zuwider.

Der Leibarzt sollte von selbst sprechen, viel erklären, und nun gab er nur Antwort auf das, was er gefragt wurde, und selbst diese Antworten waren so knapp.

„Sie haben auch Schweres erlebt — Sie haben in Graf Eberhard einen alten Freund verloren," sagte der König.

„Der Todte ist mir noch geblieben, wie mir der Lebende war," erwiderte Gunther.

Der König war im Innersten voll Zorn. Er hat sich dem Manne so freundlich nahe gestellt, hat sich nach einem Ereigniß aus seinem Privatleben erkundigt, und er bleibt noch immer bei aller angemessenen Form so verschlossen und ablehnend.

Ein alter Widerwille gegen diesen Mann, der inmitten des bewegten Lebens stets etwas Unbewegliches hatte, erwachte wieder im König. Er entließ den Leibarzt mit huldvoller Handbewegung, aber als er wegging, starrte er ihm finster nach.

Eine Erkenntniß, die ihm die Wange glühend machte, bestimmte ihn zu einem andern Verfahren. Es ward ihm klar, wie das Grundwesen seines Vergehens darin bestanden habe, daß ein Drittes zwischen ihn und seine Gattin gestellt war. Das sollte nicht mehr sein, auch in der besten Weise nicht. Er wollte den Arzt nicht weiter ausforschen über Denken und Empfinden seiner Gattin, unmittelbar und allein soll sie ihm Alles sagen. Er fühlte die tiefe Neigung zu ihr und wußte, daß er ihrer aufs Neue würdig sei, denn er hatte so vieles in sich überwunden.

Der König ließ die Oberhofmeisterin zu sich entbieten. Seit dem traurigen Ereigniß hatte der König nur Männer vor sich gesehen, vor denen derartiges leichter zu nehmen, ja kaum zu berühren ist; jetzt stand ihm zum Erstenmal wieder eine Frau vor Augen, und zwar eine solche, die mit der Orthodoxie der Hofformen einen edlen Geist verband. Der König war haltungsvoll gegen die Oberhofmeisterin, während im Innersten sein Herz zitterte.

„Wir haben Schweres erlebt," sagte er ihr.

Die Oberhofmeisterin wußte mit geschickten Wendungen über alles Geschehene hinwegzugehen und jede Erörterung des Königs abzulenken, denn es ist durchaus ungehörig, daß die Majestät sich rechtfertige oder gar sich schwach und betroffen zeige, und es ist Pflicht der nächsten Umgebung, alles Unangenehme und Scharfe mit Anstand abzuglätten.

Der König verstand diese sorgfältige Wendung. Er fragte, ob die Oberhofmeisterin in diesen Tagen oft bei der Königin gewesen und wer jetzt den Dienst habe. Gräfin Brinkenstein erzählte, daß sie nur einmal bei der Königin gewesen, die ihr einen Wunsch in Bezug auf Se. königliche Hoheit den Kronprinzen ausgesprochen habe.

„Ja, wie geht's dem Prinzen?" fragte der König. In diesen ganzen Tagen hatte er kaum an seinen Sohn gedacht und es durchzuckte ihn wie ein neues Bewußtsein, daß er einen Sohn habe.

„Vortrefflich," erwiderte die Oberhofmeisterin, und nannte die Hofdamen und die Kammerherren, die jetzt Dienst bei ihrer Majestät der Königin hatten. Niemand hatte sie in diesen Tagen gesehen, nur die Kammerfrau Leoni war stets bei ihr und der Leibarzt hatte stundenlang mit ihr sich unterhalten.

Der König ließ sich den Prinzen in seine Gemächer bringen. Er küßte den Knaben, der mit seinen feinen vollen Händchen ihm im Gesichte spielte.

„Du sollst mit Ehrerbietung deines Vaters gedenken — könnte ich nur auch das Eine fortwischen," sprach er in sich hinein.

Wie von der Berührung des Kindes neugestärkt, wollte er zu seiner Gattin sich begeben, aber Schnabelsdorf hatte sich zum Vortrag melden lassen. Der König mußte ihn empfangen.

Der Ministerpräsident berichtete, daß nunmehr das Ergebniß sämmtlicher Wahlen bekannt sei; er werde einen schweren Stand haben, da sich eine Mehrheit für die Opposition ergeben.

Der König zuckte die Achseln und sagte:

„Man muß die Ereignisse abwarten."

Schnabelsdorf sah staunend diese Gleichgültigkeit. Was ist vorgegangen?

„Es ist nur eine einzige Nachwahl nöthig," sagte er. „Majestät wissen, daß der verstorbene Graf Eberhard Wildenort zum Abgeordneten gewählt war."

„Ich weiß, ich weiß," sagte der König. „Wozu das?"

Schnabelsdorf sah zu Boden und fuhr fort:

„Wie ich höre, wird der Generaladjutant Eurer Majestät, Oberst v. Bronnen, der schon früher im Wurf war, nunmehr dort als Candidat aufgestellt."

„Bronnen wird die Candidatur ablehnen," sagte der König.

Schnabelsdorf verbeugte sich wiederum, kaum merklich. Er ahnte, was vorgeht.

Der König ließ sich nun noch das Nöthigste berichten, bat aber Schnabelsdorf, recht kurz zu sein.

Schnabelsdorf war sehr kurz.

Der König entließ ihn.

Er wollte Schnabelsdorf die neugewählte Kammer eröffnen lassen. Wenn dann die Mehrheit, wie sicher zu erwarten, sich gegen ihn ausspricht, wird Bronnen ein neues Ministerium bilden.

Es war kein geringer Kampf, den der König mit sich aus-

zukämpfen hatte, indem er das, was selbstherrlicher Beschluß sein
sollte, nun als Nachgiebigkeit gegen den Volkswillen sich darstellen
ließ. Aber er selbst erkannte es als das erste wirkliche Zeichen
seiner Unterordnung unter das Gesetz, er wollte seinen höchsten
Ruhm darin finden, dem geprüften Willen des Volkes den Ausdruck zu geben.

Treu und frei — der neue Wahlspruch stand wieder vor
seiner Seele.

Er sammelte sich in Ruhe, um zu seiner Gemahlin zu gehen.

Siebzehntes Kapitel.

Die Königin hatte vernommen, daß der König zurückgekehrt
war, und die Ruhe und Fassung, die sie gewonnen hatte, schien
verschwunden. So lang der König räumlich fern war, glaubte
sie sich fest in der Betrachtung von der Höhe des Gedankens,
jetzt aber da er nahe war, zitterte sie in der Furcht, ihm vor
Augen zu treten; die gekränkte Empfindung rüttelte an den so
mühsam und kaum befestigten Grundsätzen.

Es war schon Nacht, als die Königin die Stimme ihres Gemahls im Vorzimmer hörte; er wolle sie sehen, sagte er, auch
wenn sie schliefe. Er trat leise ein. Sie hielt gewaltsam die
Augen geschlossen und zwang sich zu ruhigem Athmen. Es war
die erste Heuchelei ihres Lebens; sie hatte nur Schlaf zu heucheln,
und wie oft hatte der, der jetzt vor ihr stand, Innigkeit und
Treue geheuchelt . . . Ihr Athem ging schwer. Sie bedurfte aller
Kraft sich ruhig zu halten. Das Grausen des Scheintodes kam
über sie.

Sie lag regungslos mit gefalteten Händen, und vor ihr stand
ihr Gatte. Sie meinte, seinen sorgenvollen liebenden Blick zu
spüren — aber was ist hier Liebe und Sorglichkeit? Sie spürte
den Athem aus seinem Munde; sie fühlte, wie seine Finger sich
an ihren Puls legten, und sie bewegte sich nicht; sie fühlte einen
Kuß auf ihre Hand, und sie bewegte sich nicht; sie hörte, wie
er zu Madame Leoni sagte: „Sie ist gottlob ganz ruhig. Sagen
Sie nicht, daß ich hier war" — sie hörte seine Worte und seinen
leisen Schritt, wie er nun hinausging, und sie bewegte sich nicht;

unb um auch vor der Kammerfrau nicht zu gestehen, daß sie ge=
heuchelt, mußte sie sich noch schlafend stellen und durfte von allem
Geschehenen nichts wissen.

Im Vorzimmer sagte der König zur Kammerfrau Leoni:

„Ich danke Ihnen, liebe Leoni."

„Majestät!" erwiderte Frau Leoni, sich tief verbeugend.

„Sie haben sich in diesen Tagen der Königin wieder neu
bewährt, ich werde Ihnen das nicht vergessen. Es ist mir ein
Trost, die Königin von solcher Sorgfalt umgeben zu wissen. Und,
liebe Leoni, thun Sie nur Alles, um der Königin recht viel Ruhe
zu schaffen, und wenn die Königin etwas besonderes wünscht,
wovon Sie glauben, daß die Hofdamen und die Oberhofmeisterin
nichts zu wissen brauchen, so wenden Sie sich an mich. Hat die
Königin viel gesprochen in diesen Tagen?"

„O ja, leider zu viel, davon ist sie eben so matt — stunden=
lang, unaufhörlich."

„Hat sie mit Ihnen so viel gesprochen?"

„O nein."

„Also mit dem Leibarzt?"

„Ja wol. Verzeihen, Majestät, aber ich meine, seine Apo=
theke besteht in Worten."

Der König erinnerte sich, daß Madame Leoni der Königin,
mehr aber noch dem Leibarzt gram geworden, weil nicht sie zur
Aja des Kronprinzen ernannt wurde, sondern Frau v. Gerloff; er
war nicht gesonnen, sich das zunutze zu machen; er sagte daher nur:

„Der Arzt, liebe Leoni, muß der Vertraute sein."

„Gewiß, Majestät — aber unsere erhabene Königin ist so
schwermüthig, und da thäte es wol besser, wenn man sie er=
heiterte, daß sie lachte, und nicht immer so schwere und entsetz=
liche Dinge mit ihr spräche. Majestät verkennen mich gewiß nicht,
aber ich möchte unserer erhabenen Königin gern beistehen, und
ihr einziger und bester Beistand sind Sie, Majestät, und wer da
irgend sich dazwischendrängt, der thut nicht gut."

Dem König ward es bang. Er hat sich nie mit Spioniren
abgegeben, und jetzt, wo er sich gereinigt und erhoben fühlte,
war es ihm doppelt zuwider. Dennoch sagte er:

„Bitte, erzählen Sie, was ist denn geschehen?"

„Ach, Majestät! Ich möchte lieber sterben, ehe ich ein Unrecht an meiner erhabenen Herrin begehe; aber ich thue gewiß kein Unrecht, es soll ihr ja nur helfen."

„Vertrauen Sie mir nur Alles," sagte der König leise — er hörte selbst nicht gern, was er sagte — „ebenso unwürdig, als es Ihrer wäre, hin= und herzutragen, ebensowenig würde ich es je gestatten oder verlangen; aber es ist gut, wenn ich weiß, wie man der Königin aus ihrer jetzigen Verwirrung helfen kann, und dazu muß ich wissen, was ihr zugetragen wird und wie die Dinge besprochen werden."

„Das ist's ja, Majestät," erwiderte Madame Leoni, und nachdem sie nochmals um Entschuldigung gebeten, besonders wegen der unschönen Worte, gab sie einen Bericht, wie der Leibarzt von der Entstehung des Straßenschmutzes gesprochen, wie ein reiner Tropfen aus der Himmelswolke sich mit dem Staub auf der Straße vermengt, und dann sei von Bildhauerei die Rede gewesen, von Hautrelief und Basrelief.

Frau Leoni konnte nur unzusammenhängenden Bericht geben, aber der König wußte genug.

———

Achtzehntes Kapitel.

Am Morgen ließ der König seiner Gemahlin melden, daß er sie sprechen müsse.

Er eilte zu ihr.

Sie waren Beide allein im Gemach.

Der König wollte seine Gemahlin umarmen.

Sie bat ihn, sich auf einen Stuhl zu setzen.

„Wie du willst," sagte er in sanftem Tone; er war entschlossen, in Aufrichtigkeit und Liebe wieder ihre ganze Seele zu gewinnen.

„Willst du zuerst sprechen, oder soll ich?" fragte er nach einer Weile.

Sie erschrak vor seiner hellen Stimme. Sie sah sein frisches Aussehen und wurde noch blasser. Sie legte die Hand aufs Herz. Sie konnte noch nicht sprechen.

„Gut, so laß mich reden. Mathilde! Wir haben uns ge= wonnen in aufrichtiger Liebe. Ich bekenne offen, ich habe schwer gefehlt, an dir und an Andern. Nun bitte ich dich: glaube an meine herzliche Umkehr und sei nicht klein."

„Nicht klein? Ja wohl, ich weiß es! Ihr großen Seelen, euch ist die Sittlichkeit nur Engherzigkeit; ihr seid weite große Herzen, weltumfassende und ich bin ein bornirtes Wesen, ach, gar so bornirt!“

„Mathilde, sprich nicht so, ich wollte dich nicht verletzen.“

„O nein, du wolltest mich nicht verletzen, gewiß nicht, nie.“

„Mathilde, das ist der Ton nicht, in dem wir wieder den reinen Accord finden. Verlange etwas von mir, als Zeichen meiner Umkehr. Du hast das Recht. Ich schwöre dir —“

„Schwöre nicht! Ich beklage dich. Du hast nichts, wobei du schwören kannst. Schwöre beim Haupt deines Kindes — an der Wiege dieses Kindes hast du mit ihr Blicke und Worte der Untreue —“

„Die Zukunft soll alles Vergangene vergessen machen.“

„Gut. Erlaß eine königliche Botschaft: die Welt und meine Gemahlin vor Allem sollen vergessen, daß je eine Gräfin Irma gelebt! So ist mein königlicher Wille.“

Der König sah staunend auf seine Gattin. Ist das das zarte empfindsame Wesen? Was ist aus ihr geworden?

„Laß die Todten ruhen,“ brach er endlich hervor.

„Aber die Todten lassen uns nicht ruhen. Sie sieht mich an aus deinem Auge, sie spricht mich an aus deinem Mund, sie rührt mich an mit deiner Hand, denn deine Hand, dein Mund, dein Auge waren ihr.“

„So will ich mich wieder entfernen, bis du Fassung gewonnen.“

„Nein, bleib', ich habe Fassung. Oder willst du mich nicht hören?“

„Ich höre,“ sagte der König, sich wieder setzend. „Sprich.“

„So wisse denn: du hast ein Heiligthum verwüstet, darin du als Angebeteter standest, wie es schöner und herrlicher nie auf Erden war. Ich darf dir das jetzt sagen, denn der Tempel ist nicht mehr und du bist nicht mehr darin. Ich wollte Eins mit dir sein, in Allem, in jedem Athemzug, in jedem Wort, in jedem Blick, im Aufschauen zu dem Höchsten sollte unser Blick einig sein. Darum wollte ich dir meinen Glauben opfern —.“

„Du willst abrechnen? So bedenke: das Opfer, das du mir bringen wolltest, verlangte ich nicht; es wäre eine Last für mich geworden. Von einem Opfer ist hier nicht die Rede.“

„Gut, ich will nicht mehr daran denken. Ich wollte dir nur

sagen, daß das, was ich für ein Opfer hielt, zu einer Schwäche
vor deinen Augen wurde. Ich rede nicht mehr davon. Aber du
hast mit meiner Freundin, mit der, die ich dafür hielt, in Un=
treue gelebt. Ich weiß, wie es in der Welt ist. Die Steigeneck,
die dein Vater —"

„Beleidige meinen Vater nicht! Mir darfst du sagen, was
du willst — nur beleidige meinen Vater nicht."

„Ich beleidige ihn nicht, ich ehre ihn. Er war sittlich und
rein gegen dich, fern von Schönthuerei, Lüge, Heuchelei und
Verrath."

„Wer spricht hier?" unterbrach der König. „Ist das meine
Gemahlin, ist das eine Königin, die solche Worte spricht?"

„Es sind nicht meine Worte, sie sollten's nicht sein, du hast
mir sie aufgezwungen. Doch — streiten wir nicht um Worte.
Dein Vater hat einer Fremden, die draußen lebte, die seine Frau
nicht kannte, seine Neigung zugewendet — das ist Sittlichkeit und
Tugend gegen dein Verfahren. . . .

Du brachst die Treue mit meiner Freundin, mit der, die mir
stündlich zur Seite war. Wir sprachen, wir dachten gemeinsam,
von Gott, von Liebe, von den Sternen, von Baum und Berg
und Thal, wir schauten miteinander die Werke der Kunst, wir
sangen und musicirten — und das konntet ihr beide neben mir,
ins innerste Heiligthum alles höheren Lebens eintreten. . . . Ihr
habt mir Alles verwüstet, den Himmel, die Erde, alle höchsten
Gedanken im Herzen, alle reinsten Worte im Munde. Ich möchte
den Tag kennen, an dem ihr es zu wagen begonnen, mit Blick
und Wort falsches Spiel zu spielen. Bei jedem Kuß, den du ihr
gabst, mußtest du immer sagen: Ach, meine Frau — wie un=
glücklich bin ich — sie ist so klein — gar so sehr — nicht groß=
artig . . . Sprich nicht! So viel verstehe ich, nie kann ein Mann
oder eine Frau die Hand eines Andern in Liebe berühren, ohne
damit zu sagen: ich bin im Elend! — Was ich dir jetzt sage,
spricht nicht Haß und Rache, nur die Gerechtigkeit aus mir. So
lange ich dich noch liebte, konnte ich dich hassen, jetzt richte ich
dich nur. Du sollst die Folgen deines Thuns tragen. Das ist
Gerechtigkeit. Ich bejammere und beklage dein Loos. Wie willst
du dich noch je am Wald erfreuen — und eine durch dich Schuld=
beladene jagte durch den Wald in den Tod! Wie willst du dein
Auge noch am See erquicken — da drin hat sie die Sünde ver=

senkt! Die ganze Welt ist dir vernichtet. Du armer Mann! Die Feder muß zittern in deiner Hand, wenn du künftighin ein Todesurtheil unterschreiben sollst — du hast selbst gemordet, Todte und Lebende. Schreibe Begnadigung! Wer begnadigt dich, du von Gottes Gnaden?"

„Mathilde, ich hatte geglaubt, daß alles Unziemliche selbst im Worte dir unmöglich wäre."

„Das hast du geglaubt? Und was nennst du für dich un= ziemlich?"

„Sprich weiter! Sprich weiter!" sagte der König, als jetzt die Königin tief aufathmend innehielt. Er sah das lodernde Feuer, das sein Liebstes verzehrte und sah doch die Schönheit der Flamme. So wunderbar sind die Doppelgriffe in der menschlichen Seele, daß den König plötzlich inmitten von Empörung und Zerknirschung der Gedanke anmuthete, welch eine Kraft seiner Gattin inne= wohne; das hatte er nie geahnt, sie ist größer und mächtiger, als er glaubte, und in seinem Zuruf lag etwas wie ein Ton der Anerkennung aus dem Bewußtsein überlegener Kraft. Das empörte die Königin doppelt. Mit gewaltsamer Ruhe fuhr sie daher fort:

„Man kann von Niemand, von keinem Fürsten, auch von dir nicht verlangen, daß du ein Genie seiest; aber daß du ein recht= schaffener Mann, Gatte und Vater seiest — das kann jeder von dir verlangen; du kannst es sein, so gut wie jeder Bauer, jeder Taglöhner."

Schmerz und tiefer Unwille malten sich auf dem Gesicht des Königs.

„Mathilde," begann er endlich mit bewegter Stimme, „Mathilde, bedenke es wohl, — ich spreche nicht davon, was du mir — be= denke nur, was du dir selbst anthust mit diesen Worten!"

„Mir? Ich hab's bedacht, ich weiß, alle die tausend kleinen Freuden des Lebens sind mir von nun an geraubt. Ich trage eine ewige Last, die mir nur der Tod abnimmt. Ich weiß das. Aber ich habe auch mit mir selbst kein Mitleid. Wo die Liebe todt ist, muß die Gerechtigkeit herrschen!"

„Die Liebe, die sterben konnte, war keine Liebe."

„Streiten wir nicht, wir verstehen einander nicht mehr. So höre noch mein einziges und unverbrüchliches Wort! Was bleibt mir? Selbst verächtlich zu werden oder dich zu verachten. Hier stehe ich," sie richtete sich auf, sie erschien größer, und dunkle

Röthe ergoß sich über ihr Antlitz, „hier stehe ich und spreche das Wort aus: Ich verachte dich! — — Ich werde mit dir leben, neben dir, so lange Leben in diesem Leib — aber ich verachte dich. Das wisse! Und nun geh'! Ich werde heut' Abend beim Hoffest mit dir erscheinen — du sollst über keine Formlosigkeit zu klagen haben. Ich habe dich einmal ganz geliebt — das bleibt mein, du bedarfst dessen nicht."

Der König erhob sich. Er wollte sprechen, aber er brachte lange kein Wort hervor.

„Weiß noch Jemand von deiner Gesinnung gegen mich?" fragte er endlich, seine Stimme war heiser.

„Nein. Wir sind es unserm Sohne schuldig, daß Niemand davon wisse."

„Mathilde, ich hätte nie geglaubt, daß du so mit mir reden könntest. Das kommt nicht aus dir. Es hat sich ein Anderer zwischen uns gedrängt. Wer hat dich gelehrt, so zu sein und so zu reden?"

„Du selbst bist mein großer Lehrmeister. Du hast mich statt Liebe Haß, statt Anbetung Verachtung gelehrt."

„Weiß dein Freund, der Leibarzt, nichts von dem, was du mir hier anthust?"

„Ich kann dir nicht schwören. Du kannst keinen Eid mehr glauben. Aber das sage ich: wüßte Gunther davon, daß ich mich von der Leidenschaft meiner vergangenen Liebe zu dir hinreißen ließ — wüßte er das, es würde ihn tief schmerzen; denn Zorn und Haß und Rache sind seinem großen Wesen fremd."

„Dieses große Wesen kann klein gemacht werden!"

„Du wirst — du willst mir doch nicht den einzigen Freund rauben? Ich beschwöre dich, ich will dich um nichts mehr bitten mein ganzes Leben lang, ich will dir gehorchen und unterthan sein — Liebe kann ich dir nicht mehr bieten — ich bitte dich nur um dies eine: laß mir den einzigen Freund!"

„Den einzigen Freund? Ich kenne diesen Titel nicht. So viel ich weiß, ist das keine Hofcharge."

„Auf den Knien will ich dich bitten, kränke ihn nicht. Laß ihn mir. Er ist groß, rein und erhaben; er ist's, der mich noch mit dem Leben zusammenhält."

Die Königin wollte sich vor dem König auf die Knie werfen. Der König berührte sie — sie zuckte zusammen und richtete sich auf.

„Sei stolz!" rief jetzt der König. „Sei es! Trage die Folgen! Sei die Erhabene, der reine Tropfen aus der Himmelswolke, der sich mit mir, dem Straßenstaub, vereinigt und verunreinigt."

Die Königin schaute verwirrt auf. Was ist das? So die Worte des edlen Mannes hinterbracht und so verdreht? Es wirbelte ihr vor den Augen.

„Sei, was du willst!" fuhr der König fort. „Sei allein und suche den Halt in dir."

Er zog an dem Trauring an seiner Hand. Der Ring löste sich schwer, das ganze Gesicht des Königs wurde roth, indem er gewaltsam zog. Endlich brachte er ihn über den Knöchel. Ohne weiter ein Wort zu sagen, legte er den Trauring auf den Tisch vor der Königin.

Er ging nach der Thür; eine Secunde noch stand er still, wie lauschend: sie ruft ihn, er ruft ihr zu, ein Wort aus tiefster Seele, ein erlösendes.

Die Königin schaut ihm nach. Wird er sich nicht umwenden? nicht noch einmal in seiner zum Herzen dringenden Stimme rufen: verzeihe mir. Die Liebe, die noch in ihr waltete, wollte sie vorwärts drängen, ihm nach. Es war ein kurzer Augenblick, in dem der König anhielt und die Königin unwillkürlich die Arme nach ihm vorwärts streckte — der Augenblick entschwand, der König ging.

Die Königin ging und starrte auf den Thürvorhang. Dann sank sie zurück auf das Sopha und weinte. Sie weinte lange.

Neunzehntes Kapitel.

Die Königin war nun doppelt unglücklich; sie hatte den unsäglichen Schmerz um die verlorne Liebe und sie hatte sich noch dazu in häßliche und gehässige Leidenschaften verleiten lassen. Die freie Erhobenheit, in der sie sich durch die Anrufungen Gunthers gefühlt hatte, war von ihr gewichen. Und nun, da die herzzerschneidende Trennung vollbracht war, nun war es wie der Eintritt eines Todes, den man vorausgesehen; alles Vorausdenken hilft nichts, die erfolgte Thatsache bringt neues, ungeahntes Wehe.

Die Königin ging nach den Gemächern des Kronprinzen. Sie kam am Cabinet des Königs vorüber. Sie stand eine Weile still. Wie, wenn sie nun hier einträte, die Arme um ihn schlänge und sagte: es soll Alles vergessen sein. Du bist ja auch unglücklich, ich will dir tragen helfen?

Sie ging vorüber, sie fürchtete, wiederum nur als schwächlich und weichmüthig zu erscheinen, und sie wollte stark sein.

Als sie ihr Kind sah, strahlte ihr Auge wieder hell. Das Kind hatte die schmerzlich ringende, die weinende Mutter nicht gesehen; jetzt war sie wieder bei ihm. Eine Stimme, die sie kaum hören wollte, sagte ihr: auch er wird jetzt hieher kommen. Sie zitterte. Sie hörte, daß der König den Prinzen schon heute zu sich hatte bringen lassen.

Sie wartete lange, sie küßte das Händchen des Knaben und schaute oft um, ob sein Vater nicht komme.

Er kam nicht.

Der König saß in seinem Cabinet und hielt sich die brennende Stirn. Er hat einen entscheidenden Wendepunkt seines Lebens betreten, jetzt sollte er nicht noch von persönlichem Seelenjammer bedrückt werden. Er hat bereut, nun ist's genug. Er ist entschlossen, sich zu ändern, das ist mehr als genug. Wozu noch das Anklagen und Strafen? Tiefer Zorn über seine Gemahlin stieg in ihm auf. Sie ist klein und rachgierig, — Nein — klein nicht! Es ist eine Macht in ihr, die er nie geahnt hätte. Er fühlt tief die schwere Sünde, solch eine Gattin hintergangen zu haben. Noch ist ein Etwas in ihm, das die Strafe als eine Beleidigung seiner hohen Stellung ansehen will. Und in dieser Zertrümmerung seines persönlichen Daseins soll er nun die Selbstverleugnung üben, das Leben im großen Ganzen neu zu gestalten? Nur ein in sich versöhntes und befriedigtes Herz kann versöhnend und befriedigend wirken. Troß und Mißmuth wollen ihn bereden, nun abzulassen von der begonnenen Umkehr, sie wird doch nicht gerecht erkannt, von seiner Nächsten, von seiner Gattin nicht.

So sitzt er lange dumpf und schwer. Endlich richtet er sich empor und ein Ausdruck von Troß und Festigkeit tritt in sein Antlitz. Er ist entschlossen, das Gute zu vollführen ohne Anerkennung, ja mitten in Verkennung; die beste Kraft seines Wesens tritt siegesmächtig hervor: aus sich und um der Selbstehre willen

wird er vollbringen, was er als richtig erkannt, und dies Glück
soll ihm Ersatz bieten für das verlorene Liebesglück . . .

Am Abend war große Cour.

Die Verlobung der Prinzessin Angelique mit dem Fürsten
Arnold wurde officiell gefeiert.

Die Königin erschien am Arm ihres Gemahls, überallhin
freundlich mild grüßend. Sie sah angegriffen aus, aber nicht
minder schön.

Niemand sah etwas vom Zerfall des fürstlichen Paares, so
wenig Jemand das Fehlen des Ringes an der Hand des Königs bemerkte. Der König sprach mit großer Selbstbeherrschung
zutraulich mit der Königin und sie antwortete ihm in derselben
Weise.

Oft aber war's ihr, als müsse sie ihn fragen: Ist denn nichts
vorgefallen?

Dann schaute sie wieder scheu um in den großen Sälen, als
müsse plötzlich die Todtengestalt Irmas erscheinen, schneeweiß in
nassen Gewändern.

Als der König mit seiner Gattin am Arme den Rundgang
durch die Säle vollendet hatte, begrüßte er Bronnen überaus
herzlich und verweilte lange mit ihm in lebhaftester Unterhaltung.

Die Königin sah es staunend. Sie wußte, daß Bronnen im
Stillen Irma verehrt, ja sogar um ihre Hand geworben hatte.
Was ist geschehen, daß der König sich so nahe mit diesem Manne
befreundet und ihn vor dem ganzen Hofe auszeichnet? Es gab
keine Gelegenheit, darüber Erkundigungen einzuziehen.

Das ganze Sommerschloß war erleuchtet, auf der Terrasse
brannten die bunten Lampen, im Park waren Pechpfannen aufgestellt, die hellen Schein in die Spätsommernacht hinauswarfen,
das Musikcorps vom Regiment des Fürsten Arnold spielte muntere Weisen auf, Lichtglanz und Musikklänge drangen weit hinaus ins Thal und bis zu den Bergen, wo auf einsamen Höhen
die Menschen leben.

Die Königin begegnete dem Leibarzt, sie sprach nur einige
flüchtige Worte mit ihm. Der König grüßte ihn im Vorüber-
gehen freundlich.

Er wird mir das nicht anthun — tröstete sich die Königin.
Es lag etwas eigenthümlich Scheues in ihrem Auge, wenn ihr
Blick auf den Leibarzt fiel; das bemerkte der König einmal und

er nickte. Die Königin fühlte, daß Gunther mit ihr unzufrieden sein müsse, sie hatte nicht nach den Gesetzen gehandelt, die aus seiner Lehre flossen.

Am andern Tag ging das Gerücht durch die Residenz, der Leibarzt habe seine Entlassung genommen.

Die Regierungszeitung brachte am Abend neben den Hofnachrichten von den Verlobungsfestlichkeiten die Mittheilung: Se. Majestät der König haben in Gnaden geruht, Allerhöchst ihrem Leibarzt, dem Geheimrath Gunther, auf dessen Gesuch die Entlassung aus dem Staatsdienst zu gewähren und ihm zum Zeichen Ihrer Zufriedenheit das Comthurkreuz des ** Ordens zu verleihen.

Unter den Privatanzeigen stand:

Meinen Freunden sage ich Lebewohl. Ich ziehe nach meiner Vaterstadt * im Gebirge.

Dr. Wilhelm Gunther,
Geheimrath und Sr. Majestät des Königs
Leibarzt a. D.

Berthold Auerbachs

Schriften.

Zweite Serie.

Romane.

Achter Band.

Stuttgart.

Verlag der J. G. Cotta'schen Buchhandlung.

1871.

Berthold Auerbachs

Romane.

Achter Band.

Auf der Höhe.

Roman in acht Büchern.

Vierter Theil.

Stuttgart.

Verlag der J. G. Cotta'schen Buchhandlung.

1871.

Zehnte Auflage.

(53ſtes Tauſend.)

Buchdruckerei der J. G. Cotta'ſchen Buchhandlung in Stuttgart.

Auf der Höhe.

Roman in acht Büchern.

Vierter Theil.

Vom einsamen Weltkind.

—

Siebentes Buch.

(Irmas Tagebuch.)

Ans Ufer geschleudert — was soll ich nun? Blos leben, weil ich nicht todt bin?

Tage lang, Nächte lang, hielt mich diese Räthselfrage wie in der Schwebe zwischen Himmel und Erde, wie in jener grauenhaften Minute, da ich vom Felsen niederglitt.

Jetzt bin ich das Räthsel los.

Ich arbeite.

Ich will festhalten, was aus mir wird. Es befreit mich, indem ich aufzeichne.

Ich war krank, im Fieber sagen sie. Und jetzt arbeite ich.

Ich hatte der Großmutter berichtet, was ich zu arbeiten verstehe. Ich kann hier nichts davon anwenden. Sie führte mich in den Garten; wir sammelten die Aepfel, die der Ohm Peter vom Baume schüttelte. Da kam der alte Auszügler, der über mir wohnt, und schrie scheltend, daß von den Aepfeln ihm ein bestimmtes Maß gehöre. Er suchte nach einem Apfel und wollte schmecken, welcher Baum jetzt geschüttelt wird. Ich reichte ihm einen Apfel und erklärte, daß ich unter ihm wohne.

Als wir noch so im Garten standen, kam ein Mann, der Hansei zwei am Feldwege stehende Ahornbäume ablaufen wollte, um daraus Holzschnitzereien zu machen. Wie eine rettende Hand erschien mir das. Ich sagte der Großmutter, daß ich aus Thon Figuren zu bilden verstünde, und wol leicht die Holzschnitzerei lernen könnte. Nun bin ich als Lehrling in der Werkstatt.

Jetzt, am erſten freien Sonntag, während Alles in der Kirche iſt, ſchreibe ich das.

*

Ich kannte einen Mann, er hatte ſchon auf dem Sandhaufen gekniet, die Flintenläufe waren ſchon nach ihm gerichtet und — er wurde begnadigt. Ich habe ihn oft geſehen. Hätte ich ihn nur gefragt, wie er weiter lebte.

*

Ich habe keinen Spiegel in meinem Zimmer, ich habe mir vorgeſetzt, mich ſelbſt nicht mehr zu ſehen.

Und weil ich keinen Spiegel habe und keinen will, ſo ſeien dieſe Blätter ein Spiegel für meine Seele.

*

O dieſe Ruhe! Dieſes Allein! Wie aus dem See auftauchend, wieder athmen. Dieſe Ruhe, dieſe Stille jetzt!

Hier oben und auf tauſend Punkten der Erde war dieſe Ruhe, während ich drunten das Entſetzliche thun wollte.

*

Ich komme aus der Werkſtatt. Oft, wenn wir von der Sommerburg aus über Land durch die gewerblichen Dörfer fuhren, hielten wir an und beſuchten die großen Werkſtätten und ließen uns Alles zeigen. Ich ſchämte ſmich damals — ach, wie lange iſt es her? — daß wir nur eine Weile der Arbeit zuſehen, dann wieder in die harrenden Wagen ſteigen, und die Menſchen da brin weiter arbeiten laſſen. Mit welchen Gedanken mußten ſie uns nachſchauen, als wir in den Wagen ſtiegen?

Ich bin jetzt ſelbſt an der Werkbank.

*

Warum hat keine Religion vor allem Andern das Gebot: Du ſollſt arbeiten! —?

*

Man ſagt: wenn eine Wunde mit liebenden Lippen ausgeſaugt wird, heilt ſie ſchnell. Ich möchte dir, die du Königin genannt wirſt, das tröpfelnde Blut deiner Seele aufſaugen mit meinem Mund.

*

Habe ich den Brief an die Königin vernichtet, oder iſt er ihr zugekommen?

*

Tief ins Herz erschreckte mich's, als die Großmutter mich fragte, warum ich der Königin das angethan und ihr mein Vorhaben berichtet habe.

Warum that ich das? Ich weiß kein Warum, ich weiß nur, daß ich es mußte als nothwendige und letzte, sich selbst vollziehende That der Wahrhaftigkeit.

Warum liegt uns nur daran, wie man nach dem Tode von uns denkt, da unser Sein doch nur leerer Schall geworden!

*

Schwere Tage, peinvolle.

Ich hielt es für Pflicht, an die Königin zu schreiben, aus der Verborgenheit heraus. Der Bruder der Großmutter, ein gar treuherziges und williges Männchen, das sich mir immer zu Gebote stellt und mir gern jede Minute etwas Gutes erweisen möchte, erklärte sich bereit, meinen Brief nach einer entfernten Stadt zu tragen. Die Königin soll nicht leiden um mich, wenigstens nicht um meinen Tod, und sie soll wissen, daß ich büße, lebend büße. Wenn ich nur wüßte, ob ich die Briefe in der That verbrannt habe oder ob sie an ihn und sie gelangt sind … Ihm brauche ich nichts mehr zu sagen. Die gute Mutter sah mir an, daß etwas in mir vorgeht, das ich ihr nicht mittheile. Sie kam oft, fragte aber nicht. Endlich hielt ich's nicht mehr aus und erzählte meinen Entschluß. Sie faßte mich bei der Hand und sagte — wenn sie mir etwas ganz sagen will, faßt sie immer meine Hand, sie muß mich körperlich halten — „Kind, du mußt dir nur klar machen, was du thun willst. Wär' dir's eigentlich im Grund des Herzens nicht lieber, wenn du entdeckt würdest? Frag' dich im Gewissen."

Ich erschrak. Es ist wahr. Ich möchte nichts thun, 'aber wenn es geschehe …

„Gieb mir keine Antwort," fuhr die Mutter fort, „gieb sie dir und frag' dich weiter, ob du übermorgen, wenn du dort wärest, wo du gewesen, nicht wieder fortmöchtest. Das aber sag' ich dir: was du thun willst, thue ganz. Entweder schreib' der Königin gar nicht, laß sie trauern; um ein Todtes trauert sich's besser, als um Eines, das man verloren hat und das noch lebt. Oder aber thue das Andere, schreib' ihr ehrlich und grabaus: Da bin ich! Wie gesagt, was du thun willst, thue ganz. O

Kind," setzte sie hinzu, „ich fürchte, dir geht's wie der armen Seele. Kennst du die Geschichte von der armen Seele?"

„Nein."

„So will ich sie dir erzählen. Da ist einmal ein junges Mädchen, weil es sich verfehlt hat und wie es früh gestorben ist, in die Hölle gekommen, und da hört der heilige Petrus immer, wie es aus den Flammen herausschreit: Paul, Paul! und das so herzrührend, daß die ärgsten Teufel nicht haben darüber spotten können. Da kommt der heilige Petrus einmal ans Höllenthor und fragt: Aber Kind, was schreist du immer: Paul! Paul! und gar so erbärmlich? Und da sagt das Mädchen: Ach, lieber heiliger Petrus, was sind alle Höllenqualen! Gar nichts! Mein Paul hat's viel ärger. Wie wird er's aushalten ohne mich? Ich bitt nur um ein Einziges: Laß mich nur noch ein einzigmal hinunter auf die Erde und laß mich einen Augenblick sehen, wie's ihm geht. Ich will ja dann gern noch hundert Jahre länger hier in der Hölle bleiben.

Hundert Jahre — hat da der heilige Petrus gesagt — bedenke Kind, ist gar eine lange Zeit.

Mir nicht, o ich bitt', ich bitt', laß mich nur noch ein einzigmal auf die Erde nach meinem Paul schauen, ich will dann gewiß still sein und Alles in Geduld hinnehmen.

Der heilige Petrus hat sich lang gewehrt, aber die arme Seele hat keine Ruh' gegeben, und da hat er endlich gesagt: Nun meinetwegen, geh, aber du wirst's bereuen.

Und da ist die arme Seele hinab auf die Welt zu ihrem Paul. Und wie sie hinunterkommt, da sieht sie den Paul und er ist lustig mit Andern. Und da ist die arme Seele wieder still hinauf in die Ewigkeit und hat nur gewinkt, ganz still, und hat gesagt: Ich will jetzt wieder in die Hölle und will büßen. Und da hat der heilige Petrus gesagt: Die hundert Jahre, die du versprochen hast, sind dir geschenkt; du hast in der Einen Minute mehr durchgemacht als hundert Jahre Hölle.

Das ist die Geschichte von der armen Seele."

*

Ich dürste nach einer Quelle außer mir, die mich tränkt, erlöst; ich schmachte nach Musik, nach Glauben, nach einer befreienden Weihe. Ich finde sie nicht. Ich muß die Quelle in mir finden.

*

Oft in meinem tiefsten Schmerz ist mir's, als hätte ich das Alles nicht selbst erlebt; ich gehe dahin und es ist, als erzähle mir Jemand eine fremde Geschichte.

*

Ich habe zum Erstenmal im Leben das Gefühl des Geduldeten, Begnadigten. Ich sollte eigentlich nicht da sein; ich genieße das Gnadenbrod. Ich weiß jetzt, wie es den armen Heimathlosen zu Muthe. Hansei könnte, wenn er wollte, mich heute aus dem Hause schicken, und was würde dann aus mir?

*

Daß ich in Gemeinschaft mit meinen Gastfreunden essen muß, wird mir schwer. Am meisten dauert mich aber Hansei. Er hat ein fremdes Gespenst am Tisch sitzen, das er nicht kennt. Ich bin eine Störung seines Glücks.

*

Ich habe mir mit dem Bohrer in die Hand gestochen, weil ich bei der Arbeit zu viel an Anderes denke.

Mein Pechmännlein hat mir eine Heilsalbe aufgeschmiert.

*

Das Holz ist nur Nothmaterial; es folgt den Absichten der Kunst nur schwer, ist spröder, eigensinniger Stoff. Antike Formenschönheit ist nicht für das Holz.

*

„Ach, hier oben wohnen — das müßte herrlich sein!“ — Wie oft ruft man das auf Landpartien aus. Aber man vergißt, daß Landpartienstimmung und Wohnstimmung zwei ganz verschiedene Dinge sind.

Es ist anders, wenn der Wind über die Stoppeln saust und in den Bäumen des kahlen Waldes rast, wenn träge Nebel über die Berge wegkriechen, wenn die Wolken tagelang an den Bergen hängen, und nur manchmal eine Spitze wie ein Traumgesicht erscheinen lassen und wieder verhüllen; wenn du Nachts vom Windsturm aufwachst und es gar nicht Tag werden will. Ja, ihr Landpartiengeister, mit frischen Kränzen auf dem Hut, seid nur wochenlang hier oben, ohne Sopha, ohne frisches Brod — ohne Sopha — denkt euch nur das aus!

*

Einsamkeit mit gutem erhellendem Zurückdenken, friedsam und selig müßte das sein; das ist Einsamkeit wie die des Baumes,

der durch saftiges Erdreich seine Wurzeln bis zum frischen Bach
im Thal hinabschickt; aber Einsamkeit mit schwerem nächtigem
Zurückdenken, das ist Einsamkeit des Baumes, dessen Wurzeln
immer auf Felsen stoßen, er muß mit seinen Wurzeln darüber
hinweg, muß sie umklammern und ewig in sich tragen — einen
schweren Stein im Herzen der Wurzel.

*

Das beste Alleinsein ist, wenn kein Menschenauge auf unserem Antlitz geruht, einen ganzen Tag. Zu wissen, kein Menschenauge hat dich gesehen, der Spiegel der Mienen ist rein, unan-
gehaucht — das thut wohl.

*

Allein sein macht leicht abergläubisch. Man will sich auf
etwas stützen, an etwas halten, was außer uns.

Morgens, wenn mir das Werkzeug gleich beim Anfassen aus
der Hand fällt, erschreckt's mich; das wird ein schlimmer, schwerer
Tag, der so anfängt. Ich kämpfe diesen Aberglauben nieder.

*

Mit einem festen Glauben allein sein, ist man nicht allein.

*

Mein Meister ist beständig verdrossen. Die Frau und drei
Töchter helfen bei der Arbeit. Hansei hat mir das Lehrgeld vor-
gestreckt. Ich lerne schnell.

Ich merke es wol — und das Pechmännlein hat mirs verrathen, daß Hansei diese schützende Tarnkappe über mich ausgebreitet — ich gelte hier bei den Leuten für nicht ganz geheuer.
Das giebt mir Freiheit und schützt mich; aber mir ist doch manchmal bange dabei.

Auch mein Meister glaubt, daß ich irrsinnig sei. Er spricht
behutsam mit mir und hat Freude, wenn ich etwas fasse.

*

Die Schwalben ziehen fort. Ach, ich kann's nicht leugnen, mir
wird bange vor dem Winter. Wenn ich nur nicht krank werde.
Das wäre entsetzlich! Dann müßte ich mich verrathen oder . . . .
Ich darf nicht krank sein! Aber ich bin noch so erregbar. Es wird
mir schwer, es zu sagen, aber auch schwer, es zu ertragen: eine Kuh
in dem nahen Stall hat eine Schelle um, die sich stets bewegt, Tag
und Nacht, so unrhythmisch. Ich muß mich daran gewöhnen.

*

Ich habe ein wahres Grauen vor dem Winter. Wäre nur jetzt nicht Herbst, wäre nur Frühling! Die Natur wäre meine Freundin. Die Natur ist überall sich gleich. Aber jetzt den Winter vor Augen! Du mußt dich drein finden, wir Menschen machen uns die Jahreszeiten nicht. Ich will sehen, was stär'er ist, mein Naturell oder meine Willenskraft. Ich will meiner Seele nichts Anderes zu denken geben, als was sie denken soll.

Ich will.

*

Der Schuhmacher will Aschenbrödel am Fuß erkennen — er findet meinen Fuß unerhört klein für ein Bauernmädchen.

Ich hoffe, das Märchen bleibt Märchen.

Mir geht heut' immer die rührende Melodie aus Isouards Aschenbrödel durch den Sinn mit dem Texte:

> O gutes Kind, gieb dich zufrieden,
> Ein beßres Loos ist dir beschieden.

Wie einfältig sind die Worte. Aber die Musik ist die Fee, die die einfältigen Worte Aschenbrödels mit königlichen Gewändern schmückt und es dazu bringt, daß sie auf den Lippen aller Menschen thronen.

*

O du glückliches Kindermärchen! Du fragst nicht: Wie lebte die Prinzessin als Gänsemagd? Deine Phantasie spricht ihr schöpferisches „Werde" und siehe da, es ward.

Aber in der Wirklichkeit kostet solche Verwandlung schwere Mühe.

Walpurga hat meinen Zustand getroffen. Sie sagte heute:

„Dir geht es hier fast so, wie mir im Schloß. Du kannst dich auch nicht in Das finden. Aber freilich, man gewöhnt sich leichter an ein seidenes Bett, als an einen Laubsack."

Und wenn man wieder heim will, nimmt sich auch Alles leichter mit, hätt' ich ihr gern gesagt; ich drückte es aber nieder. Man darf diese Menschen nicht mit logischen Consequenzen plagen; ihr Denken und Empfinden ist wie der Vogelsang, ohne Rhythmus, höchstens wie das Volkslied, dessen Melodie mit der Terz schließt und nicht mit dem Grundton.

*

Daß ich das lockende, flimmernde und schimmernde große Leben täglich hab'n könnte, das giebt mir den freien Muth, es nicht haben zu wollen und doch nicht zu entbehren.

Wäre ich in ein Kloster gegangen und lebte dort, gebunden, gezwungen durch ein Gelübde, durch äußern Zwang — ich weiß, ich vertrauerte meine Tage am Gitter.

*

Ohne Handschuhe! Ich wußte gar nicht, daß die Hände so frieren. Ohne Handschuhe, ich fasse es nicht. Damals, als er mir den Handschuh auszog, es durchschauerte mich — ahnte meine Seele? —

*

Am Morgen vermisse ich tausend Kleinigkeiten; ich wußte nicht, daß ich sie hatte.

Die alltäglichsten Dinge muß ich von der guten Mutter lernen. Gerade die alltäglichsten lernen wir nicht. Wir lernen tanzen, bevor wir ordentlich gehen können.

O, wie viele Dinge, wie viel dienende Hände braucht der Mensch, vom Schuhputzen des Morgens bis zum Anzünden und Verlöschen der Lampe am Abend. Vor lauter Kochen und Waschen und Scheuern, Wasserholen, Holztragen, vor all dem Tausenderlei kommt der Mensch nicht zu sich selbst. Dem Thiere wachsen die Kleider und wächst die Speise; der Mensch muß spinnen und kochen.

Ich habe mir Schweres auferlegt, daß ich mich in nichts bedienen lassen will. Ein Einsiedler darf nicht säuberlich und nicht heikel in Speisen sein. Ich passe nicht dazu.

*

Es hat mich schwer bedrückt, aber jetzt bin ich stolz darauf, ein Robinson im Geiste geworden zu sein.

Jeder, der zu sich selbst kommt und nicht vom Herkömmlichen leben kann, ist auf eine Insel verschlagen und muß sich Alles neu schaffen.

Warum aber mußte ich innerlich belastet Schiffbruch leiden?

*

Wenn ich so in die Nacht hinausschaue, Alles dunkel, nirgends ein Licht mir zu zeigen: da sind Menschen wie du — Mir ist so schauerlich und bang, mir ist, als wäre ich allein auf der Welt.

*

(October.) Heut' am Abend — ach, die Abende sind schon lang — da kam mir plötzlich zu Sinne: Tausende leben in der gebildeten Welt in Wohlstand und Freuden, die —

Warum soll ich allein entsagen, entbehren und mich in Einsamkeit vergraben?

Weil ich will und muß. Ich habe nichts als ein geschenktes, begnadigtes Dasein. Ich habe mein Leben verscherzt, ja verscherzt, das ist's. Soll ich es in bitterem Ernste wieder gewinnen? Die Sprache, mit der ich einst spielte, fesselt und richtet nun.

*

„Du hast noch zu schwer geladen," sagte mir die Großmutter. „Wie so?"

„Schau, einen schwerbeladenen Wagen kann man nicht schmieren, daß seine Räder nicht ächzen und krächzen; man muß warten, bis der Wagen wieder leer ist, dann kann man ihn mit der Winde in die Höhe heben, die Räder abnehmen und die Achsen salben. Du hast noch die schweren Kisten mit deinem Zurückdenken aufgeladen; thu' sie ab, dann wirst du sehen, wie wir schmieren."

*

Ich weiß doch jetzt, warum ich aufstehe. Du sollst arbeiten! ruft es mir zu. Heut' wird Das, morgen Jenes fertig, und wenn ich mich niederlege, ist etwas mehr in der Welt als am Morgen da war.

*

Arbeit, Arbeit! heißt hier die Parole. Täglich, stündlich. Die Menschen denken an gar nichts, als Arbeiten, „Werken," wie sie es nennen. Die Arbeit ist ihnen eine Naturnothwendigkeit, wie dem Baum das Wachsen. Das macht fest.

*

Auch hier Elend und Zerfall.

Walpurga spricht in ihrer Gutherzigkeit davon, wie sie es nicht ertragen könne, daß der alte blinde Auszügler so allein esse, sie wolle ihn an den Tisch nehmen.

„Das leid' ich nicht," sagte Hansei. „Kein Wort davon, das leid' ich nicht."

„Warum nicht?"

„Warum? Das solltest du selber wissen. Wenn der Jochem einmal am Tisch gewesen ist, da kann man ihn nicht wieder weg thun drum beſſer, gar nicht. Und du weißt nicht, wie ein blinder alter Mann ißt.“

Nach dieſer Verhandlung ſaßen wir nur noch ſtumm bei Tiſche, es wurde kein Wort weiter geſprochen. Walpurga that, als ob ſie eſſe, aber ſie ſchluckte nur ihre Thränen hinab und ſtand bald auf. Sie empfindet dieſe Rohheit und Hartherzigkeit ſchwer, aber ſie klagt nicht, auch nicht mir.

*

(Bei heftigem Sturmwind.) Wie mich das heute erſchreckte! Mein Pechmännlein berichtete mir, daß in der Nachbarſchaft ſich ein Mann erhenkt habe.

„Das hat ſo ſein müſſen,“ meinte er, „der Mann hat ſich vor fünfzehn Jahren ſchon einmal aufgehenkt gehabt, aber da hat man ihn abgeſchnitten, nun hat er doch gelebt, wie wenn er immer einen Strick um den Hals hätte — wer einmal ſo etwas gewollt hat, der ſtirbt keines geraden Todes.“

Wie mich das erſchreckte!

Wäre mir doch noch das Entſetzliche beſchieden?

Ich ſage Nein! Ich will nicht.

*

Aus der warmen Stube in das Schneegeſtöber draußen ſchauen — es iſt mir wie Zurückdenken in den Wirrwarr der großen Welt.

Nun ſchon die neunte Woche.

Noch iſt mir’s dumpf, wie wenn man mir mit einem Hammer aufs Hirn geſchlagen hätte. Ich lebe nur ſo fort. Aber ſchon fängt es an, mich zu wecken. Wenn ich Morgens erwache, muß ich mich beſinnen, wer ich bin und wo ich bin. Mein ganzes Elend muß ich zurückrufen. Dann aber ruft mich die Arbeit.

*

Ich habe gar nichts mehr von der Welt draußen zu erwarten und nichts mehr vom morgenden Tag, Alles nur von mir und Alles von heute. Für mich ſind die Straßen verſchüttet, für mich giebt es keine Poſt, keine Briefe, keine Bücher, gar nichts. Morgens aufſtehen und wiſſen, es kann keine Nachricht von draußen kommen, die mir Glück oder Unglück verkündete, Alles aus mir, aus dem ewigen Geſetz der Natur — wer es zu dieſer Selbſtheit, zu dieſem Alleinleben im All bringen könnte, er wäre jenes Kind, das aus ſich leuchtet, wie es Correggio gemalt.

Hammer und Axt, Feile und Säge und Alles, was mir als Marterwerkzeuge der armen geknechteten Menschheit erschienen war, das sind die erlösenden Werkzeuge. Sie jagen die Dämonen aus dem Hirn; wo diese Werkzeuge sich rühren und die Hand rüstig wirkt, können die Schwarmgeister nicht weilen.

Der Erlöser muß noch kommen, der die Arbeit und den Werktag heiligt.

*

Ich sehe nun, daß ich auch der künstlerischen Bethätigung entsagen und mich bescheiden muß.

Das Holz ist zu so vielem nützlich und Bedürfniß, es will sich nicht auch zur freien selbständigen Schönheit verwenden lassen. Der Stoff meiner Kunst, oder eigentlich meines Handwerks, bleibt immer dürftig und kann nur decorativ auftreten. Erz und Marmor sind Weltsprache; ein Bildwerk in Holz behält etwas Provinziales, spricht immer im Dialekt, kommt nicht zum vollen durchsichtigen Ausdruck des Höchsten. Wir können Thiere und Pflanzenbildungen, die unseren Augen vertraut sind, in Holz nachbilden, im Relief auch Engel; aber eine lebensgroße Büste oder ganze Menschenfigur in Holz — es geht nicht.

Die Holzschnitzerei ist nur ein Anfang der Kunst, sie bleibt stotternd oder bestenfalls monoton. Was schon einmal eine organische Erscheinung hatte, wie der Baum, läßt sich nicht zum künstlerischen Organismus umgestalten. Dem Stein und dem Erz geben wir Menschen erst ihre organisirte Erscheinung.

O unsere gräßlichen Heiligenbilder! Wenn ein Grieche aus Perikles' Zeit sie sähe, er würde schaudern über uns Barbaren.

*

Dieß Tagebuch ist mir ein Trost. Ich kann da meine Sprache sprechen, ich komme heim zu mir selbst.

Dieses beständige Reden im Dialekt — ich komme mir dabei so affectirt vor und Alles, was ich sage, erscheint mir so verzerrt, ich trage eine fremde Tracht; über mein Seelenantlitz ist eine eiserne Maske geschmiedet. Ich bin ein Kind der Berge und höre mich doch wie eine Fremde. Der Dialekt ist eine Beschränktheit, ein dürftiges Instrument, eine Pauke, auf der man kein Concertstück spielen kann, nein, besser: die Sprache Lessings und Goethes ist der schöne geflügelte Schmetterling, der aus der Puppe ausgeflogen ist; er kann nicht mehr in seine Puppe zurück.

Wehe! Aus Allem heraus springt mir wieder das Entsetzliche entgegen. Ich habe euch beleidigt, verleugnet, ihr Genien meines Volkes, ihr Genien der Menschheit. Ihr habt mich genährt und ich habe alle Bildung entweiht. Ich muß im Exile leben.

*

Es dampft noch eine Gluth in meinem Herzen, sie brennt. Die muß verlöschen.

Mein Herz ist so schwer; es wird mich tiefer hinabziehen, als wenn Steine an mir hängen.

*

Ich bin so müde, so zerschlagen und müde, als müßten mir alle Glieder abfallen; ich möchte immer schlafen, nur schlafen.

*

Ich möchte nach einem Ort, zu einem Menschen wallfahrten, daß ich gesühnt würde.

Ich verstehe nun den Grund der sichtbar gewordenen Religion.

Ich will fort, nach Italien, nach Spanien, nach Paris, nach dem Orient, nach Amerika. Ich will nach Rom, ich will Künst= lerin werden, es muß sein. Soll ich noch auf der weiten Welt leben, so will ich sie ganz haben, nicht entsagen, ich bin keine entsagende Natur. Ich konnte den vollen Lebensbecher in den Grund schleudern; aber ihn vor mir sehen und verschmachten, mich kasteien, mir die Hände binden, das kann ich nicht. Ich will, ich muß fort. Es ruft mich. Neapel liegt vor mir ausgebreitet, eine Villa am Strande, helle Meerfahrten, lachende, singende, bunt gekleidete Menschen — ich stürze mich in den Strom des Lebens. Besser als in den des Todes. Und doch — ich kann nicht ...

*

Eine entsetzliche Dämmerstunde! Es lockt etwas in mir, ich soll umkehren, die ganze Welt ist mein; was ist geschehen? Leben nicht Tausende, wie ich — in Ehren und im Selbstvergessen? Was ist das, das in mir ruft: Du mußt büßen? Ich trete hin= aus und es ist nichts geschehen. Es war ein pikantes Abenteuer. Einige Wochen verschwunden ... Ich muß nur keck sein ... Das Viergespann greift aus, Alles grüßt, ich bin schön, Niemand sieht die Hand auf meiner Stirn, ein Diadem glänzt darauf ...

Da steht nun das Grelle, geschrieben ... mir ist, als hätt' ich meine Seele vor mir ...

*

Es giebt eine Kindschaft der Seele, sie waltet in der Groß=
mutter, bei all' ihrer gediegenen Erfahrung.

O könnte ich diese Kindschaft gewinnen! Aber hat sie nicht der
auf ewig verloren, der sie sucht?

*

Der alte Jochem bringt mir oft sein baares Geld; ich muß
es ihm zählen, jedes Stück einzeln. Er behauptet, daß man mit
dem Geld gar so arg betrogen wird.

Mein Pechmännlein sagt, daß die Bauersleute fast immer ihre
abgebankten Eltern hart behandeln und da fragt er mich: „Warum
muß nur der Jochem so lang leben, und hat doch nichts auf der
Welt als Haß und Mißtrauen?“ Ich weiß keine Antwort!

Der alte Jochem ist ein wahrer Bauern=Lear, aber weil er bei
Gericht klagen kann und geklagt hat, ist sein Schicksal nicht rein
tragisch.

Ein König aber hat kein Gericht, bei dem er klagbar werden
kann, will keines; darum ist sein Schicksal groß und tragisch.

Mein Freund! Wenn du in dir vor Gericht stehst, rufe mich,
Niemand kann dich anklagen als ich und ich klage dich nicht an,
nur mich ... Und ich büße.

*

Glückliche Stunden macht mir das offene Herdfeuer. Wie schön
ist das Feuer! Was sind dagegen alle Edelgesteine? Mein armer
Blinder, der das Feuer nicht sehen kann! In jedem Haus ist das
Feuer das Schönste — der Mensch mußte das Feuer anbeten.

„Jetzt hast du was Gutes gedacht,“ sagte Hansei zu mir, als
ich heute so am offenen Fenster saß. „Du hast so gut drein=
gesehen,“ fügte er hinzu. Er hatte offenbar Verlangen, mich zu
fragen, aber er bleibt streng bei seinem Vorsatz; er fragt mich
nie, er setzt Alles in andere Redeweise um. Ich sagte ihm nun
meine Gedanken. Seine Mienen erwiderten: das ist nicht der
Mühe werth, das zu denken.

„Ja, so beim Feuer,“ sagte Hansei zuletzt, „das ist wahr,
da gehen die Gedanken spazieren.“

Das Verwerflichste von Allem, was es auf der Welt giebt,
ist für Hansei Spazierengehen. In der Welt herumlaufen, wo
man nichts zu suchen hat und nichts zu thun — es ist ihm un=
begreiflich, warum man sich da nicht lieber auf die lange Bank
legt und schläft.

*

Ich denke mir den braven Kent immer mit der Stimme Bronnens, aus breiter voller Brust; und in seiner Jugend muß Kent ausgesehen haben wie Bronnen.

Es zieht eine Procession von Gestalten an meiner Seele vorüber. Die Königin und Bronnen allein leben stets mit mir fort. Der König ist mit meiner Vergangenheit verschwunden, ausgelöscht; in meinen Träumen leben mir noch viele Menschen, er allein nicht. Hier liegt ein Räthsel — ich kann es nicht lösen.

Wenn man in der Einsamkeit sich besinnt, da fällt so viel ab, so viele Menschen. Der Leibarzt war mir persönlich nicht mehr als jedem Andern; Emmy war nur Echo.

Wenn man so überzählt, hat man nur wenig, und ich habe auch nur wenig in der Welt zurückgelassen.

*

Das Schellengeläute der Schlitten ist jetzt der einzige Ton, den man vernimmt; nun ist größte Thätigkeit im Walde. Schnee und Eis, die draußen unwegsam machen, werden hier an den Bergen zu Straßen.

*

Arbeit setzt die Lebenskraft ein für Andere. Meine Lebenskraft geht hinaus in die Welt durch meine Arbeit. Das Gebilde geht zu den Menschen und ich darf doch einsam sein, allein, verborgen.

Den Menschen verläßt seine Arbeit. Ich glaube, ich habe den Gedanken einmal in Ottiliens Tagebuch gelesen.

*

Der Hund ist der Freund und Vertraute des Menschen in der Einsamkeit. Man lernt seine Treue und Wachsamkeit lieben und schätzen, hier draußen in der Einöde; da schallt doch ein Ton, und bei jedem neuen Ereigniß wird Kunde gegeben.

*

Wenn der Hund im Hofe bellt, springe ich oft ans Fenster — es kann ein Fremder gekommen sein, wer weiß, wer.

Wenn jetzt auf einmal der Intendant käme oder noch besser der Leibarzt und riefen und führten mich zurück?

Ich zittere.

Müßte ich folgen?

*

Daß ich einmal alles Leben hinter mich geworfen hatte, nur noch einen Schritt und einen Sprung … das macht mir das Leben leichter. Mich kann kein Unglück mehr treffen.

Und doch — wenn mich das Leben wieder faßte …

*

Ich bin auch eine Ameise, die ihre Fichtennadel schleppt.

*

„Ich bin doch nicht ganz verlassen. Ich trage Melodien und Bilder in mir und vor Allem hat mein Gedächtniß Lieder unseres Meisters Goethe bewahrt:

Ueber allen Gipfeln ist Ruh' —

Das zog mir schon hundertmal durch die Seele und erquickte mich wie kühlender Thau. Ich freue mich des melodischen Ton=falls, der einfachen Worte.

Es ließ mir keine Ruhe, ich mußte das Lied einer andern Seele sagen. Ich habe es meinem alten Auszügler vorgesagt, er versteht's, und mein Pechmännlein hat es schon auswendig ge=lernt. Wie glücklich ein Dichter! Eine Stunde, die er gelebt, wird zum ewigen Leben von Tausenden nach ihm. Wie freue ich mich dieses Gedächtnißschatzes! Ich bin wie mein alter Aus=zügler, der seine paar Lieder gelernt hat und sich still vorsingt.

*

Der alte Auszügler wird mir doch auch ehrwürdig.

Heut in der Frühe kam er zu mir, sonntäglich angethan, mit der Denkmünze aus den Befreiungskriegen auf der Brust, und mit einem gewissen Hochgefühl sagte er: „Heut wird in der Kirche eine Messe für mich gelesen. Ich habe damals Napoleon gedient, wie der König auch. Es war anno Neun, bis heute Nachmit=tags um drei Uhr, so zwischen drei und vier, da war ich ein gesunder Mensch, und da hat mich eine Kugel getroffen, hier, in die dritte Rippe — ich trage darum die Denkmünze auch auf der rechten Seite — und da bin ich umgesunken und hab' gedacht: Gute Nacht, Welt! Behüt' dich Gott, mein lieber Schatz! Meine Frau ist schon damals mein Schatz gewesen. Und da haben sie mir nachberhand die Kugel herausgezogen mit dem Kugelzieher, und ich hab' dabei geraucht, mir ist die Pfeife nicht ausgegangen, und dann bin ich wieder gesund geworden. Aber so einen Tag vergißt man nicht, und da hab' ich in die Kirche gestiftet, daß man an diesem Tag eine Messe für mich liest. Schau, da ist die Kugel, die soll man mir wieder auf die dritte Rippe legen, wenn ich begraben werde."

Er zeigte mir die Kugel in einem ledernen Beutel und ging dann, von einem Taglöhnerkind geführt, hinab ins Dorf.

Ich will nun mehr Geduld haben mit dem Armen; sein Leben war ein Tropfen im Meer der Geschichte. — Von einer Feindes= kugel getroffen ... Man kann eine Bleikugel herausziehen, warum nicht auch ...

Alles, was ich erlebe, verwandelt sich in meinem Denken in das Eine, Unlösbare.

Die Mutter hat mir heut' das rechte Wort gesagt. Als ich ihr erklärte, daß ich auch damals nie vollkommen glücklich war, sagte sie:

„Du hast dich eben auch selbst betrogen. Das ist immer so in der Welt — wer betrogen ist, hat sich selbst betrogen, aber er will sich das nur nicht ehrlich eingestehen."

*

Der Ohm Peter ist die wahre fröhliche Armuth, immer wohl= gelaunt, und er ist ganz glücklich geworden durch mich. Er bringt mir Arbeit, trägt die fertige fort, und wir haben Beide zusam= men guten Verdienst. Daneben hilft er mir im Zurichten des Holzes, er handhabt Säge und Axt so leicht wie ein Vogel Kralle und Schnabel.

*

Heute habe ich das erste Geld bekommen, das ich mit meiner Hände Arbeit verdient. Der Ohm Peter hat mir's auf den Tisch gezählt. Er nimmt kein Papiergeld, nur Silbermünze. „Baar Geld lacht," sagt er, und er selber lachte und ich auch.

Wie gering ist dieser Erwerb und doch so erquickend. Ich habe ihn errungen. Mein Lebenlang habe ich immer nur ge= nossen. Wer hat mir's geboten? Andere die für mich arbeiteten, ein Erbe meiner Vorfahren.

Ich kann nun schon ordnen, was ich Walpurga für meinen Unterhalt bezahle. Sie wollte nichts nehmen, aber ich thue es nicht anders.

Es ist gut, daß mein Geschäft so viel Mechanisches hat, ein= fach Nothwendiges, worüber nichts zu besinnen, nichts auszumachen ist. Das muß gemacht werden, so fest, wie die Natur ihre

Gegenstände hervorbringt. Hätte ich etwas den Geist Anstrengendes zu thun, ich verginge.

*

Ich bin nun vier Monate hier.

Meine Hände sind hart.

Ich sehe bei jeder Begegnung, daß Alle, die mich umgeben, mich von Herzen lieben.

*

Ich weiß nicht, wann etwas kommen kann, das mich aufscheucht aus meinem Versteck, wo ich mich niedergeduckt. Ich will diese Tage festhalten und Alles um mich her und in mir.

*

Wenn man nur immer sich gleich bliebe, ich meine, immer im Vollbesitz seiner Kraft stände.

Ich sinke so oft unter mich herab, fühle mich vernichtet, verlassen, hülflos und unfähig, und meine, es müsse mir Jemand helfen. Wer? Was?

Ich muß noch täglich die Morgenschwere überwinden. Am Abend bin ich ruhig — ich bin müde.

*

Den Regen hört man fallen, den Schnee nicht. Der herbe Schmerz ist noch laut, der gefaßte ist still.

*

Es ist grimmig kalt hier oben; aber wir haben den Wald nahe, und mein Ungeheuer von Kachelofen ist mir ein treuer Freund, der die Wärme bewahrt.

*

Wenn Hansei aus dem Wald kommt, dauert es oft eine Stunde, bis er im buchstäblichen Sinne des Wortes aufthaut. Da darf man nichts mit ihm reden, er wird da leicht ärgerlich, weil seine Stimme und seine Bewegungen noch so ungelenk. Wenn er dann aufthaut, ist er ganz glücklich. „Gottlob, daß ich Holzknecht gewesen bin," sagt er dann immer.

Er hat mit dem Wald etwas Besonderes vor, aber er sagt es nicht.

*

Das Volk hat immer überheizte Stuben; es liebt den Rausch, auch den Wärmerausch.

*

Ich habe keinen Spiegel. Ich brauche nicht zu wissen, wie ich aussehe. Der Spiegel ist Anfang und Grund des Selbst=bewußtseins. Das Thier sieht sich nicht, es wird nur gesehen, und doch putzt es sich, der Vogel auf dem Zweig, wie die Katze vor meinem Fenster. Auch ich kleide mich um meiner selbst willen sorglich, es ist mir nicht wohl, wenn ich nicht stramm gekleidet bin.

*

Anfangs war's ein hartes Opfer, jetzt finde ich Beruhigung und Selbstvergessen darin, viel mit meiner Umgebung zu leben. Ich möchte ihr Dasein nicht trüben, sondern erhellen. Die Mei=nigen fühlen, daß ich nicht nur theilnehmend, sondern auch theil=gebend bin.

Ich glaube, das Wort habe ich von Goethe.

*

Heute war große Freude im Hause. Das Gespiel der Wal=purga erschien plötzlich mit ihrem Mann, einem Förster. Nun das Glück, diese Freude, dieser Austausch von Erlebnissen!

Hansei hat den Förster gleich zu Gevatter für seinen Jungen — denn ein Junge muß es sein! Walpurga sagte schnell, sie wolle der Freundin das ganze Haus zeigen. Ich mußte auch mitgehen.

Die Liebe ist in den höheren Ständen vielleicht größer, ener=gischer, tiefer, und hat mehr Alles, was mit Leidenschaft zusam=men hängt; die Treue aber, dies beständige und warmherzige Verharren, scheint mir größer im Volke. In der Arbeit lernt man Treue.

*

Ich war mit Hansei im Wald. O wie schön! Wir kamen an dem gefrorenen Wasserfall vorbei; die krystallenen Säulen glitzer=ten im Sonnenschein.

Hansei zeigte mir hoch oben zwei Bäume, die er mir schlagen lasse, damit ich das beste Holz zum Verarbeiten habe.

Zwei ganze Bäume soll ich verarbeiten!

Ganz lustig ward mein Hansei, als ich ihm sagte: „Ich habe mir deine Bergregel behalten: immer stat vorwärts und nie stehen bleiben."

Dieses frische Bergsteigen im Winter hat mich sehr müde ge=macht; aber mir ist ganz wohl.

*

Ich habe mich lange gewundert, daß ich gar nie von der Familie Hanseis gehört habe. Jetzt erzählt mir Pechmännlein, daß seine Mutter schon früh gestorben, und seinen Vater hat er nie gekannt.

Nun ist mir Vieles von Hanseis Benehmen erklärlicher, aber es ist darum um so schöner.

*

Wir haben Metzelsuppe im Haus.

Groß ist Hansei und ein Spender vieles Guten.

Ja, auch groß. Wie verrottet sind doch unsere Vorstellungen! Ein homerischer Held, der Schweine zertheilt und kocht und bratet, bleibt uns ein Held, und Hansei ist so viel wie sie alle, wenn auch nicht gerade mit dem Schwert.

Es ist ein homerisches Schmausen im ganzen Hof, und sie beißen mit so guten Zähnen, wie Held Menelaos.

*

Das Beste auf der Welt ist gesundes Blut, gestählte Sehnen und starke Nerven.

Wer noch ein ruhiges Gewissen dazu hätte!

*

Ich liebe die Dämmerung, dieses Nachtwerden aus dem Tag, wie es in einander verschwimmt. Wenn man ganz mit dem Naturwalten lebt, ist jeder Tag voll gelebt.

Licht und Feuer machen den Menschen zum Menschen. Der Mensch allein lebt in die Nacht hinein.

Der allwissende Schnabelsdorf sagte einmal: „Es ist ein Gradmesser der Cultur, wie viel die Menschen in die Nacht hinein leben."

Jetzt setzen sie sich bei Hofe zum Diner; sie scherzen, sie lachen, es giebt Anekdoten. — Wenn ich plötzlich unter ihnen erschiene...

Nein, ich störe euch nicht, ihr sollt ruhig leben!

Und dann fahren sie ins Theater — Ist heute nicht? — Ja, ich hatte es ganz vergessen — heut' ist mein Geburtstag. Heut' vor einem Jahr ging ich als Seejungfrau auf den Ball, und er sagte mir leise — dort im Palmenhaus, ich höre noch seine Stimme: „Ich habe diesen Tag absichtlich gewählt — nur Sie sollen es wissen, nur Sie und ich."

O diese Nacht!

Ob sie dort wol auch meiner gedenken?

Die Egypter stellten bei ihren Festen die Gedenkzeichen der

Todten auf ... Ich kann nicht mehr schreiben — Ich will Licht anzünden — ich muß arbeiten.

*

Drunten im Dorf lebt ein Taubstummer, der grobe Holzschnitzereien macht. Er hat weder lesen noch schreiben gelernt, noch Religionsunterricht bekommen; er weiß von gar nichts. Aber die Kirchweihen, die Festtage und besonders Fastnacht weiß er ganz genau. Da stellt er sich mit seinem Schirm vor die Kirche, sieht sich die Bauern an, und wer ihm gefällt, zu dem geht er, zieht den Rock aus und setzt sich an den Tisch, und man giebt ihm, ohne ein Wort zu sagen, drei Tage zu essen und zu trinken.

Und so kam er nun zu uns.

Manchmal weint er und kann nicht sagen, worüber; aber er giebt durch Zeichen zu verstehen, und das Pechmännlein erklärt, er weine darüber, daß er nichts mehr essen kann.

Ich habe mich mit dem Stummen zu verständigen gesucht, aber wir verstehen einander nicht.

*

(Aschermittwoch.) Heut ist Alles im Hause so still, gedankenvoll. Jede Stirn wurde mit Asche bestreut und dazu der Spruch gesagt: Mensch, gedenke, daß du Staub bist!

Ach, ich habe einen langen Aschermittwoch nach einem tollen Carneval.

*

Ich sehe oft das Bild jener egyptischen Königstochter vor mir. Alle Gewänder sind von ihr abgefault; nackt, mit aufgelöstem Haar kniet sie betend an ihrem offenen Grabe.

Wann wirst du mich aufnehmen, du allbarmherzige Mutter Erde?

Mir kommt die einfach große Antwort der Antigone in den Sinn. Sie sagt zu Kreon, der ihr das Todesurtheil verkündet:

„Ich wußte, daß ich sterben werde, du sagst mir nur, wann."

*

Ich will ruhig die Folgen meines Thuns tragen, ganz allein auf mich gestellt, auf keine materielle und keine geistige Hülfe von außen.

*

Es ist eine schöne Sitte, daß die Leute, wenn sie das Ave Maria unter dem Geläute gesprochen haben, einander „Guten Abend" sagen.

Sie kommen vom Himmel wieder heim zu den Ihrigen.

*

Walpurga will, wenn wir allein sind, „Sie" zu mir sagen und mich „Gräfin" heißen.

*

Alles kehrt sich um. Einst sagte ich zu ihm heimlich „Du" und öffentlich . . .

Ach, in Alles hinein springt das Eine.

Das Entsetzlichste wäre, wenn ich empfindsam würde — bin ich's vielleicht schon?

Der Empfindsame ist der Waffenlose unter lauter Bewaffneten, der Unverhüllte unter lauter Maskirten.

Ich will stark sein. Ich muß.

*

Walpurga brachte mir heute einige Blumentöpfe ins Zimmer, Rosmarin, Geranium und Oleander.

Hansei hat sie mitgebracht von einem großen Doctor, wie er sagt, der einige Stunden von hier im Thal wohnt; sein Gärtner darf Pflanzen verkaufen, und da bringt sie mir nun Walpurga und sagt: „Du hast immer Blumen um dich gehabt, diese da halten sich im Winter."

Glücklich machen mich diese wenigen Pflanzen. Die Blume fragt nichts danach, welch' einen Topf sie hat, wenn ihr nur Sonne und Regen wird. Was haben die Menschen im Schlosse dort von den Blumen im Treibhaus? Sie haben sie nicht gepflanzt und nicht gewartet, sie kennen einander nicht.

*

Hansei kam heute zu mir und sagte:

„Irmgard, wenn ich dir einmal was Leids gethan hab' — ich weiß zwar nichts — so bitt' ich, verzeih' mir's!"

„Warum fragst du mich das jetzt?"

„Ich gehe morgen mit den Meinigen zur Beichte und Communion," erwiderte er.

Meine Thränen, die auf dies Blatt fallen, beichten. In Worte kann ich es nicht fassen.

*

Warum bin ich erst über die besudelte Schwelle hinüber in dies engumschlossene und doch in sich gefriedete Leben eingegangen? Warum nicht rein und frei, stolz und stark?

Ich habe einmal von Franz von Assisi gelesen, daß er, mit lustigen Gesellen von einem Gelage kommend, Morgens in der

Frühe, auf dem Weg plötzlich vom Geist ergriffen ward, Allem entsagte und ein heiliges Leben führte.

Also immer nur aus Sünde heraus?

Härter aber noch ist die Frage: Warum mußtest du, Königin, das erleben?

*

Ich gehe im triefenden Regen oft wie gefangen in den Feldern umher. Was hält mich hier? Was lockt mich fort?

*

Ich lebe auch gefangen wie zwischen Steinen und Eisengittern, die aus dem Grunde meines Wollens genommen sind.

Ich fühle den ganzen Schmerz des Verbannten.

Ich lebe in einer Erstarrung. Warum muß ich auf den Tod warten?

Mir ist oft, als läge ich träumend an einem Abgrund und kann doch nicht erwachen und mich aufraffen.

Wohin sollte ich?

*

Oft, und wie mit Zaubergewalt, wie ein Reiter auf geflügeltem Rosse, sprengt der Gedanke durch die Seelenöde und schleppt mich fort: du weißt so gar nichts mehr von der Welt draußen — deine Umgebung verhehlt dir's, wenn sie etwas weiß, und du darfst nicht fragen.

Wie, wenn die Königin todt wäre, und der dich einst liebte und den du liebtest — ach so sehr — er ist doppelt allein und verlassen und denkt trauernd deiner? Gieb ihm ein Zeichen und er kommt und holt dich, und auf weißem Zelter reitest du ein ins Schloß als Königin, und Alles ist gesühnt und versöhnt und du bist eine Freundin des Volkes, denn du kennst es, du hast mit ihm gelebt und gelitten . . .

So packt's mich oft und umschlingt mich wie ein Zaubernetz, und läßt mich nicht los, und ich horche, wie wenn ich Stimmen und Trompetentöne vernähme, die mich rufen. Noch ist das wilde Heer in der Seele nicht zur Ruhe gekommen.

*

Es schlummern zusammengekauert räthselhafte Dämonen in der Seele, die Phantasie ruft, sie recken die Häupter und kriechen und fliegen und schwimmen und rennen. Sie haben kluge Augen und schillernde Gestalten, und können auch als Tugenden erscheinen, sie borgen sich das Priestergewand und reden die Sprache des Mitleids: Hab' Erbarmen gegen dich und gegen Andere. Sie prunken im Stahlpanzer der Kraft und Thatenlust und sprechen: Du kannst beglücken den Einen und die Vielen, und kannst Gutes und Großes thun an dem Einen und an den Vielen.

Ich vernichte sie, ich halte ihnen das Licht vor die Augen, sie verschwinden.

Du lebst, Königin, von mir so tief gekränkte Freundin, du lebst . . . . Ich frage nicht und will nicht wissen, ob du todt bist.

Du lebst, und ich wünsche nur, daß du von meinem Reue-leben wissest, und wie ich wühle in den Eingeweiden meiner Seele.

*

Das griechische Drama vom gefesselten Prometheus liegt mir im Sinn. Prometheus war der erste einsiedlerische Mensch. Er ist äußerlich angeschmiedet. Wir schmieden uns selber an, durch Gelübde, Ordensregeln.

Ich bin kein Prometheus und keine Nonne.

*

Nach gar nichts in der Welt draußen habe ich Verlangen, nur nach einer guten Musik mit vollem Orchester. Ich freue mich, daß ich sie oft im Schlaf höre. Wunderbar! Meine Seele spielt im Traume alle Instrumente und große Orchesterstücke, die ich nie ganz auswendig konnte.

Unser Leben hat doch einen zweiten Boden.

*

Freiheit und Arbeit, das sind die schönsten Vorzüge des Menschen.

Einsam und arbeitsam, das ist mein Alles.

*

Noch nie hat Walpurga jener vorahnenden Scene gedacht, wo sie mich warnte. Ach, sie hat mich mit derber Hand gefaßt, als ich am Abgrunde schwebte und ich habe sie gescholten und bethört und mich selbst verwirrt. Sie hält jede Erinnerung daran zurück.

*

Mein alter Jochem hat mir die ganze Bitterniß seines Lebens damit ausgesprochen, daß er mir heute sagte:

„Alte Ochsen und alte Kühe schlachtet man, alte Pferde und

alte Hunde schießt man todt und alte Menschen füttert man zu
Tode — das ist der einzige Unterschied."

*

Das Wohnhaus auf unserm Hof ist verwahrlost. Aber Hansei
will nicht sofort bauen.

„Man muß sich mit dem alten Haus behelfen, zuerst muß
man arbeiten," sagt er. Und dann hat er eine gewisse Scheu
vor den Leuten: das Haus war bis jetzt gut genug — warum
soll's ihm nicht sein?

Auch der Bauer auf seinem einsamen Gehöft ist nicht voll=
kommen unabhängig. Wem noch daran gelegen ist, was die
Leute von ihm denken, muß auch Rücksicht darauf nehmen.

Da ist die ganze Sklavenkette.

*

(1. März.) Glück und Freude ist in unser Haus gekommen.
Auch in mir ist es licht, als wäre nicht mein Leben in Nacht ver=
sunken. Walpurga hat einen Knaben. Hansei ist ganz glückselig,
er nennt den Knaben nicht anders, als den „jungen Freihofbauer."

*

Wir hatten Taufe im Haus. Es that mir weh, daß ich nicht
mit zur Kirche gehen konnte. Aber ich konnte nicht.

*

Ich habe die Bauernkleider abgelegt. Die waren am Platze
zur Flucht; jetzt nicht mehr. Ich trage nun einfachen Kattun,
wie die Vielen auf dem Lande, die sich mit Hausindustrie be=
schäftigen. Nur den grünen Hut trage ich noch, und das ist
nöthig, man kann sich gut darunter verbergen.

Ich habe viele äußere Gewänder abgelegt; wie viel innere
muß ich noch abthun?

*

Furcht und Bangen weichen von mir.

Ich war zum Erstenmal im Dorf. Es liegt zerstreut am
Berggelände, die Häuser stehen einzeln an den Wiesen und sehen
von oben gesehen fast aus wie eine zerstreute Heerde.

*

In der Nacht ist mir das Rauschen des Wassers und des
Waldes so wundersam. Das strömt und rauscht so ewig fort.
Wie nichtig und klein ist doch ein Menschenkind!

*

O, dieses Erwachen durch den Finkenschlag, und Alles so voll stark und herb machender Morgenluft!

*

(19. April.) Dichter Nebel den ganzen Tag. Sterben und Erwachen der Natur geht verhüllt unter dem Schleier des Nebels vor sich.

*

Drüben am Bach singt eine Nachtigall den ganzen Tag und die ganze Nacht. Welch eine unermüdliche Kraft, welch ein unerschöpflicher Quell im Nachtigallensang!

Eben jetzt, da ich schreibe, als wüßte sie, daß ich mich nach ihr sehne, singt sie hier näher.

*

Ich sehe jede Knospe aufgehen, ich sehe das Farrenkraut noch in Schnecken zusammengerollt und selbst die herbe Rüster hat eine zarte Blüthe. Alles blüht und singt. Auch das Gackern der Hühner ist Gesang. Die Welt ist eine unendliche Mannigfaltigkeit.

*

O dieses glückselige Warten auf jedes einzelne grüne Blättchen, das Aufgehen jeder Knospe! Das Schönste an der Natur ist doch, daß sie nie Eile hat; sie kann warten und unsre ganze Arbeit ist: ihrer warten.

*

Anfangs will man jede kleine Entwicklung beobachten, jedes Wachsthum: bald aber geht's nicht mehr, es ist zu viel.

*

Nur ein einziger Regentag und alle Knospen springen auf. Der helle Frühling ist da. Es giebt auch im Frühling eine Unruhe im Gemüthe, die dem Drängen draußen parallel geht.

*

Welch ein lautloses und doch in der Bewegung melodisches Wiegen in der Hängebirke, jetzt, da sie so voll Blüthentrauben hängt.

*

Das beste Selbstvergessen ist: die Dinge der Welt mit Aufmerksamkeit und Liebe ansehen — oder eigentlich in der Aufmerksamkeit ist schon die Liebe, vielleicht die am meisten unselbstische.

*

Morgens in der erſten Frühe kommt der Kukuk ganz nahe an unſer Haus und ruft.

*

(Pfingſten.) Die Feſtes-Vorbereitungen ſind eine Freude, vielleicht eine höhere, als das Feſt ſelber. Dieſes Mehleinthun zum Kuchenluxus, dies Kneten, Backen, dieſes Erquicken am Anblick des gelungenen Feſtkuchens.

Die ſelbſtbereitete Freude iſt ganze Freude.

Und nun das Feſt! Die Bäume blühen und die Menſchen blühen und da draußen ſteht der Wald und ſie tragen ihn als Pfingſtmaien in die Stube.

Hanſei hatte ein neues Gewand in hieländiſcher Tracht. Als er heute durch den Hof ging und ſich wohlig umſchaute, lag in ſeinem „Guten Morgen!" eine ganze Welt voll Glück.

Es thut mir wieder wehe, daß ich nicht mit zur Kirche gehe. Die Feſtesſtimmung hat ihre Höhe im Kirchgang; aber auch daheim iſt das Haus voll Duft der Birken und des Feſtkuchens.

*

(24. Mai.) Wir hatten einen tollen Frühlingsſturm mit Blitz und Donner. Die Bäume bogen und krümmten ſich, als müſſe Alles zerbrechen.

„Das iſt bös," ſagte mein Pechmännlein, „für den Roggen freilich iſt's auch wieder gut; aber ein Gewitter im Frühling bringt viele Tage kalt, im hohen Sommer aber bringt's neue Wärme."

Wie ſinnbildlich iſt das für frühreife Leidenſchaftlichkeit . . .

Jetzt haben wir wieder hellen Sonnenſchein. Ich war draußen. Millionen Blüthen liegen am Boden und im Wald liegen viele junge Vögel todt, ſie hatten ſich zu früh herausgewagt aus dem Neſt, der Regen machte ihnen die jungen Flügel naß und ſie konnten nicht mehr zurück, auch hatte das Neſt keinen Raum mehr für ſie; verlaſſen und hungrig mußten ſie ſterben.

Die Natur iſt grauſam. Sie arbeitet ſo lange an Hervorbringung eines Weſens, und dann plötzlich, muthwillig läßt ſie's verkommen.

*

Die Sonntage ſind mir das Schwerſte. Man iſt gewohnt, da etwas Beſonderes zu wollen. Man zieht ein beſonderes Kleid an und die Welt ſoll auch ein beſonderes haben. Am Sonntag

fühle ich am meisten, daß ich in einer fremden Welt bin; viel=
leicht überall, aber hier besonders.

Der Brunnen rauscht und die Vögel singen, so heute wie
gestern. Wie kann ich verlangen, daß sie mir heute etwas An=
deres singen?

Die Natur hat keine Stimmung. Der Mensch allein hat sie.
Da liegt ein schwerer Stein darin . . .

*

Die Wolkenbildungen und ihre Farben, die ich sonst nur hoch
am Himmel sah, sehe ich jetzt auf der Erde und unter mir.

Ich kann stundenlang die Wolkenwandlungen, ihre wechseln=
den Bildungen auf den Bergen betrachten. Aus solchen flüssigen
Formen hat sich die Erde zu fester Gestaltung gebildet. Kein
Künstler kann je diese gestaltenreiche Wolkenwelt ausmessen. Be=
vor die Gedanken fest sind in unserer Seele, müssen sie auch
solche Wolkenformen haben; wir können sie nur nicht fassen.

*

Am Saume des Waldes ist der mannigfaltigste Vogelsang,
da tönt das Lerchenschwirren zusammen mit Ammer und Zeisig,
Amsel, Fink, Drossel, Rothschwänzchen und Kohlmeise. Nur
wenige Vögel, die tief im Walde nisten, singen dort.

*

Im Frühling ist in jeder Waldrinse ein Bächlein; im Som=
mer ist da nichts als eine ausgetrocknete Schlucht. Es geht auch
im Menschenleben so.

*

Wenn ich mich mit dem Frühling freue, da sagt der alte
Jochem: „Ha, was ist denn dran? In so und so viel Wochen
nehmen die Tage schon wieder ab."

*

Wenn die Menschen alljährlich wie die Bäume sichtbare Blü=
then trügen, es würden von Jahr zu Jahr andere Blüthen er=
scheinen an Furbe und Gestalt. Die Blüthe meiner Seele war
einst so feurig, und jetzt . . .

*

Ich habe zum Erstenmal in meinem Leben ein Adlerpaar in
den Lüften gesehen. Welch ein Leben, solch ein Adlerpaar! Sie
schwebten im Kreise, hoch oben. Um was schwebten sie? Dann
schwangen sie sich höher und verschwanden tief in den Lüften.

Es giebt noch freie Adler in der Welt. Der Adler hat Niemand über sich, keinen Feind, der ihm beikommen kann. Nur der Mensch sendet die tödtliche Kugel, und wirkt noch da, wohin nur sein Blick reicht.

Auch er war damals stolz und hoch, als er einen Adler geschossen. Warum? Weil es ein Zeichen seiner Kraft. Und mit dem Siegeszeichen schmückte er meinen Hut — o Wehe! Wehe!

Warum kommt aus der unendlichen Ferne immer wieder mein Elend auf mich hernieder?

*

Wir Frauen sind nie allein in der Natur.

Immer wieder die Tiefsinnigkeit der alten Sage: Der Mann, zuerst geschaffen, war allein in der Natur; die Frau war nie allein da. Das wiederholt sich durch die ganze Geschichte der Geschlechter, und ich verstehe ein räthselvolles Geheimniß.

*

In der vornehmen Welt werden wie im Park die Fußtapfen von gefälligen Dienern wieder ausgelöscht. Nur keine Fußtapfen von gestern!

Und doch soll ihr ganzes Leben Geschichte sein.

*

Nichts Böses mehr thun — das ist noch nicht Gutes thun. Ich möchte eine große That vollziehen. Wo ist sie? In mir allein.

*

Mein Pechmännlein ist draußen in der Natur ein ganz anderer Mensch. Er liebt die Natur nicht, er hat nur — wie er sagt — seinen Spaß daran, seine Freude an den kleinsten Zügen des Vogellebens, und wie kennt er sie alle!

*

(In vielen Regentagen.) Ich vergehe fast vor Heimweh nach der Sonne. Ich gehe umher, wie verwelkend, wie verdurstend — ich kann nicht leben ohne Sonne, sie ist mir diese holden Maitage schuldig, sie sind mein Labsal, ich muß sie haben.

*

Wenn ich so abhängig vom Wetter bleibe und jede Wolke mir die Seele verfinstert, jeder Regen mich in das fröstelnde Gefühl der Verlassenheit taucht, dann wäre mir besser, ich läge tief im See, und der Schiffer im Kahn, der über mein Gebein

wegschwimmt, erzählte dem Ueberfahrenden, wie dort beim Kloster:
Hier unten ruht ein junges Hoffräulein . . .

Ich habe der Sonne schon einmal Ade gesagt, ich will frei
sein von ihr . . .

*

Es giebt Menschen, die nur Regen und Sonnenschein kennen
und haben.

Es giebt aber auch Seelen voll thaubildender Kraft — das
sind die stillen, in sich reichen, triebkräftigen, die mehr innerlich
als äußerlich erleben.

*

(12. Juni.) Es hat nach heißen Tagen geregnet in der Nacht.
Alles glitzert und tropft. O dieser wonnige Morgen nach einem
Nachtgewitter! Solch einen Morgen voll gelebt zu haben, ist
der Lebensmühe werth.

*

Jochem hat eine Lerche im Käfig — er muß noch etwas bei
sich eingesperrt haben.

Die Lerche macht mir Freude. Es giebt hier oben keine
Lerchen, wir haben hier lauter Wiesen — über den Getreidefeldern
im Thal, dort schwirren sie.

*

Nach der Sonnenwende um Johanni ist der Wald stumm.
Die Sonne zeitigt nur noch; sie ruft keine Blüthen und keinen
Sang mehr. Der Fink allein ist noch lustig.

*

Das Schimmelfüllen grast vor meinem Fenster auf der Wiese.
Es kennt mich. Wenn ich aufschaue, sieht es mich lange stillstehend
an, dann springt es tollend hin und her. Ich habe ihm den Namen
Wodan gegeben; es hört darauf und kommt zu mir, wenn ich
Wodan rufe.

Ich habe das Schimmelfüllen gezeichnet und schneide es nun
in Birke aus. Ich glaube, es gelingt mir. Holz ist aber doch
ein spröder, eckiger Stoff. Ich werde so leicht ungeduldig. Ich
darf's nicht sein.

*

Gestern war es ein Jahr, daß ich drunten am Felsen lag.
Ich konnte kein Wort schreiben, ich verging fast vor Schwindel
über all dem Denken von damals. Nun ist's vorbei.

Ich glaube, ich werde nicht viel mehr schreiben.

Ich habe nun alle Jahreszeiten in meiner neuen Welt durch=
lebt. Der Ring ist geschlossen. Es kommt von außen nichts
Neues mehr, ich kenne Alles, was da ist und kommen kann. Ich
bin in meiner neuen Welt daheim.

*

Die Schriftgelehrten und Pharisäer brachten ein Weib zu
Jesus, das den Steinigungstod erleiden sollte, und er sprach zu
ihnen: Wer unter euch ohne Sünde ist, der werfe den ersten Stein
auf sie.

So steht geschrieben.

Ich aber frage: Wie lebte sie weiter, die vom Steinigungstod
Errettete, zum Leben Begnadigte oder Verdammte? Wie lebte sie
weiter? Kehrte sie in ihr Haus zurück? Wie stand sie in der
Welt? Wie in ihrem Herzen?

Keine Antwort. Keine.

Ich muß die Antwort erleben.

*

Wer sich rein fühlt, werfe den ersten Stein auf sie. Du
größtes Wort, das je ein Menschenmund gesprochen und ein Men=
schenohr gehört! Du theilst die Geschichte des Menschengeschlechts
in zwei Hälften. Du bist das „Werde" der zweiten Schöpfung.
Du theilst und heilst auch mein kleines Leben und schaffst mich neu.

*

Darf ein Mensch, der nicht ganz rein, den Anderen Lehren
und Betrachtungen geben?

Greift in euer eigen Herz! Wer seid denn ihr?

Seht her, meine Hände sind rauh von der Arbeit — ich habe
sie nicht bloß betend erhoben.

*

Ich habe in meiner Einsamkeit noch keinen gedruckten Buch=
staben gesehen. Ich habe kein Buch. Ich will keines. Nicht aus
Kasteiung. Ich will mich allein haben.

*

Erdrückend ist die Last, immer für sich allein den Ewigkeits=
gedanken zu hegen, die Abgeschiedenheit von der Welt auf sich zu
nehmen.

Das Kloster hat doch sein Gutes. Im Chorgesang hebt und

trägt eine Stimme die andere, und wenn der Ton einmal aus=
gleitet, er verschwimmt und verschwindet. Hier aber bin ich ganz
allein, bin Priester und Kirche, Orgel und Gemeinde, Beichtiger
und Beichtkind, Alles zusammen, und meine Seele ist mir oft
so schwer, so centnerschwer, als müßte ein Anderes mir tragen
helfen. Nimm du mich und trage mich, ich kann nicht weiter!
ruft meine Seele. Aber dann raffe ich mich wieder auf, fasse
Bündel und Wanderstab und wandere, wandere einsam und allein
mit mir, und im Wandern gewinne ich wieder Kraft.

*

Seit einem Jahre zum Erstenmal habe ich dort auf der weißen
Straße im Thal eine Kutsche fahren sehen. Die Darinsitzenden
ahnen nicht, wie ich ihnen nachschaue. Wohin geht der Weg?
Wer seid Ihr?

*

Ich muß doch wieder schreiben. Ich glaube jetzt zu wissen,
was gemüthlich ist: Ausdenken und Vorsorgen für das Kleinste,
vollkommenes Versetzen in Lage, Bedürfniß und Stimmung eines
Anderen, ein Dichten mit dem Herzen, die Phantasie der Empfin=
dung.

Die echte Bildung ist Gemüthlichkeit. Denn was ist Bildung?
Die Kraft, sich in die Zustände eines Andern zu versetzen und
seine eigenen Zustände wie fremde anzusehen.

Ich bleibe beim ersten. Mein Hansei erscheint stockig und ist
viel gebildeter als ein Dutzend Herren mit Orden und Epauletten,
die als die interessantesten Cavaliere brilliren.

*

Ich meine immer, in mir liege etwas, was ich noch nicht ge=
funden. Es läßt mir keine Ruhe. Ist's ein Gedanke? Ist's
eine Empfindung? Ist's ein Wort? Eine That? Ich weiß es
nicht. Aber ich spüre, es will noch etwas aus mir heraus. Viel=
leicht sterbe ich und habe es nicht gefunden.

*

Mein alter Jochem weißt noch einige Verse aus dem Gesang=
buch auswendig. Er sagt sie immer vor sich hin, aber ganz ver=
kehrt, und es ist purer Unsinn, was er daraus gemacht hat. Ich
wollte ihm nun die Verse richtig stellen. Darüber ward er sehr
bös und sagte, das wäre Neues, das gelte nicht. Sein Unsinn

ist ihm lieber, er hat etwas Geheimnißvolles daran, und das
imponirt ihm, weil er's nicht versteht.

*

Wer es nicht selbst erlebt, kann nicht wissen, was es heißt:
Nach einer leichten Ansprache mit Menschen gleicher Art sich sehnen.
Es ist brennender Durst. Jeder, der meine Sprache spräche, wäre
mir jetzt recht. Ich halte diese Spannung nicht aus. Ich komme
mir vor, als wäre ich in fremdem Lande und lausche auf den geliebten Ton meiner Heimathsprache, aber immer vergebens. Wohl
mir, daß ich arbeiten kann.

*

So lange ich Walpurga im Schloß hatte, konnte ich gut von
allerlei mit ihr reden. Ich kam zu ihr von Anderem, aus der
eigentlichen Heimath meines Geistes. Hier, wo ich sie allein und
nichts Anderes mehr habe, ist das anders. Es ist nicht Stolz
— wie sollte ich und Stolz — es ist eine Fremdheit, oder ist's
Verdrossenheit, daß mir nur so Karges verblieben?

*

Die Naivetät ist nur für eine kurze Weile anmuthend und
ausgiebig. Die Weisheit allein ist es immer, die Weisheit, wie
sie Mutter Beate und wie sie der Leibarzt hat. Ja, nach ihm
sehne ich mich am meisten.

Weisheit ist gebildete Naivetät oder Naivetät des Genies, sie
ist der rothwangige Apfel von der schönen Apfelblüthe Naivetät,
die als Butzen noch im Apfel da ist.

Nacht und Tag und alle elementarischen Einwirkungen, helle
Erkenntniß und dunkler Naturdrang vollenden die schönste Frucht.

*

Ich kann die Arbeit nicht als das Höchste des Menschen betrachten. Der schöne Mensch ist der, der müßig geht, sich hegt
und pflegt, sich entwickelt — so leben die Götter, und der Mensch
ist der Gott der Schöpfung.

Da ist meine Ketzerei. Ich habe sie gebeichtet. Aber drin im
Beichtstuhl sitzt ein anderer Mensch und der hat doch eigentlich
Recht, wenn er sagt: Wohl, mein Kind, nichts thun, blos da
sein — das wäre das Würdigste und Erhabenste. Ganz recht!
Aber da kein Mensch da sein kann, ohne daß ein anderer für ihn
arbeitet — komm her, tritt auf diesen Punkt! — daran muß

jeder auch arbeiten. Alles muß bezahlt werden. Die Einen sind nicht da, um blos zu sein, und die Andern, um blos zu arbeiten.

*

Wenn keine Vergangenheit wäre, wie glücklich könnte ich sein. Ein zweites Leben mit Erinnerung — wie traurig! Und ohne Erinnerung, wär's da ein zweites Leben?

*

Jetzt erst ist die rechte Freude im Haus. Wenn wir etwas genießen, sagt meine Walpurga: „Das haben wir selber gepflanzt, an dem und dem Tag haben wir die Bohnen gesteckt, ich hab' sie der Burgei in die Hand gegeben und dann hat sie sie aufs Beet fallen lassen."

Und so geht's mit Allem. Die vergangenen Tage wachen wieder auf.

*

Es ist mir schwer geworden, denselben Gegenstand der Arbeit zu wiederholen und nicht nur Einmal, ein Dutzendmal und mehr. Aber das ist Arbeit; dasselbe immer wieder thun. Alles Andere ist Lust, Liebhaberei.

Die Natur thut immer das Gleiche, und wir müssen ihr dienen, es ihr nachthun. Die Natur wiederholt sich im Gesetz, der Mensch in der Pflicht.

Ich habe aber doch Variationen gemacht und auch diese gefallen. Beim Gang durch den Stall sah ich die Kuh, wie sie sich zu ihrem saugenden Kalb wendet und ihm zubrummt. Das habe ich nun auch geschnitzt.

Ich möchte die ganze Natur noch einmal schaffen, neuschaffen. Die Menschen sollen sie sehen mit meinem Blick.

O, Dank dir, ewiger Geist, daß du mir diese Gabe verliehen.

*

Nicht die Freude, nicht die Ruhe ist Lebenszweck. Arbeit ist es, oder es giebt überhaupt keinen Zweck.

*

Arbeit und Liebe, das ist Leib und Seele des Menschenseins. Glückselig, wo sie eins.

Ich habe die Liebe verwirkt, mir bleibt nur die Arbeit.

*

Mein Schimmelfüllen! Du siehst mich an und ich dich; frei und ungebunden rennst du umher, und ich halte dich doch fest und schicke dich hinaus in alle Welt, sie sollen auch Freude an dir haben, du schönes fröhliches Thier!

Ich habe mein Schimmelfüllen gezeichnet, wie es lustig daher rennt, wie es grast, wie es ins Weite hinaus horcht, Nüstern und Augen aufsperrt, wie es niedergestreckt liegt und wie es sich aufrichtet, wie es traulich mich anschaut und zu mir kommt, wenn ich es locke. Wie rein und reich sind diese Bewegungen, wie schön und fest.

*

Ich habe es fertig gebracht, mit fliegendem Athem: ich habe mein Schimmelfüllen in Holz geschnitten. Die Meinigen staunen und ich selbst staune. Ich glaube, es ist mir gelungen.

Mein Pechmännlein hat das Werk — warum soll ich's nicht so nennen? — hinabgetragen zum Händler. Es war mir eigentlich schmerzlich, meine Arbeit herzugeben, aber mein Zauberrößlein muß mich nähren und es nährt mich. Ich bekomme einen guten Preis und habe eine große Bestellung erhalten.

*

Manchmal muß ich mich umschauen, ob sie nicht wirklich da sind. Ich denke mir, was die Oberhofmeisterin, was die fromme Constanze, was Schnabelsdorf, was Bronnen dazu sagen würde, wenn sie mich so sähen, wie ich jetzt einhergehe.

Du bist nicht frei, so lange du nicht auch deine Phantasie beherrschest. Die Phantasie ist der mächtigste Despot.

*

Unser Brunnen quillt und sprudelt die ganze Nacht, und besonders, wenn der Mond scheint, ist es so schön und friedlich. Die Erde strömt immerwährend ihre Labung aus, wir Menschen brauchen nur zu kommen und schöpfen und trinken. Ich sitze am liebsten am Brunnen, und oft ist es, als ob er schnell etwas Besonderes zu bringen hätte, er sprudelt rascher und voller; es ist aber wol nur eine Luftströmung, die mich das glauben macht. Es träumt sich so gut am Brunnen.

*

Besondere Freude macht mir Gundel, die Tochter meines Pechmännleins. Das gute, rechtschaffene, einfältige Wesen ist jetzt so gehoben und beglückt: Sie liebt und wird geliebt.

Hansei hat einen Knecht aus seinem Heimathsorte. Er stand früher bei den Cürassieren. Und dieser Knecht, ein derber und gar nicht schöner Bursch, aber äußerst treuherzig, liebt die Gundel. Solch ein Mädchen, von Niemand beachtet, immer nur zur Arbeit da — von einem Manne geliebt, wird sie auf einmal etwas, ihre Person hat nun ein Interesse für Andere, Alles an ihr wird gut und schön gefunden, sie ist aus der Niedrigkeit und Vergessenheit erhoben.

Die Liebe ist die Krone jedes Lebens, sie krönt auch das niedrigste Haupt.

Wenn jetzt die Gundel Wasser holt und die Thiere füttert und alle rauhe Arbeit thut — es umstrahlt sie bei Allem ein höherer Glanz.

Sie merkt es, mit wie theilnehmendem Auge ich sie betrachte, obgleich ich ihr nichts gesagt; sie kommt oft und fragt, ob sie nichts für mich thun soll.

Ich möchte wieder reich sein, um die Liebenden glücklich zu machen.

*

Ach, die Sucht, immer etwas Besonderes sein zu wollen! Die Natur ist gar nicht originell, sie wiederholt immer dasselbe. Die Rose von heuer ist wie die Rose vom vorigen Jahr.

Die Menschen bestimmen sich — das ist Wahl und Qual.

*

Ich bin doch noch eitel. Ich freue mich, wenn mir ein brillanter Ausdruck in die Feder kommt. Ist das Eitelkeit! Geistiges Spiegelgefallen? Ich glaube nicht. Ich schmücke mich in meiner Zelle vor mir, ich muß schön sein und Schönes um mich haben, sonst ist mir nicht wohl. Derbes verletzt mich nicht, aber Unschönes wie eine Disharmonie. Ueber eine Derbheit schreit die sogenannte gebildete Welt Ach und Weh, aber eine elegante Gemeinheit wird belächelt.

*

Jede Woche wenigstens Einmal muß ich dem alten Jochem seine Verschreibungen vorlesen. Er weiß sie zwar ganz auswendig, ist aber doch glücklich, wenn er hört, wie Alles richtig gestellt ist — wie er sagt — und vom Amt gestempelt. Er läßt mich das Blatt nicht in die Hand nehmen, ich muß es ihm vorlesen, wenn er es in der Hand hält. Er ist äußerst mißtrauisch.

Der Alte will immer, ich soll ihm eine Eingabe an den König machen — es ist ihm fast leid, daß er nichts mehr zu klagen hat — ich soll ihm die Eingabe aus Vorsorge machen. Wunderbar, wie sich ihm der Begriff alles Rechts, aller Gerechtigkeit immer als König darstellt.

Er erzählt auch viel vom verstorbenen König, unter dem er als Soldat gedient, und sagt immer: Das war ein ganzer Herr, der hat hier herum oft gejagt; der jetzige soll kein Jäger sein, hab' ich mir sagen lassen, der hält's mit den Pfaffen und die geben ihm dafür Absolution. Er fragt mich dann immer, ob ich den König auch schon einmal gesehen, und wenn ich hundertmal nein sage, er fragt mich immer wieder.

*

O, wie Recht hatte Hansei, wie möchte ich ihm Abbitte thun! Will man den Alten nicht bis zu seinem Tod am Tisch haben — und es ist grausenhaft, wie er ißt — so ist es besser, man hat ihn gar nicht dazu gebracht. Klug und brav war's von Hansei und nicht hart und roh. Wenn man eine Gutthat nicht ausführen kann, ist es besser, man fängt sie nicht an.

Als ich heute Walpurga das erklärte, weinte sie und sagte: „Es ist mir tausendmal lieber, wenn du meinen Hansei lobst, als wenn du mich lobst.“

*

Die Humanität kann zur schweren Pflicht werden, dann aber erst zeigt sich, ob man sie wirklich übt, als Opfer, nicht blos als Lust.

Ich habe mich dem alten Jochem natürlich freundlich erwiesen, habe ihn oft bei mir gehabt und ihn unterhalten, und nun will er mich gar nicht mehr allein lassen, will immer bei mir sein, und das Einzige, was ich habe, mir rauben: meine Einsamkeit. Es ist mir schwer geworden, aber ich mußte festsetzen, daß er nur zu bestimmten Stunden bei mir sein darf. Auch das ist schon hart für mich. Ich bin nicht mehr in ungemessener Zeit allein, ich bin an Stunden gebunden. Wenn es zwölf Uhr läutet vom Thal herauf, kommt der Alte und bleibt bei mir sitzen. Unsere Gespräche sind nicht sehr ergiebig, er hat nur ein kleines Contingent von Gedanken, und alles Andere, was da nicht anfaßt, daran ist ihm kein Interesse beizubringen; dazu hustet er viel, und will immer, ich soll ihm von meinem Vater erzählen;

er vergißt immer wieder, daß ich ihm gesagt — und das war das Schwerste, was ich je zu sagen hatte — daß ich meinen Vater nicht gekannt habe. Ich habe ihn auch nicht gekannt, so lange er lebte; er wollte sich mir zu erkennen geben im Tiefsten, aber ich verstand ihn nicht. Aus der Tiefe meiner Seele rufe ich: Mein armer Vater, du wolltest deine Vollendung, aber deine letzte That war die bittere That eines Gebundenen und doch wolltest du mich nur wecken. Ich vollführe das, was du stockend begannst; indem ich für dich arbeite, liebe ich dich ganz und voll; du bist mir nahe, bist was du mir sein wolltest, mein Erretter.

*

Ich habe nun doch — es ging nicht anders — dem Alten das Gesetz gemacht, daß er nur kommen darf, wenn ich ihn rufe. Und das ist mir wieder eine neue Plage, fast schwerer, als früher die bestimmte Stunde; ich muß oft denken: jetzt wäre es Zeit, den Alten zu rufen, jetzt wird er dich nicht stören. Ich bin dadurch mehr mit ihm beschäftigt als früher.

Ich muß lernen, es in Geduld tragen, und der Jochem wird auch immer besser. Wenn ich ihm sage: Jetzt kann ich nicht sprechen, so ist er auch zufrieden; es ist ihm schon genug, wenn er nur still da sitzen darf.

*

Von der Arbeit müde — wie gut schläft sich's da! Hunger und Müdigkeit wie gut sind sie, wenn man sie befriedigen kann.

Da draußen in der großen Welt essen und ruhen sie, und sind nicht hungrig und nicht müde.

Ich habe gar nicht gewußt, daß ich ehedem so viel gesprochen habe und mir Sprechen Bedürfniß war. Jetzt weiß ich beides, da ich still und allein in mir sein gelernt habe. Ich sehe jetzt, jedes Zusammensein mit Anderen übte einen elektrisirenden Einfluß auf mich und überspannte mein Wesen. Ich war nie unwahr, aber ich war mehr als ich bin. Ich machte Andere heiter und war es in mir selbst ach so selten.

*

Die Einsamkeit hat eine heilende Trösterin, Freundin, Gespielin: es ist die Arbeit.

Wer nicht einsam gelebt hat, weiß nicht was Arbeit ist.

*

Ich denke oft an das Wort Dantes: Kein größeres Unglück giebt's, als sich im Elend des Glückes erinnern. Warum sagte er nicht, welchen Glückes? Sich schuldlosen Glückes erinnern, muß immer Wonne sein und sei das nachfolgende Unglück auch noch so groß. Francesca aber spricht vom andern, vom schuldvollen Glück, und sie hat Recht. Ich weiß es, daß sie Recht hat.

Ich meine, auch mein Vater hat mir damals beim Abschied gesagt: Laß nur solche Freuden über dich kommen, deren Erinnerung dir eine Freude sein kann.

*

Wunderbare unterirdische Quellengänge der Seele! Weil ich mich heute eines so tief schmerzlichen Wortes von Dante erinnerte, übersetzte ich mir den ganzen Tag Alles, was ich dachte und was ich sah, ins Italienische. Eben jetzt, da ich schreiben will, bemerke ich das.

*

Oft ist mir's, als wär's eine Sünde, da ich doch leben soll, mich so zu vergraben. Ich mache meine Gesangsstimme stumm und noch so Vieles in mir.

Ist das recht?

Um mit mir selbst ins Reine zu kommen, ist dies Leben gut, für mich, aber ich möchte etwas für Andere thun, wirken. Wo? Was?

*

Ich habe einmal gehört, daß die schön geschnitzten Möbel der Vornehmen von den Sträflingen im Zuchthaus gearbeitet werden. Wie schauderte mich's damals! Und jetzt — bin ich selbst dabei, wenn auch in freier Gefangenschaft, und es quillt mir noch ein Trost der Gerechtigkeit aus diesem Thun: die, welche das Leben verunstaltet und verpestet haben, sollen in der Buße arbeiten an der Schönheit des Daseins für Andere.

*

Meine Arbeit gedeiht. Ich kann aber das Holz vom letzten Winter noch nicht gebrauchen. Mein Pechmännlein hat mir vortreffliches Holz gebracht, langjährig geräuchertes, von einem alten eingerissenen Hause. Wir arbeiten fröhlich mit einander und unser Verdienst ist gut.

*

Das Laster ist sich überall gleich, hier wie dort; hier nur offener. Die Laster des Volkes sind roh, die Laster der Gebildeten sind gemein.

Die Vornehmen schütteln die Folgen ihres Lasters ab, die Leute aus dem Volke tragen sie.

*

Die rauhen Sitten dieser Menschen sind nöthig und sind besser, als die verlogenen Höflichkeitsformeln. Diese Menschen müssen rauh und derb sein; diese Formen sind die starre grobgepanzerte Eichenrinde; nur weil diese Rinde sie deckt, können sie draußen in Wind und Wetter gedeihen.

Ich habe gefunden, daß viel mehr Zartheit und innige Empfindung hinter dieser rauhen Rinde ist, als unter allen glatten Formen.

*

Jochem sagte mir heute, daß er wol noch gut zu Fuß sei, aber das Gehen eines Blinden sei gar beschwerlich. Zuerst mit lockerem Fuß tasten und versuchen, ob der Boden, auf den man treten will, fest und eben ist, und dann erst stark mit dem Fuß auftreten — das sei entsetzlich anstrengend.

Ist das nicht in meinem Leben auch so? Ich muß immer erst ängstlich untersuchen, ob das ein fester Boden ist, auf den ich meinen Fuß setzen kann, sicher, ohne zu straucheln und ohne verrathen zu werden.

Das ist der Gang des Gefallenen.

Ach, warum wird mir denn Alles, was ich höre und sehe, zum Sinnbild meines Lebens?

*

Wir leben hier wie die Pflanzen. Die Hauptsorge, Freud' und Leid, ist das Wetter. Regen und Sonnenschein, wie es gerade gut und nöthig ist für das Wachsthum draußen, das trifft auch uns. Hansei klagt noch oft, daß er sich hier herum nicht aufs Wetter verstehe — daheim am See, da habe er ganz genau gewußt, wie es werde. Diese Unkenntniß läßt ihn hier noch nicht recht daheim sein. Dafür ist unser Pechmännlein ein glaubwürdiger Wetterprophet und dadurch eine wichtige Person im Hause. Ich bin seine gelehrige Schülerin und er ist stolz auf mich. Er ist zutraulich gegen mich, macht auch seinen Spaß, bleibt aber immer in eigenthümlicher Weise respectvoll.

Es ist viel Tact unter den Menschen, die nichts von Etiquette wissen. Als ich vorige Woche meinem Pechmännlein zu seinem Geburtstage gratulirte und ihm die Hand gab, wurde er feuerroth im ganzen Gesicht; er dankte mir sehr und sagte immer: Wenn er hinaufkomme in den Himmel, wolle er mir gutes Quartier bestellen, und seine Alte dürfe nicht bös sein, wenn er mich in der Ewigkeit noch dazu nehme zu ihr. Er thut sehr gern etwas für mich. Wenn er in meinem Ofen einheizen darf, ist er immer ganz glücklich, und wenn er mein Holz spaltet, liebäugelt er mit jedem Stück, wie wenn dem Holz eine besondere Ehre geschehe, daß es mir Wärme geben darf.

*

Die Volkszählung hat mir einen schweren Tag gemacht. Nach dem Essen zeigte Hansei die Liste, die er ausfüllen müsse, und sagte zu Walpurga: Schreib' du oder sie — er meinte mich — soll schreiben, ihren Namen und Alter und woher.

Wir waren in großer Verlegenheit, bis endlich Walpurga bestimmte: das sei gar nicht nöthig, die Herren auf dem Amt brauchten nicht Alles zu wissen.

Und das war eine bequeme Handhabe, weil ein Zettel dabei war, worin Alles ausgefragt wurde: Wie viel Milch man des Jahres gewinne? Wie viel Butter man verkaufe? Wie viel Hühner man halte? u. s. w. Hansei war ganz grimmig über die Beamten, die gewiß jetzt wieder eine neue Steuer auf Alles legen wollen. Dieser Grimm machte mich frei und der Staat ist um eine Seele betrogen.

Die Leute hier halten den Staat und seine Beamten noch für ihre natürlichen Feinde und machen sich gar kein Gewissen daraus, sie zu hintergehen.

*

Ich habe zum Erstenmal einen Baum fällen sehen.

Das letzte Zittern hat etwas Schauerliches und dann das Krachen und Aufschlagen. Es ist wie ein Menschenschicksal, das von der Sonnenhöhe durch einen Schlag in die Tiefe und Nacht des Elends stürzt.

Hansei läßt einen Weg durch den Wald schlagen, gerade vor meinem Fenster; ich werde einen schönen freien Ausblick haben. Als ich ihm das sagte, freute er sich sehr.

*

Hansei war in der Hauptstadt. Mit großem Stolz hat er ein großes Paket auseinander gewickelt und uns gezeigt, welch ein gescheidtes Geschenk er bringe. Es sind die Bildnisse des Königs und der Königin.

Er war so gut und wollte, daß ich die Bilder in meiner Stube aufhänge, und war ganz ärgerlich, daß seine Frau sie für sich behalten wollte. Endlich war er's zufrieden, da ich sagte: „die Wohnstube gehört ja uns Allen."

Es war mir nun peinlich in der Wohnstube. Die Bilder schauen immer auf mich nieder. Walpurga merkte das und die Bilder mußten in die Schlafstube auswandern. Jetzt bin ich wieder freier.

Hansei sieht auf solche Dinge gar nicht.

Der König hat sich in bürgerlicher Kleidung abbilden lassen. Ist das ein Zeichen? . . .

*

Hansei rückt mit seinem Waldplan heraus. Er macht einen klugen Streich, er schlägt zuerst Wege durch den Wald, dann kann er die Stämme von weit oben als Langholz herunterbringen, und so haben sie einen dreifach größeren Werth, als wenn er sie verscheitern muß.

*

(3. April.) Anfangs hat man so viel zu beobachten, die ganze Welt ist wie ein junges Kind, wie das erste Grün im Frühling. Später ist man das Alles gewohnt, das spricht, das lacht, das steht und geht, das weint und scherzt, das grünt und blüht, und Alles ist wie immer und überall. Ich glaube, wir könnten nicht leben, wenn uns die Welt täglich neu wäre und uns keine Ruhe ließe.

Die zweite Mutter, Gewohnheit, ist auch eine gute Mutter.

*

Meinem Schimmelfüllen hat man die Füße mit einem Strick gebunden. Es kann nun nicht davonrennen, es kann nur im Schritt gehen. Die schönen freien Bewegungen sind dahin, bevor du eingespannt wirst.

Ach wie viele Menschenbrüder gleichen Schicksals hast du, mein Schimmelfüllen!

*

Ich liebe den Regen, dies gelassene Niederrieseln vom Him=mel. Ich könnte stundenlang am Fenster stehen und träumerisch hinausschauen und hören, wenn ich nicht arbeiten müßte. Mir ist, als hätte ich Millionen Augen und sähe, wie die Tropfen auf halboffene Knospen fallen. Jetzt geht's auf, Alles!

Aber ich schäme mich, hier, wo Alles stetig arbeitet, mit offenen Augen müßig in die Welt hineinzuschauen. Schön und lind ist der Regen im Frühling; die Luft und jede kleinste Rinne vor dem Haus und am Berg gewinnt Stimme, Gestalt und Inhalt.

*

Sonst bedurfte ich immer eines Fernglases, jetzt erweitert sich mein Blick.

Weil wir nicht im Freien leben, sind wir kurzsichtig.

*

Wenn man die Rose veredelt, wachsen ihr auch andere Dornen, aber immer Dornen.

*

(15. April.) Heut' hab ich zum Erstenmal in diesem Jahr die Goldammer gehört. Sie hat im Frühling noch mehr und fast lauter Sechzehnteltöne; im Sommer hat sie weniger Töne, aber lauter halbe Noten.

*

(23. April.) Die erste Schwalbe ist da. Jetzt darf man sich wohlig wiegen im Gefühl des Frühlings. Es ist kein Hangen und Bangen mehr, kein ängstliches Flattern von einem sicheren guten Tag zum andern.

Mein Pechmännlein sagt: Die Schwalben und die Staare kommen und gehen in der Nacht. Das giebt zu denken.

*

(Ende April.) Ein Regen! O welche Düfte weckt er aus Blume, Gras und Baum! Und das steigt ins Unendliche, und wir kurzlebigen Menschenkinder meinen, das sei Alles für uns. Es ist Alles nur für sich.

*

Die Immortelle gehört zu dem, was am frühesten zu grünen anfängt; sie gedeiht am Waldrain und kommt auch noch im schlechten Boden fort.

*

(1. Mai.) Heute — der Tag war regnerisch und kalt, und es schloßte noch einmal, Alles glitzerte und triefte im goldnen

Widerschein — da hörte ich am Abend den Kukuk zum Erstenmal. Er flog von Wald zu Wald, von Berg zu Berg, und rief überall.

Warum sagt man nur: Geh' zum Kukuk? Ich hab's gefunden: der Kukuk hat kein eigen Nest, keine Heimath, er muß, nach der Volkssage, jede Nacht auf einem andern Baum schlafen. Geh' zum Kukuk! heißt also: Geh' unstät und flüchtig, sei nirgends daheim.

Als ich der Großmutter meinen Fund mittheilte, sagte sie: „Du hast's gewonnen, du holst dir aus Allem was heraus, du hast's gewonnen."

Sie meint: das Spiel des Lebens habe ich gewonnen.

*

Mein gutes Pechmännlein hat mir eine Freude gemacht. Droben bei dem Ahornbaum auf dem Felsenvorsprung, da hat mir's gar so wohl gefallen, und nun hat er mir dort eine Bank hergerichtet; er hat mir aber auch alles Gestrüpp ringsum weggehauen und mir mein Plätzchen eigentlich verdorben. Ich sitze aber doch dort und finde wieder mein ganzes Wohlbehagen. Es kann kein Mensch dem andern etwas vollkommen recht machen, aber dankbar kann man doch sein. Und Dank ist ein Boden, auf dem die Freude gedeiht.

*

(Am ersten Maisonntag.) Am Sonntag Nachmittag, wenn ich nicht arbeiten darf, habe ich eine unbezwingliche Sehnsucht, in einer leicht wiegenden, offenen Kalesche durch den Park zu fahren; nicht immer gehen, nicht immer etwas thun zu müssen; im Frühling auf einem weichen Sitz, daran Räder befestigt sind, von schnellen Pferden sich durch die Welt rollen zu lassen, oder — noch besser — auf weichem Weg durch den Wald zu reiten, eine fremde Kraft regieren und sie unterthan halten — Ich kann's nicht vergessen.

*

Und in der Nacht, wenn ich zum weiten Himmelsbogen mit den zahllos flimmernden Sternen aufschaue, ist mir's so schwer, zu sitzen und zu gehen. Ich denke der Nächte, da ich im Wagen liegend in die weite Welt hineinfuhr und aufschaute zu den Sternen — wie frei, wie reich war da Alles.

So vieles in mir hängt doch am Kleinen.

*

Es giebt Tage, wo ich den Wald nicht ertrage. Ich will keinen Schatten. Ich muß Sonne haben, nichts als Sonne, Licht. Ich gehe dann die heißen, schattenlosen Feldwege.

*

Ich habe nun auch ein Fensterbrett mit Blumentöpfen. Das ist ganz anders, wenn man warten muß auf die aufblühenden Blumen, als wenn man sie aufgeblüht vom Gärtner bekommt. Und gar die Sträuße damals — dort . . .

*

Die Abende sind mein Feind — immer so schwer. Der Morgen ist mein Freund — wie leicht wird da Alles! War's sonst nicht anders? . . .

*

Draußen in der Welt ist es im Gemüthe, wie es Baronin Constanze körperlich ist: sie hat beständig Ohrensausen, kennt nicht die heilige Ruhe, die Stille, die Lautlosigkeit. Erst wenn man nichts mehr von der Welt weiß und will, hört das geistige Ohrensausen auf und man hat die heilige Ruhe, die Stille, die Lautlosigkeit — jeder Klang, der dann eintritt, tönt Wunder.

*

Ruhig und rasch ist die Großmutter, beides, wie es gerade erforderlich. Sie ist keine von den ewig Geschäftigen und Heftigen und ist doch nie müßig. Sie kennt die Menschen und ist doch stets gut. Sie hat viel gedacht und ist dabei so naiv. Sie ist so aufrichtig zärtlich zu mir, ja sie sagte, sie habe sich ihr lebenlang eine gescheidte Person gewünscht, die etwas gelernt habe und mit der man Alles ausreden könne. Und das thut sie denn redlich. Ich muß ihr tausenderlei erklären und sie ist für jeden neuen Einblick aufrichtig dankbar.

„Ich habe mir gern Kleinholz im Vorrath," sagte sie heute. Das heißt in unserer Sprache: sie denkt sich gern viel vorher aus.

Es giebt aber doch so manche schwarze Thür, an der wir vorbeigehen und die Augen zudrücken.

*

Das Füllen vor meinem Fenster kann mich oft so lang betrachten und sein ganzes Sein schickt mir Gedanken zu. Der erste Mensch, der ein Thier zähmte, das heißt unterjochte, daß es ihn trug, führte, nährte, hat die Herrschaft des Menschen begonnen. Ein anderes Thier tödten kann das Thier auch, ein anderes zu seinem Nutzen leben lassen — nicht. Es giebt keine neuen Thiere mehr, die sich zähmen lassen. Nun wird die Menschheit in Wahrheit zum Dichter, sie verdichtet unfaßbare Kräfte, spricht zum Dampf, zum Licht, zum elektrischen Funken: komm, diene mir!

*

Ich habe mir Zucker gekauft und füttere mein Schimmelfüllen; das ist eine große Freude. Und heut' dachte ich: wer uns so sähe, das Füllen und mich — es muß ein schönes Bild sein!

O, wie klein und eitel bin ich noch.

*

Jedes große Anwesen, jeder ausgebreitete Besitz hat seine Vasallenschaft, am Bauernhof hier und am Hof in der Residenz dort. Da giebt es so viel Dienende, Schmarotzer und freiwillige Unterthanen. Die Welt ist überall gleich.

*

Das Bauernthum ist nicht die schöne Welt. Es muß Acker= pferde geben und elegante Wagenpferde.

*

Fortleben aus sich, aus der Stimmung, wie sie die eigene Natur giebt, durch nichts von Außen erregt, da lernt man sich selbst und das Höchste kennen. In der Wüste offenbart sich die Gottheit dem eigenen Herzen. Der Dornbusch brennt und ver= brennt nicht.

*

Immer neu haucht mich die Erhabenheit aus den Bergen an.

Die ganze Welt unter mir ist vom Nebelmeer überfluthet, nur die Bergspitzen ragen daraus hervor. Ich erlebe täglich den ersten Schöpfungstag.

Ich lerne das Erhabene verstehen. Es ist der Schauer des Großen, nicht der Schauer der Furcht. Mir ist, als wohnte ich in einem Tempel.

*

Das Alleinsein macht oft dumpf, halbschlafend. Ich erfahre das auch bisweilen an mir.

Hansei sieht an einem Regensonntag oft stundenlang zum Fenster hinaus. Ich bin überzeugt, anfangs denkt er an ein Pferd, eine Kuh, einen Holzverkauf oder an einen Bekannten, dann aber duselt er so drein und denkt gar nichts mehr. Dieses kinderhafte Daliegen, und in die Welt hineinschauen — wenn man daraus erwacht, ist es so gut und stärkend, als ob man geschlafen hätte. Es ist ja auch nur elementarisches Sein.

*

Ich sehe an meinen Aufzeichnungen: früher lag mir's doch im Sinn, als wäre ich hier nur auf einer Reisestation, wo man das Interessante, das Abenteuer festhält; jetzt sehe ich, ich bin auf keiner Station, ich bin am Ziele.

Ich packe mein schweres Fuhrwerk ab, wie mich die Groß= mutter ermahnte, und zerschlage die Kisten. Hier bleibe ich für meine Lebenszeit. Und jetzt, da ich fest entschlossen bin, zu blei= ben — und wenn ich morgen entdeckt würde und der ganze Spott der Welt mich verfolgte — jetzt habe ich ein wohliges Gefühl des Daheimseins. Ich bin und bleibe da.

Ich wurde erst aufmerksam, wie mir das Alles durch den Sinn ging, als heute mein Pechmännlein sagte: „Du siehst so vergnügt aus, so — ich weiß gar nicht wie — so hast du noch gar nicht ausgesehen."

Ja, liebes Pechmännlein, du hast Recht. Ich bin heute auch erst recht daheim geworden. Ich habe Wurzel geschlagen wie der Kirschbaumsetzling vor meinem Fenster.

*

Der alte Auszügler hat mir heut' gesagt: „Schau, Kind, das Alter nimmt viel, aber ich kann noch so schön träumen, so schön, wie in meiner Jugend."

*

Von allen Blumen finde ich auf der Rose den reichsten Morgen= thau. Macht das der reichste Duft? Ist der Duft thaubildend? Kein grünes Blatt hat soviel Thau auf sich, als ein Blumenblatt.

*

Ich habe oft die Versuchung, dem ganzen Hause und dem Jochem dabei den Lear zu erzählen.

Es kränkt mich, daß ich ihnen nicht Alles gebe, was ich habe, und wie würde es mich kränken, wenn sie mich nicht verstehen! Wie weit sind doch noch Kunst und Religion auseinander! Diese kann Allen gegeben werden, jene nicht.

*

Dem Volke feinere Freuden zu geben — das geht nicht. Es muß die Woche über hart arbeiten, und am Sonntag schieben sie zur Erholung Kegel und tanzen in schweren Stiefeln. Sie müssen derbe Freuden haben und derbe Religion.

*

(Am Sonntag unter dem Glockenläuten.) Das Volk lebt ganz ohne Kunst. Die bildende Kunst, das Theater, die höhere Musik, die Literatur, sie sind für das Volk gar nicht da.

Alles, was sich ihm noch als das andere Leben neben und über dem Trivialen darstellt, ist die Kirche. Und das Beste in der Kirche, in allen Religionen, ist das, was sie von Poesie in sich haben.

*

Was wird aus einem Menschen, der jahrelang kein ernstes Buch oder überhaupt nicht liest, der keine großen, durchgearbeiteten Gedanken in sich aufnimmt? Ist er vornehm und reich, so wird ihm das Leben eitel Spiel; ist er niedrig und arm, wird ihm das Leben eitel Arbeit. Darum hat die Natur dem Volke das Lied gegeben, und die Geschichte hat die Religion aufgestellt, die den ausgegohrenen Wein alles Wissens und aller Kunst in ihrem Kelche allem Volke darbieten soll; aber sie muß immer neuen Wein nachschütten, sonst —

*

(30. Juli.) Die ganze weite Welt war heute ein einziger Nebel, die Sonne war verhüllt. So brütet ein künstlerisch schöpferisches Auge über dem werdenden Gebilde. Nun aber das Zerreißen der Flocken. Einen Augenblick ist die Bergwelt frei. Die Nebel jagen, es scheinen aber neue aus der Erde zu steigen.

*

Draußen in der Welt schämt man sich der Mondscheinschwärmerei. Ich habe mich in der Wonne der Mondscheinnacht, wenn die ganze Welt so still verklärt im sanften Scheine ruht und nur der Bach rauscht und glänzt.

*

Die Versuchung kommt wieder zu mir und spricht: Es ist eine Sünde an der Natur, eine Verschwendung, die reiche in dir liegende Kraft zu etwas zu verwenden, was auch Andere vermöchten. Geh' in die Welt, nimm dein jetziges Sein nur als einen Durchgang!

Nein, ich bleibe.

*

Wenn ich auf dem Berg stehe und hinaus schaue ins Weite, da muß ich mich oft fragen: Bist du noch dieselbe Irma? Wo ist noch eine Spur deines vergangenen schimmernden Lebens?

Nichts als eine lastende Schwere im Herzen.

*

Man findet es langweilig, vom Wetter zu reden, und doch giebt es nichts Bedeutsameres; die Pflanzen, die Thiere, sie fühlen, was für Wetter ist, das Wetter ist ihr Tagesschicksal; der Mensch kann das sagen. Und wer so sieht, wie sich Nebel, Wind und Regen bildet, für wen Sonne oder bedeckter Himmel Alles ist, dem ist ein ganzes Leben in dem Wetter.

Da steht eine Wolke, wie ein Gürtel, am Gebirgsgiebel drüben, den ganzen Tag regungslos. So sind oft ganze Zeiträume, wie dort Ortsräume, in Nebel gehüllt, verstimmt, in uns ist oft tage=lang eine ganze Gegend unseres inneren Wesens so vernebelt.

*

Der Mensch hat ein Mienenspiel, das Thier nicht; das Men=schengesicht verändert sich je nach seiner Gemüthsbewegung, das des Thieres nicht, und das Thier hat dabei immer nur dieselben Töne, der Hund bellt in Freude und Zorn gleich, nur das Tempo verändert sich. Oder sind es nur für unser Ohr dieselben Töne?

*

Solche unharmonische, durchaus folgenlose Töne, wie sie die Zippdrossel über mir hervorbringt — wenn ein Mensch sie hervor=brächte, sie würden mir das Ohr zerreißen. Warum aber so nicht? Warum muthet es mich fast an? Der Vogel soll so, das ist seine Natur; der Mensch aber, weil er die Töne frei bilden kann, muß sie auch harmonisiren.

*

Was ist all unser Wissen? Wir wissen nicht einmal, was morgen für ein Wetter sein wird; es giebt gar kein festes Zeichen für diese erste Lebensbedingung. Die Bauern wissen auch nichts und reden doch so gern davon.

*

Das Jahr hat seinen dramatischen Wendepunkt, das ist die Erntezeit. Da ist eine Hast und Spannung, der nichts gleicht; die Menschen sind da sehr ungemüthlich.

*

Wenn man lernen will, wie grundverdorben die ganze Welt ist, muß man meinen Blinden hören; da hat er Kraftworte wie Keulenschläge. Er will mich immer aushorchen über Hansei und Walpurga, er möchte gern wissen, was schlecht an ihnen ist; daß sie gar so brav sein sollen, das läßt ihm keine Ruhe.

*

Mir fiel heut' ein Wort des Leibarztes ein:

Leidenschaftlich sind wir Alle, es kommt nur auf den Rhythmus an. Wer die Treppe auf einmal hinabspringt, bricht das Genick; wer sie in gemäßigter Ordnung stufenweise hinabgeht, bleibt gesund.

*

Ich sehe hier nie auf die Uhr. Das Leben theilt sich mir nicht mehr in Stunden. Morgen-, Mittag- und Abendläuten vom Thal herauf, danach bestimmt sich Alles. Am Kirchthurm ist die Uhr — die Kirche bestimmt die Zeit.

*

Der alte Jochem ist krank, der Arzt, der ihn besucht, ist eine heitere Natur; er behauptet, daß Jochem noch viele Jahre leben würde, wenn er seinen Aerger und seine Processe behalten hätte, das gab ihm Leben und Bewegung und Unterhaltung zugleich, er hatte noch etwas auszufechten in der Welt, noch Jemand zu cujoniren, das hielt ihn aufrecht; jetzt in der Friedfertigkeit wird er aus Langeweile sterben.

„Du lächelst?" sagte der Arzt zu mir. „Glaub', es ist mein voller Ernst. Ein Kind in der Wiege, das nicht schreit, und ein Hund an der Kette, der nicht bellt, die haben keine Bewegung, kein Leben, und verkommen."

Er mag doch in Manchem Recht haben.

Ich fühle mich dem Arzt gegenüber sehr beengt, und er sieht mich immer so seltsam, so forschend an.

„Du lieber Gott, jetzt kommen alle Gräschen heraus, und mich thut man hinunter und ich komm' nicht wieder heraus," klagte Jochem.

*

Der Alte ist gestorben, heut' Nacht in den Tod hinübergeschlafen. Es war Niemand bei ihm.

Er ist gestorben wie ein Baum im Wald, alle Kraft war aufgesogen.

Die kleine Burgei schläft jetzt in meiner Kammer, die Meinigen thun es nicht anders, ich darf nicht mehr allein sein in der Nacht.

*

Mir ist so bang. Ueber mir liegt eine Leiche auf dem Boden und brennt ein einsames Licht dabei — das Licht brennt, bis man die Leiche begraben. Und doch meine ich, ich muß darüber hinaus, ich muß! Ja, ich will.

Noch erschüttert mich's, wie der Alte mein gedacht hat. Er ließ mich gestern hinaufrufen und sagte: „Irmgard, du bist eine Fremde und bist gut gegen mich gewesen — ich möchte dir nun etwas schenken und vermachen, und da hab' ich überlegt, ich kann dir was geben, es ist das Beste, was ich habe, und mir nützt's nichts, wenn man mir's mit ins Grab giebt, aber dir kann's gut sein und soll dir gut sein, es liegt ein Heilthum darin. Schau, da ist's, nimm's, es ist die Kugel, die meine dritte Rippe getroffen; bewahr' sie gut auf. Wer eine Kugel bei sich hat, die einmal einen Menschen getroffen, der steht nicht mehr in Gefahr, daß ihm ein jäher Tod ankommt, unversehens — kannst dich darauf verlassen! Und jetzt will ich dir noch was sagen: sag' mir, wie heißt dein Vater? Du hast ja gesagt, daß er schon gestorben ist. Wenn ich in den Himmel komme, will ich ihn aufsuchen und ihm sagen, daß du ein ganz braves Mädchen bist, ein bischen eine besondere — ich weiß nicht recht — aber brav. Das will ich deinem Vater sagen und es wird ihm eine gute Botschaft sein.“

Ich konnte dem Alten den Namen nicht nennen — Kann ich das? Ich konnte ihm nur danken, daß er mir etwas gab, was ihm so viel werth war, und wunderbar — wenn ich jetzt die Kugel in der Hand halte und anschaue, wie mir das die Seele bewegt!

Ich will mich rüsten, um den Alten zu Grabe zu geleiten.

*

Ich war auf dem Kirchhof, als der Alte begraben wurde. Da werde ich auch einmal liegen.

*

Ich meine, durch den Willen müßte sich der Tod besiegen lassen. Wenn ich nicht sterben will, sterbe ich nicht. Ist der Wille das in mir Verschlossene, was ich suche? Und doch — ich habe keinen Willen, Niemand hat einen Willen, unser ganzes Leben und

Denken ist nichts als eine Folge, nothwendige Folge von Ereig=
nissen und Erlebnissen, von wachen Erkenntnissen und nächtlichen
Träumen; wir können den Ort verändern wie die Thiere, aber
den großen Ort, das große Gefängniß nicht: wir können die Erde
nicht verlassen. Das Gesetz der Schwere, der Anziehungskraft hält
auch unsere Seele fest. Da droben wandeln die Sterne, und
ich bin nichts als eine Blume, ein Grashalm, der an der Erde
haftet. Die Sterne sehen mich und ich sehe sie, und wir können
nicht zu einander.

*

Ein regierender Fürst hat unsern Hof besucht. Seine Hoheit,
der Grubersepp, von dem mir Walpurga schon viel erzählt, ist
angekommen mit seinem kleinen Sohn oder — um es correcter
zu sagen — mit seinen beiden Rappen und seinem Sohn. Es
ist ein Leben im Hause und ein Stolz und ein Glück, wie wenn
in der That ein regierender Fürst gekommen wäre.

Mich sah der Grubersepp gar seltsam an.

„Ist das zimpfere Mädchen" — sagte er, mit dem Daumen
rückwärts deutend, zu Hansei — „ist die da von deiner Frau
Seite?"

„Ja, meine Frau" — murmelte Hansei etwas — ich merkte
wohl, daß es ihm schwer wird, zu lügen, und nun gar vor dem
großen Bauer, dem er sein ganzes Anwesen zeigt.

Es ist auch unter den Bauern so, nur die Großen kennen
einander. Aber schön und stattlich ist dieser Verkehr. Die beiden
Männer geben einander kein freundliches Wort, aber sie thun
einander Freundschaft.

Alles ist glückselig im Hause. Der Grubersepp hat gesagt:
Der ganze Hof ist ordentlich im Stand. Und wenn der Gruber=
sepp „ordentlich" sagt, so ist das ebensoviel, als wenn der In=
tendant göttlich sagt.

Die zwei Tage, da der Grubersepp hier war, herrschte unsäg=
liche Unruhe im Haus, das heißt, Alles dachte nur an ihn. Jetzt
ist wieder Jegliches im alten Geleise, aber eine strahlende Freude
liegt auf den Gesichtern. Man hat's von einem Manne gehört,
und von was für einem, daß das Anwesen gut im Stand, und
so glückselig auch ein Mensch in sich, es ist doch was ganz anderes,
wenn er von fremdem Munde hört, was an ihm ist.

*

Mir zittert noch die Hand vor Schreck. Heut' war ich im Wald; ich saß auf meiner Bank, da sehe ich eine Gestalt durch den Wald gehen, sich manchmal bücken, eine Blume abbrechen, einen Stein aufnehmen; die Gestalt kommt näher und — wer ist's?

Der Freund, den ich mir so oft herwünschte, der Leibarzt. Er fragte mich mit seiner tiefklaren Stimme: „Kind, geht hier der Weg hinab ins Dorf?"

Mir schnürte es die Kehle zu, ich konnte nicht sprechen. Ich deutete hinüber nach dem Fußpfad und stand zitternd auf. Er fragte mich: „Bist du stumm, armes Kind?" Das half mir. Ich bin stumm, stumm, ich kann kein Wort sprechen. Ohne einen Laut von mir zu geben, floh ich vor ihm davon, und lange, lange hab' ich dann geweint, wie seit Jahren nicht. Ich wollte ihm nacheilen, aber er ist fort, ich kann mich nicht aufrichten, es brechen mir fast die Knie. Jetzt bin ich ruhig — es ist Alles vorbei — es muß Alles vorbei sein.

*

Ich habe lange, schwere Tage gehabt. Die Arbeit ging nicht von der Hand und Vieles mißlang mir. Die Welt draußen hat mich wieder aufgescheucht.

*

Ich danke dem Schicksal das am meisten, daß ich gelernt habe, zu sehen. Ich sehe überall etwas, das mich erfreut, mich denken macht. Die schönsten Freuden, die allverbreitetsten, sind die durch das Auge.

*

Das Pechmännlein kennt alle Vögel am Gesang: das thut mir wohl. Man sagt im Sprichwort: Man erkennt den Vogel an seinen Federn — weil natürlich die Wenigsten ihn am Gesang erkennen; sein Federnschmuck ist ständig, sein Gesang nur flüchtig und zeitweilig; jenen kann man fixiren, diesen nicht.

*

Das Krächzen der Bäume im Wald, das mich in jener Todes= nacht so erschreckte, höre ich jetzt oft und bin ruhig dabei. Und wunderbar! sobald ein Vogel singt, hört man es nicht mehr. Woher mag das kommen?

*

Ich habe frische Arbeit bekommen. Jetzt ist mir's wieder wohl. Nur mein Pechmännlein will kränkeln. Anfangs hat mich das

faſt geärgert. Dann aber habe ich meine eigenſüchtigen tyranni=
ſchen Gewohnheiten überwunden. Ich habe für treue Dienſte
wiederum treu gedient. Ich glaube, ich habe den Ohm gut ge=
pflegt; jetzt iſt er wieder wohlauf.

Ich bin doch nicht ſo egoiſtiſch, als ich mich ſchalt; ich habe
gute Menſchen mir treu zu eigen gemacht. Aber ich kann nicht
Menſchen Gutes thun, die mich nichts angehen! Ich gehöre mir
und einem kleinen, unendlich kleinen Kreiſe — weiter kann ich nicht.

*

Wenn ich ſo ſtill da ſitze und den einzigen Raum betrachte,
in dem ich lebe und hoffentlich auch ſterben werde, da befällt mich
oft eine Angſt zum Entſetzen; da iſt mein Stuhl, mein Tiſch,
meine Werkbank, mein Bett, das haſt du, bis man dich ins
Grab legt, und keine Menſchenſeele iſt dein?

Es beklemmt mich, daß ich aufſchreien möchte; erſt ſchwer kommt
dann die Ruhe wieder. Die Arbeit hilft.

*

Ich habe mir eine Stunde Allwiſſenheit ausgedacht.

Die Stunde von elf bis zwölf geſtern am Mittag — es zog
ein leichter Sonnenregen vorüber, dann ward’s wieder hell und
da ſah ich im Geiſte, wie Tauſende von Menſchen dieſe Stunde
leben: Ich ſah den Handwerksburſchen am Waldesrand, den König
in ſeinem Cabinet, die Näherin in ihrer Dachkammer, den Berg=
mann im Schacht, den Vogel auf dem Baum und die Eidechſe
am Felſen, ich ſah das Kind, das in der Schule ſitzt, und den
ſterbenden Greis mit ſeinem letzten Athem, ich ſah das Schiff auf
dem Meer, ich ſah die Kokette, die ſich ſchminkt, und die arme
Taglöhnerin, die Unkraut ausjätet auf dem Acker. Ich ſah Alles,
Alles! ich lebte eine Stunde Unendlichkeit.

Und jetzt bin ich wieder gebunden, ein einzelnes, kleines, arm=
ſeliges, lallendes Kind. Der große Gedanke der Unendlichkeit zieht
nur wie ein Flüchtling durch die Seele, hat keinen Haltpunkt darin.
Wir müſſen wieder am Kleinen haften.

Ich ſchnitzle wieder an meiner Werkbank.

*

Ich habe einmal geleſen, daß die Araber vor dem Gebet ihre
Hände waſchen, haben ſie aber in der Wüſte kein Waſſer, ſo

waschen sie die Hände in Sand und Staub. So ist's. Der Staub der Arbeit reinigt.

*

Das Volk soll keine Bücher zum Lesen haben, da soll Jeder mit dem Anderen reden, zuhören.

Bücher machen den Menschen einsam für sich. Erzählen, mündliches Berichten, das ist Alles.

*

Die Lehren — nein, die Erfahrungen eines verlorenen Weltkindes haben das doppelte Gute: Nicht nur, wer in der Irre war, ist auf Alles aufmerksam geworden und wird der beste Wegweiser — ich meine auch: wer von einem vollkommen reinen Menschen eine Lehre vernimmt, hat keine Wahl, er muß sie annehmen, die Reinheit ist die höchste Autorität; aber aus dem Munde eines Verworfenen muß man jedes Wort prüfen, darf es nicht gleich verwerfen. Und das ist gut, das macht dich frei.

*

Die Schwalben ziehen fort! Wie sie sich jetzt in Haufen sammeln und dann blitzschnell im Zickzack mit scharfem Schrillen wolkenartig dahinjagen! So zusammen in unregelmäßigen Bahnen fliegen — wir können uns das gar nicht denken. Wann, wie, zeigen sie einander an, daß jetzt eine scharfe Wendung genommen wird? Fliegen — wir sehen eine ganz andere Lebenssphäre vor uns und können sie nicht fassen. Und wir glauben, wir verstehen die Welt? Was fest ist, fassen wir, und nur was fest davon ist — weiter hinein beginnt der große Gedankenstrich.

*

Ich hörte, wie Franz, der Geliebte der Gundel, zu dieser sagte: Eine Frau, ganz so wie die Irmgard, ist einmal mit der Königin beim Manöver in der Uniform unseres Regiments vor unserer Front auf- und abgeritten.

Wenn der Soldat mich erkannte und verriethe?

Welch ein Wirrsal von Versteckensspiel ist das Menschenherz! Da geht mir's jetzt in meinem Elend wie ein Triumph durch den Sinn, daß in so viel tausend Augen sich mein Bild eingeprägt hat.

*

Allein gehen zu dürfen, das bin ich noch immer nicht gewöhnt, ich meine noch oft, der Bediente müsse hinter mir gehen. Ach, wie verschnörkelt und verpuppt leben wir!

Ich war einen ganzen Tag allein im Walde. O, welch eine Seligkeit! Ich lag im Waldesgrund und über mir rauschte es in den Bäumen und drunten der Bach. Wenn du nur hier verenden könntest, wie ein angeschossenes Reh — ich bin's, meinen Weg bezeichnen Blutspuren — nein, ich bin wieder gesund und heil geworden, war schon einmal auf der Welt, auf einer andern, und jetzt lebe ich neu.

*

Das Pechmännlein hat meinen Vater gekannt. Er hat einmal einen Sommer lang in unserm Forst Pech gekratzt, da hat sich mein Vater zu ihm gesellt und ihn gelehrt — er verstand Alles — wie das Pech besser und reiner auszusieben sei.

„O, das war ein Mann. Ich möchte dir nur wünschen, daß du ihn gekannt hättest," sagte mir das Pechmännlein, „so ein guter Mann! Ich hab's nachher von allen Leuten gehört, Jedem hat er geholfen, er hat Alles verstanden; mir hat er gezeigt, wie man aus Lärchen den besten Terpentin gewinnt, geschenkt hat er den Leuten nie gern, er ist aber nicht geizig gewesen, arbeiten hat er Allen geholfen und hat sie unterwiesen, wie man's mit geringerer Müh und mit mehr Vortheil macht — das ist mehr, als wenn man Geld schenkt — und hat ihnen jedes Jahr Geld geliehen, daß sie sich ein Schwein haben einthun können, und wenn sie's dann verkauft haben, haben sie's ihm zurückzahlen müssen. Man hat oft über ihn gelacht und hat ihm einen Spottnamen darüber gegeben, aber das war ein Ehrenname. Ja, und sollt' man's glauben? Der Mann hat schweres Unglück gehabt, seine Kinder sind ihm davongelaufen."

Wie mir das das Herz zerwühlte!

Den ganzen Abend brannte mir die Stirn an der entsetzlichen Stelle.

*

Heute ist der Jahrestag meiner Rückkehr ins Sommerschloß.

Damals träumte mir, daß ein Stern auf mich niederfiel, und ein Mann stand abgewendet, der mir die Worte sagte: Du bist auch einsam —

Es giebt eine Tiefe in der Seele, wohin kein Grubenlicht kommt, sie verlöschen da alle. Ich kehre um — hier hausen die wilden Wetter.

*

Ich denke meiner Kindheit. Ich war drei Jahre alt, als meine Mutter starb. Ich habe keine Erinnerung daran, als daß mich ein Rücken und Rutschen im Nebenzimmer so sehr erschreckte. O Mutter, warum bist du so früh gestorben? Wie ganz anders wäre ich geworden ...

Ich? Wer ist dies Ich? Wenn es ein anderes hätte werden können, wäre ich's nicht. Es mußte so sein.

Sie zogen mir schwarze Kleider an, mir und meinem Bruder, und ich erinnere mich nur, daß der Vater uns geleitete; er sagte uns, daß es zu unserem Glück wäre, wenn wir nicht bei ihm, nicht allein aufwachsen; beim Abschied küßte er uns, er küßte mich und meinen Bruder, dann wiederum mich — jetzt ist mir's, als wenn er meinen Kuß zuletzt behalten wollte.

Was sind die Erinnerungen meiner Kindheit? Ein stilles Kloster, meine Tante Aebtissin, Emmy meine Freundin. Nur so viel weiß ich: Wenn Fremde kamen, sagten sie zu mir gewendet: Ach, welch ein schönes Kind! Diese großen braunen Augen! Emmy sagte mir, daß ich nicht schön sei, daß die fremden Leute mich nur neckten, ja verhöhnten; aber ich sah mich im Spiegel, ich sah, daß ich schön war; ich sagte es Emmy ehrlich, und sie gestand mir, daß ich schön sei; auch mein Vater kam, er kam aus Amerika, er betrachtete mich lange. Nicht wahr, Vater, ich bin schön? sagte ich zu ihm.

Ja, mein Kind, das bist du, und es wird viel von dem gefordert, der schön ist; es ist eine schwere Aufgabe, schön zu sein. Halte dich immer so, daß du es verdienst, daß die Menschen Freude an dir haben.

Ich verstand ihn damals noch nicht. Schönsein eine schwere Aufgabe? — Jetzt verstehe ich's.

Ich weiß nicht, wie die Jahre vergingen. Ich kam zum Vater zurück. Bruno, der Landwirth hatte werden sollen, trat gegen den Willen des Vaters in die Militär-Carrière. Der Vater lebte ganz für sich, in seinen Studien und Arbeiten, und ließ uns gewähren; er war stolz darauf und sagte es oft, daß er keine Autorität üben und uns ganz als freie Naturen aus uns heraus erwachsen lassen wolle. Ich kehrte ins Kloster zurück und blieb, bis die Tante starb.

Und hier — verzeihe mir, du großer und reiner Geist — hier liegt dein Vergehen. Du hast deine väterliche Majestät

abgelegt und wolltest von freier Liebe leben — und wir? Bruno
wollte es nicht verstehen, und ich konnte es nicht. Und so warst
du einsam, und wir elend.

Bruno war an den Hof gekommen. Er war schön, heiter
und voll Uebermuth. Er führte auch mich an den Hof, der Vater
stellte es mir frei — und da, da begann mein Elend. Ich war
schön, ich war's, ich weiß es, und ich hatte Muth, ich dachte
nicht wie die Anderen, ich war die freie Natur geworden, die
mein Vater gewollt. Aber wozu? —

*

Ich übersehe, was ich geschrieben. Ach, wie wenig Ausbeute
giebt solch ein Jahr, und wie viel hat man gelebt, wie lange
daran gearbeitet; aber — auch die Blume braucht lange zum
Blühen, die Frucht lange zum Gedeihen; die sonnigen Tage und
die thauigen Nächte stecken darin.

*

Ein Regenbogen! Ruhe und Friede sind nirgends auf der
Welt, keine faßbaren Gegenstände, sie liegen nur in unserem Auge,
und wie sich uns die Dinge stellen. Jetzt verstehe ich, warum
in der Bibel nach der Sündfluth der Regenbogen als Friedens-
zeichen bezeichnet wurde: die sieben Farben sind nicht wirklich, sie
sind nur dem Blicke da, der im richtigen Sehwinkel das gebrochene
Licht empfängt. Ruhe und Friede lassen sich nicht zwingen, sie
sind reine Gaben aus dem Himmel in uns, an dem es weint
und lacht, Regenwolke und Sonnenschein sich begegnen.

*

Oft befällt mich noch die Angst, ich möchte die ganze Bildung
meines Wesens verlieren, weil ich Niemand habe, mit dem ich
meine eigene Sprache reden kann und — ich weiß nicht, wie ich's
nennen soll — mich, mein eigentliches Wesen wieder finde. Und
doch, was den Menschen zum Menschen macht, haben die um
mich her so gut wie die Höchstgebildeten. Woher also diese Angst
und wozu diese Bildung? Will ich noch etwas damit in der Welt?
Ich verstehe mich nicht.

Da ist der Punkt, warum unsere moderne Bildung die Religion nicht ersetzen kann: die Religion macht alle Menschen gleich,
die Bildung ungleich. Es muß aber eine Bildung geben, die die

Menschen gleich macht; erst dann ist sie die richtige, die wahre. Wir stehen noch im Anfang.

*

Ich habe ein großes Werk vor. Es muß mir gelingen.

Hansei hat den kleinen Peter auf den Schimmel gehoben und ihn ein paar Schritte reiten lassen. Das war eine Freude! Und wie mein Woban umschaute nach Vater und Sohn! Ich habe das festgehalten und arbeite an der Gruppe. Hansei, Peter und der Schimmel, sie sind beisammen — Wenn mir's nur gelingt! Es läßt mich fast nicht schlafen.

*

Die Gruppe ist mir gelungen. Freilich nicht so, wie ich wollte. Die menschlichen Figuren sind steif und nichtssagend, das Pferd aber ist wieder lebendig, und Alles im Hause ist ganz glücklich über die Arbeit.

Hansei will, ich soll auch mit auf die Jagd gehen, um Hirsche, Rehe und Gemsen nachmachen zu können, das seien doch die Hauptstücke.

*

Ich habe es auch mit den Thieren des Waldes versucht. Es gelingt mir nicht so, wie mit dem Pferd. Ich kann nur fest-halten, was keine Scheu vor mir hat und was ich darum auch liebe. Ich bleibe bei meinen Pferden und Kühen.

*

Alle Bergspitzen, die ich sehe, haben Namen, und so bezeich-nende und wunderliche. Wer hat sie ihnen gegeben? Wer hat sie angenommen? Was für Namen könnten wir heute noch er-finden? Die Erde und die Sprache sind bereits erstarrt, nichts ist mehr flüssig. Ich meine, etwas Aehnliches wurde damals zum Thee bei der Königin gesprochen.

*

Fastnacht ist ein großes Fest, die eigentliche Lustbarkeit. Es kamen auch Bauern aus dem Dorf zum Besuch. Sie kommen oft am Sonntag. Ich hörte sie aber noch nie etwas anderes sprechen, als vom Vieh, oder was man geerntet und wie die Getreidepreise sind. Ich sitze manchmal in der Stube bei Seite und höre sprechen. Ich höre gern Menschenstimmen.

Die Geschichten, die sie einander erzählen, scheinen einfältig, aber im Grunde genommen wird auf dem Parketboden nichts Besseres vorgebracht.

*

Warum habe ich mein Leben nicht rein ausgelebt? Ich war zu einem schönen Dasein geschaffen.

*

Draußen läuft mein Schimmelfüllen frei umher, hier sitze ich und forme es nach. Den Blick des Auges zu bleibenden Gestalten machen — das ist menschlich allein. Wir haben Worte für Alles um uns her und können Alles nachbilden, und weiter hinauf Musik und reines Denken. Welch eine überströmende Fülle ist es, Mensch zu sein.

*

Das war eine schwere Zeit. Die Großmutter war krank. Alles im Hause in Angst. Hansei wollte sich gar nicht vom Hof entfernen, er fürchtete das Schlimmste. Mir war's ein Trost, daß der Großmutter meine Pflege so wohlthat.

Hansei hatte seinen Großbauernstolz ganz abgelegt; er wollte doch auch etwas für die Mutter thun und spaltete das Holz, mit dem man ihre Stube heizte, und trug es selbst herbei.

Dem Doctor sagte er immer, er solle ja nichts sparen, für die Großmutter sei nichts zu theuer.

Der Doctor erklärte mir die Krankheit der Großmutter, als wäre ich ein Arzt.

Die Großmutter schickte mich mit dem Ohm oft fort in den Wald. Es war noch rauh draußen, wir kehrten bald wieder heim.

Jetzt ist die Großmutter genesen und sitzt im Frühlingssonnenschein.

„Ja, man muß aus der Welt gewesen sein, um wieder dankbar daheim zu sein. Wer nicht hinauskommt, kommt nicht heim," sagt sie. Und heut' erzählte sie mir viel vom Tod ihrer fünf Kinder. „Der wäre jetzt so alt und Die so alt," sagte sie immer — sie hat sie in Gedanken mit sich fortwachsen lassen; und dann erzählte sie vom Tod ihres Mannes, wie er damals bei der Holzflöße im See ertrunken, und wie dann der Hansei dageblieben. „Er war ein Wunderlicher" — sagt sie immer von ihrem Mann — „aber grundgut."

Am verzweifeltsten von uns Allen war das Pechmännlein bei der Krankheit seiner Schwester.

„Sie ist der Stolz von unserer Familie gewesen," sagte er immer, als wäre sie schon lange todt. Jetzt ist er aber auch fast der Glückseligste von uns, und als die Großmutter zum Erstenmal auf meiner Bank beim Ahornbaum saß, sagte er: „Für die Bank da krieg' ich einen goldenen Stuhl im Himmel. Das ist ein Platz, der König hat ihn nicht schöner, der kann den Himmel auch nicht blauer und die Wälder nicht grüner anmalen lassen."

*

Das Pechmännlein bringt mir schwere Kunde. Wie soll ich mir heraushelfen? Der Abnehmer meiner Arbeit läßt mir sagen, daß er zu mir kommen wolle, er habe eine große Bestellung; ein neues Jagdschloß des Königs soll mit geschnitztem Getäfel geschmückt werden, und ich soll da große Arbeit bekommen.

Wie weiche ich dem aus?

*

Die gute Mutter hat mir ausgeholfen. Sie hat den Arbeitgeber selbst aufgenommen und ihm erklärt, daß ich Niemand sehen wolle. Sie hat sich zu keiner Lüge verstanden, zu der Walpurga leichter geneigt war.

Nun habe ich die große Zeichnung vor mir und schöne Hölzer.

Ich habe einen Theil der Arbeit übernommen.

*

Es ist gleich, wie man sein Dasein auslebt, wenn es nur in Selbsterweckung und Bewußtsein geschieht. Alle Künste, alle Wissenschaften sind doch nur dazu da, um an fremdem Bewußtsein unser eigenes zu wecken. Wer das aus sich selbst kann, hat genug. Wer des Morgens zur Stunde, da er an die Arbeit gehen will, von selbst aufwacht, braucht sich nicht vom Nachtwächter wecken zu lassen.

*

Hansei ist Geschworener geworden. Walpurga ist stolz darauf, er selbst nahm auch mit einem gewissen feierlichen Stolz Abschied.

Es ist eine schöne Sache, daß das Gewissen des Volkes zum Rechtsprechen angerufen wird.

*

Hansei ist zurück. Er weiß viel Schauberhaftes zu erzählen.

Mir ist, als wäre das ganze Leben, alle die Schickfale der Menschen, nur ein Schattenspiel an der Wand.

Hansei war sehr bewegt, als er erzählte:

„Ja, da sind mir alle meine Sünden eingefallen und ich hab' hart gebüßt, wie ich da hab' Urtheil sprechen müssen. Wir Alle können nur von Glück sagen, wenn wir nicht in Sünde verfallen und auch dort auf der Marterbank sitzen."

*

(Sonntag, 28. Mai.) Die Großmutter ist todt.

Ich kann nicht davon erzählen. Es erstarrt mir die Hand.

Sie küßte mich auf die Augen und rief: „Ich küsse deine Augen und wünsche, daß sie nie mehr weinen!"

Noch zwei Stunden vor ihrem Tod sagte sie zu Hansei:

„Mach' der Burgei einen Schlitten, sie hat solches Verlangen danach; es freut mich, wenn du das thust, sie wird keinen Schaben dabei leiden. Ich bitte dich, thu's."

„Ja ja, Großmutter," erwiderte Hansei — es erstickte ihm fast die Stimme, daß die Großmutter jetzt noch an das Kind dachte und nichts wollte, als ihm eine Freude machen.

*

Der Todesschrecken liegt auf mir, so schwer, und doch fühle ich innerlich eine Freiheit. Ich habe den schönen Tod gesehen. Meine Hand hat ein erstarrendes Auge zugebrückt. Ich habe das Schwerste vollzogen, was der lebendigen Kraft auferlegt ist. Ich hätte nicht geglaubt, daß ich es kann. Damals konnte ich es nicht, ich selber lag am Boden, tief unter der Erde und neben mir mein todesstarrer Vater.

Der Tod der Mutter hat mir alle Schrecken von der Seele genommen. Ich habe die Kraft, Walpurga beizustehen. Ihre Klage hat keine Grenze. „Ich bin jetzt auch eine Waise wie du," rief sie und warf sich an meinen Hals. Dann rief sie der Todten: „O Mutter, kannst du mir das anthun, daß du mich verläffest? Ach lieber Gott, und da springt der Vogel noch im Käfig! Ja, du kannst springen, die Mutter aber nicht mehr."

Sie nahm ein Tuch und hing es über den Käfig des Kreuzschnabels und sagte dann: „O liebes Thierchen, ich möchte dich gern fliegen lassen, aber ich kann nicht; meine Mutter hat dich so gern gehabt, ich kann dich nicht lassen," und dann wieder zur Leiche gewendet, sagte sie: „O Mutter, kann's denn wieder Tag werden, wenn du nicht da bist? Ja, die Uhr tickt, die geht weiter, die kann man aufziehen, o, du lieber Gott, und da werden die Stunden kommen und vergehen und ich hab' dich nicht, o verzeih' mir's, daß so viel Stunden gewesen sind, wo ich nicht bei dir war!"

Der Kleiderschrank sprang plötzlich auf, und Walpurga erschrak ins Herz hinein; dann aber faßte sie sich wieder und sagte: „Ja, ja, ich trag' deine Kleider, ich trag' sie und will sie zu Gutem tragen, und es soll mir kein böser Gedanke ins Herz kommen und kein böses Wort in den Mund, halt' mich nur, daß ich immer dein bin. O, lieber Gott, jetzt sagt Niemand auf der Welt mehr „Kind" zu mir; ich denk' an dein Wort, wie du gesagt hast: So lang man noch Vater und Mutter sagen kann, so lange ist noch eine Liebe auf der Erde, die Einen auf den Armen trägt; erst wenn die Eltern gestorben sind, wird man auf den harten Boden hingesetzt. Ich will deine Worte alle behalten, und meine Kinder sollen sie auch behalten. Nicht wahr, Irmgard, du weißt auch noch viele gute Worte von ihr?"

So klagte Walpurga und ich konnte nur erwidern:

„Ja, und halte das fest, daß sie gesagt hat: Man kann sich auch mit Worten versündigen. Klage nicht so sehr!"

*

Walpurga holte das Gebetbuch der Verstorbenen und las darin das Gebet für eine abgeschiedene Seele.

Nachdem sie gelesen, gab sie das Buch auch mir. Ich las, mit Dank und Andacht. Wir singen auch Lieder und Weisen, die Andere gesetzt, — wir können in den höchsten Erregungen nichts Eigenes fixiren — wir nehmen die Lieder von Dichtern auf die Lippen, sie singen, dichten und empfinden uns vor; in Dichterherzen ist in Wahrheit das zweite Jerusalem der Bildung. Die ganze weite Welt, wodurch sich der Mensch vom Thier, von Pflanze und Stein unterscheidet, ist eben, daß ein Mensch dem andern vorempfindet und nachempfindet. Es tönt ein ewiges Lied durch die Menschheit, von Anfang bis jetzt, und es ist auch mein, und meine Stimme ist ein Ton darin; es leuchtet eine ewige Sonne von Geschlecht zu Geschlecht und ich bin ein Strahl darin. Die Berge überdauern die Geschlechter stumm, es kommt kein neuer dazu; aber aus der Seele der Menschheit steigen von Geschlecht zu Geschlecht neue Hochwarten des Geistes empor.

*

Schön sterben ist das Beste. Wunderbare Kraft der Religion! Ueber dem Lager des Kranken hängen vom Himmel herab Glocken=züge, an denen er sich aufrichtet, und sind sie auch nicht da, er glaubt sie, er hält sie, und das gläubige Halten und Fassen richtet ihn auf.

*

Eine wundersame Ruhe trat im Hause ein, als die Groß=mutter begraben war. Es ist Walpurga ein Trost, daß so viele Menschen beim Leichenbegängniß zugegen waren.

„Ja, sie haben sie Alle geehrt, Alle, aber sie haben sie doch nicht ganz gekannt. Du und ich, wir haben sie gekannt. Weißt du noch, Hansei, wie man uns daheim die Kartoffeln gestohlen hat im Feld? Da hat sie gesagt: „Wenn man nur die Leute wüßt', die sie gestohlen haben.“ Und da hab' ich gesagt: „Mutter, wollt Ihr sie verklagen beim Amt?“ — „Du einfältig Ding,“ hat sie mir darauf vorgehalten, „wie kannst du denken, daß ich's so meine? Ich meine, wenn man nur wüßt', wer die Leute sind, die bei Nacht uns die Kartoffeln stehlen; sie müssen doch auch wissen, daß wir selbst wenig haben. Das müssen aber gar un=glückliche Leute sein, denen müßte man aushelfen, so viel man kann.“ Ja, das hat sie gesagt. Hat's noch je eine Seele ge=geben, die so was ausdenken kann? So müssen die Heiligen ge=wesen sein, die an Alle so gut denken. Gar keinen Ekel vor einem Kranken hat sie gehabt und gar keinen Haß auf einen Schlechten; sie hat nur immer gedacht: wie viel müssen die Men=schen Elend leiden, daß sie so krank sind und die Anderen, daß sie so schlecht sind. Wenn ich nur auch so werden könnte, wie meine Mutter. Ermahne mich nur immer, Irmgard, wenn ich wieder zornig bin und schreie. Gelt, du hilfst mir, daß ich so werde, wie meine Mutter war, und daß einmal meine Kinder auch so an mich denken? Ach, wenn man nur immer so brav wär', wie man sein möchte. Aber sie hat Recht gehabt, wie sie immer gesagt hat: Wünschen in die eine Hand und blasen in die andre Hand ist gleichviel.“

*

Jetzt will ich wieder an die Arbeit.

Das ist das Harte und das Tröstliche der strengen Arbeit: Walpurga und Hansei müssen arbeiten, sie können sich dem Schmerz nicht hingeben, es liegt zu viel auf ihnen.

In den höchsten Affekten ist die Tonart des Königs und des Bettlers, des phantasiegetragenen Dichters und des einfältigen Herzens ganz dieselbe.

Die Klage Walpurgas war aus demselben Accord wie die Lears um Cordelia, und doch wieder wie ganz anders. Einem Vater, dem sein Kind stirbt, stirbt die Zukunft, einem Kinde, dem eines seiner Eltern stirbt, stirbt die Vergangenheit. Ach, wie dürftig ist jedes Wort!

*

Wie hat mich heut' ein Wort des Hansei erschreckt! Also auch in diese Herzen ist der Zweifel eingedrungen? Und sie thun ihre Pflicht auf der Welt ohne Glauben an das Jenseits, wenigstens ohne den festen.

Der Pfarrer hatte am Sarge geprebigt und gesprochen: „Seht die Bäume, vor wenig Wochen waren sie todt, aber sie leben auf im Frühling." Das hätt' der Pfarrer nicht sagen sollen, klagte Hansei, so nicht. Das ist ein Trost, den man einem Kinde geben kann, aber uns nicht, so nicht. Was will er da von den Bäumen? Die Bäume, die noch Leben haben, die grünen wieder im Frühjahr, die aber todt sind, die grünen nicht mehr, die werden umgehackt und neue dafür gepflanzt oder gesäet.

*

Es ist uns Allen wunderbar einsam im Haus. Jedem fehlt etwas. Am untröstlichsten aber ist der Ohm Peter.

„Jetzt lauf' ich allein in der Welt herum und hab' kein Ge= schwister mehr. Sie war der Stolz von unserer Familie," wie= berholt er dann oft.

Er hat bisher auf der Bodenkammer bei den Knechten ge= schlafen, nun hat ihm Hansei die Stube des Auszüglers ange= wiesen und er ist ganz stolz damit; oft aber klagt er auch wieder: „Warum komm' ich erst so spät zu dem da? Wie dumm sind wir doch gewesen, meine Schwester und ich. Wir hätten da mit einander hineinziehen sollen; könnte es etwas Schöneres geben? Wie gut hätten wir da mit einander gelebt und du wärst auch mit. O, wie dumm, wie dumm ist das Alter! Man sieht die vielen guten Nester erst, wenn die Bäume kahl sind und nichts mehr drin ist. Man kriegt was zu beißen, wenn man keine Zähne mehr hat, hat meine Schwester immer gesagt."

„Meine Schwester hat gesagt" — setzt er jetzt immer hinzu, wenn er etwas vorbringen will, worin er sich nicht gern widersprochen sieht, und ich glaube, er meint auch, seine Schwester habe es wirklich gesagt. Er hat ihren Schrank geerbt und klopft allemal erst mit dem Schlüssel an die Thür, ehe er aufschließt.

*

Mein Pechmännlein ist ein guter Bienenvater. Er weiß die Bienen zu warten und nennt sie das Weidevieh des armen Mannes.

„Seit dem Tod meiner Schwester," klagte er mir heut', „hab' ich lauter Unglück mit den Bienen, sie wollen nichts mehr von mir."

*

Ich habe monatelang nichts geschrieben. Für wen sollen diese Blätter? Wozu quäle ich meine Seele, die flüchtigen Erscheinungen um mich her und die Regungen in mir festzuhalten? Das hatte mich wirr gemacht. Jetzt bin ich ruhig. Ich habe monatelang gearbeitet und nur gearbeitet.

Mir ist, als müßte ich bald sterben, und ich fühle mich doch in der Fülle meiner Kraft. Auch daß die Menschen mit meinem Wahnsinn spielen, ängstigt mich oft.

*

Jetzt erst fühle ich, daß meine Ruhe hier keine volle war, sie konnte jede Minute verscheucht werden. Nun aber komme, was da wolle, ich bleibe.

*

Ein Gewitter! Wir, die wir immer mit Sonne und Mond und allem Witterungswechsel leben, für uns ist ein Gewitter etwas ganz Anderes, als für die Menschen in ihren Häusern, die nur nach dem Wetter schauen, wenn sie müßig sind oder eine Lustpartie vorhaben.

Es ist ein Gefühl, als wenn man in den Moment der Schöpfung zurückversetzt wäre, Alles ist wieder dem Chaos preisgegeben, noch ist nichts Festes da, die Unendlichkeit des großen Weltorganismus und seiner gebundenen Mächte spricht in Donnern und leuchtet in Blitzen.

Ich sah einmal an einer öffentlichen Spielbank, während es Schlag auf Schlag donnerte und blitzte und die ganze frivole Welt sich vom Spieltisch zurückzog, eine einzige vornehme Dame fortpointiren. Die Croupiers mußten weiter arbeiten. Diese Dame giebt große Gesellschaften, und eine Magd, die ihr einen silbernen Löffel gestohlen, muß ins Zuchthaus. Wie gemein diese Diebin! — Und sie?

Allerdings, das darf ich nicht vergessen: die Dame hört jeden Morgen, bevor sie zum Spieltisch geht, eine Messe.

*

Der schönste Tod wäre doch der, von einem Blitz erschlagen zu werden. An einem schönen Sommertag plötzlich vom großen Schützen Blitz getroffen zu werden.

*

Ich habe einen Menschen aus der Bildungswelt gesehen. Ein junger, schöner, lebhafter Mann mit feinen, wohlgepflegten Händen — er ist Musiker — übernachtete heut' auf unserm Hof. Das Gewitter hatte ihn überrascht. Er blieb hier und erzählte:

„Ich habe meinen Arzt ehrlich und auf's Gewissen gefragt — sehen Sie, auf diesem Auge bin ich schon erblindet — auf dem andern werde ich's in einem Jahre sein. Da will ich nun noch einmal die große, weite, schöne Welt sehen; wer die Alpenwelt nicht gesehen, weiß nicht, wie schön unsere Erde ist. So fasse ich sie noch einmal in mich hinein und habe sie in mir geborgen, ich fasse die Sonne, die Berge, die Wälder, die Wiesen, die Ströme und die Seen und das Menschenantlitz vor Allem. „Ja, Kind," sagte er zu mir, „und das deine werde ich behalten, du bist das lieblichste Bauernmädchen, das ich je gesehen; ich lerne dein Gesicht auswendig, wie ich Gedichte auswendig lernte, um mir sie einst in Nacht und Einsamkeit vorzusagen und vorzustellen."

Ich war sehr befangen, er war überaus lustig. Nur warf er manchmal einen seltsamen fragenden Blick auf die Binde um meine Stirne. Was mochte er davon denken?

Ich hätte ihm gern gesagt, daß ich einst ein von ihm componirtes Lied gesungen habe im Hause Gunthers. Er erwähnte seinen Namen nicht.

Ich kann nicht sagen, wie mich das Bild des schönen, jungen Mannes rührte, und es war so viel Kraft in ihm, keine Spur von weichlicher Empfindsamkeit. Er ist aus dem hohen Norden und hat etwas von der herben Schönheit der nordischen Stämme; er hat salzige Seeluft eingeathmet, und das macht ihn so stramm, wie sie es dort nennen. Mir sind diese strammen Naturen tief ansprechend und erweclich. Man kann nicht schlaff, brütend, selbstgefällig sein in ihrem Umkreise.

O', was vermag ein starker Wille! Wie ringt der Menschen= geist mit den Naturmächten und besiegt sie . . .

*

Ich habe seit dem Tod der Großmutter heut' zum Erstenmal wieder geweint, jetzt ist mir leicht und frei.'

Der Erblindende ist abgereist und ich habe ihn noch lange auf dem Thalwege jodeln hören.

Wenn ich im Leben einem Menschen außer mir noch etwas sein dürfte . . . Wer meine Stirn nicht sehen, meine Schönheit nicht loben könnte, dem könnte ich doppelt gut sein.

Vorbei! —

Welche wundersame Schatten wirft das Spiel des Lebens auch zu uns herauf!

*

Bei diesem Besuch habe ich gesehen, daß in Walpurga noch eine starke Portion Eitelkeit steckt. Sie hat es nicht lassen können, das Gespräch darauf hinzulenken und dem Fremden endlich deutlich zu sagen, daß sie die Amme des Kronprinzen gewesen ist und fast ein Jahr lang im Schloß gewohnt habe. Es ist etwas in ihr, wie in einem Manne, der viel hohe Orden hat und nun undecorirt einhergeht, wie ein General in Civil; er lehnt es be= scheiden ab, Excellenz genannt zu werden, aber er will's doch. Das Jahr Hofluft ist nicht spurlos an Walpurga vorübergegangen.

Hansei, der den Fremden auch gern hatte und tiefes Mitleid für ihn zeigte, war offenbar ärgerlich über die Prahlsucht seiner Frau, aber er unterdrückte es. Er ist stark in der Selbstbeherr= schung. Heut' aber, als sie mit einander zur Kirche gingen, fragte Hansei:

„Willst du nicht an einem Band das Bild um den Hals hängen, wo du mit dem Kronprinzen als Amme abgebildet bist, damit ja Niemand vergißt, was du einmal gewesen?"

Ich glaube, daß Walpurga nie mehr von ihrer glänzenden Vergangenheit sprechen wird.

*

Beim Tod und Begräbniß der Großmutter habe ich den Schul=
meister im Dorf näher kennen gelernt. Er hatte eine ziemlich gute
Bildung, nur prunkt er damit und bringt gern große Worte vor,
um immer zu imponiren und zu zeigen: Seht, ihr versteht mich
doch nicht ganz. Aber die Art, wie er mit wahrer Herzlichkeit
unsere Trauer theilte, hat ihn mir werth gemacht, und ich habe
ihm das unbefangen gezeigt. Und da sagte er mir einmal: „Deine
Fertigkeit im Holzschnitzen ist so viel wie ein Heirathsgut; du
kannst viel Geld verdienen.“ Ich ahnte nicht, was er damit
wollte.

Am letzten Sonntag zeigte sich's.

Er kam angethan mit schwarzem Frack und weißen baum=
wollenen Handschuhen und machte mir einen förmlichen Heiraths=
antrag.

Er wollte mir gar nicht glauben, daß ich nie heirathen wolle,
und wiederholte dringend seinen Antrag, von dem er nur ab=
stehen wollte, wenn ich einen Andern liebe.

Glücklicherweise kam mir Walpurga zu Hülfe. Der gute Mann
ging wie zerbrochen wieder aus dem Hause. Warum muß ich
noch einem armen Menschen Herzeleid bereiten? Von meinem
eigenen will ich nicht reden.

*

Die Geschichte mit dem Schulmeister geht mir doch nach.

Walpurga sagte mir, warum ich denn so einsam bleiben wolle;
wenn ich auch nicht mehr in die große Welt zurückkehren wolle,
so könnte ich doch einen guten Menschen glücklich machen und
könnte viel Gutes thun an den Kindern und Armen im Dorf.
Da lernte ich mich neu kennen. Ich bin nicht zur Wohlthätigkeit
geartet. Ich bin keine barmherzige Schwester. Ich kann keine
Kranken besuchen, die ich nicht kenne und nicht liebe. Die Groß=
mutter konnte ich hegen und pflegen — sonst aber Niemand.
Mir sind die Bauernstuben zuwider — diese dumpfe Luft in den
Wohnungen der Simplicität. Ich bin keine wohlthätige Fee.
Meine Sinne sind zu leicht verletzt. Ich will mich nicht besser
machen als ich bin. Nein, besser machen möchte ich mich wohl,
aber man kann nur das Gute besser machen, und dieses Gute ist
nicht in mir. Ich muß ehrlich sein. Eher könnte ich in einem
Kloster leben. Diese Erkenntniß macht mich nicht unglücklich, aber

schwermüthig. Die Sucht, zu genießen, mein Selbst zu empfinden, ist so stark.

*

Franz, der Bräutigam der Gundel, ist einberufen.

„Es giebt Krieg mit den Franzosen!" bringt mein Pechmännlein die Kunde aus der Stadt, und er berichtet, daß jetzt auch unser Geschäft schlecht gehen würde, die Leute wollen nichts mehr kaufen, unser Arbeitgeber will nur die Hälfte des Preises zahlen. So arbeite ich nun auf Vorrath — ich muß auch die Lasten der Welt mittragen.

Seltsam aber geht mir's durch den Sinn, daß ich von meinem Vaterland und meiner Zeit so gar nichts mehr weiß. Den Einen Trost habe ich dabei: man wird jetzt in Kriegszeiten nicht nach einer Verlornen forschen.

*

Jeder Mensch, wo er auch stehe, steht ungeahnt auf einer Höhe, wo er die Gräber nicht sieht. Sähe man sie immer, es gäbe keine Arbeit in der Welt und keinen Gesang.

Selbstvergessen oder Selbsterkennen — darum dreht sich Alles.

*

Ich sehe beständig, auch im heißesten Sommer, die Berge mit den Schneespitzen vor mir. Ich weiß nicht, wie ich es sagen soll, aber es giebt mir das stets eine eigenthümliche Mischung der Empfindung; ich sehe immer über das Datum hinaus, über die Jahreszeit; ich habe alle zusammen.

In meiner Seele ist auch eine Stelle, darauf ewiger Schnee liegt.

*

Ich bin nun im dritten Jahre hier. Ich habe einen schweren Entschluß gefaßt. Ich ziehe noch einmal in die Welt hinaus. Ich muß die Stätten meines vergangenen Daseins noch einmal sehen. Ich habe mich streng geprüft.

Ist es nicht Abenteuersucht, jener gemeine, vornehme Kitzel, etwas Ungewöhnliches, Gefahrvolles vorzunehmen, und die Lust, den Schauer auszukosten, als eine Gestorbene noch einmal durch die Welt zu wandern?

Nein, nichts davon. Was ist es denn? Ein inniges Verlangen, wieder in die Weite zu ziehen, nur auf Tage. Ich muß das Verlangen tödten, sonst tödtet das Verlangen mich.

Woher auf einmal diese Sehnsucht?

Jedes Handwerkszeug brennt mir in der Hand.

Ich muß fort!

Ich will nicht grübeln, ich folge. Ich habe keine Ordens-regel, mein Wille ist mir Gesetz. Ich thue Niemand etwas zu leide, wenn ich folge; ich fühle mich frei, die Welt hat keine Macht über mich.

Ich scheute mich, Walpurga mein Vorhaben mitzutheilen. Aber wie sie dann sprach, Ton, Wort, die ganze Art, ja daß sie zum Erstenmal „Kind" zu mir sagte, Alles war mir, als ob ihre Mutter noch zu mir spräche.

„Kind," sagte sie, „du hast Recht. Geh' du, es wird dir gut sein. Ich glaube, daß du wieder zu uns kommst und bei uns bleibst; aber wenn du auch nicht wiederkommst und dir vielleicht doch noch ein ander Leben aufgeht — du hast schwer gebüßt, schwerer als du verschuldet."

Mein Pechmännlein war ganz glücklich, als es hieß: wir reisen von Sonntag bis Sonntag. Als ich ihn fragte, ob er denn nicht neugierig sei, wohin wir reisen, erwiderte er:

„Mir Eins! Mit dir reise ich durch die ganze Welt, wohin du willst, und wenn du mich fortjagst, komm' ich dir nach wie ein Hund und ich finde dich."

Wir reisen ab. Ich nehme meine Blätter mit. Ich will jeden Tag aufschreiben.

*

(Am See.) Es wird mir schwer, ein Wort niederzuschreiben.

Die Schwelle, die ich überschreiten muß, um in die Welt hin-auszugehen, ist mein eigener Grabstein.

Ich kann's nicht fassen.

Wie fröhlich war das Wandern thalwärts. Mein Pechmänn-lein sang, und auch mir stiegen Lieder auf; aber ich sang nicht. Plötzlich unterbrach er sich und sagte:

„In den Wirthshäusern, da bist du meine Bruderstochter, nicht wahr?"

„Ja."

„Da mußt du mich aber auch Ohm heißen."

„Natürlich, lieber Ohm."

Er nickte auf dem ganzen Wege vor sich hin und war voll Glückseligkeit.

Wir kamen zum Wirthshaus an der Anlände. Er trank und ich trank mit aus seinem Glase.

„Wohin geht der Weg?" fragte die Wirthin.

„Nach der Hauptstadt," sagte er, und ich hatte ihm doch gar nichts darüber mitgetheilt; leise sagte er zu mir:

„Wenn du auch anderswohin willst — die Leute brauchen nicht Alles zu wissen."

Ich ließ ihn allein.

Ich suchte die Stellen auf, die ich damals gewandelt. Da — da ist der Felsen — darauf ein Kreuz — auf dem Kreuz lese ich in goldenen Buchstaben:

Hier verunglückte
Irma Gräfin von Wildenort
im 21. Jahre ihres Lebens,
Wanderer, bete für sie und ehre ihr
Andenken.

Ich weiß nicht, wie lange ich da gelegen. Als ich erwachte, waren mehrere Menschen um mich beschäftigt, unter ihnen mein Pechmännlein, der jammerte und klagte.

Ich hatte die Kraft, nach dem Wirthshaus zu gehen, und mein Pechmännlein sagte den Leuten:

„Meine Bruderstochter ist's nicht gewöhnt, so weit zu laufen; sie sitzt das ganze Jahr in der Stube, sie ist eine Holzschnitzerin und was für eine!"

Die Menschen waren alle sehr freundlich gegen mich. Es gingen Viele ab und zu in der Wirthsstube, und sie erzählten meinem Pechmännlein, daß der schöne Gedenkstein da draußen ein großer Vortheil für das Wirthshaus sei; im Sommer kämen Hunderte von Menschen, Männer und Frauen, die den Gedenkstein besuchen, und auch eine Nonne vom Kloster käme jedes Jahr mit einer andern Nonne und bete am Kreuz.

„Wer hat denn den Bildstock gesetzt?" fragte das Pechmännlein.

„Der Bruder der Verunglückten."

„Nein, der König!" hieß es.

Das Gespräch brach oft ab, spann sich aber immer wieder neu an.

Ich sah in ein sich bildendes Sagengewebe hinein. Die Einen sagten: es sei doch nicht geheuer, damals habe sich auch eine

schöne Person ertränkt, die man die schwarze Esther genannt, sie
sei eine Tochter der Zenza gewesen, die über dem See drüben im
Wahnsinn lebt! und wer weiß, ob nicht auch das schöne Fräulein,
denn sie sei gar schön gewesen, sich ertränkt habe. Dagegen aber
eiferte die Wirthin: die Gräfin habe viele goldene Ketten und Dia=
manten an sich gehabt und besonders einen diamantnen Stern auf
der Stirne, und man habe ja das Pferd gesehen, das sie ab=
geworfen habe, und der Bruder habe das Pferd erschießen wollen,
weil es das gethan, das Pferd sei aber verhext gewesen und habe
von dem Tag an nichts mehr gefressen, bis es todt umgefallen
sei. Wieder Andere erzählten: Der Vater der Gräfin habe ihr
befohlen sich zu ertränken, und sie sei ein folgsames Kind gewesen
und habe es gethan.

„Und warum soll denn das der Vater befohlen haben?" fragte
mein Pechmännlein.

„Weil sie einen Ehemann geliebt. Man darf nicht davon
reden."

„Man darf schon," flüsterte ihm ein Schiffer zu. „Sie und
der König haben einander gern gehabt, und um nicht schlecht zu
werden, hat sie sich ertränkt."

Wie soll ich sagen, wie mir's war bei all' diesen Reden?

Vielleicht fährt nach Jahren ein einsames Kind über den See
und singt ein Lied von der schönen Gräfin mit dem diamantnen
Stern auf der Stirne.

Ich weiß nicht, wie es Nacht wurde und wie ich eingeschlafen.
Ich erwachte und hörte das Lied von der ertrunkenen Gräfin. Es
hatte mir im Traum geklungen, aber so wehmüthig, so tief.
Alles, was ich erlebt, war mir wie ein Traum. Ich schaute zum
Fenster hinaus — ich sah über den See, und drüben blinkte die
goldene Schrift im Morgenschein.

Was sollte ich thun? Sollte ich umkehren?

Mein Pechmännlein war wohlauf, als er mich wieder so frisch
sah. Die Wirthin bot mir eine Abbildung des Gedenksteins an,
die alle Reisenden kauften. Mein Ohm handelte darum, und er=
hielt sie um die Hälfte des geforderten Preises und schenkte sie
mir. Ich trage das Bild meines Grabsteins auf der Brust.

Ueber ein zweites Grab mußte ich wandern. Ich sah das
Grab meines Vaters. Ich legte die Hand auf den Hügel, und
in mir sprach es: Du wirst versöhnt sein — ich sühne und büße.

Wie mich all' die Erinnerungsorte erschütterten — ich kann nichts davon aufzeichnen, es bricht mir das Herz. Ich fühle ohnedies ein stetes ängstliches Herzklopfen. Ich will den Bericht abkürzen. Ich halte die Aufzeichnung nicht aus. Ich werde diese Blätter nie wieder ansehen . . .

Wir wanderten nach dem Frauensee; wir setzten über nach dem Kloster. Ich sah unter den Nonnen meine geliebte Emmy, die alljährlich zu meinem Grabstein wallfahrtet. Ich betete mit ihr hier seit vielen Jahren zum Erstenmale wieder in der Kirche. Was ist denn für ein Unterschied, ob man noch lebt oder todt ist, wenn nur der Gedanke . . .

Ich schreibe mit zitternder Hand weiter, aber ich will . . .

Als ich das Kloster verließ und wieder über den See fuhr, da wehte mich in der freien Luft doch wieder ein starker Gedanke an: ich büße frei! Das ist mein letzter Stolz. Mein Wille hält mich so fest, wie die Riegel im Kloster, und ich — ich arbeite . . .

Es mußte Alles ausgeführt werden, wie ich mir's vorgesetzt. Ich sah die ganze Welt noch einmal und nahm Abschied von ihr.

Wir wanderten nach der Residenz. Wie mich der Lärm und das Fahren erschreckte.

Als ich zum Erstenmal wieder ein Seidenkleid knistern hörte, es war mir ein angreifender Ton. Und als ich die erste Frau mit Modehut und Schleier sah, drängte es mich sie anzusprechen. Diese Menschen aus der Bildungswelt gehören zu mir. Ich komme doch wie aus der Unterwelt wieder an das Sonnenlicht.

An den Straßenecken las ich die Anzeigen. Ist das noch dieselbe Welt, in der ich lebe?

Einer amüsirt den Andern, musicirend, singend u. s. w. Man holt keine Lebensfreude aus sich.

Die Welt ist ein Zusammenhang. Du hast ihn verloren.

Ich sah das Getreibe der Stadt aus einem kleinen Einkehrwirthshaus am Morgen.

Die Häuser da und dort — es ist ein Stück Leben von mir als Gespenst. Wenn die Menschen wüßten — Es sind Straßen da, die ich nicht kenne. Alles geht sorglos an einander vorüber. Die Menschen in der Stadt sehen alle so verdrossen aus; kein sonniges, glückliches Gesicht ist mir noch begegnet.

*

Ich war in der Bildergallerie. Diese Lust, mit dem Auge zu saugen; dieser Rausch von Farben, diese feierliche Stille! Ich sah und hörte meinen alten Lehrer zu einem Fremden sprechen: Nicht die historische Größe des Gegenstandes und Umfanges giebt einem Kunstwerke seinen großen historischen Charakter, sondern das, daß der Künstler sich auf den großen historischen Boden stellt, und uns darauf stelle; derselbe Gegenstand kann so oder so ge= faßt, vergänglich und genrehaft oder historisch bleibend und groß dargestellt werden . . .

Wie berauscht ging ich durch die Räume. Alle meine alten Freunde grüßten mich, sie sind, in ewige Farben gekleidet, treu und unverändert geblieben. Die Natur und die Kunst sind treu, das ist ihre Kraft, aber sie sprechen nicht, sie sind nur da. Nein — die Natur allein ist stumm, die Kunst ist die redende Natur. Der Menschengeist spricht nicht durch den Mund allein. Mir war's, als müßte die Maria Aegyptiaca plötzlich den Kopf wenden und zu mir sprechen: Kennst du mich jetzt?

Mir wurde wirr und bang.

Ich saß lang im Raphael=Saal wie in einer andern Welt, und das Schönste, was die Erde getragen und die Schöne, mit der die reinsten Augen es erfaßt hatten, umgab mich.

Ein beglückender Gedanke ging mir durch die Seele: durch die Kunst werden die Menschen zuerst frei, da geht ein zweites freudenschaffendes Leben an und — was noch größer — da ist ein höchstes Reich, da kann Jeder eintreten, wenn er berufen; der arme Sohn des Volkes spricht: in diesen hohen seligen Räumen will ich und mein Geist wohnen — und er waltet hier ewig, in der freien Ahnenluft der Menschheit. Da ist Unsterblichkeit oder besser ewige Ungestorbenheit. Im Vaterhause der freien Kunst= schöpfung ist unendlicher Raum und ewige Heimath. Hier tritt ein, wer selig gelebt hat.

Ich stand am Schloß. Die Fenster waren offen in den Zim= mern, die ich einst bewohnte. Mein Papagei war noch da in seinem goldenen Käfig und rief: Pfüt di Gott! Pfüt di Gott! Meinen Namen setzt er nicht hinzu. Er hat ihn vergessen.

✳

Ich sah seit Jahren zum Erstenmal wieder eine Zeitung; sie lag vor mir auf dem Tisch. Ich konnte mich lang nicht entschließen, sie zu lesen; endlich that ich's doch. Da hieß es:

„Seine Majestät der König sind im Gefolge des Minister=
Präsidenten von Bronnen (also Bronnen Minister), des Ober=
stallmeisters Grafen von Wildenort (also mein Bruder) und
des Leibarztes, Geheimraths Doctor Sixtus (also mein hoher
Freund Gunther ist auch todt) zu einer sechswöchentlichen Cur
nach dem Seebad abgereist."

Wie viel sagen mir diese wenigen Zeilen! Ich brauchte nicht
weiter zu lesen. — Da stand aber doch noch:

„Ihre Majestät die Königin sind mit Seiner königlichen Ho=
heit dem Kronprinzen nach Schloß Sommerburg übergesiedelt."

*

Ich ging in der Stadt umher, stand an den Schaufenstern
der Kaufläden und sah mir alle die Dinge an, die ich nicht mehr
brauche. Da fand ich in einem Schaufenster meine Schnitzereien
ausgestellt. „Das ist unsere Arbeit," rief mein Pechmännlein,
ging keck in den Laden, fragte nach dem Preis und von wem die
Arbeit. Wir hörten einen hohen Preis, und der Kaufmann setzte
hinzu: „Diese Kunstwerke — ja Kunstwerke nannte er sie — sind
von einer halbwahnsinnigen Bäuerin im Gebirge."

Ich sah mein Pechmännlein an. Er hatte entsetzliche Angst
vor mir, und sein Blick bat mich, ich solle doch ja nicht da in
der Fremde verrückt werden. In der That hatte er wohl Grund
zu dieser Angst, denn bei aller Selbstbeherrschung mag meinem
treuen Geleitsmann mein ganzes Thun und Lassen nicht geheuer
erschienen sein.

Ich habe mir einige kleine Gypsabgüsse von griechischen Gem=
men gekauft; nun habe ich doch ewige Schönheitsmuster vor mir.
Es war ein Kunststück, solche seltsame Dinge einzukaufen; ich
wagte es auch nur in der Dämmerung.

Ich sah viele Gesichter, die ich kannte; aber ich schaute immer
schnell weg. — Nur die gute Mamsell Kramer hätte ich gern an=
gesprochen; sie ist alt geworden, sehr alt; sie trug ein Buch mit
dem gelblichen Schilde der Leihbibliothek in der Hand — wie viel
tausend Bände hat die Gute schon gelesen! Sie liest die Bücher
weg, wie die Männer Cigarren rauchen.

Ich ging nach dem Hause des Leibarztes. Das Hofthor stand
offen, es ist jetzt eine Fabrik darin. Die schönen Bäume sind
gefällt.

Auf dem Haupte der Victoria am Zeughaus saß eine Taube mit glänzendem Gefieder. — Ich sah die Figur ohne Augenglas ganz klar.

*

Der Abend brachte mir ein reines Glück, das reinste, das ich je empfunden und, wie ich glaube, noch je empfinden werde.

Im Theater wurde Mozarts Zauberflöte aufgeführt.

Ich ging hin mit meinem Pechmännlein. Wir saßen auf der obersten Gallerie. Es waren wohl viele Menschen im Theater: darunter gewiß auch manche, die ich kannte. Ich sah Niemand. Ich sah und hörte und schwebte nur im Zauber.

Mitternacht ist vorüber. Ich wohne mit meinem Pechmänn=lein in einem Fuhrmanns=Wirthshaus; ich kann nicht zur Ruhe kommen, ich muß festhalten in Worten, was mir ward.

Mozarts Zauberflöte — das ist eine jener ewigen Schöpfungen, die im reinen Aether, im Jenseits aller Leidenschaft und alles Menschenkampfes steht. Ich habe oft gehört, wie kindisch dieser Text sei; aber auf dieser Höhe kann alle Handlung, alles Ge= schehen, alle Menschenerscheinung, alle Umgebung nur noch alle= gorisch sein. Die Schwere und Begrenztheit ist abgestreift, der Mensch wird zum Vogel, zum reinen Naturleben, er wird zur Liebe, wird zur Weisheit. Das Kindliche, ja das Kindische des Textes ist einzig naturgemäß; nur überreizte Menschen können das langweilig und geschmacklos finden.

Daß ist das letzte dramatische Werk Mozarts und er erneut sein höchstes Wesen, all' die Klangfülle in ihm wie in der Ver= klärung. Seine Einzelgestalten ziehen an ihm vorüber, werden neu, minder fest und charakteristisch, aber um so reiner und äthe= rischer. Es ist da im besten Sinne etwas Ueberirdisches, wie es in den Menschen und Dingen zerstreut waltet und klingt, aber hier gesammelt und gebunden ist.

Der Einzugs=Chor der Priester ist der Marsch der Humanität und der Chor „O Isis" die sonnenhafte Friedensseligkeit. Hier ist das volle Paradiesesmärchen, ein Leben über der Welt, wohin nur die Musik emportragen kann, im freien, über allen Stürmen und Wettern erhabenen Aether.

Ich habe stundenlang darin geschwebt, ich weiß nicht, wie ich wieder hernieder kam, und zahllose Gedanken umschwirren mich. In dieser Musik ist erhabene Ruhe, selbstbewußte, nichts von gedrückter Demuth; da ist unverwelklich blühendes Leben, nein der Duft der reifen Frucht.

Mozarts letztes Werk hat einen Genossen in Lessings letztem Werk, in „Nathan der Weise". Weit weg über die zerrissene kämpfende Welt schwingt sich da die Seele und lebt im reinen Jenseits, in der positiv gewordenen Frömmigkeit und Friedsamkeit, wo es nur noch ein Lächeln giebt für die Abquälungen der Menschen in ihrer Beschränktheit und Endlichkeit. Der große Hort des Menschenthums ist nicht in eine Vergangenheit vergraben, er muß erst aus der Zukunft geschürft, gebildet und geschaffen werden.

In „Nathan" und „Zauberflöte" sind glänzende Stücke des Geschmeides; sie beweisen, daß die Seligkeit nicht ein Wahn, und wer in der wirklichen Welt die Ueberweltlichkeit nicht ahnend in sich trägt, der faßt das nicht.

Solche Stunden gelebt zu haben ist ewiges Leben.

Die drei Knaben singen gottesvolle Seligkeit. Wenn die Engel auf Raphaels Sixtina sängen — das wären ihre Weisen, in dieser Tonregion bewegten sich ihre Stimmen.

Das sind Klänge, die ich hören möchte in meiner Sterbestunde, so wonnig auflösend.

Wenn man nur die ungebrochene Fortsetzung solcher höchsten Wonnen der Empfindung haben könnte!

Ich saß nach der Oper lange im Park, rings um mich Nacht und Stille.

So vollgesogen von dieser Musik möchte ich hinausfliegen in meine Waldeinsamkeit und nichts mehr von der Welt haben und still vergehen; kein fremder Ton sollte mich mehr berühren und stören.

Ich mußte doch wieder in die Welt zurück.

Da sitze ich nun in später Nacht, die ganze Welt liegt in Ruhe und Selbstvergessen, ich bin wach in Ruhe und Selbstvergessen.

O ihr ewigen Geister, wer mit euch sein und aus seinem Leben auch nur einen einzigen Klang, ein Wort hineinsprechen könnte in die Unendlichkeit! Dort in der Gallerie schauen Augen, ewig offen, auf die kommenden und gehenden Geschlechter und hier klingen Harmonien und tönen nie verhallende Worte . . .

O ihr gebenedeiten Geister, die ihr aus der Kunst die zweite Welt schafft! Die Welt, wie sie ist, verwirrt uns. Ihr durchklärt sie. Ihr seid die seligen Genien, die der Menschheit fort und fort

  Romane.

im goldenen Kelch den Wein des Lebens bieten, und er erschöpft
sich nie, so viele Millionen auch daraus trinken.

Ich verlasse tief schmerzlich dies schimmernde und klingende
Reich der Farbe und des Klanges. Das allein entbehre ich.

*

Nun noch die letzte Station.

Wir wanderten nach der Sommerburg. Am Gitter des Parkes
gingen wir hin und her. — Ich sah die Hofdamen oben bei der
Capelle unter der Hänge=Esche auf den zierlichen Stühlen sitzen und
sticken. Ach, wie manche sitzt dort und ist nicht besser als ich,
und sie scherzt und lacht und ist glücklich und geehrt. Das ist
unser Elend, immer betäuben wir uns und sagen: Sieh' dich um,
Andere sind nicht besser als du.

Jetzt erhoben sie sich und machten ihre Verbeugung. Das
Gitterthor wurde geöffnet, die Königin fuhr heraus, neben ihr
saß der Prinz. Sie schaute mich und das Pechmännlein an und
grüßte. Mir vergingen die Augen.

Ich weiß nicht — sah ich recht? Die Königin sieht heiter aus.

Der Prinz ist ein schöner Knabe geworden, er hat gehalten,
was das Kind damals in der Wiege versprach.

Mein Pechmännlein unterhielt sich mit dem Steinklopfer am
Weg. Der lobte die Königin gar sehr und ihr einziges Kind, den
Kronprinzen. Also hat sie nur ein einziges Kind —

Ich war so müde; ich mußte mich am Wegrain niedersetzen.
Da saß ich nun am Weg, wo ich einst stolz vorüber fuhr. Im=
merhin! Es ist gut, daß es so ist.

Mein Pechmännlein war glückselig, als ich ihm sagte: Jetzt
geht's wieder heimwärts. Es mußte ihm doch bange um mich ge=
worden sein; er mußte sich still denken: die Leute haben nicht so
Unrecht, die da behaupten, daß es mit ihr nicht ganz richtig sei.

Die mich nicht sehen, halten mich für todt, und die mich sehen,
für verrückt.

Ich war fest entschlossen, wenn ich entdeckt würde, dem König
und der Königin Alles frei zu sagen und wieder still in mein Asyl
zurück zu kehren.

Jetzt ist es besser so.

*

Wir kehrten heim.

Als ich wieder an unsern Berg kam und die ersten Schritte

hinan ging, da fragte ich mich: Ist das deine Heimath? Und doch — diese Abwesenheit macht mir sie zur neuen Heimath. Ich lebe hier ein wirkliches Leben.

Es ist mir ein Stein vom Herzen, daß ich das nun aufgezeichnet habe. Es schwindelte mir oft, als stehe ich an einem Abgrund, während ich schrieb. Aber ich bleibe fest. Ich sehe diese Blätter nicht mehr an.

Nun wieder die Hände fleißig gerührt und keine Reuegedanken mehr im Kopf! Die nächste Minute ist unser, die jetzt rinnende kaum mehr und die vergangene gar nicht.

Es wartet viel Arbeit auf mich. Das ist gut. Und meine Walpurga und die Kinder sind ganz glückselig, daß ich wieder da bin.

*

Während ich fort war, hat Walpurga mein Zimmer blaßroth färben lassen, geschmacklos und ich muß doch dankbar sein. Sie glaubte auch, daß ich nicht wieder käme.

Ich könnte diese Menschen jeden Tag verlassen, und sie sind doch meine ganze Welt. Ist das so, wenn ich einmal die Welt ganz verlassen werde?

*

Mit Muth die Welt entbehren — ich glaube, ich habe das Wort einmal gelesen; jetzt verstehe ich's, ich habe es aus mir, ich bin in der Ausführung. Nicht verzagt, nicht traurig. Mit Muth.

*

Ich bin nicht mehr traurig, eine stille Sättigung in Entsagung macht mich frei.

Wenn ich hineinsehe in das Leben — wozu all das Mühen und Kämpfen und all diese Schranken bis zur letzten Schranke, bis zum Tod? Die Helden in der großen Geschichte und mein Pechmännlein — sie haben nichts vor einander voraus. Niemand hat ein ganzes, klares, reines, erfülltes Schicksal.

Mein alter Jochem betete täglich, oft stundenlang, und dann schimpfte er wieder auf die Menschen und auf sein Schicksal; und ich sah vornehme Frauen, die in Beethoven'scher Musik schwelgten und schwärmten und gleich darauf gemein zankten.

Es geht mir immer nach: mit Muth entbehren. Dank dir, guter Geist, für dies Wort, wer du auch seiest. Den Tag leben

unb sich ihn nicht trüben lassen, weil wir wissen, daß es Nacht
wird. Mit Muth entbehren — das ist Alles.

Ich hätte nie geglaubt, daß ich ohne Glück, ohne Freude leben
könnte. Jetzt sehe ich doch, ich kann's. Glück und Freude sind
nicht die Bedingungen meines Lebens.

Es liegt in unserer Macht, die Seele heiter zu stimmen; ich
meine ruhig, klar.

*

Wie viele Jahre sind es doch, welche die Hermione des Winter-
märchens verborgen blieb? Ich weiß es nicht mehr.

*

Mir fallen jetzt immer bei der Arbeit die Weisen und Klänge,
die Einzelgesänge und großen Gesammtstücke und die begleitenden
Instrumente aus Mozarts Zauberflöte ein. Sie umtönen mich aus
der stillen Luft und tragen mich.

Vor Allem der Zuruf: Sei standhaft! mit den drei kurzen
Noten D E D und dem darauf folgenden Trompetenstoß erklingt
mir immer und ist mir wie ein geistiges Wachsignal. Die höchsten
Lehren sollten nur in Musik gegeben werden. Das bringt ein und
haftet. Sei standhaft! . . .

*

Ich entwirre wieder am Räthsel des Lebens.

Der Mensch darf nicht Alles thun, was er kann, wozu es ihn
treibt; sobald er ein Mensch ist, muß er die Grenze seines Rechts
erkennen, bevor er an die Grenze seiner Macht gelangt.

Wie oft wurde dort am Hofe der Spruch erörtert: Recht geht
vor Macht! Ich habe die Redensart im heißen Denken wieder ein-
geschmolzen und neu geprägt.

Schön ist die Sage vom Paradies. Da sind die Menschen
hingesetzt, Alles ist ihnen gestattet, soweit ihre Kraft reicht, ein
Einziges nicht — und die Frucht lockt. Aber das Paradies ist
nicht. Das Thier allein hat das, was man Paradies nennt; es
thut, was es vermag. Sobald ein Verbot da ist, und der Mensch
als sittliches Wesen muß ein solches kennen, da ist kein Paradies
mehr, keine volle Freiheit.

Ich meine so: Durch Ueberschreiten der Grenze kommt das
Selbstbewußtsein. Es ist das Genießen vom Baume der Erkenntniß. Von da an bereitet sich dem Menschen sein Genuß nicht mehr
von selbst, er muß ihn schaffen, aus sich, aus der umgebenden

Welt, da beginnt sein Ringen mit der Natur und mit sich, sein Leben wird zur That. Die Arbeit ist die zweite Schöpfung, die Arbeit an sich selbst und an der Welt.

Mein ganzes Denken ist mir, als wäre es ein Lallen und Stottern am großen Worte der Erkenntniß.

Ich sehe jetzt die kleine Welt, die um mich ist, und die sogenannte große, die ich noch in Erinnerung habe, wie durchsonnt.

Die Schranken erkennen, die Nothwendigkeit des Gesetzes, das ist Freiheit. Ich bin frei.

Ich habe recht gethan, daß ich wieder in der Welt war; oder finde ich nur, daß ich recht gethan, weil ich es als wohlgethan empfinde? Ich bin seitdem freier, ich bin nicht die arme Seele, die sich wieder hinabgesehnt hat auf die Welt, und ich lebe nicht in einer Hölle. Ich könnte wieder in die Welt zurückkehren, ohne mich vor ihr zu fürchten. Ich kann jetzt frei entbehren und ich entbehre kaum mehr. O wie eingebildet, daß wir glauben, die Andern bedürfen unser. Ich bedarf auch keines Andern mehr.

*

Es wird eine Telegraphenleitung an meiner Waldaussicht vorbeigezogen. Da geht nun das große Weltgetriebe an mir vorüber. Ich sehe die Männer an den hohen Stangen auf den Leitern die Drähte aufwinden.

*

Walpurga sagt, meine Stimme klinge jetzt so rauh; ich fühle aber keinen Schmerz. Es kommt wahrscheinlich davon, weil ich so wenig spreche; oft tagelang kein Wort. Ich trinke diese kühle, reine Luft jeden Morgen wie einen Labequell und das Blau des Himmels ist hier oben viel intensiver.

*

Der Leibarzt sagte mir einmal mit Recht, ich sei eine unrhythmische Natur. Wäre ich's nicht, jetzt würde ich mein innerstes Leben in melodische Worte fassen — meine Gedanken haben eigentlich nur in Versen ihre rechte Heimath, so voll, so selig, so erlöst ist es in mir.

*

Hansei ist nun doch schon lange im Besitz, aber er hat noch immer neue Dankbarkeit für Alles: daß er schöne Kühe kaufen

kann, daß er schöne Schellen anschafft, das Alles macht ihn glücklich, und diese Dankbarkeit im Glück giebt seiner rauhen Außen-
seite eine innere Weichheit.

*

(28. August.) Nach langen sonnenlosen Tagen mit scheintodter
Seele nun heut' diese klare Himmelsheiterkeit über den beschneiten
Berggipfeln, auf den saftgrünen Vorbergen und Thalgründen —
ich möchte hinaus und frei schweifen im All; aber ich bleibe sitzen
und arbeite, meine Arbeit ist mir treu geblieben in trüben Tagen,
ich bleibe ihr treu in hellen. Nur zum Feierabend will ich wandern.

Heut' ist Goethe's Geburtstag. Ich glaube, Goethe wäre mir
freundlich gewesen, wenn ich in seiner Zeit und Umgebung gelebt hätte.

Es ist doch schön, daß wir die Stunde wissen, wann er geboren wurde. Es war um Mittag. Ich schreibe das in dieser
Stunde, sein gedenkend.

Was er mir wol für mein verlorenes Leben gerathen hätte?
Ist es ein verlorenes? — Es ist nicht verloren.

*

Das war ein Siegesjubel: Franz ist als Held vom Schützenfest
heimgekommen. Er hat den besten Gewinn, einen schönen Stutzen.
An unserem Haus prangt nun die vielfach zerschossene Schützen-
scheibe.

*

Solch ein im Herbst fallendes Blatt — wie viele helle Som-
mertage und laue Nächte führten sein Wachsthum herbei, und
was ist es, da es am Baum hing, und jetzt, da es abfällt?

Und was ist das Ergebniß eines ganzen Menschenlebens, auf
wenig Sätze zurückgeführt?

*

Wie hoch liegt unser Hof über dem Meeresspiegel? Ich weiß
es nicht, und mein Hansei würde lächeln, daß man nach so etwas
fragen kann. Man thut auf dem Fleck, wo man lebt, seine Schuldigkeit. Wie das ausmündet ins Ganze, in das große Meer auf
der Erde und der Geschichte der Menschheit? Das fügt sich ohne
unser Zuthun ein. Der Bach treibt die Mühle und wässert die
Wiese auf seinem Lebensweg, bis ihn das Meer verschlingt, und
von dort kommen die Wolken und die Wetter wieder heran und
nähren den Bach.

*

Mit Allem, wozu ich erwachsen bin, was ich im Lauf der Jahre gelernt, geübt, gethan, gedacht habe, komme ich mir doch immer wieder wie ein Block Holz vor — ich weiß noch immer nicht, was aus mir wird. Wer macht mich zu etwas? Ich muß es selbst.

Ich habe eine schöne Arbeit bekommen, eine Arbeit, die bleibt, die nicht wandert und mich beständig freut, eine Arbeit für unser Haus.

Schon bei dem Neubau am Wohnhaus habe ich in Gemein=schaft mit dem Zimmermeister dem Wohnhaus eine bessere Sym=metrie gegeben; die Laube, die rings ums Haus läuft, hat eine freiere Bedachung bekommen und die Bretter am Geländer an=genehme Formen.

Nun hat Hansei oft davon gesprochen, welch eine schöne Alm aus seinem Holzschlag wird. Gestern kam er heim und sagte:

„Ich hab's! Ich lasse an der Berglehne die Bäume schlagen, und da hab' ich vier schöne Stämme stehen lassen, just im Viereck, und da wird eine Almhütte hingebaut, und dann haben wir wieder eine eigene Alm; der Hof kann ohne eigene Alm nicht zurecht=kommen. Es ist freilich weit, wohl zwei Stunden Wegs ist's hinauf, aber wir sehen die Waldlichtung von hier.“

Er ist ganz glückselig, daß er das zu Stande bringt.

Und denke dir,“ sagte Hansei, „jetzt, wo man den vorderen Wald geschlagen hat, jetzt sieht man weit, gar weit, man sieht unsern See von daheim. Es ist freilich nur ein kleiner glitzeriger blauer Fleck, aber das sieht Einen doch so freundlich an wie ein treues Auge von daheim, das Einen von Jugend auf kennt. Es war doch schön daheim! Aber es ist noch schöner hier, und wir wollen nicht sündigen.“

Ich habe nun Zeichnungen für unsere Alm gemacht. Mein Pechmännlein ist ganz geschickt, Alles zu schneiden. Wir zimmern und sägen für unsere Arche Noah und sind lustig wie Lehrburschen.

Ich meißle auch zum Erstenmal einen lebensgroßen Pferde=kopf für den Dachgiebel.

*

Ich war mit Hansei droben, wo wir die neue Alm bauen.

Mir ist heut' nach dem erfrischenden Berggang, als hätte ich den Anfang alles Weltlebens miterlebt: neuer Weg, neues Wohn=haus, wo nie ein Mensch vordem daheim war. Ich meine, ich

habe nichts mehr zu erleben; mir ist so frei, als wäre alle Erden=
schwere von mir abgelöst.

*

Am Morgen nach einer großen Anstrengung, einem ermü=
benden Berggang erwachen. Die Müdigkeit ist verflogen und nur
die Erfrischung ist noch da und dazu das Gefühl der Erprobung:
du hast Spannkraft, du kannst dir etwas zumuthen. Und rings=
umher grüßt dich dein vergangenes Leben, das du eine Weile
verlassen hattest, nichts mehr besaßest, als dich allein — ich kann
mir die Friedsamkeit derer denken, die sich das Erwachen zum
ewigen Leben so vorstellen können.

*

Nichts ist droben in der Almhütte, Alles noch kahl, nur in
der Ecke hängt das Bild des Heilands und wartet einsam auf
die Menschen, die da kommen werden. Es ist und bleibt ein
Segen für die Menschheit, daß sie das Bild eines reinen Men=
schen hat, das sie in die Einsamkeit und auf die Berge tragen
kann. Eine ganze höhere Cultur, eine große Geschichte nimmt
damit Besitz von der neuen Welt.

Wenn nur auch die reine Erkenntniß des reinen Geistes sich
daran schlösse.

*

(October.) Jetzt, da es Winter werden will, muß ich immer
an die einsame Almhütte droben denken. In meinen Träumen
bin ich immer dort, allein, und erlebe Wunderbares. Ich meine,
ich muß nächstes Frühjahr hinaufziehen. Einen ganzen Sommer
lang nur mit Pflanze und Thier, mit Berg und Bach, mit
Sonne, Mond und Sternen — ich meine, erst wenn ich das
gelebt, habe ich ganz gelebt.

Bist du denn noch nicht gesättigt und begnügt, du unersätt=
liches, unbegnügtes Herz? Immer wieder Sehnsucht nach etwas
Anderem? Was ist das?

Ich muß Ruhe haben. Ich will.

*

Wer, um glücklich zu sein, nichts zu haben braucht, als sich
selbst, der ist glücklich.

*

Hier bin ich wieder ein erster Mensch.

Ein Mensch für sich ist rein, unbefleckt, und aus ihm kommt die Welt. Hier liegt ein Geheimniß. Ich will's nicht nennen.

Es macht mich glücklich, daß ich noch höher hinauf soll, noch höher in die Berge, noch mehr Einsamkeit, noch stillere. Es ist mir, wie wenn mich dort etwas riefe — es ist keine Stimme, es ist kein Klang, ich weiß nicht, was es ist, und doch ruft's mich, zieht's mich, lockt's mich, komm, komm! Ja, ich komme.

*

Ich weiß, daß ich nicht sterbe. Eher zweifle ich, daß ich lebe. Die Welt ist kein Räthsel mehr.

*

Vom Berge aus überschaue ich, wem ich Leid angethan in meinem Leben: Dir, mein Vater, und dir meine Königin, und am meisten mir.

*

Von allen Dingen der Welt rächt sich die Unwahrheit am meisten. Damals, als ich dem König aus dem Kloster schrieb, pochte ich auf meine Wahrhaftigkeit und war doch durch und durch unwahr. Ich wollte eine That der Freiheit bewirken und eigentlich wollte ich ihm nur schreiben und mit meinem Freiheitsgefühl schön erscheinen. Ich war stolz, daß ich der Alltagsmeinung widersprechen konnte, und eigentlich wollte ich damit vor ihm glänzen als seine starke Freundin. Er hat meine Mahnung ab=gelehnt und doch war ich's, die die Klöster wieder aufschloß.

Die Unwahrheit rächt sich.

Nur wo man ganz wahr ist, ist Reinheit und Freiheit.

*

Wenn ich nur die Wonne in Worte fassen könnte, die heut beim Sonnenuntergang mich durchzog. Jetzt ist Nacht, und so gewiß die Sonne mir ins Antlitz leuchtete, so gewiß leuchtet ein Sonnenstrahl in mir. Ich bin ein Strahl aus der Ewigkeit. Was sind da Tage und Jahre? Was ist da ein ganzes Mehschen=leben? —

*

Ich wußte nicht recht, was ich wollte, warum ich aus aller Gegenwart heraus immer ruhelos und sehnsüchtig nach der nächsten Stunde, dem nächsten Tag, dem nächsten Jahre ausschaute, etwas davon hoffte, was ich nicht finden kann. Aber auch die Liebe war's nicht, sie sättigt nicht. Ich wollte im Augenblick leben, und konnte es doch nicht. Es war mir immer, als riefe mich etwas, als warte etwas draußen vor der Thür. Was war's denn?

Jetzt weiß ich's. In mir sein wollte ich, mich fassen, mich in der Welt und die Welt in mir.

*

Der Eitle ist der eigentlich Einsame. Er hat immer eine Sehnsucht, gesehen, verstanden, erkannt, bewundert, geliebt zu werden.

Ich könnte darüber jetzt viel sagen, denn ich bin selbst einmal eitel gewesen. Erst in meiner wirklichen Einsamkeit habe ich die Einsamkeit der Eitelkeit überwunden.

Es genügt mir, zu sein.

Wie weit ab liegt da alles Scheinen!

*

Jetzt verstehe ich die That meines Vaters. Er wollte mich nicht strafen, er wollte mich nur wecken, zum Bewußtsein meiner selbst bringen, und das Bewußtsein erlöst, lehrt anders werden.

*

Ich verstehe die Aufschrift in der Bibliothek meines Vaters: „Wenn ich allein, bin ich am wenigsten allein."

Ja, im Alleinsein kann man sich am besten und reinsten versenken ins Allsein. Ich habe gelebt und erkannt. Ich kann sterben.

*

Wer Eins in sich ist, ist Alles.

*

Was die Leute sagen werden — in diesen Worten liegt die Tyrannei der Welt, die ganze Entwendung unseres Naturells, der Schielblick unserer Seele. Diese fünf Worte herrschen überall. Auch Walpurga steht unter der Herrschaft dieses Tyrannen, während Hansei einen ganz andern Halt hat, den einzig richtigen — er weiß es nicht, wie der Leibarzt, aber er handelt ganz so wie dieser.

Der Mensch hat die einzige und erste Pflicht, die Ruhe in seiner Seele zu wahren. Was draußen ist, jenes entsetzliche „Was die Leute sagen werden?" hat ihn nicht zu kümmern. Diese Frage macht die Seele heimathlos. Thue recht und scheue Niemand, du kannst sicher sein, daß du bei aller Rücksichtnahme auf die Welt doch die Welt nie zufriedenstellst. Wenn du aber deinen Weg gerade fortgehst und dich nicht um freundliche oder unfreundliche Blicke der Menschen kümmerst, dann hast du die Welt besiegt, sie ist dir unterthan. Mit der Frage: „Was werden die Leute sagen?" bist du ein Unterthan der Welt.

*

Ich glaube jetzt zu wissen, was ich that. Ich habe keine Barmherzigkeit gegen mich selbst. Hier mein volles Bekenntniß:

Ich bin in Sünde verfallen — nicht gegen die Natur, nur gegen die Weltordnung. Ist das eine Sünde? Da drüben steht der Wald von hochstämmigen Fichten. Je höher der Wipfel steigt, umsomehr stirbt das Gezweige unten ab, es erstickt. Der Baum im geschlossenen Wald, in Schirm und Schutz der Gemeinschaft, lebt sich nicht aus in allen seinen Auszweigungen.

Ich wollte mich ausleben und doch im Wald stehen, in der Welt, in der Gemeinsamkeit. Wer sich ganz und voll ausleben will, darf nur einsam sein. In der Gemeinsamkeit der Welt sind wir als Menschen sofort keine Naturgeschöpfe mehr. Natur und Sitte sind gleichberechtigt und müssen zum Friedensschluß miteinander gebracht werden. Und wo zwei Gleichberechtigte sind, kann kein Einzelnes sein volles Recht ausleben, es muß Concessionen machen.

Hier liegt meine Sünde.

Wer als Natur allein leben will, muß aus dem Schutz der Sitte ausscheiden. Ich wollte das Eine und das Andere nicht ganz. So bin ich zerbrochen und zerstückt.

Mein Vater hatte Recht mit seiner letzten That. Er rächte das Sittengesetz, das ebensogut menschlich ist, wie das Naturgesetz. Die Thierwelt kennt nicht Vater, nicht Mutter, sobald das Junge selbstständig ist. Die Menschenwelt kennt sie und muß sie heilig halten.

Das Alles ist mir nun klar. Ich leide und büße gerecht. Ich war eine Diebin, ich stahl das Höchste: Vertrauen, Liebe, Ehre, Ansehen, Glanz.

Wie vornehm und erhaben erscheinen sich die zarten Seelen, wenn ein armer Schelm gestohlen hat und dafür ins Zuchthaus kommt. Was sind aber alle Besitzthümer, die mit der Hand gestohlen werden können, gegen die unfaßbaren?

Es sind nicht immer die schlechtesten Menschen, die vor Ge=
richt stehen.

Ich bekenne meine Sünde und büße ehrlich dafür.

Daß ich heuchelte, daß ich verleugnete und beschönigte, was
ich als Naturrecht wollte gelten lassen, das ist meine todeswürdige
Sünde und für sie büße ich. Gegen die Königin habe ich die
höchste Sünde begangen. Sie ist für mich die Vertreterin der
sittlichen Weltordnung, die ich verletzte und doch genießen wollte.

Dir, meine Königin, dir, du Holde, Gute, Schwergekränkte,
dir beichte ich dies Alles.

Wenn ich vor dir sterbe — und ich hoffe das — sollen diese
Blätter dir, Königin, übergeben werden.

*

Wir können nicht ganz Natur sein. Wer seinem Naturgesetz
folgt, hat keinen Antheil an der geschichtlichen Welt, kein Erbe;
für ihn hat Niemand vor ihm gelebt, ihm das Dasein vorbereitet,
mit ihm ist seine ganze Natur geboren und mit ihm stirbt sie.
Wer dem Naturgesetz allein folgt und sich einredet, er thue damit
recht, der ist ein Menschheitsleugner; er leugnet, daß es eine
Geschichte der Menschheit giebt, die nicht er allein repräsentirt,
sondern die vor ihm war, außer ihm ist. Der Menschheitsleugner
ist trotz allen Firnisses doch nur der Wilde, er steht draußen,
Alles was er von Bildung übt und trägt und genießt, hat er
gestohlen; er dürfte kein Lied singen, als das ihm selbst in der
Kehle liegt, wie dem Vogel das seine; der bringt sein Gefieder
und seinen Gesang mit, hat kein besonderes Kleid und keinen
besonderen Ton, Alles an ihm ist Gattung, Alles Naturgesetz.

Darin allein liegt Wahrheit.

*

Und über aller Gerechtigkeit und aller Verpflichtung steht die
Liebe, die den Geliebten und das eigene Selbst der reinen Ent=
faltung ihres Wesens zuführt.

Wehe, wer die göttliche Sendung der Liebe entweiht.

*

Auch das Geschick meines Vaters ist mir nun klar.

Er wollte für sich leben, sich vervollkommnen, und er hatte
doch Kinder in der Welt und verlangte die Liebe und Anhäng=
lichkeit dieser Kinder. Er starb an der entsetzlichsten Folge seines

Lebens. Darum bin ich aber nicht unschuldig, und er hat recht an mir gehandelt.

Ich will mich in nichts und vor Niemand beschönigen. Ich will wahr sein bis an die äußerste Grenze. Das ist mein Glück und mein Stolz.

*

Nur was du in dir bist, bestimmt deinen Werth, nicht was du hast.

*

Ich habe das Centrum meiner Seele gefunden.

*

In diesen Tagen ist es mir immer und kommt mir, ich weiß nicht woher, der Gedanke, die entsetzliche Strafe meines Vaters sei gar nicht geschehen, er habe sie nicht vollzogen, Alles sei nur Einbildung meiner Phantasie, meine Seele habe vorausgeträumt, daß ich das verdiente.

Woher kommt das plötzlich und verläßt mich nicht?

Ich weiß, ich weiß. Was auch geschehen ist, es ist gesühnt. Es giebt eine Erneuerung des Lebens, eine Erlösung aus uns heraus. Sie ist mir geworden, ich fühle es, ich bin frei, ich kann zurückkehren in die Welt und die Binde von meiner Stirne lösen.

In die Welt? Was ist denn die Welt? Ich habe die Welt hier bei mir, in mir, und ich bin in der Welt und die Welt ist in mir. Ich bin.

*

Heute zum Erstenmal habe ich wieder gesungen. O, wie wohl mir das that. Niemand hörte mich als ich allein.

Kein Vogel singt für sich, er singt seinem Lieb. Der Mensch allein singt für sich und denkt für sich und hat sich allein in sich.

*

Die Morgenstille war mir stets so lieb, jetzt setzt sich mir die Morgenstille den ganzen Tag fort.

*

Der Bach drüben rauscht oft plötzlich so laut, der Wind faßt ihn unversehens und trägt die Schallwellen zu mir.

*

(Bei der Arbeit.) Wenn der Stoff spröde ist, lernt man aus der Noth eine Tugend machen. Ich komme oft auf Verästelungen, die neue Schönheiten oder Verunstaltungen bedingen. Ich bringe aus einem Stück Holz oft Züge, die ich nicht wollte, und die ich wollte, werden ganz anders, weil eben das Stück Holz auch Herr ist, nicht bloß meine Hand. Der gebenedeite Nothhelfer Firniß deckt Tugend und Fehler.

*

Wir machen nichts; wir bilden, wir entdecken nur, was für sich schon da ist, aber ohne unsere Handreichung sich nicht aus dem gestaltlosen Chaos lösen kann.

Ach, ich meine, ich verstehe jetzt die ganze Welt und alle Kunst und Arbeit. Ich fühle mich so im Unendlichen gesättigt.

Ich weiß jetzt, wo der ganze Zwiespalt zwischen dem Denken im Großen und dem Leben im Kleinen liegt.

Hansei, Walpurga, der König, die Königin, der Leibarzt, Emmy — was sind sie? Tropfen im Meer der Menschheit. Ich vergesse sie, ich denke mich ins Ganze. Das löst die Liebe zum Einzelnen auf, das Begehren und Genießen hört auf, aber auch alle Leidenschaft, alles Herzeleid.

Und was bist denn du? Was bleibt denn an dir? Das Ganze, das Große, das All können wir erkennen, das Einzelne müssen wir lieben, du kannst nur das Nächste lieben, und das Nächste zu dir ist Gott, der große Gedanke des Weltgesetzes.

*

Walpurga ist jetzt so besorgt um mich; sie kommt oft und es ist, wie wenn sie etwas sagen wollte, sie sieht mich so seltsam an und bleibt doch still. Sie kommt immer wieder darauf zurück; wie schön es droben auf der Alm sei und wie ich da so ruhig und glücklich sein werde. Sie möchte, daß jetzt die Berge schon vom Schnee befreit wären, sie will mich fort haben und sagt, ich würde gesund werden. Und ich fühle mich doch nicht krank. Sie sagt immer: Du siehst so glanzig aus.

Kann sein, daß etwas aus mir glänzt, weil ich gar so ruhig, fertig abgeschlossen von der Welt bin. Ich könnte jetzt nichts mehr von der Welt fürchten, ich könnte wieder unter den Menschen leben, ich fühle mich frei, mich verletzt nichts mehr.

*

Ich habe ein Verlangen, noch einsamer zu sein. Finde ich da droben noch tiefere, verschlossenere, lautlosere Einsamkeit? Ich meine immer, es ruft mich, ein Wort ruft mich: mutterseelenallein. O du gebenedeite deutsche Sprache.

Welch ein Segen ist es, daß ich den ganzen Reichthum meiner Muttersprache mühlos mit mir trage; und wenn es sprudelt aus allen Orten und Enden des Denkens, ich immer ein Wortgefäß habe, um es unterzustellen und die Gedanken aufzufassen. Ich meine, ich muß immer sprechen und schreiben und jubeln über diesen Besitz und könnte gar nicht enden.

Ich breche ab. Die geheimnißvollsten, traumhaften Gedanken sind wie der Vogel auf dem Zweig: er singt, sieht er aber dein Auge, das ihn beobachtet, so fliegt er davon.

*

Ich erkenne jetzt genau die Jahreszeit, ja oft auch die Stunden daran, wie die Sonnenstrahlen des Morgens zuerst in meine Stube und auf meine Werkbank fallen, besonders mein Meißel vor mir an der Wand ist mein Zeiger.

*

Jetzt rieselt's in Frühlingsschauern durch die Bäume — so ist's in mir. Mir ist, als müßte ich noch eine neue Wonne erleben. Was ist's? Ich will still warten.

*

Mir ist so wundersam, als würde ich mit dem Stuhl, auf dem ich sitze, hinweggehoben und fliege, fliege und weiß nicht wohin.

Was ist das? Ich fühl's, ich lebe in der Ewigkeit.

Und Alles strömt mir zu, das Sonnenlicht und der Sonnenglanz, Waldesrauschen und Waldesluft und alle Menschen aller Zeiten, aller Formen — Alles ist bei mir so schön, so durchsonnt.

Ich bin.

Ich bin in Gott.

Wenn ich nur jetzt sterben dürfte in diesem wonnigen Schweben, in dieser Erlösung und Auflösung.

Aber ich will noch leben bis meine Stunde kommt.

Komm, du dunkle Stunde, wann du willst, du bist mir licht!

In mir ist Licht, ich fühle es. O ewiger Geist aller Welten, ich bin eins mit dir!

Ich bin gestorben und ich lebe — ich werde sterben und ich lebe.

Alles ist verziehen und ausgelöscht — es war Staub auf meinen Flügeln — ich schwirre hinauf zur Sonne, ins All, in die Unendlichkeit. Singend werde ich sterben, singend und die Seele so voll!

Genug!

*

Ich weiß, ich werde wieder trüb sein, schwer, mich mühsam fortschleppend; aber ich schwebte einmal in der Unendlichkeit, ich fühlte einen Strahl aus ihr in mir — ich werde ihn nie mehr verlieren.

Jetzt möchte ich doch in ein Kloster gehen; in einer stillen Klause, von der Welt nichts wissend, in mir fortleben dürfen, bis der Tod mich fordert. Aber es soll nicht sein. Ich soll frei leben und arbeiten, leben mit meinen Nebenmenschen und für sie arbeiten.

Das Werk meiner Hände und meiner Einbildungskraft gehört euch; aber was ich in mir bin, ist mein und mein allein.

*

Ich habe Abschied genommen von Allem hier, von meiner stillen Stube, von meiner Sommerbank — ich weiß nicht, ob ich wiederkehre; und wenn ich wiederkehre, wer weiß, ob mir nicht Alles fremd geworden.

*

(Letztes Blatt, mit Bleistift geschrieben.)

Wenn ich gestorben bin, so bitte ich, mich so zu begraben: In ein einfaches Leintuch gehüllt in einem ungehobelten Sarg und in die Erde gesenkt unter dem Apfelbaum am Weg nach meinem Vaterhaus.

Man zeige meinem Bruder oder sonstigen Verwandten sofort meinen Tod an; sie sollen mich dort am Weg begraben lassen.

Mein Grab soll kein Stein bezeichnen, kein Name.

Achtes Buch.

Erstes Kapitel.

Gunther war entlassen. Satt an Erfahrung schied er aus dem zerstreuenden Weltgetriebe.

Es war kein Geringes, ein so lange eingewurzeltes und vielverzweigtes Heimwesen zu verpflanzen; es geschah ohne Schädigung des eigenen Bestandes. Die beiden reinen Götter: Liebe und Wissenschaft, folgten Gunther über die Berge, und nichts von Groll haftete in seiner Seele.

Der Ring schloß sich. Wie von weiter weltumsegelnder Fahrt kehrte Gunther wieder in seinen Ausgangspunkt zurück; er wußte daß in ihm, in seiner Gattin und seinen Kindern selbständiges Leben genug war, um alles Veredelnde und Verschönende aus sich zu schöpfen. Wohl fehlte die Atmosphäre eines gebildeten Umkreises, wo man empfängt und bietet, und damit im höheren Gemeinleben athmet; aber er glaubte mit den Seinen die Probe zu bestehen, entbehren zu können, ohne zu vermissen.

Sofort nach seiner Dienstentlassung hatte er den ehrenvollsten Ruf an eine große Universität erhalten. Er lehnte ab. Seit Jahren hatte er sich vorgesetzt, diese und jene Lücke seines Wissens auszufüllen und im Aufriß niedergelegte wissenschaftliche Arbeiten auszuführen; schmerzlich sah er oft, wie er aus dem Leben scheiden werde, unfertig in sich und Begonnenes unfertig hinterlassend. Denn das ist das Versplitternde des Hoflebens, daß es die stetig sich fortsetzende Gesammtstimmung und geschlossene Gedankenkette hundertfältig durchreißt. Jeden Morgen mit der ganzen Feldrüstung auf Wache ziehen, zu jeder beliebigen Stunde bereit sein, alle Erörterung nur im gesprächsamen Absprunge halten — solch ein Leben Jahrzehnte fortgesetzt, führt zu einer Schädigung des innern Wesens trotz aller Selbstwahrung und Selbstführung.

Gunther hatte das Glück und die Kraft, aus seinem Hause und aus seiner Wissenschaft kommend, immer mit neuer Frische ausgerüstet zu sein; aber er sah doch oft mit Schrecken, wie er einer Kleintheilung zu verfallen drohte und allmälig sein eigen Selbst ihm entwendet werden konnte; er ließ sich ein Stück Uni= formirung gern gefallen, ja er erkannte sie als nothwendig und schön, weil darin ein guter Rest jener geistigen und staatlichen Disciplin lag, die die Menschheit aus der Verzettelung in eitel unfügsame Persönlichkeiten wieder zusammen schließt. Aber Gun= ther hatte dabei die Physiognomie seines Wesens sich streng be= wahren wollen, denn das betonte er oft: Wer sich in seiner Wesen= heit umstimmen und verwandeln läßt, den hat die Welt besiegt und getödtet, er lebt nicht als er selbst fort.

Die strenge, ja fast starre Haltung, die man so oft an ihm bemerkte, hatte ihren Grund darin, daß er täglich aus einer fremden Welt an den Hof kam. Er war aber mild gegen die Oberflächlichkeit und bloße Gefälligkeit in dieser Sphäre, denn er wußte, daß da, wo nicht in der Tiefe des Naturells oder der Bildung eine Quelle immer neu speist, eine Herrichtung für den Tag und die Stunde nothwendig eintreten muß und der ganze Inhalt des Lebens überhaupt sich in die Tagesbegebnisse des ge= schlossenen Kreises auflöst.

Gunthers sogenannte Starrheit bestand aber auch darin, daß er den Schwerpunkt seines Wesens nie aus sich hinaus verlegte und damit, wenn die Stütze fiel oder brach, selbst dem Falle nahe wäre; er stand immer fest in sich. Als nun unversehens, wenn auch im Grund genommen nicht unerwartet, der Bruch eintrat, konnte er den Geheimrath ablegen, und der Doctor blieb. Gunther hatte jegliche Verstimmung über den plötzlichen und jähen Sturz schnell verwunden. Es that ihm leid, die vielen Freunde in der Hauptstadt und vor Allem die Königin verlassen zu müssen, ihr hätte er noch viel sein können; aber er sagte sich wieder, wie es wol gut und nothwendig sei, daß die Königin in sich selbst und ohne fremde Unterstützung erstarke.

So war Gunther von der Hauptstadt ausgezogen. Ein Ideal seines Lebens hatte sich ihm erfüllt; er wohnte wieder in dem Städtchen, wo er geboren war.

Jetzt, da er bald in das siebente Jahrzehnt eintrat, betrachtete er die noch beschiedene Lebenszeit als Feierabend, nachdem er redlich seine Manneslast getragen. Er wollte soweit als möglich abschließen mit seiner Erkenntniß, damit der Tod ihn nicht inmitten so vieles nur erst Begonnenen überrasche.

Schon vor Jahren hatte sich Gunther in seinem Heimathsstädtchen ein bescheidenes Haus erbaut, das zur Sommerfrische für seine Familie diente, so lange die Kinder noch im jugendlichen Wachsthum waren. Jetzt sollte hier der letzte Ruhepunkt seines Lebens sein. Frau Gunther und die Kinder hatten mit heiterm Sinn Abschied genommen von der lang gewohnten Umgebung; sie verließen Freunde und Freundinnen, die ihnen lieb waren, aber ihr volles Leben war im Hause, und dies Haus ging sammt allem Sichtbaren und Unsichtbaren mit in das neue Daheim.

Gunther hatte nur noch eine einzige Schwester im Gebirgsstädtchen. Sie war eine rüstige Wirthin. Bruder Wilhelm war immer der Abgott der Familie gewesen, und die Schwester, sowie die Mutter, so lang sie lebte — der Vater, der Landarzt gewesen, war schon zur Universitätszeit Gunthers gestorben — gedachten immer des Wilhelm wie eines kühnen und glücklichen Seefahrers. Nun hatte die Schwester mit ihren erwachsenen Söhnen und Töchtern geholfen, die neue Häuslichkeit behaglich herzustellen, und bald war das anmuthige Haus Gunthers der Mittelpunkt des kleinen Städtchens, fast angesehen wie das Schloß mit der königlichen Familie in der Residenz.

Verehrung und Dankbarkeit standen als unsichtbare Wachen vor dem Hause, und die Art, wie die Menschen ihre Schuhe reinigten vor der Thür und wie sie sich zusammenfaßten beim Eintritt, zeigte deutlich, daß die Schwelle dieses Hauses nur von der Wohlanständigkeit betreten werden durfte.

Die Rosenwirthin, die Schwester Gunthers, stand in neuen Ehren, und als rasch nach einander zwei Söhne und eine Tochter derselben sich verlobten, wurde es als besonderes und unschätzbares Glück hervorgehoben, daß man mit dem Geheimrath verwandt wurde. Jeder Fremde, der ins Städtchen kam, konnte bald hören, welch ein berühmter Mann hier Bürger sei, und wie prächtig es im Hause desselben bestellt sei.

In Gunthers Haus war eine friedsame Luft wie in einem Tempel der Wissenschaft und der Schönheit; es war schwer zu entscheiden, wann es hier behaglicher war, ob im Sommer oder im Winter. Im Sommer freilich mochte man es weniger bemerken, wie die Menschen in diesem Hause sich das Leben zu verschönen wissen; waren auch die Gärten an andern Häusern nicht so wohl bestellt, die Ruhesitze nicht so bequem und lauschig, die Aussichtspunkte nicht so künstlerisch gewählt; das frische Grün der Bäume und Hecken und die Fernsicht ist doch auch im Nachbargarten dieselbe. Im Winter aber, wo sich's der Mensch daheim schön macht und nichts hat, als die Welt, die er um sich gebildet und geordnet, da erst zeigt sich, was Menschen aus ihrer Umgebung schaffen können, wenn Licht und Wärme in ihnen selbst wohnt.

Wenn ein Wanderer, durchfroren, von den schneeigen Bergen herab in das kleine Bergstädtchen und plötzlich in das Haus Gunthers gekommen wäre, er hätte sich dünken mögen, auf einer Insel der Bildung angelandet zu sein.

Salve! stand über der Schwelle des Hauses, dessen Bauart eine Veredlung des landschaftlichen Styles zeigte. Das Dach bog sich weit vor, denn es ist hier sehr dafür zu sorgen, daß sich der Schnee nicht vor die Fenster lagere; aber dieses Schutzdach war mit geschmackvollen Schnitzereien bekrönt. Die Treppe war mit überwinternden Topfgewächsen bestanden, die Wände mit Gyps=abgüssen aus dem Parthenon geschmückt, die Zimmer sauber ge=ordnet, jedes Stück Hausrath sprach in seiner Anordnung aus: ich stehe am rechten Ort, und darüber hingen in guten Kupferstichen die erwähltesten Bilder, dazwischen Statuetten der großen Geister aller Zeiten und überall kleine Kunstgebilde in Gyps, Marmor und Erz, die dem berühmten Arzt von Verehrern, vornehmlich aber von Verehrerinnen zugesandt waren; im Städtchen fabelte man viel von zwei ausgestopften Bären, die als wärmende Schemel auf dem Boden lagen und von einer russischen Fürstin geschenkt worden waren.

Die Wärme war nirgends eine jähe, vielmehr überall an=muthend, darin Mensch und Pflanze gleichmäßig gediehen. Schöne große Blattpflanzen waren an Fenstern und in Zimmerecken an=gebracht. Auf einem Eckconsol stand, von Blumen umgeben, die Marmorbüste Gunthers, wie sie der Lehrer Irmas vor Jahren geformt hatte.

Gunther war als berühmter Frauenarzt in vielfachem Brief=wechsel mit Frauen aus den höheren Ständen. Allmälig kamen während des Sommers auch Viele und blieben, oft kürzer, oft länger verweilend, in dem Städtchen. Die Frau Rosenwirthin hatte neben ihrem Wirthshaus noch zwei Häuser eingerichtet, die sie unter ihrer strengen Oberaufsicht durch zwei ihrer Kinder verwalten ließ, und hier wohnten die Fremden zu ihrer Heilung. Gunther übergab einem jungen Arzt, der die zweite Tochter der Rosenwirthin geheirathet hatte, einen großen Theil der Praxis und behielt sich die Oberleitung.

Das Städtchen segnete seinen berühmten und so vielfach wohlthätigen Bürger. In das Haus Gunthers wanderte immer das Beste: von den Fischen aus dem Bach die ausgesuchtesten, vom Wilde das beste Stück, jedes Frühgemüse, jede besonders schöne Obstfrucht wurde ihm ins Haus gebracht, und Frau Gunther hatte nur abzuwehren, daß das Haus nicht übervoll wurde. Selbst die Dienstboten des Hauses standen in Ehren. Seit man ins Städtchen gezogen, hatte man dieselben Dienstboten behalten, denn Alle beeiferten sich, immer gefälliger zu werden; ja sogar der Hund und das Maulthier Gunthers, das er sich zu seinen Gebirgsfahrten angeschafft, waren wohlgefällig betrachtete Erscheinungen im Städtchen.

* * *

Zweites Kapitel.

Es war im Vorfrühling.

Frau Gunther und ihre beiden Töchter saßen am Fenster und arbeiteten, zu ihren Füßen spielte ein blondlockiges großäugiges Mädchen von bald fünf Jahren, das die drei Frauen oft mit innigem Blick betrachteten. Tante Paula schien die Bevorzugte, denn das Kind wendete sich mit Fragen und Wünschen weniger an die Großmutter und Mutter, als an Paula.

Frau Gunther hatte sich seit der Uebersiedlung gar nicht verändert, sie war noch so stattlich und fein und es war noch, wie Freunde in der Residenz behauptet hatten: jedes Kleid, das sie trug, sah aus, als ob es eben neu aus der Truhe käme.

Die Wittwe des Professors war etwas stärker geworden. Paula war noch höher gewachsen, ganz das jugendliche Ebenbild ihrer Mutter.

„Darf ich jetzt den Großvater rufen?" fragte die kleine Cornelia, da der runde Tisch in der Mitte des Zimmers mit dem zweiten Frühstück hergerichtet war.

„Noch nicht, aber bald," erwiderte Paula.

Gunther war in seinem Arbeitszimmer, das einfach eingerichtet war, mit der nicht großen, aber ausgewählten Bibliothek und den schönen, entsprechend vertheilten Bronze=Abgüssen. Gunther saß an seinem Arbeitstische so sorgfältig gekleidet, als müsse er in der nächsten Minute bei Hofe erscheinen. Er stand Sommers und Winters jeden Morgen unabänderlich um fünf Uhr auf und hatte bereits eine Tagesarbeit hinter sich, wenn für Andere erst der Tag begann. Nur in unumgänglichen Ausnahmefällen durfte man ihn des Morgens stören.

Er schrieb viel. In der Residenz behauptete man, er schreibe die Denkwürdigkeiten seines Lebens, und er hatte ja viel zu erzählen; denn wer kannte wie er die innere Geschichte der letzten und der jetzigen Regierung? Aber er glaubte sich verpflichtet, ganz Anderes aufzuzeichnen. Aus der Naturforschung, verbunden mit praktischer Weltkenntniß, suchte er die Wissenschaft vom Leben aufzubauen. Oft durchdrang leise Röthe seine Wange und sein Auge schaute unwillkürlich hinaus ins Weite, wenn sich ihm ein Räthsel klärte; oft stand er auch auf, wie von innerstem Kraftgefühle getrieben und die Brust hob sich ihm, wenn er inne ward, wie er frei von allen Rücksichten das innerste Getriebe der Sitten und Charaktere bloßlegte, wie ein physiologisches Präparat.

Aus den Fenstern Gunthers, die aus großen, undurchbrochenen Scheiben bestanden, sah man hinaus auf die weiten Berge. Weit oben war eine kleine Lichtung, mit bloßem Auge kaum sichtbar, der Wald war nur abgebrochen und man sah vom Freihof und seinem ansehnlichen Feldgebreite gar nichts, man wußte nur, dort ist er. Und hier oben saß, arbeitete und grübelte Irma nun schon im vierten Jahr und hier unten saß Gunther an seinem Eichentisch und schrieb an seinem Werke: „Zum Wissen vom Leben." Sein Blick ging oft nach den Bergen hinaus, er ahnte nicht, daß dort oben eine Seele am großen Räthsel des Daseins sich abhärmte, während er hier in friedsamer Stimmung das Ergebniß seines Lebens zusammenfaßte.

Wenn er die Mischung von Cultur und Natur und ihren schweren Ausgleich in den Verhältnissen des Lebens und in den

Charakteren erwog, dann stellten sich ihm hundertfältig bunte Er=
scheinungen dar; die Lebenden und die Todten waren gleich, nur
was sie von der ewigen Idee in sich hatten, galt. Oft auch
tauchte wie aus dem Morgenduft der Jugend herauf und dann
in ihrer letzten, so tief jammervollen Erscheinung die Gestalt
Eberhards, auch Irma wurde von dem Geiste der Erkenntniß be=
schworen und mußte, ohne genannt zu werden, Rede stehen über
die Gährungen im Gemüthe der Gegenwart.

Heute hatte Gunther ihrer besonders gedacht.

Leise klopfte es jetzt an die Thüre Gunthers. Das Enkelchen
trat ein und die Mienen Gunthers erheiterten sich wundersam
beim Anblick des Kindes. Er hatte so viele Stunden nur im
allgemeinen Denken, mit Erinnerungsbildern und Gesetzen gelebt,
jetzt grüßte ihn das frische heitere Kindesleben. Er ging mit der
Enkelin in die Wohnstube.

Man setzte sich zu Tische. Briefe und Zeitungen wurden erst
nach dem Essen zur Hand genommen.

„Ist Adolph pünktlich abgereist?" fragte Gunther.

Er erhielt ausführlichen Bescheid. Der Sohn Gunthers, der
die chemische Fabrik in der Hauptstadt hatte, war auf mehrere
Tage bei den Eltern zu Besuch gewesen; heute war er abgereist,
aber Gunther hatte sich schon am Abend vorher von ihm verab=
schiedet. Es war eine Eigenheit, aber eine wohlbedachte, daß er
einen Abreisenden nie in die Unruhe der letzten Stunde hinein=
geleitete; es kamen oft Besuche, denn das Haus war ein gast=
liches in der besten Bedeutung des Wortes, aber immer sagte
Gunther den Abreisenden schon am Abend vorher Lebewohl; er
ließ sich seine Morgenstimmung nicht entführen.

Man war heiter beim Frühstück, und Paula sagte: der Früh=
ling sei ganz sicher da, denn der Holzschnitzer in der Nachbar=
schaft habe seine abgetragenen Filzschuhe zum Fenster hinausge=
worfen, und das sei das sicherste Frühlingszeichen, viel sicherer
als die Ankunft der Schwalben.

Nach dem Frühstück nahm Gunther die Briefe vor; er erbrach
keinen hastig, betrachtete die vielen je nach der bekannten Adresse
oder nach dem Absendungsorte und wählte mit Ruhe aus, wel=
cher zuerst an die Reihe kam.

Heute öffnete er vor Allen einen Brief mit dem Siegel des
Staatsministeriums. Er war von Bronnen, der, seitdem er die

höchste Staatsstelle bekleidete, mit dem alten Freunde in ununter=
brochenem Briefverkehr stand; auch war er schon zweimal zu Be=
such bei Gunther gewesen.

Gunthers Mienen wurden heiter während er las, und als er
geendet und den Brief ruhig an die andere Seite gelegt, sagte er:

„Freund Bronnen wird uns in den nächsten Tagen wieder
besuchen.“

Paula machte eine rasche Wendung, bückte sich nieder und
küßte ihre kleine Nichte. Gunther sah das über den Brief hin=
weg, den er jetzt las. Nachdem er alle Einsendungen durchge=
sehen, nahm er die Zeitungen vor. Er blieb ernst; manchmal
bezeichnete er Paula eine Stelle, die sie vorlesen solle.

„Man wünscht sich so oft,“ sagte er, „ich meine, ich habe
Viele den Wunsch aussprechen hören: nach dem Tode wieder ein=
mal hinabschauen zu können auf die Welt; es ist das aber auch
nur eine Phrase, die für tief gilt, weil sie selten gehörig ausge=
messen wird. Man hat, sieht und versteht doch nichts als die
Welt, in der man lebt.“

Dieser Ausspruch kam seltsam heraus und Paula wollte eine
Frage daran knüpfen, aber die Mutter winkte ihr, es zu unter=
lassen. Der Gedanke hatte sich offenbar abgelöst von einer Reihe
von Folgerungen, die den einsamen Gelehrten beschäftigt hatten.

„Du mußt mir mehrere Briefe beantworten,“ sagte Gunther
zu Paula, die ihm Secretärsdienste versah, „komm!“

Aber schon als Gunther im Gehen war, brachte ein Extrabote
einen Brief. Er war von der Königin. Gunther erbrach ihn
und las die mit blauer Tinte geschriebenen Bogen.

* *, den 5. April.

In Ihrem Briefe ist Bergluft. Wenn nicht vielleicht ein
wissenschaftlicher Stolz entgegenstände, so möchte ich bitten, daß
Sie Ihre gesammelten Weltbetrachtungen in Briefform geben
möchten. Was sich nicht in Briefform dargeben läßt, ist noch
nicht portativ. Im Epistolaren ist persönliche Gegenwart des
Schreibenden. Und glauben Sie mir, ich habe ein Recht, das
zu sagen, Sie können selbst nicht ermessen, wie Sie Ihre Ideen
benachtheiligen, wenn Sie sie derart ablösen, daß solches auch
ein Anderer gesagt haben könnte. Der Brief hat noch Stimme.
Eben im Schreiben werde ich inne, daß ja auch Ihr Freund

Horaz Briefe in Versen geschrieben und die Apostel bedienten sich auch der Briefform.

Es machte mir einen unheimlichen Eindruck, da Sie sagen, die tausenderlei Gestalten des Lebens, die einst vor Ihr Auge getreten, drängen sich um Ihr Fahrzeug wie um Charons Nachen. Ich kann mir nicht denken, daß Sie uns nur ins allgemeine Schattenreich führen; Ihre Aufgabe ist ja das Wissen vom Leben. Ich habe Sie gewiß mißverstanden. Ich denke mir, daß Sie ganze Gruppen, ganze Epochen als Persönlichkeiten fassen und mit Ihrer, ich möchte sagen, hörenden Hand den Rhythmus ihres pulsirenden Daseins erlauschen.

Das ist schön, daß Sie auch mein bescheidenes Thun in den großen Gang der Menschheitsentwicklung einreihen können. Ich sehe recht wohl, daß diese Fürsorge für Wohlthätigkeitsanstalten nur ein Episodisches, nichts Ganzes ist, aber ich vollführe sie mit ganzer Seele. Das verdanke ich Ihnen. Wir können wissen, wie klein und halb unser Thun; wir müssen das Große und Ganze wollen und es im Kleinen und Einzelnen mit treuer Hingebung pflegen. Und ich finde in dem Wirken für Andere das besonders Befreiende, daß es uns aus der Selbst=Cultivirung herausführt. In der Selbst=Cultivirung und Bespiegelung halten wir uns bald zu hoch, bald zu nieder, sind übermäßig zufrieden oder ebenso unzufrieden. Nur das, was wir leisten können, giebt uns ein Maß unseres Werthes. Ich frage mich oft, ob ich zu alledem im vollen Besitz des Glückes gekommen wäre. Mein Sinn strebte eigentlich nach einer andern Seite. Ich hatte Lust, vielleicht auch Begabung, das Schöne zu pflegen, das Leben mit Festen zu kränzen. Nun hat mich das Geschick anders gewendet und es ist gut. Wir sollen nicht das Leben zum Fest machen, so lang noch so viel Noth zu lindern ist. Ich war so glücklich, die eine Krone zu tragen — ich muß auch die andere willig auf mich nehmen.

Ihre Bemerkung, daß die Verzeichnisse der Mitglieder wohlthätiger Anstalten die eigentlichen und einzigen Kirchenregister der neuen Zeit seien, hat mich anfangs sehr erfreut, dann aber mußte ich wieder finden, daß ihr Männer des freien Gedankens doch auch terroristisch seid. Die Kirche hat auch ihr Recht, wenn sie nur nicht allein Recht haben, sondern vielmehr bescheiden als Gleiche unter Gleichen mit anderen Wohlthätigkeits= und Lehranstalten stehen will.

Ich bin durch mein Protectorat über die verschiedenen Wohl=
thätigkeits=Institute nun auch mit Bürgerfrauen in persönliche
Beziehung getreten und finde ungemein viel gediegene Bildung
und gute Haltung. Es hat, wie Sie sich denken können, viel
Mühe gekostet, mehr als blos zum Schein einige bürgerliche Na=
men anzuhängen. Minister Bronnen hat auch mir hierin wirk=
samen Beistand geleistet. Ich habe auch eine liebenswürdige,
ebenso bescheidene als resolute Jüdin in meinem Comité der
Blindenanstalt. Es ist Frau *. Ich glaube, Sie haben mir ein=
mal von ihr erzählt.

Bei der letzten Prüfung der Blinden empörte mich der Geist=
liche, da er in seiner Rede den Blinden ihr Schicksal als weise
Vorsehung pries. Ich konnte nur durch Nichtbeachtung seiner
Anwesenheit ihm mein Mißfallen über diese salbungsvolle Barbarei
kundgeben.

Ich lese jetzt viel Religionsgeschichte. Wenn ich die Zeiten
übersehe, ist mir's, wie wenn ich an dem Wasserfall säße, den
wir so oft mit einander betrachtet. Da stürzt die ewige Fluth
herab, es kommt immer neues Wasser und das neue bildet stets
dieselben Rinnsen, Wallungen, Quellungen, der Untergrund bleibt
stets derselbe, die Felsentrümmer behalten die Lage, die am ersten
Tag der Erdbildung geworden, und mit der Zeit wachsen Gräser
und Blumen auf den Felsentrümmern, Jahrtausende höhlen da
und dort eine veränderte Richtung aus, oder ein großes Natur=
ereigniß bricht neue Bahnen. Das ist der Gang der Weltgeschichte.
Wir sind Tropfen, die hinabfließen, schäumen und brausen.

Ich sehe, daß ich noch Einiges in Ihrem Brief zu beantwor=
ten habe. Sie wünschen Mittheilung meiner Wahrnehmungen an
den Wohlthätigkeitsanstalten. Hier aber tritt Vortheil und Nach=
theil meiner Stellung als Königin ein. Ich bin nie sicher, ob
mein Besuch da und dort nicht doch voraus angesagt ist und ich
treffe Vorbereitetes. Das Glück meiner Stellung ist aber, daß
ich schon durch meine Anwesenheit, durch eine Anrede, die Un=
glücklichen und Armen beglücken kann. Ja, es ist die nächste
Pflicht der so hoch Bevorzugten, sich den Verlassenen zuzuneigen.
Ein Gedanke beunruhigt mich aber noch immer: diese Gemein=
samkeit der Erziehung und Versorgung ist gut und nöthig und
vielleicht auch zweckmäßig, aber sie entzieht den armen Kindern
das Beste, was eine junge Seele in sich nährt: das Alleinsein.

Sie finden, daß ich heiteren Sinnes geworden und wünschen, daß dies nicht nur momentane Stimmung. Ich glaube auch, daß die Tonart meines inneren Lebens aus Moll in Dur über= gegangen ist. Aber die große Dissonanz meines Lebens ist noch dieselbe. Glauben Sie ja nicht, daß ich gewaltsam daran halte. Ich darf sagen, tief in meiner Natur liegt jenes große Wort: Aergert dich dein Auge, so reiße es aus. Ich verstehe das so: Findest du in deinen Neigungen und Bestrebungen etwas, was dir und der Welt zum Aergerniß werden könnte, so sei unbarm= herzig gegen dich und halte es nicht für einen nothwendigen Be= standtheil deines Wesens, reiße es aus.

Aber, mein Freund, ich kann das Aergerniß nicht finden. Ich muß den großen Schmerz meines Lebens tragen. Wie oft sehne ich mich nach Befreiung; auch er leidet und doppelt, als Schuldiger, da überfällt mich stets und jetzt eben, indem ich schreibe, ein Schauer — es steht ein Todesschatten zwischen uns. Was wird ihn bannen können?

Den 6. April.

Für das Beste habe ich Ihnen noch gar nicht gedankt. Daß auch Sie Ihre volle Freude über die consequente freie Gestaltung des Staats aussprechen, ist mir eine Labung ohne Gleichen. Ich lese jetzt viel Gutes über die neue Regierung, aber ich las und hörte eben so viel Gutes über die alte, und man will ja be= haupten, es sei kein Bruch geschehen mit der alten, es sei nur eine andere Tonart, aber dieselbe Melodie.

Warum nur die Menschen so stolz sind, sich immer als die Unveränderten behaupten zu wollen?

Doch immerhin! wenn nur das Gute und Rechte geschieht.

Die Auflösung der Garde wird in unsrer nächsten Umgebung als eine wahre Revolution angesehen. Es wird mir erst jetzt klar, welch eine privilegirte Kaste es gab, und das hielt sich so selbst= verständlich und wir wußten kaum davon.

Haben Sie noch in Erinnerung, wie ich Sie damals fragte, ob es in Wirklichkeit glückliche Menschen auf der Welt gäbe? Ihr Leben ist mir nur eine Antwort und Ihr bestes Glück besteht darin, daß Sie nichts Unwahres zu vollführen haben, nichts, was Ihrer Einsicht und Ueberzeugung ungemäß ist.

Ich sehe nun auch meinen Irrthum, daß ich Ihre Denkweise

für die Philosophie der Einsamkeit hielt. Sie halten den Ein=
klang des Lebens fest. Aber ich habe noch immer eine Furcht
vor der Verflüchtigung der Wirklichkeit, wo die lebendigen For=
men des bunten Menschenschwarmes verschwinden und nur die
Essenz ausgehoben wird, oder wenn ich recht verstehe, in die Sub=
stanz aufgelöst wird und aller Antheil am vollen Leben mit seinen
Mischungen in der Persönlichkeit aufhört.

Ich kann nicht anders, ich muß selbst in den Instituten Ein=
zelne mir nahe bringen. Ich kann das Ganze fördern, aber ich
kann nur das Einzelne lieben.

Eine große Beruhigung gewährt es mir, wie Sie mir zeigen,
daß es nie eine Periode der Geschichte gab, die ganz mit sich
zufrieden war. Wir träumen uns so gern ein goldenes Zeitalter,
aber das goldene Zeitalter ist heute oder nie.

Nun aber genug ins Weite. Ich erfülle gern Ihren Wunsch
und erzähle Ihnen von Woldemar. Ich muß mich nur hüten,
Ihnen nicht tausend kleine Züge von ihm zu erzählen. Ich gebe
mir Ihrer Mahnung gemäß alle Mühe auf seine Fragen einzu=
gehen, statt ihn Unverlangtes zu lehren. Er hat viel Entschie=
denes in seiner Natur, in Zuneigungen und Abneigungen. Ich
glaube, das ist gut und lasse ihn gern gewähren. Er hat vor=
herrschend das Naturell des Königs. Dabei ist der Sinn für
Musik besonders wach in ihm. Ich glaube es hat ihm wohl=
gethan, daß im buchstäblichen Sinne des Wortes ihm an der
Wiege gesungen wurde, freilich von den Lippen jener Bildungs=
heuchlerin und jener Naturheuchlerin. Ach, lieber Freund, diese
schwere Erinnerung wirft noch immer einen schweren Schatten in
alles Denken und Schauen.

Den 7. April.

Nun hat das mühselige Schreiben ein Ende. Wir kommen zu
Ihnen, lieber Freund, Woldemar und ich, ich und Woldemar.

Ich habe es eben Woldemar erzählt, der sogleich in entschie=
denem Tone hinzufügte:

„Aber Schnipp und Schnapp (das sind seine beiden Pferdchen)
gehen auch mit."

Nun also kurz: der König hat meine Bitte gewährt, ich kann
im Hochsommer zur Stärkung meiner Gesundheit auf vier Wochen
mit Woldemar zu Ihnen kommen. Es ist bereits Befehl gegeben

— Minister Bronnen soll das schon im Stillen angeordnet haben —
daß die Meierei in Ihrer Nähe, sie soll sehr schön liegen, für ein
kleines Gefolge eingerichtet wird.

An Goethes Geburtstag gehen wir diesmal mit einander
spazieren.

Jetzt aber ist der Brief groß genug, ich nehme keinen neuen
Bogen mehr. Wenn Sie, wie ich annehmen möchte, eine Macht
über ihre Heimatberge haben, so lassen Sie sie recht heiter und
wolkenlos sein, wenn bei Ihnen und den Ihren sein wird
Ihre Freundin
Mathilde.

Nachschrift. Bronnen war bei Ihnen. Er hat mir viel
erzählt und als ich nach Ihrer jüngsten Tochter fragte, glaubte
ich eine besondere Bewegung in seinen Mienen zu bemerken. Irrte
ich mich? Empfehlen Sie mich Ihrer Frau Gemahlin und Ihren
Kindern. Ich hoffe, daß die Königin sie nicht geniren wird.

———

Drittes Kapitel.

Es scheint auch im ruhigsten Leben, als ob es Tage gäbe, an
denen sich die ganze Welt wie verabredet hätte, daß ein störender
Besuch nach dem andern die Thüre in die Hand nimmt.

Gunther hatte kaum Zeit, sich in seinem Zimmer auf den Brief
der Königin zu fassen. Es ist offenbar, daß der König hier etwas
anlegt, um durch den verabschiedeten Freund einen Ausgleich
zwischen ihm und seiner Gattin zu bewerkstelligen. Gunther war
bereit, mitzuwirken, aber in keiner Weise dadurch sein Leben wieder
ändern zu lassen. Die Andeutung der Königin in Bezug auf
Bronnen stimmte mit seinen eigenen Beobachtungen zusammen,
und jetzt eben hörte er — zum Erstenmal in diesem Jahr bei
offenem Fenster — Paula laut und hell singen, und in ihrem
Ton lag ein Ausdruck von bräutlicher Stimmung. Er wußte, daß
Paula des besten Lebens würdig war, er konnte dem so hoch ge-
stiegenen Freunde und dem eigenen Kinde nichts Besseres wünschen als ihre Vereinigung; aber auch wenn diese einträte, stand
der Entschluß bei ihm fest, den Heimatsort nicht mehr zu verlassen.

Gunther saß, still vor sich hinsinnend.

Da meldete der Diener die Freihofbäuerin.

„Nein, die Walpurga!" rief es draußen und noch ehe der Diener die Rückmeldung brachte, drang Walpurga in das Zimmer.

„Ach, Herr Leibarzt, Sie sind unser Nachbar? Ich hab' erst vor einer Minute erfahren, daß Sie hier wohnen und es ist doch kaum vier Stunden von unserem Hof. Ja, so ist's hier herum, da lebt man in den Einöden, von einander wie abgestorben."

Sie streckte Gunther die Hand entgegen, aber Gunther raffte mehrere Papiere zusammen und fragte:

„Lebt deine Mutter noch?"

„Leider Gottes, nein. Ach, wenn die es noch erlebt hätte, den Herrn Leibarzt wiederzusehen, und wer weiß, ob sie nicht noch am Leben wäre, wenn man in ihrer Krankheit Sie hätte rufen können."

Walpurga weinte in der Erinnerung an ihre Mutter. Gunther setzte sich und fragte:

„Was ist dein Begehr?"

„Wie? Was?" fragte Walpurga, sich schnell die Thränen trocknend. „Und wie mir's geht, fragen Sie gar nicht?"

„Du bist im Wohlstand und hast dich wenig verändert."

„Erlauben Sie, daß ich mich setze," sagte Walpurga mit beklommener Stimme.

Dieser abweisende Empfang des sonst so wohlwollenden Mannes traf sie so schwer, daß sie kaum aufrecht stehen konnte. Sie schaute sich wie verwirrt in der Stube um. Endlich sagte sie:

„Und weiter hätten Sie mich gar nichts zu fragen? Nicht einmal, wo ich daheim bin jetzt? Und wie es meinem Mann und meinen Kindern geht?"

„Walpurga," sagte der Arzt aufstehend, „laß jetzt dein altes Comödienspiel."

„Was — Comödienspiel? Ich weiß nicht was das ist? Was hab' denn ich mit Comödienspiel zu thun?"

„Das gehört jetzt nicht hieher. Hast du mich etwas zu fragen oder mir sonst etwas mitzutheilen?"

„Freilich, deßwegen bin ich ja gekommen."

„So sprich."

„Ja, mir hat sich aber Alles im Kopf verwirrt, weil Sie so sind. Mein Hansei weiß nichts davon, daß ich zu Ihnen bin, und es soll auch sonst Niemand in der Welt etwas davon wissen, als

Sie, Sie allein. Ich kann ein Geheimniß bewahren, ich hab's bewahrt, mir kann man vertrauen, ich bin verschwiegen."

„Das weiß ich!" sagte der Arzt mit scharfem Tone.

„Das wissen Sie? Woher? Das können Sie nicht wissen. Und ich sag's Ihnen auch jetzt noch nicht ganz. Ich hätt's Ihnen vielleicht gesagt, aber nach so einem Empfang kann ich nicht."

„Thu' ganz, wie du es für gut hältst. Sprich oder schweige, aber mach's kurz, ich habe nur wenig Zeit."

„Da will ich lieber ein andermal kommen."

„Ich kann dich zu Plaudereien nicht annehmen. Sprich jetzt, was du hast."

„Gut. Also, Herr Leibarzt ... o lieber Gott, daß Sie mir nicht einmal eine Hand geben, ich komme nicht darüber hinaus, aber ich sehe schon, so ist's bei den vornehmen Herrschaften; meinetwegen — ich weiß gottlob, wo ich daheim bin."

„Laß deine Redensarten," unterbrach Gunther noch schärfer. „Was hast du mir mitzutheilen? Soll ich dir in etwas helfen?"

„Mir? Mir fehlt gottlob nichts. Ich hab' nur sagen wollen, draußen auf der Meierei, da wohnt der Unterförster Steingaßinger, und seine Frau ist die Stasi, mein Gespiel, und die hat mir berichtet, schon anfangs Winter, daß der König den Sommer hieher kommen will, und da hab' ich nur sagen wollen, daß der König ganz frei auf den Freihof kommen kann, wenn er mich besuchen will. Ich hätte noch etwas zu sagen, aber ich sehe schon, es ist besser, ich sage nichts, ich möchte nicht einen Eid brechen."

Gunther nickte.

„Wenn der König dich besuchen will, werde ich ihm deine Mittheilung machen."

„Und kommt denn unsere gute liebe Königin nicht auch mit? Es hat mich oft in der Nacht aus dem Schlaf geweckt aus Aerger und Verdruß, daß sie sich so gar nicht um mich kümmert, und sie hat mir's doch so heilig versprochen. Ich verstehe nicht, wie es möglich ist, daß sie so gar nicht mehr an mich denkt. Aber es ist schon gut so. Und wie geht's denn meinem Prinzen? Und ist's denn wahr, daß Sie in Ungnade sind und verbannt vom Schloß und darum hier in dem kleinen Nest wohnen?"

Der Leibarzt gab ausweichende Antwort und sagte, daß er Anderes zu thun habe.

Walpurga stand auf, aber sie konnte nicht vom Fleck, sie

begriff nicht, was das ist, und nur weil sie sich's vorher ausgedacht
hatte, sagte sie. noch, der Leibarzt sollte sie bei Gelegenheit auch
einmal besuchen, und ob sie wol die gute Frau Gunther auch noch
auf eine Minute sprechen könne. Sie hatte die Hoffnung, bei
ihr wenigstens freundliche Aufnahme und eine Erklärung für das
abwehrende Benehmen des Leibarztes zu finden.

„Geh zu ihr,“ erwiderte Gunther; er wendete sich ab, nahm
ein Buch, und Walpurga verließ das Zimmer.

Auf dem Hausflur stand sie und mußte sich besinnen, ob sie
nicht träume. Sie, die ehemalige Amme des Kronprinzen, wurde
jetzt so angesehen, als ob man sie nie gekannt habe, und sie, die
Freihofbäuerin — ihr Stolz empörte sich, da sie an ihr großes
Heimwesen dachte — sie wird jetzt hinausgeschickt wie ein Bettelweib.

Sie wollte Frau Gunther nicht mehr sprechen und ein tiefer
Gram machte ihre Lippen beben, indem sie denken mußte, wie gar
so schlecht die vornehmen Menschen seien. Und da rühmt man
dieses Haus, und sie selbst hatte es einst gerühmt, als ob lauter
heilige Menschen darin wohnten.

Sie verließ das Haus, aber im Garten traf sie auf Frau
Gunther, die zurückprallte, als sie Walpurga erkannte.

„Sie kennen mich nicht mehr?“ sagte Walpurga, ihr die Hand
entgegenstreckend.

„Wol erkenne ich Euch noch,“ sagte Frau Gunther, die dar=
gebotene Hand nicht erfassend. „Wo kommt Ihr her?“

„Von meinem Hof. Ich bin jetzt die Freihofbäuerin und, Frau
Geheimräthin, wenn Sie zu mir gekommen wären, ließe ich Sie
nicht so draußen stehen. Ich thät' Ihnen sagen: kommen Sie
herein in meine Stube.“

„Aber ich sage es nicht,“ erwiderte Frau Gunther. „Ich lege
den Menschen, die nicht den geraden Weg gehen, nichts in den
Weg, aber ich ziehe sie nicht in mein Haus.“

„Wann bin ich denn nicht den geraden Weg gegangen? Was
hab' ich denn gethan?“

„Ich bin Euer Richter nicht.“

„Es kann Jedes mein Richter sein. Was hab' ich denn ge=
than? Sie müssen mir's sagen.“

„Ich muß nicht, aber ich will. Ihr werdet es vor Euch selbst
zu verantworten haben, wie das viele Geld erworben ist, von
dem Ihr den großen Hof gekauft habt. Adieu!“

Sie ging nach dem Hause.

Walpurga stand allein. Die Häuser, die Berge und Wälder und Felder schwammen vor ihr, und in ihrem Auge standen schwere Thränen.

Gunther hatte von seinem Fenster aus Walpurga bei seiner Frau im Garten gesehen und an den zurückweisenden Bewegungen wol gemerkt, daß seine Frau der Bäuerin die Wahrheit gesagt haben mußte. Jetzt sah er Walpurga des Weges dahin wandeln, oft stille stehen und mit der Schürze die Thränen trocknen. Wenigstens ehrliche Reue hat dieses Weib aus dem Volk doch noch, dachte er für sich, und immer wieder zeigt sich die Verkettung des Uebels, daß die Verborbenheit auch Andere verderben muß.

Nur schwer hatte sich Gunther überzeugen lassen, daß Walpurga für schlimme Dienste eine große Summe Geldes bekommen, aber es war gerichtlich festgestellt, daß sie in neugeprägtem Golde — wie nur die Fürstlichkeiten solches verausgaben — das Gut baar bezahlt habe. Und eben weil Gunther an die einfache Treuherzigkeit Walpurgas geglaubt und sein Wort dafür eingesetzt hatte, war er um so empörter gegen sie.

Er war entschlossen, eine nächste Gelegenheit zu ergreifen, Alles ins Klare zu setzen.

* * *

Viertes Kapitel.

So fröhlich und stolz Walpurga am Morgen vom Freihof ausgefahren war, so traurig und demüthig kehrte sie am Abend wieder heim.

Sie konnte stolz sein, denn stattlicher kommt keine Großbäuerin daher. Franz, der ehemalige Cürassier, hatte das Schimmelfüllen gut einexercirt; es war an das Bernerwägelein gespannt, und das schöne Pferd schaute sich wie zufrieden um, als sonntäglich gekleidet die Bäuerin mit ihrem Töchterchen Burgei kam und Hansei der Mutter auf den Sitz half und ihr dann das Kind nachreichte.

„Kommet gesund wieder heim," sagte er, „und du, Franz, nimm dich mit dem Gaul gut in Acht!"

„Hat keine Gefahr!" hatte Franz geantwortet, und der Schimmel ging so leicht, er tänzelte nur so daher in seinem Geschirr, solch eine Fracht schien ihm Kinderspiel zu sein.

Hansei sah Frau und Kind eine Weile nach, dann wendete er sich und ging an seine Arbeit; er nickte nur Irma zu, die aus ihrem Fenster schaute und Walpurga noch Lebewohl nachwinkte.

Walpurga fuhr dahin und hielt die Hand aufs Herz, als müsse sie das überquellende Glück zurückhalten.

Was giebt es aber auch Besseres auf der Welt, als ein so wohlbestelltes Heimwesen zurücklassen, und dabei können die Leute sehen, wie man daherkommt. Walpurga war aber auf noch etwas stolz, was die Leute nicht sehen können.

Sie hat mit großer Umsicht eine schwierige Sache zum Ausgleich gebracht: Morgen früh geht Irma auf die Alm und alle Gefahr ist abgewendet. Es ist keine Kleinigkeit, solch' ein Geheimniß einen ganzen Winter lang still zu tragen, denn Irma hatte recht gesehen. Walpurga hielt sie bei dem Gedanken fest, daß sie einen ganzen Sommer lang in noch tiefere Einsamkeit ziehe. Sie hatte vom Gespiel erfahren, deren Mann es vom Oberförster gehört hatte, daß der König nächsten Sommer in das Städtchen drüben kommen werde. Sie bangte um Irma. Und jetzt ist die Sache noch entschiedener. Der Mann des Gespiels war auf die Meierei versetzt worden, er hatte die Durchschläge zu ordnen und die Herrichtung der Wege zu beaufsichtigen, die zur Ankunft des Königs bereitet wurden.

Nun war noch mancherlei Geschirr und Bequemlichkeiten zu kaufen, um sie der Gundel und Irma mit auf die Alm zu geben, und Hansei willigte ein, daß seine Frau statt im benachbarten Städtchen, im entfernteren die Sachen kaufe und dabei zugleich das Versprechen löse, das Gespiel in seiner neuen Behausung aufzusuchen; zuletzt gestattete er sogar, daß sie die kleine Burgei mitnehme, und so fuhr nun Walpurga mit vollgesättigtem Herzen dahin und grüßte im nächsten Dorfe die Begegnenden und lächelte Allen freundlich zu, die sie auf dem Weg erschaute.

„Ich möchte nur," sagte Franz unterwegs, „daß wir so miteinander jetzt daheim am See um's Dorf fahren könnten; Alle, wie wir da sind, sind wir von daheim, ich, die Bäuerin, die Burgei und der Schimmel."

Franz hatte sich heute besonders herausgeputzt, und sein ganzes Gesicht glänzte, denn auch er hegte einen stillen Gedanken: er wollte im Städtchen einen silbernen Ring kaufen, um ihn seiner Gundel an den Finger zu stecken, bevor sie auf die Alm zieht.

„Hab' nur auf den Schimmel Acht," entgegnete Walpurga, „er ist doch noch gar so jung. Und was ist das für ein schöner Tag! Hier unten blühen aber die Kirschen noch nicht, und das Bäumchen, das wir von daheim gesetzt haben, blüht heuer zum Erstenmal. Hast's nicht auch gesehen?"

„Nein."

Man fuhr ruhig weiter.

Als man gegen das Städtchen kam, wo das Gespiel wohnte, sagte Franz, der viel mit Fuhren im Lande herumkam:

„Bäuerin, der schöne Bach da, der kommt von droben her bei unserer neuen Alm; kaum einen Büchsenschuß davon kommt er aus dem Gestein."

Walpurga lächelte; auf ihrem eigenen Grund und Boden entspringt ein Bach, der weit durchs Land zieht. Ja, man sollt's nicht glauben, was man Alles in der Welt noch werden und bekommen kann.

Die Freude des Gespiels bei der Ankunft Walpurgas war groß, und eine bessere Lobpreiserin hätte sich Walpurga nicht wünschen können. Sie behauptete, daß der König kein schöneres Pferd, keinen manierlicheren Knecht, kein lieblicheres Kind und keine bessere Frau habe als Hansei, und überall, wo sie die Bäuerin umherführte, standen die Arbeiter, die die Wege herrichteten und Brücken bauten, eine Weile still und schauten auf die stattliche Bäuerin und auf das Kind, das gerade wie die Mutter aussah und auch gerade so gekleidet war wie sie.

Das Gespiel richtete ein vortreffliches Essen, und Walpurga hatte Butter, Eier und Schmalz für lange Zeit mitgebracht. Walpurga war geehrt in der Amtswohnung des neuen Inspectors, als wäre sie die Königin.

Endlich ging's ans Einkaufen im Städtchen, und Walpurga zeigte sich ebenso verständig als ihrer Stellung bewußt. Sie kaufte von allem Angebotenen immer das Beste und marktete nicht viel.

Als man in die Meierei zurückkehrte, war Walpurga eben daran, dem Gespiel etwas von ihrem Geheimniß mitzutheilen, um vor dem König desto sicherer zu sein; da hörte sie, welch ein Mann jetzt schon im vierten Jahr hier im Städtchen wohne.

„O lieber Gott, das ist ja mein bester Freund," rief sie.

Schnell übergab sie das Kind der Freundin und eilte zu Gunther. Sie glaubte, das Herz müsse ihr zerspringen vor Freude, und sie mußte vor dem Hause eine Weile niedersitzen, um zu Athem zu kommen.

Als sie aber wieder den Weg nach der Meierei zurückging, sah sie immer auf den Boden, sie konnte das Auge nicht auf= schlagen, und das Entsetzlichste war, daß sie beim Gespiel aus= gerufen hatte: „Das ist mein bester Freund!"

Jetzt sollte sie erzählen. Sie brachte nichts hervor, als:

„Laß mich nur schweigen, was die Vornehmen für Menschen sind. Wenn ich zu reden anfange, werd' ich vor morgen nicht fertig, und wir müssen fort, sonst kommen wir in die Nacht hinein."

Je mehr nun das Gespiel und ihr Mann den Leibarzt und dessen Frau und Töchter lobten, desto stiller und trauriger wurde Walpurga. Sie darf nicht sagen, was man ihr gethan hat. Das hat man davon, wenn man sich auf die Ehre verläßt, die Einem Andere geben sollen. Noch als sie weggefahren war, rede= ten das Gespiel und der Inspector miteinander, wie wunderlich und veränderlich Walpurga sei; Walpurga aber war froh, daß sie Niemandem mehr ins Auge zu sehen hatte. Also so ist's? Jetzt steigt etwas auf, an das man gar nicht mehr gedacht hat. „O liebe Mutter," sagte sie einmal laut vor sich hin, „Du hast Recht gehabt, Alles auf der Welt muß bezahlt werden. Jetzt muß das Gold von damals auch bezahlt werden, aber wie?"

Sie setzte ihr Kind, das neben ihr saß, auf den Schooß, als wäre es das Einzige, was ihr geblieben; sie herzte und küßte das Kind und es schlief an ihrem Herzen ein. Auch sie wurde ruhiger, obgleich sie lebhaft spürte, was ihr angethan worden und wer weiß, was sie noch erleben muß? Damals, als sie da= heim die Häffigkeit der Dorfleute erfahren, konnte sie sich dessen getrösten, daß das einfältige, uneinsichtige Menschen seien. Aber jetzt? Was kann sie jetzt sich zum Troste sagen? Und soll's jetzt wieder kommen, daß sie so lang ganz verstört sein soll? Und sie hat Niemand, dem sie davon Kunde geben darf. — Die Mutter ist nicht mehr da, und Hansei darf nichts wissen, und die Irm= gard erst gar nicht.

Es dämmerte bereits, als sie endlich ihr Heim ansichtig wurde. Sie faßte sich:

„Es ist besser, ich lasse jetzt, bis ich sterbe oder meinetwegen bis sie stirbt, den Verdacht auf mir ruhen; dann kommt Niemand zu uns und ich brauche nicht in Angst zu sein um meine gute Irma, die viel schwerer zu tragen hat, und gottlob, daß ich nichts von dem Geheimniß verrathen habe, und doppelt gut ist's, daß sie jetzt in die Einöde dahinauf kommt, wo Niemand sie findet."

Mit festem Muth kehrte sie in ihr Haus zurück und erzählte Hansei nur von ihrem Besuch bei ihrem Gespiel.

„Ich habe bisher Alles allein getragen, ich will's weiter tragen," sagte sie sich.

Mit großer Selbstbeherrschung zeigte sie eine heitere Miene vor Hansei und Irma, und tummelte sich mit ihrem Knaben, dem sie ein hölzernes Pferdchen mitgebracht hatte.

Fünftes Kapitel.

Es war ein unruhevoller Rüstabend, Hansei hatte viel zu thun, aber immer wieder machte er sich bei den Kuhschellen zu schaffen, er hörte den Ton gar zu gern, denn er hatte ein gut abgestimmtes Glockenspiel gekauft, und Irma hatte es am Tage heut', da er es ihr zeigte und erklingen ließ, gar sehr gelobt.

Man ging früh zu Bette, denn am andern Morgen mußte man lang vor Tag aufstehen.

Hansei war eingeschlafen. Da erwachte er und hörte Walpurga weinen und schluchzen.

„Um Gotteswillen, was ist?"

„Ach, wenn meine Mutter nur noch am Leben wäre!" klagte Walpurga. „Wenn ich nur meine Mutter noch hätte!"

„Thue das nicht. Weine jetzt nicht mehr. Das ist eine Sünde."

„So? Um die Mutter trauern ist eine Sünde?"

„Es kommt drauf an, wie man trauert. Ich hab' oft gehört, so lange der Boden auf dem Grab noch offen ist, darf man weinen um ein Gestorbenes, da schadet's dem Todten nicht und den Lebenden auch nicht; wenn aber Gras über das Grab gewachsen ist, darf man nicht mehr mit Weinen an ein Verstorbenes denken. Man sagt im Sprichwort: man macht ihm die Kleider in der Ewigkeit damit naß. Versündige dich nicht, Walpurga, deine Mutter hat ihre Jahre ausgelebt, und so ist es einmal in der Welt, die Eltern müssen vor den Kindern sterben, und ich wünsch', daß unsere Kinder uns auch nicht vergessen, aber wenn die Zeit um ist, nicht mehr mit Weinen an uns denken. Jetzt aber — warum läßt du mich so viel reden? Hab' ich recht oder nicht? Warum bist du so still?"

„Ja ja, sollst recht haben. Aber ich bitt' dich, frag' mich jetzt nichts mehr; ich habe eben vielerlei Gedanken. Gut Nacht!"

„Gut Nacht, und sag' auch deinen unnöthigen Gedanken gut Nacht."

Ein flüchtiges Lächeln zog über das Angesicht Walpurgas, da Hansei sie so gut anrief, dann aber überfiel sie wieder Wehmuth, Verzweiflung und Verlassenheit. Sie hatte nach ihrer Mutter geweint, die das Geheimniß Irmas mit ihr getragen hatte und mit der sie davon reden konnte. Jetzt wälzte sich eine neue Last auf ihre Seele und drohte sie zu erdrücken und Niemand auf der Welt kann ihr helfen.

Jener Abend da sie im Schloßhof gestanden, als wäre sie in den Zauberberg geholt, stand plötzlich vor ihrer Seele und die steinernen Männer im Halblicht starrten sie an. Sie hatte einen goldenen Schatz von dort mitgenommen, aber was haftete daran? Die erfahrene Unbill nagte am Herzen. „So sind die Vorneh= men," knirschte sie, „sie verdammen ungehört. Ich könnte mich rechtfertigen, aber ich will nicht."

„Ist dir's vielleicht nicht recht, daß unsere Irmgard auf die Alm zieht?" fragte Hansei nach geraumer Weile.

„Ich hab' gemeint, du schlafst schon lang," erwiderte Wal= purga. „Nochmals schlaf wohl."

Sie dachte, wie es sein wird, wenn Hansei erfährt, was man ihr nachsagt. Wie wird er's ertragen? Und ist es nicht wie ein Wunder, daß man bisher nichts davon erfahren hat?

Alle Ehre vor den Menschen verwandelte sich ihr plötzlich in Schande. Ihre besondere Gabe, sich auszudenken, was die Menschen da und dort reden und meinen, wurde wieder zur Qual, und Alles verwirrte sich ihr in halbwachem Traumgesicht.

Sie richtete sich auf und griff nach ihren Kleidern, sie wollte zu Irma, ihr klagen und sich das Herz erleichtern. Aber rasch kämpfte sie den Vorsatz wieder nieder. Wie willst du der Büßenden das auferlegen? Sie hat die Kraft, für gestorben zu gelten in der Welt und sich Alles zu versagen; wie so wenig, wie so gar nichts ist das, was du dagegen zu erleiden hast ... Und muß nicht auch die Königin unschuldig leiden? Muß nicht Eines auf der Welt leiden für das Andere?"

Eine Kraft, wie sie sie noch nicht gekannt hatte, erfüllte sie plötzlich. Sie wollte für Irma leiden, ihr Ehrengewand opfern, um der Büßenden Schutz zu gewähren.

Sie dankte dem Geschicke, daß der Leibarzt sie hart behandelt hatte; wie wär's, wenn sie bei freundlichem Empfang doch etwas verrathen hätte?

Die Elemente, die sich in Walpurga gemischt hatten, bald in Gährung bald in Ruhe waren: das stille Leben daheim, das un= ruhige am Hofe, die Eitelkeit, die Ehre, die Demuth, der Stolz, die Freude am Besitz, die Lust, etwas zu gelten, Alles regte sich durcheinander und endlich kam die Klärung.

Was hast du denn noch für Irma gethan? fragte sie sich. Gar nichts! Du hast sie neben dir leben lassen.

Jetzt war sie bereit, um ihretwillen in Unehre zu stehen.

Nicht was man in der Welt gilt, sondern was man in sich werth ist, ist die Hauptsache.

Das stieg ihr im dämmernden Denken auf und sie athmete frei.

Als sie sich endlich ruhig in die Kissen zurücklegte, war's ihr, als striche die Hand ihrer Mutter ihr über die Stirne.

<hr>

Sechstes Kapitel.

Draußen war eine milde Frühlingsnacht.

Irma saß am Brunnen und schaute hinein in den funkelnden Sternenhimmel. Es war ihr wunderbar zu Muthe, daß sie nun wiederum wandern sollte. Morgen früh geht's auf die Alm, um dort einen ganzen Sommer zu verleben. Wie wird es dir sein, wenn du wieder hier sitzest und den Brunnen rauschen hörst in der Nacht?

Da vernahm sie aus der dunklen offenen Stallthür ein Geflüster.

"Ja, Gundel, die Bäuerin hat auch Aprilwetter im Kopf; auf der Hinfahrt war sie so lustig und auf der Heimfahrt, wie wenn sie Schläge bekommen hätte. Sie war bei dem großen Doctor, und da muß ihr was geschehen sein. Aber was geht uns jetzt die Bäuerin an? Sie hat Pfannen und Töpfe gekauft und ich was Besseres. Gieb einmal deine Hand her. So, das silberne Ringlein steck' ich an deine Hand und hab' dich damit mit Leib und Leben eingeschirrt und du bist mein. Jetzt kannst du in die Welt hinausspringen und auf alle Berge hinauf — ich hab' dich doch."

Man hörte schmatzendes Küssen, und Gundel sagte endlich:

„Du kommst aber doch auch manchmal hinauf auf die Alm?"

„Ja freilich," und dann gab es wieder leises, unverständliches Flüstern.

„Horch, schau," sagte Franz plötzlich. „Dort sitzt die Base Irmgard, die hat Alles gehört."

„Das hat nichts zu sagen, sie weiß Alles, und das ist gut, da kann ich doch den Sommer über mit ihr reden. Komm, wir gehen zu ihr, wirst sehen, wie gut die ist."

Sie gingen zu Irma.

Diese gab Beiden die Hand und sagte:

„Laßt eure Liebe sein wie dieser Brunnen, rein und frisch und unerschöpflich."

Sie tauchte die Hand in den Brunnenstrahl, den der Mond durchglitzerte, und besprißte die beiden Liebenden mit dem Wasser.

„Das ist so gut, wie aus dem Weihkessel," rief Franz, „jetzt wird Alles gut und frisch; ich hab' kein Bangen mehr. Du Brunnen und du Hollunderbaum, ihr zwei seid unsere Zeugen, daß wir Beide zu einander gehören und nie mehr von einander lassen. Gut' Nacht!"

Franz ging nach dem Stall zurück und schloß die Thür. Gundel ging mit Irma in ihr Zimmer und schlief auf der Bank, denn der Vater Pechmännlein war schon mit ihrem Bett und allerlei Hausrath vorausgezogen auf die Alm.

Irma fand lange keinen Schlaf. Es war ihr, als müsse sie die vielen Tage und Nächte da oben vorausleben. Sie war unruhig. So lag sie hin- und hersinnend, und Alles schwirrte in ihren Gedanken durcheinander.

Da fragte sie endlich leise:

„Gundel, schläfst du auch noch nicht?"

„O nein, ich weiß, mein Franz schläft auch noch nicht. Er

hat's nicht so gut wie ich, er kann mit Niemand so reden, wie ich mit dir. O, wie dank' ich dir das. Du sollst's recht gut haben. O, was ist der Franz für eine gute, getreue Seele!" Hörst du die Kühe schreien im Stall? Die haben auch keine Ruhe. Ich mein' ich hör' schon die Glocken, die sie morgen um den Hals kriegen, und ich mein', die Kühe müssen's auch voraus wissen; o, wenn du nur auch einen Schatz hättest, Irmgard. Aber ich weiß schon wie's mit dir noch wird, wie's in der Geschichte heißt — du bist's werth. Da ist einmal ein König· durch den Wald geritten und da hat er die schöne Sennerin gefunden und hat sie auf sein Pferd gesetzt und hat sie mit heim genommen und hat ihr goldene Kleider angezogen und eine diamantene Krone auf den Kopf, und da hat die Königin — o, die Glocken, die Königin, komm Bläß, die Glocken ... komm, komm, komm ... so, so —"

Gundel schlief, aber Irma wachte und sah in den Mond hinein und die ganze Welt war ihr wie ein Wunder und schimmernde Märchen stiegen in ihr auf. Sie lächelte und ihr Auge glänzte, bis der Schlaf es schloß; aber das Lächeln blieb auf ihrem Antlitz und Niemand sah es, als der Mond, der still am Himmel stand.

<hr>

Siebentes Kapitel.

Was mit klarem Blick erkannt und mit heiterer Sicherheit beschlossen wurde, kommt oft erst in Trübung und Verzagtheit zur Ausführung. So war's nun auch, als man sich zur Almfahrt anschickte.

Es war früh vor Tag. Bei Walpurga am offenen Herdfeuer stand Irma. Sie fröstelte.

Seit ihrer Rückkehr vom Gange in die weite Welt hatte Irma alle Sehnsucht überwunden, aber doch war ein neues Gefühl der Heimathlosigkeit über sie gekommen, als ob sie immer erst heute in die gegebenen Verhältnisse einträte; sie schaute oft um, als sähe sie eine Gestalt herankommen mit einem leichten Bündel unter dem Arm, und diese Gestalt war sie selbst und doch so verändert; sie hatte kaum mehr ein Bedürfniß nach Speise und

Trank, kaum mehr nach einer Ansprache im Wort, sie lebte ganz in sich und aus sich allein. Dabei war sie wol still, aber heiter und zutraulich bei jeder Ansprache.

Das Pechmännlein hatte zuerst diese Veränderung wahrgenommen, und er war es, der eine Sommerfrische auf der Alm für besonders zuträglich hielt, denn er behauptete, Irma sei krank, obgleich sie immer wohlauf schien und unablässig arbeitete.

Nun hatte sich Alles wie verabredet zusammengefügt; der eigene Wunsch Irmas, das Zureden des Ohms und die Gefahr vor Entdeckung durch die Ankunft des Königs in dem nahen Städtchen, die Walpurga für sich allein abwenden wollte.

Walpurga war an diesem Morgen wohlgemuth und frei, wie nach einem in schwerem Kampfe errungenen Siege; ihr Blick ruhte oft auf Irma, die in das offene Herdfeuer starrte.

„Du wirst sehen," sagte sie ihr endlich, „du wirst wieder ganz anders da oben, und ich hör' dich in Gedanken schon wieder singen, und dann singen wir wieder miteinander:

Sie summte vor sich hin das Lied:

> Wir beide sein verbunden
> Und fest geknüpfet ein.

Aber Irma stimmte mit keinem Tone zu.

„Ich trage das Leben, so lange das Leben mich trägt," sagte Irma vor sich hin und hielt die ausgebreiteten Hände vor die offene Flamme.

Nicht lange konnten die beiden Frauen so still am Herdfeuer beisammenstehen. Draußen im Stall war Alles vorbereitet. Das Pechmännlein, als Kundiger aller Geheimnisse, hatte schon am Tage vorher Alles gerichtet, um die Heerde für ihren zukünftigen Aufenthalt fest und gesund zu machen. Er hatte eine Scholle Erde und drei Ameisen von der Alm herabgebracht, und diese Erde wurde untermischt mit Steinheilkraut, Teufelspeitsche, Speik und Salz, wozu noch etwas Pechöl getropft wurde, den Thieren allesammt als Maulgabe und letztes Futter gegeben. Das Pechmännlein war in der Nacht noch von der Alm herabgekommen, hatte die geheime Speise unberufen bereitet, stolz darauf, das für den Bauer zu thun, der hier zu Lande doch nicht heimisch war. Jetzt hatten die Thiere die Maulgabe verzehrt, waren gefeit gegen allen Zauber und alle Krankheit und heimisch auf der Alm, als wären sie dort geboren. Als jetzt der Tag zu grauen begann, ließen nun aber auch die Kühe sich nicht mehr halten; jede Einzelne, die aus dem Stall kam, besprengte Peter noch mit Dreikönigswasser, aber die zahmen Hausthiere schienen trotz Geheimmittel und Weihwasser wieder zu wilden Thieren geworden: das war ein Brüllen, Rennen und Kämpfen im verschlossenen Hofraum und dazwischen ein Schreien der Knechte. Auf Befehl des Pechmännleins ließ man die Kühe ruhig kämpfen, und sie wurden endlich von selbst ruhig. Gundel setzte der schönen großen braunen Heerkuh den Kranz auf die Hörner, hing ihr die große Vorschelle um, auch die anderen Kühe erhielten die abgestimmten Schellen, und nun war die Heerkuh von ihren Genossinnen, die sie schnaubend anglotzten, im Kreise umstanden. Die Heerkuh aber stand so stolz und trotzig da, daß keine mehr es wagte, sie herauszufordern.

„Jetzt fort in Gottes Namen!" rief das Pechmännlein und machte das Hofthor auf. Der Zug setzte sich in Bewegung. Zuletzt kam noch Franz, der den mächtigen braunrothen Bullen an den kurzen kräftigen Hörnern hielt und von ihm mehr geschleppt wurde, als daß er ihn führte. Sobald der Bulle aus dem Stall war, stand er still, schaute mit unheimlich glänzenden Augen rechts und links, bog den Kopf hoch und schritt würdevoll und allein dahin; braußen aber vor dem Thore brüllte er laut auf.

Es war Alles ruhig und gut vorbereitet und doch trat jetzt Hast ein. Walpurga und Hansei gaben den Davonziehenden ein Stück Wegs das Geleite.

Irma war still. Sie förderte frei ihre Schritte und doch war's ihr, als hätte sie das nicht selbst bestimmt und sie würde von einem Andern getrieben.

„Du siehst schon jetzt wieder fröhlicher aus," sagte Hansei zu Irma. Sie nickte.

Die vorausgezogene Heerde hielt vor dem Dorf an, denn ohne die Sennerin darf man nicht durchs Dorf ziehen.

Man hätte wol auch den andern Weg ziehen können, der hinter dem Dorfe nach dem Berge führte und ein Stück näher war, aber warum soll man nicht noch einmal sich und sein Vieh den Menschen zeigen, ehe man in die Einsamkeit zieht? So ging es nun mit dem schönen Geläute durch das Dorf, und von mancher Seite gab es hellen Zuruf und Jauchzen.

Jenseits des Dorfes stieg man den Berg hinan, man kam

auf den Waldweg, den Hansei geschlagen; er konnte sich nicht enthalten, Irma wiederholt zu zeigen, was er zu Stande gebracht.

Da, wo mitten im Wald das königliche Wappen auf den Grenzsteinen ausgehauen war — denn hier begann der königliche Forst — nahm Hansei Abschied von Irma; auch Walpurga that's, aber sie gab ihr doch noch eine Strecke weit allein das Geleite; sie hatte Irma so viel zu sagen und sagte ihr doch nur: „Sei ohne Furcht, und nächsten Sonntag komme ich zu dir. Wenn dir's aber zu einsam wird, komm du nur wieder zu uns herab, es zwingt dich ja niemand; bleib' aber nur oben, wirst sehen, es wohlet dir."

Es drückte Walpurga auf dem Herzen, das Geheimniß lastete wieder. Sie nahm rasch Abschied.

Hansei wartete, auf dem Markstein sitzend, auf seine Frau. Als sie nun herankam, ging er geraume Zeit still mit ihr heimwärts.

„Ich muß mich oft besinnen, ob es nicht ein Traum ist," sagte er endlich. „Jetzt im Herbst werden es vier Jahre, daß wir da sind, und daß sie bei uns ist. Ich hab' sie so lieb, ich kann's gar nicht sagen, und ich kenn' sie doch nicht — heißt das, ich kenn' sie wol, aber ich kenn' sie doch wieder nicht."

„Halt einmal still, Hansei," sagte Walpurga.

Er stand still. Man hörte von ferne das Geläute der Heerde, die bergauf zog; im Wald war es lautlos, denn ein dichter Nebel hatte die Berge eingehüllt und die Vögel waren stumm. Walpurga athmete tief auf.

„Hansei," begann sie endlich — „du hast die schwere Prob' bestanden. Ich hätt's nicht geglaubt, daß das ein Mann so ausführt wie du. Jetzt laß dir was sagen. Ich mein', ich muß dir da endlich einmal die Thür aufmachen."

„Halt ein," unterbrach Hansei, „nicht so! Hat sie dir selber gesagt, daß du mir jetzt Alles kundgeben sollst? Sag' Ja oder Nein." —

„Nein."

„So will ich auch nichts wissen. Das ist anvertrautes Gut, da darf man nicht daran rühren. Freilich, wenn ich's ehrlich sagen muß, es hat mir oft das Hirn umgedreht. Sag' mir nur das Eine: nicht wahr, sie hat Niemand was angethan, und sie hat auch nicht gestohlen? heißt das, sie mag gethan haben, was sie will, sie hat's gebüßt. Sag nur das, weiter nichts, hat sie so etwas auf dem Gewissen?"

„Gott bewahre, sie hat Niemand auf der Welt ein Leids gethan, als sich allein."

„So ist's gut. Jetzt reden wir weiter nichts davon. Hast du im Dorf gesehen, wie der Taubstumme vor ihr auf die Knie niedergefallen ist?"

„Nein."

„Aber Ich hab's gesehen und hab' auch gehört, wie die Enzianbabi gesagt hat, die Verrückte vom Freihof kommt nicht mehr von der Alm herunter. Die Babi ist doch verrückt und die Irmgard nicht, aber es hat mich doch erschreckt. Ich weiß nicht — ich meine der Hof wär' nicht mehr recht voll, wenn wir die Irmgard nicht mehr haben; sie gehört einmal dazu."

Als die beiden Eheleute wieder in ihrem Heim ankamen, sagte Hansei in der Stube:

„Weißt noch, wie sie gerathen hat, daß wir den Tisch anders stellen, und wie sie dir geholfen hat, Alles herrichten, und wie sie dann dem Ohm angegeben hat, die Stuhlfüße kürzer zu machen, damit sie besser zum Tisch passen? Ich hab' noch keine Bauernstube gesehen, wo es so schön ist wie bei uns, und da hat sie dir doch viel geholfen."

Hansei hatte mancherlei ums Haus zu rüsten und zu ordnen, aber Walpurga kam oft zu ihm mit einem Kinde und sprach einige kurze Worte; sie mochte nicht allein sein, Irma fehlte ihr, und doch war sie glücklich, sie geborgen zu wissen droben in der Einsamkeit.

<hr>

Achtes Kapitel.

Der Tag hellte sich nicht auf. Am Mittag verwandelte sich der Nebel in ausgiebigen Regen.

Ob's wol droben auch so regnet? Sie wird arg naß, dachte Walpurga immer vor sich hin, und in der That regnete es im Bergwalde ebenso gleichmäßig: es rieselte und säuselte in den Bäumen, und schnelle Wässerlein liefen überall behende über den Weg und gurgelten und plätscherten die Berghänge hinab.

Irma schritt an ihrem Bergstock — Hansei hatte ihr seinen eigenen gegeben — ruhig weiter. Das Pechmännlein hatte ihr seinen grauwollenen Teppich, in den nur zum Durchschlüpfen des Kopfes ein Einschnitt gemacht war, als Schutz gegen das Wetter übergeben; er selber bedeckte sich sehr geschickt mit leeren Kornsäcken. So schritt er neben ihr und erklärte oft:

„Ich könnte dich tragen."

Irma ging weiter. Zum Aufsteigen bedurfte man des Berg-stockes kaum, aber manchmal ging es auch eine scharfe Berglehne hinab, eine Sunke, wie das Pechmännlein es nannte; da mußte man scharf einsetzen und sich schwingen. Das Pechmännlein war immer bei Irma, jeden Augenblick bereit, sie aufzufangen, wenn sie ausgleite, aber Irma hatte einen festen Schritt.

Es war keine geringe Mühe, die Heerde zusammenzuhalten, die noch nicht aneinander gewöhnt war; aber das Pechmännlein verstand zu locken, zu schelten, zu schmeicheln und zu züchtigen, und bald gingen die abgestimmten Glocken mit einander, wie eine immer höher hinaufsteigende Melodie.

„Die Thiere haben's gut, die finden überall am Weg ihr Futter," sagte das Pechmännlein, „aber unsere Bäuerin hat mir für uns was mitgegeben; wir kommen bald an den Hexentisch, da drunter können wir trocken sitzen und uns auch füttern."

Es zeigte sich bald ein weit vorspringender Felsen wie ein halb-runder Tisch; hier war trockener Sandboden, wo nur der Ameisen-löwe in seiner trichterartigen Höhle hauste. Gundel, Franz, das Pechmännlein und Irma setzten sich ins Trockene unter dem Hexen-tisch und speisten mit Hunger, während draußen die Kühe weideten, die der Handbub beaufsichtigte.

„Der Regen dauert lang," sagte Franz.

Das Pechmännlein wies ihn zurecht und sagte, kein Mensch wisse, wie lang ein Regen dauere. Er wollte Irma Muth machen.

Er haschte einen Ameisenlöwen aus seiner Höhle heraus und zeigte, wie gescheidt das Thierchen sei: das macht eine Fallgrube in feinen Sand, versteckt sich in die Spitze des Trichters, eine Ameise kommt arglos des Weges, sie fällt herunter, kann nicht mehr herauf, der feine Sand rollt ihr unter den Füßen ab und der Spitzbub in seinem Versteck spritzt der Ameise Sand in die Augen, holt sie herab und verspeist sie. „Und was das Wunderlichste ist," schloß er, „die graue Made da ist im nächsten Jahre eine bräun-liche Wasserjungfer (Libelle) am See."

Das Pechmännlein kannte Irma, er wußte, daß solch ein

Einblick in das Naturwalten sie mehr erquickte, als alles Zureden und alle Speise.

Weiter ging's mit frischer Kraft, immer höher hinan. Die Thiere wurden lebendiger, die Kräuter der höheren Region belebten sie neu. Endlich war man nicht weit vor dem Ausschlag, wo die neue Alm stand; das Pechmännlein hieß Franz vorausgehen und droben die Stallthür öffnen, Franz folgte hurtig der Anweisung, da hörte man seinen Lockruf, und die Kühe, jetzt auf den freien Wiesenplan heraustretend, brüllten und sprangen empor. Regen und Nebel waren so dicht, daß man erst wenige Schritte vor der Hütte dieselbe sah.

„Gut ist's!" rief das Pechmännlein. „Das ist das Beste, es nisten schon Schwalben an unserer Hütte; jetzt ist's gewonnen!"

Er schritt voran, klopfte dreimal an die Hüttenthür, öffnete, reichte Irma die Hand mit den Worten: „Glück herein, Unglück hinaus!" und endlich war man daheim.

O, ein schützendes Dach über dem Haupte! Irma schaute oft empor und ihr Dankesblick sagte, daß sie es froh empfand, nun im geborgenen Schutz vor dem Unwetter zu sein; aus der Hütte sah und hörte sich der Regen draußen noch viel unheimlicher an, als da man unter demselben bergan gewandelt war. Bald brannte das helle Feuer auf dem großen Herde, und das Pechmännlein nahm etwas aus der Tasche und warf es stillmurmelnd in die Flammen.

„Seit die Welt steht," sagte er, „hat hier oben noch kein Feuer gebrannt und ist noch kein Rauch zum Himmel aufgestiegen, jetzt sind wir zum Erstenmal da. Aber die Schwalben, ja die Schwalben, das ist gut."

Er hatte wahrscheinlich noch viel zu sagen, aber er wurde von Franz abgerufen, denn im Stall kalbte eine Kuh.

Irma war mit Gundel allein. Sie entkleidete sich schnell und trocknete und wärmte sich am Feuer; aber auch Gundel wurde gerufen, sie sollte mit im Stall sein, damit sie sich bei solchen Vorkommnissen künftig zu helfen wisse, und Irma saß allein, entkleidet bei dem Feuer auf dem Herb; nur kurz war mit dem Frösteln eine Bangigkeit über sie gekommen; jetzt sah sie still in das offene Herdfeuer, ein einsames Menschenkind allein auf der Höhe. Sie wußte nicht mehr, wo sie war, bis sie Stimmen hörte, die sich wieder der Hütte näherten. Sie warf schnell wieder die

getrockneten Kleider um, das Pechmännlein brachte seine Glück=
wünsche an, da man gleich am ersten Tage mit einem mächtigen
Stierkalb gesegnet wurde.

Die Nacht brach herein, Franz nahm Abschied. Gundel gab
ihm ein Stück Weges das Geleite, und bald hörte man durch
den fortrieselnden Regen ein Jodeln von unten und ein Ant=
worten von oben, bis Gundel zurückkam. Man ging bald zur
Ruhe.

Das Pechmännlein und der Handbub schliefen auf dem Heu
über dem Stall, Irma und Gundel in der Kammer.

Als man am Morgen erwachte, war der Tag kein Tag; dichter
Nebel hüllte auch heute Alles ein.

„Wir stecken in einer Wolke,“ sagte das Pechmännlein.

Die Kühe weideten draußen, die Schellen zerstreuten sich, und
es tönte wie träumerisches Bienensummen von da und dort.

Noch mehr Einsamkeit hatte Irma gehofft, und nun war sie
in die enge Hütte gebannt mit den wenigen Menschen. Das
Pechmännlein hatte gesagt, daß sie die ersten Bewohner dieses
Stückes Erde seien, und es schien, als ob die Natur sich dem
widersetzte, daß die Menschen es wagten, immer weiter vorzu=
bringen; der Wind heulte, er jagte die Wolken, brachte aber
immer wieder neue, und manchmal hörte man Kollern und Knallen;
drüben an den Schneebergen rollten die Lawinen herab.

Irma versuchte zu arbeiten, aber es wollte ihr nicht recht
gelingen.

Es ward wiederum Nacht und wiederum Tag, und immer
noch undurchbringliche Wolke. Selbst die Thiere schienen darüber
zu klagen, ihr Brüllen tönte so tiefwehmüthig nach dem Thale zu.

Es war am dritten Morgen in der Frühe, Irma erwachte, als
ob etwas an ihr gerissen hätte. Sie richtete sich auf. Durch den
Spalt am Kammerladen drang ein leiser Schimmer.

„Die Sonne hat mich geweckt,“ sprach sie vor sich hin und
kleidete sich rasch und leise an. Sie trat hinaus vor die Hütte.

In vollen Zügen sog sie die feuchte, würzige Morgenluft ein.
Die Heerkuh, die nicht weit von ihr graste, hob den Kopf empor
und schaute Irma an, dann fraß sie wieder weiter.

Mälig begann ein silbergraues Licht aus dem Osten zu fließen,
und durch die Seele Irmas zog jene wunderbare Weise aus
Haydns Schöpfung; sie glaubte die Töne fassen zu können wie

leibhaftige Erscheinungen, die dort aus dem ersten Morgengrauen
brachen; das Grau verwandelte sich in einen gelblichen Ton, und
jetzt schoß leise Roth hindurch und färbte sich immer höher und
höher, und drunten, weit hinaus, wie eine unermeßliche dunkle
Fluth, stand noch die schwarze Nacht. Nun aber tauchten aus
ihr Schrofen, Spitzen, breite Höhenrücken empor, andere Häupter
waren frei und ihr Grund floß noch in der Nacht, die sich jetzt
zu dunklem Grau verwandelte. Immer glühender, immer brennen=
der breitete sich das Roth am Himmelsraume aus und immer
freier streckten sich die Riesenleiber der Berge hervor, und jetzt
kam — das Auge erträgt es nicht — der große Sonnenball
herauf, alle Höhen glänzten in Purpur und Gold, und drunten
in der Tiefe schwammen nur noch sich ballende und überstürzende
Wolken wie hohe Stromeswellen. Der Tag war erwacht, der helle,
die Erde erwärmende und durchschimmernde, und Millionen Düfte
stiegen auf von Baum und Gras und Blume, und die Stimmen
der Vögel tönten drein, und Irma stand und breitete die Arme
weit aus, als müsse sie die Unendlichkeit umfassen; sie kniete
nicht nieder, sie stand aufrecht, und ihr Fuß hob sich, als müsse
sie hineinschweben in die Unendlichkeit des Daseins, und mit
beiden Händen faßte sie das Haupt, faßte sie die Binde, die
Binde löste sich und fiel zur Erde.

Der Sonnenstrahl leuchtet auf ihrer Stirne, die Stirne war
rein, sie fühlt es. — Lange stand sie offenen Auges, und ihr Auge
war nicht geblendet von der Sonne und eine erlösende Harmonie
zog durch ihre Seele: ein Menschenkind hat den Moment der
Schöpfung miterlebt und war neu geschaffen.

„Nun kommt noch, ihr Tage, die ich zu athmen habe, wie
lang, wie kurz, wo und mit wem — ich bin frei, ich bin erlöst.
Was ich noch thue, es ist mir eine Arbeit vor der Reise. Die
Stunde kommt. Sie komme — früh oder spät — ich bin bereit.
Ich habe gelebt."

„Ei, Irmgard, du siehst ja so wunderbar aus!" rief Gundel,
die mit dem Melkkübel aus der Hütte kam. „O Gott, was hast
du für eine Stirne? So weiß — ach, wie schön! O wie schön
bist du! So glatt und so schön hab' ich noch keine Stirne
gesehen."

Irma ließ sich von Gundel ein Glas Milch geben, dann schürzte
sie ihr Kleid auf und ging hinein in den Wald. Erst als es höher

Mittag war, kam sie in die Almhütte zurück; ihr Mund hatte heute kaum noch ein Wort gesprochen.

In der Hütte fand sie das Pechmännlein am Tische stehend und einen großen Haufen stark duftender Kräuter und Wurzeln ordnend.

„Schau," rief er, „ich hab' auch schon was! Ja, ich hab' auch viel Kenntniß, ich hab' Schabziegerklee und Bergpetersilie für die Apotheker gesammelt, ich weiß Alles, was sie brauchen von da oben, und hundertmal hat's meine Schwester gesagt: jetzt im Frühling ist Alles noch zahm und gut; was Gift sein muß, das kocht erst der Sommer aus. O, sie war gescheidt, und hundertmal hat sie's gesagt: das Beste wächst droben, wo die Wolken stehen."

Nach einer Weile begann er wieder:

„Die Gundel hat Recht, ich muß sagen, ich hab's nicht gewußt, daß du so schön bist; aber du siehst doch nicht recht gesund aus — du mußt mehr essen, du issest ja fast gar nichts."

Irma sah ihn dankbar lächelnd an, aber sie entgegnete kein Wort.

„Weißt du, was ich hätte sein mögen auf der Welt?" fragte er.

„Was?"

„Dein Vater hätt' ich sein mögen."

Irma nickte still. Ihr Vater war angerufen, und es war ihr, als spräche sein Mund und seine Stimme hier aus dem armen einfältigen Manne, der nun fortfuhr:

„Ich meine oft, du wärst — verzeih' mir's Gott, aus dem Himmel herabgekommen und hättest nicht Vater und nicht Mutter, und heut' siehst du gar so aus, daß mir die Augen übergehen, wenn ich dich ansehe. So, jetzt iß aber etwas!"

Er plauderte noch viel, ganz wie berauscht, durcheinander, der Endreim hieß aber immer: jetzt iß aber auch.

Irma zwang sich dem guten Alten zulieb zum Essen.

Neuntes Kapitel.

Der Tag war hell, die Nacht voll Sternenglanz, der Athem frei, das Auge klar, alle Schwere des Denkens schien drunten geblieben, dort, wo die Menschen in festen Wohnungen sich zusammenhalten.

„Ich glaub', du könntest jetzt wieder singen, deine Stimme ist gar nicht mehr so rauh," sagte das Pechmännlein zu Irma. „Aber mehr schlafen solltest du; wenn man alt ist, lauft der Schlaf schon von selber davon; jag' ihn nicht fort, wenn er noch gern bei dir bleibt."

Das Pechmännlein schien seine Sorgfalt zu verdoppeln, und Irma merkte jetzt in der That, daß ihre Stimme rauh war. Sie saß so gern; sie wanderte wohl durch die Wälder und in Thaleinschnitte, wohin nur der Jäger und der Holzhauer kommt, aber sie saß so oft still, ihr Wandern war wie das Fliegen eines jungen Vogels, er fliegt auf, muß sich aber gleich wieder niederlassen. Jetzt erinnerte sie sich, daß diese Müdigkeit in ihr war, seit sie von dem Gang nach der Hauptstadt zurückgekehrt war. Im Winter hatte sie nicht darauf geachtet, nun glaubte sie auch das Drängen Walpurgas zu verstehen, daß sie noch höher hinauf nach der Alm sollte; sie war krank und sollte wieder gesund werden, und doch fühlte sie keinen Schmerz. Tief im Waldesdickicht versuchte sie einmal eine Scala zu singen, sie brachte sie nicht zu Stande. Das Haupt sank ihr auf die Brust; also doch—

Am Sonntag Morgens kam Franz, und es war viel Freude auf der Alm.

„O, wie gut ist's," rief Gundel, als sie mit Franz allein war, Irma saß aber nicht weit davon und hörte wiederholt die Worte: „O, wie gut ist das! Sonst hab' ich meine Arme nur zum Arbeiten, jetzt hab' ich sie doch auch, um einen Menschen um den Hals zu fassen und zu herzen und zu küssen."

Gundel, das schwerfällige, verdrossene Mädchen, war hier oben flink und geweckt. Sie ging den ganzen Tag aus und ein, säuberte, wusch, molk, bereitete Butter und Käse, und immer sang sie dabei oder summte wenigstens eine Weise vor sich hin; die Lieder ersetzten ihr das Denken, sie war wie ein Vogel, der, so lang es Tag ist, umherflattert und singt. Die Liebe hatte ihre Seele erweckt, und die Selbständigkeit, in der sie hier oben walten durfte, ihren natürlichen Frohmuth frei heraustreten lassen.

Irma betrachtete das Treiben der Genossin und das Naturleben rings um sie her mit einem Auge, als ob sie das Alles nur sehe und nicht mitten drin stehend etwas davon haben sollte.

Die Sage erzählt von Genien, die aus einem Himmel herab=
flattern, da unten schauen, schlichten, ordnen und wieder in ihren
Himmel zurückfliegen; sie haben nicht Theil an der Welt Mühen
und Sorgen. — So war es Irma oft, als zöge sie sich zurück
von allem Sehen, Sprechen, Theilnehmen in den Einen großen
Gedanken, in dem ihre Seele schwebte.

Sie ging in die Hütte und schrieb mit Bleistift noch in ihr
Tagebuch die Worte:

„Wenn ich sterbe, so bitte ich meinen Bruder Bruno, eine
Aussteuer an Gundel und Franz zu geben, daß sie einen eigenen
Hausstand gründen können."

Dann wickelte sie das Tagebuch wieder in die Binde, die sie
um die Stirn getragen, legte die Hand darauf und gelobte sich,
kein Wort mehr hineinzuschreiben; sie hatte genug in ihrer Seele
gewühlt, genug von dem, was ihr Auge erschaut, festgehalten, um
die schwergekränkte Freundin zu versöhnen und vor sich selber ver=
söhnt zu sein; jetzt wollte sie nur noch ganz und allein in sich leben.

Franz hatte die Nachricht gebracht, daß Walpurga diesen
Sonntag nicht kommen könne, weil der Knabe unwohl sei; nächsten
Sonntag aber hoffe sie ganz bestimmt zu kommen. Irma war
fast froh, sich hier erst völlig einleben zu dürfen, bevor sie Jemand
sprach, der sie kannte. Sie war nun ganz unter Menschen, denen
ihr vergangenes Leben unbekannt war, und sie ließen sie nach
ihrem Begehr allein und sprachen nur zu ihr, wenn sie fragte.

Auch am zweiten, auch am dritten Sonntag kam Walpurga
nicht, sie schickte aber Salz und Brod. Irma dachte kaum, warum
daß Walpurga nicht käme.

„Ein Leben, in dem nichts vorgeht" — wie sehr hatte das
Irma einst verworfen; jetzt war es ihr selbst geworden, und nicht
die leiseste Regung stieg in ihr auf, daß es anders sein könnte.
Sie arbeitete wenig und lag dann stundenlang wieder auf ihrem
Lieblingsplatz an der Berglehne.

Das ganze Leben der Natur senkte sich auf sie nieder; sie
grüßte den ersten Morgenthau, und der Abendthau feuchtete ihre
Locken, sie war still glücklich, wünschelos, wie die ganze Natur
um sie her; nur oft in der Nacht, wenn sie zu den Sternen auf=
schaute, die hier oben viel heller glitzerten, schwang sich ihr Geist
ins Unendliche. Sie sah nach den Bergen — da stehen noch wie
am Tage der Schöpfung die Zacken, die kein Menschenfuß

betreten, nur die Wolken kommen dorthin und nur das Auge des
Adlers ruht darauf. Sie war heimisch und traut mit dem Leben
der Pflanze und des Vogels, aber sie beobachtete sie kaum mehr,
das gehörte ihr zu, wie die Gliedmaßen des eigenen Körpers;
die Natur war ihr nicht mehr fremd, sie selbst fühlte sich als ein
Stück derselben; sie war zur Stetigkeit gelangt, in der sich das
Leben wie eine reine Naturnothwendigkeit fortsetzte, ohne Räthsel=
frage, nicht mehr täglich aufgelöst, Alles erst aus dem Chaos
befreiend. Die Sonne geht täglich auf und unter, die Gräser
wachsen, die Kühe weiden und dem Menschen befiehlt das Gesetz
des Lebens: arbeite und denke! Die Welt um dich her steht im
Gesetz und dein Leben auch; des Menschen allein ist es, daß er
erkenne, was er muß, und so in Freiheit seiner Natur unterthan sei.

Klar durchleuchtet wie die blaue Luft um sie her war es in
ihrer Seele, vergessen in ihr selbst, daß sie je anders gelebt und
je geirrt.

Der vierte Sonntag kam, Irma ging schon früh eine lange
Strecke Weges bergab. Auf dem Markstein, der die Grenze des
königlichen Forstes bezeichnete, wartete sie auf Walpurga und
Hansei. Jetzt, da Bauer und Bäuerin bestimmt hatten sagen
lassen, daß sie kämen, war Irma wieder voll Verlangen nach
Walpurga, nach dem einzigen Menschen, der sie von damals her
kannte und ihr noch bestätigen konnte, wer sie sei.

Sie saß auf dem Grenzstein, sie hatte den Hut abgenommen,
die Stirn war frei; das Haupt in die Hand gestützt, saß sie da
und dachte darüber nach, warum tief im Hintergrund der Seele
sich etwas dagegen sträubt, die Persönlichkeit aufzugeben und selbst
nicht mehr zu wissen, wer man sei und von keinem Andern mehr
das zu erfahren. Der Gefangene auf der Galeere wird nur bei
der Zahl gerufen, aber in sich weiß er, wer er ist und kann es
nicht verlieren. Warum können wir uns nicht frei in die freie
Natur auflösen?

Ihr Haupt sank tiefer herab. Da hörte sie Menschenstimmen,
rasch richtete sie sich auf.

„Ist das dort nicht unsere Irmgard?" rief Hansei.

„Ja, sie ist's!"

Walpurga eilte auf sie zu und reichte ihr die Hand, Hansei
stand wie versteinert; solch ein Wesen hatte er noch nie gesehen,
es war ihm immer wieder, als ob sie etwas Uebernatürliches

wäre; ihr ganzes Angesicht glänzte, die Augen waren viel größer geworden und darüber zeigte sich die freie hohe Stirn so weiß und glänzend wie Marmelstein. Auch Walpurga, die ja Irma in ihrer vollen Schönheit gekannt hatte, sah sie jetzt mit einem andern Blicke an, denn sie litt jetzt um ihretwillen noch anders, als die Einsame ahnen konnte; unwillkürlich legte sie die Hand aufs Herz, das ihr erzitterte.

„Warum giebst du mir keine Hand, Hansei?" fragte Irma.

„Ich — ich — — ich hab' dich noch nie so gesehen."

Eine flüchtige Röthe schoß durch ihre Stirn, sie fuhr sich mit der Hand darüber, dann reichte sie die Hand Hansei nochmals dar; Hansei drückte sie in seiner Erregtheit so heftig, daß es ihr weh that.

Man wanderte nun gemeinsam der Almhütte zu, und kaum war man einige Schritte gegangen, so war auch das Pechmännlein da. Er war, wie er schon oft gethan, um Irma zu behüten, ihr nachgeschlichen; er bangte für sie, denn er sah, daß etwas mit ihr vorging, und wollte sie deßhalb nie allein lassen.

„Nicht wahr, sie sieht prächtig aus?" sagte er zu Hansei, der bei ihm zurückgeblieben war, während Irma und Walpurga vorausgingen. „Sie lebt aber wie ein kleines Kind, von nichts als Milch, und sie will sich nicht daran gewöhnen, daß es hier oben in der Nacht schnell abkühlt und will immer draußen sitzen in der feuchten Nacht, und ich mein' oft, sie wär' gar kein Menschenkind, sie wär' ein Engel, der auf einmal seine Flügel aufmachen und davonfliegen wird — ja, lach' nur — weit hinauf in den Himmel haben wir von da oben nicht mehr, wir sind da die nächsten Nachbarn von unserm Herrgott, hat meine Schwester immer gesagt."

Hansei ging mit dem Ohm abseits und schaute nach der Heerde. Außer dem am ersten Almtag geborenen Kalb hatten noch zwei hier oben das Licht der Welt erblickt, und Alles war wohlauf. Erst nach einer Stunde kam Hansei zur Almhütte, und aus seinen Mienen sprach Zufriedenheit.

Unterdeß hatte Walpurga alles in der Hütte gemustert, und auch sie hatte überall Sauberkeit und Ordnung gefunden.

Am Nachmittag kam die nächste Nachbarin, die nur eine Stunde entfernt wohnte, von ihrer Alm und brachte ihre Zither mit.

Es war keine geringe Herablassung von der Freihofbäuerin,

sie sang mit Gundel und der Nachbarin; Franz konnte gut mit einstimmen und auch das Pechmännlein stellte noch seinen Mann im Singen; Hansei aber verstand keinen Laut hervorzubringen und sein Ungeschick ward zur Würde: der Großbauer singt nicht mehr.

„Nur von hier aus kann man singen, aber nicht von dort, wo man vom Städtchen heraufkommt," rief Gundel nach dem ersten Liede. „Wenn man dort ein Wort laut spricht oder singt, giebt's einen vielfachen Wiederhall."

Sie rannte nach der Stelle und jodelte, und lang tönte es wider von den Bergen und aus den Klüften.

„Du solltest auch singen," wendete sich Walpurga zu Irma. „Ihr glaubt gar nicht, wie schön sic's kann."

„Ich kann nicht mehr," erwiderte Irma, „die Stimme ist mir in der Kehle versunken."

„So spiel' uns was, du kannst ja prächtig Zither spielen," drängte Walpurga.

Alle vereinigten sich in der Bitte und Irma mußte endlich willfahren. Das Pechmännlein hielt den Athem an, so schön hatte er noch nie spielen hören, und man weiß ja gar nicht, was die Irmgard noch Alles kann. Sie ging aber bald in die Weise des wohlbekannten Liedes über und das Pechmännlein stimmte zuerst an:

„Wir Beide sein verbunden." — Es war eine gute und heitere Stunde.

Hansei führte nun seine Frau, Irma und das Pechmännlein an die Stelle, wo man einen Ausschnitt des Sees von daheim sah; er blinkte hell auf und Hansei wiederholte, es käme ihm vor, wie der Blick eines Menschen, der Einen von Jugend auf kennt.

Walpurga wendete sich zu Irma; sie fürchtete, daß dieser Anblick in ihr Traurigkeit erwecke, aber diese sagte: „Mich freut es auch."

Hansei erklärte nun Irma die ganze Umgegend, wo das und das liegt; er zeigte ihr den Berg, wo er die vielen Bäume gepflanzt, den Wald selbst sah man nicht, aber die Felsenspitze, die sich daraus emporhebt.

Walpurga ging unterdeß mit dem Ohm abseits und sagte:

„Ohm, meine Mutter ist todt . . ."

„Ja, das weiß ich, und du kannst nicht mehr an sie denken,

wie ich; frag' nur die Irmgard, wie oft wir von ihr reden, es ist mir immer als ob sie da in der Nebenstube wäre, es ist nicht weit hier oben zwischen uns und dem Himmel, sie kann jedes Wort hören, das wir sprechen."

„Ja, Ohm, aber laßt mich nur ausreden, ich hab' Euch was zu sagen."

Das war aber ein schwer Stück, daß der Ohm ruhig zuhören sollte, er hatte selber so viel zu sagen. Walpurga fuhr, immer wieder vom Ohm unterbrochen, fort:

„Ohm, Ihr seid ein gescheidter Mann —"

„Kann sein, hat mir aber nicht viel genutzt im Leben."

„Jetzt will ich Euch was sagen —"

„Ja, ja, sag' nur, was du hast."

„Ich bin in Sorge und Angst um unsere Irmgard —"

„Ist nicht nöthig, ich hüte sie wie meinen Augapfel, da sei ganz ruhig."

„Ja, Ohm, das weiß ich, aber es giebt gar böse Menschen und die jagen Einem nach bis auf die höchsten Berge hinauf —"

„Ja wohl, der Landjäger hat schon Manchen —"

„Ohm, hört mich doch geduldig an!"

„Ja, ja, ich red' ja kein Wort."

„Also, Ohm, meine Mutter hat auch gewußt, wer die Irmgard ist."

„Und ich weiß es auch, da brauchst du mir nichts zu sagen. Ich kenn' sie von Grund aus, ich bin nicht dumm, verlaß dich drauf."

„Ja, Ohm, schon recht; ich hab' Euch anvertrauen wollen —"

„Kannst mir Alles anvertrauen, dafür könnt' ich deine Mutter im Himmel als Zeuge anrufen."

„Ist nicht nöthig! Also, Ohm! die Irmgard hat ein schweres Leben hinter sich —"

„Weiß schon, ich hab' in der Stadt wohl was gemerkt, da muß etwas gewesen sein, daß Sie Einen hat heirathen sollen, den sie nicht mag? Sie ist wohl ein Nebenauskind? Oder vielleicht hat sie gar schon einen Ehemann und ist dem davongegangen? Sie hat mir die großen Häuser so angesehen — und hat sich immer in sich hinein verkriechen wollen."

Walpurga sah staunend auf den Ohm, der sie gar nicht zu Worte kommen ließ, und plötzlich stand der Gedanke vor ihr:

So warst du selbst einmal, du hast auch geglaubt, immer schwatzen zu müssen, statt zu hören, was die Anderen sagen, und dir gut berichten zu lassen. Sie sah den Ohm lang an, und dieser, der das für Lob hielt, erzählte nun zum Erstenmal, wie es ihm mit Irma auf der Reise zu Muth gewesen, und was er Alles mit ihr erlebt — die Löwen und Schlangen und die weißen Priester aus der „Zauberflöte" liefen auf der Straße herum und Alles war durcheinander.

Walpurga besann sich, daß es nicht nöthig sei, die Pflicht der Geheimhaltung zu verletzen; sie sagte daher nur dem Ohm, er solle Irma nie allein lassen, und wenn ein Fremdes käme — wer es auch sei — solle er sie heimlich in den Wald hinein=führen, damit Niemand sie sähe.

Der Ohm versprach's.

„Ja," setzte er hinzu, „wunderlich ist's doch in der Welt. Denk' nur, die Kräuter, die ich da ins Städtchen bring' für den Apotheker, die sind zum Bad für die junge Gräfin von Wildenort, für die Schwiegertochter von dem, den ich gekannt habe; und wie ich da vor der Apotheke stehe, da kommt ein Mann daher=geritten auf einem schönen glitzerigen Rappen, der hat dir Glie=der wie gedrechselt, und der Mann hat ein Kind vor sich auf dem Pferd sitzen, einen Buben so wie unser Peter in einem blauen Kleid und mit einem Federhut, und der Bub sieht dir unserer Irmgard ähnlich, es könnte ihr eigenes Kind sein, und da sagt mir der Apotheker, das sei der Graf von Wildenort, der Sohn von dem, den ich gekannt habe, und wie er vorbei=reitet, da sag' ich: Guten Morgen, Herr Graf! er hält an und fragt mich: Woher kennst du mich? — Und ich geb' ihm zur Antwort: Ich hab' Ihren Herrn Vater gekannt, das war gar ein braver Mann. — Und was meinst du, was er darauf gesagt hat? Gar nichts; davongeritten ist er und hat mir nicht einmal gedankt. Ich hab' mir sagen lassen, er soll nicht so brav sein, wie sein Vater, und seine Schwieger, die hält ihn unter'm Daumen, daß er nicht mucksen darf. Aber schön ist das Kind und unserer Irmgard wie aus dem Gesicht geschnitten. Es ist doch wunderlich, was man in der Welt für Sachen antrifft."

Walpurga zitterte und sie ließ sich vom Ohm die Hand darauf geben, daß er drunten im Städtchen zu keinem Menschen der Irmgard erwähne, zu Niemand.

Der Ohm versprach auch das und gab noch die Hand darauf, sich auch vor der Irmgard nichts davon merken zu lassen.

Gegen Abend gingen Walpurga und Hansei wieder heimwärts, und als es Nacht geworden war, auch Franz. Die Bewohner der Almhütte waren wieder allein, sie sprachen mit einander kein Wort mehr; man hatte heute schon genug gesprochen und gehört. Still war's wieder auf der Alm, nur die Glocken der Kühe läuteten aus dem Wald und von den Wiesenhängen, und drüber glitzerten die Sterne. Irma saß noch lange dort auf jener Stelle, wo man nach dem See hinausblickt, und spät erst begab sie sich zur Ruhe.

Zehntes Kapitel.

Irma arbeitete nur wenige Stunden des Tages an ihrer Werkbank, sie mußte sich jetzt zu solcher Arbeit zwingen, fast mehr als im Anfang; ihr Blick war stets hinaus ins Große und Weite gespannt. Wenn sie dann aber die Arbeit ließ, hatte sie ein frisches Auge gewonnen und erschaute die Pracht des Hochgebirges aufs neue.

Das Pechmännlein hatte auch seine Diplomatie. Er bat Irma, ihn bei seinem Pflanzen= und Wurzelsuchen zu begleiten, er sei doch alt und könne nicht wissen, wie er einmal ausrutsche, dann sei doch Jemand bei ihm, der Hülfe holen könnte.

Nun wandelte Irma den größten Theil des Tages mit dem Pechmännlein durch die Wälder, über Höhen und Gründe. Besonders glücklich war sie, als sie an die Stelle kamen, wo der Bach entspringt.

Er floß still aus einer dunklen Felsenhöhle, und stürzte sofort in kühnem Sprung die Höhe hinab, oft von Felsentrümmern aufgehalten, darüber hinweggleitend, darunter durchwühlend, bis sich im ersten Thalgrunde ein breites, von hohen Weißtannen umstandenes Becken bildete. Erst von da aus floß der Bach über die Hochebene und den zweiten Berg in milderem Grunde still murmelnd dem Thale zu.

Das Pechmännlein sah wohl, wie es Irma hier gefiel; er glaubte sogar, daß sie einmal gesungen habe, mitten durch das

Rauschen und Brausen wohl vernehmlich, und es war ein seltsames Zusammentreffen, wie sich nun hier die meisten Kräuter fanden, die er zu suchen hatte. Er hatte auch die Freude, da und dort ein Vogelnest zu entdecken, das er Irma zeigte, die sich daran ergötzte, wie ein kleines Kind. Die Thiere hier schienen noch keine Scheu vor den Menschen zu haben, und das Pechmännlein behauptete, Irma habe so gute Augen, daß die Vögel nicht vor ihr davon fliegen; in der That hüpften sie um sie her, als wäre sie von jeher ihre Vertraute, und der brütende Vogel im Nest sah sie von der Seite so treuherzig an und flog nicht davon.

So saß Irma oft ganze Mittage am Wasserquell, und ohne daß sie es wußte, warf sie manchmal eine Blume, die sie unversehens gepflückt hatte, hinein in die Wellen.

Drunten aber im Wohnorte Gunthers, durch welchen der Bach floß, saß am Ufer ein schöner Knabe, neben ihm ein rothhaariger Bedienter in Livree.

Der Knabe bat den Diener, daß er ihm eine schöne Blume, die eben vorüberschwamm, herausfische; der Diener stieg den steilen Rand hinab ans Wasser, der Knabe aber warf schnell einen Stein ins Wasser, daß es aufspritzte, und der Diener rief: „Junger Herr, Sie sind wieder unartig!"

„Macht er wieder seine tollen Streiche?" sagte ein herzutretender, groß gewachsener, schöner junger Mann mit verlebtem Gesichtsausdrucke. „Was machst du, Eberhard?"

Der Knabe sah betroffen auf und der Diener sagte:

„Gnädiger Herr, der junge Herr und ich, wir machen nur Spaß mit einander."

Der Mann nahm den Knaben an die Hand und ging mit ihm durch die Wiese nach einem schön gelegenen Landhause, der Jockei Fitz hinterdrein. Der Vorausgehende war Graf Bruno von Wildenort und der Knabe sein Sohn.

Bruno hatte streng verboten, daß der Knabe am Wasser spiele, er hatte eine besondere Furcht vor dem Wasser, es hatte seiner Familie solch entsetzliches Unglück gebracht; aber der Knabe war immer wie von dämonischer Gewalt zu dem wilden Bache hingezogen, und Fitz, der dem jungen Herrn stets willfahrte, leistete ihm im Geheimen Vorschub und geleitete ihn an den Bach.

Bruno drohte mit dem Finger zurück zu Fitz und ging nun in den Garten an dem Landhause. Hier saß eine Frau in einem großen

Lehnstuhl; nicht weit von ihr spielte ein kleines Mädchen im Sand am Weg, und ein Säugling wurde von einer Amme auf= und ab=getragen. Die Morgenglocke läutete und bald erschien die Schwieger=mutter unter der Gartenthür, ein Diener hinter ihr, der ein von Edelsteinen blinkendes Gebetbuch und ein gesticktes Kissen trug.

Mit der begnügten Ruhe eines Wesens, das heute schon seine höheren Pflichten erfüllt, grüßte die Baronin ihre Angehörigen. Bruno gab ihr den Arm, Arabella folgte ihnen nach, man setzte sich zum Frühstück, das in der Laube aufgestellt war.

„Du lieber Gott," klagte die Baronin, „was fangen wir nur heute an? Der Tag ist schön, das Wetter scheint sich zu halten. Der Apotheker sagt mir, es sei einige Stunden von hier eine überaus schöne Almhütte, von wo man eine herrliche Aussicht haben müsse. Wie wär's, wenn wir die Diener vorausschickten, um da oben zu diniren?"

„Erlauben Sie, gnädige Frau Schwiegermutter, daß ich Ihnen einen Vorschlag mache?" erwiderte Bruno zaghaft.

„Gut, machen Sie einen Vorschlag; überlassen Sie nicht alle Sorge mir. Was schlagen Sie also vor in dieser töbtlich lang=weiligen Einöde, wo man auf den obiösen Geheimrath und seine philiströsen Frauen angewiesen ist? Bitte, schlagen Sie vor."

„Es ist mein unmaßgeblicher Vorschlag —"

„Machen Sie doch nicht so langweilige Einleitungen —"

Bruno biß sich auf die Lippen, dann begann er lächelnd:

„Ich glaube in Ihrem Interesse zu handeln; ich will zuerst auf die Alm gehen, nachsehen, ob die Wege gut sind und ob ich Sie nicht einer Enttäuschung aussetze, denn in der Regel sind die theaterberühmten holden Almerinnen au naturel höllische Scheusale."

„Danke, Sie sind in der That liebenswürdig. Wann werden Sie die Recognoscirung vornehmen?"

„Noch heute, wenn Sie befehlen."

„Er möchte gern einen Tag frei sein, ein lediger Mann," wendete sich die Baronin lachend zu ihrer Tochter. „O ich kenne ihn! Wollen wir ihm den Tag schenken?" fragte sie schelmisch.

„Sie sind sehr wohl gelaunt," warf Bruno ein. Er hielt die Manier fest, trotz aller Bissigkeiten der Baronin immer äußerst galant zu bleiben; sie hatte Bruno schon zweimal seine Spiel= und andere Schulden bezahlt· denn Bruno hatte das Erbtheil seiner Schwester noch nicht bekommen, da man ihre Leiche nicht gefunden; erst im nächsten Jahre, fünf Jahre nach ihrem Tode, wird sie vom Todtengericht für verschollen erklärt.

„Ja, lieber Bruno," sagte endlich Arabella, die die Sklaverei ihres Mannes tief schmerzte: „Geh du allein, laß uns Fitz hier, Eberhard hat sich so an ihn gewöhnt, daß er nur noch mit ihm spielen will."

Bruno ging zum Apotheker und erfuhr, daß die Alm, die er nur vom Hörensagen kannte, dem Freihofbauer gehöre, der einige Stunden von hier wohne.

Er ritt nun zuerst nach dem Freihof.

Walpurga saß am Fenster und spielte mit dem Kinde auf ihrem Schooß. Sie sah den Reiter dahersprengen, und unwill= kürlich drückte sie die Hand auf die Augen und bog sich zurück, als reite er gerade auf sie los.

Sie sah den Reiter absteigen, Hansei ihn begrüßen, und das fremde Pferd nach dem Stall führen, und jetzt kam er mit dem Fremden in die Stube.

„Grüß' Gott, Herr Graf," trat Walpurga sich fassend ihm entgegen. „Das ist schön, daß Sie uns besuchen."

Sie streckte ihm die Hand entgegen, aber Bruno zwirbelte seinen Schnurrbart und reichte ihr keine Hand.

„Ah, du bist's? Ich habe nicht gewußt, daß du die Bäurin hier bist. Also das ist das Gut, das du mit Gold baar ausbe= zahlt hast? Du bist klug, aber sei nur ruhig, ich verlange nichts von dir."

Hansei sah wie seine Frau erblaßte.

„Wer ist der Mann? Wer ist der, der so mit dir redet von oben herunter?" fragte er, sich in den Schultern zurecht rückend.

„Sei nur ruhig," beschwichtigte Walpurga. „Es ist ein Herr vom Hof, der gern Spaß macht."

„Drum!" — brummte Hansei. „Ich hab' Ihnen nur etwas sagen wollen — wie heißt man Sie denn?"

„Graf Wildenort."

„Also, Herr Graf, ich hab' Sie nicht gefragt, wer Sie sind und hab' Sie willkommen geheißen und Ihr Pferd auch, und nun bitt' ich, mir zu sagen, was Sie wollen, und meine Frau in Ruh' zu lassen. Auf meinem Grund und Boden duld' ich keine Späße, die mir nicht gefallen; und wenn der König kommt

und macht einen, der mir nicht ansteht, da schmeiß' ich ihn hin=
aus. Nichts für ungut, aber Jeder redet, wie ihm um's Herz
ist. So, jetzt setzen Sie sich."

Hansei setzte seinen Hut auf und drückte ihn fest, zum Zeichen,
daß er hier Herr sei.

Bruno sagte lächelnd:

"Du hast einen braven Mann, Walpurga."

"Jetzt genug," unterbrach Hansei, "was wünscht der Herr
Graf?"

"Gar nichts Unrechtes. Ich höre, Ihr habt bei Eurem Gute
eine Alm, das soll die schönste im ganzen Hochgebirg sein."

"Ja, ja," schmunzelte Hansei, "sie ist nicht uneben und ge=
schickt gelegen, aber ich verkauf' sie nicht."

"Ich will dir sie auch nicht abkaufen, nur auf einen Tag
oben hausen."

"Ja, wie ist jetzt das gemeint?"

"Sind die Wege da hinauf gut und ist's auch reinlich oben?
Nimmt man nicht eine Heerde am Leib mit, wenn man herunter=
kommt?"

"Du hast Recht, Walpurga, er ist spaßig," wendete sich Hansei
zu seiner Frau und fuhr zu Bruno fort:

"Der Weg ist schon gut, und wenn man eine Stunde Um=
weg nicht scheut, kann man reiten, fast bis hin. Wenn der Herr
Graf will, ich führ' ihn hinauf."

"Ja, meine Frau und meine Schwiegermutter wollen die
Alm gern sehen."

Walpurga hörte mit Schrecken, welche Gefahr Irma drohte,
aber schnell gefaßt, sagte sie scherzend:

"Nein, Herr Graf, Frauen können da hinauf nicht, unser=
eins wohl, aber da muß man die Röcke in Hosen stecken." Sie
lachte hell auf und auch Bruno lachte, er dachte sich seine Schwie=
germutter in diesem Costüm; sie hatte vielerlei gehabt in ihrem
Leben, aber ein solches nicht.

Er war nur ausgeritten, um der Schwiegermutter mit dem
Schein authentischer Erfahrung den Plan auszureden, denn er
wußte, daß solch eine Ausfahrt für ihn ein Tag der bittersten
Sklaverei würde. Nichts ist recht, er muß immer Vorwürfe und
bissige Worte hinnehmen, als hätte er es verschuldet, daß da
ein Sumpf, dort ein Geröll, und daß es droben auf der Alm

nur Eisberge zu sehen, aber kein Vanillen-Eis zu verspeisen giebt! Er kennt diese Lustpartien, bei denen er immer vor innerer Wuth hätte vergehen wollen.

Walpurga fand Gelegenheit, ihrem Mann zu sagen, daß er den Grafen mit allen Mitteln vom Besuch der Alm abhalten solle, und Hansei lachte auf allen Stockzähnen und sagte im Stall zu dem Grafen, der nach seinem Pferde sah:

„Es ist eine Verwandte von uns oben, mit der's nicht ganz geheuer ist."

Auch Walpurga kam in den Stall, sie fürchtete doch, daß ihr Mann etwas verrathe, und nun fragte Bruno, ob sie wisse, was mit ihrer Kameradin geschehen sei.

Walpurga nickte und weinte.

„Ja," sagte sie, „ich darf's sagen, kein Mensch auf der Welt hat mehr um sie gelitten, als ich."

Sie weinte so bitterlich, daß Bruno sie tröstete.

Er ritt endlich davon.

Noch tagelang lag es Walpurga in allen Gliedern von dem Schreck. Und wiederum dachte sie, es wäre besser, wenn Irma entdeckt würde, sie ist vielleicht doch krank und stirbt bei uns vor der Zeit. Aber wenn sie entdeckt wird, das tödtet sie gleich.

Darum war sie am Sonntag auf der Alm so unruhig gewesen, und hatte dem Ohm die größte Behutsamkeit eingeschärft, immer aber ging es ihr nach: das nimmt bald ein Ende, wenn man nur wüßte, wie, wenn man nur etwas thun könnte. Sie konnte nichts thun, sie mußte geschehen lassen, was geschieht.

<hr>

Elftes Kapitel.

Im Garten Gunthers grünte und blühte es, die Vögel sangen, und der Waldbach, der wohl umhegt, mitten durch den Garten floß, murmelte hier in sich hinein, daß es ihm leid thäte, so schnell da fort zu müssen. Auch drin im Hause blühte Freude und Glück. Bronnen war mit Paula verlobt. Was still erwachsen und gediehen war, brach nun plötzlich und in reicher Fülle auf. Bronnen wollte Paula die Seine nennen, bevor der Hof kam, damit sie dann desto freier sich bewege und an das

Hofleben gewöhne. Frau Gunther sah mit Bangen ihr Kind in das bewegte große Leben eintreten; sie hatte davor eine unüberwindliche Scheu. Bronnen erzählte den Schwiegereltern, daß ihm die liberalen Reformen im Staatsleben weit müheloser und gefügiger sich ergäben, als die Reform der Hofetikette; es bestand bisher als altherkömmlicher, unerschütterlicher Brauch, daß die Gattinnen bürgerlichen Standes, welches auch die Stellung des Mannes bei Hof, doch nicht selber hoffähig waren. Bronnen hatte eine Aenderung hierin nicht anders zu Stande gebracht, als bis er eine Cabinetsfrage daraus machte.

Gunther lächelte zu dieser Darlegung. Er kannte die Sprödigkeit der Etikette, die sich nicht splittern ließ. Frau Gunther dagegen war davon erschreckt. Mit heißer Angst überfiel sie's, daß Paula nach der Königin die erste Dame am Hof und in der Residenz sein sollte; es wäre ihr erwünschter gewesen, wenn Bronnen eine geringere Stellung eingenommen hätte; aber sie liebte ihn mit einer mütterlichen Liebe, die nur im Glanz ihres Auges einen Ausdruck fand, wenn dies Auge auf dem stattlichen, gediegenen Manne ruhte; ja sie ging so weit, daß Gunther lächelnd sagte: „Du wirst deiner Heimath untreu“ — denn sie hatte behauptet, daß ein Mann, so edel in allen Formen und würdig in allem Denken, so fügsam und selbstgewiß zugleich, sich vielleicht nur in einer Monarchie entwickeln könnte. In der Republik sei doch eine gewisse Formlosigkeit, ein Sichgehenlassen; diese Selbstehre dagegen, die zugleich immer so respectvoll gegen Andere, sei eine eigenthümliche Blüthe des Hoflebens, und Bronnen habe ein Talent, das besonders anheimelnd sei, er habe das Talent, gut zu hören, er warte so aufmerksam, bis man ganz gesagt habe, was man sagen wolle.

So leuchtend aber auch das Glück der Eltern, es war doch nur ein milder Widerschein von dem der Verlobten. Nachdem Paula in voller Aufrichtigkeit ihr Zagen bekannt, einem Manne wie Bronnen zu genügen, ward sie bald wieder ruhig; denn sie empfand, daß es eine Fülle der Liebe im Herzen giebt, welche die höchste und, was noch mehr ist, die dauernde Beglückung in sich schließt. Durch Feld und Wald gingen Bronnen und Paula, und Bronnen erkannte immer aufs Neue die reine Kraft, die sich aus einer edlen häuslichen Atmosphäre in seiner Erkorenen fest gebildet hatte. Bei jedem neuen Tone, den er anschlug, fand er ein still vorbereitetes reiches Denken, eine klare und reine Empfänglichkeit. Er pries sein Schicksal, das ihn so geführt und tief erquickte sich ihm die Seele in der Erkenntniß, daß alle Selbstvereblung erst in der gemeinsamen Vereblung sich vollkommen erweise.

Frau Gunther saß bei ihrem Mann in der Arbeitsstube. Sie schaute manchmal durch das Fenster auf die Liebenden, die im Garten dahingingen.

„Er hat gestern" — sagte sie — „Paula und mir ein seltsames Geständniß gemacht. Wenn mir's ein Anderer berichtet hätte, ich hätte es nicht geglaubt."

„Und was ist das?"

„Er hat uns erzählt, und seine Stimme war dabei sehr bewegt, er habe einst die Gräfin Wildenort geliebt. Wußtest du davon?"

„Nein. Ich kann es aber nur gerecht finden. Sie war des besten Mannes werth, wenn sie ihre Natur hätte ordnen können, und mein guter Eberhard hätte es wohl verdient, solch einen Mann seinen Sohn zu nennen."

„Ich bitte," fragte Gunther, „findest du es recht — ich habe sonst noch nicht den leisesten Schatten an ihm bemerkt — findest du es recht, daß er Paula davon erzählt? Es wird Paula noch ängstlicher machen, sie wird sich mit der glänzenden Erscheinung der Gräfin vergleichen und —"

„Sei hierüber vollkommen ruhig," unterbrach sie Gunther. „Ein Herz wie das unseres Kindes, das die volle Kraft der Liebe in sich fühlt, hat eine unerschöpfliche Fülle, die keine noch so glanzvolle Erscheinung stören und überragen kann; daß aber Bronnen hievon erzählte, macht mir ihn, wenn es möglich wäre, noch theurer. Nicht jeder Mann ist so glücklich, wie ich es war und bin, daß seine erste Liebe auch seine einzige; die meisten müssen durch Täuschung und Abfall gehen, und der Mann darf sein Geschick preisen, der wie Bronnen rein und ganz daraus hervorgeht; denn das ist, je mehr ich die Welt aus der Ferne betrachte, der große Jammer, der die Menschheit erfaßt hat, und — wenn sie gerettet werden soll — eine Umwälzung ohnegleichen auch in den Gesinnungen hervorbringen muß: es darf nicht so weitergehen, daß ein Lasterleben sich parallel hinzieht mit dem sogenannten geordneten und häuslichen und die Menschheit und jeden Mann in sich spaltet. Wir haben unser Kind, so lange, so treu behütet und ich hätte bei allem äußern Glück tiefes Herzweh, wenn ich sehen müßte, daß ein Mann ihr die Hand reicht, der, wie die Gesellschafts-Falschmünzerei es nennt, schon stark gelebt hat."

Frau Gunther sah mit glänzendem Auge auf ihren Mann. „Ich finde, daß Bronnen dich auch von deiner Abneigung gegen das militärische Leben bekehrt hat," sagte sie leise.

„Keineswegs," erwiderte Gunther, „nur hat Bronnen keine Schädigung davon erfahren. Er vereinigt mit dem entschlossenen Muth und der leichten Beherrschung fremder Kraft ein tiefes und ernstes Denken. Es ist wie ein Wunder, wie eine unverhoffte schöne Fügung, daß mir eben jetzt, wo ich das Bild des reinen Menschen, des modernen, thätigen, in meiner Arbeit herausmeißeln will, eben jetzt echte Züge in einem Menschen entgegentreten, der durch die Freiheit der Natur mir zu eigen wird. Es ist doch, als ob geheimnißvolle Mächte uns eben das zutrügen, wonach in Dichten und Trachten unser Auge gespannt ist. Bronnen tritt mir entgegen, als träte er aus meiner Arbeit heraus."

Noch nie hatte Gunther so von seiner Arbeit gesprochen.

„Du verstehst mich recht," fügte Gunther hinzu, „ich sehe das Ideal des reinen Menschen in Keinem vollkommen; aber ich sehe Züge in Jedem und sehe viele davon in Bronnen besonders. Die Menschen leben mir in der Wirklichkeit schön, in der Wahrheit aber noch schöner. Ich freue mich, daß das nach uns kommende Geschlecht ein anderes ist als wir, und doch dürfen wir sagen, daß das Gute von uns mit ihm fortlebt; der Enthusiasmus des neuen Geschlechts ist ein anderer als der unsere war, aber ich glaube, daß die Nüchternheit ihn auch nachhaltiger macht. Doch — ich will mich jetzt nicht zu weit verlieren. Ich wollte dir nur sagen: ich habe gefunden, daß die Herzspältigkeit der modernen Welt wesentlich darin beruht: Die Religion hat den Glauben, die Kunst die Schönheit, die Politik die Freiheit für sich und abgelöst von der Sittlichkeit hingestellt, und doch sind sie Eins und müssen es sein, wie die beiden Seiten ein und derselben Substanz. Ich hoffe, daß ich das der Welt noch deutlich machen und etwas beitragen kann zur Einigung der wahren Frömmigkeit, Schönheit und Freiheit mit der so vornehm und gnädigst nebenher tolerirten Sittlichkeit."

Das Gespräch wurde unterbrochen, denn der Graf von Wil=
denort, seine Gemahlin und Schwiegermutter wurden gemeldet;
man ließ ihnen sagen, sie möchten in den Gartensalon eintreten,
und bald waren die Gemeldeten, Gunther und seine Frau, Bron=
nen und seine Braut dort in lautem Gespräch versammelt.

Frau Gunther sprach ausschließlich mit der jungen Gräfin,
welcher der Kur=Aufenthalt sehr wohl gethan hatte. Die Baronin
Steigeneck wußte das Brautpaar in einem Gespräche festzuhalten,
und Frau Gunther sah oft nach Tochter und Sohn hinüber, als
müsse sie eine Raupe von ihren Kleidern abthun. Bruno sprach
sehr heiter mit Gunther und sagte, daß er auf Befehl der höchsten
Herrschaften wol noch einmal während Anwesenheit derselben hie=
her kommen werde; er wollte damit vielleicht Gunther den Auftrag
geben, daß ihm der Befehl zugehe, denn die Baronin wollte vor
Ankunft der Majestäten — ihre Ausgeschlossenheit drückte sie sehr
— mit den Kindern und Enkeln nach ihrem Schlosse zurückkehren,
um dann in ein Luxusbad zu reisen; sie war voll Ungeduld, bis
sie zur Spielbank kam.

Man nahm sehr redseligen Abschied, man dankte für den herr=
lichen Landaufenthalt, man beneidete die Menschen, die hier wie
auf einer glückseligen Insel leben könnten und endlich stieg man
in den auf der Straße haltenden Wagen.

Als die Fremden fortgegangen, kehrte Frau Gunther noch=
mals in den Gartensalon zurück und öffnete alle Fenster, damit
ein frischer Luftzug durch das Gemach strich; es bedurfte auch
dessen, um die starken Parfüms der Baronin zu zerstreuen.

Am Abend verließ Bronnen das Städtchen. Der Wagen fuhr
nebenher, man gab dem Bräutigam das Geleite. Er und Paula
gingen voraus, Gunther und seine Frau hinterdrein. Der Ab=
schied war einfach und herzlich, man freute sich der genossenen
Tage und sah neuen freudig entgegen, denn Bronnen wollte mit
dem König wiederkommen.

Bei der Rückkehr ging Paula zwischen den Eltern, ihre Wan=
gen glühten; unterwegs trennte sich Gunther von den Seinen und
ging nochmals zum Grafen Wildenort, um dessen Gemahlin fer=
nere Verhaltungsregeln zu geben.

Mutter und Tochter gingen allein, und als Frau Gunther
ihr Kind anblickte, sah sie eine stille Thräne in dessen Auge, aber
das Antlitz leuchtete.

„Du darfst vollauf glücklich sein," sagte Frau Gunther. „Dir wird ein Mann, der sich mit deinem Vater vergleichen darf, und ich kann dir nichts Höheres wünschen, als daß dir werde, was mir geworden, und daß du einst Freude haben mögest, wie ich an den Meinen und an dir besonders."

„Ach Mutter," sagte Paula, „ich fasse es gar nicht, daß ich ihn allein ziehen ließ, und fasse es doch wieder nicht, daß ich dich, den Vater und die Schwester lassen soll; aber Bronnen" — sie nannte ihn unabänderlich nie bei seinem Taufnamen — „sagt, daß er hoffe, der Vater werde wieder in die Residenz zurückkehren; er könne sich jede Stellung, die ihm beliebe, auswählen, der König wünsche das."

„Ich glaube nicht, daß der Vater dem nachgiebt. Doch du, Kind, laß dich in nichts stören; du kannst glücklich sein, denn dein Glück lebt in uns Allen."

Noch auf dem Heimwege begegneten den beiden Frauen viele schöne Pferde und Wagen, die der Königin vorausgingen, deren Ankunft man in den nächsten Tagen erwartete. Die Landstraße war auf einmal so belebt, und im Städtchen war ein Wogen, ein Staunen, ein Freuen. Der Hof kommt! Und das Alles verdankt man doch nur Gunther! — Die Frau und Tochter wurden ehrerbietig begrüßt, und schon von ferne sah man, wie die Städtebewohner den neuangekommenen Hofdienern sagten, wer die beiden Damen seien; auch die Hofdiener grüßten mit großer Unterwürfigkeit.

Den Weiterschreitenden begegnete auch ein Fuhrwerk, wie aus einem Märchen hervorgesprungen. Zwei isabellenfarbene winzige Ponies mit kurzgeschorenen schwarzen Mähnen, mit buntem Geschirr angethan, waren an einen kleinen zierlichen Wagen mit niederen Rädern gespannt. Als ob sie ahnten, was da vorging, kamen die Kinder aus den Bauernhäusern über die Wiesen und von den Halden dahergesprungen und bewunderten das Märchengespann des Kronprinzen und begleiteten es jubelnd durch das Städtchen, wo das Kindergefolge immer größer ward, bis hinaus zur Meierei.

Paula sah Allem lächelnd zu. Sie stand bei der Mutter vor dem Hause, wo ein Schild anzeigte, daß hier fortan das neue Telegraphenamt sei. Hieher wird sie Botschaften senden und von hier wird sie solche vom Elternhause empfangen.

Die Leitung, die Irma nicht weit vom Freihof vorbei hatte

aufrichten sehen, war für den Sommeraufenthalt der Königin hergestellt.

Als man am andern Morgen im Hause Gunthers erwachte, kam das erste Telegramm ins Städtchen. Es war an Paula gerichtet und lautete:

Ich weihe den elektrischen Funken ein zum Dienst der Liebe. Bin wohlauf, grüße Dich, Vater, Mutter und Schwester.

Bronnen.

———

Zwölftes Kapitel.

Die Schuljugend war hüben und drüben am Wege unter den Obstbäumen aufgestellt. Die Glocken läuteten, Musik erscholl, Böller krachten und widerhallten von den vielzackigen Bergen.

Die Königin zog ein.

Sie saß im offenen, von vier Schimmeln gezogenen Wagen, neben ihr der Prinz, ein Knabe mit hellen goldenen Locken und frischem Antlitz. An der Gemarkung hielt der Wagen. Ein in der kleidsamen Landestracht aufgeputztes Mädchen hieß die Königin mit einem vom Schulmeister verfaßten Gedichte willkommen und überreichte ihr einen Strauß Alpenblumen. Die Königin empfing den Strauß, auf ihrem Antlitze lag Güte und Holdseligkeit; sie grüßte nach allen Seiten, reichte dem Kinde die Hand, und auch der Prinz reichte seine Händchen dar und sagte — der ganze Gemeinderath, der katholische und evangelische Geistliche hörte es — „Grüß Gott!"

„Hoch und abermals hoch!" wurde gerufen und Blumen wurden auf den Weg gestreut.

Die Königin fuhr durch das Städtchen, das mit Kränzen und Fahnen geschmückt war, nach der Meierei. Dort standen bereits die Hofcavaliere, die vorausgekommen waren, unter ihnen Gunther. Er trug die großen Orden auf der Brust, die die Bewohner des Städtchens noch nicht an ihm gesehen hatten.

Jetzt kam der Wagen durch die Ehrenpforte; er hielt an, die Königin stieg aus.

Sie reichte Gunther die Hand, er hätte sie gern geküßt, aber er wandte sich zum Prinzen und küßte ihn. Auch er war so bewegt, daß er kein Wort hervorbringen konnte, endlich sagte er:

„Ich heiße Majestät von Herzen willkommen auf meinem Heimathsgrunde."

„Wo Sie sind, ist Heimathsgrund," erwiderte die Königin. Sie ging voran, an der Hand den Knaben führend.

Die Oberhofmeisterin Gräfin Brinkenstein, die Palastdame Constanze und andere Hofdamen begrüßten nun ebenfalls Gunther; es waren aber auch neu ernannte da, die Gunther nicht kannte.

Bald war die Königin mit den ihr zunächst Stehenden auf der großen Terrasse, die einen entzückenden Ausblick über das Thal und nach den Bergen bot. Gunther erklärte der Königin den Höhenzug und die dazwischenliegenden Thäler, er nannte die Namen der vornehmlichsten Bergspitzen und fügte da und dort etwas Geschichtliches hinzu; er stellte die Häupter seiner Heimath der Königin vor. Jetzt begann die Abenddämmerung sich niederzusenken und ruhte im glühenden Roth dort oben auf den Höhen. Man stand eine Weile still und schaute hinauf nach den Höhen dort, wo allen ungeahnt eine Frauengestalt träumend hineinsah in die weite Welt und erschreckt sich umgeschaut hatte, als plötzlich von den nahen Schrofen das Echo der Böllerschüsse donnergleich widerhallte. Da drunten feiern wol die Menschen ein lautes Fest, und sie, die einst auch unter den hier Versammelten gestanden und die nicht am wenigsten Bewunderte war, lebt still und einsam in sich.

An dem Zaune des abgegrenzten Parkes stand die Einwohnerschaft des Städtchens und Viele, die aus den Dörfern und den einsamen Höfen herbeigekommen waren; sie schauten Alle nach der Königin, Jedes wollte etwas Besonderes bemerkt haben, an ihr, an den Pferden, an dem Wagen, an den Dienern.

Jetzt läutete die Abendglocke, die Männer zogen die Hüte ab und Alles betete still und zog heimwärts.

Die Nacht brach schnell herein, die Versammelten zerstreuten sich und die Königin fragte Gunther, ob es nicht einen Weg nach seinem Hause gebe, der nicht durch das Städtchen führe. Gunther erwiderte, daß der König einen solchen längs des Vorhügels habe anlegen lassen.

Die Königin blickte nieder. Sie war im Innersten erquickt von dieser freundlichen Fürsorge, und wäre jetzt der König dagewesen, sie hätte ihm ein Wort der Güte gesagt, wie er es lange nicht von ihr gehört.

„Ich will Ihre Familie begrüßen," sagte die Königin.

„Ich werde die Ehre haben, sie Eurer Majestät morgen vorzu=
stellen."

„Es ist so schön, der Abend so mild, lassen Sie uns noch
heute dahin gehen."

Die Königin und Gunther und mehrere Herren und Damen
vom Hofe gingen den neuen Weg nach dem Hause Gunthers.

„Wollen Sie nicht Ihren Damen schnell voraussagen lassen,
daß Ihre Majestät zu Besuch kommt?" sagte die Oberhofmeisterin
beim Ausgang aus der Meierei mit sehr gnädigem Ausdruck zu
Gunther. Die Formlosigkeit der Königin, mit der sie diesen Besuch
in Scene setzte, war doch gegen alle Regel, obgleich der Land=
aufenthalt mancherlei Freiheit gestattet.

Gunther lehnte eben so höflich jede Ansage ab.

In ihm war das stolze Selbstgefühl: es kann zu jeder Stunde
eine Königin mit ihrem Gefolge in sein Haus eintreten, sie findet
es würdig bereit, und seine Frau und seine Kinder bedürfen
keiner Zurechtstellung.

Die Frau des Inspectors, die kluge Stasi, hatte aber doch
gehört, wohin es geht; sie war durch die Stadt vorausgeeilt zu
Frau Gunther, um zu sagen, wer heute noch zu ihr käme.

So fand nun der Hof den Gartensalon schön erleuchtet, und
Frau Gunther, von ihren beiden Töchtern umgeben, begrüßte die
Königin am Eingang des Gartens, mit ehrerbietiger, wenn auch
nicht vollkommen ordonnanzmäßiger Verbeugung.

„Ich konnte es nicht erwarten," sagte die Königin — ihre
Stimme klang jetzt so hell, ganz anders wie ehebem — „ich mußte
Sie noch heute begrüßen und Ihnen meinen Glückwunsch aus=
sprechen. Sie sind die Braut des Ministers Bronnen?" wendete
sie sich zu Paula.

Paula verbeugte sich so regelrecht, daß die Oberhofmeisterin
zufrieden nickte. Die Königin reichte Paula die Hand und küßte
sie auf die Stirne.

„Ich werde Sie nun oft sehen," setzte sie hinzu, „und es
wird uns eine Quelle der Erinnerung sein, daß ich Sie schon in
Ihrem elterlichen Hause gekannt."

Sie winkte dann Frau Gunther an ihre Seite und ging mit
ihr durch den Garten.

„Also erst heute muß ich Sie sehen," sagte die Königin, „ich hoffe, ich bin Ihnen keine Fremde."

„Majestät, es ist zum Erstenmal in meinem Leben, daß ich mit einer Königin spreche, und ich bitte —"

„Ihr Mann ist mir ein väterlicher Freund, und ich wünsche, daß auch Sie mir in ähnlicher Weise — doch, überlassen wir das der freien Bestimmung, wie wir uns gegenseitig finden. Legen Sie nur als Schweizerin ein klein wenig Ihr Vorurtheil gegen eine Königin ab."

„Majestät, ich bin eine Bürgerin Ihres Landes."

„Ich freue mich, daß ich Sie zuerst in Ihrem eigenen Hause begrüßen konnte. Singen Sie noch viel? Ich hörte, daß Sie schön gesungen."

„Majestät, das überlasse ich jetzt den frischeren Stimmen meiner Kinder; Paula singt."

„Ach, das freut mich! Ich entbehrte es lange, daß keine Dame unseres näheren Kreises schön singt."

Wie ein flüchtiger Schatten huschte die Erinnerung an Irma in der Nacht dahin durch die Seele der Königin. Sie stand am Bach, der von dort oben kam, und hier jetzt laut quallte und murmelte.

Die Königin blieb nur eine kurze Weile im Pavillon. Als sie zurückging, sagte sie an der Gartenthür zu Frau Gunther:

„Wollen Sie uns nicht noch ein Stück Weges begleiten?"

„Ich danke, Majestät."

„So sehe ich Sie Morgen. Gute Nacht! Auf gute Nach=barschaft!"

Die Königin ging davon.

Gunther wußte, wie die Herren und Damen laut oder still über die unerhörte Unschicklichkeit sprechen werden, daß man einen ausgesprochenen Wunsch der Königin geradezu verneint; aber er sagte seiner Frau kein Wort, er konnte sie gewähren lassen und war sicher, daß sie das Rechte that; wenn sie auch gewisse Con=venienzen unberücksichtigt ließ, sie wird doch mit rechtem Tact Alles einleiten und festhalten, und gerade das, daß sie das über=aus huldvolle Zuneigen der Königin mit leiser Abwehr behandelte und sich von der Gnade nicht eine Freundschaft befehlen ließ, gerade das war ihm sichere Bürgschaft.

„Es ist mir lieb," sagte Frau Gunther zu ihrem Manne, als

sie in der Wohnstube beisammen waren, „daß unsere Paula schon vom elterlichen Hause aus in das Hofleben eingeführt wird, und die Königin scheint mir in Wahrheit ein edles Gemüth.“

Gunther stimmte bei und setzte hinzu, daß Paula schon bei der kurzen Begegnung gezeigt habe, wie sie die Unterweisung ihres Verlobten praktisch zu üben wisse, denn Bronnen hatte ihr gesagt: Man ist bei Hofe frei, wenn man sich den Krimskrams der For=men, ohne Accent darauf zu legen, so zu eigen macht, daß man sie ohne Beschwer übt, wie grammatische Regeln.

Die Nacht war mondhell und Paula sang in die stille Nacht hinein mit klangvoller Stimme und in glühendem bräutlichem Ausdruck den Schluß des Goethe'schen Liedes, das Bronnen vor Allen liebte:

Krone des Lebens,
Glück ohne Ruh,
Liebe bist du!

Und droben auf dem Berge, wohin keine Stimme drang, saß in ihre blaue Decke gehüllt eine Einsame, und durch ihre Seele zog lautlos das Lied desselben Meisters, das Lied aller Lieder, in dem die von aller Schwere freigewordene Seele sich mit der ewigen Natur eint:

Füllest wieder Busch und Thal
Still mit Nebelglanz,
Lösest endlich auch einmal
Meine Seele ganz.

Die Hofdamen in der Meierei plauderten noch lange mit einander; diejenigen, die die Königin nicht hatten begleiten dürfen, beneideten die Anderen, die sofort die Braut Bronnens mustern konnten. Was mochte nur an dem bürgerlichen Mädchen sein, daß Bronnen, dem keine noch so hoch Stehende ihre Hand ge=weigert hätte, gerade sie wählte? Die Einen fanden sie linkisch, die Andern zu sicher; auch ihre Schönheit war zweifelhaft. Den jüngeren Hofdamen wurde scherzend mitgetheilt, daß der Leibarzt jetzt viele Tage große Parade der Gefühle und Weltideen abhalten werde, und zwar au grand sérieux.

Der Mond schien hell auf den Bergen und im Thal, wo endlich Alles schlief. Nur die Brunnen rauschten und der Bach murmelte und manchmal erscholl ein Jodelruf hoch in den Bergen.

Ein heller Tag brach an.

Gunther war früh bei der Königin. Er war entschlossen, nun die nächsten Wochen seine Morgenstille zu opfern; er wollte sich ganz der Freundin widmen, und er sah jenseits dieser Wochen wieder seine ungestörte Ruhe.

Wieder wie vor fünf Jahren saß er am Morgen auf der Terrasse, aber nicht ausschauend nach den fernen Bergen, sondern nun von ihnen umschlossen; und wieder, wie damals, erschien die Königin in weißem Gewand und grüßte ihn, aber ihr Wesen war jetzt ein anderes, ihr Gang war sicherer, ihr Wort bestimmter.

„Wir machen kein Programm, wie wir nun hier leben wollen," sagte die Königin, mit Gunther im Garten auf= und abwandelnd, „wir wollen den Tag nehmen, wie er sich giebt."

Sie sprach ihre Freude aus, daß sie seine Frau und Töchter nun schon kenne; sie fand, daß er wohlgethan, in der Residenz seine Häuslichkeit vom Hofe entfernt gehalten und nur mit wenigen Menschen eine Ausnahme gemacht zu haben.

Wieder zog wie ein flüchtiger Schatten die Erinnerung an Irma durch die Morgenfrühe dahin, denn die Königin wußte, daß Gunther sie in sein Haus eingeführt. Immer noch schien das Andenken Irmas nicht völlig gebannt und begraben.

„Majestät erlauben mir," sagte der Leibarzt, „doch ein kleines Programm aufzustellen; es hat nur einen einzigen Paragraphen. Erlauben Sie mir, ihn zu motiviren. Ich habe mich nie brieflich über diesen Punkt aussprechen können, ich kann es nur persönlich. Majestät, ich habe mich vor Ihnen einer Schuld anzuklagen."

„Sie? Einer Schuld?"

„Ja, und es macht mich frei, sie beichten zu dürfen. Majestät, ich frage nicht, wie jetzt Ihr Verhältniß zu Ihrem königlichen Gemahl. Daß und wie er Ihnen dies Alles hier bereitet, ist die That eines zarten Sinnes —"

„Und ich erkenne die That vollkommen; aber ich kann doch nicht —"

„Ich muß Sie unterbrechen, Majestät, denn das ist meine Bitte: Gestatten Sie mir, daß wir nie mehr mit einander über Ihr Verhältniß zu Seiner Majestät sprechen. Ich habe damals — und das eben ist meine Schuld — in dem schweren Conflict geglaubt, Eure Majestät durch freies und umfassenderes Denken zur Gerechtigkeit und von da aus zur wiedererweckten Liebe zu führen. Ich habe geirrt und gegen einen ganz einfachen Grundsatz verstoßen. Gefühle wollen sich nicht durch Gedanken beherrschen lassen; und wäre es auch in dem genannten Falle, jeder Dritte, der da sich einstellen läßt, wird mit Recht zermalmt und ausgestoßen. Wer da Mittler sein will, der macht den Riß nur weiter. Gatte und Gattin können nur allein sich finden. Ich breche ab und bitte nun Eure Majestät — denn so allein können wir freien Blickes einem Jeden und Ihrem Gemahl selbst, wenn er kommt, frei ins Auge schauen — wir sprechen nie mehr über dies Verhältniß. Sie haben keinen andern Vertrauten, als Ihr Herz, und Ihrem eigenen Herzen allein müssen Sie folgen und vor keiner scheinbaren Abtrünnigkeit und Umkehr zurückschrecken. Ist dies Eine mir gewährt?"

„Ja, und nun weiter kein Wort davon."

Als ob den Beiden eine Last abgenommen wäre, ein Bann, der auf ihnen geruht, frei und heiter besprachen sie sich nun.

Der Kronprinz wurde herbeigeführt. Der Leibarzt freute sich seiner kräftigen Gestalt und versprach ihm eine Gespielin, die am selben Tag mit ihm geboren war.

„Mama, warum hab' ich kein Schwesterchen?" fragte der kleine Prinz. Die Königin wurde über und über roth.

„Die kleine Cornelia soll deine Schwester sein," erwiderte sie und gab Auftrag, daß man den Prinzen in das Haus des Leibarztes zu dem Kinde führe.

Der Leibarzt gab Frau von Gerloff noch die Anweisung, daß man den Kindern das Vogelnest mit den jungen Vögeln im Rosenbusch zeige. Der Prinz bat, daß er Schnipp und Schnapp mitnehmen dürfe, und bald fuhren die beiden Kinder miteinander in dem zierlichen Wagen durch das Thal, ein kleiner Groom lenkte die Pferdchen, ein Vorreiter ritt voraus.

Am Mittag kam Frau Gunther mit ihren Töchtern zur Königin. Allmälig bildete sich ein zutrauliches Verhältniß zwischen dem Hause Gunthers und dem Hofe, als wären es zwei gleichstehende Familien. Keine Gesellschaft in geschlossenen Räumen kommt so zu gleicher Stimmung, wie die auf dem Lande bei Ausfahrten; die Gemeinsamkeit der Naturfreude und Erfrischung giebt auch eine Gemeinsamkeit der Stimmung.

Die Tage floſſen ſchön dahin, die Königin wollte keine außer=
gewöhnlichen Vergnügungen, und jede Stunde war in ſich erfüllt.

Die Königin ſagte einſt Frau Gunther, daß ſie die erſte
Bürgerin ſei, mit der ſie von Haus zu Haus in Beziehung ge=
treten, und ſie könne nicht umhin, ihren klaren und feſten Sinn
zu bewundern.

„Ich muß Ihnen etwas aus meiner Jugend erzählen,“ ent=
gegnete Frau Gunther, der dieſes mit Lob Begnadigen ſehr an=
fremdend war.

„Bitte, erzählen Sie,“ ermunterte die Königin.

„Majeſtät, ich war eine glückliche Braut. Wilhelm war in
den Ferien verreiſt, wir ſchrieben uns oft. Da kam eines Tages
ein Brief von ihm, der meinen Stolz beleidigte, ja mich tief
verletzte. Ich hatte mich in allerlei Ueberſchwenglichkeiten ver=
ſtiegen, und er ſchrieb mir das Leſſing'ſche Wort, das Nathan
zum Tempelherrn ſpricht: „„Mittelgut wie wir, findet ſich überall
in Menge.““

„Und das verletzte Sie?“

„Ja, Majeſtät, das verletzte mich tief. Gunther hat keine
Spur jener lügenhaften Beſcheidenheit, die um ſo eitler iſt, je
beſcheidener ſie thut. Nach meinem Gefühl beleidigte er ſich mit
dieſem Wort, er, der mir ſo hoch ſtand, und, geſtehe ich's nur,
er beleidigte auch mich; ich hielt mich nicht für Mittelgut, ich
hielt mich für eine höher bevorzugte Natur. Von damals aber
begann ich und lernte durch mein ganzes Leben immer mehr
einſehen, daß das meiſte Elend davon kommt, daß die Menſchen,
die Verſtand, Bildung und etwas Talent haben, ſich für bevor=
zugt, für höher geartet halten und ſich damit das Recht zuer=
kennen, über die gewohnten Schranken und den geſchloſſenen
Pflichtenkreis hinwegzuſchreiten. Sich als Mittelgut erkennen,
danach handeln für ſich und urtheilen über Andere — das iſt
meine Lebensführung geweſen, und ſo bitte ich Eure Majeſtät,
mich auch anzuſehen. So wie ich bin, ſind tauſend und aber
tauſend Frauen in der Welt. Es iſt wie im Geſange. Ich
habe im Chorgeſang gefunden, wie viele gute Stimmen im
Chor mitſingen und damit froh ſind und nie nach einem Solo
verlangen.“

Die Königin ging ſtill neben Frau Gunther. Wie viele An=
wendungen ließen ſich von dem machen, was die Frau mit dem

Ausdruck vollster Wahrhaftigkeit gesagt. Die Königin konnte es auf sich selbst, auf den König und die noch immer Unvergessene deuten.

Frei aufschauend begann sie endlich:

„Ich wollte Sie um etwas bitten," sprach sie stockend und nahm eine Busennadel mit einer großen Perle ab. „Bitte, nehmen Sie das zum Andenken an diese Stunde, zur Erinnerung dessen, was ich jetzt von Ihnen empfangen."

„Majestät," erwiderte Frau Gunther, „ich habe in meinem ganzen Leben noch nie etwas derart geschenkt genommen. Doch, ich verstehe. Sie als Königin sind gewohnt, die Seligkeit des Gebens zu empfinden, Andere zu beglücken. Ich nehme dies Zeichen an, als wär's eine unverwelkliche Blume aus Ihrem Garten."

Frau Gunther ging still in sich begnügt heimwärts. An ihrem Hause stand sie still. Auf dem Clavier im großen Saal, dessen Fenster offen standen, spielte eine Meisterhand voll Kraft und Innigkeit. Das kann Paula nicht sein. Wer ist es?

Es war ein herzerschütterndes Wiedersehen, oder leider, wir sind des Wortes zu sehr gewohnt — es war kein Wiedersehen, sondern nur ein Umfassen! Der Neffe der Frau Gunther, der junge Mann, von dessen Composition Irma vor Jahren ein Lied gesungen, und der die Verwandten auch hier schon einmal besucht hatte und damals, bei einem Ausflug vom Gewitter überrascht, auf dem Freihof übernachtet, Irma gesehen hatte, ohne zu wissen, wer sie war, der junge Mann war jetzt, wie ihm vorausgesagt, völlig erblindet. Er war ein Meister im Pianospiel geworden und trug das Schicksal der Blindheit mit männlicher Kraft.

Frau Gunther stellte ihren Neffen am Abend der Königin vor, und es war die erste Freundesthat der Königin gegen Frau Gunther, daß sie den Blinden zu ihrem Kammervirtuosen ernannte, sie wollte die Ernennung nur noch dem König zur Bestätigung vorlegen, der in den nächsten Tagen kommen sollte.

<hr>

Dreizehntes Kapitel.

Der König war in der Nacht angekommen ohne vorgängige Anmeldung. Er wollte jeder Empfangsfeierlichkeit ausweichen.

Er betrachtete sich als Gast bei seiner Gemahlin, für sie allein hatte er diese bescheidene Sommerfrische herrichten lassen.

Gunther ging am andern Morgen mit seinen Orden geschmückt den neuen Weg von seinem Hause nach der Meierei. Er empfand, daß sich jetzt dies Sommerleben ändern wird. Es hatte sich eine Gesammtstimmung gebildet, die nun durch einen Hinzukömmling, und wäre es auch ein fügsamerer als der König, eine Umstellung erleiden wird.

Seit der letzten Audienz, in der er für die Decorirung danken mußte, hatte Gunther den König nicht wieder gesehen. Er war gefaßt. Die Hofformen haben in ihrem festen Bestand das Gute, daß sie keine momentane Stimmung und Belebung erheischen.

Als Gunther so den Weg, der sich an der halben Höhe eines Vorhügels hinzog, dahinschritt, erweckte sich ihm unwillkürlich eine Erinnerung an Eberhard. Die Morgenfrühe, die Bergluft, die stramme Uniform, Alles war wie damals vor Jahrzehnten.

Eberhard hatte die Erfüllung einer Höflichkeitsform ohne Empfindungsinhalt beständig als Rohheit bezeichnet, er hatte verlangt, daß man in jedem Augenblick des Lebens wahr sei und keine Form, kein Wort gebrauche, die nicht aus dem Grund der Seele stammen. Gunther hatte in den Jahren seiner Einsamkeit wol erkannt, daß auch er durch Concessionen einen theilweisen Abfall sich hatte zu Schulden kommen lassen; es war sein höchstes Glück geworden, nun vollkommen wahr vor sich und vor der Welt zu sein, und darum hatte er in dem Werke, das er als Ergebniß seines Lebens betrachtete, rücksichtslos und mit unverhülltem Ausdruck gesprochen.

Als er in Gedanken so fortwandelnd nun die Meierei sah, hielt er still, um sich zu sammeln. Er war ja auf dem Weg, den zu begrüßen und ihm Ehrerbietung zu bezeigen, der ihn hatte entwürdigen wollen.

Auch der König, der Gunther schon von ferne' hatte kommen sehen, war beim ersten Anblick bewegt. Er trat vom offenen Fenster zurück und doch hätte er dem hochgehaltenen Manne gern durch das Fenster willkommen zugerufen; aber die königliche Würde duldet das nicht, und sie hat dabei das sehr Genehme, daß der Zutritt Begehrende in harrender Stellung bleibt und der Zulaß Gewährende seine natürliche Freiheit, man könnte sagen, sein bequemes Daheim dem Fremden gegenüber innehat.

Der Leibarzt ließ sich melden. Er wurde sofort vorgelassen. Der König ging ihm drei Schritte entgegen und sagte:

„Willkommen, lieber Geheimrath, ich freue mich von Herzen —" er stockte, als er das gesagt, und fügte, wie plötzlich eine andere Wendung nehmend, hinzu: „Ich freue mich sehr, Ihnen Glück wünschen zu können. Man weiß nicht, soll man sagen: Sie sind es werth, einen solchen Sohn zu gewinnen, oder der Minister Bronnen ist es werth, Sie Vater zu nennen; es ist Beides ein und dasselbe," schloß er mit einem Lächeln, das etwas Gezwungenes hatte.

„Ich danke Eurer Majestät unterthänigst —" auch Gunther stockte, er hatte dies Wort schon lange nicht gesprochen — „ich danke Eurer Majestät für diese huldvolle Theilnahme an mir und meinem Hause."

Der Glückwunsch zur Verlobung Bronnens war eine ansprechende Ueberleitung in die neue Begegnungsweise zwischen dem König und Gunther. Dennoch trat jetzt eine Pause ein, in der sich die beiden Männer musterten, als müßten sie nach vierjähriger Trennung das Antlitz sich wieder einprägen, das Jeder durch Jahrzehnte fast täglich gesehen. Gunther war sich fast gleichgeblieben, nur trug er jetzt einen kurzgehaltenen schneeweißen vollen Bart; der König dagegen war gerundeter in seiner Gestalt geworden; auf seinem Antlitz lag jetzt ein Ausdruck strengen Ernstes, der indeß wol mit seiner gewinnenden Liebenswürdigkeit zusammenstimmte; seine Bewegungen schienen an Spannkraft eher gewonnen als abgenommen zu haben.

„Wie ich höre," begann der König aufs neue, „sind Sie mit einer großen philosophischen Arbeit beschäftigt, dazu darf ich uns nur Glück wünschen, wir genießen gesammelt die Früchte Ihres Geistes, die wir jetzt im täglichen Verkehr entbehren."

„Majestät, ich ziehe das Facit meines Lebens. Es ist einerseits weniger, anderseits mehr, als ich hoffen durfte; ich lebe in mir, freue mich aber, daß ich, hinausschauend in die zeitgenössische Welt, erkennen darf, daß die zu Größerem Berufenen ein reines Facit ziehen können."

„Das Wachsthum ist langsam," sagte der König. „Als ich gestern durch die Felder fuhr, dachte ich: wie lange solch ein Halm braucht, bis die Aehre gediehen ist. Wir sehen das einzelne Wachsthum des Tages nicht, aber das Resultat wird es zeigen."

Lächelnd und jetzt ganz ungezwungen fuhr er fort: „Ich theile Ihnen da meine neuesten Wahrnehmungen mit, es ist … es ist … als hätte ich Sie erst gestern gesprochen. Kommen Sie mit in den Garten."

Auf dem Wege fragte der König: „Wie finden Sie den Prinzen?"

„Er ist wohlgebaut und — so weit ich es beurtheilen kann — auch seine geistige Entwicklung normal und schön."

Das Gespräch brach immer wieder ab und mußte immer neu aufgenommen werden; das war die Folge einer langen Trennung und eines unaufgehellten Hinterhaltes in der Empfindung.

„Sie haben nun auch viel unter dem Volk gelebt," begann der König wieder. „Finden Sie auch, daß der naive Volksgeist das Correctiv für die Abirrungen der höheren Bildung zu sein berufen ist?"

Der Leibarzt sah den König nach dieser Frage betroffen an. Was soll diese Frage? Ist es eine Müßigkeitsfrage? Lebt im Könige noch der unbesiegte Widerspruch gegen die Entscheidungen des Volkes? Oder will der König den Gekränkten dadurch mit Huld begnadigen, daß er ihm Gelegenheit giebt, seine Betrachtungsweise des Breiteren darzulegen und sich darin zu gefallen?

Mit Blitzesschnelle gingen diese Erwägungen durch die Seele Gunthers. Er entgegnete nach einer kleinen Pause:

„Gestatten mir Eure Majestät, bevor ich zur Beantwortung der Frage übergehe, uns die Fragestellung scharf zu bestimmen?"

„Ich bitte darum."

Die beiden Männer faßten sich in verschiedener Empfindung. Es trat wieder eine Pause ein, in der es wie Probiren und Stimmen der inneren Instrumente war, die aus ungleichen Temperaturen kommend noch nicht zusammen klingen konnten.

„Wenn wir also," nahm Gunther auf, „unter Volksgeist jene Ansichten und Stimmungen verstehen, die nicht aus festgestellten wissenschaftlichen und künstlerischen Ueberlieferungen sich herausbilden, sondern als Naturmacht ungebrochen bestehen, und wenn wir dagegen unter Correctiv der höheren Bildung ein Abstoßen des aufgedrungenen Fremden oder auch des gesetzmäßig Verwelkten und Verrotteten fassen, und damit ein Rückführen auf die grundmäßige Natur, dann glaube ich diese Frage nach Maßgabe meiner Erkenntniß beantworten zu können."

„Ich nehme diese präcisere Fragestellung gern an, erwiderte der König. „Ich finde, daß man oft darum vergebens auf befriedigende Antwort wartet und sich fruchtlos abmüht, weil man die Fragestellung unbestimmt und vag gelassen hat.“

Gunther nickte lächelnd.

„Nun also Ihre Antwort?“ fragte der König, mit gespannter Aufmerksamkeit ihn betrachtend.

„Majestät,“ begann Gunther mit frischem Tone, „ich hole weit aus, bin aber bald wieder auf dem Punkt, wo die Frage Eurer Majestät sich aufwirft. Diese Frage stammt aus einem großen, einen Wendepunkt der Menschheitsgeschichte bezeichnenden Ereigniß. Im Gegensatz zur ganzen vorhergegangenen Geschichte des Menschengeschlechts tritt die Centralgestalt, an der die modernen Völker idealisirend sich und sie erbauten, nicht aus der olympischen Höhe hervor, Jesus wird in der Krippe geboren und die Könige der Welt wallfahrten anbetend zu ihm. Es wird bleiben als Zeugniß des Hohen im Niederen, als Kunde jener reinen Demokratie, daß in der Krippe bei den Hausthieren dasjenige aufleuchtete, was dem reinen Menschen eingeboren ist. Nun aber wäre es eine Verkehrung des reinen Gedankens und eine neue Orthodoxie und Veräußerlichung, wenn man fortan die Krippe allein als heilig fassen und an die niederen Formen und Umgebungen des Volkslebens allein das Innewohnen des ewigen Geistes, der heiligen Natur binden wollte. Bleiben soll: der reine Geist erscheint überall, aber auch überall, in der Krippe bei den Hausthieren wie im säulengetragenen Tempel, in der büchererfüllten Gelehrtenstube und im schimmernden Palaste auf dem Königsthron; Buddha war ein Königssohn und war einer der großen neuschaffenden Wohlthäter der Menschheit, der im Reiche des Kastengeistes die Gleichberechtigung aller Menschen verkündete.

So kehre ich nun zurück und bin bei der Frage. So oft eine Cultur zur höchsten Entwicklung gelangt und dann ihre Schwächen sich zeigen, stellt sich der Gedanke einer völligen Umkehr heraus, wobei man aber immer ins Extrem geht; man glaubt von vorn anfangen zu müssen, während es sich doch nur darum handelt, eine Regeneration herbeizuführen durch die noch unverbrauchten Schichten, die mit frischen Kräften kommen. Diese Regeneration aus den unteren Volksschichten kann aber aus den

unteren Volksschichten allein nicht gemacht werden, sie sollen nur
stets frische Kräfte hinaufschicken. Die große Masse als solche
kann nur neuen Stoff hergeben, aber als Masse nicht die Cultur
erneuen. Das Volk ist nur in sehr bedingtem Sinne der Träger
des Volksgeistes; es treten Einzelne aus dem Volke herauf, sie
haben durch ihren Ursprung aus dem Volke etwas von der un-
sterblichen Kindschaft in sich bewahrt, aus dem Naturleben, aus
dem unbelauschten und ungeleiteten ersten Wachsthum. Aber mit
der Kindschaft muß sich der Geist der Wissenschaft verbinden und
eine Epoche oder ein Einzelner bildet einen neuen Knotenpunkt,
worin das sich fortsetzende Wachsthum nicht abgebrochen ist, sondern neu ansetzt, gewissermaßen neu anwurzelt und auf dem
Stamme einen neuen Boden bildet. Nicht das Volk als Masse,
sondern der Mann oder der Kreis, der den Volksgeist in sich
concentrirt, erneuet denselben individuell."

„Ist das nicht Aristokratie?" fragte der König mit leiser, fast
zaghafter Stimme.

„Majestät, ich scheue kein Wort und keinen Begriff, die als
Ergebniß logischer Consequenz sich darstellen. Ich lasse dies
immerhin auch Aristokratie nennen; aber es ist die ewig werdende,
die demokratische; denn die Fortbildner des Volksgeistes gehen
nicht aus derselben Sphäre hervor."

„Ich verstehe," sagte der König bei einem Rosenstock stehen
bleibend, „es ist wie hier, es sind jedes Jahr neue Schosse am
Stamm, die die Rosen tragen. Doch entschuldigen Sie, ich habe
Sie unterbrochen."

„Ich will nur noch hinzufügen," nahm Gunther wieder auf:
„die Masse als solche ist Träger der Bildung, aber die Höher-
führung dieser Bildung geht von einzelnen Berufenen und Er-
wählten aus. Noch näher: Wer das körperliche Durchschnittsmaß
seiner Rasse hat, ist nicht groß; so auch, wer die allgemeine
Bildung hat, besitzt eben damit die allgemeine, die nichts Aus-
zeichnendes, Befreiendes, Erhöhendes hat."

„Wer aber mißt, bestimmt und ermächtigt zu dieser Auszeich-
nung?" fragte der König.

„In der Wissenschaft und Kunst die individuelle Berufung,
der individuelle Drang und Trieb, aus dem sich in einer Persönlichkeit das herausbildet, was die Masse stotternd und unfertig
in sich hatte und eben weil sie es in sich hatte, nun, äußerlich

gegeben, als ihr Eigenes begrüßen kann. Im Staate dagegen ist die Berufung durch Wahl, wie sie in solcher Ausdehnung nur die moderne Menschheit kennt, die entscheidende. Es ist vielfach ersprießlich, daß den momentanen Berufungen durch die Wahl gegenüber eine geschichtlich gegründete Berufung steht. Aber wenn sich diese nicht mit der zeitlichen eint, überhebt sie sich und kommt zu Falle."

Der König ging still vor sich niederschauend dahin. Alles lenkt immer wieder dahin, daß es einen Gesammtgeist giebt, der mächtiger ist und sein muß, als jeder Einzelne. Weit ab lag nun jede Ahnung, daß man zu diesem Ergebnisse durch eine Müßigkeits- oder Gunstfrage gelangt sei.

Lange schritt der König neben Gunther dahin, aber diesmal war das Gespräch nicht abgebrochen, weil im Hintergrund der Seele noch eine ungelöste Dissonanz stand. Der König war vielmehr nachdenklich und er hatte gelernt und geübt, über einen neuen Aufschluß nicht conversationell hinweg zu tändeln, sondern das Empfangene in seinem inneren Denken einzuordnen.

„Darf ich fragen," begann der König — es lag eine große Bescheidenheit in seinem Tone — „darf ich fragen, ob die Betrachtungsweise, die Sie mir jetzt geben, und die mir noch viel zu denken geben wird, in dem Werke, mit dem Sie sich jetzt beschäftigen, zur weiteren Darlegung kommen wird?"

„Allerdings, Majestät."

„So lassen Sie mich nun sofort in der ersten Stunde auf eine Frage für unser kleines Leben und für das Stück Geschichte, das wir zu sein haben, übergehen."

Der König verschränkte die Arme auf der Brust und fuhr fort:

„Lassen Sie mich frei zu Ihnen sprechen. Sie haben die Ihnen vom Minister Bronnen angebotene Stellung als Minister des Cultus abgelehnt; ich kann mir denken, daß Sie Ihre Wissenschaft nicht der Bureauthätigkeit opfern wollen. Würden Sie es vielleicht vorziehen — entschuldigen Sie" — sagte der König und lachte ungezwungen, „entschuldigen Sie, daß ich Ihre gewohnte Redewendung gebrauchte, es geschah ganz unversehens — also dürfte ich Ihnen den Posten eines Präsidenten der Akademie anbieten?"

„Majestät bitte ich unterthänigst, mich nicht für undankbar zu halten, aber ich bin entschlossen, nicht mehr in die bewegte

Welt einzutreten. Außerdem hat mich der längere praktische Beruf — Majestät wissen, ich lehne jede formelle Bescheidenheit ab, es ist das meine aufrichtige Erkenntniß — von der strengen Wissenschaft derart entfernt, daß ich den mir so gnädig zuerkannten Rang nicht behaupten könnte. Ich bitte, Majestät, die noch beschiedenen Lebenstage mich in meiner Zurückgezogenheit verleben zu lassen. Majestät, ich bin Schriftsteller geworden und will es bleiben."

„Ich würde mich glücklich schätzen, Ihnen die volle Freiheit zu gewähren, sich rücksichtslos auszusprechen."

„Ich weiß das, Majestät, und doch, ich mache von der Rücksichtslosigkeit sofort Gebrauch und sage: gewährte Freiheit ist nicht die ganze Freiheit. Ich müßte in einer hohen Staatsstellung dennoch die Bedachtnahme auf Eure Majestät und auf die Verwaltung, der nun mein Sohn vorsteht, vor Augen haben. Erlauben mir Eure Majestät, ein Schriftsteller zu sein und zu bleiben und weiter nichts."

In den Mienen des Königs trat eine Verstimmung ein. Er hatte das Aeußerste gethan, er hatte dem Manne durch die That gezeigt, wie er das zu schnelle Vorgehen von damals gerne ausgleichen möchte; da war nun wieder der so oft empfundene Starrsinn. Konnte denn der Mann verlangen, daß der König sagt: ich bereue, verzeihe mir?

Ein scharfes Wort kam bis auf die Lippe des Königs. Er drängte es zurück. Gunther sah schnell, was hier vorging und die Achtung vor dem neuen Menschen, der jetzt vor ihm stand, machte sein Auge hell erglänzen.

Der König hatte noch mit keinem Worte der Königin erwähnt; er hatte, wie doch so natürlich gewesen wäre, den langjährigen Arzt nicht gefragt, wie er das Aussehen der Königin finde. Eben wollte Gunther der Königin erwähnen, als der König, die Brauen zusammenziehend, fragte:

„Haben Sie je in Ihrem Leben eine That begangen, die Sie zu bereuen hatten?"

„Majestät — ich heiße Wilhelm Gunther, habe mir das Leben erobert auf einem schweren Weg und bin oft gestrauchelt; bin jung gewesen und alt geworden und habe gesehen, daß Jedem zu Theil wird, was er in Wahrheit verdient."

„Und das hat sich auch bei Ihnen bewährt?"

„Ja, Majestät. Ich danke, daß Sie mich fragen. Und so lassen Sie mich bekennen — was ich sage, hat nicht entfernt die Spur einer Verbitterung; wenn ich eine Thatsache als solche erkannt, bin ich damit fertig, ich spreche daher mit Unbetroffenheit, als hätte ich einen Naturvorgang in seinem Gesetz zu erklären. Ja, Majestät, was mir geworden, ist mir in voller Gerechtigkeit geworden. Ich bin in gnädigster Form von Eurer Majestät in Ungnade entlassen, mir ist mein Recht geschehen.“

„Das wollte ich nicht, darauf wollte ich nicht hinführen. Im Gegentheil —“

„Erlauben mir Majestät, selbst und nach freier Erkenntniß die logische Linie der Gerechtigkeit zu bezeichnen. Ich habe in einem tieftraurigen Fall meine Pflicht als Mensch, als Freund und Diener Eurer Majestät mißverstanden.“

„Sie?“ fragte der König.

„Ja ich. Daß ich das Gute wollte, entschuldigt mich nicht. Gut sein ist unsere Neigung, klug sein unsere gleichberechtigte Bestimmung. Ich habe damals Ihre Majestät die Königin auf eine Höhe zu führen gesucht, von der aus die kleinen Begegnisse des Lebens klein und leicht erträglich erscheinen sollten. Das war eine schwere Irrung. Ich mußte jede Einmischung vermeiden oder den nächstgegebenen Conflict zu schlichten suchen. Sie haben recht gethan, daß Sie mich entfernten und haben damit auch Gutes gethan an der Königin. Von jeder Einwirkung, auch von der eines Freundes isolirt, mußte sie Halt in sich gewinnen und sie hat ihn gewonnen.“

Im Auge des Königs schwamm ein feuchter Glanz. Er legte die Linke auf die Brust — es schien ein Gedanke, ein Wort heraufkommen zu wollen, das er nicht kundgeben mochte.

„Ich bin glücklich,“ sagte er endlich, „daß mir auf meinem Lebensweg Männer begegnet sind, wie Sie und unser Bronnen. Was wir sind, wir sind es nur theilweise aus uns, wir sind es — bewußt oder unbewußt — wesentlich aus der Genossenschaft derer, die mit uns zugleich athmen.“

Er faßte die Hand Gunthers und Gunther athmete hoch auf: Die heroische Selbstherrlichkeit des Königs war vollauf besiegt — dessen war das Selbstbekenntniß des Königs Zeugniß.

„Papa!“ tönte eine Knabenstimme von der Terrasse, sie tönte hell in der morgenfrischen Bergluft, „Papa!“

Die beiden Männer wendeten sich um. Die König saß von
den Herren und Damen vom Hofe umgeben auf der Terrasse.
Sie hatte mit schwerem Blick den beiden Männern nachgesehen,
die dort wandelten und oft stillstanden. Was werden sie sprechen?
Werden diese so holden Tage nun durch die alte noch immer
nicht getilgte Schuld wieder zerrüttet werden?

Als jetzt der König die Hand Gunthers faßte und sie lange
hielt, richtete sich die Königin plötzlich auf, dann faßte sie den
Prinzen, küßte ihn, hob ihn zu sich empor und sagte:

„Rufe: Papa!"

Die beiden Männer kehrten um und kamen auf die Terrasse,
und so schön und erquicklich war kein Anblick der hohen Berge, als
ein Blick in die ruhig leuchtenden Gesichter des Königs und Gunthers.

Der König küßte seiner Gattin die Hand und sie drückte ihre
Hand zum Erstenmal seit Jahren an seine Lippen.

Als sich Gunther verabschiedete, sagte ihm der König:

„Empfehlen Sie mich Ihrer Frau Gemahlin. Ich werde heut'
vor der Tafel zu Ihnen kommen."

Frau Gunther war entsetzt, als ihr Mann berichtete, daß auch
der König kommen werde. Sie begriff nicht, trotz aller Erklärung,
daß ihr Mann die ihm angethane Beleidigung — denn als solche
mußte sie die Entlassung doch ansehen, wenn es auch ihrem
Manne keine war — so vergessen und vergeben könnte, und zum
Erstenmal in ihrem Leben ließ sie sich vor ihrem Manne nicht zu
anderer Ueberzeugung bringen. Sie sah in der verzeihenden Stim=
mung Gunthers eine Unterthänigkeit, die doch nur im monarchischen
Staat möglich sei; ihr alter republikanischer Sinn erwachte wieder.

Der König und die Königin kamen.

Der König fand das Benehmen der Frau Gunther sehr scheu.
Er konnte nicht wissen, daß sie ihn immer mit verhaltenem Grimme
ansah. Ist das der Mann und darf es überhaupt einen auf
Erden geben, der Gunther ein= und absetzen kann?

Am Bach im Garten sagte der König zu Gunther:

„Wie ich höre, ist die Amme des Kronprinzen hier in der
Umgegend. Wollen Sie sie nicht einmal herbescheiden lassen?"

„Ihre Majestät die Königin wünscht nicht, sie zu sehen,"
erwiderte Gunther.

„Wissen Sie den Grund?"

„Er liegt im Nachhall der traurigen Erinnerung," erwiderte

der Leibarzt — und dies war die einzige, nur leise streifende Erinnerung an Irma, die laut wurde. In der kurzen Pause, die nach diesen Worten entstand, murmelte der Bach dringlicher, als hätte er auch etwas zu sagen.

Am zweiten Abend nach der Ankunft des Königs traf Bronnen in Begleitung des Intendanten ein; er fand den ganzen Gesell=schaftskreis in schöner Wohlordnung.

Die Freude des Landlebens hatte durch eine gewisse formelle Haltung noch einen besondern Reiz; man empfand jeden Tag den Genuß der Freiheit und war dabei doch wie in umhegendem Schutze, den bei jeder Ausfahrt und jedem Ausgang die überall=hin vorbereitende Hofbegleitung und Dienerschaft bildete. Denn wo man sich in der freien Natur niederließ, wo man dem kleinen Prinzen zum Vergnügen im Walde ein Feuer anzündete, stets standen im weiten Umkreis Diener, bildeten eine Kette und hielten jeden störenden Zutritt eines Fremden ab.

Paula benahm sich in der Gesellschaft mit vollkommener Ruhe; ihre Bewegungen zeigten Kraft und Zierlichkeit; sie drängte sich weder vor, noch verbarg sie sich; das Gefühl, im eigenen Hause zu sein, gab ihrem ganzen Behaben eine anmuthige Sicherheit.

Der blinde Neffe Gunthers, nun bereits als Kammervirtuos der Königin bestätigt, spielte am Abend meisterhaft. Am andern Morgen nahm er seinen ersten Urlaub, um, wie er lächelnd sagte, sich in der Gegend umzusehen und alte Bekannte zu begrüßen.

Der König rüstete sich zur Jagd.

Vierzehntes Kapitel.

Es war am Morgen. Gundel sprach mit ihrem Vater darüber, wie so seltsam die Base Irmgard sei; es sei ihr zu viel, ein Wort zu reden, sie genieße fast nichts mehr, als etwas frische Milch von der Kuh weg, und dieses viele Liegen draußen am Bergvorsprung, wo man den Blick nach dem fernen See hat, sei doch gar so seltsam. Auch dem Pechmännlein war das Benehmen Irmas räthselhaft; sie arbeitete schon seit geraumer Zeit gar nicht mehr und ging auch nicht mit ihm, Kräuter zu sammeln.

„Ich möcht' einmal den großen Doctor drunten, dem ich für

seine Badeanstalt die Kräuter bringe, fragen, was ich machen
soll," sagte er.   "Aber die Bäuerin hat mir's verboten, und
dabei seh' ich doch wieder nicht, daß unsrer Irmgard was fehlt.
Ich hab' schon was machen wollen, aber ich weiß nicht, ob das
bei Menschen auch nutzt: wenn ein Thier krank geworden ist
draußen im Freien, schneidet man den Rasen aus, worauf es
gelegen, und wendet ihn um, dann wird es wieder gesund. Ich
möchte nur wissen, ob das bei einem Menschen auch hilft."

"O Vater!" erwiderte Gundel, "das ist was Schreckliches!
Ich fürchte, man stürzt bald den Rasen auf unsre gute Irmgard,
und sie ist doch so gut, nur ist's, wenn man sie anredet, als
ob sie sich auf die Worte besinnen müsse, die sie hört und die
sie zu sagen hat."

So redeten die Beiden mit einander und Jedes ging an seine
Arbeit, während Irma draußen lag auf ihrer blauen Decke und
bald hinausschaute in die weite Welt, bald die Augen schloß und
in sich hinein dachte und träumte. Sie lebte in lautloser Ge=
lassenheit fort, als wäre sie Eins mit der belebten und unbelebten
Natur ringsum, als habe sie von je hier gewandelt und würde
ewig hier wandeln, ein Menschenkind, dem nichts fremd, keine
Blume, kein Baum, kein Thier das an der Erde lebt und frei
in Lüften sich schwingt; die Berge, die Wolkenzüge, der helle
Tag, die sternenglitzernde Nacht, Alles war ihr heimisch und traut.

Jetzt lag Irma, wie so oft, an der Berglehne auf dem Moos.
Sie schaute mit offenem Auge drein ins Weite, und wieder haftete
ihr Blick am Boden, wie da so viel Leben zwischen den Halmen
und Moosen sich bewegt; unwillkürlich grub dann manchmal ihr
Finger die Pflanzendecke auf, da lagen die Tannennadeln von
Jahren und Jahren übereinander und im Grunde die Pflanzen=
krume aus verwitterten Stoffen vom Erdbeginne an — noch hatte
kein Menschenauge diesen Grund erschaut; das erste ruhte jetzt
auf ihm.

Die Kühe kamen oft zu Irma heran und graßten um sie her,
aber sie störten sie nicht; Irma hörte ihr Schnaufen neben sich
und blieb ruhig liegen, manchmal blieb die Heerkuh vor ihr stehen
und schaute auch mit hochgehobenem Kopfe lange hinein in die
weite Landschaft, dann fraß die Kuh weiter und bisweilen hielt
sie das abgegraste Futter im Maul und schien zu vergessen, daß
sie fressen wollte, und schaute auf die Daliegende.

Ein wunderbares Leben von hellem Wachen und verschleiertem Träumen that sich in Irma auf. Je mehr sie ruhte, um so mehr Sehnsucht nach Ruhe überkam sie: eine unfaßliche Müdigkeit schien aus ihr heraufzukommen, Müdigkeit von Arbeit und Denken, die sie die vielen Jahre drunten unter den Menschen nicht hatte über sich kommen lassen. Oft wollte sie sich aufraffen, aber sie konnte nicht, und es lag ein eigenthümliches Wohlgefühl im Empfinden dieser Schwere, in diesem Ruhen am Boden. Hunderte von Liedern und ganze Musikstücke zogen ihr durch die Seele und tausenderlei Gedanken stiegen auf und flossen dahin, hinweg mit dem leichten Luftstrom — nichts war festzuhalten.

Es war am heißen Mittag. Die Sonne brannte mit brütender Gluth, kein Lüftchen bewegte sich, selbst hier auf der Höhe; die Kühe lagen im Schatten der Bäume. Irma war allein hinausgegangen. Das Pechmännlein war nach der Stadt, um Kräuter abzuliefern. Weiter und weiter wandelte Irma; sie kam bis an die Quelle des Baches, dort saß sie an dem breiten Becken, wo die Wasser sich vom Sturz sammelten; die Bäume ragten darüber und warfen dunkle Schatten in das Wasser. Irma beugte sich vor und sah ihr Antlitz, sie sah es seit vielen Jahren zum Erstenmal wieder und lächelte ihm zu. Kein Lüftchen regte sich, kein Ton wurde laut, Alles schlief im hellen heißen Mittag.

Nur kurz schaute sich Irma um, dann hatte sie sich rasch entkleidet und bald schwamm sie im Wasser und tauchte unter und tauchte auf, und ein ungeahntes Wohlgefühl kam über sie. Nur die Sonne, die durch die Zweige blinkte, sah einen Augenblick die wundersame Gestalt.

Wieder war Alles still, Irma hatte sich wieder angekleidet; sie lag träumend am Waldesrand und süße Melodien zogen ihr durch die Seele.

Da hörte sie ihren Namen rufen, laut wiederholt. Sie antwortete mit aller Kraft, endlich kam Gundel und sagte:

„Irmgard, komm gleich in die Hütte, es ist ein Herr da mit einem Diener, er will dich sprechen."

Irma, die sich halb aufgerichtet hatte, legte sich wieder nieder. Sie fühlte einen Stich durchs Herz. Was ist das? Ist die Zeit erfüllt und muß sie noch einmal hinein ins Weltgetriebe?

Sie stand auf und fragte:

„Weißt du nicht, wer es ist?"

„Nein, aber er sagt, er sei vor Jahren einmal bei uns über Nacht gewesen. Es ist ein großer schöner junger Mann, aber er ist leider Gottes stockblind."

Der Blinde wandert? dachte Irma und ging hastigen Schrittes mit Gundel nach der Hütte.

„Grüß Gott!" rief sie schon von ferne.

„Ja, das ist deine Stimme," versetzte der Blinde, die Arme ausstreckend und die Hände auf- und zuschließend; „komm, komm näher, gieb mir deine Hand." Schnell riß er mit den Zähnen die Handschuhe ab und sein Gesicht hatte dabei einen fremdartigen Ausdruck.

Irma trat näher und faßte die dargebotene feine weiße Hand.

„Deine Hand zittert," rief er, „du erschrickst wohl auch, weil du mich blind siehst?"

Irma konnte nicht antworten, sie nickte, als ob der Blinde das sehen könnte.

Die Sonnenstrahlen schienen dem Armen geradezu ins Antlitz, sein erloschenes Auge starrte drein.

„Du bist viel magerer geworden," sagte der Blinde. „Erlaubst du, daß ich dir mit der Hand übers Gesicht fahre?"

„Ja," entgegnete Irma und schloß die Augen.

„Du bist nicht mehr so schön, wie du vor zwei Jahren gewesen, deine Augenlieder sind heiß und schwer. Du hast dich gewiß viel abgehärmt. Kann ich dir vielleicht helfen? Ich bin nicht reich, aber ich vermag doch etwas."

„Ich danke, ich habe gelernt, mir selber zu helfen."

Irma sagte das in reiner Sprache, ohne eine Spur von Dialekt; unwillkürlich hatte sie bei der Ansprache in Hochdeutsch in gleicher Weise geantwortet.

Der Fremde zuckte, wendete den Kopf rechts und links und streckte dabei den Hals so weit heraus, daß es fast schauerlich anzusehen war.

Irma führte ihn an der Hand nach der Bank vor der Hütte; sie wollte zittern, daß sie diese feine wohlgepflegte Hand hielt, aber sie machte sich stark. Sie setzte sich zu dem Blinden und fragte, wie er denn daher käme.

„Du erinnerst dich," sagte der Blinde, daß ich schon damals, als ich bei euch war, mein Schicksal kannte; ich habe lange mit mir gekämpft und habe ertragen gelernt; wir wissen ja auch, daß wir sterben müssen und können heiter dabei sein, und so wußte ich, daß mein Augenlicht stirbt und wurde heiter."

Irma athmete schwer.

„Verstehst du mich, wie ich's meine?" fragte der Blinde.

„Ja wol, sprich nur weiter, ich höre deine Stimme gern."

„Das hab' ich gewußt und darum bin ich zu dir gekommen. Ich war drunten auf dem Hofe; es ist Alles bei der Ernte, aber die Kindsmagd hat mir berichtet, daß du hier oben bist, und so bin ich zu dir. Ein gut Stück Wegs hieher bin ich schon einmal gewandert, damals im Gewitter, und wo ich jetzt gehe, empfinde ich noch einmal die Wonnen, die ich einst mit den Augen ein= gesogen. Was ich dir damals sagte, daß ich's wollte, ist wahr geworden: ich habe all' die prächtigen Landschaften in mir, ich sehe das Sonnenlicht funkeln, den Bach über den Felsen stürzen, den See ruhig glänzen und die Bäume im stillen Waldfrieden nebeneinander stehen. Ich habe meinem Führer immer gesagt: jetzt sind wir da und jetzt da; er war ganz außer sich, daß ich das Alles so weiß. Das Beste aber ist doch, daß ich schöne Men= schenbilder in mir habe, und nach dir hatte ich ein besonderes Verlangen, dich wiederzusehen; ich sage sehen und ich meine doch, dich sprechen zu hören, aber ich sehe dich, wenn du sprichst."

Irma erwiderte, wie sehr sie ihn verstehe und mit ihm empfinde, und als sie ihm die Beschwerniß des Gehens erklärte, wie da immer der tastende Fuß zuerst locker den Boden suche, dann erst die Muskeln sich anspannen zum Schritt, da fragte der Blinde verwundert und es hatte wieder etwas Erschreckendes, wie er seinen Kopf hinüberstreckte und zurückbog und Alles an ihm sich spannte:

„Woher weißt du denn das?"

„Ich habe einen Blinden gekannt, der mir's erzählt hat. Es ist mir schrecklich, daß du dich so auf einen fremden Menschen verlassen mußt. Der blinde Gloster bittet seinen Führer, verlaß mich nicht!"

„Mädchen, wer bist du? Bist du es, die so gesprochen? Es war deine Stimme — oder ist Jemand anders neben dir? Wo= her weißt du?"

„Ich hab's einmal gelesen" — sagte Irma und biß sich auf die Lippen, daß fast das Blut herausspritzte. „Ich hab's einmal gelesen," wiederholte sie, gewaltsam in den Dialekt übergehend.

Der Blinde saß tief gebeugt und hielt seine Hände zwischen den Knieen; in seinem schönen jugendlichen Antlitze zuckte es, wie wenn Thränen darunter drängten, die doch nicht herauskonnten. Er legte den Kopf zurück an die Wand und sagte endlich:

„Also du kannst lesen und so verständig? Könntest du — nein, ich will dich nicht fragen.“

„Frag' du mich nur, ich bin dir auch von Herzen gut und habe viel an dich gedacht.“

„Das hast du? Du auch?“ rief er hastig und bog seinen Kopf wieder so seltsam hin und her. „Mädchen,“ fuhr er fort, „gieb mir deine Hand wieder, sag': könntest du mir sie geben und deine Augen mein sein lassen —?“

„Guter Herr,“ unterbrach ihn Irma, „ich möchte, daß du zu Gutem da heraufgekommen und wieder zu Gutem da hinabgingest. Ich meine, dir darf ich Alles sagen und ich müßte auch. Ich sehe dich jetzt zum zweitenmal in meinem Leben —“

„Und ich habe dich nur Einmal gesehen und ich sehe dich immer!“ fiel der Blinde ein.

„Komm, fort von hier, komm, ich führe dich; ich will dir allein Alles sagen und dir zeigen, wie ich dir danke, daß du so gut zu mir.“

„Man muß von hier aus ein Stück von dem See jenseits der Berge sehen,“ sagte der Blinde, „kannst du mich nicht dahin führen?“

„Wohl,“ erwiderte Irma und erschrak im Herzen über dieses wunderbare Innenleben. Sie führte den Blinden über die Matte nach dem Berghang.

„Hier setz' dich,“ sagte sie, „ich setze mich zu dir. Was ich dir nun mittheile, ist nur für dich, nicht wahr, nur für dich?“

Der Blinde streckte seine Hand aus und rief:

„Ich schwör' dir's!“

„Du bedarfst keines Schwures,“ erwiderte Irma. „So wisse denn: ich bin ein verschollenes Weltkind, ein Kind aus der großen Welt. Frage nicht nach meinem Namen. Der hellste Glanz des Lebens war mein, ich ging in Dunkelheit. Ich war ein arges Weltkind. Ich war so verloren, daß ich die Vernichtung suchte. Wenn es möglich wäre, ich möchte, jetzt von dieser Höhe herab, mit dir als einem Bruder hineinflattern in das goldene Abend:
roth, wie dort das Vogelpaar in den Lüften, und verschwinden

in der Unendlichkeit. Aber ich habe gelernt: das Leben ist eine Pflicht, und Alles was wir sind und haben, sind wir nur und haben wir nur, wenn wir die Welt in uns und uns in der Welt finden. Wie du die Welt um uns her in dir hast, und Niemand kann sie dir nehmen, so haben wir Alles nur, wenn wir es in uns haben, und der Tod nimmt uns nichts, er giebt uns nur wieder ganz der Welt —"

„Mädchen!" rief der Blinde plötzlich — „Mädchen, was machst du? Wer bist du? So spricht kein leibliches Wesen! Soll ich noch abergläubisch werden? Soll ich noch an Engel glauben? Ist Jemand bei dir? Wer ist bei dir? Wer bist du! Gieb mir deine Hand!"

„Sei ruhig, ich bin's!" sagte Irma und reichte ihm die Hand, und er bedeckte sie mit seinen Küssen. Sie entzog ihm ihre Hand, fuhr ihm damit über das Gesicht und sagte:

„Sei ruhig, ich habe nur in die Welt hineingesehen wie du; und hier oben sitzen wir, hier in der Weltvergessenheit, zwei arme Weltkinder, du und ich, und wir sind doch glückselig, denn wir sind in der Ewigkeit. Sei du glücklich und laß deine Seele fliegen hoch über Allem im unermessenen Reiche der Musik! Hier hast du noch einmal meine Hand. Komm', ich führe dich!"

Irma führte den Blinden nach der Hütte. Er sprach kein Wort. An der Hütte rief er mit etwas herrischem Tone nach seinem Diener und dem Führer.

„Du willst so schnell wieder fort?" fragte Irma.

Der Blinde gab keine Antwort; auf seinen Diener gestützt verließ er die Hütte.

Irma reichte ihm noch einmal die Hand und sagte nichts als die Worte: „Die Welt in uns und wir in der Welt."

Der Blinde nickte nur; in seinem Gesicht zuckte es wieder wie eine irre unerlöste Thränenfluth.

Schon als der Blinde dem Rande des Waldes nahe war, rief er noch einmal zu Irma zurück:

„Mädchen, komm her, ich muß dir noch etwas sagen."

Irma ging zu ihm und er sagte:

„Ich bin der Neffe des Doctor Gunther, der ehemals Leib-arzt des Königs war und nun wenige Stunden von hier dort unten im Städtchen wohnt. Ich wohne bei ihm und bin Kam-mervirtuos der Königin, und wenn du einmal eines Menschen bedarfst, schick' zu mir oder zu meinem Oheim; er wird dir helfen. Verlaß dich aber darauf: ich spreche zu Niemand von dir."

Hastig wendete sich darauf der Blinde ab und ging, auf seinen Diener gestützt, den Berg hinab.

Irma stand und schaute ihm nach.

Gunther lebt? und hier in ihrer Nähe?

Und nun trägt ein Mensch das halbverschleierte Geheimniß ihres Daseins hinab . . . .

Der Blinde verschwand im Walde, Irma ging, den Blick zu Boden gesenkt, wieder nach ihrem Ruheplatze. Dort saß sie bis die Nacht hereinbrach, und schaute hinaus ins Weite.

Es stand eine seltsame Wolke nach Norden, grau mit weißglühendem Rande; sie stand fest wie eine Mauer, und jetzt brach plötzlich, wie aus der Erde aufhauchend, ein Sturmwind los, daß die Bäume sich bogen.

Sie eilte nach der Hütte, das Pechmännlein war zurückgekehrt.

„Wenn nur nicht heute Nacht ein Gewitter kommt," sagte er. „Der Mond steht nicht am Himmel, er geht erst spät auf, und da gewittert's gern."

Er ging nochmals hinaus, um die Kühe einzutreiben; der Handbub war den Ziegen nachgegangen, die sich weit verlaufen hatten.

Fünfzehntes Kapitel.

„Das ist ein Wind!" rief Gundel und setzte sich athemlos nieder in der Hütte. Sie hatte die Thür nur mit aller Mühe anlegen können. „Das ist ein Wind! So einer war noch nie, das weht Einen an wie aus einem Backofen."

Sie erhob sich wieder schnell, nahm ein Schaff Wasser und schüttete es in das brennende Feuer auf dem Herd.

„Was machst du?" rief Irma.

„Wir dürfen jetzt kein Feuer haben," entgegnete Gundel, und die Beiden saßen in Rauch und Dunkelheit in der Hütte, es war fast zum Ersticken, und doch konnte man bei dem heftigen Winde kein Fenster öffnen.

„Wenn nur der Vater nicht fort wäre," klagte Gundel, „um Gotteswillen, der Vater."

Das letzte Wort der Gundel wurde von einem Donner verschlungen, der plötzlich niederkrachte und von den Bergen widerdröhnte, daß es war, als müsse mit Einem Schlage die ganze Welt zusammenbrechen. Und jetzt raste und stürmte wiederum der Wind, die festgefugte Hütte schlotterte, das Dach schien zu zittern und einer der großen Felsenbrocken, mit denen das Dach beschwert war, kollerte herab.

„Gieb mir deine Hand!" rief Gundel im Finstern. „Wenn wir sterben müssen — wir wollen beten." Sie betete laut in Nacht und Rauch, aber die Donner verschlangen die Worte. Plötzlich änderte sich das Geräusch und wie mit zahllosen Eisenhämmern schlug es rasselnd auf das Dach; es kollerte, polterte und knatterte durcheinander.

„Das ist ein Hagelwetter!" schrie Gundel Irma ins Ohr.

Es donnerte und hagelte und fahle Blitze zuckten in die raucherfüllte Hütte, daß die beiden Mädchen einander erschienen als wären sie ins höllische Dasein entrückt. Wie einander drängend stürzten die Hagelschütter nieder, bald wie mit mächtigen Würfen geworfen, bald absetzend und in gleichmäßigem raschen Tacte niederfallend, als wolle der rasende Vergunhold nur manchmal wieder aufathmen, um dann aufs Neue seine Wuth auszulassen, daß man es gewagt, hier herauf eine Hütte zu bauen.

Durch das Geprassel des Hagels hörte man draußen die Kühe brüllen und die Schellen klingen.

„Ich hab' die Stallthür aufgemacht, aber der Wind muß sie wieder zugeworfen haben," schrie Gundel, und ihr eigenes zitterndes Weh vergessend, eilte sie hinaus. Sie kam schnell zurück, faßte einen Kübel, stülpte ihn über den Kopf und verließ wieder die Hütte. Irma folgte ihr und die Beiden duckten unter, wie die großen Schloßen prasselnd auf die Kübel schlugen. Gundel wollte die Stallthür öffnen, aber die Kühe umdrängten sie, daß sie niedergeworfen wurde; mitten durch das Hagelgepolter hörte Irma den durchdringenden Schrei der Gundel; die Heerkuh, an der Schelle kenntlich, stand bei Irma und brummte zitternd.

„Komm mit," sagte Irma, und faßte die Heerkuh am Horn; sie folgte ihr, die anderen Kühe wichen zurück. Irma fand Gundel und richtete sie auf, die Beiden öffneten die Stallthür, sie wurden fast zerquetscht, denn die Kühe wollten alle auf einmal hinein, und man hatte nur eine Hand frei, mit der andern mußte man den Kübel über den Kopf halten; es gelang ihnen, sich an die Wand zu drängen, und endlich waren alle Kühe im Stall und die beiden Mädchen wateten durch tiefe Schlossenlagen zurück nach der Hütte. Sie tasteten nach dem Herde und setzten sich darauf. Da saßen sie im Dunkel, zwei einsame verlassene Kinder, und draußen raste das wilde Wetter.

„Ich hab' den Glauben," schrie Gundel, „daß der Vater wo einen Unterschlupf gefunden hat, er kennt ja jeden Felsenvorsprung und — o Gott!" schrie sie plötzlich noch lauter auf, „o Gott, der arme Blinde jetzt draußen! Hast du auch Beulen auf der Hand und am Rücken?" fragte sie, weinend sich an Irma schmiegend.

„Nein, ich fühle nichts," erwiderte Irma, und in der That war's, als ob kein körperlicher Schmerz ihr etwas anhaben könnte. Auch sie hatte schon des Blinden gedacht, und dazwischen war das Bild jenes von Kindesundank verstoßenen Königs in der Sturmnacht vor ihr aufgestiegen, und wilder raste Wind und Hagelwetter draußen nicht, als es wieder Irma erfassen wollte, weil sie, von Mitleid bewältigt, eines Mannes Hand ihr Antlitz hatte betasten lassen.

Ist wiederum Alles verloren? Alles so schwer Erkämpfte? klagte es in ihr und sie wußte sich doch so rein.

„Gottlob, es regnet nur noch," sagte endlich Gundel. Sie machte Licht, und wie wenn sie aus der Tiefe der Finsterniß kämen, betrachteten die Beiden einander. Der Zimmerboden war voll von der Nässe, die den Beiden aus den Kleidern geflossen war.

„Seid ihr daheim?" rief draußen eine Stimme. Die Thür öffnete sich und das Pechmännlein kam herein. Er trug ein junges Zicklein im Arm.

„Gottlob, daß ihr gesund seid!" rief er und legte das Zicklein auf den Rand des feuerlosen Herdes; dann wischte er sich mit dem Aermel, der aber noch viel nässer war, das Wasser von der Stirne und aus den Augen. Er holte eine Flasche mit Enzianbranntwein vom obern Bord und trank; auch Irma und Gundel mußten trinken, und nun erst erzählte er: „Ich hab' doch schon mein Theil erlebt, aber das noch nicht; ich kenne doch stundenweit jeden Baum und jeden Stein, aber ich war wie verirrt; und wie ich da so steh', da hör' ich mitten durch Donner und Sturm und Hagel eine Gemsenziege gar erbärmlich meckern, ich geh' drauf zu und da steht sie und hat ein Junges geworfen und kann nicht fort, und das arme Zicklein, kaum ist's zur Welt gekommen, will's der Hagel schon todtschlagen. Die Geis lauft fort, wie sie mich sieht und kommt wieder und stellt sich über das Junge, daß der Hagel nur sie trifft und nicht das Junge. Ich komme näher, und da springt die Geis wieder davon. Ich nehme das Junge auf, und wie wir so weiter wollen, um einen Unterschlupf zu suchen, da hör' ich Menschenstimmen, und Einer ruft und der Andere ruft, sie rufen einem Dritten zu, der brüllt und schreit, und jetzt wie's blitzt, sehe ich's: er liegt auf dem Boden und will nicht weiter.

Gnädiger Herr, stützen Sie sich nur auf uns; wir finden schon einen Schutz — rufen sie, und wie es jetzt wieder blitzt, da seh' ich, wir sind nicht weit vom Hexentisch, und ich ruf' ihnen zu: Da drüben ist der Hexentisch! Jetzt wie es wieder blitzt, seh' ich, daß die beiden Männer, die aufrecht gestanden haben, auch niedergefallen sind. Sie haben mir nachher erzählt, sie haben sich vor mir gefürchtet, und ich nehme es Niemand übel; in so einem Wetter, in so einer Nacht kann man Alles glauben. Ich geh' auf sie zu und sag' ihnen wer ich bin, und daß ich sie führen will, und wir kommen glücklich — es hat freilich schwer gehalten, der Blinde war noch dazu wie närrisch und hat nach einem verlornen Kind gerufen — wir kommen mit gesunden Gliedern, aber wie aus dem Wasser gezogen, unter dem Hexen=tisch an, und da sind wir gelegen und haben, wie es immer blitzt, gesehen, wie die Schloßen an den Felsen tanzen und mit den Bäumen raufen. Wir warten, bis es nur noch regnet, und der Blinde hat mir gesagt, wenn ich wieder zum Apotheker hinunterkomm' ins Städtchen, will er mir ein Goldstück geben, und der König ist jetzt auch da und die Königin auch, und da will er's machen, daß ich die Lebensrettungs=Medaille kriege und eine Pension für mein ganzes Leben. Jetzt aber macht, Kinder, daß ihr ins Bett kommt, ihr seid ja patschnaß. Was hast denn du, Irmgard? Warum zitterst du so?"

Nun zankte das Pechmännlein auf Gundel, daß sie die Base Irmgard so lange in nassen Kleidern hatte da sitzen lassen, und dazwischen schrie das Zicklein gar kläglich und zitterte auch am ganzen Leibe, so daß das Pechmännlein seine Schlafdecke vom Heuboden holte und das Zicklein hineinwickelte; dann gab er ihm sehr geschickt mit drei Fingern Milch aus einer Schüssel zu trinken.

Das Zicklein schlief und drin in der Kammer schlief auch Irma.

„Gottlob, du hast lang geschlafen," sagte Gundel, die am späten Morgen vor dem Bett Irmas stand. „Und das ist wie ein Wunder, dir hat der Hagel gar nichts gethan und schau, wie ich aussehe." Sie zeigte ihre Beulen, fuhr aber rasch fort: „Schadet nichts, das vergeht bald wieder. Jetzt schau aber ein=mal den Himmel an, sieht er nicht aus, wie wenn er gar nie was Böses thun könnte? Drüben am Bach hat der Blitz in einen Baum eingeschlagen und ihn mitten von einandergerissen, und wo es sonst trocken ist wie in einem Backofen, da laufen Wässerlein. Wenn man's nicht in allen Gliedern spürte und auch draußen sähe, man thät' es gar nicht glauben, daß das Unwetter je ge=wesen ist; aber wir sind doch glücklich, es ist kein Stück Vieh zu Schaden gekommen und der Handbub ist auch da, der ist unter=gekrochen brunten im Thal, da soll gar nichts gewesen sein."

Es war ein klarer frischer Morgen. Nur in einzelnen Schrun=den lagen noch unzerflossene große Schloßen; die Kühe waren munter auf der Weide und der Handbub sang und jobelte; er war stolz darauf, daß die Ziegen das Wetter am besten verstehen; sie hatten thalab geweidet, und das ist das sicherste Zeichen, daß ein Gewitter kommt.

Am Mittag kam Franz vom Freihofe herauf. Man hatte an wilden Wassern, die zu Thal gekommen waren, vermuthet, daß etwas hier oben vorgefallen sei, und Walpurga hatte Franz heraufgeschickt, um Gewißheit zu holen. Die heiße Mittagssonne sog schnell wieder Alles auf, und die Wasser hielten nicht Stand auf den Höhen. Irma ging mit ihrer blauen Decke nach ihrem Lieblingsplatz, breitete die Decke auf den Boden und legte sich nieder.

Da ertönten Waldhornklänge. Was ist das? Ist's Wirklichkeit oder Traum?

Die Waldhornklänge wiederholten sich, die Brust Irmas hob und senkte sich rasch. Jetzt kommt etwas näher, es schnaubt, Aeste knacken, Irma schaut auf, an der Waldlichtung vor ihr, ganz nahe, rennt ein Hirsch vorbei und hinterdrein jagen Reiter, sie kommen näher. Irma fährt sich mit der Hand über die

Augen — sie sieht nochmals — sie sieht deutlich: da reitet der König und mit ihm sein Gefolge — — —

Der Oberpiqueur springt vom Pferd und ruft: „Hier, Majestät, hier brach das Thier durch, hier ist frischer Schweiß."

Er tauchte seinen Finger in das Blut und zeigte es dem König. Der König schaute sich um — Fühlt er den Blick, den für ihn längst erloschenen, einst ihn so beseligenden, der jetzt aus dem Waldesdickicht auf ihn gerichtet ist? Er strauchelt im Bügel, das Pferd bäumt sich wild, Irma duckt nieder mit dem Gesicht ins Moos, sie spürt es, als ob das wilde Heer, als ob alle Pferdehufen über sie hinweg gehen — sie zerbeißt das Moos vor ihrem Munde — sie wühlt sich mit den Händen in die Erde — sie fürchtet, laut aufzuschreien — — —

Als sie sich wieder erhob, war Alles still. Sie starrte umher. War die Erscheinung nur ein Traum gewesen? Von ferne tönte noch ein Schuß, ein Waldhornklang. Der Hirsch war erlegt.

Wer auch so sterben könnte! klang es in Irma. Wieder sank sie zurück auf das Moos und sie weinte.

Sie erhob sich. Auch in ihrer Seele war noch einmal eine dunkle Wolke gewitterschwer aufgestiegen. Zum letztenmal. Ringsumher und in ihr war wieder Alles klar und sonnig, vergessen Hagel und Sturm und Blitz. Sie kehrte nach der Hütte zurück und schaute oftmals um nach der Sonne, die sich zu neigen begann. Jetzt zum Erstenmal begab sie sich, bevor es Nacht war, zur Ruhe. Ein Fieberfrost schüttelte sie und bald brannte ihre Wange heiß und roth. Sie rief das Pechmännlein an ihr Bett und ließ sich ein Blatt Papier geben; ihre Hand zitterte und sie schrieb mit Bleistift:

„Die Tochter Eberhards ruft Gunther."

Sie befahl dem Pechmännlein, hinab ins Städtchen zu eilen zu dem großen Doctor, ihm allein das Blatt zu geben und ihn sofort hieher zu geleiten. Dann wendete sie sich ab und war ruhig.

„Ich will dir noch was Gutes geben," sagte das Pechmännlein, als er, den großen breitkrämpigen Hut auf dem Kopf und den Bergstock in der Hand, vor ihr stand. „Wirst sehen, es thut dir gut. Ich lege dir das Gemszicklein da unter die Füße, das thut dir gut und ihm. Soll ich?"

Irma nickte.

Das Pechmännlein that, wie er gesagt. Das Zicklein schaute

schläfrig zu Irma auf und Irma sah lächelnd zu ihm nieder. Bald schloßen Beide die Augen.

Das Pechmännlein wandelte durch die Nacht dahin thalab.

Sechzehntes Kapitel.

Während des ganzen Tages hatte es im Thal fast unausgesetzt geregnet. Was hoch oben als Schloßenwetter niedergefallen war, verwandelte sich in der Niederung zu Regen, der nur bisweilen lichte Himmelsbläue durchblicken ließ, so daß man wissen konnte, oben ist schön Wetter.

Gegen Abend heiterte sich der Himmel ganz aus. Die Königin mit den Damen vom Hof, zu denen jetzt auch Frau Gunther und Paula gehörten, saß im großen Musiksaal, dessen Thüren geöffnet waren. Paula hatte zum Erstenmal vor der Königin gesungen. Sie war befangen und Frau Gunther bat, ihre Tochter nun für heute nicht mehr aufzufordern.

Zwischen der Königin und Frau Gunther hatte sich ein eigenthümliches Verhältniß gebildet. Die Königin erfreute sich an der geraden und tüchtigen Natur, aber sie gewöhnte sich doch schwer daran, einer vollen Unabhängigkeit gegenüber zu stehen, ja sie war einmal versucht, diese Unabhängigkeit als Kleinlichkeit aufzufassen, denn Frau Gunther hatte schon am Tage, nachdem sie die Busennadel empfangen, zur Königin gesagt: „Majestät, es thut nicht gut, bis sie ein Gegengeschenk von mir empfangen" — und sie übergab der Königin ein schön gebundenes Buch, das ihr Bruder, der als Arzt in Amerika lebte, über die Sklavenfrage und die Geschichte der Sklaverei überhaupt verfaßt. Die Königin hatte das Buch dankend angenommen und Frau Gunther fühlte sich nun freier, obgleich es ihr noch oft Mühe machte, Alles, was sie sagen wollte, gewissermaßen zu übersetzen und in das allgemein vorgeschriebene Hofcostüm zu kleiden, denn sie setzte einen Stolz darein, keinerlei Formen zu verletzen.

Die Königin fragte, warum die ältere Tochter, die Wittwe des Professors, sich so sehr zurückziehe; Frau Gunther erwiderte, daß jetzt, da Bronnen und der Neffe zu Besuch seien und überhaupt viel im Hause zu wirthschaften, Cornelie sich gern diesen

Verpflichtungen unterziehe. Immer aufs Neue vernahm es die Königin wie eine Kunde aus fremder Welt, daß die Zurichtung des täglichen Lebensbedarfs eine besondere Thätigkeit in Anspruch nimmt und sich nicht von selbst erledigt.

Im Gemüthe der Menschen war auch etwas Verregnetes. Die Gewitterspannung, die sich hoch oben gelöst hatte, schwebte hier noch theilweise in der Luft. Beim Landaufenthalt und zumal hier in der kleinen Meierei, wo viele Bequemlichkeiten fehlten und man sich in den Räumen nicht ausbreiten und zerstreuen konnte, war die Störung des Wetters besonders auffällig und hindernd.

Um so mehr freute man sich schon des morgenden Tages, der allen Anzeichen nach ein heller werde.

Es war verabredet, daß man morgen Mittag mit dem König, der von der Jagd dahin kommen wollte, in der Nähe des zweiten Wasserfalls, den der Bach in den Bergen bildete, zur Mittags= tafel zusammentreffen wollte.

Der König arbeitete mit Bronnen im Cabinet, der neue Tele= graph trug jetzt viele Botschaften hin und her; Gunther, der Intendant, Sixtus und mehrere Cavaliere wanderten, Cigarren rauchend, zwischen den noch tropfenden Bäumen der Allee, auf denen jetzt das Abendroth tausendfältig glitzerte.

Die Damen im Musiksaal behaupteten, daß man heute Alpen= glühen sehe, was man natürlich täglich schauen wollte, obgleich es eine äußerst seltene Erscheinung.

Die Nacht war hereingebrochen, der König saß mit Gunther und zwei Kammerherren am Spieltisch.

Da wurde Gunther durch einen Lakaien benachrichtigt, daß ein Mann draußen warte, der ihn augenblicklich sprechen wolle. Gunther übergab seine Karten dem allzeit gefälligen Intendanten und ging hinaus; hier stand, auf seinen großen Alpstock gelehnt, den breiten, viel zerdrückten Hut in der Hand, den Teppich über= geworfen, das Pechmännlein. Er hielt die linke Hand in der Tasche, und als Gunther vor ihm stand, sagte er:

„Hier ist ein Zettel für Sie.“

Gunther las, rieb sich die Augen und fuhr sich mit der Hand über das Gesicht, als ob er sich erst wecken müsse.

„Wer hat dich geschickt?“ fragte er.

„Es wird da drin stehen — Unsre Irmgard.“

Gunther schaute sich erschreckt um, als er den Namen hier nennen hörte, hier vor der Thür, und drin sitzt der König, die Königin . . .

Er ging nochmals an die im Corridor brennende Lampe und las den Zettel wiederholt, da stand's:

„Die Tochter Eberhards ruft Gunther."

Der Mann, der sich seiner stets ruhigen Fassung wohl rühmen durfte, mußte sich am Treppengeländer halten und konnte geraume Zeit kein Wort hervorbringen. Er schaute um, der Blick des Pechmännleins begegnete ihm.

„Wer bist du?" fragte er endlich.

„Ich bin vom Freihof, die Walpurga ist mein Schwesterkind —"

„Gut, geh' vor das Haus, warte auf mich, ich komme sogleich."

Das Pechmännlein ging, und Gunther sammelte all' seine Kraft, um wieder hineinzugehen in den Spielsaal, sich dort zu beurlauben und zu sagen, daß ein Schwerkranker ihn rufe; er wußte nicht, wie er das mit ruhiger Stimme vorbringen sollte vor allen denen, die das so nahe angeht, aber er hoffte, daß es ihm gelingen werde.

Da traten glücklicherweise Bronnen und seine Braut, die noch im stillen Abend durch den Garten gewandelt, in das Thor.

„Gut," rief Gunther ihnen entgegen. „Paula, schicke mir meinen Hut heraus, und Sie, lieber Bronnen, entschuldigen mich bei Ihren Majestäten, ich muß augenblicklich zu einem Schwerkranken. Ich bitte aber, jedes Aufsehen zu vermeiden, und Paula, sage der Mutter erst davon, wenn ihr nach Hause geht; ich komme heut' Nacht nicht nach Hause."

„Kann nicht Doctor Sixtus gehen?" fragte Bronnen.

„Nein. Bitte, fragen Sie nichts mehr. Morgen früh bin ich wieder gut zu Hause, oder wenn ich nicht komme, so werde ich mich bei der Tafel am Wasserfall einfinden."

Das Brautpaar ging in die inneren Gemächer und bald brachte ein Lakai den Hut Gunthers heraus.

Gunther ging rasch mit dem Pechmännlein davon, nur einmal schaute er zurück nach den hell erleuchteten Fenstern der Meierei und dachte der Menschen, die dort sorglos und nichts ahnend sitzen. Wie wird erst sie das erschrecken, was ihn so mächtig faßte! Auf dem Weg bis zu seinem Haus sprach er nur oberflächlich mit dem Pechmännlein; er wollte nichts Näheres fragen, denn er konnte nicht wissen, ob nicht eine Antwort des Boten etwas ausspreche, das, von einem Lauscher gehört, das Geheimniß vorzeitig verrathe, und er arbeitete noch in sich selbst daran, wie das Alles zu ordnen und zu schlichten sei.

Erst in der Nähe seines Hauses fragte Gunther:

„Was fehlt der Kranken? Worüber klagt sie?"

„Sie klagt über nichts, sie hat nur ein hitziges Fieber und hüstelt schon lang."

„Ist sie bei vollem Verstand?"

„Wie immer, ganz ordentlich, im Schlaf ruft sie nur manch= mal Victoria! sagt die Gundel; das ist meine Tochter —"

„Gut, warte hier," sagte Gunther am Hause, „ich werde dir etwas zu essen und zu trinken herabschicken; sprich aber zu Nie= mand davon, wer dich hergeschickt."

Cornelia saß, ihrem blinden Vetter vorlesend, bei der ein= samen Lampe. Der Blinde hatte nur von dem Schrecken des Hagelwetters erzählt; was er im Herzen erlebt, verschwieg er. Er hatte fast den ganzen Tag geschlafen, jetzt war er wieder er= frischt. Cornelia erschrak, als sie den Vater sah, aber er beruhigte sie. Schnell war seine Handapotheke, erfrischende und stärkende Nahrungsmittel in wohlverschlossenen Kapseln bereit, Alles wurde auf das Maulthier gepackt. Gunther ritt davon, das Pechmänn= lein schritt neben ihm her; man sah dessen Antlitz kaum, denn sein breitkrämpiger Hut hatte das Gewitter von gestern noch nicht verwunden. Erst als man die Häuser des Städtchens hinter sich hatte, fragte Gunther:

„Wie weit ist es bis zu der Kranken?"

„Zum Fußgehen wär's bergan in drei Stunden zu machen, ich bin schon oft weniger daran gegangen, aber zum Reiten ist's eine gute Stunde mehr."

Als man in den Wald einritt, hielt Gunther an und sagte:

„Komm' näher. Also du bist der Ohm von der Walpurga?"

„Freilich, der leibliche Bruder von ihrer Mutter und auch der einzige, zwei andere sind schon jung gestorben."

„Wie nennst du die Kranke?"

„Wie sie heißt — Irmgard."

„Und seit wann ist sie bei euch?"

„Seitdem der Hansei den Hof gekauft hat. Sie ist damals

gleich vom See aus mit uns gekommen. Sie ist aber krank ge=
wesen, sie sagen, sie sei ein bischen verrückt; ich glaub' das nicht,
sie hat ihren rechten Verstand, eher zu viel als zu wenig."

„Und weißt du nicht, wie sie mit ihrem Familiennamen heißt?"
fragte Gunther.

„Ich hab' nie danach gefragt." Und nun erzählte das Pech=
männlein in redseliger Weise vom Leben der Irmgard und wie
sie jahrelang eine Binde um die Stirn getragen und nie abgelegt
habe, bis sie auf die Alm gekommen sei. Das Pechmännlein
schilderte das ganze Leben der Irmgard so herzergreifend, daß
Gunther anhielt, dem Alten die Hand reichte und sagte:

„Du bist ein guter Mann."

Ohm Peter ließ sich das gefallen, behauptete aber, so gut
wie die Irmgard gäbe es Niemand auf der weiten Welt.

Ueber den Weg rannten überall schnelle Wässerlein, und das
Pechmännlein erzählte von dem Gewitter gestern Abends, wie das
so grausig sei, wenn die Luft plötzlich zu Steinen wird und auf
Einen loshämmert, und wie er dem Blinden geholfen und was
der ihm versprochen. Oft nahm er das Maulthier am Zügel,
führte es eine steile Vertiefung hinab, durch einen Bach und dann
wieder aufwärts.

„Sie müssen auch schon Vieles erlebt haben, Herr Doctor,"
sagte das Pechmännlein; er hätte sich auch gern von dem Manne
unterhalten lassen auf dem langen Weg, und er könnte, auf
dem Maulthier sitzend, besser sprechen, als er, der nebenher geht;
er spürte es auf der Brust, daß ihm das Sprechen bergauf nicht
gut ist. Als hätte Gunther das errathen, stieg er ab, da man
jetzt auf einer Hochebene anlangte, und hieß das Pechmännlein
aufsitzen. Ohm Peter machte viel Umstände, gab aber zuletzt
nach und stieg auf; als es aber jetzt wieder bergan ging, stieg
er schnell ab und Gunther mußte wieder reiten.

„Wenn unsere Irmgard jetzt von uns fort will," sagte das
Pechmännlein, „dem Herrn Doctor übergeb' ich sie gern; sie kann
auch gar schön Zither spielen, und wenn sie wieder gesund ist,
die kann man alle Künste lernen lassen, der ist gar nichts ver=
borgen. Aber ich hoffe, sie bleibt bei uns, sie ist verscheucht und
geht nicht gern unter Menschen."

Es war, als ob er die Gedanken Gunthers geahnt, denn
dieser hatte sich eben in die Vorstellung versenkt, wie er Irma

noch vor dem Hof verborgen halten wolle, um sie dann zu sich ins Haus zu nehmen; er sah sie im Geist schon neben seiner Frau und Cornelia sitzen, und er hatte für Paula wieder eine Tochter gewonnen.

Im Walde war es dunkel und nur die Sterne glitzerten darüber.

„Jetzt ist Mitternacht vorüber," sagte das Pechmännlein, als man wieder auf der Höhe eines Vorberges anlangte, „da drüben geht der Mond auf."

Gunther schaute zurück und sah den Halbmond sich erheben, er sah aus wie ein Trümmer im weiten Aether . . .

„Da sind schon von unsern Kühen," sagte das Pechmännlein, und seine Stimme wurde heller, „das ist die Amsel, die hat die bimbelige Schelle und verlauft sich immer am weitesten, aber es ist keine halbe Stunde mehr, bis wir daheim sind."

Wortlos ging es des Weges weiter, und endlich war man bei der Alm angekommen. Ein Lichtschimmer drang durch den Ausschnitt im geschlossenen Laden am Kammerfenster.

Gunther stieg ab.

„Ich will zuerst hineingehen und ihr sagen, daß der Herr da ist," sagte das Pechmännlein leise.

Gunther nickte.

Bald kam er wieder heraus und sagte:

„Sie schläft, aber sie hat flammrothe Backen, und die Gundel sagt, sie hat oftmals aus dem Traum gerufen: Vater! und auch Victoria! sie muß Gutes träumen."

Gunther ging in die Hütte. Er stand erstarrt, als er Irma sah.

„Was ist das?" fragte er das Pechmännlein, da sich das Gemszicklein zu Füßen Irmas aufrichtete und den Fremden groß anschaute.

„Das ist ein Gemszicklein, das ich gestern gefunden hab', sie hat's gern," erwiderte das Pechmännlein leise.

Gunther hieß das Pechmännlein und Gundel das Zimmer verlassen, er setzte sich still neben das Bett. Er befühlte den Puls Irmas, er betastete ihre Stirn; das Pechmännlein fragte noch leise: „Wie steht's?"

Gunther zuckte die Achseln und bedeutete ihm, hinauszugehen.

Das Pechmännlein eilte auf den Heuboden, weckte Franz und befahl ihm, hurtig zum Bauer und zur Bäuerin hinabzugehen und zu sagen, sie möchten gleich heraufkommen, die Irmgard sei schwer krank.

Er legte sich selbst in das Heu, er war wie zerbrochen in allen Gliedern, so müde war er sein Lebtag nicht gewesen; aber er fand weder Ruhe noch Schlaf, und bald stand er wieder vor der Hütte, am Ladenfenster lauschend.

Gunther saß indeß bei der Kranken. Sie bewegte sich manchmal hin und her, aber sie öffnete die Augen nicht; auch das Zicklein zu ihren Füßen schlief wieder.

Gunther hatte das Licht aus dem Zimmer gebracht und saß im Dunkeln.

„Es wird Tag! Ich will den Tag sehen!" rief Irma, plötzlich sich aufrichtend.

Ein dämmeriger Strahl fiel durch den Ladeneinschnitt.

„Ich will den Tag sehen!" rief Irma nochmals, und das Pechmännlein draußen öffnete die nur angelehnten Fensterladen. Ein breiter Lichtstrom drang herein. Ueber das Antlitz Irmas zog ein Glanz, sie streckte Gunther beide Hände entgegen, er faßte sie, sie küßte ihm mit fiebernden Lippen die Hände.

„Du hast Großes vollbracht," sagte Gunther, „du hast eine Kraft bewährt, die ich bewundere. Halte sie fest."

„Ich danke dir. Mein Vater kommt in dir zu mir. Lege deine Hand auf meine Stirn."

„Ich halte meine Hand auf deine Stirn und segne dich im Geiste deines Vaters, und mit diesem Kusse küsse ich dir alle Schwere weg. Du bist frei."

Irma lag ruhig und Gunther hielt seine Hand auf ihrer Stirn und draußen stieg das Morgenroth immer höher und das Licht umfloß im goldenen Schein das Gemach.

Gunther ging hinaus und holte Irma eine stärkende Medicin. Sie fühlte Labung und Erfrischung.

„Ich weiß, daß ich jetzt sterbe," sagte sie mit klarer Stimme. „Ich bin glücklich, daß ich im Bewußtsein gelebt, im Bewußtsein sterben kann."

Sie übergab Gunther das Tagebuch und sagte, daß ihr darin niedergeschriebener Wunsch, wo sie beerdigt sein wolle, nicht gelten solle; der Ohm wisse, wo ihr Lieblingsplatz gewesen, dort wolle sie begraben sein, und kein Merkmal solle ihr Grab bezeichnen.

Gunther hatte ehedem gesagt, daß er schon viele im Tod erstarrende Hände in der Hand gehalten — an einem Todtenbett wie das Irmas hatte er noch nicht gesessen.

Siebzehntes Kapitel.

„Ich hab's gewußt, ich hab's geahnt!" jammerte Walpurga, als Franz die Nachricht von der schweren Krankheit Irmas auf den Freihof brachte. Ich hab's gewußt, daß sie nicht wiederkommt," wiederholte sie oft und weinte und rang die Hände und kniete an dem Stuhl nieder und preßte den Kopf auf die gefalteten Hände.

„Das hilft jetzt nichts," sagte Hansei und legte seine Hand auf ihre Schulter. „Steh' auf, du bist doch sonst nicht so. Komm, es wird nicht so arg sein, und was es auch sei, jetzt ist nicht Zeit zum Weinen und Jammern; jetzt wollen wir thun, was zu thun ist."

„Was kann ich thun? Was soll ich thun?" wendete Walpurga ihr thränendes Antlitz zu Hansei.

Er half ihr auf, daß sie stand und er sagte:

„Der Franz berichtet ja, es ist ein Doctor oben, der eine Apotheke bei sich hat, und jetzt wollen wir essen und dann wollen wir auch hinauf."

„O lieber Gott, ich kann ja keine drei Schritte gehen; mir sind meine Knie wie abgeschlagen."

„So bleib' du da und ich geh' allein."

„Allein willst mich lassen? Was soll ich denn dann machen?"

„Das weiß ich nicht; leg' dich ins Bett, vielleicht kannst du schlafen."

„Ich will kein Bett, ich will keinen Schlaf, nichts will ich, ich geh' mit, und wenn ich unterwegs sterbe, ist mir auch recht."

„Sag' so was nicht, du versündigst dich an mir und an den Kindern," lag Hansei auf den Lippen, aber er machte eine schnelle Bewegung mit der Hand, als drücke er die Worte wieder zurück; es ist nicht nöthig, daß sie laut werden. Wenn Frauen zu klagen anfangen, untermischt mit Mitleid über sich selber, wissen sie nicht, was sie sagen.

Hansei brachte seiner Frau die besseren Kleider herbei, denn sie war so benommen, daß sie nicht mehr wußte, wo etwas liegt und wie man's anzieht. Hansei zeigte sich als gar nicht unge= schickter Kammerdiener.

„Jetzt andere Schuhe mußt du dir selber anziehen," sagte er endlich.

Unter Thränen lächelnd schaute ihn Walpurga an; sie merkte erst jetzt, wie er ihr so treulich und demüthig geholfen hatte. Mit frischer Stimme sagte sie:

„Ja, ich kann! Du hast mir geholfen, daß ich's spüre, ich kann gehen."

Hansei ließ das Essen hereinbringen und setzte sich geruhig nieder, nachdem er Bergstock, Waidsack und Hut neben sich zurecht gelegt. Auch Walpurga mußte sich an den Tisch setzen, sie aß nur wenig, Hansei aber hatte die Tugend, zu jeder Zeit gehörig essen zu können; er lud tapfer auf und seine Mienen sagten: wenn man sein gehörig Essen im Leib hat, dann kann man schon fester Alles auf sich nehmen, mag kommen, was will.

Er schnitt sich noch zu guter Letzt ein tüchtig Stück Brod ab, steckte es ein und stand auf.

Die Kinder wurden der Obermagd übergeben und noch einer Taglöhnerin befohlen, auch im Hause zu bleiben. Die beiden Eheleute gingen davon.

Als man schon eine große Strecke gegangen war, kam Burgei den Eltern nachgelaufen und schrie: „Ich will auch mit! Ich will auch mit zur Base Irmgard!"

Es war nicht anders zu machen, man mußte das Kind mit= nehmen, denn die große Strecke wollte man es nicht allein zurück= gehen lassen, und keines von den Eltern wollte es zurückführen.

„Du bist ein böses Kind, ein arg böses, jetzt muß ich dich tragen und du bist schon so groß," sagte Walpurga und nahm das Kind auf den Arm. Hansei nickte. Es ist gut, wenn das Kind dabei ist, da wird seine Frau, die über Alles hinaus ist, doch nicht gar so sturm sein können, wenn das Aergste eintritt.

Walpurga, die nicht geglaubt hatte, allein gehen zu können, trug nun das Kind, und schritt rasch fürbaß.

„Jetzt laß die Burgei wieder laufen, und wenn sie dann müd' ist, trag' Ich sie," sagte Hansei.

So lang der Weg Raum bot, ging das Kind zwischen den Eltern, als es schmal wurde, ließ man es voraus gehen. Man kam nur langsam vorwärts wegen des Kindes; Hansei nahm es auf den Arm und es schlief bald ein.

Leise begann Walpurga:

„Jetzt muß ich dir's sagen, Hansei, jetzt mußt du mir's abnehmen, wer unsere Irmgard ist."

„Und ich sag' dir nochmals, ich will's nicht wissen; sie allein muß mir's sagen, wenn sie am Leben bleibt, und wenn sie todt ist, kannst du mir's nachher auch noch sagen."

„Todt!" schrie Walpurga, „du weißt mehr? Hat dir der Franz was im Geheimen gesagt?"

„Der Franz hat mir nichts gesagt, was du nicht auch gehört hast."

„Warum sprichst du aber so vom Tod?"

„Weil Eines, das schwer krank ist, auch schnell sterben kann. Sei doch ruhig."

„Ja, ja, ich weiß gar nicht mehr, daß das der Wald ist, und ich mein', ich seh' gar nichts mehr. Steh' einmal still. Es ist ein Doctor oben, der kennt sie, und es werden noch Andere kommen, die sie kennen; der bei uns gewesen, ist ihr Bruder, und jetzt werden sie kommen und werden unsere Irmgard holen und mit fortnehmen."

„Wenn sie fortgehen will und mit klarem Verstand zustimmt, da können wir nichts dagegen," beruhigte Hansei, „das aber sage ich und da bringt mich Niemand davon: so lang' sie so krank ist, daß sie nicht selber sagen kann, was sie will, da leid' ich's nicht, daß sie etwas mit ihr anfangen. Ich bin der Hansei und ich bin ihr Annehmer, ich laß' ihr nichts geschehen — jetzt da bitt' ich dich, steh' mir bei und red' mir nichts drein; du weißt, was ich sag', das ist."

„Ja, ja, du hast Recht," stimmte Walpurga ein, und die entschlossenen Worte Hanseis schienen ihr körperliche Kraft einzuflößen, daß sie den steilen Bergweg hinanstieg ohne die mindeste Beschwer, ja es war fast, als ob Hansei sie selbst mit auf den Arm genommen hätte zu dem Kind. Aus diesem Gedanken heraus sagte sie plötzlich:

„Weißt noch? Du hast mich auch einmal tragen wollen, daheim am See. O lieber Gott, ich mein', wir müssen ganz andere Menschen gewesen sein damals, da haben wir noch gar nichts von der Welt gewußt."

„Es ist uns just nicht übel bekommen, daß wir etwas davon wissen und etwas davon haben," entgegnete Hansei. Seine Stimme war laut und das Kind erwachte. „So, jetzt lauf' wie= der," schloß er.

Man machte Rast; Hansei erinnerte sich seines Stück Brodes, und einen guten Bissen davon in den Mund steckend, sagte er, mit dem Messer nach dem Thale zeigend:

„Da drüben läuft unser Bach, und von hier aus ist's nur eine Stunde nach dem Städtchen, wo die Stasi wohnt."

„Nur eine Stunde von hier aus?" fuhr Walpurga auf, „da lauf' ich hin. Das ist ja die beste Hülfe, die einzige. Hansei geh' du voraus mit dem Kind, geraden Wegs auf die Alm; ich komm' bald nach, vom Städtchen aus, und ich bringe Gutes mit."

„Weib, bist du närrisch geworden? Mach' mich nicht auch verrückt. Jetzt willst du fort? So nah bei der Todtkranken?"

„So muß ich dir sagen: Die Königin ist unten, und die Königin allein kann helfen. Behüt' dich Gott, Hansei, und be= hüt' dich Gott, Burgei, ich komm bald nach."

Fort rannte sie, den Wald hinab, nach dem Bach, am Ufer entlang, dem Städtchen zu.

„Wo ist die Mutter? Mutter, Mutter!" klagte das Kind.

„Sei ruhig," tröstete Hansei, „die Mutter hat da unten noch ein Kind, und das ist ein Prinz, und der schickt dir goldene Kleider."

„Ist das ein verzauberter Prinz, den die Mutter erlöst? Was ist er denn jetzt?"

„Ja, er ist verzaubert," beschwichtigte Hansei; er glaubte damit fertig zu sein.

„In was denn aber ist er verzaubert?" fragte das Kind.

„In einen Kukuk. Aber jetzt laß mich in Ruh'. Kein Wort mehr! Sei still!"

In seltsamen Gedanken gingen Vater und Kind den Berg hinan. Hansei begriff nicht, wie seine Frau jetzt die Freundin verlassen und zur Königin gehen kann — vielleicht ist da etwas zusammen gehandelt.

Hansei schüttelte den Kopf, Dinge, die er nicht auseinander wirren konnte, warf er von sich. Man muß jetzt einmal sehen, was man für die Kranke thun kann. Das ist die Hauptsache.

Er hob sich schon in den Schultern, er war entschlossen, wenn der Arzt es für gut hielte, Irmgard auf den Armen herabzutragen nach dem Freihof.

Das Kind aber wandelte, mit großen Augen dreinschauend, dahin.

„Er ruft, er ruft!" sagte es leise. „Meine Mutter erlöst dich."

Ein Kukuk rief durch den von der Mittagssonne durchschimmerten Wald; sein Ruf war bald näher, bald entfernter, und jetzt flog er über die Wandelnden weg und rief nach seiner Art im Fliegen.

Hansei kam mit dem Kinde auf der Alm an. Der Ohm und Gundel gingen ihm traurig entgegen.

„Sie lebt noch, aber nicht mehr lang," berichtete der Ohm und trocknete sich mit dem Aermel die Thränen. „Der Doctor läßt Niemand von uns mehr zu ihr. Wo ist denn die Bäuerin?"

„Sie kommt bald nach," erwiderte Hansei; er hatte zu thun, die Kühe abzuwehren, denn sie kannten ihren Herrn und kamen zu ihm heran, um, wie sonst immer, eine Handvoll Salz von ihm zu bekommen; aber dießmal hatte er vergessen, es mitzubringen, und was man hier oben hatte, lag drin in der Kammer, die man jetzt nicht betreten durfte.

Hansei befahl dem Handbuben, die Kühe weit weg zu treiben, damit die Kranke das Schellengeläute nicht höre. Das war Alles, was er jetzt für Irma thun konnte. Er setzte sich traurig auf die Bank vor der Hütte, hob ein Stück Schnitzholz vom Boden und betrachtete es hin und her, als ob er wunder was daran sehe. So saß er lange. Dann übergab er Burgei der Gundel und ging auf den Weg, der am andern Abhang des Berges nach dem Städtchen führte, seiner Frau entgegen. Sie kam lange nicht. Er ging weiter im Wald, und heute, wie immer, wenn er hier heraufkam, ärgerte er sich, daß da drüben auf den Felsen, die zu seinem Grunde gehören, so schöne Bäume stehen, denen man nicht beikommen kann, um sie zu fällen. Eine Elster, die oben auf einer schönen Tanne saß, schnatterte und schien ihn zu verspotten. Indem er mit der ganzen Hand sich mehrmals über das Gesicht auf= und abfuhr, wurde Hansei erst inne, an was für Dinge er jetzt mitten in diesem Elend gedacht hatte. Es war nichts Unrechtes — das ist es nie, aber das gehört jetzt nicht hieher, und aufs Neue, als ob er das Elend jetzt zum Erstenmal erführe, kam wieder der Jammer über ihn.

Er kehrte um und ging nach der Hütte zurück. Der Leibarzt trat heraus.

„Ihr seid wol der Bauer?" fragte er.

„Ja.   Und Sie der Herr Doctor?"

„Ja."

„Und wie steht's?"

„Ich glaube, daß sie nicht vor dem Abend stirbt."

Hansei traten die Thränen in die Augen.

Der Ohm bat Gunther um die Erlaubniß, das Gemszicklein heraus zu holen. Es ward ihm gewährt. Er brachte es, kaum hörbar auftretend, gab ihm zu trinken und trug es wieder hinein zu Füßen der Kranken.

„Sie hat die Augen aufgemacht und mir zugewinkt, sie hat aber kein Wort gesprochen, dann hat sie die Augen wieder zu= gemacht," berichtete der Ohm.

Hansei bat, daß er Irmgard nur noch einmal sehen dürfe. Er durfte durch den Spalt sehen, während Gunther wieder ins Krankenzimmer eintrat. Hansei wendete sich wieder auf den Weg nach dem Städtchen, und auf seinem ganzen Gang weinte er, daß es ihm immer Herzstöße gab.

„Der Ohm hat Recht, sie ist wie ein Engel geworden," sagte er vor sich hin.

Das am ersten Almtage geborene Stierkalb schien sich beson= derer Anrechte auf den Bauer bewußt; es lief ihm trotz allen Zurückjagens immer wieder nach und blödte ihn bettelnd an um Salz. Hansei befriedigte es durch das letzte Stück Brot, das er noch bei sich hatte.

Er mußte sich im Wald niedersetzen, und hier weinte er und schaute manchmal verwirrt um sich: wie ist es nur möglich, daß die Sonne noch so schön scheint und der Kukuk ruft und der Habicht krächzt, und dort verathmet ein Mensch . . .

„Was nur Walpurga jetzt von der Königin will? Da oben ist ihr Platz," dachte er dann immer wieder in sich hinein.

Achtzehntes Kapitel.

Am Bache entlang war Walpurga den Berg hinabgeeilt. Sie sah bald das Städtchen und die Meierei, auf deren Dachspitze eine hellfarbige Fahne flatterte.

Walpurga setzte sich Athem holend eine kurze Rast auf einen Fels am Bach. Ein Kukuk flog über ihr weg bergauf.

„Das ist ein böser Angang," sagte sie vor sich hin.

Sie schritt voran nach der Meierei. Da sah sie durch das Eisengitter einen Knaben in hellem Gewand und mit einem Federhut auf den langen blonden Locken im Garten spielen. Das Herz im Leibe wollte ihr zerspringen, sie faßte krampfhaft nach einer Eisenstange des Gitters. Sie schritt nach der Eingangsthür des Gartens.

„Frau von Gerloff ... der Prinz ... mein Kind, mein Kind," schrie sie, stürzte auf den Prinzen zu, kniete im Gras nieder und umhalste und küßte ihn.

Der Knabe schrie laut.

„O, das ist seine Stimme!" rief Walpurga.

Frau von Gerloff war erschrocken einen Augenblick wie angewurzelt festgestanden, jetzt kam sie herbei und wehrte Walpurga ab; auch Diener kamen hinzu. Der Prinz verbarg sich an Frau von Gerloff.

Walpurga kniete im Gras und konnte nicht aufstehen.

„Er kennt mich nicht mehr! Er kennt mich nicht mehr und ich bin seine Amme!" klagte sie verwirrten Blickes zu den Umstehenden. Die Stimme schien eine Wirkung auf das Kind zu üben. Es wendete sein Gesicht um, es war glühend roth, in seinen Wimpern hing noch eine Thräne, aber sein Antlitz lächelte.

„Grüß Gott," sagte er — das war das Wort, das man ihm für den Landaufenthalt eingeübt hatte.

„Grüß Gott kann er sagen ... o, er kann ja reden! O lieber Gott, er kann reden! Jetzt sag' einmal Walpurga, Kind! Kannst du Walpurga sagen?"

„Walpurga!" wiederholte der Knabe.

Die Königin kam herbei, in ihrem Geleit die Gräfin Brinkenstein und Paula.

Walpurga wollte auf sie zueilen, aber die Königin wehrte ab

und befahl Frau von Gerloff, den Prinzen hinwegzuführen. Der Prinz wurde aus dem Garten geführt; aber er schaute doch noch einmal um nach Walpurga, und sie nickte ihm zu und vergaß ganz, daß die Königin vor ihr stand, bis diese sagte:

„Du hast dich hier hereingedrängt und mußt doch wissen, daß wir dich nicht mehr sehen wollen und du weißt auch warum.“

„Ich will mich jetzt nicht vertheidigen, ich will was Anderes,“ drängte Walpurga.

„Was willst du?“ fragte die Königin.

In hastigen Worten, oft absetzend, schwer athmend, sagte Walpurga:

„Frau Königin, man kann schlecht angesehen werden, man kann gar nicht gesehen sein in der Welt und doch brav sein. Sie und ich, wir sind jetzt gesund und können das ein andermal ausmachen. Frau Königin, ich hab' zwei Worte zu sagen, ganz allein. Frau Königin, um aller Barmherzigkeit willen — es wird Ihnen in Ihrer Sterbestunde gut thun, Frau Königin, Sie müssen auch sterben — Frau Königin, ich bitte um aller Barmherzigkeit willen, hören Sie mich an, allein, nur eine Minute! Schicken Sie die Andern fort. Wir haben keine Zeit!“

Die Königin winkte der Gräfin Brinkenstein und Paula, daß sie sich zurück zögen. Sie stand allein mit Walpurga, und diese sagte — es gab ihr einen Herzstoß dabei:

„Irma lebt.“

„Was sagst du?“

„Vielleicht ist sie in diesem Augenblick schon todt, sie liegt im Sterben.“

„Ich verstehe dich nicht — bist du wahnsinnig?“

„Nein, Frau Königin. Setzen Sie sich ... hier auf die Bank ... Sie zittern ja am ganzen Leib. Ich hab's ungeschickt gemacht, aber ich hab' nicht anders gekonnt, aber was liegt jetzt an mir? Meinetwegen machen Sie mit mir, was Sie wollen — Irma lebt. Vielleicht nur noch diesen Tag, vielleicht den nicht mehr aus. Frau Königin, Sie müssen mit mir, Sie müssen zu ihr. Es ist das Einzige, was sie noch auf der Welt haben kann ... Ein Wort ... Eine Hand ...“

Gräfin Brinkenstein und Paula kamen herbei, da sie sahen, wie die Königin sich leichenblaß zurücklegte. Als die Königin das Rauschen der Gewänder hörte, richtete sie sich auf:

„Walpurga, sag' noch einmal, was du gesagt!"

Walpurga wiederholte, daß Irma noch lebe, und fügte hinzu, sie sei jetzt im vierten Jahr bei ihr verborgen, und Gunther sei bei ihr oben auf der Alm.

Auch die beiden Damen standen erstarrt, aber Walpurga wendete sich wieder zur Königin und rief:

„Um Gottes willen, versäumen Sie keine Minute mehr! Kommen Sie mit mir, zu ihr! Frau Königin, da drin wohnt die Stasi, die hat damals das Gebet für die Königin auf mich gewendet. Frau Königin, wenn Sie selber nicht vergeben, wie soll man noch für Sie beten? Frau Königin, denken Sie, wie es Ihnen damals in der heiligen Nacht im Herzen gewesen! Frau Königin, stehen Sie auf, werfen Sie Alles hinter sich, und behalten Sie ihr gutes Herz allein. Frau Königin . . ."

„So laß Ihre Majestät in Ruhe!" fiel Gräfin Brinkenstein ein.

Aber Walpurga fuhr fort:

„Frau Königin, wenn Sie sterben, haben Sie keine Hofdamen bei sich und nichts — Lassen Sie einmal im Leben jetzt eine Stunde Alles dahinter und kommen Sie mit mir allein und fragen Sie nach weiter gar nichts! Ehe die Nacht hereinbricht, ist sie todt! Sie können an dem Tag eine Gutthat thun, die in alle Ewigkeit bleibt."

„Ich will zu ihr — ich muß!" sagte die Königin aufstehend, und ging der Meierei zu; ihr Schritt war rasch und ihre Wangen glühten.

„Majestät," warf die Oberhofmeisterin ein, „der gnädigste Herr sind ausgeritten und kommen zur Tafel am Wasserfall. Wollen Eure Majestät nicht abwarten?"

„Nein!" erwiderte die Königin, ihr Ton war scharf, es schien, als ob diese Formfrage eine strenge Gedankenreihe verletzt und durchschnitten. „Ich bitte," setzte sie hinzu, „mich auf meine Verantwortlichkeit handeln zu lassen."

„Majestät, es giebt keinen Fahrweg nach der Alm," setzte Gräfin Brinkenstein milder hinzu.

„Aber einen Reitweg bis zum letzten Stück, fast ganz bis an die Hütte," erwiderte Walpurga, „und da ist ja der Mann von der Stasi, der ist ja Förster, der weiß alle Wege; ich will ihn rufen."

Sie eilte in die Amtswohnung des Inspectors und brachte ihn mit heraus.

Der Inspector bestätigte, daß man eine gute Strecke fahren könne, und von da aus könne man reiten.

Die Königin befahl, daß er sogleich mit den Reitpferden vorauseile; sie zog sich in ihre Gemächer zurück und bald darauf fuhr sie mit Paula, Sixtus und Walpurga den Bergen zu; auf dem Hintersitz saßen zwei Lakaien.

Die Braut des Mannes, der Irma geliebt, und die Gattin des Mannes, dessen Liebe Irma erwidert hatte, saßen neben einander, um an ihr Sterbebett zu eilen.

Erst im Fahren gewann man wieder freien Athem.

Walpurga erzählte. Von dem gleichmäßigen Leben Irmas war wenig zu berichten, um so mehr verweilte Walpurga bei der Mittheilung des Ohms, wie Irma mit demselben verhüllt nach der Residenz gewandert und bei der Sommerburg noch einmal die Königin und den Prinzen gesehen habe. Oft von Weinen unterbrochen, berichtete sie dann, wie Irma die sterbende Mutter gepflegt, und wie die Mutter, die Alles gewußt, Irma noch in der letzten Stunde gesegnet habe.

Die Königin hielt das Tuch vor die Augen und reichte Walpurga still die Hand.

Je mehr Walpurga erzählte, um so reiner und verklärter erschien Irma. Die Königin wendete sich zu Paula und sagte:

„Das ist ein Leben im Tod — dazu gehört unfaßbare Heldenkraft."

„Es giebt auch in unseren Tagen noch Heilige," erwiderte Paula. „Alles, was vordem je schön, groß und echt war in der Welt, ist gewiß noch in der Welt, wenn auch zerstreut, verhüllt."

Mitten aus allem gegenwärtigen tiefwühlenden Schmerz leuchtete ein heller Strahl im Auge der Königin auf. Sie sah auf Paula: Gunther ist nicht mehr bei dir, aber in Zukunft wird sein Bestes bei dir sein in seinem Kinde.

Noch einmal mußte Walpurga von jenem Morgen am See erzählen, dann schilderte sie auch die schönen Arbeiten Irmas, aber sie merkte bald, daß die Königin nicht mehr zuhörte und schwieg.

Still fuhr man dahin.

Der Fahrweg war zu Ende, man verließ den Wagen und stieg zu Pferde. —

Bald darauf, nachdem die Königin abgefahren war, kam der König mit Bronnen von der Jagd in die Meierei zurück. Sie waren voll frisch gestärkter Kraft, und der König fragte, ob seine Gemahlin sich schon nach dem Wasserfall begeben, denn sie hatte den Wunsch ausgesprochen, dort zu zeichnen.

Gräfin Brinkenstein war in einer Verlegenheit, die ihr, zum Erstenmal im Leben, alle Fassung rauben wollte. Sie hatte gewiß auch alles gebührliche tiefe Mitleid mit Irma, aber — sie hatte verborgen gelebt, sie hätte nun auch verborgen sterben sollen. Wozu diese nochmaligen Aufregungen? Sie schüttelte den Kopf über diese excentrischen capriciösen Menschen, die nicht einmal gebührendermaßen todt sind, wenn man sie schon lang betrauert und vergessen hat.

Sie berichtete nun mit stockender Stimme dem Könige, wohin die Königin gefahren und was vorging; sie wagte kaum zu betonen, daß die Königin auf ihre eigene Verantwortung und gegen alle Hofordnung sich allein mit Paula und Hofrath Sixtus nach den Bergen begeben.

Der König stand still, schaute zur Erde und sprach lange kein Wort. Der Boden vor seinem Auge zitterte, Alles schwankte wie in einem Erdbeben und die Schrecken der Verwüstung fuhren durch seine Seele.

Was er jahrelang im Innersten gelitten und gebüßt, stand wieder auf. Er hatte gearbeitet, gerungen und entsagt und Niemand dankte ihm, am wenigsten sein eigen Herz, denn er war ein Schuldbeladener, der Gutes thun will und in tiefster Demuth erkennen muß, daß ihm das doch noch gestattet ist.

Er preßte zitternd die geballte Faust auf die Stirn, seine Wangen brannten, während Fieberfrost die Glieder schüttelte: Dank dem gütigen Geschick, daß sie noch lebt! Die Todesschuld ist von der Seele genommen. Und auch sie soll erkennen, welch ein Strafgericht sich in mir vollzogen und was aus mir geworden. . . .

In diesen wenigen Minuten hatte der König alle die stillen Qualen der vergangenen Jahre aufs Neue durchgelebt. Wie aus der Unterwelt auftauchend blickte er jetzt um sich. Die Bäume, die Häuser, die Berge stehen noch fest, es ist kein Erdbeben hereingebrochen. Er sah Bronnen an und reichte ihm die eisigkalte Hand, während er kaum hörbar flüsterte:

„So ist Ihre Ahnung von damals auf dem Jagdschloß wahr geworden."

Seine Stimme war heiser. Er befahl, daß man frische Pferde sattle und ein zweiter Wagen nachgeschickt werde.

Er ritt mit Bronnen der Königin nach.

Neunzehntes Kapitel.

Bergan ritt die Königin und neben ihr schritt Walpurga. Das Sonnenlicht fiel schon schräg durch die Wipfel auf den Weg, den gestern in der Nacht Gunther, vom Ohm geleitet, gezogen war; von den Wässerlein, die gestern über den Weg liefen, waren nur noch dünne Spuren da.

Die Königin sprach kein Wort, sie sah Walpurga oft groß an, durch ihre Seele zog eine lange Reihe von Erinnerungen und Erweckungen. Da geht die Frau neben dir, die damals auf deinen Wunsch aus der Heimath gerufen wurde — damals, als du mit dem König und Gunther unter der Hänge-Esche gesessen, warst du mild und verzeihend gegen Gefallene — und Gunther sagte: „Du bist es werth, daß Tausende für dich jetzt beten." Warst du es damals? Bist du es jetzt werth? Damals warst du noch nicht verletzt, hattest noch keine Unbill erfahren und es war leicht, verzeihend zu erscheinen — und nun, da du gekränkt worden, bist du in Bitterkeit, in Haß und Tugendstolz versunken und hast dir darin gefallen. Er änderte sein Leben, hat alles Kleinliche, Nichtige, Eitle abgethan und seine ganze Seele in treuer Arbeit seinem Volke gewidmet. Und du? Du wurdest immer herber und starrer, weil du gar so tugendsam. Bist du es denn? Was ist eine Tugend, die nur sich selbst lebt? Und sie, die so schwer fehlte, hat sie nicht noch schwerer gebüßt? Groß und hoch über dir steht sie, die Sünderin. Für mich ist sie gestorben; und was habe ich aus diesem Tod gemacht? Ich habe meinen Gatten allein gelassen in seiner schweren Arbeit, verlassen in seiner höchsten Noth. Ich habe nur für mich gelebt, denn meinem Kinde leben, war auch nur für mich leben — Du hast Mildthätigkeit geübt an Armen und Hülflosen. Aber deine Pflicht? Deine nächste Pflicht? Du konntest dich nicht selbst überwinden . . . Und du haft es gewagt, von dir zu sagen, du seiest des Höchsten fähig, und: ärgert dich dein Auge, so reiße es aus? Gunther hatte Recht: Niemand kann dich erlösen, als du selbst, denn Niemand kann dir so die Wahrheit sagen, als du selbst.

Was hast du gethan in den langen Jahren, in denen sie sich durchrang zur Vollendung und er sich festigte im schönen Thun für sein Volk? Ich bin die Sünderin — — Du mußt noch leben, Irma, du mußt, damit ich dir sagen kann: ich bin unerlöst, wenn du stirbst, ohne daß du mir verziehen, du mir! . . .

In solchen Gedanken ritt die Königin den Berg hinan und immer freier wurde es ihr im Gemüth. Es löst sich der Bann, es hebt sich ein Druck, der doch immer und auf Allem war.

„Ist's noch weit?" fragte sie Walpurga.

Wieder überfiel sie eine Angst — wenn Irma nicht mehr lebt, wenn sie nicht mehr vor ihr sie und sich selbst befreien kann —? — Ihr Herz zitterte — sie legte die Hand darauf, als müsse es still stehen, wenn das Herz da oben still gestanden. Immer tiefer, immer inniger und drängender stieg eine Verklärung Irmas in ihrer Seele auf und sie selbst war sich so klein.

„Jetzt sind wir bald am Ziel," sagte Walpurga.

Eine Stimme von oben rief:

„Walpurga!"

Die Stimme tönte vielfach wieder von den Felsenbergen.

„Das ist mein Mann," sagte Walpurga zur Königin, und ebenfalls laut rief sie:

„Hansei!"

Seine Stimme antwortete von oben.

Hansei kam näher, und als er die vornehmen Frauen und Männer zu Pferde sah und die Livreebedienten, zog er den Hut ab und wischte sich mit der Hand über die Augen, ob er denn auch richtig sehe.

„Wie steht's?" fragte ihn Walpurga.

„Sie lebt noch, aber nicht mehr lang. Ich bin schon eine Stunde von oben fort, wer weiß, was derweil geschehen ist. Der Doctor ist aber bei ihr."

„Von hier an kann man nicht mehr reiten," sagte der Inspector.

Die Königin und Paula stiegen ab, Sixtus und die Diener folgten. Man ging die letzte Anhöhe hinan.

„Das dort, die in dem großen, weiß seidenen Tuch, das ist die Königin," sagte Walpurga mit bedeutsamer Miene zu Hansei.

„Ist mir Eins. Unsere Irmgard ist mehr als alle Menschen. Was Königin!" erwiderte er. „Wenn ein Mensch stirbt, sind alle drum herum ganz gleich; wir müssen Alle sterben und da ist's Eins, was wir noch die paar Jahre sind."

Die Königin schaute nur kurz um nach Hansei. Sie eilte hastigen Schrittes vorwärts, winkte Paula zurückzubleiben und eilte allein fort — sie war ohne Gefolge, aber zu ihrer Rechten und Linken, vor und hinter ihr gingen die Geister der Angst und die der Erlösung — sie mußte durch sie hindurchschreiten. Die Angst rief: Irma ist todt, du kommst zu spät! — und das fesselte ihr den Fuß und wollte ihr den Athem rauben. Die Erlösung rief: schwinge dich auf — was zögerst du? Du bist frei, du bringst den Frieden und gewinnst den Frieden!

So stritten die Gewalten in ihr und um sie her, und sie wehrte mit den Händen ab.

Die Angst gewann die Uebermacht, und wie ein Hülfeschrei aus der Tiefe rang sich von den Lippen der Königin der Ruf los:

„Irma! Irma!" und Irma! Irma! tönte es wieder und wieder von den Bergen. Die weite Welt ringsum rief den Namen Irma . . .

Drin in der Kammer hatte Irma gelegen, Gunther saß vor ihr. Sie athmete schwer. Sie wendete kaum den Kopf und öffnete nur manchmal leicht die Augen.

Gunther hatte die Aufzeichnungen Eberhards mit hinaufgenommen, und er fand eine Stunde, in der er der Tochter die Worte des Vaters: „Für den Tag und die Stunde, da sich mein Denken verdunkeln will, sei mir dies zur Erleuchtung" — vorlesen konnte.

Als er die Worte las: — „im Verlorenen und scheinbar Versunkenen ist doch noch Gott" hatte sich Irma aufgerichtet; sie lehnte sich aber wieder zurück und winkte, daß er weiter lese. Er las:

„und bricht mein Auge — ich habe das Ewige gesehen — mein Blick ist ewig. Frei über alle Verzerrung und Selbstverwüstung hinüber rauscht wieder der ewige Geist."

Gunther schwieg und legte die Blätter auf das Bett Irmas. Sie hielt die Hand darauf. Nach geraumer Weile erhob sie die Hand, deutete auf die Stirn und sagte, die Augen schließend:

„Und doch hat er mich gezüchtigt."

„Was er dir auch gethan," entgegnete Gunther, „hat nicht er gethan, nicht sein freier reiner Wille; ein Krampf, ein Rück= fall in die Endlichkeit hat es in ihm vollzogen. Im Geiste deines Vaters und so wahr als ich wünsche, daß in meiner Sterbestunde die Wahrheit in mir lebe, entsühne ich dich. Du hast dich ent= sühnt. Verzeihe ihm, wie er dir dennoch verziehen. Er würde dich jetzt segnen, wie ich dich segne. Sei in Liebe sein gedenk, wie er in innerster Wahrheit in Liebe zu dir war."

Irma faßte die Hand Gunthers, die er ihr auf die Stirn gelegt, und küßte sie. Dann sprach sie mehrmals, ohne sich um= zuwenden, vor sich hin: „Bleib' bei mir."

Stundenlang saß nun Gunther an Irmas Bett. Man hörte nichts als den ängstlichen Athem, der immer schwerer wurde.

Als jetzt draußen die Stimmen der Berge ihren Namen riefen, richtete Irma sich auf und schaute rechts und links.

„Hörst du es auch?" fragte sie. „Mein Name ... von Stim= men, Stimmen überall, Stimmen —"

Die Thüre öffnete sich, die Königin trat ein.

„O, endlich bist du da!" hauchte Irma tief aufathmend. Sie richtete sich mit der letzten Kraft auf und kniete im Bett; ihr langes Haar floß an ihr nieder, ihr Auge glänzte wundersam, sie faltete die Hände, dann breitete sie die Arme aus und rief in herzzerreißendem Tone:

„Verzeih', verzeih'!"

„Verzeih' du mir, Irma, meine Schwester, Irma!" schluchzte die Königin und faßte sie in ihre Arme und küßte sie.

Ein Lächeln trat auf das Angesicht Irmas, dann stieß sie einen lauten Schmerzensschrei aus, sank zurück und war todt.

Die Königin kniete an ihrem Bett, Walpurga, die im Hinter= grunde gestanden hatte, trat vor und drückte Irma die Augen zu.

Still war's, nur tiefes Schluchzen der Königin und Walpurgas war vernehmbar.

Da nahten sich draußen Schritte.

„Wo? wo ist sie?" rief die Stimme des Königs.

Gunther öffnete die Thür und winkte dem Herbeikommenden mit beiden Händen beschwichtigend zu.

„Todt?" rief der König.

Gunther nickte. Er winkte Walpurga und sie verließ mit ihm die Kammer.

Der König warf sich stumm an der Leiche auf die Kniee.

Die Königin erhob sich, legte ihre Hand auf das Haupt ihres Mannes und sagte:

„Kurt, verzeihe mir, wie ich verziehen habe."

Der König faßte die dargereichte Hand, und Hand in Hand starrten die Beiden noch lange in das Antliß der Todten, darauf ein lächelnd milder Ausdruck ruhte. Sie schienen sich von dem Anblick nicht trennen zu können. Endlich nahm die Königin ihr weißes Tuch ab und breitete es über die Todte.

Sie verließen die Hütte.

In purpurner Pracht stand die untergehende Sonne am Himmel und ringsum war alles still, lautlos.

Gunther trat zur Königin und übergab ihr das in die Binde eingewickelte Tagebuch mit den Worten: „Dies ist das Vermächt= niß Irmas an Sie."

Die Königin ging auf Walpurga zu, reichte ihr still die Hand und küßte das Kind, das Walpurga auf dem Arm trug.

Der König reichte Hansei die Hand und sagte: „Ich danke dir. Ich sehe dich noch."

Das Pechmännlein trat zum König und der Königin und sagte:

„Vergelt's Gott, daß Ihr da herauf gekommen seid. Sie hat's verdient."

Der König und die Königin gingen allein dem Walde zu. Das Gefolge hielt sich zurück.

Zwanzigstes Kapitel.

Der König und die Königin gingen in den Wald.

Sie gingen Hand in Hand.

Die Nacht brach herein. Die Baumwipfel rauschten.

Die Königin stand still. Mit der ganzen, so lange zurück gedrängten Liebesgluth und aus der tiefsten Erschütterung der

Seele heraus umarmte sie ihren Gatten. Sie küßte ihm Mund und Augen und Stirn, und sprach:

„Ich habe die Verklärte um Verzeihung gebeten, sie ist gestorben mit meinem Kuß. Dich bitte ich um Verzeihung, der du lebst. Ihr habt gebüßt, schwer. — Sie einsam für sich, du einsam neben mir."

Sie zog ein Amulet hervor, das sie verborgen auf dem Herzen trug; es war der Trauring des Königs.

„Nimm noch einmal diesen Trauring von meiner Hand," sagte die Königin.

„Wir sind neu vermählt," erwiderte der König, steckte den Ring an seinen Finger und faßte die Königin in seine Arme, er hielt sie umschlungen, ihr Haupt ruhte an seinem Herzen.

Mit festem Schritt gingen sie weiter, den Berg hinab. Drunten harrten die Wagen.

Auch Bronnen und Sixtus gingen mit Paula, von den Dienern gefolgt, den Berg hinab.

Der König und die Königin fuhren allein, Paula und Sixtus fuhren im zweiten Wagen, Bronnen ging wieder auf die Alm zu Gunther.

Die Neuvereinten kamen in der Meierei an. Ihr erster Gang war in das Gemach des Kronprinzen. Sie standen am Bett ihres Kindes, und der König sagte:

„So wie er jetzt schläft, so hat sein harmloser Kindessinn unsern Zerfall noch nicht empfunden. Wohl uns, daß er mit erwachendem Geiste nur unsere Einigkeit und Liebe sehe bis in den Tod."

Der König und die Königin saßen bei der Lampe und lasen die ganze Nacht das Tagebuch des einsamen Weltkindes.

Droben bei der Hütte waren Gunther und Bronnen geblieben. Eine kurze Weile saß Gunther bei Walpurga und hielt ihre Hand, indem er ihr sagte, wie ihre volle Unschuld nun an den Tag gekommen sei. Walpurga nickte still.

Die Kühe kamen an die Hütte, sie witterten die Leiche, schnaubten und brummten und brüllten dann um die Hütte herum, und kaum hatte man sie vertrieben, so waren sie unversehens wieder da.

In der Nacht grub das Pechmännlein ein Grab, dort auf der Stelle, wo Irma so oft gelegen, und manche Thräne fiel

hinein, und wenn er einmal aufathmete, sagte er vor sich
„Wenn das Gemszicklein laufen kann, laß' ich's in den
springen."

Früh am Morgen wurde Irma begraben. Hansei, das
männlein, Gunther und Bronnen trugen sie, Walpurga und
Kind gingen hinterdrein. Gundel und Franz hatte.. Wände
Grund des Grabes mit Alpenrosen verdeckt. Still wurde
im weißen Tuch der Königin eingesenkt, als eben das Mo
roth anbrach.

Drunten hatten der König und die Königin das Vermäch
Irmas gelesen. Jetzt brach der Tag an. Sie schauten hi
in das Morgenroth, hinauf nach den Bergen, wo Irma begr
ward auf der Höhe.

———